夏志清論中國文學

夏志清論中國文學

夏志清 著

萬芷均　　吳志峰　　陳次雲
陸勉餘　　黃維樑　　張漢良
歐陽子　　杜國清

合譯

劉紹銘　　校訂

中文大學出版社

《夏志清論中國文學》
夏志清　　　著
萬芷均等　　譯
劉紹銘　　　校訂

Copyright © 2004 Columbia University Press

此中文（繁體）版為美國版之全譯本，
由原出版商 Columbia University Press 授權。

中文（繁體）版 © 香港中文大學 2017

本書版權為香港中文大學所有。除獲香港中文大學
書面允許外，不得在任何地區，以任何方式，任何
文字翻印、仿製或轉載本書文字或圖表。

國際統一書號（ISBN）：978-962-996-685-0（精裝）
　　　　　　　　　　　978-962-996-695-9（平裝）

出版：中文大學出版社
　　　香港 新界 沙田・香港中文大學
　　　傳真：+852 2603 7355
　　　電郵：cup@cuhk.edu.hk
　　　網址：www.chineseupress.com

C. T. Hsia on Chinese Literature (in Chinese)
By C. T. Hsia
Translated by Wan Zhijun, et al.
Edited by Joseph S. M. Lau

Copyright © 2004 Columbia University Press

This Chinese (Traditional Characters) edition
is a complete translation of the U.S. edition,
specially authorized by the original publisher,
Columbia University Press.

Chinese (Traditional Characters) edition © The Chinese University of Hong Kong 2017
All Rights Reserved.

ISBN: 978-962-996-685-0 (hardcover)
　　　978-962-996-695-9 (paperback)

Published by　The Chinese University Press
　　　　　　　The Chinese University of Hong Kong
　　　　　　　Sha Tin, N.T., Hong Kong
　　　　　　　Fax: +852 2603 7355
　　　　　　　E-mail: cup@cuhk.edu.hk
　　　　　　　Website: www.chineseupress.com

Printed in Hong Kong

To Della,
my companion for life

目　錄

編輯說明

《夏志清論中國文學》原書 *C. T. Hsia on Chinese Literature*，集合夏志清教授在哥倫比亞大學任教其間發表的十六篇文章，都是他希望用以傳世之作，該書較其經典著作《中國現代小説史》和《中國古典小説》涉獵的範圍更廣，開創討論的範圍更闊。

我們構思出版中文版時，先得王德威教授為我們穿針引線，後來蒙劉紹銘教授幫忙，為本書校訂十二篇已有的舊譯和四篇新譯文章，提供寶貴意見。我們一併在此致謝。

最後，經劉教授審訂，有感最後兩篇有關臺灣文學的文章已失時效，決定刪去，但在〈序言〉與〈致謝〉內仍有提及共刊十六篇文章，當指英文版而言，行文保留不改，特此說明。

香港中文大學出版社
2017年2月

校訂餘話

劉紹銘

　　夏志清教授〈中國古典文學 —— 作為傳統文化產物在當代的接受〉一文的原型是他1984年在美國田納西 Memphis State University 一個研討會上宣讀的論文。後應紐約一家中文雜誌之邀將資料重組成文〈中國古典文學之命運〉。現在這篇題為 "Classical Chinese Literature: Its Reception Today as a Product of Traditional Culture" 原刊於1988年7月出版的學報 *Chinese Literature: Essays, Articles, Reviews (CLEAR)*。

　　CLEAR 雖然接受了夏先生的鴻文，但編者私下對這篇文章卻諸多保留，認為這是一篇「浮躁文章」(feisty essay)，作者好辯成性。據夏先生所言，雜誌出版前不但沒給他看校稿，而且還以印刷錯誤為藉口多次篡改文章內容。

　　我想 *CLEAR* 編者「慢待」夏先生一定有理由，這點留待下文再談。總體而言，夏先生這篇有關「接受」的文章可說是「三十年來美國漢學發展之回顧」。他用了大量篇幅介紹各種中國經典文學作品英譯上市的成果。三國、水滸、西遊、金瓶、儒林、紅樓這些國人一向引以為傲的文學遺產的全譯本今天都垂手可得。

　　現在問題是，余國藩的《西遊記》譯本，在文本外加上解題注釋等考證功夫，合得皇皇四大冊。夏先生說對了，這類型的翻譯，除了「行家」和攻讀學位的研究生，再不會有人問津了。

　　回頭説説中國傳統文學的「內涵」。夏先生耶魯大學英美文學博士出身。拿到學位後留在美國教中文本來不是第一志願，不過習慣了以後覺得不妨利用這機會探究一下：「中國傳統文學究竟有多好？」

　　夏先生在耶魯就讀時，該校的英文系是「新批評」學派重鎮，學成後因利乘便試以「本門武功」explication de texte的招式一一給一些「備受爭議」的作品作「文本解讀」。夏志清教授「初試啼聲」的記錄是《中國現代小説史》。張愛玲的「都市小説」風靡敵偽時期的上海，但因夫婿胡蘭成「附逆」，自己的身世也出了問題。

　　《秧歌》真正的價值，迄今無人討論，「但是對於一個研究現代中國文學的人説來，張愛玲該是今日中國最優秀最重要的作家」。這些話見《小説史》第十五章。《小説史》英文原著1961年由耶魯大學出版。事隔半個多世紀，經夏志清品題後的「鴛鴦蝴蝶派」作家張愛玲在眾多「癡心」讀者的掌聲中步入「嚴肅文學」的廟堂。

　　夏志清細讀《金瓶梅》文本，認定它是中國小説發展史上一個里程碑，跳出了歷史的窠臼而處理一個屬於自己創造出來的世界。「裏邊的人物均是飲食男女，生活在真正的中產人家之中。雖然色情小説早已多見不怪，但書中那麼工筆描寫一個中國家庭中的卑俗骯髒的日常瑣事實在是一種革命性的改進。」

　　夏先生帶着西方文學滿腹詩書教美國學生唐詩宋詞，的確是一大負擔。他貴為哥倫比亞大學中文教授，經常接觸到學生為了選課問題上門求見。這些時候他間或壓制不了自己「吃裏爬外」的衝勁，勸學生主修希臘文學或十九世紀俄國小説（I would not hesitate to advise any college youth to major in Greek.... Similarly I would not hesitate to encourage a student who wants to major in classical Russian literature.）。

　　陳毓賢女士在〈在西雅圖當新娘子〉一文説到她漢學家的丈夫艾朗諾（Ronald Egan），説他在加州大學Santa Barbara分校唸中文時，老師是白先勇，「白先勇給他取了漢文名字，勸他轉入東亞系，暑假又把他帶到台灣請朋友替他補習。」這裏不妨補充一句，白先勇對自己的學生這麼「禮遇」，在美國大學中文老師中不算是例外。

夏先生英文寫作之餘，也偶然應中文報刊之邀寫稿。這裏讓我舊話重提，再引一次他在〈中國文學只有中國人自己講〉説過的話：「洋人看中國書看得少的時候，興趣很大；看得多了，反而沒有興趣了。……《西遊記》翻譯一點點，人家覺得很好，後來多了以後，就覺得很煩。……所以，中國文學弄不大，弄了很多年弄不起來，要起來早就起來了。法國的《包法利夫人》大家都在看，中國的《紅樓夢》你不看也沒有關係，中國沒有一本書大家必須看。」

夏先生在為《中國古典小説》做研究時，肯定了《紅樓夢》是中國小説登峰造極之作，可是過了一段時間他覺得這部小説有不少缺憾，最難接受的是寶玉面對人生諸多痛苦，竟然可以「看破紅塵」出家一走了之。看來看去，夏先生覺得俄國小説家陀思妥耶夫斯基的長篇鉅著《卡拉馬佐夫兄弟》才是小説中之極品。

這下子惹火了歷史學家唐德剛教授。他跟夏先生是同輩人，私交甚篤。對他説來，《紅樓夢》是「課餘讀物」，習慣拿來「感情認同」可以，卻不會用作「文本分析」。夏先生用《卡拉馬佐夫兄弟》把《紅樓夢》比下去，在唐教授看來，簡直是「以夷變夏」，於是寫了〈紅樓遺禍──對夏志清「大字報」的答覆〉，發表於台灣的《中國時報》。文內有十八個小標題，其中有「瘋氣要改改」、「以『崇洋過當』觀點貶抑中國作家」和「崇洋自卑的心態」三條。

現在我們回頭看看夏先生投稿 CLEAR 學報引起的是非。説來湊巧，那位把夏先生文章認作 feisty essay 的編輯先生剛好是我唸研究院時的先後同學，父母是華僑，在美國長大，在日常生活習慣與思想方面仍對中國傳統文化有藕斷絲連的依戀。難怪他把夏先生的言論目為「離經叛道」。

《小説史》的初版原序，我們看到夏先生給自己訂下的工作信條：「作為文學史家，我的首要工作是『優秀作品之發現和評審』」（"the discovery and appraisal of excellence"）。從夏先生對張愛玲作品之高度評價我們可以看到，他衡量一個作家成就之高低，只憑作品的質素，不問他的政治取向。抗戰時候周作人沒離開北京，但夏先生並沒有因此冷落他，在《小説史》中以大量篇幅介紹他博學多才的一面：散文家、文評家、翻譯家。

　　夏先生的著作廣受歐美漢學界好評。他們對他就事論事的道德勇氣深表佩服。同樣專治中國小說的哈佛大學教授韓南推薦《夏志清論中國文學》就說過：「夏志清無疑是六十年代以來最具影響力的中國小說評論家。……這本集子的學術文章不僅出色，更是真正值得稱作那個已濫用的形容詞——"seminal"，極具開創性」。

　　同樣一本《小說史》，由思想與立場有異於韓南的專家來評述，看法當然大異其趣。《小說史》面世不久，捷克漢學名宿 J. Průšek 在 T'oung Pao 發表了長長的書評，毫不客氣的說夏教授文章充滿偏見，對丁玲等左翼作家多見仇恨惡毒之言（malicious spite）。有些「愛國作家」雖在全民抗日戰爭中貢獻良多，如蕭軍的《八月的鄉村》，但 "C. T. Hsia says not a word about the immense influence of this work upon Chinese youth and the broad masses of the people, or the immeasurable service rendered by it in the patriotic struggle of the Chinese people."

　　我們拿出《小說史》有關蕭軍的段落對照一下，不難發覺夏先生對《八月的鄉村》的評價用字雖然不多，但絕對不是 "not a word"，「一字不提」。夏先生對左派作家容或有「偏見」，但對他們的成就並沒有視若無視。別的不說，他對張天翼和吳組緗的作品一直推崇備至。文學史家首要的工作是發現和評審優美的作品。自六十年代初出道以來，夏先生以此信條為終生職志，真有「自反而縮，雖千萬人，吾往矣」的氣慨。

　　《夏志清論中國文學》的前言附有賓夕凡尼亞大學梅維恒（Victor H. Mair）教授致夏先生的短信，譯文如下：

夏教授臺鑒：

　　你最近在 CLEAR 發表的有關中國古典文學命運一文着實令人喘不過氣來。雖然思想狹隘封閉者必對你惡言相向，但此文對中國文學之評價實乃五四以來最中肯之陳述。你將自己至深至切的感受

與想法公之於世，膽識過人，赤心可鑒。你的努力最終定會有所回報，不獨因為此文意義非凡、歷久彌新，更因其必將引起中國國內一些基本的改變。再不改變，中國無以存續。Hat off to you!

梅維恒　上

1990年3月22日

序 言

　　我在美國已經生活了五十六年，用三年半的時間拿到耶魯的英文博士，又在洛克菲勒基金的贊助下花三年寫了一部中國現代小說史，後來在密西根大學當了一陣中文客座講師，接着又去了另外兩所大學教了五年的英文。接下來的三十年裏，從1961–1962年的匹茲堡大學，到1962–1991年的哥倫比亞大學，我都在教授中國文學，書寫有關中國文學的文章。1992年7月，我因心房纖顫在醫院裏住了十天，自此便不再以美國漢學家的身分在學界活動。最近三四年，我的身體慢慢好轉，倒也開始越來越多地用中文寫作了。

　　本書收錄了十六篇關於中國文學的評論文章與研究論文，都是我在哥大任教時發表出版的，也都是我希望傳下來的。第一部分的三篇文章從批評的角度研究中國文學，探討中國文學的實質與意義，同時檢視西方學者欣賞、評價中國文學的角度和方法。第二部分的兩篇文章以傳統戲劇為題，一篇研究《西廂記》各版本的年代先後，另一篇則討論明戲劇家湯顯祖的五部戲劇作品。第三部分內容比較廣泛，包括了一篇對《紅樓夢》研究專著的書評，一篇對演義小說的研究論文，另有三篇文章分別討論清代至民國的三部小說，外加一篇關於兩位新文學倡導者的論文。第四部分收錄五篇文章，但只有寫端木蕻良《科爾沁旗草原》那篇可與第三部分的幾篇好文章相提並論；〈殘存的女性主義——中國共產主義小說中的女性形象〉

還不錯，主要探討了共產主義制度下女性的生活狀況，論點雖無差誤，但字裏行間露出了「欲説還休」的一點顧慮。這一部分餘下的三篇都是其他小説選集的前言後語，我自認為總結得還不錯，乾淨俐落。我對作品作家的評斷標準一向都是好作家應當是語言的藝術家，能從廣闊的角度捕捉人類困境中的特殊時刻。除了《隋史遺文》的前言用中文外，我作的關於傳統小説戲劇的論文都是英文，為的是與我的美國同僚交流切磋。我為上述幾部文集所作的前言後語都是為學生而寫的，受眾不同自然文章也就各有深淺。若有興趣看看我對陳若曦、白先勇、於梨華等當代作家的評價，可參看我寫的一些中文評論。"*Black Tears*"本身不長，我的介紹也就相對簡短，不過我對彭歌所有現存的小説曾經作過一篇中文評論文，最初收錄於1987年出版的《夏志清文學評論集》，有興趣的朋友也可以拿來翻一翻。

正因為我讀英文博士時曾讀過大量英譯的歐洲文學，所以當我有機會以終身教授的身分講授、研究中國文學時，我也希望能夠同樣精通中國文學。執教之初我講了一門元劇的閱讀課，最後到退休的時候，我與高克毅合編的一部元劇選集也終於將由哥倫比亞大學出版社付梓出版了。這部選集收錄的作品，一部分由我的學生翻譯，另一部分則是即將發表於雜誌《譯叢》(*Renditions*)的譯稿，此外，同樣任教於哥大的商偉教授亦將為選集作序並審稿。1966年，我受邀參加伊利諾大學的明代思想學術會議並在會上發言，此前我已在哥大參加了一個為期一年的明朝研討會，於是放棄了研究明小説的想法，決定作一篇關於明戲劇家湯顯祖的文章。我花了一年時間讀完了湯顯祖的五個劇本，以及大量有關湯顯祖的文獻資料，終於寫成了"Time and the Human Condition in the Plays of T'ang Hsien-tsu"一文。後來，百慕大中國文學會議發出徵稿通知，我有意再做一篇明傳奇的論文，趁我還算年輕，少説還能再研究十部明戲劇(一般認為明戲劇有六十部)，這樣一來便也能算在這個領域小有成就了。然而事與願違，我的一位同事兼好友也打算做明傳奇，便勸我繼續研究小説，於是我便放棄了鑽研明戲劇的計劃，寫了一

篇分析演義小說的文章，也算是首創吧。後來我給研究生開中國文學的課，在七十年代中期設計了一套三年制的課程，第一年讀唐宋詩詞，第二年元劇與明清戲曲，第三年是小說的閱讀研討課。這樣不僅能擴寬學生的知識面，而我自己在研究現代白話文學時若沒甚進展，至少也還有前朝的作品作伴。

　　一個中國文學的學者若對自己專攻之外的領域所知甚少，那便無法全面地思索、研究中國文學這個整體。這也未必是件壞事，畢竟這樣便無須為一些宏大的難題所煩擾，但我早年一直攻讀英文博士，對西方文學傳統也算精通，可腦海裏卻始終盤旋着兩個揮之不去的疑問：中國傳統文學到底有多好？中國傳統文學又如何與豐富的西方文學傳統相抗衡？拙作《中國現代小說史》（*History of Modern Chinese Fiction*）出版後，引起了捷克斯洛伐克的漢學家雅羅斯拉夫 · 普實克教授（Jaroslav Průšek）極大的不滿，他自稱是共產主義中國的朋友，與許多延安、北京的著名作家私交甚厚。他讀到我書中一些反共、反毛的言論，氣急之下便在歐洲知名學報《通報》（*T'oung Pao*）上發文，把我這本書批得體無完膚。我迫得奮起作辯，不然我在批評界、學術界的聲譽恐怕就要毀於一旦了。1968年，我的《中國古典小說》（*The Classic Chinese Novel*）面世，極獲好評，越來越多年輕學者也由此開始認真地研究書中討論的六大小說了。但他們在閱讀這六本小說的同時，往往不相信自己的初步感受，因而埋頭傳統批本，希望藉此摸索出書中的微文大義。此外他們還同時向新興的文學理論與批評方法找尋靈感與啓發。我對這種閱讀研究方式無法苟同，理由與根據都寫在我對浦安迪（Andrew H. Plaks）*Archetype and Allegory in the* Dream of the Red Chamber 的書評中，初刊於 1979 年的 *Harvard Journal of Asiatic Studies*，本書亦有收錄。

　　後來，應李鶴株（Peter H. Lee）之邀，我為於 1983 年舉辦的東亞文學國際會議撰寫了〈中國小說與美國批評 ——關於結構、傳統、諷刺的反思〉（"Chinese Novels and American Critics: Reflections on Structure, Tradition, and Satire"），並在文中細述了我跟芮效衞

(David T. Roy)和浦安迪兩位教授意見相左之處。文章發表後，芮效衛、浦安迪並沒有回應，前面提到的普實克也沒有再作辯駁。

上述兩篇文章雖然在學界引起爭論，是對事不對人，但我寫的〈中國古典文學——作為傳統文化產物在當代的接受〉("Classical Chinese Literature: Its Reception Today as a Product of Traditional Culture," 1990)就直接牽涉到我個人了。作為學界資深學者和有地位的評論家，這樣公開地表示我對中國古典文學的興致日衰，也許不大得體。或許有人會說，我這樣做不僅把原本對中國古典文學頗有興趣的學生都給嚇跑了，而且還冒犯了全世界的漢學家，冒犯了所有擁護中國文化的人。他們的工作是向世界推廣傳播中國文化，而我的論點看來有點像是自取其辱。然而，正如我在答普實克一文的末尾所言，我作為中國文學的評論家，「不可甘於未經證實的假設與人云亦云的評價判斷，做研究時必須思想開通，不念後果，不因政治立場有失偏頗」。這也正是我在〈中國古典文學〉一文中所持的態度。此文我交 *Chinese Literature: Essays, Articles, Reviews* 發表，該刊編輯不大滿意我的文章，認為我只不過是「爭強好勝」，出版前不僅沒給我讀校稿，而且還以印刷錯誤為藉口多次篡改文章內容。此文終於在1988年7月號刊出。我在1990年初收到，自然憤怒至極，但三個月後，我竟然收到了與我僅有一面之緣的梅維恒教授（Victor H. Mair）親筆手寫的明信卡片。譯文如下：

夏教授臺鑒：

你最近在 *CLEAR* 發表的有關中國古典文學命運一文着實令人喘不過氣來。雖然思想狹隘封閉者必對你惡言相向，但此文對中國文學之評價實乃五四以來最中肯之陳述。你將自己至深至切的感受與想法公之於世，膽識過人，赤心可鑒。你的努力最終定會有所回報，不獨因為此文意義非凡、歷久彌新，更因其必將引起中國國內一些基本的改變。再不改變，中國無以存續。Hat off to you!

梅維恒　上

1990年3月22日

　　我收到卡片，欣喜難掩，上一次我因一封來信而如此快樂，還是1961年2月13日，我在紐約州的波茲坦意外收到哥大王際真教授的來信，當時我的《中國現代小說史》尚未出版，王教授在耶魯大學出版社讀到了前兩章的校樣，對我的評論能力及英文造詣稱讚有嘉，甚至希望我能與他在哥大做同事，至今我仍感恩於心。

　　此外，我還欠古根漢基金會(John Simon Guggenheim Foundation)與國家人文基金會(National Endowment for the Humanities)一個遲到的感謝，七八十年代，我在休假的幾年裏獲得了他們資助的研究基金，原本計劃做出一份有關十九至二十世紀初中國小說的長篇研究報告，但因我的女兒患有嚴重的智障與自閉症，太太與我不得不日夜照料，我長期研究的計劃也就暫時擱置下來了。現在，我們的女兒已在紐約州斯塔茲堡的安德森學校(Anderson School)生活數年，大大減輕了我與太太的負擔，若不是我在退休後一年突發心臟病，當年剩下的五六章也就早該完成了。迫於種種情形，希望兩大基金會能夠接受業已出版的四章研究成果以及本書收錄的相關論文，權且作為我在他們的大力資助下對評論界與學界的些微貢獻吧。

　　雖然我像王際真教授一樣，找到一位年青有為的學者繼任我在哥大的教職，但從長遠看來，繼任我的王德威教授(David D. Wang)反倒更像是我的恩人而非受恩者。把我的論文集結成輯正是他的主意，還多虧他從蔣經國基金會申請到額外的資金，本書才得以順利出版。我還得感謝哥大出版社的編輯主任Jennifer Crew女士，同意讓我在書後的術語彙編表中對演義小說及《玉梨魂》的注釋補充中文注釋。我自己屬文時的遣詞造句已經非常小心，但Leslie Kriesel依然能夠對部分文段提出改進意見，我在驚訝之餘亦格外感激。在此，我也要感謝韓南(Patrick Hanan)和何谷理(Robert E. Hegel)兩位教授，他們百忙中抽空重讀這裏收錄的所有文章，並極其熱心地支持本書的出版。哥倫比亞大學早前曾出版向我表示敬意的論文集 *Expressions of Self in Chinese Literature* (1983)，韓南與何谷理都曾為此書撰稿。此外，何谷理作為我的學生，更擔任了此書主編

一職，不僅為書作序，還寫了一篇詳細的導論探討文學的自我。我的太太Della悉心照料我們的女兒，吃盡苦頭，她本希望能跟我同遊歐洲或美國，但最後卻照我的樣子，讀起了嚴肅小說來。她現在剛讀完了喬治·艾略特（George Eliot）的《丹尼爾·德龍達》（*Daniel Deronda*）呢。

夏志清

2003年6月

（萬芷均 譯）

致　謝

在此收錄的文章中，十二篇已在學術期刊或專題論文集中出版過，餘下四篇則是中國文學英譯本的導論。首先感謝哥倫比亞大學出版社允許我在此使用此前由哥大出版的四篇論文：“Time and the Human Condition in the Plays of T'ang Hsien-tsu” in Wm. Theodore de Bary, ed., *Self and Society in Ming Thought* (1970); “A Critical Introduction” to S. I. Hsiung, tr., *The Romance of the Western Chamber* (1976); “Foreword” to Joseph S. M. Lau, ed., *Chinese Stories from Taiwan: 1960–1970* (1976); 以及 “Introduction” to *Modern Chinese Stories and Novellas, 1919–1949*, edited by Joseph S. M. Lau, C. T. Hsia, & Leo O. Lee (1981)。亦要感謝普林斯頓大學出版社允許我在此使用他們出版的專題論文集中的兩篇論文：“The Scholar-Novelist and Chinese Culture: A Reappraisal of *Ching-hua yuan*” from Andrew H. Plaks, ed., *Chinese Narrative: Critical and Theoretical Essays* (1977); 以及 “Yen Fu and Liang Ch'i-ch'ao as Advocates of New Fiction” from Adele A. Rickett, ed., *Chinese Approaches to Literature from Confucius to Liang Ch'i-ch'ao* (1978)。至於餘下的幾篇文章，我將以時間為序，列出各篇文章的初版信息，同時對授權重印的編輯與出版社表示衷心的感謝：

“Residual Femininity: Women in Chinese Communist Fiction” from *The China Quarterly*, no. 15 (London, 1962).

"On the 'Scientific' Study of Modern Chinese Literature: A Reply to Professor Průšek" from *T'oung Pao*, L, nos. 4–5 (Leiden, 1963).

"*The Travels of Lao Ts'an*: An Exploration of Its Art and Meaning" from the *Tsing Hua Journal of Chinese Studies*, n.s. VII, no. 2 (Taipei, 1969).

"The Military Romance: A Genre of Chinese Fiction" from Cyril Birch, ed., *Studies in Chinese Literary Genres* (University of California Press, 1974).

"Archetype and Allegory in the *Dream of the Red Chamber*: A Critique" from *Harvard Journal of Asiatic Studies*, XXXIX, no. 1 (Cambridge, 1979).

"Hsü Chen-ya's *Yü-li hun*: An Essay in Literary History and Criticism," first published in *Proceedings of the International Conference on Sinology: Section on Literature* (Taipei: Academia Sinica, 1981). Also in *Renditions*, nos. 17–18 (spring & autumn 1982), pp. 199–240. Reprinted by permission of the Research Centre of the Chinese University of Hong Kong.

"*The Korchin Banner Plains*: A Biographical and Critical Study" from *La Littérature chinoise au temps de la guerre de résistance contre Japon (de 1937 à 1945)* (Paris: Editions de la Fondation Singer-Polignac, 1982).

"Chinese Novels and American Critics: Reflections on Structure, Tradition, and Satire" from Peter H. Lee, ed., *Critical Issues in East Asian Literature* (Seoul: International Cultural Society of Korea, 1983). Permission granted by the Korea Foundation, Seoul, Korea, which has absorbed the International Cultural Society of Korea.

"Classical Chinese Literature: Its Reception Today as a Product of Traditional Culture" from *CLEAR*, X, nos. 1–2 (1988), but not published until the new year of 1990.

　　曾於 1986 年出版彭歌 *Black Tears: Stories of War-torn China* 的 Chinese Materials Center Publications 早已結業，導論一章的版權便也復歸原主夏志清，謹收錄於此。

（萬芷均 譯）

I

理解中國文學

中國古典文學

作為傳統文化產物在當代的接受*

萬芷均　譯

一

　　相比起中國古典文學，中國現代文學不論在形式上，還是思想上，都大量借鑒西方文學，少了點獨特的中國韻味，因此不在本文討論之列。1900年秋，八國聯軍佔領北平，國家岌岌可危，文明落後僵滯，中國現代文學大致就在這樣的境況下誕生了。現代文學，尤其是1917年新文化運動之後的文學作品，是現代中國文化與歷史中至關重要並且仍在不斷發展的一部分，也必將繼續在全球範圍內受到相關學科學者的密切關注。至於中國人自己，不管身處何地，只要心繫中國的命運，也必當閱讀現代中國文學。雖然在毛澤東統治下的近三十年時間裏，中國大陸的文學讓人大失所望，但在毛澤東逝世不久，眾多作家便以詩歌、小說、戲劇的形式講述他們眼見耳聞親歷的真相，由此也可證明，即便在共產主義的意識形態之下，堅執真實的現代精神也很能經得住考驗。[1]而且值得注意的是，在中國大陸，對本國當代文學有濃厚興趣的中學生、大學生還遠多於熱愛本土文學的美國同齡人。

　　總的來說，本文探討的對象仍以中國傳統古典文學為主。中國古典文學的發軔早於儒家思想，但它主要表達的主流中國文化卻服務於尊儒的集權政府。古典文學土生土長於中國，其體裁類型也是

明顯的中式。創作者基本都是求取仕途的讀書人，但他們也沒有與民曲民謠、口頭文學就此斷絕。相反，到後來雖然許多文人自幼習慣用文言作詩詞，但仍大量運用通俗白話創作戲劇和小説。然而，除了民謠和部分口頭文學，民眾對古典文學形成的影響就微乎其微了。以佛教為主的外來語匯、思想早已成為中國傳統的一部分，因此我們在閱讀中國古典文學時也不會存在理解上的問題。至於由利瑪竇（1552–1610）等耶穌會教士傳入朝廷的近代西方文明，因為在十七、十八世紀的文學作品中鮮有提及，所以把文學史的現代時期定於二十世紀，想也不為過。

研究中國古典文學在當代海外的接受之前，自然應當首先估量一下兩岸國人對古典文學的接受度，一種文學要是中國人自己都沒興趣，更不用指望外國人能靠翻譯讀得津津有味。毋庸置疑歷史上古典文學對士大夫學識、心性的培養至關重要，因而也有助於中國文化的發展和政治秩序的穩定。同樣，凡有意攻讀中國文化和歷史的學生，至少也該對那些公認的經典作品熟讀於心，不論其文學價值與流行程度如何，讀不了原文也應當讀讀翻譯。不過，即便是莎士比亞，其作品的內在價值也同樣仰賴於對青年讀者的長期培養，需要他們懂得欣賞莎士比亞，更需要他們首先願意接受嚴苛的培養與教育。如果所有的年輕一代都對莎翁的詩歌置若罔聞，那麼莎士比亞便會失去其內在的意義與價值；如果這種漠然的態度持續個十幾年，估計那時的教育學家們便會改換課程，把莎士比亞換成其他更受歡迎的作家。説不定未來的一天，專攻漢學的學生對古典文學也會只餘下一點象徵性的興趣而已。

在古代，若要博取功名、著稱文壇，就必須掌握儒家的經典著作以及重要詩人、散文家的代表作品，因此中國古典文學一直佔據着絕對的主導地位。然而，1905年廢除科舉後，古典教育自此不再是取得功名和學術成就的唯一途徑，到二十年代，白話取代文言成為文學創作和新聞報導的主要敍事媒介，古典文學的地位由此更是一落千丈。如今，隨着海峽兩岸越來越多的學生開始偏好科技、醫學以及人文學科中更有「錢途」的科目，中國古典文學這一文化遺產

的存續幾乎主要依賴於高中教育裏最基本的名篇閱讀和簡單的文言寫作之上。不過，當高中教育課程需要納入新的學科和技能時（如電腦科學），文言與古典文學教育勢將退居次位。如果好的文化修養意味着自幼精讀本國經典，雖不求文筆雅致，但至少能文法通暢地寫作，那麼可想而知，不論在美國，還是中國大陸或者臺灣，人們的文化修養必將進一步下降。

除了老師，家庭、朋友對一個人的閱讀取向也有很大影響。在我的學生時代，要是課堂上教的、背的是唐宋大家的散文，那我們課餘便會自己去讀文言小說，五大名著外（那時《金瓶梅》還是禁書）還有其他許多章回小說，遲早都讓我和朋友們讀過一遍。我猜，打倒四人幫以前，這也是大陸許多學生的寫照吧：當時的小說無聊得很，外國小說的譯本又不多，自然而然，學生們便會讀讀《三國演義》《水滸傳》一類小說作為消遣。但是到了今天，電視觸手可及，外國文學翻譯比比皆是，從《唐吉訶德》到類型小說暢銷書舉不勝舉，更不消說五花八門的雜誌期刊和琳琅滿目的現代小說。與臺灣的情形一樣，傳統小說在大陸的熱潮終會過去。1981年，鑒於年輕一代的古文閱讀能力普遍下降，一家報社的編輯促成了四十六冊古文經典的白話翻譯，從《詩經》到《老殘遊記》，內容十分豐富，也極獲好評。現在臺灣的青少年讀者手裏拿着的正是這些白話譯本，即便如《西遊記》和《紅樓夢》這一類的通俗小說，也是以節縮本面世，只保留幾段原文作為樣章附在譯本當中。[2]

讀了上文，大家也許會以為年輕一代之所以對古典文學興趣索然，主要就在於語言能力的下降；但一代又一代的讀者證明，即使沒有長年累月的文學根底照樣能讀《三國》《水滸》。如果這些家喻戶曉的經典作品開始受人冷落，那也只是因為其他讀物更受歡迎罷了，譬如最近的武俠小說、歷史演義，或新譯的阿加莎·克利斯蒂（Agatha Christie）和維多利亞·霍特（Victoria Holt）。與中國傳統小說相比，讀者當然會更傾心於十九世紀與現代派的西方經典小說。這便是新文化運動以來的現實。儘管在新文學與舊文學的論戰中，總有幾部古典小說得到了新文學論者的推崇，但整體上傳統小說都

因其思想落後、缺乏人道主義的思維受到了猛烈抨擊。對於胡適、
魯迅等文化領袖，西方小說顯而易見的優勢更是毋庸置疑。

　　既然中國傳統小說的讀者在這幾十年間都已在逐漸流失，我們
可以大膽地說，大多數中國人完成學校教育後便不會再接觸古典詩
詞、散文和戲曲。這情形跟美國差不多。今天大概只有人文學科的
教師、職業作家和出版商還會繼續閱讀小說以外的古典文學。但就
中國文學的聲譽平心而論，讀者誠然越來越少，這些文學作品的作
者卻依然被尊為民族英雄，並在中國大陸獲得了前所未有的聲譽與
讚賞。雖然傳統文學在五四運動中遭到抨擊，但就我所知，還並沒
有一個人曾真正詆毀過屈原、陶潛、李白、杜甫、蘇軾、關漢卿、
施耐庵、湯顯祖和曹雪芹；儘管他們在文化大革命中慘遭批判，但
如今他們的名字已超乎意識形態之上，成為文化的英雄。批鬥舊文
化是為了滿足一個歷史流轉的衝動，而英雄崇拜則是文化演進的另
一個必然。中國傑出科學家不多，而歷來的政治家又都以儒家思想
為重，自然要對歷史上的文學巨擘大事表揚。在我看來，相比1949
年以前，屈原、杜甫、關漢卿和曹雪芹如今都受到了舉國上下更大
的尊敬。環顧四周，我們在郵票上緬懷着他們的過去，在小說、戲
劇、電影裏一遍又一遍上演着他們的作品與事蹟。在某種意義上，
他們被供奉為魯迅和毛澤東的先驅，是幫助人民掙脱封建文化、關
心民間疾苦的引路明燈。

　　在任何一場表揚大師的大規模文學批判運動中，矯枉過正的
論點在所難免。元老級的作家受到無上的尊崇，其優點更在公眾眼
中愈加放大。其他次要的文人作家呢，則被斥為封建主義的典型產
品。不過，在這一民族英雄的塑造過程中，應運而生的還有關於其
作品的新的詮釋、研究和英譯（當時大多數的英譯本都出自楊憲益、
戴乃迭這對老搭檔）。不論古典文學如何失寵於大眾，這些新的版本
無疑對致力研習古典文學的學生大有裨益。樂觀點説，儘管就受教
育的總人口來看，古典文學的讀者數量急轉直下（曾幾何時，凡識字
者皆必讀古典文學），但相比明清時期，現在古典文學的忠實讀者絕
對比那時期多。我想，單單是中國語言與文化的教師都應當比1790

或1890年考中科舉試的總人數要多。與古代做官的不同，今天大多數中文教師恐怕都得讀點古典文學，不然在同行間難以立足。

二

誠然，中港臺三地的教師群體已經足夠支持古典文學出版業的長足發展，但西方公眾對中國古典文學卻依然知之甚少，儘管中國小說戲劇零碎的英法譯本早在十八世紀就已經在歐洲流傳。如今，美國各大書店專門擺設翻譯作品的書架上不僅有來自法意德等歐洲國家的現代作家，更有東歐、拉丁美洲、印度、日本，甚至中國大陸和臺灣的當代作品，因此，寄望中國古典文學能在美國擁有龐大的讀者群其實不切實際（因美國擁有廣大受眾，且其漢學研究居於公認的領先地位，故為方便起見，這裏僅以美國為代表）。受過良好教育的大眾讀者，往往通過閱讀現代文學來感受海內外不同的生活體驗，因此現代文學也就更受歡迎。相較之下，即便是十八世紀的英國文學作品也顯得遙遠了。想要充分領略其中樂趣，還得事先下足功夫才行。一般讀者不大可能在毫不瞭解中國歷史、文化的情況下，仍能徜徉於明清時期的中國社會而不覺陌生。《一千零一夜》是唯一一部成功躋身西方經典的非希伯來語的東方作品，但諷刺的是，在研究阿拉伯文學的學者中，這部知名作品卻並不受重視。由此看來，要想中國小說中的某個人物變得比阿里巴巴與辛巴達更出名，希望的確渺茫。

雖然中國古典文學翻譯作品的讀者數量的確有限，我應該指出的是，美國讀者對中國的迷戀可說情有獨鍾。二戰以來，許多有關中國的作品也曾一度躋身暢銷榜單。即便在戰前甚至戰時，林語堂的《吾國與吾民》（*My Country and My People*）、《生活的藝術》（*The Importance of Living*）、《京華煙雲》（*Moment in Peking*）以及老舍原著、伊萬金（Evan King）翻譯的《駱駝祥子》都曾數周榮列暢銷書榜。二戰後，不少美國本土作家都寫過有關中國的書籍，但這些先不談，單看華裔作家如韓素音（Han Suyin）、湯婷婷（Maxine Hong

Kingston)、包柏漪（Bette Bao Lord）、梁恒（Liang Heng，與Judith Shapiro合著）、譚恩美（Amy Tan）這幾個人的例子。他們的作品都曾獲得大眾甚至文學批評界的讚揚。相比之下，中國當代傑出作家的譯本則難望其背項了。一部分原因在於這些譯本均由大學出版社出版，而他們在宣傳、推銷方面的資源實在有限。不過也有例外，陳若曦的《尹縣長》（*The Execution of Mayor Yin*，由印第安那大學出版社於1978年出版）就曾獲得熱烈的迴響。而由於美國的「中國熱」餘溫仍在，其他當代小說的譯本理應也能夠再出現一次「《尹縣長》現象」。

因為缺乏大眾讀者群，古典文學在銷量上也不甚理想。儘管過去三十年來出現了一系列非常優秀的翻譯作品，但仍未能顯著激起讀者的興趣。從前，埃茲拉龐德（Ezra Pound）、亞瑟韋力（Arthur Waley）所譯的中國古詩詞，對於英美各國的詩人與現代詩讀者，都還算是前所未有的新聞；那時譯者匱乏，而人們對中國詩詞的興趣又極高，所以儘管龐德當時對中國詩詞的瞭解遠不及現在的譯者，但幾冊薄薄的詩詞譯作已能讓讀者和書評人感覺如發現新天地。由柳無忌（Wu-chi Liu）、羅郁正（Irving Lo）合編的《葵曄集》（*Sunflower Splendor*, 1975）是一部涵蓋極廣的中國古詩詞選集，出版後得到《紐約時報》星期日書評頭版的報導，極受好評。不過，也正因其涵蓋面廣，在內容上難免給讀者在主題上陳陳相因的感覺。而一度由龐德、韋力築起的期待也因此坍塌。此後的大部頭選集如華茲生（Burton Watson）編譯的《哥倫比亞中國詩歌選集》（*The Columbia Book of Chinese Poetry*），齊皎瀚（Jonathan Chaves）編譯的《哥倫比亞中國後期詩歌選集》（*The Columbia Book of Later Chinese Poetry*），以及羅郁正、舒威霖（William Schultz）合編的《待麟集》（*Waiting for the Unicorn: Poems and Lyrics of China's Last Dynasty*）等，最終在書評界都得不到跟《葵曄集》相當的待遇。

同樣，由韋力編譯的《西遊記》節縮本《美猴王》（*Monkey*）初版於1944年，一經推出，其生動活潑的文筆，引人入勝的情節馬上得到書評界的熱切讚賞，更激起讀者對全譯本的迫切期待。從《美猴

王》來看，不管以甚麼標準，足本的《西遊記》都該是一部十分出彩的喜劇探險記，但在 1977 年，余國藩（Anthony Yu）翻譯的《西遊記》全譯本第一卷正式面世時，我卻不得不向《紐約時報》書評版編輯毛遂自薦寫書評，否則這本書便早已不留痕跡地從公眾視線裏消逝了。後來，芝加哥大學出版社推出了這套書的第四卷，也就是最後一卷，《紐約時報》亦請到當年《葵曄集》的書評人拉鐵摩爾（David Lattimore）為這項一人獨力完成的壯舉寫書評。雖然余國藩這四本扛鼎之作普遍得到好評，但在我的印象中，當時這部譯界巨著的受眾主要還是局限於中國及亞洲文學的學生、學者和西方文學的教師。評論家則幾乎絲毫不受影響，更不用說一般讀者了。整部作品中，雖然幽默諷刺比比皆是，唐僧師徒的許多歷險經過卻常常重複着同一語調和模式，讀久了自然生厭。對外國讀者而言，這本小說與之前的詩歌一樣，撩人之處淺嘗過後，全譯本反而讓一度望眼欲穿的讀者過分飽脹而失去欲知下回分解的樂趣。

《葵曄集》和《西遊記》都經極力推銷才上市，所以不應怪罪美國出版界對中國古典文學冷漠不公了。相反，美國對中國文學已算十分公道，1977 年，陳莉莉（Ch'en Li-li 譯音）曾憑藉其翻譯佳作《董解元西廂記》（*Master Tung's Western Chamber Romance*）榮獲美國國家圖書獎，出人意料但的確實至名歸。中國古典文學雖然也曾收到肯定的評價，但目前為止仍未能吸引到享譽國際的書評人，而在過去的幾十年裏，他們正是重要外國文學在美國發展的主要助推力。固然陳莉莉已經獲得多少人夢寐以求的大獎，但我想，作為一名比較文學的學生，如果她的書不僅受到漢學家的關注，還能得到著名詩歌評論家或中世紀歐洲文學學者的垂青，大概更會有「知遇之恩」的感受。眼下，斯坦納（George Steiner）、厄普代克（John Updike）、維達爾（Gore Vidal）都是對世界小說大感興趣的大評論家，但他們三人中似乎沒有人曾為任何中國古典或現代小說做過書評，雖然維達爾在撰寫小說《創造》（*Creation*, 1981）時一定對中國古代思想和歷史做過大量研究。至於厄普代克，他最近的一部論文及書評集《靠岸而行》（*Hugging the Shore*, 1983）內容

涵蓋各地文學，幾乎無所不包。然而，到了遠東一節，他評價了夏目漱石、谷崎潤一郎、遠藤周作、安部公房，但寫到中國時，卻置中國本土文學於不顧，只提到李克曼 (Simon Leys) 的《中國影子》(*Chinese Shadows*) 和黃仁宇的《萬曆十五年》(*1587, A Year of No Significance*)。當然，厄普代克能夠注意到這兩本重要的書，的確是件幸事，不過，他作為一名出色的小説家，同時還大量閱讀各國小説作品，卻寧可閱讀一本有關明代的歷史書，也不願親自讀點這個朝代的小説，實在令人不解。在他撰寫《靠岸而行》的十多年裏，厄普代克本可以點評一下《西遊記》，或由霍克思 (David Hawkes) 與閔福德 (John Minford) 合譯[3]的《石頭記》前四卷。厄普代克亦可關注一下《尹縣長》，或由印第安那大學出版社出版的其他中國現代小説精品，如白先勇的《遊園驚夢》(*Wandering in the Garden, Waking from the Dream*)、蕭紅的《生死場》(*The Field of Life and Death*) 和《呼蘭河傳》(*Tales of Hulan River*)。如果厄普代克曾為這些書目作點評，一定會引起高度關注。[4]也許他曾收過書評邀請，書看過後卻提不起興趣？或者更有可能的是，他曾讀過像《金瓶梅》和《紅樓夢》這類的中國小説，始終無法投入，也從此了結對中國小説的癡念。

　　不論是否應該怪責一言九鼎書評人的緘默，中國古典文學在美國並非一種熱門學科是不爭的事實。不過，二戰以後，許多學者，包括從中國來到美國學習西方文學的研究生、博士生等，他們都在古典文學這一領域做出許多優秀的學術研究和翻譯作品，至少為不懂中文的外國大學生提供了一個研究中國文學的機會。除了上文中提到的那些翻譯作品，不能不提華茲生翻譯的兩卷本《史記》(*Records of the Grand Historian*, 1960)。跟最近一些古典文學譯本不同，華茲生儘量少用注釋，使專家學者與大眾讀者都能從中受益。然而，單音節的中文人名發音相似，不易記誦，不比俄語、日語，雖然是複音節詞，但易讀易記。因此，大多數讀者都不能在開頭幾章就記得住所有人物的名字。跟不上故事，自然不能盡興，所以儘管《史記》是中國古代最偉大的敘述作品，譯者華茲生的譯筆也

爐火純青，但最終稱得上知音的也只得專家和學者。我不知道這部
《史記》有沒有對研究古希臘和羅馬的歷史學家留下甚麼印象，但在
理論上，他們對司馬遷的認識應當不下於對希羅多德（Herodotus）
和塔西佗（Tacitus）的認識才是。

　　因知古典文學的翻譯絕不可能吸引一般讀者，因此最近的一些
翻譯作品便走向另一個極端，一字不漏依照原文，並提供大量注解
與其他方便學者專家的補充資料。馬瑞志（Richard Mather）翻譯
的《世說新語》（*Shih-shuo hsin-yü: A New Account of Tales of the
World*, 1976）和康達維（David Knechtges）的《文選》（*Wen xuan,
or Selections of Refined Literature*, 1982, 1987）都是漢學界里程碑
式的作品，奠定了美國在漢學研究的領導地位。本文發表時，康達
維的《文選》還只出版了前兩卷，但當譯作最終完成時，相信會是唐
前文學空前重要的一部巨作。毫不誇張地說，《文選》是中國文學史
上唯一一部高雅文學選集，唐代以來，所有真正有志於文學的讀書
人都必定爛熟於心。《文選》前兩卷的詩文原本就是出了名的難讀難
懂，如今，有了康達維的翻譯和豐富的注釋，即便是中國的學界泰
斗也同樣受益。

　　上文列舉了一些中國文學的選集與基本作品，有意於中國文
學的大學生不妨拿來一讀。過去三十年裏，美國的漢學研究取得了
長足的進步。詩詞方面，先秦至南宋的知名作品的譯本都已垂手可
得；至於元明清時期的詩詞，除了《葵曄集》、《哥倫比亞中國後期詩
歌選集》、《待麟集》收錄的作品外，現有的譯本的確寥寥無幾，但
這也只是因為這一時期的詩家原本在中國就沒有受到格外的重視。
元明清時期，傳奇、戲曲、小說等其他文學體裁蓬勃發展，盛極一
時，今人對這一時期詩詞的冷落其實也無可厚非。戲曲方面，不論
翻譯品質如何（最近的譯本顯然更加準確通暢），一些元戲曲家如關
漢卿、王實甫的選集也都陸續出版，更有明清戲曲經典作品如《琵
琶記》、《牡丹亭》和《桃花扇》等。小說方面，除了其他有待翻譯的
作品外，羅慕士（Moss Roberts）譯介的《三國演義》和芮效衞（David
T. Roy）的《金瓶梅》尤其值得一提。目前為止，我在拙作《中國古典

小説》(*The Classic Chinese Novel*, 1968) 中所列舉的六大名著已有
五部出現了更加完整的重譯本。至於短篇小説，如今也有了馬幼垣
(Y. W. Ma) 與劉紹銘 (Joseph S. M. Lau) 合編的《中國傳統短篇小説
選集》(*Traditional Chinese Stories: Themes and Variations*, 1978)，
大篇幅收錄了由多位譯者譯介的各類型傳統小説。

三

　　從上文可以看出，過去三十年裏，西方尤其是美國的漢學家已
在中國古典文學研究與翻譯方面取得了非凡的成就。然而，這一龐
大的文學體系卻並沒有取得西方讀者普遍的關注，因此上述研究與
翻譯的潛在受眾仍僅限於專家學者以及以此為職志的青年學生。本
文在探討中國古典文學於當今世界的地位時，將暫時避開專家學者
及中國讀者(雖然前文已經提過，中國讀者對古典文學的漠然使之陷
入更加嚴重的兩難困境)，而側重關注於那些預備在本科階段專攻中
國文學的美國大學生群體。筆者身為中國人，長居美國，熟稔兩國
文學，但若有美國學生前來討教，我應當勸其先修習文言白話文，
而後專攻中國文學嗎？
　　我的答案是肯定的。先語言後文學，這大概也反應出我對中國
古典文學的態度。如今市面上充滿了現代及後現代主義的新文學
讀物，單就內容而言，中國古典文學對青年人的吸引力當然不比新
文學。就算是中國人，只要有志研究中西文化，也自然與浪漫主義
時期以來的西方文學產生更多共鳴。雖然中國人與中國古典文學
在語言、文化上有血脈相連的關係，但以盧梭 (Rousseau)、歌德
(Goethe)、布萊克 (Blake) 為先驅的西方作家卻更能滲入他們的心
靈。孕育古典文學的傳統文化已與我們漸行漸遠，中國古典文學的
修讀與研究必須與歷史學、文獻學相聯繫方能不失其學術價值與趣
味。有人認為中國古典文學到現在依然充滿活力，讀翻譯與讀原文
效果相差無幾；也有人認為，在一番精妙的分析之後，每首古詩、
每齣戲劇、每部小説都會展現其精密構造下鋪層的隱秘深意，但其

實，這些看法只是自我陶醉而已。[5] 雖然現在新版本、新譯本垂手可得，但中國古典文學對本土和西方普通讀者的吸引力卻日見微弱，這也赤裸裸的說明了中國古典文學已無力競爭，徹底的為中國現代文學、西方嚴肅文學、流行小說、電視電影以及其他的影音娛樂產品所取代。西方漢學家們應當着眼於中國古典文學的學術研究與批評，而不是古典文學也能有朝一日一紙風行的妄想。

通過系統閱讀外國文學，大學生在享受閱讀經典的樂趣之餘，還可達到兩項教育目的：一，更加瞭解該國的社會行為、理想，乃至「靈魂」；二，通過欣賞外國文學巨匠對世態人情的探討，小至親子夫妻，大至國家命運，讀者在想像與交感的過程中，也能更加瞭解自己。作為西方文化的主要源頭，古希臘的文學、哲學、歷史在上述兩方面都對讀者大有裨益，因此我會毫不猶豫地建議大學生去修希臘文學，哪怕將來並不準備以此為專業，甚至並不想學希臘語。同樣，我也會毫不遲疑地鼓勵學生去主修俄國古典文學，雖然十九世紀的俄國落後於西歐，而且俄國精神也確非我輩能懂，但從果戈里（Gogol）到契訶夫（Chekhov），一浪接一浪的文學大師在領悟人生的道路上作出了巨大的貢獻，任何一個聰敏善感的讀者都應當對俄國小說的經典著作感激不盡；正因此，當嘉奈特（Constance Garnett）獨力譯完全套俄國文學名著時，英語世界的一整代讀者無不知恩感激於心。[6] 今天，許多譯者在政府或相關的基金會支持下進行着漢學的翻譯工作，可惜知音無幾，原因之一顯然是在於大多數讀者在閱讀一部中國名著時，並不像讀到托爾斯泰（Tolstoy）或陀思妥耶夫斯基（Dostoevsky）的作品那樣心存感激。事實上，二十世紀初，中國知識分子早已深為俄國小說所震撼，他們對俄國小說的崇拜已經到了對自己的傳統小說妄自菲薄的地步。

在中國古代文明的興盛期，先秦思想家在追求真知、完善政治制度等方面，可以說絲毫不亞於古希臘的哲學家。秦始皇建立的封建制度在漢代得到延續，同時，儒家思想經過中央政府的一番扭曲為其所用，成為中國社會歷代相傳的顯著標誌，又在幾千年後被馬克思主義者貼上「封建」的標籤。因此，《詩經》《論語》《孟子》《道

德經》[7]這些先秦著作被納入為世界文學與思想的一部分並非無因，而大部分漢代以來的文學與思想，雖然譯述頗豐，卻在西方鮮為人知。在過去兩千多年的「皇權儒學」的影響下，知識分子的思維與感受都大同小異，再也沒有先秦文人的清新脫俗。因此，讀者必須對文言文嫻熟得如數家珍，才能區分不同詩人作品的特色，體會各自的獨特韻味。而這些風格上的精微玄妙之處，一經翻譯便散失了，因而中國詩人讀來都似曾相識，詩與詩之間的不同特徵也變得模糊起來。

然而，中國封建時期的文學之所以遜於文藝復興以來的歐洲文學，根本原因還在於前者缺乏人文主義精神，其利己主義的抒情模式最終令人覺得煩厭發膩。鑒於「古典主義」與「浪漫主義」的歷史內涵，中國幾千年的封建時期尚可稱作「古典期」，但中國的現代時期最多只能算作一種對歐洲浪漫主義後知後覺的回應。畢竟，浪漫主義早在十八世紀末就已在歐洲興起，繼而各大人文主義運動席捲全球。相比之下，中國的現代時期的確有點姍姍來遲。用巴爾贊（Jacques Barzun）的話說，「歷史上的浪漫主義趨於拒絕權威，追求自由；拒絕安定，追求未知；拒絕陳腐觀念，追求探知自我；拒絕君主制度，追求人民自主權益。」[8]這段文字不消改動一字一詞，便可用來形容中國在五四時期的轉變。「未知」一詞更是準確的預示了後來共產黨取得大陸政權的意外轉折。在五四運動的高峰時期，無數知識分子、熱血青年與傳統為敵，而觀念陳腐、抱殘守缺的士大夫階級則因其忠君思想而脫離人民亦因此被視為進步的仇敵。雖然個別的大作家中總有例外，但這種對士大夫階級的消極觀念卻一直延續至今。而我個人對古典詩詞的厭倦也主要由於這種狹隘的風流自賞而不近民情的特徵。

如果屈原、陶潛、李白、杜甫不能算作中國詩人之最，至少也是首屈一指的四大家。他們的詩歌帶有鮮明的個人風格與感情。他們在現實生活中，或在仕途上有過鬱鬱不得志的經驗，可反過來說，若他們事事一帆風順，也許就不會成為現在我們認識的大詩人了。不過問題是，即便澹泊如陶潛，也做不到心無怨言。陶潛從

官場退下來後歸隱田園，但從他的詩裏不難發現，他必須不斷強調自己怎樣與其他朝中的官僚不同方能徹底獲得田園生活的快樂。而唐代最偉大的兩位詩人，李白和杜甫，則一天到晚忙着替自己找進身，最終一樣白費心機。屈原是史上最早的大詩人，至今仍是許多詩人的靈感泉源。值得注意的是，在《離騷》中，他申述了自己志潔行廉的品質與精忠報國之決心，同時也抒發了君王見棄、懷才不遇的苦悶，而這也成為後世所有士大夫詩人的根本心結。不論屈原最後應否沉江殉國或遁迹人世，以效君報國為第一要務是他從不曾動搖的理想與信念。

有別於上述四位詩人，仕途得意的詩人所作往往顯得躊躇滿志，中規中矩，對近身社會事件的評述也絕少夾雜個人感受。當然，即便是朝廷的公卿大夫，際遇上也有陰晴圓缺之時，而他們遇到挫折時的感受也絲毫不亞於其他人。不過，今天的青年人就業面這麼廣，相比之下，當年指望科舉立功名的後生可選擇的人生道路不僅有限，而且難說有甚麼吸引力。因此，唐詩裏大小官員周而復始的喜怒哀樂，周而復始的酒席與郊遊，千遍一律的慰藉落第考生或官場失意人，或對自己仕途上的「恩公」善頌善禱的吹捧，或對釋道二界高僧羽人仙風道骨的阿諛奉承——這種種行為聽來只教今人生厭。但同時，詩人對自己的家庭生活和有關自己的真實面貌卻絕口不提。因為這樣才能符合傳統觀念裏溫恭謙厚的人文風度。雖然詩人在詩中絕少提到自己的妻子，但她去世時，他總得寫一首長短不拘、性情不論真假的悼亡詩紀念她，因為這是當時文人的規矩。許多中國古詩都為一定的社會目的而作，因此很難判斷所寫是否發自內心，不過肯定算不上真誠。即便是杜甫，遇到一些並不十分相投的朋友，也不得不稱讚幾句，遇到心裏憎惡的官吏，也不得不假意恭維一下。（不過，由於杜甫在詩中常常提及自己的妻子兒女，也在其他社會規範中顯出不拘小節的性格，因此他也是中國最可愛最偉大的詩人。）當詩歌的功用無異於今天印刷品的賀卡與謝函，自然不能指望它來刻畫社會世態炎涼或官場百態。為了表現一種各居其位、各司其職的儒家君子典範形象，詩人必須時刻突出詩意的抒

情，正因為如此，在泛化的自然景致或社會環境中，寫實當然就比較少見了。華茲生在《中國抒情詩》（*Chinese Lyricism*）中，以《唐詩三百首》為例分析了其中各種不同的自然意象。《唐詩三百首》是一部廣泛認可的唐詩選集，既可用來消遣，也能用於入門教學；作為研究樣本，或許數量上略顯不足，但只要多讀一些唐詩，一定會認同華茲生的結論：

> 這一切都表明，中國的自然詩人在描寫山川草木飛鳥時，往往只勾勒大概，而不求工細。即便有意添一筆細節，着墨之處更多卻是傳統文學典故或象徵中常用的意象，而非眼前實景。[9]

對於大多數唐詩人來説，作詩更多情況下是一種社會活動，根本無需書寫親眼所見；而囿於多數詩歌形式所限，詩人更不必精謹細緻地描摹細節了。

　　因為中國古詩詞必須符合一定的社會、政治規範，所以最大的不足就在於缺乏諷諫的聲音——因畏懼而沉默於官場腐敗、社會不公，因追求品味而不屑於諷刺勸諫。儘管孔子並不反對詩歌的諷諫作用，甚至因為詩「可以怨」而對《詩經》大加讚揚，但到了漢代，儒家成為封建中央集權的正統思想，並提出「溫柔敦厚」、「止乎禮義」作為詩教。不過，即便沒有這樣的倫理規範，中國古代的詩人必定也會為了自身安全而避免過分怨憤。在漢朝，以大都賦為代表的宮廷文學充斥着歌功頌德的逢迎之詞，唯有民間歌謠還在抒寫黎民百姓的真實生活。李白、杜甫繼承了民謠的寫實傳統，創作了許多針砭時弊的詩歌，而後世的詩人們也承其衣鉢，使這種人文主義的關懷始終不滅。[10] 然而，這些詩人似乎只看到地方上苦難與不公的個別事例，並沒有真正發揮詩歌的諷諫作用，也沒有對當時政府的專制與腐敗產生絲毫的約束力。

　　上文重點探討了中國傳統詩歌的社交功能，以及情感誇大、疏於寫實、怯於諷諫的特徵。以這種消極的方式來肯定中國傳統詩歌的重要性，似乎有點背道而馳，但唯有當我們明白，這些卷

帙浩繁的詩歌其實是詩人為熟絡社會關係、求取仕途遷升而作的努力，我們才能在反差之下體會詩人的偉大，是他們通過詩歌讓我們在一千五百年以後的今天仍能走進他們的世界，體會他們人生的思索與感觸。詩人成千上萬，但多數詩歌卻並不值得花時間研讀。我曾嘗試在沙裏淘金，找出真正的好詩人，而米蘭昆德拉（Milan Kundera）的新書《小說的藝術》（*The Art of the Novel*）第一部分恰好與我的想法不謀而合：

> 自現代時期開始，小說就一刻不離地伴隨著人類。胡塞爾（Husserl）視「求知的熱望」是歐洲精神的本質，而正是這種「求知的熱望」抓牢了小說，驅使它探索人類實質的生活，保護它不被遺忘，使生活的世界永不為黑暗吞噬。從這個意義上說，我很理解並支持海爾曼布洛赫（Hermann Broch）曾一再重複的觀點：小說之存在，只為小說可知他物之不能知。如果一部小說不能發現以前未知的一部分存在，那這部小說便有悖於道德。致知是小說的唯一道德。
>
> 我還要補充一點：小說是歐洲的創造；小說中的發現雖然存在於不同語言，但都屬於整個歐洲。正是這一連串的發現（而非作品文字的總和）造就了歐洲小說的歷史。[11]

我們可以不認同昆德拉「小說是歐洲的創造」的說法，或者「致知是小說的唯一道德」，但不可否認，歐洲小說的歷史的確是由存在境界裏的一連串發現所造就的。同理，我們也可以說中國古典詩詞的歷史是由人類所觀、所感的一系列發現構成的。從現存作品的數量上來看，沒有任何文明能與中國的古詩相比，但大多數古詩卻只是陳腔濫調用以舖陳一再出現的濫調陳腔。因此，真正觀察過、動過真情的詩人，也必是中國詩歌上藝高人膽大的大宗師。只有那些心中實有所感，才會費上心機在文字上苦吟，務求寫出來的句子夠得上自己腑肺的感受。除了上文提到的四位之外，還有唐宋時期的李賀、李商隱和蘇軾。不論他們詩中披露的是隱情、或意識尚矇矓

的情景，事實上他們已創新了中國的詩歌。他們的作品成就了中國的詩史，如果西方讀者想要瞭解詩的真諦，那就應當一讀，可能的話，讀一讀中文原著。

然而，任何曾飽讀英詩的人都不難發現，即便是最偉大的中國詩人，其互相之間相似的地方也遠大於時期相近的蒲柏（Pope）與華茲華斯（Wordsworth）或斯賓塞（Spenser）與多恩（Donne）。中國古詩不僅簡短，而且往往為求詩意而犧牲了敍述與諷喻的功能。同時，除了少數幾種以女性為主體的詩歌類型外，古詩因其在社交上的重要作用而顯著表現出男性主導的特徵；所有這些因素都意味着中國詩人對情感與行為的探索與發現都十分有限。雖然屈原、李白、李商隱因其對神話、情愛的着迷而顯得不同凡響，但相比之下，即便把莎士比亞等一批優秀的劇作家排除在外，從喬叟（Chaucer）到葉慈（Yeats）短短六百年間，英國詩人所作出的靈魂探索都遠遠大於所有中國詩人相加之和。英詩在詩歌體裁與感受力上每五十年一變，而中國改朝換代不知凡幾，詩歌的感受力自漢至清卻真的變化不大。詩歌傳統中，天才詩人趨於大同而無迥異，這便是文化穩定的代價吧。

四

中國傳統詩人因為缺乏人性自由的浪漫主義願景，所以即便他們在許多作品中都表達了對下層勞苦人民的同情、官場黑暗的事實及其絕塵隱居的渴望，但他們始終未能設想取代君主專制的中央政府。相對之下，中國傳統小說在刻畫社會時更注重寫實而不大計較文筆，因而在宣揚儒家政治秩序和傳統道德方面似乎更具教化意義。詩人常有怨言，在發洩牢騷那一刻，他們對君主賞罰任意妄為的制度其實心裏很不服氣。小說家們雖更樂於證明天命之不可欺，但他們對朝廷、官場、百姓的描寫卻遠比詩歌細緻。小說中也因此有了更多不同的男女人物，相互交匯，構成一個錯綜複雜、動感十

足的紛繁世界。不過，儘管人物眾多、情節豐富，中國小說始終都還是與儒釋道的道德公義氣息相通，因而小說在人類世界的探索與發現上最終也只造就出寥寥可數的幾部傑作。《中國古典小說》中所列出的六大名著在中國式的人生體驗上各自都有非常重要的新探求、新發現，而它們的作者也與歷史上的偉大詩人一樣，在創作形式與技巧上積極革新，成功發現了中國人生存的現實中前所未發現的部分，繼續啓發着今天的讀者。

豪言壯語之後，事實卻很殘酷。上文已經提過，這六部名著曾多次被譯成英文及其他西方語言，但都未能在世界讀書界中吸引到更多讀者，甚至在中國大陸與臺灣，閱讀古典名著的青年人也越來越少。前文我將這種冷淡歸因於大眾語言水準的普遍下滑以及其他讀物、影音娛樂的強大影響，但無可置疑，基本原因仍在於中國傳統社會本身。即便是最好的古典小說、戲劇，其中舊式的說教與根植於中國文化的情感價值，如今再也不能吸引讀者的興趣；而古典文學所刻畫的傳統社會，在如今看來又是如此不公、慘無人道，更將流失一大批讀者群。近年來，我閱讀了許多有關中國歷史的資料，對中國傳統社會有了更深的瞭解，同時也愈發覺到中國小說、戲劇中的宗教寓意實在教人沮喪不堪。所有的主人公無一例外都放棄了最初對幸福、對美好世界的追求，彷彿唯有放下才能獲得內心的平和與覺省。這些著名的小說、戲劇以及最優秀的中國詩詞作品都缺乏對人性和人文世界的遠大視野，而不能立足於善與理想，以真正的勇氣毫不動搖地與一切邪惡對抗。我曾極力稱揚《紅樓夢》以佛道思想詮釋人間苦難的做法，但現在我卻對這種所謂的宗教智慧有點保留，正如我在〈中國古典文學之命運〉裏所說：

> 十多年前，我也在《中國古典小說》裏把它推崇備至，但近年來，自以為對中國舊社會有了更深入的瞭解之後，我對《紅樓夢》也不能真心滿意。在一篇近文裏，我就問道：難道《紅樓夢》真比得上《卡拉馬助夫兄弟》和喬治艾略特的《密德馬區》嗎？曹雪芹當然對小說裏大多少女的遭遇絕對同情，也

看到些貴族大家庭生活之恐怖，但他還只能借用釋道觀點來
看破塵世之空，也就等於在理智上否定了他筆下多少青少年
男女對生命、愛情的那種渴望，且對迫害他們的大家庭、舊
社會作了個妥協。任何人向惡勢力低頭，雖出於無奈，總是
不光榮的；任何小說家藉口看透人生而向惡勢力低頭也同樣
是不光榮的──包括我們敬愛的曹雪芹在內。[12]

　　我對這種結局實有我的不滿，雖然同時也十分清楚《紅樓夢》在
中國小說傳統的重要地位，以及曹雪芹對不服禮教的浪漫主義生活
的同情。然而，曹雪芹雖生在封建社會晚期，但他除了將備受折磨
的主人公引向佛道開悟，竟然別無他法，實在叫人不能不惱怒。同
樣，吳敬梓的《儒林外史》不但不探求改變社會，使書中各種傳統、
非傳統的人物都能各得其所，反而還推崇儒家的歸隱思想，雖然不
如《紅樓夢》悲情，但也顯得同樣怯懦。我想，在傳統中國末期，
唯一值得追求的理想，大概就是由孫中山發起的政治社會革命，而
這種理想顯然不是曹雪芹、吳敬梓敢於懷望的。與大詩人屈原、陶
潛、李白、杜甫以及眾多偉大劇作家一樣，曹雪芹、吳敬梓以中國
文明為所屬，對其消極的志氣習以為常，因而不曾期望以新制度取
代現有的政治、社會和家族傳統，過得更自由、更幸福，也更有尊
嚴。當社會不公太甚，他們只會以各種方式獨自退隱，以維護最後
的情操與尊嚴。

　　魯迅在早期的小說和文章中，將中國人，尤其是青年人，自欺欺
人的習慣視為中國最大的「國病」。〈論睜了眼看〉（1925）在魯迅的文
章中算是極其尖刻的了，他在文中對慣於瞞騙的中國作家大加批判：

　　　　中國人向來因為不敢正視人生，只好瞞和騙，由此也生
出瞞和騙的文藝來，由這文藝，更令中國人更深地陷入瞞和
騙的大澤中，甚而至於已經自己不覺得。[13]

　　儘管魯迅的話說得這麼不留餘地，但我想他對曹雪芹、吳敬
梓是相當尊敬的。若說曹吳兩人不僅自欺，還故意隱瞞真相將讀者

帶入一種錯誤的理想，魯迅大概會第一個跳出來反對。[14]他們尖刻的敍述手法讓人不得不堅信，他們自己也秉持着這種自清的理想與宗教式的覺悟，所以才會如此煞費苦心地在字裏行間描畫庸碌與世俗的不堪。魯迅在解構中國傳統文學時，恐怕對中國作家的聰明才智有點言過其實，因而看不到他們身處的文化困境是如此充滿諷刺和悲傷。我認為大多數中國作家之所以如此耽溺傳統的理想，是因為再沒有其他的出路，而又正因為他們完全貪戀於這種文化，因而從未想過要「睜了眼看」；魯迅之所以能夠「睜了眼看」，恰巧因為他在中國文化之外，還學過西方醫學、文學和思想。中國作家誠然怯懦，但妨礙他們睜眼直面人生的，不是他們膽色不夠，而是他們在文化上的盲點。

儘管有可能漢朝的儒學理論家們曾為了一統江山而刻意壓制思想自由，但我不相信漢朝以來的文人都是理論家的同謀者，故意將人們蒙蔽兩千多年。即便在封建社會後期的色情小說也可以看到文人們對不孝、淫蕩的道德批判，但他們對朝廷、衙門以及豪門富戶人家中種種不公平和有違人道的事卻置若罔聞。因此我相信，上至達官貴人，下至市井之徒，中國文人不會都是偽善欺詐無良之輩，他們其實也只是儒家教育下真正的受害者。是他們所受的教育致使他們逐漸麻木不仁，對人世間因法律或習俗的失誤造成的悲劇無動於衷。因此，男孩若從小對親姐妹在家中的劣勢地位習以為常，長大後就會自然接受男尊女卑的現實，一言一行便也「蕭規曹隨」起來。曹雪芹天賦異稟，家庭背景特殊，所以能夠創造出這樣一位親近女性的主人公，但反過來說，中國文學直到十八世紀末才出現賈寶玉這樣的一個人物，傳統中國社會與文學的面貌如何便不言而喻了。

只有那些放蕩不羈、視功名如糞土的文人才會平等對待女性，以深刻的見解與善意書寫她們。劇作家關漢卿就是其中一位。他筆下的女主人公，尤其是竇娥、趙盼兒、譚記兒，都無可置疑地成為文學中的著名女性。但因為中國社會對女性的壓迫已成為日常生活根深蒂固的一部分，即便是關漢卿、曹雪芹、吳敬梓也無法對她們的悲劇面面照顧周詳。《竇娥冤》向來被認作元劇中極其出色的社會

悲劇作品，其中充斥着封建社會的諸多惡行。劇中，張驢兒要蔡婆婆將竇娥許配給他不成，準備毒死蔡婆婆以霸佔竇娥，結果不慎毒死張父，卻誣告竇娥殺人，昏官桃杌最後昧着良心將竇娥處斬。相對頭號惡人桃杌，張驢兒其實做了更多的壞事，但這個劇很大的一個問題就是：所有像張驢兒、張父、賽盧醫一樣的惡人，都寫得小丑化，叫人難以把他們當做大惡人來嚴肅看待。

因為蔡婆婆放高利貸，就有評論家把竇娥的悲劇歸罪於她，但我該毫不客氣的指出，自認清廉的廉訪使竇天章才是竇娥悲慘一生的罪魁禍首。在此以前，沒有別的評論家持相同的看法。竇娥3歲喪母，命運已夠淒慘，不想7歲時竟被父親竇天章賣給蔡婆婆作童養媳，表面是為還本利四十兩銀子，實際卻是為了湊夠他上京趕考的盤纏。[15] 他一定想到，帶着孩子路上不便，進京之後更是一個負擔，而且還會在他需要全心苦讀的時候分散他的時間與精力。由此看來，竇天章不僅對他唯一的孩子無情，也對他逝去的妻子無義。我在〈中國古典文學之命運〉中這樣寫道：

> 照現代人的看法，竇天章同女兒苦守一處，窮一點有甚麼關係？太太死掉了，難道她留下了一點骨肉，也要把她遺棄麼？十兩銀子（即便是四十兩）算是甚麼錢？男子漢大丈夫丟開書本出賣勞力，也把它賺回來了。但在古代中國，讀書人視學業為第一要務，相比起來，女兒的幸福就不太重要了。把兒子賣掉人家會罵他心腸硬，女兒反正要嫁人的，早早出門當童養媳，也就沒有甚麼關係了。關漢卿生在那個時代，自己也看不出來竇天章有甚麼可惡，也把幾百年來的讀者都騙了。[16]

許多年後，竇天章到任楚州審查案宗，看到竇娥一案時，因為犯人與他同姓，最初的反應竟是十分不滿。後來，竇娥的冤魂出現對他表白身分，他益發惱羞成怒，怪責竇娥辱沒了祖宗世代，也連累了他的清名。他說了長長一席話責難竇娥，並命她招來實情：「若說的有半厘差錯，牒發你城隍祠內，着你永世不得人身，罰在陰

山永為餓鬼」，只因為在竇娥定罪之前，竇家一直都保持着非常體面的名聲，「三輩無犯法之男，五世無再婚之女」。[17] 竇天章受儒家教育，他說「竇家三輩無犯法之男」，卻不曾意識到，與女子再婚相比，自己賣女的行為才是十惡不赦的大罪。關漢卿受的也是儒家教育，雖然他憐憫竇娥的遭遇，對所有傷害過她的人憤恨不已，但他卻以同情的眼光看待竇天章，並最終讓他為竇娥洗雪冤屈。關漢卿之所以設計竇天章斥責竇娥一段，不僅為了戲劇效果，更是為了突顯出竇天章大義滅親的良知與清廉。

《竇娥冤》因其對蒙冤女子的同情及對腐敗官場草菅人命的控訴，成為中國傳統戲劇中最為人熟知的一部作品；正因如此，我才不得不強調，關漢卿其實並沒有意識到竇天章在整部悲劇中真正起到的作用。關漢卿自己本身就受着積習成俗的傳統社會等級制度的荼毒，所以當楔子裏寫到竇天章引端雲（竇娥）上蔡婆婆家時，明明竇娥是受害者，關漢卿卻對作父親的竇天章更表同情。我讀中國詩時最令我懊惱的是士大夫詩人的自我中心。讀傳統小說和戲劇時，覺得最煞風景的除了文章本身外，更令我難受的是作品本身對傳統社會的刻畫。因為這類作品的大多數我不但對其思想結構早有認識，對其教化的動機亦不陌生，其中還會讀到作者描寫中國社會殘忍無道的黑暗面的不愉快場景。不論小說家、劇作家自己如何宅心仁厚，他們畢竟是傳統社會的產物，無法懷着人道主義精神來對抗那些今天看來殘忍、但在當時看來卻是不值得大驚小怪的事。那些專為突顯美德的橋段往往也最慘不忍睹。拙作〈人的文學〉曾提到《三國演義》第十九回的一個小故事，講的是劉備到獵戶劉安家投宿，劉安欲尋野味供食而不能得，於是殺妻取肉供劉備飽饗一頓。此外，劉安還十分孝順，因老母在堂，不敢追隨劉備遠行，但可想而知，接下來的幾天，母子兩人一定會津津有味地飽食這個小女子的肉而不感到任何不安。

雖然中國傳統戲劇、小說中的妻女、姨妾、妓婢等女性角色通常被刻畫為遭受虐待的悲劇人物，但與她們在現實中的淒慘境遇相比，幾乎是微不足道。說來學界早就應該從女性主義的角度重新

評估中國傳統文學,但奇怪的是這一領域的女性學者卻幾乎還沒有動筆。站在女性主義的角度來看,不僅小說戲劇可以解構,在探討詩歌對女性美的歌頌時,還可看到女性作為大男人主義嘲弄、侮辱對象的悲慘處境。漢朝以來的宮怨詩描繪的孤獨失寵的女子,顯然是女性主義批評的絕佳對象。那些以詩言志的士大夫,甚至皇侯太子,為甚麼不肯做一些實質的努力去減輕這些女子的痛苦?如果一個皇帝真的對她們關心,至少可以將他後宮失寵的妃嬪全數放出宮去,這樣也許還能贏得眾史家和朝中公卿大夫的讚賞。然而事實恰恰相反,我們看到梁太子蕭綱委任徐陵將宮體詩編成《玉台新詠》,發放給宮廷女子解寂寞。[18]這些女子是逼於無奈才進宮的,難道還要靠着詩集裏其他女子同樣的孤獨苦悶來化解自己的悲哀,難道不是對她們更大的侮辱?

　　雖然獨守空幃的宮廷女子成了常見的詩歌主題,但纏足女子、宦官閹割等風俗卻未能成為詩歌中一個流行的調子,大概是因為詩人們也覺得這些習俗太過痛苦、太過醜陋,無法引起詩意的聯想吧。史官們似乎也對此風氣興趣缺缺,所以沒有留下確切的記錄可以證實這些規矩到底如何興起,又如何發展至全國。可以肯定的是,南宋時期,城中的名門淑女都已經普遍纏足了。難以置信的是,七八百年內,竟然沒有人站出來代她們鳴不平;一直要等到李汝珍的《鏡花緣》和俞正燮的《癸巳類稿》面世,我們才看到這種殘酷的風俗受到嚴厲的評擊。這幾百年間,當女兒們忍受着雙腳萎縮變形的痛苦,日日夜夜哭喊時,她們的父親、兄弟一定聽得到,但這些男人,秉持着儒家或新儒家的思想,有的甚至身居高官厚職,卻懶得作舉手之勞來讓小女子免受纏足之苦。他們沒有向皇帝請願廢除這一惡習,沒有以身作則首先拒絕讓自己的女兒纏足。他們甚至沒有拿起筆桿來厲聲譴責,讓這種惡行能在有影響力的讀者中傳播,説不定因此能激起一些改變。他們非但沒有任何行動,恐怕在娶妻納妾時,反而還會把纏足作為必要的條件之一。假如他們到了青樓妓院裏,恐怕他們會更偏愛那些小腳女人。假如他們寫詩,大概還會寫出幾句稱讚美人蓮步婀

娜的話來呢。如果説真話是文人的本分，那麼可以説，自南宋至清末的作家詩人們都被習俗傳統蒙蔽了雙眼，害得美醜不分，將女性的「天足」視為笑柄，而忘了在這一惡習盛行之前，李白及其他一眾詩人都曾歌頌過女性的素足如霜。[19]

可以説，從「中國熱」的潮流開始，西歐對中國藝術的喜愛就是因為它代表了一個看來尚未受不仁不義破壞的純真世界。即便在今天，我想許多西方鑒賞家之所以將眼光投向中國藝術與文學，也是因為他們想要穿越到那樣一個不受現代文明玷污、沒有不公與暴行的世界，雖然他們一定在傳媒裏或史書上看到過不少中國當局的殘酷行為，也一定清楚中國人民自古以來的悲慘命運。做中國古典藝術生意的商人，將中國描繪成一個寧靜高雅的桃花源，當然是為了生意眼光，而我們作為在西方世界教授中國文學的老師，絕不該為了吸引更多學生，昧着良心繼續這種中國式的神話，更不該創造新的假傳奇。自晚清小説開始，二十世紀的中國作家們一直都在講述中國的真相，可為甚麼中國傳統文學裏卻沒有幾位作家肯去探討社會的不公與不人道？不過也正如前文所述，這些文人作家本身也是儒家教育的犧牲品，他們一心追求功名利祿，目光短淺，看不到自己圈子外的芸芸眾生。即便有少數人看到真相，他們也會因為畏懼當局的迫害而低頭，克制諷諫的衝動。這些都是人之常情，可以理解，但是如果一代又一代，一朝又一朝，有足夠多的知識分子敢於站出來反對帝制獨裁、反對社會不公、反對虐待女性，那麼在五百年、一千年以前，中國或許早就已經成為了一個更好的國度，而在那個我們假定已經覺醒與復興的年代，中國文學也早已更成熟和更豐富了。假如歷史果真如此，那麼前文提到的那些漢學譯者就不僅會獲得學界專家的感激，世界各地有素養的英文讀者也都會感謝他們，因為他們帶來了這樣一個真實、深刻、獨特的文學境界，毫不亞於古希臘的悲劇和十九世紀的俄國小説。

然而，事實是，由漢至清，中國的政壇與文壇都由士大夫階層把持。雖然歷朝歷代都有大臣直言不諱，冒死進諫，但畢竟絕大多數士大夫都懂得自珍羽毛，所以他們所留傳下來的詩詞歌賦總體

都很風平浪靜，沒有對政治改革的熱望，沒有對浪漫愛情的狂熱，甚至對自稱熱愛的山水自然也難見真情。不過，雖然看起來中國文學在國內外遭遇到困難重重，雙重敗績，但有這麼多小說家、劇作家、大詩人、散文家逃離官場，將寫作藝術作為一項嚴肅的職業，最終達到人格與創作的完整，不能不說是中國文學的幸事。

中國小說與美國批評
關於結構、傳統與諷刺的反思

萬芷均　譯

一

　　本文限於篇幅，無法對中國古典小說的各種形式與體裁一一交待，故以長篇小說為主要研究對象，探討長篇小說的興起直到清末的發展脈絡，並將拙作《中國古典小說》（*The Classic Chinese Novel*, 1968）中關於小說傳統的觀點作一些補充與擴展。我的許多美國同行也都非常關注中國古典小說經典作品的形式與結構，[1]本文對此亦將有所涉及。是次會議的主旨既然是推進對東亞文學的瞭解，因此，抱着促進積極討論的目標，學界同行觀點中我所不敢苟同之處，也就直言不諱了。本文並非一個系統性的研究，主要是我自己對中國小說批判性理解的一些觀察與反思。

　　新批評主義當道以來，美國的學術評論家在品評詩歌、小說時，慣以一部作品的整體結構為標準，結構越統一、越複雜，作品就越好。雖然後來在歐洲大陸，許多新的文學批評流派層出疊見，但新批評主義卻仍佔主導地位。因此，在研究中國小說時，美國學者往往急於證明經典著作複雜的結構設計，似乎唯有如此解讀中國小說方能與西方巨著相匹敵。自拙作《中國古典小說》面世後，針對我在書中提到的六大名著，出現了許多文章與專論書籍，特別討論小說結構的複雜性。這類新批評的學者參照了神話、寓言、原型、

象徵、諷喻等文學批評概念，試圖證明這些作品如何成功地(或幾近成功地)將形式與意蘊融為一體。這種新的學術指向對全世界的專家學者影響異常深遠，而美國無疑更成為當前中國小說研究的重鎮。

然而這並非是說所有在美國的中國小說研究都集中在討論六部經典「大小說」的恢宏架構。傑出的中國小說書志學家馬幼垣(Y. W. Ma)在討論中國歷史小說的論文中充分表現出一個版本學家認真負責的態度，極力避免誇大其藝術成就。[2] 又如鑽研短篇小說多年的韓南(Patrick Hanan)，其研究成果以《中國通俗小說》(*The Chinese Vernacular Story, 1981*)[3] 為題出版，一經面世備受好評。韓南的論述不僅從風格、視角、敘述體裁等方面將小說與唐傳奇作對比，還從個人風格、道德立場、世界觀等角度突出不同作者的不同特點，或描述或鑒別，行文就事論事，處處展示了一個評論家公正審慎的可貴態度。

西方評論界對於中國文學的過譽，似乎只限於六大名著，畢竟這六本小說久負盛名，經典地位不容置疑，任何適用於西方文學研究且頗見成果的批評策略當然都值得一試。然而，在大多數研習中國小說的美國學生看來，即便是六大名著中最成熟的兩部——《紅樓夢》、《儒林外史》，敘事節奏也肯定不如《卡拉馬助夫兄弟》(*The Brothers Karamazov*)和《密德馬區》(*Middlemarch*)那麼扣人心弦。對於那些專門研究比較文學的我的同行學者來說，解釋中國和歐洲小說兩個傳統在敘事風格和形式上的巨大差異是一項極為艱巨的工作。為了尋求答案，幾年前浦安迪(Andrew Plaks)和林順夫(Lin Shuen-fu)兩位將目光投向《易經》與李約瑟(Joseph Needham)的《中國科學技術史》。他們得出的結論是，中國人的想法之所以與歐洲人截然不同，是因為中國人自有一套宇宙觀，認為世間萬物依陰陽五行而循環往復。[4] 因此，西方人初讀《儒林外史》和《紅樓夢》時察覺到的敘事結構上的明顯缺陷，現在看來，反而是中國人的思維方式對在長篇敘事策略上的特殊貢獻了。但如果事事都援引中國思想習慣和宇宙觀，那麼中國小說中明顯的或尚未確定的各種缺陷，幾乎都可以像這樣一一化為優點了。

　　然而，這套理論也並非人人信服，甚至浦安迪自己也不那麼肯定。他曾提出「互補兩極性」(complementary bipolarity) 與「多重週期性」(multiple periodicity) 兩個關鍵的觀點來分析《紅樓夢》乃至所有中國文學作品的結構。我曾就此對他的《紅樓夢的原型與寓言》(*Archetype and Allegory in the* Dream of the Red Chamber) 作過書評，不過，似乎在我的書評出現以前，這兩個概念他就已經棄置不用了。[5]跟芮效衛 (David T. Roy) 及另外一些學者一樣，浦安迪現在轉而關注傳統小說批本，這也使得金聖歎、毛宗崗、張竹坡等三位十七世紀初期的文學評論家一時風行起來。金、毛、張三位分別批點過《水滸傳》、《三國演義》和《金瓶梅》，而他們與現代中國批評家最顯著的區別則在於他們絲毫不受西方文學影響，不會在點評作品時對西方文學作品有甚麼偏愛。儘管他們的論點難免受到早年八股文訓練的影響，但他們對儒釋道的思想也同樣精通。最令美國學者驚異的是，這三人居然不約而同都強調結構的重要，並大談文字與主題的統一與動機。[6]這麼說來，中國早就出現了治學細緻相當於當今結構學派的批評家，但可惜他們的評論一直得不到中國現代學者的重視。即便偶有例外，如金聖歎的批本，但也常常受到奚落與苛評，不能得到真正的賞識。古代批本重登舞臺讓學界興奮不已，此後已有不少美國學者轉而關注《西遊記》清代諸刻本中各種深奧玄妙的批注了。

　　這些中國小說的專家學者一方面仰仗傳統批本的玄奧密語，另一方面又離不開現代西方文學的批評理論，看似矛盾，但考慮到當今大學研究院的學術氛圍，這種做法也就在意料之中了。專家讀小說不再為了讀書的樂趣，他們反覆地細讀同一本書、同一段文字，只為有朝一日能夠發表研究成果。一般來說，若一位教授正鑽研某部小說，他便會順理成章的開一門研究生課程專門討論這本小說。在此氛圍之中，小說中的一情一景、一章一節都成為他們冥想苦思的對象，彷彿這部小說精微艱深之至，普天之下無出其右。

　　於是便有了以下的矛盾現象：在大陸和臺灣，《水滸傳》、《西遊記》這一類的小說儼然已成為廣受歡迎的兒童讀物；但在美國好些

漢學研究的中心中，這些讀物卻慎而重之的置於顯微鏡下，務求揭露書中隱藏的深意與精巧的形式。即便是一位果斷的批評家，在閱讀一部久負盛名、評價極高的小說時，若讀了一次兩次後依然達不到自己原先對這部小說的期望，一般來說都會先懷疑是不是自己出了問題。因此他便不屈不撓地繼續讀下去，月復月，年復年，直到確定此書是一本名實相符的傑作為止。然而，眼光獨到的批評家靠的並不一定是勤與專。苦讀說不定反而會令鑒賞力變得遲鈍。文藝評論家艾略特（T. S. Eliot）針對伊莉莎白時期的二流劇作家作過許多文章，基本都是倉促之間趕寫出來的書評。這些作品我猜他只過目一二次，然而這些書評今天看來依然眼光獨到，對詩律、戲劇形式見解不凡，堪稱一流的文學批評。

　　芮效衞多年潛心研究《金瓶梅》，並在1977年發表一篇短文，對張竹坡推崇備至。[7]對於不知道張竹坡是誰的讀者來說，此文最引人注目的地方就在於文內摘譯了不少張竹坡《金瓶梅讀法》的片段；芮效衞還聲稱，「就我而言，張竹坡的《讀法》是我所知的用任何語文寫成的評論中最有識見與分析力的一本」[8]——這種誇大其辭的話，恐怕也是從張竹坡那裏學來的吧。但芮效衞所引的《讀法》文段其實並沒有甚麼說服力，讀者實在不該把他的話當真。譬如，張竹坡評論道，「誰謂《金瓶》內有一無謂之筆墨也哉？」[9]就西方傳統中的至高經典來說，荷馬偶然打盹，莎士比亞的玩笑也有失儀的時候，大概只有但丁的《神曲》擔得起這等「無謂之筆墨」之美譽。相比之下，《金瓶梅》多處借用前人文字，內文更多有草率處，又怎能謬讚《金瓶梅》無一「無謂之筆墨」？況且，為了保證讀者對張批的肯定，芮效衞只摘取了《讀法》中最引人注目的段落；而那些未譯的部分中，有長長的一節討論了《金瓶梅》人物名字的象徵寓意，只消略一過目，讀者便不難明白這是芮效衞自作聰明、穿鑿附會假托作者意圖胡說八道的地方。其實這才是小說批評中最卑劣的做法。

　　即使張竹坡並不像上述引文所指出的有那麼多盲點，我們在參考他的意見時最好加倍小心，不要被他知名的智慧才識所迷惑。芮效衞最近發表了〈以儒家思想詮釋《金瓶梅》〉（"A Confucian

Interpretation of the *Chin P'ing Mei*," 1981）一文，[10] 認為作者不但在藝術上登峰造極，而且還是荀子道德理想主義的信徒——這一點他顯然是受了張竹坡的影響。跟中國傳統的書評人不同，芮效衛和我一樣看過不少西方經典小說，所以讀中國小說的時候，視角自然與古人不同。既然《金瓶梅》堪稱中國第一部真正的長篇小說，那麼張竹坡對它另眼相看不難瞭解，但我們不能忘記，張竹坡看過的大部頭小說並不多，在他的有生之年《紅樓夢》還沒面世。英國批評家利維斯（F. R. Leavis）看了早期批評界對《湯姆・瓊斯》（*Tom Jones*）的評價後說了這樣一段話，用在這裏恰到好處：「十八世紀的英國人，手裏握着大把的空閒時間，卻又沒有甚麼生動有趣的讀物可以選擇，讀到《湯姆・鐘斯》時便大呼過癮，這當然可以理解。就算司各特（Scott）、柯勒律治（Coleridge）都對這部小說稱讚有加，這也可以接受。先比較而後有標準，但在那個時日，他們哪有可與《湯姆・瓊斯》作比對的？」[11] 接下去利維斯又說，要是今天還有人誇言《湯姆・瓊斯》結構完美，那才是「荒謬絕倫」！如果我們跟利維斯的看法相同，卻又稱讚《金瓶梅》形式完美、思想清高，豈不是同樣的荒謬？

我們今天對傳統批本的熱衷，正好說明我們對新文化運動以來的中國現代批評家冷落多時。魯迅《中國小說史略》的英文版，[12] 因其實用的參考價值而一直頗受歡迎，現在還沒有哪本英文研究可以取代它的地位。但其他中國小說批評家的遭遇就不可同日而語。他們的作品一直受冷落，即便偶蒙垂青，也只是為了書中的研究資料而已，而這些資料也往往隨着時代的發展，逐漸被新的研究資料所取代。美國學者大概覺得中國現代的文學批評不夠成熟，單憑主觀感受立言，不足為信也無甚可取之處。但就我個人來說，我從胡適、鄭振鐸和阿英等人那裏所學到的，[13] 遠遠多於像張竹坡這類傳統評家。不過，我非常懷疑，美國學者之所以對中國現代批評家冷淡，大概因為這兩派人對中國傳統持着截然不同的態度。五四的評論家，當然還有如今中國大陸的批評界，都以反傳統為出發點，心安無愧地抨擊傳統中國小說，對經典名著即有讚賞也多有保留。與

此相反，研究中國小說的西方學者與中國傳統並無任何個人恩怨，他們看到五四批評家大張聲勢地貶低中國傳統社會與思想，只覺淺薄不堪。

　　五四時代的中國知識分子在經歷種種變故之後，終於看清舊社會的非人本質以及封建制度下（尤其是封建制度末期）文明的僵滯腐朽。這無疑是一次歷史性的巨大突破，但今天中外學者在研究中國傳統文化時已不帶任何主觀感情，也就很難體會五四文化運動的劃時代意義。但是，研究中國小說或中國歷史的學者，如果不能認識到這個基本的事實，那就等於否認了歷史上不勝其數的昏君奸宦，屈辱含冤的孤臣孽子，勾結劣紳的貪官污吏，屢試屢敗的失意書生，兇殘暴戾的丈夫與受盡折磨的妻妾，還有手無寸鐵、世代為天災人禍所苦的農民。最近出版的黃仁宇（Ray Huang）《萬曆十五年》（*1587, A Year of No Significance*）與史景遷（Jonathan Spence）《王氏之死》（*The Death of Woman Wang*），都讓我精神為之一振，前者寫君王事，後者書百姓苦，都真實平淡地講述了中國舊社會令人心痛的真相。[14] 相形之下，研究小說的學者就顯得有點落後，他們抱着客觀的態度，研究小說故事的架構、敘事的角度和方法，或者更進一步，探索神話、原型和寓意，但他們始終跳不出文學的框框，看不到小說其他的價值。顯然，他們覺得只有馬克思主義的批評家才需要關心社會現實；而大陸學者滿口「封建社會」「封建思想」，豈不頭腦簡單了點？雖然我從來不是馬克思主義者，但仍相信研究中國小說的美國學者，也可以對生活、社會、政治和思想多點關注。這種研究方法未必會損害到小說在文學結構上的完整性，而且已故文學評論家萊昂內爾・特里林（Lionel Trilling）也做了榜樣，證明這種方法不僅可行，還能獲得文學批評上的巨大成功。小說記述的不僅是生活，更有生活的各種可能性。以《金瓶梅》和《紅樓夢》為例，其中困鎖深閨的女性除了床第之樂、嫡庶之爭，或者吃齋念佛以求心安之外，還有甚麼其他的可能？當女性得不到愛情的滿足、行動的自由和教育的權力，她們所處的小說幻境便也是個悲慘世界。正因為中國傳統社會的壓迫，歷朝歷代的小說家才會將現實

中的女性送到虛幻的小說世界去，多少為她們添一分掌控命運的權力：從志異筆記裏的仙子狐妖，到俠義小說中身懷絕技的俠女，再到才子佳人小說中春心蕩漾的絕代佳人，無一不表現出小說家創作的美好願景。最後，這些美人一一化作《紅樓夢》裏的金釵，在大觀園裏高談人生風花雪月的可能；但一朝被逐出門，便又陷入塵網，再不可翻身。

二

上節我將現在美國的一些漢學家的研究方向分作兩類：一類牽強附會，妄圖從經典小說中挖掘出宏大的架構及複雜的內涵；二是好古慕遠，以傳統批本為指引，無視五四學者反傳統的宗旨。我堅信，如果一個文學評論家只是把作品單純地看作一種文學或美學研究對象，而對文中反映出來的現實視而不見，那只能說是失敗。同樣，如果他明知一部小說不夠水準，卻通過批評方法、詮釋手段給這部作品的佈局說得如何首尾相應、內容如何曲徑通幽，這就極不負責了。我同意新批評學派對文本結構的看法，認為架構連貫的小說優於組織散漫的作品，但我之所以與一些美國學者意見相左，究其根本，其實也是結構的問題。在我看來，簡‧奧斯丁（Jane Austen）的《愛瑪》（*Emma*）和約瑟夫‧康拉德（Joseph Conrad）的《情報員》（*The Secret Agent*）都堪稱組織完美，但像這樣形與意渾然一體的作品在中國古典小說中卻不得一見。不過，平心而論，大部頭的中國小說篇幅以倍數計，的確難以將形式內容融合為一。

而另一方面，斷續鬆散的小說，我照樣讀得津津有味。正如雅克‧巴爾贊（Jacques Barzun）所說：「單看形式、連貫性、整體性、結構比重與語調多樣性，馬克斯‧比爾博姆（Max Beerbohm）的小說《朱萊卡‧多卜生》（*Zuleika Dobson*）應當比司湯達（Stendhal）和陀思妥耶夫斯基（Dostoevsky）勝一籌。」[15]然而，並沒有人真的會以這種標準評斷一部作品的好壞，許多其他因素同樣影響我們閱讀的感受以及對作品的評價。我相信，一部趣味盎然的小說，作者必

得獨具慧眼，不僅語言、對白須得靈巧，人物造型要深刻，情節發展的安排更要順理成章。中國傳統小說在思想上墨守成規的不計其數，因此，一部作品若想有別於宗教道德陳腔濫調之作，作者至少必需一點或針砭時弊、或超然物外的眼光來看待中國的社會與歷史。一部獨具慧眼的小說，即使結構稍為鬆懈，也比一本心思綿密的庸俗作品更引人入勝，也更難能可貴。

浦安迪最近在〈重釋《水滸傳》和十六世紀的小說形式〉（"*Shui-hu Chuan* and the Sixteenth-Century Novel Form: An Interpretative Reappraisal," 1980）一文中，跟我得出了差不多的結論。[16] 我個人認為，這篇文章不論是學術研究，還是文學批評，都比他那部《紅樓夢》專論高明。後者幾乎把《紅樓夢》與其所處的時代環境孤立起來，而前者卻反而對晚明的思潮和文派給予了格外的關注。浦安迪摒棄了陰陽五行的說法，轉而認為《三國演義》、《水滸傳》、《金瓶梅》和《西遊記》的顯著特徵在於作者有意地使用了反諷的手法。他堅信這才是這四大明代小說有別於其他小說的關鍵，甚至還表示明代的其他長篇都不配稱為小說。

「反諷」一詞在詮釋文本時應比「互補兩極性」有用。近來，浦安迪認為，作者反諷的有意運用，其實是研究四大明小說結構與涵義的重要線索。這一新理論其實也不妨一試。以百回水滸為例，浦安迪按圖索驥，耐心地展示了反諷手法在文中的作用，他的態度固然值得欽佩，但結果卻難以服人。相比傳統書評人，浦安迪的讀法更求刻章琢句。例如，傳統書評人通常認為宋江為人心術不正，是作者有意塑造的一個反諷人物，用來突出李逵、魯智深、武松等正派人物的英雄形象。然而，浦安迪卻因為他們的殘暴狡詐、仇女心態，將他們與宋江同歸為反派，與林沖一類的好漢作比對。浦安迪坦承，中國文學批評界還從沒有人以這樣的觀點評論過水滸。然而，如果反諷的手法當真這樣不着痕跡，逃過了所有讀者的眼睛，不免讓人懷疑原作者著書時是否真的抱有這種反諷的目的。眾所周知，金聖歎為了突出宋江的卑劣形象，不惜篡改多處文字，最終也是為了讓自己對宋江形象的諷刺性分析更加合理可信。

　　浦安迪的新書尚未出版，在看到他對其他三部名著的詳細討論之前，我們還無法對他的新理論作出公允的評價。不過，讀了他的水滸一文，我估計他並不會因為探察到一兩本小說的諷刺意味而就此罷手。他這樣雄心勃勃，必定會不遺餘力地推演下去，進而假定明代四大小說家(除《西遊記》的吳承恩之外，《三國》、《水滸》、《金瓶梅》的作者仍未有定論)[17]忽然之間都為一種福樓拜式的激情所操縱，不論他們所寫的是盤古初開年間的歷史事件，還是唐宋兩朝的歷史傳奇，或是尋常百姓家的飲食起居，都突然着魔似的用了反諷手法演繹出來。然而，福樓拜的出現並非偶然，十九世紀歐洲的思想、文學、藝術潮流都為他的出現鋪平了道路。但明代的四大小說家卻並沒有這樣的環境與條件，特別是當時的重要文人都不曾以同樣的諷刺眼光去看待他們的作品。[18]從浦安迪對反諷理論不離不棄的執着，可見他對小說的形式或結構確有一得之見：如果這四部小說當真是傑作，不論作者運用了反諷還是其他甚麼手法，一定都經過了深思熟慮的安排，也必定蘊涵着深奧的複雜意念。雖然在漢學界誰也不會相信浦安迪私底下會對西方小說心存偏愛，但我絕對相信潛意識裏，他很難接受這四部小說的本來面目。他必會通過種種巧妙的詮釋手法賦予文本新的風貌、結構新的串通，務求首尾相應，內容上充分表達這些作者的個人願景，毫不遜色於十九世紀歐洲的小說巨著。

　　十九世紀的歐洲小說是歌頌光明詛咒黑暗的象徵，更極力抨擊物質主義和庸俗市儈野蠻的制度。[19]為此原因，浦安迪的新理論也就在有意無意間，試圖證實明代四大小說家也同樣抱持着光明開放與進取的立場。於是，這一邊，深受西方價值觀影響的現代中國論者，對李逵、武松、魯智深等人殺人越貨、仇視女性、凌遲仇家暴飲暴食的行徑大不以為然，或因此進一步質疑養育成這種野蠻文化背後的「傳統文化」的真面目。[20]浦安廸則另有看法。他認為《水滸傳》作者私下也都站在文明的一面，只是在刻畫反派人物時不露聲色地運用了反諷的手法。為了把《水滸傳》推上世界文學名著的寶座，浦安迪千方百計說服讀者，讓我們相信《水滸》的作者是個不世

之才，書中那一場接一場的虐殺婦女的殘忍場面，並非為了取悅冷血的大男子主義者，而是為了反襯出作者對這種野蠻行為反諷的吐棄。但浦安迪顯然忘了，即使在西方民主國家，人道主義思想也是最近才成為一種「世俗宗教」。在四人幫垮臺前，中國的高幹子弟輪姦謀殺無辜婦女的深重罪孽層出不窮，可跟《水滸傳》裏的衙內人物爭一日之長短。

同樣，芮效衛把荀子的道德觀看作《金瓶梅》的生活指引，不僅為了證明此書包含了嚴肅的教化思想，而且也是有意無意地希望灌輸這部小說一些人道主義思想。《金瓶梅》因其內容誨淫誨盜在清代多次被禁，現在大陸書市依然不能公開發售，想來芮效衛希望通過自己的解讀，讓《金瓶梅》和《水滸傳》一樣成為世界文學經典。我曾認為《金瓶梅》內容「思想庸俗、文化低劣」。芮效衛對我的觀點極不以為然。[21] 可是，請試讀那些夾雜殘忍的色情描寫、俗不可耐的插科打諢以及假虔誠真貪婪的人物，若不是穿鑿附會地刻章琢句「細讀」，又怎能為這樣的「思想庸俗文化低劣」的作品開脫？芮效衛既然把《金瓶梅》的作者與古羅馬諷刺詩人尤維納利斯（Juvenal）、英國小說家斯威夫特（Swift）同等看待，那麼自然他也能把上述那些庸俗、低級、偽善說成是作者的有意為之，用來襯托出他對當時社會墮落的深惡痛絕。

浦安迪和芮效衛給《水滸傳》、《金瓶梅》的新評價，想必會給比較文學的西方學者印象至深。這類學者通常不識中文，也因此覺得歉疚，因此一接觸到浦、芮二人的文章，便會由衷地感到晚明小說的成熟。相形之下，歐洲同時期的《堂吉訶德》，雖然充滿譏諷的筆觸與道德的理想主義，頂多也只是一部結構鬆散的流浪漢獵豔故事。然而，我們這樣抬高西方文學學者對中國小說的評價，豈不是自欺之餘也同時誤導了那些可憐的研究生？他們對中國小說本有自己一套看法（雖然並不成熟），但一旦接觸到我們「細讀」學派的專家提供的「反諷」說法，一時真的不知如何是好。而我們這樣自欺欺人的做法，不正也有損我們這一行業的聲譽？

因為我專攻中國新舊小說，自覺讀的傳統和現代的中國小說較

浦安迪和芮效衛為多。正因為我讀的三流作品比他們多，因此不會一遇到壞小說就馬上放棄。坐擁書城，有機會給各式各樣的小說適當的評價，同時亦拓寬了我對中國小說的認識，這本身就是一種樂趣。如果我能把傳統小說中所有值得一讀的作品都讀遍，那可真是莫大的快慰。但以文史家、批評家的眼光去讀書所得到的樂趣，與讀一本形意上乘的作品時所感到的樂趣，是截然不同的，我也絕不會將二者混為一談。《水滸傳》和《金瓶梅》無疑是中國小說傳統中的兩部經典，但我絕不會將這兩部作品與《卡拉馬助夫兄弟》和《密德馬區》同等看待。讀《卡》、《米》這兩本小說，我幾乎到了開卷難釋、廢寢忘食的地步。相對而言，《水滸傳》和《金瓶梅》卻總不能讓我完全投入，總是擺脫不了那種置身事外的感覺。

傳統小說讀得多了，初讀的第一印象便不會有太大偏差，不會因為害怕誤讀了所謂「草蛇灰線」的微妙之處、或道德思想結構組織而懷疑自己的第一印象。就我的經驗來說，《西遊補》[22] 顯然是惟一一部反復品讀方能領會其中妙處的小說。《紅樓夢》的旨趣歷久常新，初讀時便已能感到其動人心魄的魅力，是六大小說中毋庸置疑可躋身世界經典文學之列。專治小說的人常常會忘記小說的本來目的是為閱讀的樂趣。初讀《紅樓夢》已覺得它比《水滸傳》迷人，愈見其作為消遣小說的無窮魅力。不過，《水滸傳》中的精彩章節加起來也夠得上是部出色的小說，因此，讀到平淡無奇處不必氣惱，更不必牽強附會認定此書處處精妙。對於大多數傳統小說而言，執意堅稱其結構如何天衣無縫，意旨如何融滙貫通，其實是不切實際的想法，錯過了讀書本來的樂趣。

三

浦安迪認為，明代四大小說家刻意用諷喻的手法，是「為了重估某些傳統價值與問題」，[23] 這一觀點的大方向的確不錯，與他在第一本書中所持的態度幾乎有了一百八十度的大轉變：他先前稱曹雪芹為捍衛傳統的寓言作家，並把寶玉與寶釵、黛玉的悲劇歸咎於「他

們的固執己見、不諳世故和對現實的盲目無知」;[24] 現在,浦安迪卻意識到,其實早在明朝,小說家們便已看到借反諷「重估某些傳統價值與問題」的必要性。當然,現代的中國評論家一直都強調《西遊記》和《金瓶梅》中的政治、社會諷喻,也重視《水滸傳》梁山好漢的反叛精神。不過浦安迪比他們更鞭辟入裏。他認為明代小說家的用「諷」其實是一種文學策略,以此動搖我們對英雄人物及其代表的道德規範、政治制度的信心。中國現代評論界的看法比較單純,認為傳統小說家其實都是諷刺家,在傳統的社會政治秩序中選取幾個典型現象,取笑抨擊一番。浦安迪雖然並未附和這種說法,但他既已意識到明王朝的敗象紛陳,那便與中國現代評論界的觀點越來越拉近了。

與取悅讀者為職志的作者不同,嚴肅的小說家們自晚明以來,都以反諷、諷刺、反叛的姿態,穩步地向着社會政治批評的方向發展,從而誕生了如李寶嘉 (李伯元)、吳沃堯 (吳趼人) 等晚清小說各大家。清室時日無幾,舊中國的所有弊端暴露無遺。李、吳兩位小說家居上海租界,對他們眼中的中國社會與政府,盡可以史無前例地暢所欲言。

自吳敬梓到吳沃堯,中國小說趨於諷刺的發展走向,早經學界認知。但我們不妨暫時撇開業已熟悉的經典大作,看看其他與我們一樣帶有批判性、諷刺性的作家們。正是抱持着這樣的態度,中國學者在三十年代重新認識清初作家李漁 (1611–1680) 的價值。李漁的小說大多要麼錯落於別人名下,要麼不在市面上流行,所以他的名聲主要還是來自他的戲劇雜說以及閒情記趣這類散文。[25] 直到最近,我們才在何谷理 (Robert E. Hegel) 的《十七世紀的中國小說》(*The Novel in Seventeenth-Century China*, 1981) 及韓南的《中國通俗小說》中分別看到他們對《肉蒲團》及李漁短篇小說的中肯評價。這兩位學者都對李漁的詼諧幽默與戲仿功力大加讚賞,但我的看法更近似何谷理:將李漁看作嚴肅的諷刺作家。李漁對通俗文學的戲仿,並不單是為了博人一笑,其實也是為了自保,這樣他便能在戲仿的掩護下,盡情嘲諷傳統價值——李漁真可說是當時最激進的諷刺家。

　　自元朝以來，劇作家和小說家諷刺的對象大多限於貪官污吏、紈絝子弟、酒肉和尚、文盲秀才和江湖郎中之流。目標比較保險，還沒到質疑整個中國文化的地步，連《金瓶梅》諷刺的對象也不出上面這幾個類型。李漁卻有所不同，他在《無聲戲》中仿照三言小說風格，撰寫了十二回故事，其中嘲弄攻擊的盡是傳統小說所秉持的忠孝節義等儒家正統思想。他最別出一格的作品應是《肉蒲團》，不僅頌揚夫妻性愛為世間樂事，還通過對鐵扉道人以及孤峰長老師徒三人的刻畫，分別嘲諷鞭撻了新儒學的禁欲思想以及佛教苦行、禪宗悟道的理論。《肉蒲團》有豔情、有智慧、有逗趣，更有對人性的生活發自真心的禮讚。

　　這裏且以〈男孟母〉[26]為例稍作分析。〈男孟母〉講述了一個「南風」的故事，少年尤瑞郎面容姣好，與酷好男色的許季芳成親之後，為討許季芳歡心而自宮以絕女色，不料，尤瑞郎的行為卻使許季芳成為當地龍陽同好的眾矢之的，後來，許季芳被告到官府慘遭毒打，不久負傷受辱而亡。許季芳死後，尤瑞郎易名瑞娘，起居穿着一如孀婦，更收養了許季芳前妻之子承先。為了更好地教育承先，瑞娘甚至效仿孟母三遷，而承先亦不負所望，最終考取進士做了官，封瑞娘為誥命夫人。

　　韓南認為李漁「別出心裁，把男女世界的愛戀婚姻、貞潔孀婦、為母之道全搬進了一個龍陽故事中」。[27]不過，李漁一開頭就一本正經的肯定斷袖分桃之風本非自然，因為歷史上也的確沒有哪篇文章是站在「南風」的角度，歌頌他們的「貞風亮節」的。然而接下來李漁筆鋒一轉，尤、許二人在他筆下成了一對真正的恩愛夫妻。許季芳死後，尤瑞郎自願為他守寡、撫養孤子，其真心有目共睹。相較之下，歷史上、故事上多少孀婦，守寡要麼為了貞節之名，要麼害怕社會非議，她們都比不上尤瑞郎。除此之外，尤瑞郎還是個孝子。他父親從小就培養他做孌童，出得起五百金的只管來聘。許季芳為了瑞郎，變賣家財，最後使得他們二人婚後生活拮据。但尤瑞郎不僅對父親毫無怨意，而且還因為許季芳給了父親五百金，償還了債款，也保證了父親後半生衣食無憂，尤瑞郎便也因此對許季芳

感激不盡。尤瑞郎父親見到聘金時，李漁用了一句話來形容為父的高興：「有子萬事足。」[28] 在我多年的閱讀生涯中，還從未見過哪一句古語用得如此恰當又如此刻薄。

晚清以前，除李漁以外，像這樣不留情面的諷喻中國倫理道德的作品寥寥無幾。雖然吳敬梓在《儒林外史》中強烈譴責科舉制度，也對受科舉之害的考生以及附庸風雅、道貌岸然的各類人物大肆嘲諷，但他從未質疑過儒家的道德理想。儘管他厭惡官場，但他隱逸山林的願望，歸根結底也是一種傳統的儒家理想。《儒林外史》中有一回講到一位剛剛守寡的孀婦絕食而死，吳敬梓看似在質疑守「節」的道德倫理，但在我看來，這純粹是他個人對孀婦及其父親愚昧無知的一種人道主義同情。[29] 如果這位孀婦與其他喪夫的女子一樣，守節守寡至死，吳敬梓也不必專門寫她了。

可以說，雖然晚清小說家相比前輩更徹底地揭露了舊社會的敗壞，私底下他們仍是孔孟之道的忠實信徒，儘管新儒裝模作樣的道德規範早已不合時宜。對晚清的小說家和今天大多數的中國人而言，中國文化雖然禮崩樂壞，但孔孟之道作為中國文化精神的支柱是不能動搖的。雖然吳沃堯與李寶嘉一樣，對西方思想抱持着開放的態度，但吳沃堯的儒家倫理觀點更為根深蒂固，因而也對時代的墮落更感震愕。相對而言，李寶嘉諷刺功力更為到家，他對身邊的愚昧、腐朽和懦弱等種種人情世故，懂得太多了，只覺可笑，卻不動怒。在他創作的巔峰期間，他的幽默諷刺天才，傳統文學中無人能出其右。《官場現形記》與《文明小史》中篇幅較長的故事裏，李寶嘉常將一些可憐復可笑的人物置身於攸關的國家大事中，從而更加反諷地揭露了清政府的腐敗與無能。[30] 但即便吳敬梓有跟清政府對着幹的勇氣，因為關注點跟李寶嘉不同，他也不會用這種辛辣的諷刺手法拿國家大事來開玩笑。

跟李寶嘉不同，吳沃堯並沒有跟隨吳敬梓的風格，將一連串主題相關的枝節放進一部小說的模子中。在他最成熟的作品中倒常看到創新與實驗的精神，也着意追求連貫的敘事模式。他的代表作《二十年目睹之怪現狀》耗時多年，堪稱晚清小說中結構最優、層次

最複雜的一部作品。[31]除《老殘遊記》外,《怪現狀》在同時期的作品中對中國社會的刻畫最為入木三分,是所有中國文史學生的必讀書目。讀了《怪現狀》,他們會在其他小說的基礎之上,對中國舊社會有一個更深的認識。

《怪現狀》以人物對話為主,從第一人稱的角度描述了主人公及其親友親身經歷或耳聞目睹的種種故事。同時這也是一部「成長」小說,主人公「九死一生」就是中國版的尼古拉斯尼克貝(Nicholas Nickleby),初為伯父欺騙利用,後在朋友的幫助下從商找出了出路。後來主人公因生意失敗,四處奔走,向朋友及家人求助。他心裏明白周圍人欺詐成性、貪得無厭、淫邪好色,但不得不硬着頭皮跟他們交往。二十年來書中的主人公在記事本上把所遇所見的值得一記的「怪現狀」記下來。這些年間受盡外人的欺騙且不說了,更可怕的是連自己的伯父也處處討他的便宜。《怪現狀》因此不但是一本主人公吃塹長智的成長小說,同時也是一本記錄晚清社會的「浮世繪」。

《怪現狀》通常被視作一部集驚駭、逗趣為一體的故事集,但事實卻還不只如此。那些對話中一筆帶過的趣事醜聞充其量只是增添野趣的輔料,並不是整部書的着力點;只有在描述主人公的命運遭際、旅途所見或特別憎惡的對象時,才最見作者的敍事功力及其為人的道德情操。作者對主人公所到之地的環境描寫也極為出色,寫蘇州、香港、北京的街頭巷尾,聲色味面面俱到,其精細在中國傳統小說中極為罕見。

《怪現狀》雖有不少諷刺性的片段,但整體而言並非喜劇,而是一部滿目蒼茫的嚴肅作品。作者主要着墨的是傳統中國社會的基層家庭生活。在他眼裏,官場商場的種種醜惡固然可笑可憎,但這些官商在家裏的作為才真正駭人。正因為吳沃堯自己是儒生,他才更傾向於西式的小家庭模式,家庭矛盾少了,自然就能更方便遵守儒家的規矩。書中有個王醫生,世事透,人情達練,故知足常樂,主人公九死一生對他欽羨不已。王醫生曾對九死一生說道:

> 所以我五個小兒,沒有一個在身邊,他們經商的經商,
> 處館的處館,雖是娶了兒媳,我卻叫他們連媳婦兒帶了去。

> 我一個人在上海，逍遙自在，何等快活！他們或者一年來看
> 我一兩趟，見了面，那種親熱要好孝順的勁兒，説也説不出
> 來，平心而論，那倒是他們的真天性了。[32]

這話在當時可算是石破天驚，因為即便今天，仍有不少中國人懷念過去那種四代同堂的傳統家庭生活呢。

雖然吳沃堯一生以儒家氣節自持，但敢斷言數代同堂、妻妾成群的生活不會幸福，他大概是中國第一人。如果《金瓶梅》、《紅樓夢》裏的大家庭還不夠典型，那應知《怪現狀》裏上至公卿巨賈，下至貧民百姓，無一例外都過着不幸的生活。若説妻妾爭風吃醋的描寫只是為了逗人一笑，那麼以下這林林總總的怪狀，則無一不表現出作者對舊家庭制度的深惡痛絕：新寡正妻，逼小妾自盡；兄逼弟死，迫弟媳為娼；浪子劫父，欲縱火燒家；還有新寡的鹽商小妾，為防親兒子發財，數次告上官府，控其不孝；還有寡婦迫害媳婦，用鐵煙杆把兒子打到頭破血流；還有鬚髮生虱的老頭受當官的孫兒虐待，靠殘羹冷飯度日；更有甚者，當官的滿人名曰苟才，虐待兒媳，兒子痛苦難耐鬱鬱而終，不料兒子屍骨未寒，公婆二人雙雙下跪，哀求寡媳改嫁總督做姨太，好讓自己升官發財，後來，苟才另外一兒子與苟才的姨太合謀，終於下藥毒死了苟才。

《怪現狀》一百零八回，合共九百多頁，充斥着這樣子骯髒卑鄙的家庭故事。可以說吳沃堯之前，還沒有哪部作品這樣全面詳實地描畫過道德淪亡的舊社會家庭，以及這許多謀害至親、踐踏人性善良的賊男賊女。借芮效衞評《金瓶梅》的話用來形容《怪現狀》似乎更為恰當：「這是有史以來對社會道德崩壞最徹底、最真實的控訴！」[33]——吳沃堯的成就顯然前無古人，亦無儕輩。

《怪現狀》可說是最後一部傑出的士大夫小說[34]的代表作，在描寫主人公的家居生活及其與知己聊天的段落時，文風便轉閒適恬靜，現出一副田園牧歌的詩意，而這正是本書的精神所繫，不然書裏的世界就太過悽楚蒼涼了。在作者看來，這一小眾知書達理、善良友愛的人物正是社會上難得一見的好人。一方面，他們是人性向

善的典範，值得所有讀者效仿學習；另一方面，他們在書中的一言一行都表現出作者對傳統文學、文化的熱愛與熟稔，也透露出作者對改革的熱望與心懷國事的憂傷。

上文對《怪現狀》的簡要介紹，旨在證明這部作品並不只是受《儒林外史》影響而作的諷刺譴責小說，也是在《紅樓夢》、《鏡花緣》影響下誕生的家庭對話體小說；此外，書中那些對骯髒家庭生活的大量描寫，也可以看到《金瓶梅》的影子。對於優秀的清代小說家，我們不能說這是因為他們「受了前人影響而感到的焦慮」，[35] 相反，正是因為清小說家善於借鑒、互相影響，清小說才能在十八世紀下半葉，繼《儒林外史》和《紅樓夢》之後文脈不斷，陸續出現多種多樣的精彩傑作。沒有《紅樓夢》在前，就不可能有文康的《兒女英雄傳》和韓子雲的《海上花列傳》，[36] 而這兩部書又跳脫出《紅樓夢》的氛圍以外，各有各的獨特風格。從小說的技術層面來講，《海上花列傳》甚至比《紅樓夢》更成熟，可謂是中國第一部「純戲劇」小說。[37] 李寶嘉和吳沃堯顯然也受了《儒林外史》的影響，但他們的作品非但有異於《儒林外史》，甚至還在一些方面青出於藍而勝於藍。吳沃堯創作《怪現狀》時，比創作《儒林》花了更多的心機，也擁有了更大的言論自由，因而《怪現狀》遠比《儒林外史》接近我們的時代與精神，也更偉大、更震撼。

本文挑選了李漁和吳沃堯的作品作例證討論，也是為了闡明一個顯而易見的事實：現代的讀者即便不能完全瞭解傳統中國文化中的前後因果，至小在研究中國小說發展模式時仍有不少特殊優勢；畢竟歷經了千年，明清的大小說家對於傳統的觀念也跟我們越來越近了。除《三國演義》多寫縱橫捭闔、沙場浴血的故事跟我們的時代相距較遠外，其餘五本無不表露出作者對中國傳統生活某些根本層面的保留。我們不必羨慕金聖歎、張竹坡等人的別具洞眼能見吾人所不能見。與他們同期的李漁的文字讀來照樣明晰易懂，幽默風趣。再說，李漁也是個更為出色的批評家（雖然他不評論小說），因為他邏輯清晰、思路清新，比金張二人更有文學批評的才華。

作為中國文學的學者，我們無可避免地受到西方文化的影響，

對中國傳統社會的思想和某些封建的面貌無法熱心起來，但我們與
那些嚴肅真誠的傳統小說家卻有一種與生俱來的默契，雖然他們的
時代離我們有些遙遠，雖然他們在皇權的專制統治下也不能無所顧
忌地批評他們的社會與政府，但我們卻總能在字裏行間心領神會。
到了晚清，中國小說家終於得以暢所欲言，盡情抨擊舊社會的醜
惡，中國傳統小說也就此走上了諷刺的道路。我想，若不是為了教
學的方便，大可不必把中國白話小說分為傳統、現代兩個時期，因
為這種諷刺精神，從明清至民國，一脈相承從未間斷。如果中國大
陸的作家也有暢所欲言的自由，這一把諷刺的薪火想必也會在那裏
生生不絕。

論對中國現代文學的「科學」研究

答普實克（Jaroslav Průšek）教授

吳志峰　譯

一、基本問題

　　普實克對我的著作的長篇批評，[1]實際上是他為中國現代文學研究所擬定的一套「科學」研究綱要。在其中，他規定了中國現代文學的歷史特性和功能，並推薦了一種分析和評價那些作品的客觀方法。他認為我的著作完全忽略了研究中國現代文學所應遵循的「客觀」方針，因而指我為主觀批評家，並且是有嚴重政治偏見的主觀批評家。看到這樣一位望重的漢學家對我的著作持不接受態度，我自然感到失望。然而，即使作為文學史家的我還有不足之處，我仍不信服自己的著作就那樣地一無是處。同時，我懷疑除了記錄簡單而毫無疑問的事實以外，文學研究真能達到「科學」的嚴格和精確，我也同樣懷疑我們可以依據一套從此不必再加以更動的方法論來處理任何一個時代的文學。因之在這篇答辯文裏，我的主要任務在於對把這套僵硬而教條式的科學方法套用在文學問題上的適宜性表示反對：我認為，正因為普實克自己對現代中國及其文學為其未加細察的幾個大前提所誤導，他才會如此錯誤地對《中國現代小說史》作出最嚴厲的批評。

　　首先要說明的是，若不是我認為自己有值得關注的更基本的事情，我本來會承擔某些無疑屬於文學史家應做的工作。而我認為

的更基本的事情是：評價分析某一時期主要的、代表性的作家，簡
要介紹導致他們成功或失敗的時代狀況，以使人們更好地理解這一
切。因而，我沒有系統研究中國現代小說與傳統文學之間的關係。
同時，儘管我在著作中粗略地提到過一些西方文學對現代中國小說
的影響，但我並沒有對這一影響做系統研究。我援引了一些可比的
西方文學作品，只是為了更好地幫助人們評定要比較的作品，而非
要在它們之間尋找聯繫或影響。情況既然如普實克所說，即使「專
業的漢學家」也大部分對中國現代文學一無所知，而且既然我把讀
者設定為是那些對現代中國知之甚少而又對其文學感興趣的人，那
麼，我在著作中將西方文學與現代小說做那樣一番對比就完全是合
理的。我也沒有試圖對現代作家的敍述技巧做對比研究，儘管如普
實克的這篇書評長文及其它近期著述中所示，這樣的研究對文學評
價活動確有補益。

　　正如普實克所認為的，理清文學傳統間的影響或淵源關係，
客觀地比較作者的文學技巧，都是很重要的工作。但是，作為介紹
現代中國小說的開創性著作，我認為它的最主要的任務是辨別與評
價。只有在我們從大量可得的作品中理清了線索並將可能是偉大的
作家與優秀作家從平庸作家中辨別出來之後，我們才有可能着手對
「影響」與「技巧」進行研究。研討任何早期的文學，文學史家可以假
定一些經受過幾代讀者考驗的主要作家，然而有時即使幾代人的判
斷也有可能靠不住，所以文學史家或批評家不應完全依憑前人。就
現代中國文學來說，由於中國國內的批評家本人往往也參加了現代
文學的創造，難免帶有偏見。他們在文學批評方面的修養也難以信
賴。因此，我們在研究中國現代文學時，就更應當另起爐灶。然而
普實克之所以批評我，恰恰因為我「膽敢」另立起點，運用自己獨立
的判斷而全然不理會中國大陸的權威批評家和歐洲少數幾個響應這
些權威的漢學家。

　　作為客觀性的範例，普實克提到黃松康的《魯迅與現代中國新
文化運動》(*Lu Hsün and the New Culture Movement of Modern
China*，阿姆斯特丹，1957) 一書。雖然普實克早些時候曾指責該

書為淺陋的文學批評著作，[2]可現在和我的著作比起來，黃松康的著作卻成了「完全客觀的」了。而這或許只是因為不管是在對魯迅作為一個作家和思想家的評價上，還是在對新文化運動的闡述中，黃根本就沒有稍稍偏離她所參考的中國權威，做出完全屬於自己的判斷吧。所以，所謂「客觀」，只不過是指迎合權威觀點。偏離這樣的觀點，就不光會犯「主觀」的危險，更是暴露自己的「自大」與「教條的褊狹」（dogmatic intolerance）。我懷疑恰恰是普實克自己犯有「教條的褊狹」的錯誤，因而對中國現代文學提不出除共產黨官方觀點以外的任何觀點。

　　在普實克文章的第一部分，他到處提示可能導致我犯「教條的褊狹」的各種內在傾向。在一處，他把我設想為緬懷胡適和林語堂而信奉自由主義的中國知識分子。但他又馬上承認，我指責了胡適的「把文學作為批評社會的工具的狹隘觀點。」他堅持認為我最為偏愛的作家是林語堂。他的證據是我在談到抗戰中在美國的林語堂是「暢銷書作家，既展示了古老中國的魅力，又介紹了新中國的英雄主義精神。」如果普實克還記得我在更前面曾批評林語堂對「崇尚個人趣味」的崇拜，「沒有嚴肅的文學趣味」以及其它批評的話，他就該看得出來，我在談到林語堂在抗戰中的角色時所用詞語的諷刺性，應該看出來我在使用「暢銷書作家」和「展示魅力」等詞語時顯然並非是在誇獎。普實克還把我與漢奸、叛徒聯繫在一起，因為我曾熱情讚揚過後來成為漢奸的周作人在早期所做的文化工作，並且在《小說史》中花大量篇幅論述日佔時期上海作家張愛玲和錢鍾書。此處，因為我對國統區和解放區的戰時文學一般性地予以否認，普實克便指責我缺少任何國家之國民所必須有的思想感情。而普實克本人對中國人民英勇抗戰及隨後對共產黨對中國的「解放」所抱的感情，使他得出結論說：「發生在解放區生活各個方面的種種變遷也許是中國人民歷史上最光輝的一頁。」我懷疑有多少像普實克這樣聲名顯赫而又具有「客觀性」的漢學家會同意這種判斷。

　　我在《小說史》中曾聲明，在對中國現代小說的研究中，「我所用的批評標準，全以作品的文學價值為原則。」對此，普實克表示不

相信，因此他接着引述我下面的話以證明我使文學標準屈從於政治偏見：「那些我認為重要或優越的作家，大抵上和他們同時期的其他作家，在技巧上，所持的態度上與幻想方面，有共同的地方。然而憑藉着他們的才華與藝術良心，他們抵制了，並在一些值得注意的情況下轉化了那些淺薄的改良派和宣傳分子的力量，因此自成一個文學傳統，與僅由左派作家和共產黨作家所組成的那個傳統，文學面貌是不一樣的。」這裏的關鍵，是那些作家能否抵制或轉化那些淺薄的改良派和宣傳分子的力量，因而這裏的標準與其說是政治的不如說是文學的。我認為，大多數的中國作家（包括國民黨的宣傳家）都因為懷抱先在的社會改良和政治宣傳目的，而損害了他們在探索現實時的複雜性。在左翼和共產黨作家中，我之所以單單高度評價茅盾、張天翼和吳組緗，是因為他們那些最優秀的作品，就是文學「良心」的明證。憑藉這種文學良心，他們超越了社會改良主義者和政治宣傳家的熱情。換句話說，我輕視那種把濟慈所說的「明顯的圖式」（palpable design）強加給我們的文學，因為這樣明顯的圖式與現實所呈現出的豐富無法相容。因此，我更偏愛普實克加以非議的那種「無個人目的的道德探索」（disinterested moral exploration）的文學；認為這種文學比那種心存預定的動機，滿足於某些現成觀點而不去探索，不從文學方面作艱苦努力的文學要好得多。因而，普實克堅持以下觀點時就完全錯了。他說：「夏志清一再責難中國作家過於注重社會問題和不能創造一種不為這些社會問題所束縛，不被為社會正義而戰所拖累的文學。」其實，當我強調「無個人目的的道德探索」時，我也就是在主張文學是應當探索的，不過，不僅要探索社會問題，而且要探索政治和形而上的問題；不僅要關心社會公正，而且要關心人的終極命運之公正。一篇作品探索問題和關心公正越多，在解決這些問題時，又不是依照簡單化的宣教精神提供現成的答案，這作品就越是偉大。顯然，我最欣賞的如茅盾的《蝕》、巴金的《寒夜》及張愛玲的《秧歌》等作品就遠非只是「逃避文學」。它們在感情與洞見上都卓有成就，[3] 它們所探索的都是廣泛觸及人類命運的社會哲學問題。

　　為了把這些問題分析得更具體，我在《小説史》的最後一章〈結論〉裏引用了勞倫斯的一句話：「勿為理想消耗光陰，勿為人類但為聖靈寫作。」我將之用於評價現代中國小説，認為「一般的現代中國文學之顯得平庸，可説是由於中國現代作家太迷信於理想，太關心於人類福利之故了。」文學，富於想像力的文學，如果所關心的只是抽象的人，而不是具體的個人，就會失去其作為文學的特性，文學不應當僅僅裝飾或肯定理想，卻應當從具體的人的環境的準確性上審查理想是否正確。因此，我反對文學抽象地、理想化地、模式化地表現人，而贊成文學具體地、現實地表現個人。哈佛大學教授哈利‧利文（Harry Levin）在這一點上説得很對，他説社會主義現實主義「按其實際，應該稱為缺乏批判性的理想主義，或者如蘇聯批評家所直率地指出的那樣，稱為革命的浪漫主義。」[4]與絕大多數社會主義現實主義和浪漫革命小説的那種缺乏批判性的理想主義比較起來，以魯迅及其卓越的後繼者為代表的批判性的現實主義要值得讚賞得多。我毫不猶豫地認為只有後者才是中國現代小説中唯一值得認真評論的傳統。

　　如果在這樣説明了自己的批評原則以後，我仍然顯得有「教條的褊狹」，那麼，我對一些拙劣作品的「褊狹」，就不應被視為政治偏見，而是對文學標準的執着，我的「教條」也只是堅持每種批評標準都必須一視同仁地適用於一切時期、一切民族、一切意識形態的文學。文學史家固然應當具備必要的語言、傳記、歷史等方面的知識，以便對各位作家和各個文學時期做出恰當的評定，但這種歷史學的要求並不能成為放棄文學判斷的職責的藉口。韋勒克（René Wellek）教授對文學研究和史學研究之間的區別做過很好的區分：

　　　　文學研究不同於歷史研究之處在於它不是研究歷史文件而是研究有永久價值的作品。一位歷史學家必須根據目擊者的記敍來重述一件早已過去的事件，而研究文學的人則可以直接接觸其對象即藝術作品。……研究文學的人能夠考察他的對象即作品本身，他必須理解作品，並對它做出解釋和評價；簡單説，他為了成為一個歷史學家必須先是一個批評

家。……人們做過多次嘗試來擺脫從這種深刻見解得出的必然的推論，不僅避免做出選擇而且也避免做出判斷，但是所有這些嘗試都失敗了，而且我認為必然會失敗，除非我們想把文學研究簡化為列舉著作，寫成編年史或紀事。沒有任何東西可以抹殺批評判斷的必要性和對於審美標準的需要，正如沒有任何東西可以抹殺對於倫理或邏輯標準的需要一樣。[5]

與上述觀點相反，普實克卻認為，作為一位文學史家，我應該以歷史家的同情心，放棄文學批評家進行文學判斷的職責，因而他對我的另一項指責是我「不顧人的尊嚴」。當然，普實克應該很清楚，我在《小說史》中曾反覆強調必須同情和尊重每一個人，但我同時指出：「大多數中國現代作家只是把他的同情心給予窮人和被壓迫者，對於任何階級、任何地位的人都可成為同情和理解的對象的想法，在他們是陌生的。」即使人們同意普實克和馬克思主義歷史學家的觀點，認為現代中國進步的首要敵人是「地主、高利貸者、投機商和買辦資產階級」，也不能由此得出結論，說文學的任務就是要給這幾種人抹黑，抹煞他們的人性。因為，沉溺於鬧劇式地歪曲形象，最後必然是貶低人，也貶低了從事文學創作和研究這項專業。

然而在普實克看來，我顯然是「不顧人的尊嚴」，因為他看到我對許多寫了平庸作品的作家評價不怎麼樣。對那些拙劣的作品本身，普實克並沒有表現出甚麼實際上與我不同的傾向。但是他卻認為批評家應當同情作家的意圖，實行原諒的原則。他指責我說，「如果忽視了作家所抱的意圖，我們就不可能對他的作品做出公正的評價。」在為趙樹理的早期作品進行辯護時，他抱怨說：「夏志清完全無視創作一種為廣大鄉村民眾服務和使他們認識自己在那發生於身邊之社會變革中所處位置的文學的必要性。」普實克承認趙樹理的小說《三里灣》是失敗之作，但他馬上又解釋說，「不可否認，在最近這部作品中趙樹理遇到一個難題：當作品的主要任務是描述平靜的情節發展和突出被刻畫人物的積極方面時，如何賦予它戲劇的緊張氣氛。」同樣，普實克也承認丁玲的小說《水》至少有部分敗筆，但

他認為批評家應該原諒她的不成功，因為對丁玲來說，「要描寫非個人的，而是整個集體的生活經歷是個相當複雜的問題。」普實克不光將他的「原諒的原則」運用於評價小說，同時也用於評價理論著作。他不從正面回應我對毛澤東《在延安文藝座談會上的講話》的評價，只是氣急敗壞地指責我對它做了「完全歪曲」的描述。他指責我「視而不見為在政治上和文化上正在覺醒，而大多數仍是文盲的廣大民眾創造一種新文學藝術的緊迫需要。」

　　對於普實克的這種批評方法，衛姆塞特（W. K. Wimsatt Jr.）和比亞茲萊（Monroe Beardsley）這兩位卓越的文學理論家提供了一個在英美學界被廣為接受的概念：「意圖謬誤」（the Intentional Fallacy）。根據衛姆塞特和比亞茲萊的理論，所謂「意圖謬誤，是指混淆了詩（文學作品）與它的源泉，是哲學家所謂的『起源性錯誤』的一種特殊類型。當人們試圖從寫詩的精神緣故、緣由中去尋找具體評價標準時，就會犯『意圖謬誤』。」[6]也就是說，一位作家的意圖，不管它能否給作品以價值，都不能用做「判斷文學藝術成敗的標準」。[7]因此，作為文學史家和文學批評家，我們不能像普實克在其評文中所做的那樣，根據作品的可能意圖而無視其客觀內容來評價文學作品，同樣我們不能因為作者的意圖值得稱讚就「原諒」作品的拙劣。正如我在《小說史》的結論所說的，「衡量一種文學，並不根據它的意圖，而是在於它的實際表現，它的思想、智慧、感性和風格」。這樣的原則也適用於理論和批評。閱讀毛澤東的《在延安文藝座談會上的講話》時，我們並不應預先假定「創造一種新文學藝術的緊迫需要」。但另一方面，只有通過分析這篇講話本身，我們才能找到一些線索，理解為甚麼在1942年毛澤東就已經要求清算早期左翼文學中的小資產階級傾向，並預示新的宣傳文學時代的降臨。

　　對拙劣的作品，文學史家當然最好是保持緘默，不予理會。但如果那些作品已經在輕信的讀者中被譽為傑作，文學史家就有責任予以詳細分析，將其缺點公之於眾。不論對被迫害的作家如蕭軍和丁玲等有多麼同情，我在《小說史》中對他們的作品給予並非奉承的稱讚的同時，儘量遵循了審慎的客觀態度。事後看來，我承認自己

對丁玲的評價有失公允。這並不是說我錯誤地評價了她的小說《水》和《太陽照在桑乾河上》，而是因為它們並不代表丁玲文學作品的特色。如果更多地關注她的早期短篇小說和在延安寫的短篇的話，我對她的文學成就會做出很不一樣的描述。[8]不過，作為一個將自己的生命當作一場自由實驗的現代女性，丁玲肯定不會在意我對她的愛情生活的些許評論。因為真正可怕的，是1957年那些中共迫害者對那種生活進行了有系統而無情的扭曲。

正是普實克在文學研究中的意圖主義方法，使得他抱怨我「不顧人的尊嚴」；同樣，意圖主義方法也影響着他對整個中國現代文學的理解。在普實克的觀念中，文學不過是歷史的婢女。既然他像「馬克思主義理論家們」那樣，認為現代中國史只是中國人民在共產黨領導下進行「掃除封建主義餘孽和反抗外國帝國主義」的鬥爭，並最終贏得徹底解放的歷史，那麼，他對把這一鬥爭具體化的作品倍加讚頌，而對於與這一鬥爭似乎無關，但在其它方面表現了人生真理和藝術之美的作品，卻視為無足輕重，也就無怪其然了。

因此，雖然作為一位對科學的客觀性極度關心的學者，普實克卻一再提到「文學的使命」這一含糊的概念。由於抱着這樣的觀念，普實克顯然沒有警覺到把文學記錄僅僅當作歷史和時代精神記錄所包含的危險。我的看法卻正相反，我堅信文學史家應憑自己的閱讀經驗去作研究，不容許事先形成的歷史觀決定自己對作品優劣的審查。文學史家必須獨立審查、研究文學史料，在這基礎上形成完全是自己的對某一時期的文學的看法。對文學史家來說，一位向時代風尚挑戰的、獨行其是的天才，比起大批亦步亦趨跟着時代風尚跑的次要作家，對概括整個時代有更重要的意義。因而，無論歷史學家們和記者們對1949年以來的中國說了甚麼，只要我們發現自那時起，中國文學確實日益沉悶無活力，那麼我們在對這一時期的文學進行客觀評價時就應當把這一事實納入考慮之中。在我看來，這種「歸納的方法」比之普實克所採用的「推論的方法」要「科學」得多。正是用了「推論的方法」，普實克先大膽地設定了一個時期的歷史圖景，然後去發現適合於這個圖景的文學。

　　由於執迷於文學的歷史使命和文學的社會功能，所以一點兒也不奇怪的是，普實克讓人看起來像是一個特別說教的批評家。在這樣的批評家看來，文學中最重要的就是正確的信息、鬥爭的精神、激情和樂觀。甚至對於魯迅，普實克也「膽敢」(這是他在批評我時所用過的詞)做出如下的評論：「我們確實有理由做出結論：魯迅將他的觀點表達得越鮮明，他在社會鬥爭中所站的立場越明確，他的作品也就在各方面越成功。」然而，魯迅最好的作品都創作於共產主義在中國佔統治地位之前，這些作品給讀者提供的，是一位帶着近乎絕望的希望對中國的命運進行思索的自由的個人主義者形象。

　　顯然，在普實克看來，其他一切都不重要，只要作家尖銳地表示出了他的立場，只要他在社會鬥爭中採取明確的態度，他的藝術成就就可以在「一切方面」得到保證。甚至在普實克假定了魯迅作品的獨特風格貢獻時，他也暗中忽視了創作過程中伴隨的個人的、情感的、甚至生理的因素，而這些因素通常在創作時影響着作品在藝術上的成敗。很顯然，普實克對創作時無意識的作用 (the role of the unconscious)持不信任態度。原因很簡單，因為，如果一個人竟然對無意識大開其門，讓自己的陰暗面和各種危險的夢想、欲望以及恐懼感妨礙他充分表達自己有意識的意願，他還怎麼能夠堅持自己曾堅決表達過的在社會鬥爭中的鮮明態度與明確立場呢！所以，普實克的結論必然是：作品越是少帶感情越好，越是不讓想像力充分發揮越好。所以普實克才把抗戰時期的解放區文學看作中國歷史上最光輝時期的標誌。因為在那種文學裏，作家只在盡喚醒群眾的職責，寫作時沒有任何個人的鬼怪糾纏，沒有任何小資產階級意識的干擾。但既然普實克的標準是如此，他又何必把魯迅評價得那麼高呢？他在大文裏不是明說「直到1928年，他還有各種各樣的疑惑和大為悲觀的時刻」嗎？就觀點的清楚、態度的明確，以及易於理解的程度而言，延安時期那些簡單的故事、詩歌、戲劇口號，不是比魯迅更高嗎？依此觀點，普實克又何必要為文學操心呢？當我們想起《哈姆雷特》時，就應當為充斥於劇本中每一頁的「疑惑」和「悲觀」感到不寒而慄。

二、魯迅

為了表示他的「客觀」，普實克將47頁書評中的整整20頁奉獻給了魯迅。而在我的《小說史》裏，魯迅只佔全書507頁中的27頁。可見，正是在魯迅這個問題上，他測出了我對中國現代文學這整幅圖畫的「有意歪曲」。

值得提醒讀者的是，我在《小說史》中並沒有對魯迅做甚麼人身攻擊式的惡意批評，而是主要把他作為短篇小說作家來介紹。我評析了他的九篇短篇，特別對其中的《藥》、《祝福》、《肥皂》做了較詳細的分析。正是在這個基礎上，我做出結論說，這九篇小說「是新文學初期的最佳作品，也使魯迅的聲望高於同期的小說家。」同時我堅持認為他的小說天才是「傑出然而卻狹隘的」，他好多篇小說都寫得讓人失望。持平而論，僅僅憑着《吶喊》、《徬徨》這兩本小小的集子，我們很難對魯迅談得更多。否則，即便不談茅盾、老舍這兩位長篇小說家，對於那些貢獻更大的後來的短篇小說家張天翼、沈從文等，就不公平了。面對張天翼在三十年代出版的大量傑出的短篇，誰還能堅持說魯迅才是現代中國最偉大、最重要的短篇小說家呢？固然，由於魯迅首先進入中國現代文壇，他的一些小說人物如阿Q、孔乙己等曾給人們留下難忘的印象，而張天翼小說中的人物似乎難以獲得同樣重要的象徵意義和代表性。這部分是因為歷史的偶然，使得最先塑造的人物類型比起後來更成熟的同一類型獲得更大的關注和意義。但最主要的原因是，若不是中國批評家過於偏祖地突出魯迅，而從不把哪怕一點兒關注投向其後來者，就不會如此無視本是左翼作家的張天翼。

普實克將他談論魯迅的那一部分叫做「方法的對比」，其用意是向讀者展示，我的「主觀的」批評方法，使得我「錯誤地詮釋了魯迅文學作品的真實意義，或至少是將這種意義搞得模糊費解了」，而他的「客觀的」方法卻使他能「抓住魯迅作品的總體性質並做出科學的分析」。依普實克看來，我所犯的不可原諒的重大錯誤，是我認為魯迅對舊中國仍有關愛，而這導致我對魯迅的生活與作品做出了歪曲

的闡述。他對我的這種指責基於我在《小說史》中的兩段話，在其中的一段中，我將魯迅與喬伊斯做了比較：

> 我們可以把魯迅最好的小說與《都柏林人》互相比較：魯迅對於農村人物的懶散、迷信、殘酷和虛偽深感悲憤；新思想無法改變他們，魯迅因之擯棄了他的故鄉，在象徵的意義上也擯棄了中國傳統的生活方式。然而，正與喬伊斯的情形一樣，故鄉同故鄉的人物仍然是魯迅作品的實質。

另一段涉及我對《在酒樓上》主人公的評論：

> 然而，在實際的故事裏，呂緯甫雖然很落魄，他的仁孝也代表了傳統人生的一些優點。魯迅雖然在理智上反對傳統，在心理上對於這種古老生活仍然很眷戀。

　　在上面兩段話裏，我對於魯迅對舊中國生活方式在理智上的棄絕和感情上的眷戀這兩個方面，是小心地加以區分了的。藝術家不光是憑理智生活，他還有自己不能選擇的出身及早期生活環境。正是魯迅對故鄉在思想上的恨，故鄉才成為「他靈感的主要源泉」。在我所有涉及魯迅的評論中，我從未說過魯迅在理智上或思想上對傳統生活方式還有所眷戀。相反，我認為，作為一位雜文家，魯迅不留情面地攻擊着「中國的各種弊病」，刺破着「一般中國人的種族優越感」，攻擊了「所有對於傳統中國藝術和文化的留戀」。
　　因而，當普實克不顧所有證據說出以下的話時，他是完全地誤解了我。他說：「依夏志清所說，魯迅一方面反對傳統的中國生活方式，而別一方面又繼續為這些生活方式所吸引。這在他看來便是魯迅思想傾向游移不定的證據。他試圖使我們相信，這種動搖的思想傾向發展到如此地步，以至最後摧毀了魯迅的創作能力。」事實上，我從未說過因為那種「眷戀」，才導致魯迅的「思想傾向游移不定」。相反，我倒認為那種對故鄉傳統生活又恨又眷戀的複雜感情，非但不是他「思想傾向游移不定」的證明，反而是他創作那些最優美的作

品的動力。那些作品不但是指他最優秀的小說，還有《野草》中的那些散文詩，以及《朝花夕拾》中回憶童年的作品。在我看來，魯迅確實有過思想上的動搖，不過那是發生在1928–1929年，從他個人生活和創作生活兩方面說，那兩年都是危機時期。那時，在批評的壓力和流行風尚的指揮下，他在很大程度上放棄了深深植根在他感情中的、陰鬱的、個人主義的現代啓蒙思想，轉而依附於共產主義的集體行動。那種現代啓蒙思想萌發於他早年所接觸的十九世紀歐洲文學與思想。相比之下，他後來的依附並沒有在他的感情中扎根，所以他晚年所寫的連篇累牘的雜文往往尖銳刺耳，透露出創造力的喪失和人格的損傷。我正是從思想感情的貧乏和意識形態的轉向的角度，分析了魯迅最後的創作努力《故事新編》的失敗：「由於魯迅怕探索自己的心靈，怕流露出自己對中國的悲觀和陰鬱的看法與自己所公開聲稱的共產主義信仰之間的矛盾，所以他只能壓制自己深藏的感情，來做政治諷刺的工作。」這一切與他對舊中國的批判無關。

為了忠於自己的「科學的」臆測，把魯迅作為一位思想平穩發展的、堅定的革命戰士，普實克拒絕承認魯迅曾有過一段時期痛苦的意識形態上的搖擺不定，拒絕承認三十年代當他成為共產主義作家的掛名領袖時在政治上的新轉向。因此，普實克以為我把魯迅的危機僅僅歸之於魯迅對「中國傳統生活方式」的既反對又眷戀的態度。普實克閉口不與我討論魯迅的後期生活與作品，而只滿足於指責我的論述為「部分真實性的情況同對事實的歪曲的混合物」，並建議讀者去讀一讀黃松康的「完全客觀的」著作。

至於普實克對我在評價某些個別作品時所犯錯誤的批評，我首先承認，我對《狂人日記》確實評價過低，而他的抱怨也是公允的。經過進一步的閱讀，我現在可以下結論說，《狂人日記》是魯迅最成功的作品之一，其中的諷刺和藝術技巧，是和作者對主題的精心闡明緊密結合的，大半是運用意象派和象徵派的手法。而我要求作者「把狂人的幻想放在一個真實故事的構架中」並「把他的觀點戲劇化」是錯誤的。在這一點上，我無疑要對普實克表示感謝，他提醒讀者注意到我對這篇小說的不恰當的解讀。

　　然而總體上來說，普實克指責我的方式顯示出他期待於我的是一部關於魯迅的專著，而不是一部關於中國現代小說的全面研究：他再三抱怨我局限於「主觀的觀察」而不能做更細緻的科學分析。而且所謂「主觀的觀察」，只是巧妙地用於指責我掩蓋或模糊了魯迅小說的堅定的鬥爭品質。所以在討論《故鄉》這篇小說時，他特意拈出我在描繪閏土時的一句話，我說閏土是「歷盡人世、有家室之累的人」。他指責我用「有家室之累」這個詞隱晦地掩蓋了「使他整個地垮掉的全部罪惡和不幸」。普實克列出的「全部罪惡和不幸」包括：「沉重的捐稅、兵亂、孩子、官府和高利貸者」。然而，在小說中，魯迅先後列出的是「多子、饑荒、苛稅、兵、匪、官、紳。」[9]考慮到普實克對「科學的客觀性」的強調，以及他對於作者「意圖」的特別關注，我奇怪為甚麼普實克在列舉這些「罪惡和不幸」時要做一番重新組合，並且毫無來由地強調人為的災難（「沉重的捐稅、兵亂」），而魯迅在小說中給那些自然的災難以更多的強調（多子、饑荒）。

　　與普實克的觀點相反，「有家室之累」這一詞語更確切地表達了作品中所強調的農民的困境。在小說中「我」回故鄉後，閏土第一次去拜訪「我」，帶着他的第五個孩子，一個大約十一二歲的男孩。[10]在接下來的談話中，閏土又提到他的第六個孩子。因為他說第六個孩子也會幫忙了，所以我們可以推測這個孩子也有8到10歲。閏土第二次去「我」家時，又帶來了一個5歲的小女孩，可以推測這個女孩大概是他的第七個或第八個孩子。因為閏土這時大約只有四十一二歲，那麼在這個小女孩以下大概還會有一兩個小孩。因而可悲的是，雖然閏土看到了自己的困苦跟收成不好和苛捐雜稅有關，他卻不能做進一步的思考：他的那一大批要養活的孩子，只會加重而不是減輕自己的悲慘處境。像一位典型的中國農民，他只是茫然地抱怨：「第六個孩子也會幫忙了，卻總是吃不飽」，[11]因為他只是把孩子作為「生產者」而不是「消費者」。然而對於作者來說，既然饑荒、苛稅、兵、匪、官、紳是那個地區的農民都要承受的罪惡和不幸，閏土的格外的不幸就顯然是由於他人口眾多的家庭所致。

正是這樣的「家室之累」使一位活潑可愛、精神煥發的少年變成一位飽經風霜、神情沮喪、只會崇拜偶像的人。

我在《小説史》中引用了《故鄉》中的一段話，在那段話裏，魯迅把自己對年輕一代享受新生活的「茫遠的希望」與閏土的偶像做比，我認為魯迅在這裏表露出了他的坦誠。但我這樣做，卻被普實克斥責為有意歪曲。看來，我最好也像大家一樣，引用小説的最後一段，暗示希望就像地上的路，而地上本沒有路，但「走得人多了，也便成了路」，這樣方能投普實克所好了。然而，我首先要提醒普實克，小説正如詩歌一樣難以闡釋。所以給國外讀者介紹《故鄉》的最公正的辦法，只有將小説全篇翻譯過來而不加任何評論。但即使這樣，也難免會歪曲原意，因為翻譯是在不同的語言間進行的。但是，在篇幅有限的評論中，我們只能將注意力置於作品的高潮部分。在《故鄉》中，作者關於「茫遠的希望」這段話是在談到閏土要香爐去敬神時提出來的，也就是在小説的高潮部分提出來的，所反映的是作家的失望之感，所以應該予以適當的強調。至於後面補充的那一句，在我看來，只是脱離小説主體的事後的想法。這是典型的「魯迅式」結尾，正如《狂人日記》的結尾「沒有吃過人的孩子，或者還有？救救孩子……」一樣，魯迅在這裏試圖説服自己：即使小説本身不能給人以希望，也應該對希望的可能性有所暗示。[12]

既然普實克引用了《故鄉》最後一段以提醒我，至少在《吶喊》裏，魯迅比我所描繪的更樂觀，對現實更抱希望，那麼就讓我們回到《吶喊·自序》，看看作者怎樣形容自己在寫作那些小説時的精神狀態。事實上，普實克高度重視作家的「意圖」，所以為了説明魯迅的堅定與勇敢，他曾兩次引用《吶喊·自序》，不過他每次都忽視引文的語境，斷章取義。然而，根據〈自序〉的説法，小説集取名「吶喊」，是作家經過推敲後運用的一個軍事比喻，作者以此表明自己在反傳統的鬥爭中只是一名小卒，而新文化運動的幾位領袖——《新青年》的編輯們——才是立馬與亂軍對陣的主將。就像在傳統的戰爭小説中一樣，主將們對實際的鬥爭負責，而小卒們只是在旁邊「搖旗吶喊」或「擂鼓吶喊」以鼓舞士氣，給軍隊以適當的激勵。然而，

作為一名被拉入隊伍中的小卒（在序言中，魯迅曾提到，他是被《新青年》的編輯錢玄同邀請才勉強從令的），魯迅並不在意自己的吶喊「是勇猛或是悲哀，是可憎或是可笑。」接下去他又說：「但既然是吶喊，則當然須聽將令的了，所以我往往不恤用了曲筆，在《藥》的瑜兒的墳上平空添上一個花環，在《明天》裏也不敍單四嫂子竟沒有做到看見兒子的夢，因為那時的主將是不主張消極的。至於自己，卻也並不願將自以為苦的寂寞，再來傳染給如我那年青時候似的正做着好夢的青年。」[13]

上述的最後一句話，讓人想起《自序》中的另一個寓言：許多人或說中國正熟睡於一間絕無窗戶而萬難破毀的鐵屋子中。魯迅認為，一旦驚醒了某些人，使這些人面對無可挽救的臨終的苦楚，反而是一種更大的殘忍。而他的對談者錢玄同卻認為，既然有人醒了過來，就有毀壞鐵屋子的希望。魯迅雖然仍舊堅持認為鐵屋子毀壞不了，但他還是同意了錢玄同的說法，所以他同時說道：「然而說到希望，卻是不能抹殺的，因為希望是在於將來。」[14]

從這兩個經過推敲的比喻看來，我們能說作者認為自己是衝鋒於陣前與封建主義做鬥爭的勇敢的戰士嗎？（由此可見，毛澤東後來稱魯迅為「文化新軍的最偉大和最英勇的旗手」，是「中國文化革命的主將」，也並不符合魯迅的自畫像：一位須聽將令而吶喊，並且對於自己的吶喊是表示勇猛或是悲哀也不清楚的無名小卒。）當然，魯迅時不時地在這裏或那裏暗示一些希望，否則，如果沉浸於悲觀情緒中，就等於違抗將令了。更讓人心酸的是，魯迅之所以提供一些希望，是因為他覺得如果不這樣，對於那些被驚醒的、在鐵屋中做着好夢的青年太殘忍了。他自己作為一個完全清醒的人，正帶着鐵屋萬不可破的「確信」，承受着寂寞的悲哀。儘管普實克重組了一些「科學的」事實以說明魯迅的勇敢的樂觀主義，但事實證明，我對《故鄉》及《吶喊》中其他小說的分析更符合魯迅本人在〈自序〉中對自己的「意圖」所做的評價。而且，我並不是依靠那些「意圖」陳述，而是完完全全通過分析小說本身得出這些結論的。

當然，作為作者「意圖」的表達，普實克可以給〈我怎麼做起小

說來〉這篇文章更大的重要性。這篇文章是1933年奉命寫的，當時魯迅在左翼作家中已居於顯赫地位，必須維持自己作為一個與反動派作堅決戰鬥的戰士形象。但在這篇文章中，魯迅一如稍前在其《自選集‧自序》中一樣，保持了正直的誠實，如實地記錄了自己的早期生涯，絲毫沒有否認自己在《吶喊‧自序》中對自己的描繪。事實上，他將〈我怎麼做起小說來〉稱為《吶喊‧自序》的補充。在文章中，他回憶了「五四」時期的思想和文學狀況，並且說：「說到『為甚麼』做小說罷，我仍抱着十多年前的『啓蒙主義』，以為必須是『為人生』，而且要改良這人生⋯⋯所以我的取材，多採自病態社會的不幸的人們中，意思是在揭出病苦，引起注意，以便可以療救。」[15]最後一句話的語氣本來要更弱，最早的原話是「意思是在揭出病苦，引起療救的注意。」[16]為了適應三十年代新的文化角色，魯迅在這裏雖用了比較堅決的語調，但他的話與我在《小說史》裏以下的話並不矛盾：「我們必須記住，作家魯迅的主要願望，是做一個精神上的醫生來為國服務。在他的最佳小說中，他只探病而不診治，這是由於他對小說藝術的極高崇敬，使他只把赤裸裸的現實表達出來而不羼雜己見。」在雜文中，魯迅強調說教，而他的最好的小說則不然，只揭病苦，不開藥方。

　　以上說了一大堆關於「意圖」的離題話，現在讓我們回過頭來，更詳細地分析魯迅的其他小說。普實克認為，由於我不欣賞《藥》的光明尾巴，所以也錯誤地理解了它。他認為我對《藥》的解釋暗示了「魯迅並不相信當時的革命運動（順便提一下，是指推翻滿清的革命運動，不是共產主義革命運動）」。而事實上，關於這方面我總共只說了一句話：「夏的受害表現了魯迅對於當時中國革命的悲觀」。在此，魯迅相信不相信革命並不重要，重要的是小說中所寫的事實。革命者屈死而無人報仇這一事實本身，就使革命蒙上了一層悲觀色彩（在小說的第三部分，一群本可能成為革命的受益者的小市民，聚集在茶館裏，用惡意輕蔑的調子議論着革命烈士）。何況接下來我在《小說史》中還說了一句緩和的話：「然而，他（作者）雖然悲觀」，卻仍借助於一個西方式的花環，「對夏的冤死表示了悼念和抗議」。但

「抗議」此詞用在這裏可能太重一點，因為對夏的死負有責任的官員們在清明節這樣的日子沒有去窮人的墳地看望他，而且即使他們去了，他們恐怕也會像夏的母親一樣，被那種「西方式的花環」搞得莫明其妙吧？看來，為了使革命有希望，魯迅應該把整個故事改寫才好。最好叫夏瑜在同志的幫助下、或不用同志的幫助而自己越獄，再把小栓送到上海一座西式醫院去就醫（可惜，當時還沒有免費為窮人治病的社會主義醫院），並給老栓夫婦上一堂課，指出他們的迷信活動有違人道精神。改編的情節未免酷似今天的中共小說：英雄人物所向無敵、窮苦的人們都過上好日子、所有的人在故事結尾都皆大歡喜。當然，我這是歪改文章。但似乎也只有這樣，才能保證普實克從作品中讀出更多的「希望」。

　　看起來，普實克對我用象徵的方式解讀魯迅的小說格外惱火。我將《藥》中的兩位年輕人的名字連起來看作「華夏」的象徵，普實克尤為反對。他認為「作為一位知識淵博的中國文學家」，魯迅深知玩弄詞藻是多麼無意義。然而從魯迅的小說中我們可以看到，與普實克的觀點恰好相反，正因為魯迅擁有淵博的文學知識，他在給自己小說中人物取名字時才格外在意，經常給予他們以象徵意義或諷刺內涵。最簡單的例子，如《高老夫子》中可笑的主人公「高爾礎」，就依據「高爾基」的名字給自己取了這個名號。另一個有趣的例子是《阿Q正傳》中的「阿Q」，根據周作人後來的解釋，[17]Q字形象地代表一個後腦拖着一條辮子的人頭，因為Q與「queue（辮子）」字同音，「辮子」又是封建主義的象徵，所以讀者不難想像「阿Q」這個名字在諷刺小說《阿Q正傳》中的象徵性的喜劇意義。同樣，根據周作人的說法，孔乙己的生活原型是一個姓「孟」、外號「孟夫子」的人。[18]由於魯迅認為他代表着孔教儒生中的邊緣形象，所以才把他的姓改為更具象徵性的「孔」。

　　正如有的批評家已經指出的，魯迅以同樣的方式為《藥》中的烈士取名為「夏瑜」，以紀念革命女英雄秋瑾。「秋」對應「夏」，偏旁都為「玉」的「瑜」和「瑾」是兩個同義字，通常連在一起用（比如三國時代兩位家喻戶曉的人物，「周瑜」字「公瑾」，「諸葛瑾」字「子瑜」）。

當魯迅給這位烈士的姓取為「夏」時，他很自然就會聯想到作為封建
主義犧牲品的另一位青年，讓他姓「華」，顯然會豐富小說的象徵內
涵。如果魯迅不是有意讓「華」和「夏」並起來以暗示它們所代表的傳
統意義的話（華夏是中國的雅稱），他完全可以挑一個更普通的姓，
比如「王」或者「李」，因為相比起來，「華」這個姓氏更為罕見。普
實克在文章中反駁我說：「至於說那兩個青年的名字『華』和『夏』具
有甚麼潛在的意義，它們只不過是強調了故事中所表達的兄弟手足
相殘的事實。這是對舊社會吃人性質的又一次暴露」。而我認為這
樣解釋就完全錯了，因為不管是「華」還是「夏」，都是舊社會的犧牲
品，一個死於疾病，另一個死於革命。而真正代表「舊社會吃人性
質」的，是那個劊子手和站在他背後的官員，還有那些聚集在茶館裏
用惡意輕蔑的調子議論革命烈士的小市民。

　　普實克強烈譴責了小說《藥》中所描繪的吃人的社會，說「在那
裏，人們極力支持拷打並砍殺一個同胞，而他的罪過就是要使這些
人們獲得解放」。在討論《孔乙己》、《白光》和《祝福》時，他也一再
譴責「社會普遍的麻木不仁和殘忍」。然而，令人不解的是，與此同
時他卻將我所談到的魯迅小說世界中的「鄉下和小鎮人的懶惰、迷
信、殘忍和虛偽」排除在外，並對我的描述加以指責。在普實克看
來，我的描述完全掩蓋了「魯迅文學創作的意圖和目標」，即「不僅
是揭露中國社會普遍的麻木不仁和殘忍，而且更主要的是揭露出造
成這種局面的罪魁禍首。」為了證明自己的觀點，普實克指出，在
《祝福》中，罪魁禍首是女主角的僱主——「孔教道德倫理的保守擁
護者、可尊敬的魯四老爺」。然而就在文章的前幾頁，普實克在談到
祥林嫂的悲劇時，還用了「可怕的宿命感和殘忍性」，「一個被黑暗勢
力拖向毀滅的人的徹底走投無路」之類的表述。而現在，這些未明
言的力量，最終具體化為可見的個人——可憎的魯四老爺了。

　　為了確認魯四老爺所犯的罪，我們得重新看看小說中是怎麼寫
的。看過這篇小說的每一位讀者都知道，讓祥林嫂精神失常的主要
事件是她小兒子的死。當祥林嫂第二次來到魯鎮的時候，她整天念
念不斷地重複那件悲慘的事，以至鎮上的人和她的同伴對此生厭、

蔑視。雖然祥林嫂的第二個丈夫和兒子在很短的時間裏先後去世，她也從來沒有談起過自己的丈夫，但小說中沒有一處暗示了她對夫妻生活有所不滿。祥林嫂只是被兒子的死而困擾，因為是由於她的疏忽才導致兒子被狼吃了。所以她說：「我真傻，真的，我單知道下雪的時候野獸在山墺裏沒有食吃，會到村裏來；我不知道春天也會有。」[19] 如果魯迅的矛頭真是指向魯四老爺，他為甚麼竟讓一隻餓狼來咬死孩子？同樣，為甚麼又讓祥林嫂的第二個丈夫死於傷寒病，而不死於地主老爺的壓迫呢？這樣的話，《祝福》就可成為《白毛女》的「先驅」了。但魯迅顯然無意覬覦這一丟臉的榮耀。

野狼甚至算不上封建主義世界的一分子，所以我才恰當地用了「祥林嫂所隸屬的古老的農村社會」這一說法來概括故事發生的環境。因為只有在那樣的社會中，野獸才有可能在白天四處遊逛並叼走小孩；也只有在那樣的社會中，才會發生婆婆出賣媳婦給小兒子娶妻的事；才會讓一個在康復中、能吃一碗冷飯的傷寒病人舊病復發，以至斷送性命。（這些在討論中通常被忽視的細節，表明一度學醫的魯迅非常關注農民對自身幸福與健康的疏忽，閏土的多子是另一個例子）。在那樣的世界，說野狼扮演着一個極重要的角色並不過分，即使像祥林嫂那無情、狠毒的婆婆那樣的人，也不得不在這個充滿掠奪者與無助受害者的、永遠被饑餓所困的世界中為生存而掙扎。只要注意到魯迅其他小說和散文詩中經常出現狼這一形象，就不難理解其象徵性的一面。

鎮上人們的冷漠、嘲笑和蔑視，使得祥林嫂把喪子的悲痛和犯罪感抑制在心裏，而此後，女傭人柳媽——一個被描繪為「吃素，不殺生的善女人」[20] ——又提醒她另一個要遭報應的罪過，向她灌輸迷信思想。柳媽對祥林嫂說她應該為第一個丈夫嚴守貞操，應該在被迫改嫁的時候拒不服從，以死明志。祥林嫂以前並沒有這些思想，經柳媽一說，才感覺到恐怖，決定積錢去土地廟裏捐門檻。此後祥林嫂開始賣力地幹活，即使鎮上的人對她額上那個作為恥辱記號的傷疤進行嘲笑，她也不怎麼在意。

固然，最終的打擊來自她的女主人魯四嬸，本來祥林嫂以為自

己捐了門檻，已經贖清了罪名，所以在祭祖的時候坦然去幫忙拿酒杯和筷子。結果遭到四嬸的阻止，這時她才意識到自己仍然被認為是「不祥」的人。此後，祥林嫂一日不如一日。因為四嬸和她丈夫在這裏成為一系列導致祥林嫂死亡事件的最後一環，所以普實克才希望我們相信：正是四叔應該為祥林嫂的不幸負全部責任。

根據普實克的說法，正是那位魯四老爺「剝削她，使她成為被社會遺棄的人，在她心靈中注入那種荒謬的罪惡感而把她逼致瘋狂，剝奪了她的生計並把她趕上街頭，使她饑餓而死卻還挖苦地對她的死發表議論。」在這裏，普實克拒不提及我在上面談及的祥林嫂生活中的一系列事件，對致使發生悲劇的更重要的因素視而不見，只是一味誇大相對來說在小說中佔次要地位的魯四老爺的罪惡。首先，根本不能說魯四老爺剝削了祥林嫂。在封建社會的中國，在當時的情況下，祥林嫂那樣的寡婦除了到上等人家當女傭，很難找到更好的工作。而且，當她第一次到魯四老爺家做工時，確確實實恢復了活力，並找到了新的生活目標。如果不是她的婆婆強行將她賣掉，她會對自己的生活相當滿意。當然，從共產主義革命的角度來說，或許她的命運仍可被看作是悲慘的，可是魯迅並不是用共產主義觀點來寫這篇小說的，我們不能做出不顧時代差別的譴責。雖然祥林嫂幹的活很多，「然而她反滿足，口角邊漸漸的有了笑影，臉上也白胖了。」[21] 魯家第二次還同意僱用祥林嫂，可以說是在做一件善事，因為很少會有人僱用一個做過兩次寡婦的人，何況祥林嫂已經精神恍惚，勞動已大不如從前了。而在祥林嫂這一邊來說，她之所以感到自己不被接受，並不是因為魯家苛待了她（事實上，魯四叔嬸容忍了她幹活不力和多次胡言亂語），而是因為他們不讓她在祭祖的時刻幫忙當下手。但在這件事上，主僕雙方都是封建迷信的受害者，如果雙方之中有一方不那麼看重宗教禮儀，對祭祖採取不以為意的態度，那麼，祥林嫂就不會有被人拒絕之感。

我在《小說史》論及魯迅的那一章中，曾稱讚這篇小說將「封建」和「迷信」表現得「有血有肉」。而對鬼神、地獄之類畏懼的「迷信」，在小說中除了那個第一人稱的敘述者以外（甚至敘述者對封建信仰

對人們的安慰作用也抱尊重的態度，所以他才感到不知道該如何回答祥林嫂的絕望的問題），幾乎人人都有，不管他是農民還是紳士。魯迅在小說中明顯地表示，以傳統的標準來說，魯四嬸相當慈善，雖然她丈夫魯四老爺對人總抱懷疑態度，並且脾氣不大好。不過最重要的是，魯四叔嬸都很迷信，四叔比她太太更迷信，更不願犯了忌諱去僱用寡婦。所以，作者雖然對魯四老爺進行了諷刺，但不是諷刺他的殘酷，而是他的迷信。因為他受了儒家的教育，本應該超越民間迷信。在小說開始介紹他的時候，作者巧妙地把四叔稱作「一個講理學的老監生」，並且提到他常看的一些書籍（其中一部是《近思錄集注》），還點明他讀過「鬼神者二氣之良能也」[22] 之類的理學格言，以強調他由於所受的理性主義的教育，有可能從封建恐懼中超脫出來。然而令作者感到幻滅與失望的是，恰恰是魯四老爺對新年的「祝福」最上心，也恰恰是他在祥林嫂死後還發了些無情的議論。普實克認為魯四老爺的議論是在「挖苦」，但從小說中所寫的來判斷，他過於「迷信」，不可能有心去「挖苦」她。事實上魯四老爺非常惱怒，因為這個乞丐（祥林嫂）不早不遲，偏偏在除夕晚上死去，這對他們家來說不是一件「吉祥」的事，而本來在新年晚上他們是最需要「好運」的。魯四老爺確實不慈善，但通過諷刺性的客觀敘述，魯迅同時也向我們呈現了一個顯然也出身於下層的魯家的短工在談到祥林嫂的死時的那種輕蔑與淡然。

儘管普實克給魯四老爺羅列了一大堆罪名，但後來對祥林嫂以前生活的複述，卻又證明魯四老爺只不過是一個次要角色。他時不時滿腹牢騷的抱怨，主要是針對祥林嫂的寡婦身分。在小說的高潮部分，四嬸見祥林嫂去拿祭祖用的酒杯和筷子時，慌忙大叫，讓她別動，此後，四叔叫祥林嫂離開房間。接下來因為祥林嫂的狀態日益惡化，已經不能幹家務活了，所以四叔辭退了她。然而既然沒有一家再僱用她，說明整個鎮子的人都不歡迎她。在解僱祥林嫂這件事上，四嬸並沒有突然變得殘酷無情，她是直到最後才確信祥林嫂沒有「伶俐起來的希望」的。這一切，正像菲羅克忒斯帶傷被困於孤島，正像雙目失明的俄狄浦斯被放逐，乃命運所定，人對此無可奈

何──這也就是我在《小説史》中説「和希臘神話的英雄社會同樣奇異可怕」的所指。這裏所説「人」,當然包括一直嘲笑祥林嫂的魯鎮裏的任何人。在小説中,只有受過新式教育的作者／敍述者一人,為祥林嫂的死感到深切的惋惜和悲傷。在作者看來,整個魯鎮都沉浸在節日的歡樂中,沉浸於祈求來年「無限的幸福」的各種祭祀中,無暇顧及祥林嫂的不幸,而這一切其實早就在祥林嫂的死亡中就暗示了出來。然而作為一位不受歡迎的過客,作者既無法改變那種生活方式,也無法改變那種人們自己也意識不到的殘酷,他打算第二天離開。

在這裏如同在前面一樣,只有回到普實克對魯迅小説的「意圖與目標」所抱的事先假定,我們才可以理解他為甚麼會做出其他的解讀。魯迅的恨並不是主要指向地主豪紳個人,他是含着悲傷而克制的憤怒,以同情與諷刺的態度,注視並思索着一切生活在饑餓、疾病、封建的陰影之中的「鄉村和小鎮人物」,注視並思索着他們的迷信和無情。而普實克因過於相信自己所把握的「魯迅文學創作的意圖和目標」,才對這篇小説做了帶有偏見的解讀。可以説,他對這篇小説的解讀,完全是為了證明魯迅總是把控訴的矛頭指向可惡的地主紳士這一既定觀念。

同樣,也只有回到普實克對魯迅小説的「意圖與目標」所抱的事先假定,我們才可以理解他為甚麼會莫明其妙地不同意我對《肥皂》這篇小説重要性的強調。雖然普實克承認這篇小説「對人物(四銘)性格的刻畫和對他家庭環境的描寫都極為出色」,而且「魯迅的冷嘲在這裏也運用得生動有力」;然而他卻不願承認這篇小説在魯迅作品中可佔據較高地位。魯迅本人很看重這篇小説,在選入《中國新文學大系》的小説中,除了《狂人日記》、《藥》、《離婚》三篇之外,他只選了《肥皂》。[23]而普實克卻認為《肥皂》不具備魯迅小説的特殊品質,沒有概括出「中國社會的基本特點」。我想,普實克大概是想説這篇小説沒有嚴厲地對封建社會進行控訴,而只是對之做了一些看起來無關緊要的嘲笑吧?看來,普實克認為非個人的喜劇調子與魯迅小説的嚴肅目標是水火不相容的。

普實克指責我誤讀了《吶喊》和《徬徨》中的小說，對此，我已經在上面一一做了回應。最後，我還要稍稍談一談《故事新編》。普實克對《故事新編》評價極高，並說我沒有能力理解深藏於那些小說中的「魯迅藝術技巧的獨特性與創造性」。然而他在為該書辯護時竟一反常態，運用了印象主義批評家的詩似的語彙，說甚麼魯迅那些小說裏有着「五彩繽紛的彩虹」。我倒希望看看他從作品中引用哪怕一個片段，以證明它是如何包含着「多種多樣的意義，每一瞬間都與多層現實相關，它們色調的變化使人聯想到一條彎曲的彩虹色圍巾」，可惜普實克並沒有舉出哪怕一個例子來證明他的論斷。所以我不得不說，就是魯迅本人——普實克通常是尊重魯迅本人的意見的——也並不以《故事新編》自傲，在《故事新編‧序言》和別的地方，他都曾表示過不滿意《補天》中諷刺性的幻想風格。而我認為，《補天》中的缺點，諸如輕浮的調子、好像作者跟人家尋釁的樣子、針對當年芝麻小事的諷刺等等，在《故事新編》其他各篇也多有表現。只有《理水》和《采薇》較好，前一篇小說對「文化山」上學者們的描繪——借用普實克的話——「概括出了中國社會的基本特點」；後一篇小說中倒霉的主人公伯夷和叔齊，儘管受到作者的嘲笑，卻讓人想起他的非歷史小說中的許多懦弱角色。但《故事新編》其他篇章中所表現出來的輕浮與零亂，正如我在《小說史》中所說的，「顯示出一個傑出的（雖然路子狹小的）小說家可悲的沒落」。

三、其他作家

普實克奉獻了20頁評論給魯迅，但對我在《小說史》中詳細逐個評論的其他作家，卻在題為「作家群像」的第三部分作了合併處理，而且只用了十二多頁，重點也主要放在茅盾、老舍（主要是抗戰前的茅盾和老舍）、葉紹鈞、丁玲、趙樹理等數人身上，連張天翼、沈從文、巴金等著名作家也沒有提到。我曾費了很大努力指出張愛玲同錢鍾書在文學上的成就，普實克也置之不理，認為他們不過是對我胃口的作家而已。一位堅持「科學的客觀」的學者竟對這些作家

置之不理，決不能說是公正的。作為《小說史》的評論者，仔細研究他們的著作並確定他們是否值得《小說史》給予那麼高的讚譽，難道不正是普實克的責任嗎？對於從1936年到1957年在左翼和中共作家內部的持續不斷的意識形態鬥爭，我曾在〈遵從、違抗、成就〉這一章中做了很長的、細緻的分析，而普實克對此一筆帶過，只觸及了較早期的爭論，對那些發生在五十年代的主要事件，比如反胡風運動和對右派作家、修正主義作家的迫害，普實克在文章中都閉口不提。

　　總體上來說，在討論其他作家的第三部分，普實克對我對作品的具體解讀的不贊同態度不再那麼尖銳（即使在討論丁玲和趙樹理的作品時，他也像在前文一樣，承認我的部分觀點或主要觀點沒錯，只是沒有理解作家們的意圖）。看來，在這部分，普實克更多地關注我對一些作家作品的忽略，例如指責我沒有討論老舍的短篇小說之類。然而我要寫的是一部小說史，得根據自己的判斷設置各部分之間的比例。我認為老舍對中國現代文學的傑出貢獻，體現在他的長篇而不是短篇小說方面。在第七章和第十四章中，除作者自己蔑視的《貓城記》之外，我分析了老舍的所有長篇。如果我對老舍作品的分析真有甚麼不當，普實克完全可以針對我的分析指出錯誤所在，而不是僅僅停留在指責我忽視了一些次要的短篇小說。[24]

　　在奉獻給茅盾和老舍的五頁左右的討論中，普實克的主要注意力都在《小說史》第七章開頭部分，因為我在那段話裏試圖將茅盾和老舍做一般性的對比。其實，那段話的本意不過是用作文章的轉折。因為我在前面剛談過抗戰前的茅盾，後面即將談老舍，便將他們對比了一番。我並不認為那段話中的說法有多麼重要。對於寫給非專家的一般讀者的著作來說，這樣的轉折段落有時是必要的。而且在這段話中，我只是做一般性的介紹，沒有下實質性的斷語，也絲毫沒有要將茅盾和老舍做確切、細緻地比較的傾向。通過那段過渡性的話，讀者會知道，接下來將有對老舍更詳細的分析和評論。而普實克不然，他對這段用於轉折的話糾纏不休，卻對接下來的詳細分析視而不見。在那段話裏我說：「……老舍和茅盾，有很多有

趣的對照，茅盾的文章，用字華麗鋪陳；老舍則往往能寫出純粹北平方言，如果用歷來習用的南北文學傳統來衡量，我們可以説，老舍代表北方和個人主義，個性直截了當，富幽默感；而茅盾則有陰柔的南方氣，浪漫、哀傷、強調感官經驗。」於是普實克就專門挑出這段話，證明我「在處理文學問題上的純粹主觀主義方法」。其實任何一個客觀的讀者都可看得出來，我採用「如果用歷來習用的南北文學傳統來衡量」這句話，本身就説明我對這樣的對比沒有給予特別的強調，況且在其它地方我也沒有再提到過這裏的對照。就是在這僅有的一次對照裏，我也用了「如果用……」和「我們可以説……」這樣的措辭，以減輕語氣。我想，向一般非專家的讀者講講傳統中國文學批評中這類地理區分的概念（儘管普實克認為這是個無效的概念），並不會有甚麼害處。接下來，普實克繼續吹毛求疵地、指出有哪些例外不符合我對兩位作家的闡釋，同時他卻不提醒讀者，其實我在自己的詳細分析中，早已經意識到並指出了它們。[25]

　　好不容易等到普實克討論茅盾的個別作品，他卻像在前文討論魯迅時一樣，再次指責我沒有理解作者「創作的意圖和目標」，沒有對此進行「科學的」分析。在普實克看來，因為「茅盾把文學視為政治鬥爭中的一件重要武器」，所以對茅盾的所有作品都應該主要從其政治目標方面來評價。確實，自從共產黨批評家們向茅盾的第一部傑作《蝕》投以一陣密集炮火似的呵斥以來，他們對茅盾的評價就一直強調政治。那些共產黨的批評家們搞不懂，為甚麼同情共產黨的茅盾在《蝕》中對忠實地表現北伐時期的革命形勢比對黨的長遠利益還要操心。共產黨在對茅盾進行評價時注重政治的狀況，至今依然存在。因而他們對《蝕》和《虹》這兩部早期的傑作始終不重視，而對後來比較粗糙的《子夜》卻因其在政治上合乎正統而頌揚備至。使我感到惋惜的是，博聞多識、精通文學的普實克也贊同這樣的批評標準。普實克在為《蝕》惋惜時説它「是作者在絕望情緒的影響下創作的」。而正如我在《小説史》中所分析的那樣，我認為恰恰因為《蝕》是在絕望情緒下寫成的，才大大有助於作家表現人生真理和加強感情力量。普實克同時還為《虹》惋惜，認為它「不能特別代表茅盾」，

而實際上正是《虹》的第一部分在文學成就方面達到了茅盾的最高水平。可以說，雖然茅盾作為共產黨中國最偉大的長篇小說家享有世界性的聲譽，但在大陸，他的作品中只有兩部長篇和一小部分短篇贏得了不恰當的讚揚。即使是在全面研究茅盾文學生涯的專著中，對他後來的作品如《霜葉紅似二月花》和一本很好的短篇小說集《委屈》也很少提及。[26] 茅盾的作品被共產黨的批評家們在普洛克路斯忒斯（Procrustes）的床上動過大手術。

我承認《子夜》在「現代中國重要的小說中」佔有一席之位，但我同時認為，就作者沒有運用寫作《蝕》和《虹》中的方式處理他的材料來說，它又是失敗之作。儘管我在《小說史》中詳細解釋了為甚麼在《子夜》中已經沒有了「在《蝕》和《虹》兩書中所顯示出的『自我折磨式的誠實』」（self-tormenting honesty）。普實克仍從我的論述中摘出一些詞句，指責我沒有注意到作者「對激情或信仰的強調」，沒有看見作者「自我折磨式的誠實」。為了證明作者的「自我折磨式的誠實」，普實克提到小說對工廠裏的女工和「共產黨工作人員做了基本反面的描寫」。然而事實上，小說所寫的故事發生於1930年，當時共產黨的活動家執行的是李立三的路線。茅盾寫作《子夜》時是在1931年到1932年，那時立三路線已經被中共領導嚴厲批判。在這個時候，作者別無選擇，只能對共產黨幹部如克佐甫、蔡真等人做「基本反面的描寫」。反之，如果呈現的是一幅「積極正面的圖畫」，豈不是需要更多的勇氣，豈不是真的需要「自我折磨式的誠實」嗎？關於《子夜》中政治內容的簡要介紹，讀者可以去看看夏濟安（T. A. Hsia）的著作《五烈士之謎》（*Enigma of the Five Martyrs*，柏克萊，1962），這部著作對1930年代共產黨的文學工作者與黨的領導之間的複雜關係做了專題研究。

由於在《小說史》關於茅盾的那章中我主要側重於他的長篇小說，普實克便指責我對茅盾短篇小說的態度是「後娘式」的。就像在討論魯迅時一樣，他要求我給茅盾以更多的篇幅，甚至將之寫成茅盾的專著。為了證實他的指控，他引用了自認為是我對《創造》和《春蠶》的錯誤理解。對於《創造》，我在《小說史》中只有概括性的一句

話：「在《創造》這一篇裏，當女主角發覺她堅信的社會主義立場，與她那愛舞文弄墨、附庸風雅的丈夫兼導師在思想上有很大的分歧時，覺得除了離開他外，別無他途。」相反，普實克認為女主角還沒有站到一個「很確定的」政治立場上來，接着普實克用了更多的話來闡述他自己對小說的理解。當然，不管是我的簡短的概括，還是普實克更長的評論，對於一篇三十多頁長的小說來說，都說不上是充分公正的。比如，對於普實克的評論，我可以說他完全忽視了這篇小說中明顯的色情因素。而在茅盾的早期小說中（正如我在《小說史》中分析《蝕》、《虹》、《野薔薇》所顯示的），作者突出的拿手好戲正是對意識形態和色情的充滿激情的雙重關注。

至於普實克反對我用「堅信的社會主義立場」這個說法，我認為，要是我對女主角所歸依的政治黨派——共產主義也罷無政府主義也罷——不做明確限定的話，我的概括還是可以得到小說文本的證實的。雖然女主角丈夫的政治觀點不是「顛覆性的」，但他讀了大量的政治哲學著作，其中包括「克魯泡特金、馬克思、列寧」。他鼓勵、誘導自己的妻子閱讀政治著作，沒想到結果她卻對此格外感興趣格外關注，並且最後參加了一場「不健全不合法的（即顛覆性的）政治運動」。[27] 她跟從了另外一個導師李小姐，這位李小姐完全顛覆了丈夫為她設置的教育計劃。（在這類二十年代末三十年代初流行一時的小說中，引導男主角或女主角發生轉變的神秘陌生人，一般都是一位共產黨員，當然，為了通過出版審查，這位人物的政治身分通常不會明說出來。）於是那位丈夫為自己破壞了的創造悲嘆：「他破壞了嫻嫻的樂天達觀思想，可是唯物主義代替着進去了；他破壞了嫻嫻的厭惡政治的名士氣味，可是偏激的政治思想又立即盤據着不肯出來。」[28] 如果考慮到當時的新聞審查，人們應該可以從「不健全不合法的政治運動」、「唯物主義」、「偏激的政治思想」等婉轉表達上，從明確提到的克魯泡特金、馬克思、列寧等人名上，得到嫻嫻已經歸依於社會主義（即便不是共產主義）的暗示。而普實克卻相反，認為嫻嫻臨別時託女僕轉告丈夫的話模棱兩可，所以不能認為她已經站在社會主義立場上。事實上，她臨別的託話恰好澄清了所

有的可疑之處。小說中的女僕説：「出去了。她叫我對少爺説：她
先走一步了，請少爺趕上去罷。──少奶奶還説，倘使少爺不趕上
去，她也不等候了。」[29]

我曾給《春蠶》以很高的評價，或許過高了。普實克嚴厲指責我
歪曲了《春蠶》的原意。在《小説史》中，我在給出自己的分析之前，
向讀者展示了對這篇小説的標準解釋：「《春蠶》是共產黨對當時中
國形勢的注釋：它披露在帝國主義的侵凌及舊式社會的剝削下農村
經濟崩潰的面貌。而這故事之屢獲好評，也正為此緣故。」我猜想，
如果我就一直按照這種思路解釋下去，普實克會立即為我的「客觀」
拍手叫好。然而我認為這樣説教式的解讀並不充分，所以接下去我
探索了使小説「有力且吸引人」的原因。我認為這要歸功於作者對養
蠶過程宗教儀式般的細節的注意，以及作者對誠實、勤懇的勞動者
老通寶及其家人飽含同情的刻畫。當然，我明知道茅盾並不贊成老
通寶們「那種不辭辛苦和敬天畏神的觀念」，相反，他的意圖是想要
證明這種封建精神之不可靠。但我仍然認為，「茅盾幾乎不自覺地歌
頌了勞動者的尊嚴」。作者當然是想讓多多頭起反封建的作用，但他
只是次要角色，而且寫得虛假。他那令人不快的高人一等的感覺，
反而使人更同情他父親和家裏覺悟較低的成員。他們雖然勞而無
功，幾近破產，但這卻無損於他們深切動人的高尚形象，因為導致
他們破產的是他們自己控制不了的外在原因。

普實克説：「事實上，茅盾是以極大的諷刺和否定態度來描寫
農民老通寶的迷信的。老通寶信仰他的菩薩，只有他的菩薩才是財
神。」在這點上，普實克是完完全全錯了，他把《春蠶》和它的續篇
《秋收》搞混淆了。直到在《秋收》裏，老通寶才被寫成一個悲慘可笑
的愚人，他在臨死的時候不得不承認兒子的「覺悟」是對的。為了給
人物形象的轉變做準備，茅盾在《秋收》的開頭部分（第三段）補敍了
老通寶過去的生活，説他四十餘年如一日，每逢舊曆朔望，一定要
到村外小橋頭那間簡陋不堪的「財神堂」跟前磕幾個響頭。在《春蠶》
中，在整個養蠶的季節裏，我們從未看到過他去拜財神，他一直忙
於照料自己的蠶和繭。此外，在《春蠶》中，老通寶被描繪成一個誠

實正直的靈魂。他守舊、傲氣，憎恨一切洋東西，拒絕一切變革。他寧願少要一些利潤養中國蠶，而不願養洋種蠶。在小說中有一個精彩的段落，展現了老通寶對洋輪船的憎恨：

> 一條柴油引擎的小輪船很威嚴地從那繭廠後駛出來，拖着三條大船，迎面向老通寶來了。滿可平靜的水立刻激起潑剌剌的波浪，一齊向兩旁的泥岸捲過來。……軋軋軋的輪機聲和洋油臭，飛散在這和平的綠的田野。老通寶滿臉恨意。[30]

在這裏，作者對老通寶是滿懷同情的。但在《秋收》裏，作者卻收回了這種同情。雖然這兩部小說和另一部《殘冬》現在通常被稱為「農村三部曲」，但普實克不應該就此被誤導，以為老通寶這個人物形象在三部曲中是前後一致的。

普實克對老舍、葉紹鈞和郁達夫的評論，大部分要麼是補充性的，要麼與我的著作內容毫不相關。他論述這些作家的意圖和敍述技巧，並時不時地談論幾句「主觀主義的問題」——即「那種把藝術作品同作家個人的經歷、感情和觀點緊緊結合起來的做法」，一個普實克近年來特別關注的問題。他的有些評論顯露出對非馬克思主義觀點的不容忍態度，比如，他批評老舍「常常不能很正確地理解這些〔社會〕問題」。那意思似乎是說，正確、科學地理解社會的方法只有一種，而老舍作為一個作家，正因把握不了那種方法而吃了虧。普實克並不否認老舍在當今中國的聲譽，然而他馬上又「慷慨」地補充說：「他對社會問題的興趣相當次要」。但事實上老舍抗戰前寫得最好的小說都與社會問題極為相關。

當然，在評論郁達夫時，普實克確實對我有明確的批評，他抱怨我在《小說史》中漏談了郁達夫最好的兩個短篇《薄奠》和《一個人在途上》。順便說一句，《一個人在途上》根本算不上是短篇小說，它只是作者為紀念已故的小兒子龍兒所寫的懺悔式散文，屬日記、懺悔錄、偽裝自傳小說一類，這類作品的內容主要涉及作者與生氣的母親、被忽視的悲慘妻子、生病的兒子之間的關係。在《小說史》關於郁達夫的章節中，我對這類主題的作品給予了一定的注意，並

明確提到其中的三篇：日記《還鄉記》和自傳小説《煙影》、《在寒風裏》。既然這三篇作品與《一個人在途上》在感情強度上差不多，並且都同樣涉及家庭情感，就沒有理由非要把它單獨挑出來給予特別的關注。

普實克並不將《一個人在途上》與其它有關家庭的作品聯繫在一起，而是將它與兩篇具有無產階級布景的小説《薄奠》、《春風沉醉的晚上》相連，因為這篇散文中，作者在訴説兒子的死所帶來的悲痛之餘，最終似乎和無產階級兄弟姐妹們有了共同的「人的痛苦」。所以，顯而易見，普實克對郁達夫因悔恨、負疚而產生的困擾情緒並不很在意，而這些是自他的第一篇小説《沉淪》以來就表現出來的主要情緒，這些情緒在有關家庭感情的短文中表現得更加刻骨銘心。看來，如果我們能忽略郁達夫的頹廢，而主要把他看作是集中反映「中國無產階級的整個可怕命運」的人道主義作家，就一定能提升郁達夫的聲譽了！然而遺憾的是，即使在他的那些普羅小説中，郁達夫也只不過把自己看作是一個浪遊者。他和那些流浪者、苦力、產業工人的友誼大多只是自己自憐情緒的擴展，並無革命的因素。像在大多數小説中一樣，作者在《薄奠》中自視為窮人。但無論是從有錢或有閒方面看，他和他的工人朋友們都是兩個世界的人。當目睹那位人力車夫與妻子為錢吵架時，他偷偷地把自己的銀錶給了他們。在被病魔纏身兩個星期之後，作者再去車夫家裏時，看到的是車夫的妻兒正為他的死而哭成一團（車夫是落水淹死的，不過他妻子懷疑他是自沉而死）。作者趕忙安慰他的妻子，為她賣了一輛紙糊的洋車，後來還陪同她和兩個孤兒去車夫的墳上燒香。

在小説中，作者的同情是很明顯的，但這種同情和他的自憐情緒分不開。一開始，他甚至忌妒那位車夫，以為車夫畢竟還能和妻兒相伴，每晚能睡個好覺。而他自己「兩年來沒有睡過一個整整的全夜」，[31] 並且長久地與家中妻兒遠隔千里。車夫死後，他看見車夫的妻兒痛哭，首先想到的是「我的可憐的女人，又想起了我的和那在地上哭的小孩一樣大的龍兒。」[32] 就是最後他想痛罵那些大街上的紅男綠女，也不主要是憤怒於他們對車夫一家不幸的漠視，而是出自

素來對儼乎其然的有產者的厭恨。儘管有精心設置的淒楚結尾，這篇小說依然沒有超出作者一貫的自傳式的感傷模式。所以，普實克說這篇小說「集中反映了中國無產階級的整個可怕命運」是一種誤導。

既然普實克以這篇小說為例，對我認為郁達夫的作品「感傷、草率」進行反批評，我們不妨從《薄奠》中引用一段仔細看看。作者在說到自己窮困而飄泊不定的生活時有以下一段話：

> 無聊之極，不是從城的西北跑往城南，上戲園茶樓，娼寮酒館，去夾在許多快樂的同類中間，忘卻我自家的存在，和他們一樣的學習醉生夢死，便獨自一個跑出平則門外，去享受這本地的風光。玉泉山的幽靜，大覺寺的深邃，並不是對我沒有魔力，不過一年有三百五十九日窮的我，斷沒有餘錢，去領略它們的高尚的清景。[33]

郁達夫通曉中外文學，不像「五四」時期的一些作家文句不通，所以儘管他的句式（比如上面所引的第一句）往往過於複雜和歐化，讓人費解；儘管他經常運用南方方言的表達方式，有時還根據自己的用語特點進行改動，讓對吳方言不熟悉的讀者感到無法理解；但總的來說，郁達夫的作品具有一種切實動人、通暢流利的風格，適宜於自傳體心理小說。可是如果仔細閱讀的話，我們不難發現，即使是他最好的小說，也往往失之於感傷過頭和寫作上的漫不經心。為了強調他的自憐，有時為了暗示性慾感受的難以抑制，郁達夫往往訴諸誇張手法，結果往往使文章前後矛盾，有的地方省去的感傷在另一個段落裏又被寫的毫無節制。在上面所引段落的第一句裏，作者把自己描寫成一個因厭倦了資產階級生活而四處浪遊的頹廢者，不是去尋戲作樂，就是跑去城外享受自己的孤獨。而接下來的第二句，他又以戲劇性的誇張，暗示自己之所以不去那些中產階級常去的風景勝地，仍是因為自己沒有錢去領略它們的高尚的清景。由於寫得過於草率，作者沒有意識到，經常出入戲園茶樓、娼寮酒館，比起偶爾去一次近處的風景勝地，要費錢得多。為了強調自己的貧窮，作者不說自己十天有九天缺錢，而是生造出冗長可厭的句

子，說自己一年有三百五十九日窮。依此說法，不論是從傳統陰曆來算，還是現代陽曆來算，作者一年只有一天或六天有錢花。而至於這一天或六天為甚麼不缺錢，作者並沒有說明原因。許多早期的小說家如魯迅、葉紹鈞、冰心，都從來不用這種草率的修辭過頭的筆調，唯獨那些愛好過分渲染感情的創造社成員才是如此。郁達夫作為創造社最有才華的一員，也未能免除此種弱點。

正如在論及魯迅那部分時一樣，我在這部分重新閱讀了依普實克看來被我曲解了或忽視了的文本，並在很大程度上進一步確認了我原先對那些作家或作品的評價。我不敢說在解讀那些文本方面自己天然就比普實克強。我認為，普實克之所以會屢次被誤導，以至將文本簡單化或曲解它們的重要性，仍是因為他過於依賴一套關於中國現代史和現代文學的「科學的」理論，並且一成不變地以假定的意識形態意圖來判斷每一位作家和每一部作品。而我儘管被普實克指責為「主觀」，至少努力公平地對待每一位作家和每部作品，並不首先拿自己的真誠反應去適應一套關於中國現代小說的既定理論。對魯迅、茅盾、郁達夫等人一些作品的具體分析，只是用來說明我對普實克所採用的研究中國現代文學的原則與方法的一般批評。我相信，普實克和我一樣，認為存在着無限的機會讓西方學者對理解、評價中國現代文學做出突出的創造性的貢獻。但我希望普實克也能同意以下觀點：即做這些工作需要真正的批評精神或科學精神，需要不帶政治成見、不懼任何後果地開放思想，拒絕依靠未經檢驗的假設和因襲的判斷。

（原載1963年荷蘭萊登《通報》〔*T'oung Pao*〕）

（吳志峰譯，經作者審閱）

·譯者附記·

為便於讀者研究，本文中所引用的普實克的文字，採用了《普實克中國現代文學論文集》(1987年8月湖南文藝出版社初版) 所收齊心先生的中譯，特此說明並致謝。

II

傳統戲曲

熊譯《西廂記》新序[*]

陳次雲　譯

　　多少世紀以來中國人喜愛的愛情故事，在文學作品及通俗娛樂中出現的為數不少。其中張生和崔鶯鶯的故事佔有獨特的地位，這不僅因為它在中國各地不同的地方戲中一直是一齣可以隨時上演的好戲，而且從公元800年至1300年之間，有三部不朽的傑作以它為題材：元稹的〈鶯鶯傳〉（一名〈會真記〉），董解元（解元是當時對讀書人的通稱）的長篇敘事詩《西廂記》，和王實甫也以《西廂記》為名的劇本。它在文壇上享這麼大的聲名，在中國愛情故事中實找不到另一篇可跟它相比的。歌詠唐玄宗迷戀楊貴妃的名作：白居易的《長恨歌》、白樸的《梧桐雨》、及洪昇的《長生殿》，加起來在數量上並不少於前者。但洪白的兩部劇本在文學上的重要性都遜於王實甫的《西廂記》，而《長恨歌》同董詩相比之下，不啻有歌謠與史詩之別。

　　楊貴妃死於安史之亂，其事在當時已膾炙人口：她的悲劇當然引起詩人、小說家及劇作家的注意。鶯鶯則不然，若元稹沒把她的故事記載下來，到今天可能仍是一位沒人詠嘆過的美人。雖然在故

---

* 〈熊譯《西廂記》新序〉（"An Introduction to *The Romance of the Western Chamber*"）英文版 1976 年刊熊式一譯 *The Romance of the Western Chamber*（哥倫比亞大學出版社），然中譯版早於 1968 年刊《純文學》6 月第 3 卷第 6 期，此文後刊《夏志清文學評論經典》（麥田出版，2007），現得麥田出版與《夏志清文學評論經典》編者王德威教授同意轉載，特此鳴謝。

事裏從她不凡的教養和顯赫的姓氏，可推想出她是名門之後（董詩則稱鶯鶯為宰相之女），但學者現在都認為這則故事是一篇偽裝的自傳，而鶯鶯實際上是一位出生寒微、作者一度愛過的女子。元稹到長安之後（和故事中的張生一樣），覺得中輟那段往事對他有利。儘管他們生性風流多情，在元稹那時代住在長安的年輕詩人學者都一心思進，務求考試時名列前茅，締結對他們事業最有利的婚姻。元稹自不例外，他的詩和他的好友白居易齊名，很早便中了進士，娶了一位韋姓望族的小姐，並終於做了宰相，可謂極為得意。

在寫鶯鶯的故事時，元稹一定受到良心的譴責，感到內疚。然而傳奇小說的寫作又是一種社會行為，以博得同儕的讚佩、前輩的扶掖為目的。即使元稹有意，他也不可能寫出一篇縷述他始亂終棄經過的自白書，他因此杜撰了一個張生做主角，並且按這種文體的規矩，穿插了很多詩篇和幾段賣弄自己才華的文章在裏頭。甚至鶯鶯動人的信也很可能出自他的手筆，藉此顯露他在函牘上的才情罷了。現代讀者都覺得張生遺棄鶯鶯後所做的辯解不近情理，但是想來元稹是故意把我們這位敏感而平易近人的女主角說成一個可怕的狐狸精，可與過去歷史上禍國殃民的「尤物」並列，以便在讀者面前炫耀一下自己發怪論的天才。

在極力為男主角辯護的層面上，這個故事雖然難使人信服，其核心倒極真實。它所描畫的那位謎樣而引人入勝的小姐確實動人（正如她一定感動了當時的讀者一樣）。鶯鶯並非中國詩詞中標準的棄婦──倡伎、商人婦、或是在深閨中空待皇恩的宮女。但她也不是一般小說中關注自己婚姻幸福有膽識的女子。到元稹那時代好幾對才子佳人已成為婦孺皆知的人物，最有名的是司馬相如，他琴挑卓文君，使她不顧她富有的父親的反對跟他私奔。在董、王兩部《西廂記》中，張生屢屢以司馬相如及其他的風流才子自居，而把意中人比為卓文君，但小說中的鶯鶯不是一位解風情、有堅決意志追求幸福的年輕寡婦。她滿心想跟張生往來，在他們初會時仍辭嚴義正的把他教訓了一番，雖然在他的熱烈追求下，她不久就把少女的矜持、傳統的禮教都置諸腦後，自動地去獻身。在她這個明顯的矛盾中，

元稹把每個有教養的中國少女面臨那最大的考驗時進退維谷的神態捕捉到了。

在兩部《西廂記》中，鶯鶯性格的刻畫都較完整。她有時也會用心計，也能說出一篇大道理來，解釋何以在和張生初會時對他不假辭色，並對她那位口是心非的母親有一肚子氣。同時她以一些最優美的詞句來表達她的期待、憔悴、沮喪各種心情。但是添了這些抒情和戲劇性的細節，董解元和王實甫給我們的女主角並不比元稹刻畫的深刻複雜，主要是因為身為已故宰相之女，鶯鶯同她被人始亂終棄的原型的環境相距更遠，在張生追求她和張生去長安後她的恐懼不安顯得並無社會現實根據。元稹筆下的鶯鶯，家庭背景雖然交代不清楚，卻保持了一位秉性溫柔的女子對意中人過分慷慨而失身後那種易受傷害的品質。在他沒有回信給她之後，她不再採取任何行動去左右他，一年後就嫁了人。但她在男婚女嫁之後的拒絕與張生見面，無異是用平淡無奇而教人擊節三嘆的寫實主義手法把故事作結。在中國文學上既為一個新型的女子，難怪她賺了許多人的同情，在唐宋詩人的詩歌中備受褒揚讚美。

北宋時，很多新型的通俗娛樂興起，說書人將鶯鶯的故事接下來並賦予新的生命。近代的學者認為說書人的聽眾顯然同情鶯鶯，但他們不夠世故，接受不了元稹筆下鶯鶯的下場，他們寧可要一個更悲慘的故事，或是把張生化為多情種子，造成大團圓的結局。說書人顯然選擇了後者，在金章宗統治中國北部的十來年間（1190–1208）它們的底本終於由董解元用一篇五萬餘言、分八卷的長詩寫定下來。那位改寫成多情的男主角張君瑞（名珙）支配了整篇詩。在他的情敵鄭恆被揭穿是一個惡毒的小人以後，他終於娶了鶯鶯。

董《西廂》是用諸宮調寫的現在僅存的一部完整作品。諸宮調主要的特色是把歌詞來配合各種不同的調子。在描摹景色與動作之外，這些曲子或成套的唱曲描寫劇中人的心理狀況；同時他們的獨白或對話也大半是唱詞。因此在實際演出時，講述故事的人一定是一個能言善唱的演員，因為他一下子要扮張生，一下子演鶯鶯，再過一會兒又變成紅娘，並且要把他們心裏想的口裏說的都唱出來。

在唱了一支或兩、三支曲後，他就唸一段表白。這段表白可能是前
頭故事的大綱，後面布局的提要，有時則增加一分懸宕（suspense）
的氣氛。它們通常都很短，只有在複製對白，引用〈鶯鶯傳〉、李紳
〈鶯鶯歌〉的原文時才較長。

董《西廂》無疑是中國敘事詩中最偉大的作品。雖然王實甫的劇
本一直遠較董《西廂》有名，較受人歡迎（董詩很久流傳不廣是部分
原因），要說這本情節幾乎完全因襲董詩，用字遣詞許多地方直引董
詩的劇本較董《西廂》更偉大實在很難。至少董詩的男主角在比較嚴
肅看法下夠得上是一位道地情人，儘管他的相思病一再使他顯得滑
稽可笑。劇中的男主角，本質上仍不失為一個憨直熱烈的情人，卻
有輕佻的缺點，且在好幾齣戲中以無能而自負的登徒子姿態出現。[1]
如果說元積樹立了鶯鶯的偶像，張生能成為一個受讀者歡迎的人
物，而且成為後來中國戲劇小說中典型的才子，則要完全歸功於董
解元。他並不是無懈可擊，對習慣見到有果敢、有主張的多情男主
角的西方讀者而言，張生可能顯得太消沉、過多想自殺，而且結尾
鄭恆對他挑戰時太懦弱。但是在重要的場合中（這些場面後來王實
甫都採用），張生很能得我們的愛戴和同情。在董解元之前，中國的
確沒有一位作家曾將一位在戀愛中的少年的反覆無常，一會兒歡喜
若狂，一會兒氣餒沮喪，既溫柔又愚蠢的心情，用這麼一大本熱情
洋溢的詩，那麼老到地抓住。

董解元在《西廂記》中創造了一種新的「羅曼史」（romance）——
即所謂的才子佳人的羅曼史。但是這個名詞不甚恰當，因為在詩裏
張生和鶯鶯主要以一對熱戀的情人姿態出現。他們當然是才子佳人
的典範，而且都出身名門（詩中跟劇中一樣，張生變成禮部尚書之
子，因父親去世而家道中落）。但是他們的出身和家庭背景也可說是
用來證明他們有資格經歷這種強烈的愛情。同理，那些沒教養，長
相粗鄙，或是肚裏沒有墨汁的人無法詩情畫意地愛，就如賊梟孫飛
虎和面目可憎的鄭恆，他們都極想佔有鶯鶯，卻沒一絲一毫配做她
的愛人的體貼和溫柔。一位有才的書生一旦遇到一位有才的美人，
他們就互相愛慕乃是理所當然的事。由於教養相同，由於他們沒有

戀愛的自由，他們不須要同時也沒有時間像今天的男女一再約會來考察對方的個性和背景，看看他們彼此最初的相悅是否適於將來的終身相處。以現在的標準來衡量，張生追求鶯鶯的時間異常短促。在他們第二次相會時（在第一次邂逅相遇時張生僅僅驚鴻一瞥地看到鶯鶯），她已經誦詩作答表示極為有意，而王實甫（第二本，第一折）將董解元描寫張生在贈答後的憂鬱的那幾行改寫，並巧妙地派給鶯鶯唱，表示她也思念他。她既已愛上張生，又早有酬答之意，她只要知道那位英俊的書生誠心誠意，而且能用詩詞和琴音表達感情就很夠了。

如果說文藝為才子佳人打下愛情的基礎，儒教則使他們從小尊重禮儀，力求上進。張生和鶯鶯都不是有意識的叛徒，但他們最可愛的地方是受了愛情飢餓的驅策，他們至少能暫時拋開拘謹，冒父母與社會反對的危險繼續交往。書生一旦中了進士，功名利祿都不在話下，高官大員當然巴不得將女兒許配給他。這種婚姻也許會美滿，但他一定不會經驗到當愛情俘虜時那種強烈的悲和喜。中國的讀書人都想在考場中一顯身手，在社會上賺得應得的地位，但比較風流的則認為要是他能尋找到愛情，在未顯達之前因他本身的條件而被愛是他的大幸。用西方的標準來看，張生也許太多愁善感，但他正因唯愛是從，完全不顧羞恥地把害相思病的病徵（開頭時的興奮，食慾不振，無力，失眠，想自殺，稍見有轉機精神又再興奮）全部表露出來，而顯出他的不同凡俗。在中國羅曼史的傳統中，單單這些病徵就足夠教一位小姐對他千憐萬愛。

小姐之所以易於憐憫、愛慕，乃是因為大家閨秀絕少有被人暗中追求或者跟人私通的機會的。年輕的書生為了參加考試不免到處走動，所以能夠找到真正的愛情或者至少在倡家找到性的慰藉，年輕的小姐則在深閨裏做針線（除此之外她可做的事極少），靜觀四季的推移，直到她出為人婦為止。因此要體會到有人獻給她一篇詩，在夜裏對她琴挑，或是給她一封情書時她內心的激動，頗需要我們的想像力。此外，鶯鶯又分外幸運，因為她住在寺廟裏，容易引人注意。假如她住在家裏，她除了跟她父母為她定親的男子結婚沒有

別的選擇。也許她跟他可以過相當幸福的生活（因為她的未婚夫鄭恆的短處顯然是被過分誇大），她就不會有在寺中被追求被愛的那種盪氣迴腸的經驗了。

在祕密被發現後，張生受鶯鶯母親之命進京考試。但是即使沒人催促，他遲早也會振作起來，而他的愛人，雖然不願和他分離，卻不至於想要阻止他。他們的格言可不是「一切為了愛，不然世界於我何有？」，他們在享受了不見容於世俗的愛情後又要回到世間來。尤有進者，即使是最熱情的戀人，他們胸中的烈火也要靠祕密和反對和挫折來點撥的。但是祕密終會洩露，反對在家醜不可外揚的大前提下會變得溫和，戀人他們自己也會要把關係合法化。做才子的現在必須求功名來彌補他起初違背傳統的做法，挽回佳人的令譽。由於他要這麼做通常沒有甚麼困難，原先的風流才子佳人會安定下來成為佳偶，慪育聰明穎慧的子女，我們也許可以指望，一俟他們長大成人，他們又有自己的傳奇情史。

才子佳人式的羅曼交往都以大團圓作結，雖然它們的作者在最後一刻還想教我們耽心有情人是否會終成眷屬。董解元是這類文學作品的倡導者，他尚不知道用懸宕這個把戲。他阻止張生娶鶯鶯的方法有二，一是延遲他從長安回來，一是創造一個新的反角，鶯鶯正式許配給鄭恆。張生在長安中了探花之後，莫名其妙地害了病，鶯鶯焦慮萬分地等候他的消息（在讀中國這類羅曼史時，人們免不了有這種感覺：如果書中的男女主角打個長途電話或把書信交代給比較有效率的郵政，許多痛苦災難都可避免）。她把那封規規矩矩從元稹的故事中抄下來的信寄給他，把附上的禮物逐項賦予哀怨動人的意義。但是因為我們這位有情的男主角，跟〈鶯鶯傳〉裏他的原身不同，實在沒有教她譴責、不信任的道理，所以送這封信和讀這封信所激起的情感顯得造作。接着鄭恆出現了，哄得鶯鶯的母親相信張生在長安娶了另一個女子，害得鶯鶯幾乎和他成婚。張生來得太晚，不及洗刷自己的罪名，就跟鶯鶯逃到杜將軍的營中。杜將軍跟起初叛兵圍寺時一樣，又挺身出來為他的朋友調停。羞恥交集，鄭恆終於跳下「一丈來高石階」而死（在劇本裏他用頭撞樹自殺死得更

方便)。綜觀結尾的情節,我們可以看出董解元為了迎合羅曼史的條件把他的故事弄得過分的複雜。劇本也犯了同樣的毛病,而且情形更為嚴重。

王實甫的《西廂記》,成稿於董詩百餘年後,是一套五本的雜劇。明初楊景賢作《西遊記》,是一套六本三藏西行取經的故事。然而除了這兩部作品外,元明以來的雜劇差不多全是四折自成單元的劇本,有的多了個短短的楔子,有的則闕如。演出時扮正生或正旦的戲子把四折從頭唱到尾,雖然有的劇本要他扮兩角。其他的角色可以在楔子裏唱,通常是按規定的曲調。在一折中的曲子都是一個調子,押一個韻。這是一個在英譯本裏幾乎不可能如法泡製的技巧。劇作家用了許多的對白和獨白;甚至一個小角色在初次登臺時也不時作一篇冗長的自我介紹。在《西廂記》裏這種獨白都很短,而金聖嘆的1656年版、熊式一英譯所根據的主要版本,[2] 又把杜將軍在第二本第一折(熊譯本第66頁)的上場白更縮短了。

要是董解元沒把元稹的故事大大地擴充,王實甫很可能把它改編成一本四折的戲。王實甫非但沒把董詩濃縮,還採取了一個大膽的步驟,將詩中的細節大加渲染。結果這個劇本,在長度上空前,在抒情的優美上絕後,睥睨所有元劇,堪稱中國戲劇中最偉大的傑作。但是假如我們把第五本視為全劇的一部分的話,它則是一部功虧一簣的傑作。為了維護王實甫大戲劇家的令譽,傳統早有他是前四本的作者,第五本則為關漢卿所續的說法。但是王實甫活躍於元成宗(1295–1307)年間,屬於年輕一代的劇作家,而不在關漢卿、白樸等開路前輩中。一個名氣更大、年紀又高的人願意續完同代後生的作品是十分不可能的事。還有,把認為有損王實甫身分的作品歸諸一位極多才多藝的大戲劇家,對關漢卿實不啻是誣謗。

今日的學者都認為五本全是王實甫的手筆,而把第五本的敗筆歸咎於他從董解元繼承下來的材料的難處理。話雖如此,一位像王實甫在前四本裏所顯現的大戲劇家本色,沒有理由不能把那些材料改編,改寫得更好。假如有人仔細地檢視第五本,他至少會發現第四折跟前面各折在一個重要的戲劇慣例上有惱人的不同。若置情有

可原的變格不論，王實甫在前四本中可說遵守一折中只有一角從頭唱到尾的規則（此規則於現譯本中不幸已不明顯，因為金聖嘆的版本把每個楔子編入它前一折或後一折中）。為了戲劇效果，他似乎僅在第四本第四折張生和鶯鶯一起唱的地方，故意破壞這個規則。不過鶯鶯以在他夢中的姿態出現，可視為他的意識的延伸。然而在第五本的第四折，張生、鶯鶯和紅娘都唱（現譯本中杜將軍也唱，結尾數闕都標明是齊唱的）。該劇既寫於雜劇最盛的時代，王實甫如無顯然正當的理由似乎不可能故意破格。假如傳統說王實甫沒寫第五本的假設並非完全無據，那麼假定某個後來的作家，於雜劇衰微時，為了迎合大眾的要求，根據董詩寫一個續集使這個故事有頭有尾也不算是離譜。

《西廂記》五本由二十或二十一折構成（第二本第二折〔今譯本第58至72頁〕前的長楔子，有些明朝的版本予它獨立的地位，算為一折）。和元劇的習慣一致，張生唱第一本，紅娘唱第三本。第二本中紅娘唱第二折，鶯鶯則唱其餘各折。第四本中張生分配到第一和第四折的唱角，而紅娘和鶯鶯各唱第二第三折。在第五本中，鶯鶯、張生和紅娘按序唱第一至第三各一折。而在第四折，正如前面所說，三人都唱。這樣一一枚舉五本戲之中擔任唱的角色，我也許顯得在末節皮相上下工夫，但是除非牢記下列這個事實，我們無從欣賞元劇：當一個角色分配到唱的任務，通常其他的角色雖然有資格，也沒機會唱了，而且一旦被選上，他就支配了整折或整本的戲，予它一種特殊的情調和戲劇性的統一。例如在白樸的《梧桐雨》中，楊貴妃與玄宗之間的愛情是由明皇的迷戀、昏瞶、無能與孤單看出來的，因唱的角色由明皇擔任。但是白樸也有同樣堂皇的理由把這個任務交給楊貴妃，那麼他的劇本就會完全不同，因為他得把全部的曲子用女性的觀點來寫。在《西廂記》這戲裏，張生固然是擔任唱第一本的明顯人選，因為他在董詩這部分裏是重要的角色，在後面的許多折裏，主要角色的選擇絕非如此容易。一折給紅娘的戲給張生或鶯鶯可能同樣妥當。王實甫竟把第三本全本再加上三折的戲給紅娘，而紅娘按理講遠沒男女主角任何一個來得吃重，正足以

彰顯王的戲劇天才。假如說元稹是鶯鶯的主要創造者，假如說董解元簡練而帶感情筆下的張生的戀情王《西廂》難以超越，那麼王實甫成為這個故事的最後塑造人的大功在他給紅娘一個實際上比鶯鶯還大的角色，在他為紅娘寫下幾齣最精采的戲。紅娘在董詩中已經相當重要，但是只有在劇本裏她才是完全活潑潑的一個人。王實甫精美絕倫的描寫影響之深長可自下列的事實看出來：直至文化大革命為止，大陸各地區不同的地方戲搬演張生、鶯鶯故事時，紅娘總是主角。在京戲中《西廂記》早就易名為《紅娘》來強調她的重要。

　　在中國傳統的 (至少如小說和戲劇裏反映的) 社會裏，一位小姐的心腹朋友通常是她私人的婢女，一個她可將祕密吐露，重要的消息附託的人。追求小姐的人，由於至少在獲得她青睞之前不能和她往來，許多重要的事也免不了要依靠她 (有些才子佳人小說裏男主角的書僮也擔任同樣的角色；但在董、王兩《西廂》中，張生的書僮僅在故事的後半擔任一個小角)。沒有紅娘，《西廂記》就不會成功。最近一位學者說：「紅娘，一個有撮合癖的媒人，是劇中最活潑、最使人難忘的角色。她不但精於愛情的謀略，又擅長敏答巧辯，挖苦譏諷。她知道怎樣撒沒惡意的謊話、搪塞、作弄、勸誘、安慰，以及反激。」[3] 紅娘當然一天到晚窮忙，張生和鶯鶯不時因鬧失戀，害相思病而消極頹唐，鞭策他們採取行動的只有紅娘。但是姑且不談她在布局中的重要地位如何，僅論她的重要戲劇功用，因為她自己不是戀愛中人，紅娘做旁觀者比當局者來得重要。鶯鶯有時也扮演旁觀者的角色，如在第二本第三折那場盛宴中的獨唱裏，把她對她言而無信的母親的輕視，她對她沮喪的戀人的同情，都淋漓盡致地說出來。但在其他章折中，她主要還是喚人注意她的憂鬱和孤單，做合乎詞曲中傳統的多愁善感的女主角的身分的事。紅娘則常常找到一個觀察的角度來使抒情的氣氛有變化，以一個覺得好玩、同情或憤慨的方式來批評其他的角色。把張生當一個無能而自負的情人時的滑稽可笑，把鶯鶯沒人料到的狡猾，把鶯鶯之母的偽善與愚昧，以及鄭恆荒唐無理的要求通通揭穿的，不是別人，是紅娘。她這麼做，大大地增加了這劇本的「戲」。舉個例說，我們在讀董詩看

到張生為赴讌而着意打扮時，我們僅僅覺得好笑。王實甫則把這件事從董詩借過來，放在第二本第二折，但是因為他在那一折把唱的角色給紅娘，他把張生的熱中刻畫得詼諧盡致。當她到房中來邀他去赴讌時，張生道：

> 小生客中無鏡，敢煩小娘子看小生一看如何？

紅娘批評道：

> 來回顧影，文魔秀士，風欠酸丁。
>
> 下工夫將額顱十分掙，遲和疾擦倒蒼蠅，
>
> 光油油耀花人眼睛，酸溜溜螫得人牙疼。

　　讀熊譯本的讀者將找不到張生使紅娘覺得好笑作這批評的問話。這是因為金聖嘆在他的版本中把許多他認為有損劇本尊嚴的詼諧的對話刪掉了，熊式一雖然把那版本中刪掉的好幾段唱詞復原，散文部分則沒有改動。這個決定實在令人惋惜，因為今日的學者都認為王《西廂》的明版本較佳。然而熊譯在1935年問世時，金版的聲望，在有清一代即凌駕其他一切版本之上，他不可能預料到最近風尚的改變。金聖嘆在中國大陸雖然因千萬條罪名被攻擊得體無完膚，他當然是一位頗有創見的批評家，而且大多數的中國人還是喜歡他刪節的七十一回的《水滸傳》，甚於一百二十回的「足本」。他給《西廂記》寫的詳細評語中，廢話跟妙論一樣多。他大力為鶯鶯的名譽和貞節辯護，但是為了支持他的論點，他非刪掉許多對話和好幾段他認為趣味有問題的唱詞不可。因此在最色情的那齣戲中（第四本第一折）張生稱讚染有鶯鶯處女血的手帕那一闋（幸被譯者還原）被刪掉。金聖嘆又改寫了許多唱詞，把有些唱詞換地方安插，又添上自己設計的對白和舞臺指揮（這些改變後面一定跟着他得意忘形的評點）。他竄改紅娘的幾闋曲子尤使我覺得遺憾。

　　為說明金聖嘆如何刪改這劇本的色情部分，我們可以細看第三

本第四折的一小段。根據明版本，在花園中被鶯鶯搶白一番之後，害單相思病的張生獨白道：

> 我這顙證候，非是太醫所治的；則除是那小姐美甘甘，
> 香噴噴，涼滲滲，嬌滴滴一點唾津兒嚥下去，這屄病便可了。

「顙」跟「屄」都是粗話，意為「陰莖」，是元劇中常見的口頭語。金聖嘆刪掉「顙」字而把第二句話改寫。熊式一英譯根據的原文如下：

> 我這惡證候，非是太醫所治。除非小姐有甚好藥方兒，
> 我這病便可了。

正如在莎士比亞喜劇裏的情形一樣，《西廂記》中粗俗、猥褻的話絕不會降低它本身高華的理想。恰恰相反，為渴望得鶯鶯的一點口水，張生一口氣用了四個充滿了肉慾性感的三字片語，把自己的性飢餓一表無遺，更顯得是一個富於熱情，值得我們同情的戀人。由於沒有指明他要的藥物是甚麼，由於出語溫文，讓修改後的這段話的人在慾火如焚的情形下說出來並不顯得慾火焚身。

熊式一說他的英譯是「一個忠實的譯本」，就他能將每節唱詞、每段散文的重要意義用明白可誦的英文傳給讀者而言，當然是對的。但是他平典的文章實際上並沒充分把原劇既雅典又俚俗的風格表現出來。王《西廂》不但是董詩的改編，王實甫跟一切元劇作家一樣，以竊用前人，尤其是詞人的詩句、語彙為常事。然而他的曲又與詞有別，因為曲較能容納通俗的字眼。在這些所謂襯字中有很多是拿來填滿字數有規定的曲中，除了使它有通俗輕鬆之感外，別無其他功能，但很多俗字俗語則為該曲完整的一部分，它們與較文雅的詞句融為一體，產生一種詞所無法達到的抒情和戲劇的效果。

因此對一個經驗老到的《西廂記》讀者而言，不論分辨出和作者自己寫的美妙抒情詩並排在一起的借來的詞句或詩行，或是在典雅的傳統抒情詩形式裏發現一些俗得可愛的詞句都是快意無窮的賞心樂事。因為他的譯本是供給一般讀者用的，我們不期望熊式一為我

們指出哪幾句哪幾段是採自董詩或其他的詩人。話雖如此，只要適宜地變換他譯文的風格，他有可能表達出在甚麼地方原詩產生了一種明確的俗語效果。然而這個譯者沒做到。在第二本第三節，鶯鶯因她母親要請張生赴讌準備了簡單的菜式而生氣，就對紅娘說：

> 他怕我是賠錢貨，兩當一便成合。

熊式一譯作：

> 因怕我的嫁妝使家中蒙損失，她表示我們的感激同時慶祝我的結婚不分兩次，僅擺一次酒席。

Being afraid that I shall cause loss to the family on account of my dowry.

She is showing our gratitude and celebrating my marriage by one feast instead of two!

我恐怕譯者沒把原文尖刻諷刺的意味譯出來，這不僅因第二行的譯法值得商討（這是我不同意他的罕有的例子），但主要是因為他文縐縐的筆調不能捕捉到女主角在這裏把自己的婚事比做一筆使她母親虧本的買賣故意用的粗鄙語調。在第一行裏鶯鶯用「賠錢貨」這個俗語暗示她完全瞧不起她的母親，因為她是個宰相的未亡人，用不着把錢看得這樣重。

《西廂記》中的曲子用了很多的典故。熊式一能給我們一個很可讀的譯本而不用半個注解是難能可貴的。但是因為沒有腳注，他常不得不將該說明的文義放進他譯的文本中而大大地沖淡了原著的詩意。在一對八個字的對句中（第二本第三折），鶯鶯用了兩個典故來表示她母親新加在她和她的情人之間的距離。她說：「白茫茫溢起藍橋水，不鄧鄧點着袄廟火。」這兩行詩在譯者手裏膨脹成五十一個字：

I am suddenly separated from my lover, who may be compared with him who was overwhelmed in the white waves while keeping his tryst at the Blue Bridge,

Or with him who, missing his beloved, in fury set fire to the
　　Temple of the Fire God, which was consumed in flames....

在這種情況下用腳注一定可使他譯的詩緊湊得多。

　　有時候熊式一過分求明白易曉，顯然不相信讀者能瞭解詩中的隱喻。例如在第一本第二折，張生用「軟玉溫香」四個字簡賅地描寫了鶯鶯的可愛。這四個字在現譯本中變成：

She is as beautiful as jade, but softer to the touch, and as
　　fragrant as flowers, but not so cold.

又有的時候，例如在第三本第三折，在紅娘同情張生害相思病的地方，紅娘說：「則你夾被兒時當奮發，指頭兒告了消乏。」也許為避免讀者難為情，熊先生譯得拘謹了些：

I take pity on you, because when you lie down to sleep under
　　your coverlet

you have no one except yourself to comfort you.

　　我同情你，因為當你躺在被窩裏睡時，

　　除了你自己，沒人安慰你。

原文第二行「指頭兒告了消乏」，指「手淫」要比譯文易懂得多。

　　我特地舉出幾種不甚貼切的翻譯，目的在使讀者讀這個譯本時知道短少了甚麼。我固以熊先生選了金聖嘆的版本做譯本的根據為憾，然而他能將這個版本，如他所說的，「有時是逐行，有時是逐字」地翻成英文，的確是完成了一件足以自豪的工作。譯中詩的人常為譯出一首絕句的精神和意義而束手無策。那麼，要是把一部五大本的劇本中的曲子一闋一闋地譯出來，而仍保留中國抒情詩中難以捉摸的力量，豈非難上加難！熊式一譯的《西廂記》經三十餘年而不衰。我們固然希望有一本譯得較有詩意的王《西廂》英譯本出現，熊譯的重印實有助於將這元劇傑作介紹給研讀中國文學日增的西方讀者。

湯顯祖筆下的時間與人生[*]

陸勉餘　譯

一

在「文化大革命」尚未推動前，中共學者很嚮往於尊重個人自由、反抗暴政的晚明思想，連湯顯祖 (1550–1616) 的思想也受到他們的注意。[1] 湯顯祖是有明一代集大成的劇作家，但他和當代敢作敢為，自己思想上有見地的學者文人也保持了相當密切的關係。他交遊很廣，比他長一輩的李贄、徐渭，比他小一輩的袁氏兄弟，都同他有來往。在政治見解上，他可算是東林黨的一員，有一次上奏，直言首輔申時行失政，被貶廣東。[2] 他又是羅汝芳的學生，可算是「左派」王學泰州學派的一分子。羅汝芳是該派創始人王艮的三傳嫡裔，黃宗羲在《明儒學案》上抄了他的《近溪語錄》，很看重他的思想，而他自己的門師顏鈞在思想上比王艮更能代表泰州學派過激脫俗的特質。[3]

───────────

* 〈湯顯祖筆下的時間與人生〉("Time and the Human Condition in the Plays of T'ang Hsien-tsu") 原是夏教授於 1966 年為 American Council of Learned Societies 的明代思想會議所寫，後由陸勉餘女士翻譯為中文刊《純文學》1967 年 3 月第 1 卷第 3 期，英文版後來刊狄百瑞 (Wm. Theodore de Bary) 所編的 *Self and Society in Ming Thought* (哥倫比亞大學出版社，1970)，加了 65 個注釋，由胡曉真博士翻譯成中文，再刊在《夏志清文學評論經典》(麥田出版，2007)。此文得麥田出版與《夏志清文學評論經典》編者王德威教授同意轉載，特此鳴謝。

　　湯顯祖從學於羅汝芳時，年方13歲。父母送他去讀書，當然為他功名着想，要他攻讀經書，並非要他探求甚麼哲理。但同老師日夕相處，思想上自然也受到他的影響，所以後來文章上提起這一段從學經過，湯顯祖非常得意，認為是他「天機泠然」的一個時期。[4]讀《近溪語錄》，我們知道羅汝芳對明代思想的貢獻，在於把《易經》上的「生生」一詞應用到形而上學以及倫理學系統上去。此系統乃是基於對《大學》及《中庸》裏主要詞句的詮釋上。[5]羅氏認為，生命自身的現象，和生生不息的過程，即是宇宙生機。他相信此種自強不息的活力乃是本然的善，因此把「生」視為「仁」。對羅氏而言，既有「生」便有「仁」。他曾説，「蓋人之出世，本由造物之生機，故人之為生，自有天然之樂趣，故曰仁者人也。」[6]他並謂，「善言心者不如以生字代之。」主張以「生」代「心」。[7]

　　羅汝芳這種生機論在湯顯祖所著的《紫簫記》、《紫釵記》和《牡丹亭》等三個戲曲裏，極為明顯，而尤以《牡丹亭》為最。在湯氏所遺下的約四百五十封信件及卷帙更多的詩文集裏，[8]吾人也可找到許多他重視「生」的例證。在他貶任廣東徐聞縣典史的那一段時期裏（1591–1592），他創立了貴生書院，並作〈貴生書院説〉以闡明「貴生」的意義。謂「故大人之學，起於知生。知生則知自貴，又知天下之生皆當貴重也」。[9]明清以來，一般批評家都極推許湯顯祖對「情」的肯定。我們可以更進一步的説，他之所以重「情」，是因他認為「情」乃人的特質。在顏鈞的學説裏，「情」便已佔極為重要的地位。黃宗羲在《明儒學案》裏錄了顏鈞一段話：「吾門人中與羅汝芳言從性，與陳一泉言從心，餘子所言，只從情耳。」[10]顏鈞既是和許多門人談論過「情」字，羅汝芳自是不會沒有聽見。

　　湯顯祖50歲以後，似傾向於傳統的釋道思想。大多數評論家認為，他最後的兩部戲曲──《南柯記》和《邯鄲記》──所表示的出世態度，和他早年的思想迥然不同。達觀禪師，一名紫柏，是湯顯祖中年時期最尊敬的好友。他們初次見面在1590年，那時湯氏41歲。後達觀因罪下獄，死於1602年，那時湯氏54歲。[11]達觀禪師才氣很高，受到當時文人學士的重視，不下於李贄。[12]他對湯顯祖

究有多少影響，很難定論。雖然在政治上達觀相當急進，但在思想
上他是個飽受理學影響的正統禪家。在他給湯顯祖的一封信裏，他
反對湯氏之重「情」，並謂「性」高於「情」（《紫柏老人集》卷二三，《與
湯義仍書》：「夫近者性也，遠者情也，昧而恣情，謂之輕道。」）[13]
很多學者都認為湯氏後來之遁入佛教，係受達觀影響所致。[14]侯外
廬則認為，達觀對湯氏的影響，主要在於政治態度，而非宗教思
想。他把《邯鄲記》看成諷刺政治的作品，以為表面上湯顯祖雖似在
提倡道教，但實際上他關心的還是明代政治。侯氏更以為作者是個
烏托邦主義者，在具有濃重佛教思想的《南柯記》裏，憧憬着一個更
幸福、更平等的社會。[15]不過對明代戲曲較有研究的學者們，即使
那些陷身鐵幕者也不例外，都頗懷疑侯氏這種把湯氏視為烏托邦社
會的原始社會主義者的解釋的正確性。[16]

二

　　前節所記，頗像是為應某一對明代思想做系統研究的學者所
請，提供了一節有關湯顯祖思想的資料。不過湯顯祖究竟是個劇作
家：從他的戲曲和其他作品中摘取他的思想，探索其根源，比較他
與當時的哲學思潮和政治潮流的關係，實在是不太適當。這樣做，
對湯氏五個戲曲之個別和集體的意義，以其相互間的關聯，都會發
生誤解。有語錄載在《明儒學案》的思想家，所關切的是抽象概念，
他們在極為抽象的層次上研討倫理和形上學的問題。至於一個劇作
家，則只能在戲劇性的情局中納入他的哲學思想，或表現於人生的
衝突對峙，或托之於夢的寓言。因此，讀湯顯祖的戲曲，我們所關
心的不是某些觀念的獨立意義，我們所注意的是這些觀念之融會。
我們都深深體驗到莎士比亞思想之深湛，但我們卻難於把這種深刻
的思想體系化，假如我們硬要把莎士比亞的深奧哲理抽演一番，其
結果必是極為平庸無奇的哲學。雖然湯顯祖不能與莎士比亞相提
並論（有許多中國學者卻認為可以），[17]但他的戲曲也同樣的是對人
生，對充滿着不合理的人生有所感觸後的寫照，而不是對人生提出

可資傳繹的說明。要正確瞭解戲劇的真意，我們必須注意其結構的每一細節，其文字的微妙用意。

如本文題目所指，我研究湯顯祖的戲曲，係着重在其對人在時間之摧殘下的情況這一主題的探討。明代大思想家中，據我所知，並沒有人特別關心時間和永恆這個問題。湯顯祖對人生的短暫特別關心，乃是中國文學傳統的產物。文學的傳統，對湯顯祖來説，是極其重要的。前節所述湯氏思想各特色，都可以參照文學傳統去做解釋。即使湯氏對「生」和「情」的哲學意義不感興趣，他仍會依照明代傳奇戲曲的傳統去肯定生命和愛情，祖護年輕的戀人。同樣的，即使湯氏對於佛道兩家思想毫不關心，佛道的思想也會自然而然地鑽進他的戲曲裏去的。這也是傳統之一，因為元明兩代的通俗文學都廣含佛道教義。為了相同的理由，即使湯氏從未積極參與政治活動，他的作品裏也會隱含一些不太過分的政治性諷刺，因為中國戲劇歷來都帶有那種諷刺的成分。

我之所以特別重視湯顯祖戲曲裏的時間因素，不僅為了時間在他的每個劇裏都佔極重要地位，同時也因為時間對瞭解湯氏作品具有一個統一的概念。在中國文學史上，[18] 大家都知道，湯顯祖的前三部戲曲主要在談「情」（根據徐朔方在《湯顯祖年譜》裏的斷定，它們的寫作時期是《紫簫記》1577–1579；《紫釵記》1586–1587；《牡丹亭》定稿成於1598，那時湯顯祖49歲），而晚寫的兩部（《南柯記》成於1600，《邯鄲記》1601）則談的是「夢」，主張絕情絕愛，並否定其他塵世價值，對人生做了宗教性的解釋。由於現代人對塵俗價值之偏愛，遂競相惋惜作者在後期兩個戲裏的宗教態度，不管它們從別的方面看來，如何值得欣賞。對於作者思想的改觀，曾有種種不同的解釋：或因免官後因過退隱生活而起了思想改變，或受達觀禪師之影響，或因殤子之痛（尤其是1600年他的長子以23歲之英年早夭），[19] 或因對時代之失望等等。不論解釋如何，一般都認為，他的前三部戲曲和後兩部戲曲在思想上截然不同。因此之故，他的整個作品也就缺乏了哲學的連貫性。

但詳細閱讀湯氏的全部戲曲，即可知道上面這些推定是言過

其實的。不但在第一部戲《紫簫記》裏我們就可聞到濃重的宗教意味，在後兩部戲裏，尤其是《南柯記》，即使在最後幾齣他都否定愛情，但是當他描寫成婚後的愛侶之輕憐密愛時，則仍和寫前幾部戲時一樣着力。我堅決相信，湯顯祖的人生態度並未有重大改變，在他晚年他並未轉而唾棄鄙視愛情或其他社會所認為值得追求的塵俗價值。只要不觸及時間對人的壓迫這一問題，則這些價值仍值得珍惜。在後兩部戲裏，沒有愛情的單純肉慾遭到諷刺，但這並不是甚麼特別的事，因為在傳統的道德觀裏，肉慾一向是被鄙視的。我認為事實是這樣的：在最後兩部戲裏湯氏改用永恆的角度來看人的處境，唯有這樣看法，才發覺愛情和其他人的價值之欠缺。湯顯祖顯然不是個神祕主義者，他不會從時間裏去觀測永恆。對他而言，永恆乃是無窮無盡的時間，無窮盡到使人的知覺意識無能為力。在前兩部戲裏，他不大在乎這個問題，因此他能把自己融入時間之中，專注到愛情上去，而在愛的狂喜中忘卻時間。在早期的戲曲中，時間還不是大害；《紫釵記》中的大害乃是由於人之惡毒怨恨所造成的，但這種害卻能以俠義行為慢慢去矯正。[20] 在作者於最後兩部戲裏向時間投降之前，他曾在《牡丹亭》裏很勇敢地向時間挑戰。湯顯祖利用戲中女主角的死和復活，來證明愛情打敗時間，只是她被自己的收穫所誘，終究淪為時間的俘虜。

三

在《紫簫記》裏，湯顯祖對中國舊詩中表現時間這一主題的許多變奏已極熟練：如老對幼，寄蜉蝣於天地的人對周而復始、生生不息的自然，兩地相思時的時間之難受，以及情人和朋友久別重逢時時間之暫被摒卻遺忘等。除此而外，在《紫簫記》中我們也可看到中國詩人所追尋的賴以緩和或消除時間之痛苦的各種目標：儒家之立名，道家之長生，佛家之徹悟等。大多數早期的中國詩人對抗時間的方法至為簡單：酒。但湯顯祖並沒有依賴這種享樂主義來對抗時間，他所依靠的是浪漫愛情的濃烈喜悅。

《紫簫記》係根據唐傳奇名著，蔣防的《霍小玉傳》而作。《霍小玉傳》記的是霍小玉被負心郎詩人李益遺棄，因而憔悴以死的故事。但在《紫簫記》裏湯顯祖把李益寫成一個可欽佩的多情郎君。他這樣寫一半是因為這是明傳奇劇寫愛情故事的常例，一半也因為他十分同情戲中的女主角。由於若干原因，湯氏未完成《紫簫記》，[21] 而將此故事終於改寫為《紫釵記》。《紫簫記》的曲文賓白是駢綺體，而駢綺體在當時剛開始不流行。此戲未被收入《臨川四夢》(湯氏是江西臨川人)，因為這個緣故《紫簫記》常被認為不成熟而遭輕視。[22] 實在說，這是最不應該的失誤。照明代戲曲的標準，戲中對情侶們的遭遇須有詳細周詳的記載，準此標準《紫簫記》情節自嫌簡略不足。但是依照現代標準，此劇情節雖簡單，但含義之豐富，結構之齊整以及對愛之熱烈處理，卻足補其短而有餘。這部戲等於是一首歌頌青春熱情的讚美詩，其歌聲較鼎鼎大名的《牡丹亭》更為嘹亮，更為持久。

湯氏的戲劇技巧，在處理時間主題上特別出色：他寫年輕貌美的小玉前途充滿希望，同時又寫遲暮樂伎侗處達官宅第，依人為生的境況，兩相對照，尤其顯出時間之無情。老伎們在年輕時也享有浮名，後來被京都的王孫公子買去做妾，一旦年老色衰，便秋扇見捐，於是過起寂寞的深宮生活。有些人為了尋求宗教上的安慰遂遁入空門。湯氏在他的第一個戲裏，便已把棄絕塵念列作重大的可能──小玉自己就有一次申言要做女道士而受到讚揚，[23] 因為這部戲沒有寫完，因此我們無從知道，她這個念頭對她的未來有何影響。小玉是霍王的庶出。在小說裏，她母親鄭六娘，在霍王死後被逐出邸第。她教養女兒在表面上看似相當嚴格，但實際上則是在訓練她做樂伎。在戲裏霍王並未死去，只是忽然想要訪道 (第七齣)，尋求長生不老，而遣散了他的兩個侍妾，鄭六娘和杜秋娘。兩人侍奉他已有二十年，而現在則必須自謀出路，如果她們願意的話，她們可效法他的榜樣去求仙。杜秋娘不久做了女道士，和一個比她年輕，名叫善才的女伴住在一起。這兩個人物的名字都取自白居易的〈琵琶行〉，不過詩裏的善才，乃是教彈琵琶樂師們的通稱罷了。[24]《霍

小玉傳》是唐代傳奇裏最悲愴的故事，它描寫的是一個年輕官伎的命運。詠嘆韶華老去，只落得天涯淪落的「琵琶女」則是唐詩裏敘述長安歌伎最動人的一首。湯顯祖把〈琵琶行〉裏的哀怨氣氛寫進他的戲裏，以加強其對遲暮美人的同情。

　　早在這戲的第四齣裏，胸懷大志想在邊疆建立大功的花卿將軍，喜愛郭小侯（汾陽王郭子儀的孫子）的駿馬，便把他的侍妾鮑四娘去換（小說裏稱她為鮑十一娘）。鮑氏原是一個職業歌女，侍奉他已有多年。在小說裏，她是個油嘴滑舌，詭計多端的媒婆——在中國小說裏媒婆通常是個下流的角色。但在戲裏，她雖仍操媒婆行業，給李益和小玉拉攏婚事，卻是那位霍王棄妾鄭六娘的好朋友，分享着她的苦樂。

　　這幾個遲暮美人的命運對小玉的影響，戲曲裏說得十分明白。小玉雖有郡主名稱，卻在準備着做高級樂伎。在小說裏，李益一經介紹，當夜就和小玉同居了；在戲裏，雖多了舉行婚禮一項，卻可明白看出她那層曖昧身分。與其說她是正式妻子還不如說她是長期外室。李益請鮑四娘做媒，鮑舉薦小玉時即附帶勸他不可縱慾：「十郎你千金之軀，怎去倡樓銷費，不如聘一名姝，相陪作客。」注意「相陪作客」字樣。[25]

　　小說裏，小玉求李益和她同住八年，到那時李益才30歲，還有資格娶一個富貴人家的小姐。在戲裏，小玉求李益和她同住的年限則是十年。[26] 小玉是個極其羅曼蒂克的女孩，她認為能和自己選中的情郎同住個十年八年，這一輩子也就活得值得。但同時她又是很實際的人，她知道要一個在仕途上極有前程的名詩人，一輩子和她相廝相守，是不可能的事。

　　因此，小玉的命運遂完全掌握在她的情人手中。如果事實證明他不義，她便被毀了，前面只有死路一條。湯顯祖既把李益的品格改寫過，李便變成為處處值得小玉信賴，也值得小玉癡愛的人（在第四齣裏李益以花卿朋友的身分出場，勸花卿用妾侍去換馬那件事，是個例外）。結婚後不久，有一次小玉和李益在花園閒逛（第二十齣），她把相守十年的計劃告知李益，李即誓言永遠相愛。二人在花

園裏和唱的辭句，極為熱情奔放。這一對少年夫妻熱烈相愛，除非別離，時間對他們是不成問題的。可是等到李益中了狀元之後，他受任為鎮守邊關的老將杜黃裳的參軍。別離之苦，使這位詩人和他的妻子難於承受。在第三十二齣裏李益把相思寄託在帶有抒情意味的重述上，反覆地唱出他和小玉如醉如癡的狂戀，花園裏信誓旦旦的相愛，和送別時的動人場面。不久邊疆即恢復和平，在最後一幕（第三十四齣）裏，李益在牛郎織女相會的七夕返抵家園。

《紫簫記》裏的少年情侶，經過三年的苦熬，卒能戰勝殘暴的時間，終於團圓，在那時，未來的歲月還都不會再使他們感到苦惱。年老的一輩，情形就完全不一樣。鄭六娘她們沒有愛情，她們手裏僅有時間。她們只能在她們心愛的小玉的幸福中，間接獲得些許滿足。男人們追求的又是另外一些理想。就他們來說，情愛的關係是無法使他們不意識到生命之短暫：他們選擇儒家的立名，或道家的長生。準此杜黃裳由前線勝利歸來，忽然轉向佛教。杜氏早年跟隨郭子儀東征西討，戰績輝煌，出將入相，歷任三朝，到了六十高齡，應召進京，途中有一個法名「四空」的高僧，在廟裏等候他路過來訪。這老和尚年過百歲，原是杜氏昔日的朋友，杜將軍從前雖無出塵之念，但一聽到老和尚唱述人生百歲的苦樂，頓時感到精神生活的必要。歌辭如下：

【耍孩兒】　只見人生十歲，孩兒的顏如薜華美，終朝遊戲薄昏歸。二十歲駿馬光車，盈盈的高談雅麗。三十歲舉鼎千雲氣欲飛，一心在功名地。四十連州跨郡，垂璫出入皇闈。

【五煞】　憧旌五十時，歌舞羅金翠。婀娜六十成家計。容顏七十無歡趣，明鏡清波嬾得窺。八十歲聰明去，記不得前言往事，致政懸車。

【四煞】　九十時日告衰。那些形體是志意。非言多謬，誤心多悖。平生感念交垂淚，孫子前來或問誰？人百歲全無味。眼兒裏矇瞳濁鏡，口兒裏唾息涎垂。[27]

歌辭內容和莎士比亞的《如願》(As You Like It)一戲裏，亞克
(Jaques)所講的那篇有名的戲詞，非常相似。不同的只是它把人生
算得更長而已。亞克在他的戲詞裏說，人到七十，他的「奇異的，
多事的歷史」便要終結。而爬向「再現的稚氣和遺忘」，但他對人屆
大限之前，一生所扮演的各種角色，並沒有任何遺憾。他認為避開
朝廷上和戰場上的虛榮(他有點哲學家意味)未始不是好事。但他
的慧眼看到了一些虛妄可笑的事情，覺得人生的每一階段都有其可
堪玩味的地方。四空和尚的歌兒原本是特意為那位立過殊功的聽者
做的，他把青春的歡樂和活力，同老年的昏眊虛弱，生命的淡然無
味，做了強烈的對比。杜將軍對老和尚這首歌的反應，倒是意料之
中的。他說：「人生到此，天道寧論！聖賢不能度，何得久存我。
回想前事，只是蜉蝣一夢。」[28]於是他就懺悔從前，皈依佛祖。等候
往生西方極樂世界了。

　　這一齣所描述的杜將軍的皈依(第三十一齣)等於是《南柯》、
《邯鄲》兩戲的縮型。四空老和尚還說到人的肉身會污穢腐爛等話，
那都是佛家語的老套。他做的百年歌既沒有譏嘲人生，對人生也不
曾塗上毫無慈悲心的色調。它只是老老實實的教人去看看暮年的衰
頹，兩相對照下，便覺壯年的歡樂之虛妄徒然。杜將軍立刻相信了
佛家出世的教義。60歲的他，還有着足夠的精力去逃避老邁無能的
悲慘境遇；他過的乃是富裕的、尊榮的生活。皈依了佛教，實是通
情達理之舉，那是趁自己的知能感覺還沒有完全喪失時，選擇了大
智大慧。但是他的覺醒，並沒有提示多少明心見性的啟迪。

　　杜將軍聽了這首百年歌之後的反應，在中國詩裏經常出現。事
實上，「聖賢不能度」那句話套用了《古詩十九首》裏的一句。該詩有
關一節如下：

> 人生忽如寄，
> 壽無金石固；
> 萬歲更相送，
> 聖賢莫能度。[29]

　　像早期的中國詩人一般，杜將軍原就在擔心老年，害怕死亡。
他採用了一個傳統的老法子去解決它，即是想望着一個西天樂土。
中國詩人寄情色酒或「常懷千歲憂」的習慣其實是他們對死亡的恐懼
的表象，但也有些主要的例外。有些詩人力言生命之可貴，有些則
似乎真能窺見死生之奧祕。陶潛的「形、影、神」詩似是特意為了答
覆《古詩十九首》所提出的那類問題而作。形說，酒和感官的快樂，
可使日子過得快意。影說，功名是儒家的看法。神則勸人從容的接
受死亡：

　　　　正宜委運去，縱浪大化中；不喜亦不懼。應盡便須盡，
無復獨多慮。[30]

　　如說享樂主義和儒家的教訓是蓄意緩和人們對死亡和湮沒的恐
懼的話，陶潛的恬淡主義（stoicism）可暗示的，便是免除那種恐懼，
因為每一刻光陰都可以無憂無慮的去過，不必介意你是否正在享受
這刻光陰，更不必擔心你在這刻時光裏是否做了些有意義有價值的
事。一個人隨時都可以坦然死去，因為每一刻都代表連續不輟的恬
淡樂趣之一刻，絲毫不為人生短暫的意識所苦惱。外加選擇這種
存在主義的生活，並不是說一個人自甘放棄高度的快樂或高度的成
就。假如潛藏在人內心的精神，驅使他去戀愛，或從事創造活動的
話，那人便應該為他身體裏暫時增加的生氣與活力表示感謝才是。
　　杜將軍之突然轉變也說明一件事，即湯顯祖認為生命之短暫，
逼使人去找尋永恆以阻住時間，但是湯顯祖不是神祕主義者，他沒
有法子看見時間和無時間之共存。另一大詩人蘇軾的〈前赤壁賦〉對
滄桑變遷的感念道出了他對現實和時間共同存在問題，有着更高一
層的看法。他說，「蓋將自其變者而觀之，則天地曾不能以一瞬，自
其不變者而觀之，則物與我皆無盡也，而又何羨乎？」[31]這一段超越
前人的智慧之語，既非道家的哲理、亦非佛家的禪理所能推翻。儘
管湯氏與達觀友情深厚，對禪理極為投合，儘管他對浪漫的愛情有
着熱忱，把它當作樂以忘時的生活方式，但是由於他既不十分體會

到人的生存尊嚴，也不太覺察到萬物雖看似必朽，但卻有其不朽的一面，因此湯顯祖到底是個被時間觀念所困擾的詩人，所以他才找尋宗教以替代「生」。

四

湯氏在《紫釵記》和《牡丹亭》裏確認了愛情的價值之後（這兩個戲容後討論），寫《南柯記》和《邯鄲記》時，便着力於寫「人生如夢」的主題（這個主題老早就借杜將軍的覺醒而發揮過了）。這兩個戲都根據唐代名著小說編寫的：《南柯記》根據李公佐的《南柯太守傳》，《邯鄲記》根據沈既濟的《枕中記》。湯氏明知這項資料不夠戲劇化但他還是用了。他把這些故事作為表現他對人生新信仰的工具。

《南柯太守傳》講的是：有一個名叫淳于棼的軍官嗜酒，一次做了一個夢。他被邀進蟻國和公主瑤芳結婚，受任南柯郡守。他很有政績，鄰近的蟻國來侵，他拒敵有功。妻子死後他被朝中大臣陷害，勸回人間。醒後尋找蟻國所在，發現就在他院內的一棵槐樹下面。他證實了夢中的遭遇，也明白了「人生不過一瞬」。[32] 於是便戒絕醇酒婦人之樂而皈依道教。三年後他壽終正寢，年四十有七。

湯顯祖把這個故事改了，將契玄禪師的戲分擴大（契玄法師在《南柯太守傳》裏提到過一次）。又把本來是道教隱士的書中主角改成皈依佛教。契玄可能是達觀理想化的寫照。他在戲裏的任務是安排蟻國眾生以及戲中主角的生活——傀儡的牽線工作。他的前生原是達摩祖師跟前的侍者，不小心傾倒了蓮燈，把沸油潑進了蟻穴，再世為人，就是為了超度這些蟻羣，讓牠們升天以了宿孽的。[33] 本戲開場和終場諸幕，演淳于與契玄相遇情形，即是全戲哲學意趣所在處。此戲演述主角在夢中的功業，一如傳奇所記，很是忠實，可惜不免單調。這是湯氏五個戲裏最差的一個。

在《紫簫記》杜將軍看破紅塵那一段裏，並沒有寫甚麼情感上的波折，因為並不要他和甚麼最親愛的人生生離別。他年已六十，對

情愛已沒有甚麼黏滯。他選擇佛門生活是比較順理成章的。《南柯記》裏的主角淳于棼是一個特別癡情的人：他關懷已死父親的幸福，愛憐妻子兒女，他甚至在蟻妻死後，還和三個性飢渴的宮中貴婦發生過關係。湯顯祖既已在他前三個戲裏確定情的價值在時間的範疇內是至高無上的，《南柯記》是他第一個嚴正的嘗試，把情愛的價值放在人生短暫的大前提下去考驗。這本戲曲有三齣主戲——第八齣，情著；第四十三齣，轉情；第四十四齣，情盡——都是表達他的哲理的重要安排。雖然在最初幾幕戲裏，淳于棼以酒徒遊戲人間的姿態出現（他認識全揚州的妓女，「揚州諸伎，我已盡知。」玩膩了，才在盂蘭會到和尚廟裏去聽講經），作者不脫明代劇作家浪漫的傳統，他安排淳于棼在廟裏觀音像前，遇見兩個宮裝女子。代表公主奉獻給佛一隻通犀小盒和一對金鳳釵時，[34] 他忽然變得年輕、漂亮、禮貌周到得可充當公主的配偶，跟他住在蟻國的一切表現和其他明代戲劇裏的多情主角毫無差別。他是一個謹守儒家觀念和浪漫價值的人，絲毫不帶戲開頭時玩世、厭世的痕跡。夢醒之後，他偕同兩個朋友，查看蟻國的位置，看到埋葬他蟻妻的地方時，感到十分悲涼！

> 淳于〔細看哭介〕：「你看中有蟻塚尺餘，是吾妻也，我的
> 公主呵！」[35]

淳于棼一直難忘愛人和故鄉，特為此再次去拜訪契玄禪師，請他超度已故的父親、蟻妻以及所有蟻國的居民，使他們一起「生天」。這種慈悲心可能也是他後來皈依佛門的部分原因。但是契玄禪師給他的試驗是要看他能否脫盡一切癡愛，所以他主辦了一場集體昇天，藉以考驗他，使他得以成佛。當淳于看見他的三個蟻國妻妾升天時，復又勾起舊情：

> 生（淳于）：「三位天仙下來。我有話講哩。」
>
> 貼（甲女）：「我們是天身了，怎下的來？」

老旦(乙女)：「便下的來，你人身臭，也不中用。

最人身可憐。最人身可憐。我天上最好因
緣，你癡人，怎相纏？」[36]

接着公主上天了。淳于先向她道歉，請原諒他的不忠實，然後
又保證他愛心不渝：

生(淳于)：「我日夜情如醉，想思再不衰。公主，我怕
你生天可去重尋配？你昇天可帶我重為贅？
你歸天可到這重相會？三件事你端詳傳示。
〔哭介〕你便不然呵，有甚麼天上希奇？也弔
下咱人間為記。」[37]

公主心生憐憫，下凡了。

旦(瑤芳)：「呀，怎的弔下來？」

生：「我的妻呵。」

旦：「人天氣候不同，靠遠些兒也，哥。」

生：「你怎生叫我哥？」

旦：「你也曾在此寺中叫我一聲妹子。」

生〔想介〕：「是曾叫來。」

旦：「你前說要個表記兒，這觀音座下所供金鳳釵、小犀
盒兒，此非淳郎一見留情之物乎？」

生：〔想介〕：「是也。」

旦：〔稽首佛前取金釵玉盒與生接介〕「淳郎，淳郎，記取
犀盒金釵，我去也。」

生：〔接釵盒扯旦跪哭介〕「我入地裏還尋見，你昇天肯放
伊？我扯着你留仙裙帶兒拖到裏，少不得蟻上天時
我則央及蟻。」

旦：「你還上不的天也，我的夫呵。」

生：「我定要跟你上天。」〔生旦扯哭介〕

〔淨（契玄）猛持劍上砍開唱呀字後旦急下〕〔生駭跌倒介〕[38]

不論何種文化，對待相愛的人，幾乎都是差不多，即希望他們的愛能夠維持長久，即使升到天上也不變更。淳于棼和瑤芳和他們是一樣的。 羅色蒂（Dante Rossetti）在《天堂淑女》（Blessed Damozel）裏有一段說：當地上的情人回憶和所歡在死別前的快樂時，那在天上的女郎卻在預想情人到來後的情形，她準備把他介紹給聖瑪利亞，並向基督乞求賜她如願：

> 但求在世上一樣，
> 相處恩愛——可是，
> 那時僅片刻，現在
> 永恆愛着，我同他。

依天主教的想法，愛侶們可以在天上團圓，但佛教則絕不容此想法。已經成了仙的瑤芳在將要上天時，可能還會談談凡人的浪漫之愛，希望和丈夫在忉利天有一些肉體的和靈魂的團圓（此處有一段文字，上面未錄）。[39] 但是淳于棼後來是要成佛的，他絕不會被允許有這樣的奢望。當他和情侶分離後，契玄禪師再三提醒他說，他的妻子不過是一隻螞蟻，他和她過的那幾十年歡娛時光只不過是一個短夢，而她給他的定情表記也只不過是一點毫無價值的小東西：

生〔醒起看介〕：「呀，金釵是槐枝，小盒是槐莢子。啐，要他何用？〔擲棄釵盒介〕我淳于棼這才是醒了。人間君臣眷屬，螻蟻何殊？一切苦樂興衰，南柯無二。等為夢境，何處生天？小生一向癡迷也。」[40]

　　我們可以說淳于棼之醒覺實在難以令人信服。作者把螞蟻寫成像人一樣，描寫蟻國猶如人類的國家，淳于棼自然會和他們混在一起，像和自己的同類在一起一樣了。到了末後，作者又有了和我們一樣的偏見，看不起螞蟻，說道，螞蟻只不過是螞蟻罷了。螞蟻的感情又何足掛懷？但是淳于棼與瑤芳離別的那一場景，卻很是感人。正因為她除掉名稱不是人外，其他一切都富於人性的緣故。當淳于棼發覺他的愛妻，只是一隻螞蟻而丟掉愛情的表記時，他並沒如作者要我們相信的一般，把人類的情感依照佛教的宇宙哲學觀，去衡量它們的價值；他只是對人類的感情表示輕蔑而已。（他因人類的習慣，輕視蟻類，而看不起蟻妻。）照說，佛家原是以慈悲為懷的，眾生一切平等的，為甚麼要輕視螞蟻的感情呢？（契玄回復人身，原是要把蟻羣超度上天。）愛的表記不論是樹枝也好，樹莢也好，其貨幣價值或許比不上黃金和犀角，但若是出於誠摯的愛或感激之忱的贈物，其價值和稀有寶物又有甚麼不同？湯顯祖知道，只要我們在情感上有所黏滯，我們便要成為時間的奴隸，而無法得到真正的自由。所以在戲裏，他便設計了一個有比擬性的寓言故事，使主角得到自由，只是這個比喻在結尾時，並沒有告訴我們為甚麼感情是不好的。戲曲的大部分描述主角做情人、做太守、做三軍元帥的各種作為。作者都以讚許的語氣，適當地運用了詩的辭藻，先從好的方面去描寫人類，或是蟻類的世界，爾後在結局時卻使它成為夢境。如果人在清醒時，所要找尋的永恆，非輕視人類以及動物的生存無以獲得的話，則我們實在難以信服，何以清醒的境界比夢幻的境界為佳。

五

　　《邯鄲記》比《南柯記》要有力得多。可是它所根據的《枕中記》卻比《南柯太守傳》的故事短，而且較少趣味。主角盧生是個富有野心、不滿現實的人，在夢中大為得意，同時受盡羞辱。淳于棼的夢中生活大體說來是快樂而有意義的，是一種使我們肯定人生的生

活；盧生剛與之相反，雖然他和浮士德（Faust）或約伯（Job）不能相比，但其同受考驗則一。在小說裏，當道士呂翁問盧生為甚麼感到不滿意，盧生答道，「士之生世，當建功樹名，出將入相，列鼎而食，選聲而聽，使族益昌而家益肥，然後可以言適乎。吾嘗志於學，富於游藝，自惟當年青紫可拾，今已適壯，猶勤畎畝，非困而何？」[41] 呂翁放了一個魔枕在他頭下，要他小睡一會。他醒時即已嚐盡了一個大臣可能經歷到的各種甘苦，再也沒有興致去奮鬥了。小說裏的呂翁在《邯鄲記》直稱呂洞賓。他收了盧生做徒弟而且度他到蓬萊仙島。

這個故事，湯顯祖改寫得很忠實，同時還為主角的夢裏生活增加許多插曲，添了一些有政治意味的諷刺。湯氏冷眼觀世，故意譏誚，藉以烘托出此戲的中心題旨，道家的出世思想。淳于和瑤芳都是明代傳奇中慣有的典型生旦，但盧生和他的妻子崔小姐則不那樣純潔。在第四齣裏，盧生剛入睡便立刻夢見自己走進擁有驚人財產的崔小姐的花園。她和他一見鍾情，毫不嫌棄他的寒微，立刻決定嫁他。他們的婚禮舉行得相當草率：新郎和傭僕都用雙關語談話，並揶揄新娘。婚後，盧生的表現和大多數同樣處境中的主角亦不一樣。他對應考沒有一點興趣，甚至妻子要他去考時，他也不肯。他的理由如下：

> 不欺娘子說，小生書史雖然得讀，儒冠誤了多年，今日天緣，現成受用，功名二字，再也休提。

崔小姐也認為準備考試很是無益，但覺得像她家和朝廷的那種關係；那種有錢的境況，花錢弄個官做是非常容易的事，「取狀元，如反掌耳。」[42] 後來盧生果然中了狀元，做了官，經歷了許多磨難和考驗。他慢慢地老練了，成為一個負得起責任的大臣。但是我們不能忘掉前幾幕戲對他的譏諷。盧生在政海的浮沉，主要是因為受到政治陰謀陷害的結果。

大概盧生徧賄朝官，獨獨忘記了賄賂主考官宇文融，這個人十分惡毒，而在朝又極有勢力。（他是湯顯祖筆下的典型惡人，在《紫

釵記》和《南柯記》都曾出現過這類人。湯顯祖創造這一型人，影射的可能是張居正。因為私人間的恩怨關係，湯氏深惡其人。）[43] 盧生中了狀元之後，益發故意藐視宇文融。所以在翰林院任職期滿三年後，宇文便薦舉他擔任兩項艱苦的工作。他都做得非常出色，有着驚人的成就。宇文融再生詭計，誣告盧生通敵，以致盧生問了充軍罪名，流放到海南島。他幾乎死在那裏。經他的好友從中協助，特別是太監高力士，盧生終被赦免，召回朝中。為官家發賣在機房當織女的盧夫人和她的孩子們，也都恢復尊榮。宇文融則因賣國論斬。盧生做了二十年宰相，晉封趙國公，賜地三萬頃、府邸一所、女樂二十四名。這時盧生告訴他的妻子，「夫人，吾今可謂得意之極矣。」[44]

在採陰補陽的托詞下（這是道家講究房事的養生術，在明代，皇帝和王公貴族等多採行之），盧生和這二十四名美女相處在一起，放縱情欲，健康因之猛失。臨死時，高力士和御太醫在旁侍候。盧生忱心他的赫赫勛業和功績史臣記載有誤，又掛念了他最小的一個兒子還沒有成年，四個大的兒子都有了官爵，這小的還沒有蔭襲。他把小兒子和青史標名的事，託付了高力士，滿足地死去。他死時最後的遺言是：「人生到此足矣。呀，怎生俺眼光都落了。俺去了。」[45]

盧生的夢和淳于的夢，顯然不相同的第一點：前者的夢中生活過得非常美滿，死得無憾；後者則在事業中途突然離開。其次，淳于棼的夢中生活，不脫明代戲曲的常套；有浪漫的插曲，也有打仗的故事。盧生的夢中生活，不但富於政治意義，而在最具戲劇效果的幾幕裏，其夢魘式的幻怪遭遇也非常顯著。[46] 第三，盧生充滿波折的一生遠比淳于更能表達一個充滿榮枯的的政治生命的風險與人生之無常。盧生流放在海南島受罪那一段，把中國許多重臣，在文學上負有盛名或是在朝廷裏政績卓著的，因為朝臣爭權的結果，冤枉地充軍到異鄉的通常情形，都一一給戲劇化了。

盧生的勛業，使人想到和他際遇相反的浮士德。盧生最初出名，是由於做水利官，擔任在山區鑿石開河，挖了一條二百八十里

長的運河。順利完工之後，奉派為河西總督，征討外寇，大獲全勝。進軍天山，西出玉門關千里之遙（中國守軍原駐在玉門）。浮士德在歌德（Goethe）詩劇的第二部第四幕裏出現時，已老早就享有優越的政治地位，他是皇帝信任的顧問，在那一幕裏，他打敗了敵國皇帝的軍隊。在第五幕裏，他着手於與海爭地，拓出大片沼澤土地，供人墾殖，為人類謀福利。這種為公眾謀幸福的事業在中國的盧生只是他勛業的初步，但在尋求完成自我的浮士德，卻是他事業的冠峰。

浮士德的事業與一對老夫婦的悲劇牽扯在一起，這對老夫婦拒絕協助他的拓地計劃。盧生的工作，卻在輕鬆的、玩笑性質的條件下進行（他把石頭變成水的方法是：「取乾柴百萬束，連燒此山，然後以醋澆之，着以鍬椎，自然頑石砰裂而起；然後用鹽花投之，石都成水。」）[47]

盧生和浮士德還有更根本的不同。浮士德本是一位厭世的學者；一被魔鬼梅非斯特引誘，便立刻跟隨他去找尋歡作樂。一直要到他度過了心靈消沮這個階段，梅非斯特才無法挾持他。對歌德來說，浮士德的最後所做的好人好事，可說是對他年輕時所追求的個人浪漫主義的一種超越。湯顯祖筆下的主角雖被奸相惡意驅迫，做了許多好事，他都認為是應該做的，並沒有被浪漫的虛無主義所苦。只有在過度獲得權勢時，才開始在配偶之外，找尋肉慾方面的快樂。然而他之所以荒唐，主要還是為了要藉此求得長生。再如我們所見，盧生屢次聲明，他對人生感覺滿足。而浮士德卻跟魔鬼梅非斯特約定：

> 假如我乞求將逝的時刻：
> 「請稍逗留！你多美妙！」
> 你可即將我卡上腳鐐，
> 我願當時當地淪亡！[48]

對浮士德來說，滿足等於是生命的盡頭，所以那刹那是永不能來臨的，他把生命看作一項在永無休止的自覺過程中的冒險。雖

然在他生命將盡的最後一刻，他確曾要求在無窮盡的未來中，那假定的剎那「稍作逗留」，但那只是表示，他對於新墾地之能成立理想社區感到極端滿足而已。這種理想社區從不曾存在過，或許永不會有。恩雷特（D. J. Enright）說得好，「在預期中，同時也只有在預期中他才能享受這種真正的滿足」。[49] 在湯顯祖的戲曲裏，這個至高無上的一剎，是遲早會來到的：當一雙情侶成就了愛情，而想要延長那歡娛的一刻直到永遠。當一個官員事業順遂，升到了極品祿位，覺得再沒有甚麼別的可求時。或是相反地，當一個新的人生境界啓迪了這位官員，使他忽然大徹大悟時。

盧生既是在臨死前表示過，對他的一生十分滿足，為甚麼從夢中醒來時，又會立刻感覺人生不過是個幻景，而跟隨呂洞賓去了呢？為甚麼他不要再過一下那遇見女財主時的好運生涯，重嘗一下中狀元時的那份得意？以至開濬運河和打敗敵人時那種青史留名的功業，和他最後投進的那美女溫柔陣，甚至他流竄中所受的折磨？可是當呂洞賓告訴他說，他夢中的妻子不過是他的驢子變的，他的子女只是院子裏的雞狗之後，盧生立刻回答他。那答詞和小說所記的差不多：

> 老翁，老翁，盧生如今悝悟了，人生眷屬，亦猶是耳，豈有真實相乎？其間寵辱之數，得喪之理，生死之情，盡知之矣。[50]

於是我們可以說盧生之所以決定放棄這個世界，其原因主要來自一個事實，即人類的境況，沒有一點是長久不變的。在一方面，像浮士德這種真正的浪漫人物總是不自滿足，總是不停息在追尋、在奮鬥，但在另一方面，湯顯祖筆下的那些即將大徹大悟的佛道人物，則滿足於任何可永遠停留的事物。因為不論是性愛，或則由此而生的後裔，不論是儒家所倡的功業或是因此而來的名譽，都不能保證永久的快樂。因此他才想和紅塵俗世斷絕關係。在歌德的《浮士德》裏，行動和事業是被列為首要的：只要這人對他自己忠實，在做着有意義的探求，末日甚麼時候到來，實無關重要了。我們看到

湯顯祖筆下的主角，多是厭惡行動的（《牡丹亭》倒是個例外，那個戲裏人人都在動的）：主角們幾乎總是被奸臣陷害才派出去做危險的事情，雖然他們都具儒家觀念，愛惜立功後所得的榮譽，同時他不免思念妻子，就如和他一樣寂寞的妻子，也正在深閨想念他一樣。傳統的詩詞和戲曲，使湯顯祖認識到，功名勛業使家庭離散，使情人分離，帶來了許多感情上的痛苦。從某種意義來説，《紫簫記》和《紫釵記》結尾那兩幕感人深切的重逢場面，和《南柯記》、《邯鄲記》結尾之主角徹悟人生的戲是大同小異的。在前兩部戲裏，少年情侶有長期的歡樂家庭生活在等着他們去享受，只要丈夫回家，就可團圓，安享一切！他們還沒有功夫，也沒有必要去花費腦筋，想像永久情愛之虛幻，但在後兩部戲裏主角在夢中過了豐富的生活後，醒來便立刻尋找更高的解脱。像淳于棼，被人強迫脱離夢中生活，他之仍然抓住蟻族世界不放的心情，是可以瞭解的。但是盧生過得心滿意足，所以醒來後便立刻決心跟隨道家去求仙。

這兩個徹悟了人生的主角，他們的明心見性並不表示他們的識覺有任何急劇的重大改變。我們並不感到他們的正常自覺，被悟到上帝或更高層次存在自覺所取代。他們只是警覺到時間的詭詐，而採用了傳統的宗教方式去逃避時間而已。用做夢的方式去縮短時間，使其體驗到人情眷戀之不足取，因為在短暫的夢中，此種眷念尤為短促不堪。《南柯記》在表面上宣揚傳統的佛門教義，主角也成了佛，因為他想要搭救眾生。但是在主角的醒覺過程中，作者把螞蟻的蟻性和人類的人性都忽視了。

撇開外在的宗教助力不講，到現在我們已經提到了三種形式的生活，這三種生活都未乞求外在的宗教助力：一是歌德式的浪漫奮鬥型，二是陶潛主張的恬淡的存在主義型（stoical existentialism），三是蘇軾的神祕知覺型，這一型，在西方有柏萊克（Blake）名言，可作良好例證：「一粒砂中見世界，一朵野花識天國。」上述這些生活方式，以及其他任何可以不受時間脅迫的生活方式，湯顯祖都未言及。舉個相反的例子，頗受中國和日本戲劇影響的美國劇作家，桑頓・衛爾達（Thornton Wilder）認為一般的日常生活事件，都值得我

們無條件的絕對肯定。人生之可貴，正因其短暫，但其短暫，並不
排除永恆的存在。在《我們的小城》(*Our Town*) 裏，女主角愛茉莉
的鬼魂在一個幻景裏，重過其 12 歲生日，對於人的境況，越發愛好
起來。她唯一感到遺憾的是，那天早上她父母和她自己忙着日常工
作，大家都忙得沒有工夫去體味那正在消逝的永恆中的每個剎那：

> 「我沒有察覺到。這一切進行的事，我們都沒有去注意。
> 讓我回到——山上——我的墳裏去。但是，且等一下！讓我
> 再看一眼。
>
> 「再見，再見，世界呀。再見！哥羅活鎮……媽媽和爸
> 爸。再見，滴答的時鐘……和媽媽的向日葵。還有吃的東西
> 和咖啡。還有新燙好的衣服和熱水浴……睡着和醒着。噢，
> 大地呀，你真了不起，誰能會整個瞭解你呢。」她望着舞臺經
> 理突然淌滿淚問：
>
> 「有人在活着的時候懂得生命嗎？……每，每一分鐘？」[51]

由衞爾達看來，人的處境並不是絕望的，因為消逝中的每一
剎，都可能是永恆中的一個剎那，所以在他看來，並不需要懇求肉
身的恆久不變。正因為湯顯祖腦中沒有那種神祕主義的想像，因此
他獲得永恆的方法，是藉愛情以遺忘時間，或退避到某些宗教的托
庇所去。但這兩種解決方式，都曾形之於詞曲，使作者得以成為中
國傳統文學各流各派的偉大繼承人。

六

湯顯祖寫《牡丹亭》時，正當他詩才煥發達到頂點的時期，這
是他向時間挑戰的唯一作品。《紫釵記》是作者將霍小玉故事予以改
寫，藉「俠」的力量糾正世間的邪惡。在俠士黃衫客出現前，女主
角雖生性豪爽大方有俠氣，卻因思念離她遠去的「負心郎」幾憔悴而

死。假如沒有人出面協助，她是會死掉的。等情人回到她身邊，奇
蹟便出現，她的健康立刻就恢復了。這個轉接，引發了湯顯祖對另
一作品的意念；他一定費了不少時間和心血，去搜索一個能夠證明
愛足以超越生死的言情故事，後來終於在通俗筆記小說裏找到了一
則題名〈杜麗娘慕色還魂〉的文本。它雖然缺少文學價值，但湯顯祖
還是採用了。這篇故事收在晚明刻印的《重刻增補燕居筆記》內，現
有兩套，分存東京內閣文庫及北京大學圖書館。[52]至於湯氏是否在
這部書裏，或在更早刻印的筆記集裏看到這則故事，我們目前無法
知道。因為杜麗娘、柳夢梅的故事，即使在湯顯祖那個時期，也很
少人知道。研究明代戲曲的專書上都以為是湯顯祖有意徹底違背明
代大多數劇作家的慣例而自己創造的，而同時認為故事的基本情節
則係採自唐以前各代流傳下來的若干故事。[53]我們讀《牡丹亭》的湯
氏自序，即可知道這個假設的不確。自序上有這一段：

> 傳杜太守者彷彿晉武都太守李仲文，廣州守馮孝將兒女
> 事。予稍為更而演之。至於杜守收拷柳生，亦如漢睢陽王收
> 拷談生也。[54]

我們試讀〈杜麗娘慕色還魂〉，即可發見它的基本情節的確借用了《法
苑珠林》所記載的李馮兩太守的故事。而湯氏借用〈杜麗娘慕色還魂〉
寫《牡丹亭》時，又加進《列異傳》所記丈人拷打女婿的故事，以資潤
飾。

　　《牡丹亭》是個很長的劇本(現代版268頁之多)，可是毫不沉
悶。[55]中國讀者一直都很喜愛它，但從來沒有任何批評家指出，它
之所以普遍流傳，在於它的詼諧有趣。主要情節是：江西南安太守
杜寶有一獨生女，延師在家課讀。在一個春天，女兒到家裏的後花
園去散了一回步，回到閨房即做一夢，夢見有個少年帶她到花園裏
的牡丹亭上，和她纏綿，結果她便得了相思病。臨死，畫了一幅自
己的肖像，遺言要求埋她在後花園裏的一株梅花樹下。杜寶不久奉
調新職，與妻子離開南安到揚州去了。接着麗娘的夢裏情郎夢梅即
到了南安，住在杜宅，無意中看見那幅肖像，非常喜愛，夜間麗娘

的鬼魂來訪，詭稱為鄰女。後來她終於透露身分，並請求發掘她的屍體。她復活後，和柳生結為夫婦，二人一同北上尋她的父母。

湯顯祖處理這個難於令人相信的故事，充分運用了編製喜劇的天才，所有劇中大小配角，都顯得生氣勃勃。在小說裏，杜麗娘的父親，只是一位正直可敬的官員；在戲裏，他是百姓擁戴的好太守，是個運氣極佳的統帥，以最低的力氣敉平了一個重要地區的叛亂。他還是個嚴正的衛道之士和盲目的理性主義者，絕對不肯相信女兒能夠復活，並且不斷地責打女婿，硬指他是盜墓人。在小說裏，麗娘的塾師連名字都沒有；在戲裏則名叫陳最良（外號陳絕糧），[56] 他是個冬烘老夫子，完全不懂自然之美和愛情的神妙。他略懂醫術，很肯援助別人，後來成為看守麗娘墳墓的人，和叛軍的俘虜，同時又是獨力完成一項重要使命的間諜。另外還有幾個粗俗的滑稽角色，使人聯想到莎士比亞戲劇裏的小丑和鄉下人。在湯顯祖的其他戲劇裏，打仗場面都很乏味，而這些場面在明代傳奇戲裏，似乎是不可缺少的。不過在《牡丹亭》裏，有一幕這樣的場面卻是非常滑稽（四十七齣）。[57] 聽慣《牡丹亭》富於浪漫精神這種論調的讀者們，一定想不到戲裏有這樣許多粗俗的語言和穢褻的笑話。

戲裏嚴肅的角色只有杜麗娘。她是為情困擾而又因沒有得到愛情的滋潤而萎謝的人。她的肉身雖被那無法排遣的愛之傷痛所苦。靈魂卻在地府勝利地通過審判，投入情人的懷抱，獲得她夢寐所求的幸福。和她比較下，即使柳夢梅這個角色也多少是個諷刺的對象。他雖在麗娘夢見他之前即已夢見過她，但在未拾得她的畫像之前，一直熱中功名，不顧手段。若將他和李益與淳于棼相比，後二人在做情人方面比他值得讚佩。他們認準一個愛的目標，專心一志，絕不旁騖。在幾幕表演愛情的戲裏，柳夢梅對待杜麗娘的鬼魂是很溫柔、很熱情的。但一和她完婚，即準備起程到杭州去應試，那時他又恢復了熱中名利的本性。他幸運地高中狀元。得意之下便折磨丈人，使他苦惱，以報復丈人看不起他之怨。那時麗娘見丈夫地位改善、父親又升官，亦欣喜欲狂。她忘記她是因癡情專注，才得從墳墓裏復活過來的。

《牡丹亭》雖是本喜劇，但是一向都被認為它最值得玩味的只有演述杜麗娘主要事蹟的那幾幕：他的夢和她在花園裏找尋她失去的夢，她的憂愁和死亡，她在地府受審判，她和情人幽會，和她的復活。[58]湯顯祖在自序裏顯然鼓勵了這種偏頗之見：

> 天下女子有情寧有如杜麗娘者乎。夢其人即病，病即彌連，至手畫形容傳於世而後死。死三年矣，復能溟莫中求得其所夢者而生。如麗娘者，乃可謂之有情人耳。情不知所起，一往而深，生者可以死，死可以生。生而不可與死，死而不可復生者，皆非情之至也。夢中之情，何必非真。天下豈少夢中之人耶。必因薦枕而成親，待掛冠而為密者，皆形骸之論也。[59]

湯氏這段動人的文辭闡述了他的愛的哲學。有幾個重要名詞：如「生」如「情」如「夢」，都再三地提及。（「死」也是一個重要名詞，它的消極性的含意，只在與「生」和「情」的力量相對比時方發生強調作用。）我們曉得羅汝芳對明代思想的特殊貢獻，在他將「生」字代替「心」字，認為生生不息，乃是宇宙的力量。進一步，他又使「生」和「仁」相等。湯氏既認《牡丹亭》是他的得意之作，很可能是他特意採用杜麗娘這個故事來闡揚他老師的哲學觀念，把生的哲理觀給戲劇化了，然後再進一步，發揮這個哲學觀念，認定「情」是生命最重要的基本條件。但同時他又用他的第三個名詞「夢」，來改變在時間的世界中對「情」和「生」的擁戴。麗娘只有在夢中，一個沒有時間限制的狀態下（因為夢不能以醒覺狀況下的時間來衡量的），才能享受最強烈方式的生命和最豐富完滿的愛。再者，她也只有在作了鬼之後，享受夢一樣的存在時，才顯得大膽，敢於熱情奔放地去找尋愛。等她還陽復活之後，時間又把她收回了。她便不再是湯氏在自序裏所說的，愛情至上主義者的女子了。

《牡丹亭》是湯顯祖唯一不認真提到佛道理想的一部戲：戲裏的幾個道姑，偏是性飢渴者，顯露出她們心身方面的各種變態，逗

人發笑而已。[60] 他之所以這樣寫，是因為這部戲所關切的主要的價值是現世，以情愛和生命對抗由女主角的父親和塾師所代表的已被醜惡化的儒教價值觀。他們對於女孩子春情勃發的狀況全然無知，認為閨女在未嫁之前，絕對克制情慾是理所當然的。杜麗娘對抗父親和老師之獲得勝利，並非由於她有甚麼主動的抗爭，而是由於整個地屈服於親師壓力之下的就如童話故事裏的情形一樣。她是一個性早熟的睡美人 (Sleeping Beauty)，一睡三年，等待尋找她的王子到她的堡壘裏來吻醒她。不過童話裏的睡美人是沉沉熟睡，一點甚麼都不知道，也沒有夢去打擾她，而杜麗娘的活動則全在夢中和死後，只有在夢和死亡的境界裏，她才能脫離禮教及禁忌等束縛，可以自由無拘的找尋愛情。

一旦復活，麗娘立即變成一個不同的人——一位羞答答的大家閨秀，非常注意禮儀。有論者認為她比《西廂記》裏的女主角更為大膽熱情。為了愛情，她不辭出生入死。[61] 但是鬼魂的生活是沒有時間性的，在那種境界裏，她的自我抑壓力，並不存在。鶯鶯雖沒有經驗過一段夢的生活，但她卻自願地獻身給她的情郎，去經驗那艾略特 (T. S. Eliot) 詩裏所提到的「獻身時的大膽」("the awful daring of a moment's surrender")。其實，這種事情麗娘在清醒時是絕不敢做的。她回生後，柳夢梅向她求懽，她即曾拒絕過：

> 旦：「秀才，可記的古書云：必待父母之命，媒妁之言。」
>
> 生：「日前雖不是鑽穴相窺，早則鑽墻而入了。小姐今日卻又會起書來。」
>
> 旦：「秀才，比前不同，前夕鬼也，今日人也。鬼可虛情，人須實禮。」[62]

後來，在同幕 (第三十六齣) 她同意即刻結婚，對情人說：

> 旦：「柳郎，奴家依然還是女身。」
>
> 生：「已經數度幽期，玉體豈能無損？」

旦：「那是魂，這才是正身陪奉。

伴情哥則是遊魂，女兒身依舊含胎。」[63]

這位少女謹守童真，堅持鬼可縱情，人必守禮，人鬼之間，有基本的差別，她已不再是三年前因相思而死的麗娘了。雖然她在新婚之夜告訴夢梅說，「柳郎，今日方知有人間之樂也」，[64]但情境已變。麗娘已經得到她所要的郎君，夢梅也已找着他的夢裏情人，自此以後他們急需要做的事情，是糾正他們的行為，使女方父母和世俗社會看得順眼。如果他能上京應考，高高得中（他就做到了）的話，他們那一段人鬼之戀的愛情，便將因他的功名成就而獲得另眼看待。畢竟，他是才子，而她是佳人，他們過去有過某種浪漫式的越禮舉動，乃是值得豔羨的事情。因此本戲的後三分之一遂變成為比較尋常的浪漫式喜劇，藉以辯明男女主角過去一段不顧一切的熱戀沒有甚麼不對，因為他們現在已是名教的維護者，過着合乎他們新得的官家威儀的生活了。在最後一齣戲裏（第五十五齣），麗娘深自慶幸她的夢裏情郎，在官場早顯身手，任她父母怎樣選也不會選到的。她對陳最良說，「陳師父，你不叫俺後花園遊去，怎看上這攀桂客來？」[65]當為情所苦的情侶們度過了愛的階段，而尋求與社會相妥協時，原來在死氣沉沉的儒教社會中，強烈地肯定生命的那種浪漫愛情，至此已變得面目全非，無可辨認了。

無疑地，湯顯祖的意思是想把超時間、超生命和超死亡的熱愛，注入杜麗娘的形體。但是愛情只有在未能得償所願時才像似永恆。一旦愛情正常化了，或是因有了實體的性的擁抱而減少了相思，那份永恆的感覺便無法繼續。假如麗娘和夢梅兩人戀愛的成功後仍繼續鄙視世俗的成功和反抗傳統的道德，他們是會成為悲劇性愛侶的。但是湯顯祖卻不會採用悲劇形式的，因為明代的傳奇，雖然着重悲歡離合的情節，到底是喜劇形式。再者，柳夢梅原是個窮秀才，他所念茲在茲的一直都是仕途顯達。照杜麗娘的家庭背景和教育看來，她若一輩子與一介窮書生過活也不會高興的。因此《牡丹亭》遂終於寫成一本協調喜劇：就女主角而論，愛的衝動帶給她以世俗的尊榮和成功，假如她沒有主動地去經歷生死以求愛情，她是

無法獲得如此之大的成功和尊貴的。她雖然有一陣反抗時間，但很快就和時間欣然謀得妥協。時間最後將使她成為尊奉名教的母親，關心着孩子的正當教育。若和《南柯記》與《邯鄲記》相比，《牡丹亭》的特色在於以麗娘的夢點出一個無時間性的世界，在這世界中愛是唯一的真實，而後兩個戲則以夢來縮短時間，把生命之短促戲劇化。但在夢和鬼魂生活之外，時間又絕對地控制了麗娘了。

III

傳統與早期現代小說

戰爭小説初論[*]

陳次雲　譯

　　研究中國傳統小説的人常將歷史小説分為兩類：那些在精神和形式上與通俗史書相近的是一類，那些雖然歌頌歷史人物和事件，卻不以信史自居的是另一類。因為它們講的是某人、某家、某幫，或某個新朝代的小集團從事大規模的戰爭，或一連串的征戰，後一類的那些書大都(假若不是全部)可以恰當地稱為「戰爭小説」(military romance)。通俗的歷史演義也常有描寫戰爭的時候，但它很少使用那種想入非非，把戰爭裏的戰爭場面公式化的文字。同時它也不過分注重這些戰爭以致疏忽其他有歷史趣味的事情。

　　即使在一本戰爭小説中，主角的來歷也大受注意。他從軍前的生涯，他的敵友，他做皇室忠臣所遇的波折都一一交代。但主角遲早總要披甲上陣，這麼一來，交鋒廝殺常取代了主角變成趣味的重點，並產生一大串與其經過有關的副題。因此以戰爭為急務不但是戰爭小説的主要特色，同時也是使它不能與正統的小説分庭抗禮的主因。它的命運跟偵探小説、科學小説，及其他同類的小説一樣，

---

[*] 〈戰爭小説初論〉原題為〈戰爭小説——中國演義小説之一種〉("The Military Romance—A Genre of Chinese Fiction")，英文版刊 Cyril Birch 編的 *Studies in Chinese Literary Genres*(加州大學出版社，1974)，但中文翻譯在英文版刊出前已刊《純文學》1968 年 1 月第 2 卷第 1 期，後改現題收入《夏志清文學評論經典》(麥田出版，2007)，新增注釋，由胡曉真博士翻譯。此文得麥田出版與《夏志清文學評論經典》編者王德威教授同意轉載，特此鳴謝。

以其過分注重人類的某一特殊活動，不可避免地導致把平凡的人情世故忽略了，或陳陳相因，落入俗套地表現。

在這篇論文裏，我將先略論此類文學的早期作品，而描述其個別的主旨和興趣所在，則以明清間有關唐宋的作品為主：如《說唐前傳》（此後稱《說唐》），《說唐後傳》（坊間重刻版通常分為《羅通掃北》與《薛仁貴征東》，此後稱《掃北》及《征東》），[1]《說唐征西三傳》（又以《薛丁山征西》知名，後稱《征西》），《楊家將》（臺灣大東書局《北宋楊家將》很可能是根據熊大木《北宋志傳》重印的，根據紀振倫《楊家府通俗演義》可能性較小），《萬花樓》，《五虎平西》，《五虎平南》（三本以狄青為主角的小說，十分可能是李雨堂寫的，李是嘉慶間人），以及錢彩金豐合著的《說岳全傳》（此後稱《說岳》）。這些作品都可列在最有名的戰爭小說裏，討論它們有雙重的好處：一是這些小說寫唐宋兩代不中斷的歷史，一是它們的出版日期可以大略斷定，使我們在探溯此類小說的演進時稍有所憑藉。

除《水滸傳》（雖然它常被分在其他類型下）一書外，[2]戰爭小說鮮獲學者重視。但它之所以被忽略常出於錯誤的理由。清代學者常指出戰爭小說中歪曲史實的荒謬；[3]這種成見仍很普遍，因為較可靠的歷史小說總是較受重視的。但是戰爭小說的作者所以和歷史相左，出乎矇然不知歷史的成分少，由於要遵守此種文學類型的規格的成分多。以歷史的標準來批判戰爭小說即誤解其性質。個人以為此類文學之患不在其不符史書之要求，而在其未能充分發掘小說之可能性。

甚至於通俗的歷史小說最後也應以小說的標準來衡量。像戰爭小說一樣，它取材於英雄傳說的共同遺產，無論這些傳說已形諸文字或僅流傳於民間。它若不以把現有的史實用比較淺白的話重新編排起來為滿足，就應把充分發揮小說的細節懸為鵠的。我們都一致認為《三國志平話》絕不能跟《三國演義》比（雖然該《平話》是不學無術的人亂編的東西，不是口頭講史傳統的好例子），而《說唐》毫無疑問地是遠遜於褚人穫的《隋唐演義》。然而除了這兩本演義小說外，值得當作文學一樣鄭重推薦的通俗演義實在教人想不出幾本

來。《東周列國志》，一本最可靠的通俗史，正因為羅列了許多乾燥無味的史實，沒有餘地重新創造生動的人物與事件而為人詬病。《三國演義》和《隋唐演義》比較好就是因為它們比較像小說。第一，它們的作者使用小說的藝術創造了一種真實感的幻覺，而在這方面一位好的小說家和一位好的傳記作家或歷史家並無不同之處；第二，他們採用傳說和民間故事。雖然依邏輯而言傳說的材料並沒理由該這麼得寵，但在這兩本小說中用小說的技巧處理，大加渲染的正是那種材料。[4]要是一段歷史插曲不是以傳說的形式到通俗演義家的手裏，他彷彿自己缺乏倡導的能力，沒法把它發揮到淋漓盡致似的。

這種渲染傳說材料的傾向也可在戰爭小說中見到。雖然通俗演義家和戰爭小說家取材不大相同（前者依賴正史和軼事的成分大得多），後者在描繪一位英雄時，如能取材於一個有意義的傳說，往往也最見其長。傳說中的英雄常被理想化：他比歷史上的他更英勇、更有道德，他的遭遇更離奇曲折，他在更壞的壞人手裏受加倍的苦難。但對一位小說的讀者來說，一個傳說是否與那人的正史相符是無關緊要的；要緊的是，藉傳說所供給的那些半神話、半真實的插曲，主角能像一個有血有肉的人，在逼真的背景中走出來，即使他的性格可能在這過程中被簡化了。由於正史從不備載英雄人物幼年、少年時的生活，傳說補充了這種缺陷，對編小說的人最有用處。難怪在大多數的戰爭小說和通俗演義中主角少年時的遭遇常最為動人。（戰爭小說的作者常常自己是傳說的製造者。假如他的主角不甚受民間故事的注意，他能從其他英雄傳說借些插曲，為他杜撰他的少年生活。只要它不是過分綜合化，日子久了也會被當作傳說看待。）

然而在一本戰爭小說中，主角一旦嶄露頭角，故事總趨於落入俗套，因為他的生涯現在已大部分和軍事行動分不開了。（在一本好的通俗演義中，一位主角的後期信史可能跟他早年的傳說一樣有趣）。既以縷述他在軍事上的豐功偉業自命，若有一個戰役，著書人就得為此加添細節，這些細節在歷史和傳說中不是語焉不詳，就是全付闕如。他得發明每一場戰爭的情況，但他的發明通常露出沿襲

的痕跡。我個人認為最先為中國小說裏戰爭的描寫開窠臼的是講歷朝興亡的說書人（雖然落於俗套的戰爭描寫，通常着重兩員武將在陣前交鋒，露出其受舞臺上表現作戰的影響）。[5]這樣不斷的發明和加添新花樣，戰爭小說家到後來越來越把戰爭的描寫幻想化起來。

因此之故，在一本戰爭小說中有兩種材料把史實的核心包圍住：一是傳說的，一是幻想的。假如該書「英雄傳說」中善惡的衝突是壁壘分明的，且朝「通俗劇」（melodrama）的方向把歷史簡化，書中所記載的大小戰爭就以幻想的精神來潤飾歷史。這兩種材料並不一定混成一體。假如惡人不斷陷害英雄的計謀很適合「通俗劇」的口味，寫得天花亂墜的戰爭場面可能忽然打斷「通俗劇」劇情的發展，教那英雄全神貫注在當前的軍事形勢裏。對一個典型的戰爭小說作者來說，傳說和詭計既為戰爭埋下伏筆，又可在一仗接一仗之間，使讀者略鬆弛一下緊張的情緒，因為戰爭總被認為是他作品中最引人入勝之處。但對一個較不為神奇怪誕的戰爭所動的現代讀者而言，使作者不能充分發展「英雄傳說」的通俗劇的潛能的正是這些冗長的戰事。嘉慶間，當李雨堂體會到通俗劇實際上遠較打仗的那些特殊化的趣味更為刺激，而將軍事幻想溶合於通俗劇時，他已改變了戰爭小說的形式和特質。

一、早期的戰爭小說

在形式和旨趣上《三國演義》雖然是一本通俗演義，它一直被當作戰爭小說讀。由於現存幾本較早的《平話》僅給我們說書人如何描敘戰爭一個模糊的概念，又因羅貫中其他的小說沒有照原稿流傳下來，《三國》對後來戰爭小說的作者一定極為有用，因為它是有史以來第一部可作描寫傳統（即非超自然的）戰爭的參考大全。在這小說裏一員將軍跟對手通常在陣前交鋒，打多少回合決定勝負，但他也可以採用某種詐術把對方制伏。除了先約好的仗外，又有人偷營夜襲，或在隘口設兵埋伏使敵軍無處可逃。軍師運籌帷幄，策劃較複雜的戰略。

　　後來的小說作者並沒擴充《三國》裏所見的詐術和謀略，尤其重要的是，他們沒有跨越《三國》裏戰爭場面傳統的寫實方法，雖然他們筆下的將軍武藝更為高強，用的武器種類也較繁多。問題的癥結在說書的和小說家很少有親身的經驗能把戰爭寫得有真實感。即使他們曾參加過比較小型的戰爭或受過戰禍的蹂躪，他們不能像現代小說家一樣把那經驗善加利用，因一切傳統小說的戰爭都是用全能的第三者的立場來敍述，將戲劇性的焦點集中在參戰的主要角色身上。因此我們在中國小說的發展上發現一種有趣的現象：寫家庭瑣事，男女愛情，甚或非在戰陣上的打架格鬥場面——小說家經驗範圍內的事——則越來越真。寫陣上作戰的場面假若不完全出於虛構，則也仍留在定型的窠臼裏。

　　這介於寫實和幻想間的裂痕在《水滸傳》中已極顯明。《水滸》前頭幾回細述各路英雄未上梁山前的生涯頗以逼真見長，假如作者順着這種好漢闖江湖的題材寫下去，它就不會是一本戰爭小說了。但實際上的《水滸傳》比《三國》還要像一本戰爭小說，因為宋江的傳說才講到一半，它就認真地描寫起梁山泊這夥人最初反政府，後來又扶助政府的主要戰役來。雖然有兩次出征是後人加添的，寫時受其他戰爭小說的影響，在第七十一回之前發生的戰爭已寫得不甚高明，旨在迎合那些看到打仗就滿足，不以缺乏其他正經趣味為憾的讀者。這本小說使用《三國》裏全部典型的詭計和策略，而且更強調法術的力量。加深了肌肉與腦筋之間的鴻溝（在《三國》裏已隱約可見），教吳用（和朱武）繼承了諸葛亮的衣缽，每個仗都瞭如指掌地教適當的好漢打。這本書的特色最常為後來戰爭小說作者抄襲的有二：一是多災多難而堅貞不移的英雄（宋江）跟他的暴躁如雷反政府的夥伴（李逵）之間的密切關係，一是在奸臣當道時，落草為寇並非不榮譽這個觀念。

　　第三本有助於戰爭小說發展的小說，本身即是這類文學發展到極致的頭個例子：《封神演義》。它的作者缺少幽默感，文筆也很呆板，但憑了他豐富的幻想力，好歹對戰爭小說的發展有極深遠的影響。儘管他無疑地繼承了有關滅紂的話本和民間傳記，那些大小不

一、奇形怪狀的兵將，各有各的寶貝和法力，不論他們的名字，他們的功績，一定絕大多數是他杜撰的。後起的小說家沒有一個嘗試把它全套荒唐不經的戰鬥照樣再畫葫蘆，但從這時起，即在屏抑幻想的戰爭小說裏，帶點神怪的色彩是無法避免的。

　　《封神演義》的作者承認陳陳相因地描寫普通的戰爭是無聊的，然而他自己神怪化戰爭的企圖更進一步暴露當構成懸疑的必要條件或缺時，神怪的場面仍是沒有戲劇性的。若描寫得當，即使是兩個氣力平凡的人相打起來也可能很有可觀；寫得不好，鬥法的人即用最厲害的法術也不能使我們感興趣。在《封神演義》中，神怪的材料跟潦草馬虎的處理之間的矛盾，最易從作者描寫「陣」的含糊筆墨看出來。一到無計可施，幫助紂辛的神魔就設一座陣或一連串的陣來對付武王的軍隊和幫助她們的神仙。在《三國演義》中諸葛亮排了一座陣（八陣圖），像一道馬其諾防線來預防侵略者，但在《封神演義》之前，陣通常指軍隊依照某種固定形式為防禦及攻擊的目的而擺成的隊形。在戰爭小說中提及的最普通隊形是「一字長蛇陣」。

　　然而在《封神演義》裏，陣是比較神祕的東西。我們能確知的僅僅是每一個陣有一員主陣的大將或法師，有一套特別的法寶和武器，有它的入口和出口，還有它的伏兵。通常它是固若金湯的，但某位大仙或他的高徒一來，帶着適當的法寶，則轉瞬之間就把它的魔力破了。商朝的妖道一共擺了三座大陣跟兩座小陣，小陣的名字頗使人聯想到細菌戰：痘陣和瘟瘟陣（一本作瘟疫陣）。依我想，該書的作者對每座陣到底是怎麼一回事也不甚了了。但他所描寫的這些陣顯然開了一個經久的風氣，在我研讀過的後來的一切戰爭小說裏，凡是與中國為敵的至少也擺一兩座陣。陣破的時候也就是宣告一次大戰役輝煌結束的最後樂章。在《楊家將》[6]裏蕭太后一共擺了不下七十二座陣，合稱天門陣，[7]但很多是沒名字的。奇怪的是，唯一能將戰爭小說這種典型的特色化為優美的文學的小說家是李汝珍。在《鏡花緣》中他擺了四座寓言性的陣，說明酒色財氣的危險。他將這些陣描寫得亦莊亦諧，生動細膩。

二、正派角色和反派角色

《三國》、《水滸傳》和《封神演義》裏都有很多大將。但假如我們從每一本書裏挑出一個主要的角色，那麼合理的選擇該是諸葛亮、宋江和姜子牙——都是很少或根本不參與實際作戰的軍事領袖。然而有關唐宋的戰爭小說則各以一驍勇善戰的領袖作主角——秦叔寶，薛仁貴，薛丁山，楊業（楊繼業），楊延昭，[8] 狄青和岳飛。他們能獲得這種榮譽，很可能是因為他們已成為傳說中的核心人物，但這也無疑地透露出中國人心目中偏愛的英雄是那一型人物。他不但要本領高，而且應該是朝廷的忠臣，家裏的孝子。

主角的選擇並不永遠依據歷史的意見。岳飛無可置疑的是當時最出色的英雄，秦叔寶則僅是隋末唐初許多豪傑中的一個。秦叔寶和尉遲恭都以大將見稱，而以元劇的證據來判斷，尉遲恭的得人心還勝秦叔寶一籌。[9] 在正史中，李靖和李勣（徐勣：小說中以徐懋功或徐茂公更知名）都是出將入相，功業彪炳的。他們的官方傳記較詳，且更常在唐人小說筆記中出現。[10] 但正因這些智力較高的人物的成就難為凡夫俗子所瞭解，李勣在《說唐》裏被派作軍師，李靖的運氣則更壞，他變成一位長生不老的道士，僅偶然參與唐朝的大事。我們把《隋唐演義》和《說唐》中有關李勣、李靖的部分對讀，立刻發現《說唐》的作者確曾把好多可利用的傳說資料刪削了，以便使這兩位英雄配合戰爭小說的某種固定不變的典型。

主要的正角在他們年輕時有很多基本雷同的經驗。[11] 作者告訴我們他們是甚麼星宿下凡的，初生和在襁褓中時有甚麼異象，他們拜某人或某位神仙為師，他們怎樣獲得一匹寶馬和兵器，後來成為他們在沙場上的良伴，他們患難相共的結拜兄弟如何受到朝廷當權的奸臣逼害，以及他們初次參加比武的情形。因此岳飛是大鵬金翅明王（飛字鵬舉）。[12] 生下來不久他的村莊就被洪水淹沒，父親因此喪命。他和母親漂流到另一個村莊，在那裏跟四個少年結交，他們成為他的結拜兄弟和後來得力的大將，他受周侗教誨並收為義子。因為這樣的老師大都是神仙，《說岳》的作者就教歷史上的周侗也做

林沖和盧俊義的師父，以抬高其身價，盧和林都是岳飛前輩的大英雄。[13] 岳飛制伏了一條大蟒，那條大蟒就化成一根長矛（該長矛後來又被河裏的怪物收回）。結了婚他就跟一班脾氣粗暴的朋友進京（一個在英雄傳說中一再出現的旋律，因為這班朋友總要闖禍，把較細心謹慎的英雄捲入漩渦），得到一把薛仁貴用過的寶劍。以考武狀元的應試生的身分，他受一位年邁的忠臣垂青，但同時也招三個做陪考官的奸臣的忌恨。考試的時候他被逼殺了一位王子，把京都弄得滿城風雨。

和岳飛一樣，所有主要的英雄都有一班英雄夥伴跟從他。這班人有的有自己的傳說，但大都沒有。秦叔寶在《說唐》裏跟三十八個好漢結拜：其中有很多人，像徐茂公，程咬金和羅成[14]（一個虛構的角色）都擔當重要的角色，能自立門戶。做伙頭軍的薛仁貴有八個金蘭兄弟，他們的才幹次於薛仁貴，一直追隨他聽他使用。狄青有四個結拜兄弟和二員隨從的大將，每次打仗都跟他在一起。在這些陪從的英雄中最可愛的是綠林出身的滑稽英雄——粗魯、耿直、而且極為浮躁。雖然他常以丑角的姿態出現，卻正是他宣洩了對一位忘恩負義的皇帝不滿、表達了反叛的情緒。

戰爭小說家有一信條，他們的英雄可以慘死，但他們的子孫後裔會將英雄的火種綿延下去，隨時東山再起，濟國家於多難之際。在薛家的那些小說裏，唐朝開國元勛秦叔寶、尉遲恭、程咬金、徐茂公等人的子孫曾孫都繼續扶助唐朝，直到武則天這一黨被完全消滅為止。徐敬業（李勣的孫子）起兵討伐武后失敗，徐姓九族幾乎被誅戮殆盡。但根據《反唐演義》，徐敬業的兒子中有兩個逃了沒有被害，繼續造反。《粉妝樓》（還有另一本據說是羅貫中寫的，同名而兩不相干），一本清朝小說，特別標榜羅成的後人，羅燦和羅焜，但跟他們同享功名富貴的幾乎全是開國元勛（包括李靖、馬三保、殷開山等人）的苗裔。

因為《說岳》從某個角度看可說是《水滸傳》的續集，為愛國而糾合在一起的英雄好漢的名單，大都在岳飛麾下，尤為壯觀。這班抗金的英雄計有三國時代諸葛亮、關羽的苗裔，羅成（《說唐》和《隋唐

演義》），鄭恩，高懷德，楊業，和狄青（北宋）的後人。[15]此外，從前梁山泊的好漢，呼延灼、阮小二、燕青、安道全等，現在都還活着，而公孫勝、董平、韓滔和菜園子張青這些人的兒子也有汗馬功勞。岳飛和他的同儕有這一大批能克繩祖武的將門之後相助，難怪金兵要望風披靡，不戰而潰了。岳飛死後，他部下的兒輩又博得我們的注意，因此在實際上，《說岳》這部書是歌頌兩代這種虛構出來的英雄事蹟。

凡讀唐宋兩代戰爭小說的會有這麼一個印象：一個由英雄組成而綿延不絕的社團隨時可被徵召共赴國難。他們通常效忠無怨，但情形往往如此：即使他們打了勝仗，總有奸臣和陰險的統帥出來從中作梗，他們對皇室的忠貞仍要受磨煉。他們不像得到主上完全信賴的姜子牙和諸葛亮，常遭牢獄、拷打、毒殺、流放、有時誅滅九族的橫禍。到頭來他們或是他們的遺族當然又重沐皇恩，但在短期間內他們完全被一意向皇帝進讒的奸臣或奸帥所播弄。

這些戰爭小說裏沒有賢明的君主。李世民在做秦王的時候的確得到部下的敬愛；但當時做皇帝的是他的父親，他跟中國歷史上其他皇帝一樣易於受后妃兒女的矇蔽。李世民登基後，過去的賢明一點也沒有表現出來，反教他的叔父李道宗——薛仁貴的死敵——所欺瞞。[16]要不是尉遲恭捨命苦諫，薛仁貴早就被正法了。當邊疆起了新釁需要用他時，他終於被釋出來。但是那個被揭穿了面具的壞人，李道宗，僅僅有名無實地被處罰了事。可是無辜的英雄卻常常受謗，含冤莫伸地被嚴辦。狄青有一度躲藏起來，揚言已死，以免他的敵人不斷謀害他，直等到邊疆有事，不得不用他時，才重返朝廷。

因此在戰爭小說中我們所惱恨的，並不是那無惡不作荒淫無道的統治者。真正的英雄很少有肯為紂辛、煬帝、武后這種人效力的，而且即使有些人不幸地落入他們殘暴的手中，他們的苦境仍是情有可原。最可惱的是那意志弱、耳朵軟的昏君，他的賞識英雄隨喜怒而變，他忘記他們過去的功勞，常因宮廷內寵佞之請而動輒懲罰他們。這種皇帝當然是一個用來加強我們欣賞英雄的忠貞不移的

定型的角色，但這種模型居然能產生而且被讀者接受的這個事實，差不多等於對專制君主做了嚴厲的批評。它暗示過着逸樂的生活，被一班專以諂媚瞞騙為事的人所包圍，即使是一位正派的君主也不能明辨是非，識別忠奸。殘虐無道的暴君會喪失天意，自邀滅亡還好，這些昏君則常問心無愧地統治下去。他們不受公開的攻擊，他們殘酷、反覆無常的行為，英雄們只得盡量忍耐下去。

宋高宗在某種意義上說是一位真命天子，因為他是得了神奇的天祐才能從金兵的營中活活逃回來，成為糾合全部忠良的中心。但一定都南京，他就過起驕奢淫逸的生活來，毫無收復失地的意圖來，在審判岳飛、岳雲、和張憲時，《說岳》的作者小心翼翼地避免提及高宗的名字，我們不知道他到底是慫恿秦檜，還是把秦檜的奸逆引以為憾。但是作者同時又明白的指出為了這可恥的審判，杭州全城的百姓個個義憤填膺。皇上沒聽到這件事？這可能嗎？假若他聽到了，縱使他擁護綏靖政策，他竟肯讓英雄枉死嗎？後來，秦檜夫婦都受不了自己良心的譴責而死；可是他們沒有被皇帝責罵半句。然而正因作者維護高宗，高宗陰助秦檜做了這種天怒人怨的事更顯得罪不可逭。

因此表面上一個皇帝，除非是他的尊嚴被犯或皇親被殺，是很少自己跟一位英雄作對的：小說作者把實際逼害的罪行分派給好幾種壞人，他們對那英雄都有私讎或前世的宿怨。所以可以說一本戰爭小說裏一切有感情意義的事件皆被仇恨所推動。雖然主要的英雄（與滑稽英雄對照）從來不想向皇帝報復，他或他的後裔都一樣急於洗刷自己的罪名，將陷害他的敵人依法處分。因此仇恨的輪子不停地轉，一代代的英雄和惡人成為宿仇。表面上小說家哀悼這種永遠不解的冤仇。《掃北》的作者把戰爭小說家所共有的感想用一首劣詩記載下來：

> 人生何苦結粧仇？粧粧相報幾時休？
> 若然不解還要結，世世生生無盡休。[17]

事實上他樂意利用恨這個主題，因為它有通俗劇的趣味。

從盧西弗 (Lucifer) 到伊亞苟 (Iago)，[18] 在西方文學古典作品中仇恨的原因是嫉妒。對一個客觀的旁觀者而言，嫉妒的人對一個在品德、知識、豐采各方面都比他好的人懷着不死不休的仇恨是沒甚麼理由的，但他這樣懷恨，正表明了他心胸的狹窄。在戰爭小說中大多數的惡人有比較近情的原因恨英雄，但在下意識中他們都是嫉妒的。在中國民間傳說裏，嫉妒的最古例子是龐涓。龐涓和孫臏都是鬼谷子的弟子，龐恨孫的成就就設計害他。他們的故事構成一本名叫《孫龐演義》的戰爭小說。[19]《封神演義》的作者在描述姜子牙和申公豹 (元始天尊的兩個弟子) 之間的仇恨時，顯然受這傳說的影響。姜子牙領兵討伐商朝，申公豹為了洩私憤，偏要支持商朝。他在人地天三界向無數的朋友一一遊說，勸他們阻擋姜子牙的路。等到他的大數到時 (在第八十四回)，他在對壘的神仙陣營間已經煽動了三次大戰。

嫉妒型的滑稽例子，通常是位氣量小的將軍，他自知沒有將才，武功極差，卻一心要阻撓他麾下有才能的人上進。代表這類人是太宗征高麗的先鋒張士貴。在他麾下服役的是薛仁貴，那曾在太宗夢中以救星出現的白衣青年戰士。在兩部元人雜劇中張士貴已經以滑稽的角色出現，他隱藏薛仁貴的身分，冒領他全部的功勞。[20]在《征東》裏，張士貴把薛仁貴的功勞都嫁給他的女婿何宗憲，硬說何宗憲是皇帝夢裏的青年戰士。然而他的顯而易見的詐術既沒妨礙東征的進展，也沒阻撓薛仁貴完成他的大業，在他變成叛國賊之前，張士貴的罪惡和尉遲恭等人要揭發他的企圖構成有戰爭小說以來最為輕鬆諧趣的喜劇。

張士貴，他的女婿，以及他四個兒子中的三個都處死刑。但即使他們罪有應得，他們的遺族從此誓死報仇。張士貴的在世的女兒，李道宗的妾，不久就把薛仁貴周納在一項大罪裏，而張君左，張士貴遺子的孫子，在高宗和武后陛下做大臣，成功地弄到聖旨把薛姓全族正法。然而近因卻是橫蠻的薛剛 (薛丁山的兒子) 把張君左無惡不作的兒子張保殺死了。英雄的許多不共戴天的仇人開始踏上罪惡的路，主要的目的實是在報殺父或殺子的仇。在《楊家將》中潘

仁美一再設計陷害在作戰時殺死他兒子的呼延贊。因為他的父親被狄青的祖父依法處死，孫秀找狄家雪恨。孫的丈人是權臣龐洪，他二人朋比為奸，把狄青捲入數不清的災難裏。

苦心孤詣地想把狄青殺死，龐洪和孫秀終於私通正和中國交戰的番邦，為了一快私仇他們不惜傷害自己的國家。在戰爭小說中叛國賊通常是惡人中最卑賤的。在《楊家將》中一個在遼國朝廷做事的王欽，毛遂自薦來宋朝做密探。[21] 他升到一個權臣的地位，也幹盡了一切可能傷害楊家及其他忠臣的事。據《説岳》所記，在征服者金人下面做事的秦檜，其被送回宋京明白不二的目的是為他的主子謀取全勝。更為有趣的是：王欽和秦檜都被描寫成聰明且飽學的學者：秦檜是個狀元。

身為叛國者，秦檜對岳飛的仇恨是完全可以解釋的。但在一本戰爭小說中，像這樣的深仇而找不到個人的動機的，通常可以追溯到英雄和惡人之間前生前世在天上或人間的宿怨。因此秦檜的罪被推到他妻子身上。她在被放逐下凡之前是一隻「女土蝠」。[22] 她在如來佛講蓮花經時放了一個屁，激怒了也是聽如來佛使喚的大鵬（岳飛），一怒之下殺了她。大鵬因為他的罪被放逐了，女土蝠也投胎來報她自己的仇。然而像這樣的解釋，只能姑妄聽之。在同部小說裏（第七十三回），我們看見地獄裏的苦況，秦檜和他的妻子跟中國歷史上的其他叛徒都受着最悽慘的苦刑。作者又告訴我們，這種苦刑滿三年後，秦檜的妻子將輪迴投胎變成母豬，不斷地受屠夫宰殺。這麼説來，假如秦妻確係天上的一個小仙，而且仇恨大鵬金翅明王也非無故，她的懲罰似乎失之過嚴。這位小說家顯然是採用了兩個彼此互相矛盾的民間故事。

假如一個蒙大冤而死的人沒有後裔為他報仇，他可以投胎到仇人家裏去害他們。樊梨花，一員神通廣大的哈密女將，嫌惡她醜陋的未婚夫楊藩，背棄了她自己的國家跟薛丁山結婚。[23] 後來，他和她的義子薛應龍在打仗時把楊藩殺死。楊藩為了報復再生為薛剛，樊梨花的親生子，他為薛家闖下了滅門大禍，雖然自己卻活下去，作為薛家傳統效忠唐室的範例。

　　遇到昏君和奸臣，主要的英雄除了忍受時間的考驗來剖白他的忠貞和榮譽外別無他法，因此在戰爭小說裏那未受孔夫子陶育，心直口快的英雄常成為對昏君和奸臣抗議的主要發言人。聽說書的人的寵兒，這個野蠻而終於變成滑稽的英雄早就賦有一個可資識別的性格。在《三國志平話》裏，張飛以最出色的英雄出現，羅貫中則有較佳的歷史的比例感，他在《三國演義》中把較次要的位置給他。在現存有關梁山好漢的元人劇本中，李逵以一個受歡迎的角色出現，而在《水滸傳》中他很可能是唯一個性刻畫前後一致的角色。其後，這種原型在《說唐》及續集中以程咬金（和尉遲恭）出現；在《楊家將》中則為焦贊和孟良，在有關狄青的小說中則有焦廷貴（焦贊之子）和在《說岳》裏的牛皋。

　　在《水滸傳》中李逵一再勸告宋江殺死奸臣自己做皇帝。繼承李逵的那些滑稽英雄，在憤怒和被辱時也反映類似的情緒。在大鬧京都之後，牛皋就這樣對他的朋友們說：「眾哥哥們不要慌，我們都轉去，殺進城去；先把奸臣殺了，奪了汴京，岳大哥就做了皇帝，我們四個都做了大將軍，豈不是好？還要受他們甚麼鳥氣；還要考甚麼武狀元！」[24] 岳飛死後，牛皋鼓勵他的同志說：「大哥被奸臣陷害，我等殺上臨安，拿住奸賊，碎屍萬段，與大哥報仇。」[25] 但是岳飛的英靈出現了，強阻他們渡過長江，不許他們執行他們的計劃。結果他的結義兄弟中有兩個因不願苟且偷生而自殺了：

> 只見岳爺怒容滿面，將袍袖一拂，登時白浪滔天，連翻三四隻船。餘船不能前進。余化龍大叫道：「大哥不許小弟們報仇，何顏立於人世！」大吼一聲，拔出寶劍自刎而亡。何元慶也大叫一聲：「余兄既去，小弟也來了！」舉起銀鎚，向自己頭上朴的一聲，將頭顱打碎，歸天去了。牛皋見二人自盡，大哭一場，望着長江裏朴通一聲響，跳下去了。[26]

　　但是牛皋未死。他活到領導一輩的英雄抗金，並且為恢復岳家應得的一切榮譽說項。儘管他綠林出身，有目無政府的牛脾氣，卻是一員俗套裏所謂的福將，打起仗來總是福星高照，能化險為夷。

在《説唐》中，福將程咬金與敵將交鋒，更是為了滑稽的效果而蓄意加以描繪。(有一次他正在大患瀉病時跟敵將交鋒。跟他才打了三回合，程咬金就跑到亂樹林子裏去出恭。這位蹲着的英雄在完全沒防備時敵人來了。儘管如此，他一手提着褲子，竟也把敵人殺死。)[27]猶有進者，他滑稽突梯，最愛開玩笑，活到120歲時才笑死。我們知道那目無政府、叛逆性的英雄，常因説書的和小説家怕政府的檢查和逼害而必須故意用滑稽的手法來處理。但兩者之間的關係密切到何種程度則難以斷言。事情似乎是這樣：只要主要的英雄宣誓對皇室完全盡忠，那滑稽英雄對皇帝和政府直言不諱的批評就比較不會惹禍。

三、浪漫的成分

主要英雄的兒女都是享有特權的少數人。他們的父親身經百戰、歷盡艱苦才到達他們應得的顯要地位，他們則不是自幼被飄送到仙山上去跟神仙學道，就是生來繼承了跟父親一樣、或是更大的氣力。童年時他們沒有幾椿奇遇，但不顧他們母親的憂慮，他們都渴望在疆場一試他們的身手。為了使他們出來，當前一輩的英雄(通常皇帝也在一起)很便當地被敵人圍困住時，一個快馬，常由福將充任，就衝回京都求救。一支新的遠征軍馬上組成，由少年的英雄們率領。解圍之後，主要的英雄名義上仍握發號施令的大權，他的兒子因為法力較大，常常取代了他的地位。小説家因而為此賣弄父子之間的敵意，這在心理學上是有道理的。做父親的薛仁貴、楊延昭、狄青，甚至岳飛，有時僅因兒子稍觸犯軍紀就要砍他的頭，雖然當其他的將軍為他兒子求情時他會收回成命的。[28]然而有的時候小説家所採用或杜撰的故事頗含有伊底帕斯情節 (Oedipus complex) 的色彩。薛仁貴出征十二年後回家時，在路上遇到一怪獸，他彎弓要射牠卻誤中自己的兒子薛丁山，丁山即為神仙所救，送到仙山去。許多年後，薛仁貴被圍在一座山裏：丁山來救，射殺了一頭白額虎，而這頭白額虎原來是他父親的星宿。

做兒子的最教他父親生氣的是他和敵營女將的愛情糾紛。這員女將，通常是番邦的公主，在後來的一些戰爭小說中扮極重要的角色，而探索她的源流不啻加強我們認識戰爭小說包容有一個自知的傳統這個事實。在《三國演義》中沒有女將實際加入戰爭，[29] 雖然劉備的第三夫人是位尚武的女子。女將在《封神演義》中也不重要，但裏面有一個小小的女角色為後來更浪漫的英雌們做先驅。她是龍吉公主，一位謫降下凡的仙女，生擒了敵將洪錦。我們既不知道他的年齡相貌，書裏也沒提到他們彼此相悅。然而當他快要被梟首示眾的時候，月合老人從天而降，宣布他和公主生前注定的姻緣。龍吉公主只好勉強俯從。這個插曲顯得很簡陋，不合和後來戰爭小說中相同的插曲相比。

在《封神演義》中我們發現一則滑稽的愛情插曲，可作《水滸傳》和後來的戰爭小說之間的橋梁看。《水滸》中的矮腳虎王英矮而好色。他在打仗時被扈三娘生擒而終於和她結婚。在《封神演義》中土行孫是一個高不滿四尺的矮子，一心想娶他統帥的女兒鄧嬋玉。雖然她的父親曾把她許配給他，嬋玉對嫁給一個矮子這件事極抱反感，所以在洞房之夜他不得不軟硬兼施。在《征西》中竇一虎，一個三尺的矮子，在戰場上看見薛金蓮，立刻就愛上了她。跟王英一樣，他原是一個土匪，又跟土行孫一樣，他有「遁地術」，而且他也是一位不討女人歡心的求親者。把事情弄得更複雜的是另一個矮子，秦漢（秦叔寶的孫子），在打仗時愛上了一個番邦公主。他的特技是騰躍在空中打敵人。這兩個矮子終於如願以償，雙喜臨門地併在一起結婚。假如一個矮子配一個美女（相當於阿芙羅黛蒂——黑肥思特司神話〔Aphrodite–Hephaestus myth〕）[30] 能教我們解頤，令兩個多情的矮子追求他們的愛人當然加倍有趣。很多戰爭小說的作者是以這種機械方式來「創意」的。

但是女英雄做追求者的時候遠比被追的時候多。那些最有名的女將中每一個都從小就跟一位女神仙學道學武，因此法力比她注定要嫁的男人強。身為蠻女，她追求愛情時毫不羞恥，不為困擾一個中國女子的任何道德教條所阻。儘管為她的美貌和法力所動，她心

中的愛人常被這種越份的態度嚇得不願承認他對她有興趣。小說作者頗自覺地利用這樣的愛情局面來表現兩種生活方式之間的衝突。

當我們體會到每個戰爭小說作者一面要承繼前人的成規，一面又要推陳出新來吸引讀者，女將扮演的角色之所以逐漸重要就變得無可避免的了。在《封神演義》第五十三回中姜子牙警告他的將士們：「用兵有三忌：道人，陀頭，婦女。此三等人非是左道，定有邪術。彼仗邪術，恐將士不提防，誤被所傷，深為利害。」[31] 在一本大多數戰士必恃異術才能取勝的戰爭小說裏，這個警告也許是多餘的，但這三種人即已和衣胄披甲不一定用法術的男將不同。除這三種人外姜子牙也許應再加上幼將或小將，他們的超人氣力或神通不是從小小的個子可以看得出來的。

就時間而言，女將是在有關楊家這套故事中興起的。據傳說，楊家不顧惡毒的將領和大臣一再地阻撓他們防衛邊疆的努力，對宋室始終是鞠躬盡瘁，死而後已的。[32] 到楊延昭，楊業的第六子，擔任征遼的統帥時，他的兄弟都死的死，散的散了（雖然他的五兄偶爾下五臺山來幫助他），最後他只得依仗家裏的女子去破那七十二座天門陣。楊延昭幸虧在征途中娶了幾個精通法術的番邦公主，[33] 也慶幸家裏的媳婦都法力高強。延昭死後，楊家十二遺媳跟西夏打了一次勝仗。在《五虎平南》中，當狄青被儂智高所困時，楊家將，大都是女將，曾二度為他解圍。第二次長征是一位名叫楊金花的少女率領的，由一個僅有三尺高，面目可憎的廚下丫鬟協助她。由於女將通常大都相當俊俏，這位醜侏儒代表一個現成公式的新花樣。[34]

楊家女將中最有名的是穆桂英。[35] 她是一位番將之女，擁有兩塊破天門陣不可或缺的木頭。當楊宗保，楊延昭英俊的兒子，奉命去向她借木頭時，她愛上了他。她先捉住他然後和他結婚。楊延昭決心要處決他的兒子，因為他結婚時軍命在身。但體會到如果他不許應他們的婚事就無法借到木頭時，他終於寬赦了他。（我僅查閱了這本小說用文言寫的節本，我相信這段插曲在白話本中，跟在京戲中一樣，遠較詳盡。）

在《說唐全傳》我們有好幾個番邦公主熱戀漢將的例子。在掃北

時，羅通遇到屠爐公主，她是番邦宰相的女兒，瘋狂地愛上了他。
但因她先殺了他的弟弟，羅通恨她入骨，雖然為了得她的幫助去顛
覆她的國家，羅通發假誓說愛她（像這樣的誓到頭來一一實現，像在
印度史詩《摩訶婆羅多》〔Mahabharata〕和《拉馬雅那》〔Ramayana〕
中一樣）。[36] 屠爐很樂意地做了叛徒，而在她的國家被平服時，太宗
和番王都很高興看見英俊的將軍跟這位公主結婚。但在新婚之夜，
羅通不但指責她殺弟之仇，而且痛罵她不忠不孝的行為：

> 賤婢，你身在番邦，食君之祿，不思報君恩，反在沙場，
> 不顧羞恥，假敗荒山，私自對親，殄辱宗親，就為不孝。大
> 開關門，引誘我邦人馬沖端番營，暗為國賊，豈非不忠！[37]

受了羞辱，公主自刎而死，為了懲罰他拒絕一位無私的公主的
愛情，羅通被逼和一個極可厭的瘋女結婚。但作者不願把這玩笑開
得太過火；在洞房花燭之夜，瘋女變成一位美人。

樊梨花也許是中國小說中最有名的女將，她追求愛情的態度
無疑是最堅決的。薛丁山已經先後和兩個有法術的女將結婚，每次
都使他的父親震怒。[38] 現在丁山為樊梨花的法力所阻。梨花早已得
到師父訓示，知道丁山是她生前注定的丈夫。現在既然已經許給楊
藩，樊梨花覺得更應該盡力謀取自己的幸福。她以無限的耐心來侍
奉她頑固的愛人。她聽他假情虛意的話連續釋放了他三次。因為他
們反對她和丁山結合，梨花在自衛時誤殺了她的父親和兩個兄弟，
然後她為唐朝的軍隊把關門打開。因此，在洞房花燭之夜，丁山比
羅通更認為道理站在他那一邊。他拔劍為她的父親和兄弟報仇。然
而梨花也不是好惹的。她起而反抗。後來丁山拋棄她，她不得不裝
死來贏得他的愛情，來對抗他一再羞辱她的行為。

梨花追求她的丈夫是《征西》中最長最有趣的插曲。《征西》是
《說唐》的續集，很可能是同一個作者寫的。把女將戀愛這主題用
好幾種手法寫了之後，作者故意補敍一則最錯綜複雜的求愛例子給
讀者欣賞。甚至在屠爐公主這則故事裏，本能和名教簡陋化戲劇性
的衝突也有值得人玩味的諷刺面。假如說她為了愛情而不惜做孤

注一擲的決心極引起受儒教薰陶的羅通的反感，她至少是忠誠可靠
的。反之，這位中國的英雄卻不惜利用權宜手段，一再背信忘義。
在樊梨花的故事裏，感情與榮譽之間的衝突更沒有被認真處理。我
們覺得丁山之所以拒絕她並不是因為她不忠不孝的行為，而是因為
她的武功法術比他高強，他發現他的男性優越感很難跟現實取得協
調。薛仁貴曾經反對他早兩次的婚姻，現在他卻急於娶一個有梨花
那種無比的法力的媳婦，以便他征服哈密。這種父親的壓力也引起
丁山的反感。他的固執因此是頗易瞭解的。一個驕傲、入了迷的男
子漢，最初驚訝於一個意志堅決的求愛者的癡情，後來被她許多專
貞不渝的證據贏去了愛心，薛丁山幾乎是一位風尚喜劇（comedy of
manners）裏的人物。

堕入愛河的番邦公主在有關狄青的小説裏得到更具體難忘的
描寫。他的兩個兒子，狄龍狄虎，都娶了敵營有法術的女將，但狄
青既為戰爭小説傳統中較晚的主要英雄，他自己也成為羅曼史的目
標。他的愛人是賽花公主（一名八寶公主）。在征西遼時，狄青跟着
他粗心大意的先鋒闖進和中國和平相處的單單國。[39] 他被逼攻佔了
一關又一關，直到遇見賽花公主為止。他們一見鍾情，在應有的糾
紛後他們結婚了。但狄青的任務是征西遼，不能在番邦久居。有一
天早晨他佯裝出獵逃走了，但那已懷孕的公主立刻追上他。他告訴
她慌忙離開她的真正原因；公主也深明大義讓他走。不像因他們的
妻子違背孔夫子的大道理就罵老婆的羅通和薛丁山，狄青是因兒女
私情跟國家付託的大任不能兼顧而深感痛苦。雖然她神通廣大，在
表面上很多地方像樊梨花，賽花公主以她有人情味這一點最出色。
小説家李雨堂一面遵照公式寫小説，一面發現了一位中國將軍與他
的番邦公主夫人之間的真正柔情。

四、一種文學類型的轉變

在前面幾段我討論了戰爭小説的特色，並指出這些特色雖然從
較早的演義持續到較晚的作品中，為了配合變化舊格式和介紹新材

料的需要，它們常被修正。這些革新不是把一個公認的布局加以改良、鋪張，就是使它更為滑稽有趣。然而只要布局中的其他因素安分地隸屬於戰爭，不取代戰爭而做讀者趣味的中心，戰爭小說的這種文學類型的結構仍可保持完整無缺。在《水滸傳》、《封神演義》、《楊家將》和《說岳》(作於康熙雍正間)中，我們覺得作者都很循規蹈矩重視戰爭小說的傳統。甚至在《說岳》中，滑稽英雄既不踰規，鬥法的場面也鄭重其事地描寫。然而在《說唐》及其續集中(寫於乾隆年間)，我們開始發現有戲弄的筆調，有些場面毫無疑問地把戰爭當作笑話處理，這跟把一個戰爭的場面添上些滑稽的笑料是兩回事。到嘉慶年間，至少在《萬花樓》和《五虎平西》中，作者處理狄青的傳說的布局是那麼好，戰爭本身無疑地僅居次要的地位。

我曾提到在《說唐全傳》裏的某些常套和插曲的滑稽處理法。說起來薛仁貴的《東征》這齣喜劇，確有一種自然輕鬆的英雄主義來支撐它，其他的插曲則無疑地露出作者故作輕鬆的企圖。我們如把《說唐》跟前面六十六回寫同一時代(到太宗登基為止)的《隋唐演義》相比，則更可加強這個信念。雖然褚人穫是用通俗史比較嚴肅的手法來寫，書裏收入了許多在《說唐》中省略掉的歷史事件，他對秦叔寶及其他瓦崗寨英雄的處理法頗與《說唐》的作者雷同。[40]他們都取材於《隋唐兩朝志傳》，一本可斷為根據羅貫中原著改寫的書。褚人穫依隨心理寫實主義的方向改良了他的材料，結果秦叔寶是中國小說裏英雄事蹟中刻畫得最細膩動人的一個。《說唐》的作者則不但不在他的傳說上用心，而且覺得它無聊。到第十四回，作者就把秦叔寶擱在一邊來介紹六個隋唐間最孔武有力的戰士，他們在武藝上都遠勝叔寶。最先介紹的一條好漢是伍雲召，仿伍子胥故事寫的，作者顯然用戰爭小說的慣例，將受讀者歡迎的老傳說放進新背景裏。[41]但其他五位的故事，極簡陋乏味：他把他們硬擺在書裏。頭三條好漢尤其令人難以置信，因為他們沒有法寶也能大顯神通。李元霸，李淵的第三個兒子，雖然僅僅是個子短小、病容滿面的12歲的孩子，卻能使用兩根合起來有八百斤重的鐵鎚；另一位少年宇文成都，年齡不詳，能耍一重達三百二十斤的鐺(最初說是二百斤，前

後不符)，是隋朝最厲害的鬥士；[42] 裴元慶，是歷史上確有其人的裴仁基[43]的兒子，才12歲，便能使兩根重達三百斤的鎚(關公的青龍偃月刀才八十二斤)。但李元霸的厲害還不是他的武器的沉重能道其一二的。他有兩次單人匹馬擊潰了十八個叛王的聯軍。在第二次時，他把一百八十萬抵抗他的大軍殺了一百十八萬。[44] 沒有別的英雄能破他的紀錄：他是戰爭小說中的氫彈。當一個作者把一位英雄的厲害歸功於他擁有某些法寶時，他多少還訴諸某種邏輯。李元霸驚人的破壞力是沒法解釋的：他是特地發明來打倒戰爭小說的邏輯的。

李元霸的名字到今天仍流傳着。這件事實也許能支持下面的假設：甚至在《說唐》的作者歌頌他的功業之前，他已經是民間傳說中的人物了。但這個說法是不大可能的。這六條勇武絕倫的漢子沒有一個在《隋唐演義》或《隋唐兩朝志傳》中出現。[45] 他們是《說唐》的作者杜撰的，最好的證據是：到了第四十二回這些英雄全都死了，作者因此可以多少依照舊的通俗史繼續把故事講下去。李玄霸(玄元兩字常弄混，好像可代用)確係李淵的第三子，但除了他的夭折外我們沒其他的資料。民間傳說不可能生在他身上。《說唐》的作者教他起死回生有一半是因為唐室需要一員勇士，因瓦崗寨全部的英雄原來都是在李密麾下效勞。

在這些新的勇士間秦叔寶完全不知所措，雖然依作者給他的篇幅判斷，他仍是主要的英雄。為了彌補他僅有凡人的本領的缺憾，他在第三十六回就獲得一匹神駒，而且常在打仗時用詭計取勝，這些都完全配不上他在《隋唐演義》中大英雄的身分。在《征東》中，70歲的秦叔寶與尉遲恭爭奪做征高麗的統帥。太宗建議說誰要能把午門前的金甲鐵身的獅子舉起來拿到聖駕前的便能得到職位。由於獅子重有千斤，尉遲恭被壓得東搖西擺，僅能勉強在庭前繞了一匝：

> 叔寶冷笑，叫聲陛下：「如何，眼見尉遲將軍無能了，秦
> 瓊年紀雖大，今日駕前走過，繞三回九轉與陛下看看。」遂把
> 袖袍一拂，也是這樣拿法，動也不動；連自己也不信起來。
> 說：「甚麼東西，我少年氣力，哪裏去了。」大恐出醜，只得
> 用盡平生之力，舉了起來；要走三回九轉，那裏走得動，眼

晴火星直冒，頭眩滾滾，腳步鬆了一步；眼睛烏黑的了。到
第二步，血湧上來，忍不住張開口，鮮血一噴，仰面一交跌
倒，昏過去了，叔寶名聞天下，多是空，裝此英雄，血也忍
得多，傷也傷得苦；昔日正在壯年忍得住，如今有年紀了，
舊病復發，血多噴完了，昏倒在地……[46]

　　叔寶永不復原。早在《三國演義》中，就有幼稚的將領在諸葛亮
面前爭帶兵出戰，但沒有一個遭受到這麼悽慘的後果的。作者先前
已讓他的英雄跟他自己發明的赫革力斯似的勇士做不利的比較，現
在又為他安排一個不光榮的下場。斷章地讀，引文好像有同情叔寶
的口氣；但和上下文接起來看，則這一幕是相當滑稽的。作者彷彿
故意利用戰爭小說荒唐的常套來嘲弄自己的英雄。偵查細看後來的
戰爭小說是否有用諧模體（parody）的精神寫的是一件很值得做的事。

　　似乎是戰爭小說最末一位大作家的李雨堂，將偵探小說的因素
攙入戰爭小說中而改變了它的文學類型。他在嘉慶年間著書，而不
久武俠小說（此類小說初期作品與偵探小說關係極密）即起而取代了
戰爭小說的地位。當「武俠小說」為配合本身演進的常例而逐漸承繼
了戰爭小說超自然方面的特色時，在清末民初編的演義小說似乎更
與通俗史書[47]的條件相符。石玉崑的《三俠五義》（作於光緒年間）開
了武俠小說的先河（雖然在此文學類型的歷史研究中，吾人必須說明
道光間所寫《兒女英雄傳》的地位與影響）。石玉崑改編了李雨堂的
《萬花樓》中狸貓換太子探案作他的小說的開端。[48]這在中國通俗小
說的發展上一定是一個重要的過渡關節。

　　鄭振鐸在稱讚《萬花樓》時，完全承認它得到較它為早的《粉粧
樓》、《楊家將》、《說唐》、《說岳》和《水滸傳》等戰爭小說的益處。
但他又說：「但萬花樓的情節儘管是套用的，人物儘管是借取的，它
卻不能說沒有特色。在說到中國的英雄傳奇，這部英雄傳記是很值
得一說的。此書有的地方，描寫得很好，雖套用舊型，卻能運之以
別調。狄青的性格被他寫得很生動。他的行事與他左右的人物，雖
類似岳飛、楊六郎、薛仁貴和聚集於他們的英雄們，他和他們的性

格卻絕對不類。」但鄭振鐸也許根本用不着為這本書衍生的性質辯護，因為，如我在上文所示，每個作家都建立在前人的作品上，不過按照各人的才智與努力將舊的成規略加變化而已。

然而鄭振鐸認為《萬花樓》的續集是刻板無奇的小說，不屑一提。就《五虎平南》而論，我相信他的看法是對的。《平南》只有四十二回，用的全是戰爭小說的老把戲，一點新的東西也沒添。但《五虎平西》是一本極優異的書，它跟《萬花樓》構成狄青一生一個首尾相應的故事──自他出生起到他成為當代的最高統帥止。我曾指出英雄的早期生涯遠較他們後期做軍事統帥時易於用小說的方法來處理，不論怎樣八股化，一位英雄幼年的奇遇和災難總是一則有人情味的故事，只有在他嶄露頭角成為軍事領袖之後，他的生涯才是用那顯示戰爭小說基本上與現實無關的寫法去敍述。前面數節所述的公式、穿插即都是用來粉飾不真實、用來調劑戰爭的刻板的。在這方面，《五虎平西》代表一個遠比《萬花樓》難能可貴的成就。李雨堂，就某方面來說，比他前輩的作家佔優勢，因為他的英雄比岳飛或薛楊兩家較不受小說家和戲劇家的注意。他享受發明狄青的性格和功業的充分自由。但在《萬花樓》中，他利用相當多有關包拯和宋仁宗的現有傳說，而且即使狄青的傳說幾乎等於零，他能像鄭振鐸說的，取材於更為傳說化的英雄的少年插曲，輕而易舉地把它發揚光大。但《五虎平西》這個故事幾乎是純粹的發明，而作者亦能操縱戰爭小說的各種因素以配合整個布局的需要。

《五虎平西》的作者把戰爭小說脫胎換骨的主要手法有二：一是將最重要的地位授予故事布局裏的一種要素──英雄受他死敵的逼害。一是加強英雄的羅曼史的分量。戰爭小說的其他特徵──女將、滑稽戰士、扈從英雄、法寶以及法陣──都依舊存在。但作者並沒用心在處理這些節目上凌駕他的前輩。賽花公主雖然從神仙那裏學會了使用法寶，她遠比樊梨花更像個家庭婦女，很少在戰場出現。把遠征軍帶去誤闖敵陣的焦廷貴當然是十分滑稽有趣的，但他平時不常胡鬧，缺乏程咬金充沛橫溢逗人發笑的本領。書裏擺的陣，用的法寶跟我們在較早的演義中所見的一比，也是小巫見大

巫，算不了甚麼。還有，作者故意減少在狄青麾下效勞的英雄人數，而且不教他們打得特別出色。

總之，李雨堂傾全力刻畫英雄與反派之間解不開的冤仇。龐洪和孫秀都很狡猾，但是狄青雖然是一位任勞任怨的忠臣，卻不是個任人擺布的犧牲品。假如說龐洪的女兒是仁宗的寵妾，狄青的姑母則是撫育過皇帝的狄太后。同時仁宗雖然偏袒龐洪，只是他的心地太軟，捨不得嚴懲任何黨派。尤其是包拯，這位和狄青伯仲，並列仁宗朝班的文臣，無時無刻不衛護無辜。他集大偵探和鐵面法官於一身，矯正了大多數戰爭小說中忠奸之間勢力的不均，使奸逆之道更難得逞，但同時更引人入勝。

因此全憑一個真正小說家的本領，李雨堂把一本戰爭小說化為一篇偵探小說。甚至那些征戰都是奸人擅捏出來陷害狄青和他的夥伴的。狄青並沒有放棄爭取功名的機會，但每次帶兵出征，他知道他真正的敵人會注意他的一舉一動，甚至跟西遼串通置他於死地。在第二次出征旋歸時，他親自帶了一個重要的證人回朝來建立他控告龐洪和孫秀叛國的罪證。主審的包拯不但宣判了奸臣的罪狀，而且也不顧皇帝的情面，執行他們應得的懲罰。在這時候我們真為狄青高興。這種快樂正是我們讀完《三劍客》（*The Three Musketeers*）、《基度山恩仇記》（*The Count of Monte Cristo*），以及一切結構完美、其英雄則賺我們同情、其歹徒則教我們恨之入骨的小說所感到的。

與《封神演義》的沉悶，《水滸傳》中的四次長征相比，《五虎平西》在把戰爭小說化為可喜可讀的這條路上已邁了一大步。雖然李雨堂僅寫了一篇清新可喜的故事，無心存諸名山，永垂不朽，他卻發現了一個好布局的真價值。這等於體會到以落入俗套的表現法來描寫戰爭為首要之務，不管用多少奇蹟和大場面，不管加添多少有關的副題，是中國小說發展史上一個損失嚴重的錯誤。雖然一篇介紹此種文學類型的概論不應寫到李雨堂就停下來，正因他開發了戰爭小說茁長成為武俠小說這種新的文學類型的可能性，他可以說殺死了戰爭小說。

書評：《紅樓夢的原型與寓言》

萬芷均　譯

　　近年來，研究中國傳統小說的年青美國學者中，普林斯頓大學的浦安迪教授 (Andrew H. Plaks) 顯然受過極好的比較文學訓練，也是理論家中最有志向的一位。就他這一本《紅樓夢的原型與寓言》(*Archetype and Allegory in the* Dream of the Red Chamber，普林斯頓大學出版社，1976)，以及他在《中國敘事文：批評與理論文匯》(*Chinese Narrative: Critical and Theoretical Essays*，普林斯頓大學出版社，1977) 中撰寫的兩篇論文〈西遊記與紅樓夢中的寓言〉("Allegory in *Hsi-yu Chi* and *Hung-lou Meng*") 與〈中國敘事文的批評理論〉("Towards a Critical Theory of Chinese Narrative") 來說，他真誠治學的精神跟他在文學、批評學的博學多識，實在給人留下了難忘的深刻印象。為了對《紅樓夢》進行文學比較，浦安迪教授遍讀中世紀及文藝復興時期歐洲列國的重要詩作原文，而且還就這一主題深入鑽研現代文學批評的相關理論。他作為一位專攻小說的青年漢學家，竟然掌握了大量自己領域以外的中國文學第一手資料，從先秦經典到唐宋散文大家，再到五花八門的明清文學作品，其涉獵之廣讓人驚嘆。從語言來看，他愛用一些玄乎其玄的拉丁詞匯，行文也過於強調客觀，刻意避免使用第一人稱，這點讓我稍有反感（例如，很多時候「我認為」明明是直話直說，他卻慣用「有人認為」）。不過，撇開抽象的用詞和偶爾過於深奧的文

體，我必須說，浦安迪的立論態度明確，腦筋靈活，對世界各地的
文學思想更是瞭如指掌。

　　《原型與寓言》一書無疑表現出作者極強的藝術鑒賞力及其學貫
中西的文學素養，但我對這本書仍有保留。雖然作者以《紅樓夢》為
出發點，探討了大量相關課題，上至中國神話與宇宙觀，下至中國
園林美學，更涉及人類學、西方諷喻詩傳統等等，但本書若從比較
美學研究與紅學學術專著兩方面來看，實在都不盡人意。浦安迪將
《紅樓夢》視為中國敍事傳統的巔峰之作，在書中極力表現《紅樓夢》
在敍事邏輯及原型、寓言運用上的中國特色，並由此與西方文學代
表作品相比照，發掘其與西方文學的不同之處。然而，抱着這兩個
研究目的，浦安迪似乎忽略了讀者往往最關心的人情世故。他不
僅在這本書裏脫離了人世的一面，在前文提到的那兩篇文章裏也一
樣對書中的人物故事相當冷漠，這大概是因為他志在評定中國敍事
傳統甚至整個中國文學傳統，而無心細味書中角色細碎的人事煩惱
吧。此外，他對人情的忽視還反映出一個更加嚴重的問題，那就是
他簡單地認為，在中國文化中，人情事故變幻無常、循環往返，既
然悲歡離合如日夜交替，又何必當真？這個觀點在浦安迪心裏恐怕
已經根深蒂固，所以書中常常可以看到他不顧《紅樓夢》現實主義的
敍述手法，胡亂怪責它在寫實時哲學思想上的種種欠缺。

　　浦安迪最終決定將《紅樓夢》視為一部諷喻作品來作看待，可
能是他經過深入探討得出的結論，也可能是他本身就對中國文化抱
有一種特定的成見。我作為書評人本無需多加揣測，但鑒於他受到
業師牟復禮教授（F. W. Mote）深切的影響，恐怕後一個原因的可能
性更大一些。浦安迪不僅在書的前言裏感謝老師「細心審讀書稿，
並提出許多珍貴的建議與修改意見」（viii），而且還在描述中國宇宙
觀時借用了牟復禮的「有機體系」（organismic）一詞，其影響可見一
斑。牟復禮在其專著《中國思想之淵源》（*Intellectual Foundations of
China*, New York: Knopf, 1971）中，將《易經》視為「中國思想最早
的結晶」，是「鑒別中國思想的試金石」。他認為，《易經》中「真正的
中國宇宙演化論」是一種「有機體系的演變過程，宇宙的所有部分都

屬於一個有機的整體，並且在同一個自發自生的生命過程中不斷相互作用」(19)。[1]浦安迪同樣也將《易經》視為瞭解中國思想的指南寶典，引用《易經》的次數也遠多於其他的先秦經典。他引用老子、莊子、董仲舒、周敦頤、乃至園林建築的詞句段落無非都是為了證實《易經》的世界觀。可以說，浦安迪這部「應用美學」的著作，看似是談《紅樓》，其實是將《易經》的世界觀推廣至絕大部分的中國文學乃至整個敘事傳統。因此，浦安迪花大篇幅討論陰陽五行的概念，以及它們在「互補兩極性」(complementary bipolarity) 與「多重週期性」(multiple periodicity) 這兩種模式下的運行規律。對浦安迪來說，探索「貫穿延續中國文學體系的永恆美學形式」(53) 是一個難解的課題，而陰陽五行正是那把解鎖的萬能鑰匙。

接下來我們將討論浦安迪如何運用陰陽五行解讀《紅樓夢》的敘事結構，但在此之前，有必要先瞭解「互補兩極性」與「多重週期性」的含義。前者指的是悲喜、動靜等相對概念的互補性，後者則需與五行的宇宙觀結合來理解，指的是群生萬物周而復始、去而復來的生命體驗。那麼，這一對理念真的是中國文學「永恆美學形式」的特徵嗎？關於《原型與寓言》一書的書評，我讀過白保羅 (Frederick P. Brandauer, *Journal of Asian Studies*, 36 [1977], 554–557) 和黃宗泰 (Timothy C. Wong, *Literature East & West*, 18 [1974], 402–410) 的兩篇，似乎白保羅教授對浦安迪的理論構架比較讚賞，但是連他也同樣質疑是否浦安迪「所認定的模式就是《紅樓夢》乃至整個中國傳統文學的美學觀」(556)。黃宗泰教授對浦安迪從寓言角度看待大觀園的觀點則更加存疑，他認為「(《紅樓夢》) 是一個時間上線性發展的持續流變的故事，有着明確的開端、發展、結果，用特定空間體裏平衡的兩極性與永恆的往復性來解釋，是根本說不通的」(409)。事實上中西美學固然千差萬別，但要吸引讀者，必定繞不開一個有頭有尾有中段的完整故事。或許曹雪芹與高鶚表現中國美學的方式有點與眾不同，但《紅樓夢》的故事時間跨度那樣大，若不是他們小心處理圍繞賈家的那些「時間上線性發展的持續流變的故事」(unilinear temporal flux of events)，又怎能在兩百年裏感動千萬讀者？

　　然而，浦安迪卻要另闢蹊徑，為了證明中西思想在美學方面的差異，偏偏不把《紅樓夢》看做一個有始有終的記敍文。比起「互補兩極性」，「多重週期性」更為複雜，如果我們暫且放下「多重週期性」，就會發現浦安迪的理論中有關中西文學差異的部分其實沒那麼玄奧：西方作家是二元辯證，因為他們所書寫的對立概念（善惡、真假等等）都在時間的框架下相互抗衡；而中國的作家既非二元也不辯證，因為他們超越時間，上升到一個「空間視覺的整體」中，因此所有的二元對立都變得相生相補。西方文學是一種時間藝術，看重結果，而中國文學是一種空間視覺的投射，結果自然也就不那麼重要了。

　　浦安迪的構想看來不錯，但事實真如他所說嗎？自萊辛（Gotthold Lessing）的《拉奧孔》（Laokoon）出版以來，西方文藝評論家就格外重視時空的概念，而強調一部文學作品甚至整個文學體的空間特徵，浦安迪也不是第一個。約瑟夫・弗蘭克（Joseph Frank）在其名篇〈現代文學的空間形式〉（"Spatial Form in Modern Literature," 1945）中就曾表示，對於現代西方作家如艾略特（T. S. Eliot）、龐德（Ezra Pound）、普魯斯特（Marcel Proust）、喬伊斯（James Joyce）來說，「最理想的狀況是希望讀者能夠帶着空間的眼光，站在一個時間點而非一串時間鏈上來解讀他們的作品」。他這一結論得到了廣泛的認可，像《荒原》（The Waste Land）與《尤利西斯》（Ulysses）一類作品都可視為實驗作家們企圖捕捉空間整體的勇敢嘗試。雖然浦安迪的比較美學理論未必是為中西現代文學而設計，但他的確在書的第一章就把《紅樓夢》、《尤利西斯》和《追憶逝水年華》（Remembrance of Things Past）聯繫起來，認為這幾部作品是「整個文學傳統的綱總大要，是其他小部頭作品相與比照的圭表」（11）。不論浦安迪是否同意約瑟夫・弗蘭克的觀點，他將西方文學視為時間框架下的二元辯證的這一理論，顯然就不完全適用於《尤利西斯》和《追憶逝水年華》等層次複雜的現代敍事作品。

　　浦安迪的理論用於傳統中國文學差誤更大。一方面，他認為「互補兩極性」「多重週期性」適用於整個中國文學體系。另一方面他

又表示，中國文學中鮮見像《紅樓夢》或《西遊記》這樣包含宏大寓言構架的作品。若真是這樣，他又怎能認定整個中國文學都是非辯證、輕結局、委身「空間視覺整體」的統一文類？以中國詩詞為例，幾乎所有的詩人對時間的流逝雖然念茲在茲，但總能懷着人終有一死的曠達襟懷看待人事世情，不必託身儒釋道，亦不必寄身於寓言的大夢中。至於中國古代神話傳說，它們的敘述相對單薄，也沒有細緻的情境描述，浦安迪認為它們「本質上不受時間所限」，這種看法或可成立，但我們不能忘記的是，正因遠古神話過於零散細碎，中國人才對史話另眼相看，史話在中國的地位堪比西方的史詩，西方有英雄阿喀琉斯（Achilles）、奧德修斯（Odysseus），中國也有項羽、劉邦、關羽、諸葛亮以及《史記》和《三國演義》中的英雄豪傑。相比之下，女媧、伏羲不過是些虛幻的形象，浦安迪竟還專為他們寫了一章。如果他拿來與西方神話英雄作比較的，不是這些開天闢地的上古傳說，而是有史可查、有書可循的歷史人物，他大概不會輕易誤信中國人與其他民族的差別在於他們從骨子裏就對「敘事行為」毫不重視。

　　至於中國古典戲劇與小說，浦安迪認為大多數作品都不符合互補兩極性、多重週期性的「永恆美學形式」，於是他說，中國傳統戲劇的「結構往往不具備（中國文學）周而復始的美學特徵，而是類似西方辯證傳統的一種以結果為重的線性模式」（220）。從這一點來看，浦安迪很贊同脂硯齋對才子佳人小說的指摘，認為它們「總是離合悲歡更迭交替，一成不變」，儼然有違中國文學非辯證、輕結果的特徵。但中國小說千千萬萬，都是這樣充滿了二元相對、懲惡揚善的思想，若是按照浦安迪的中國美學理論，它們便也都不能合格。這樣看來，他的理論大概只適用於他書裏提到的六大經典以及其他一些寓言性的小說吧。《西遊補》大概可以算作一部寓言性質的經典作品，但白保羅在兩篇文章專論中卻指出，其實《西遊補》也是以結果為重，畢竟主人公孫悟空最後的確取得真經獲享極樂。

　　要看《紅樓夢》是否真如浦安迪所說，是中國敘述史上非線性、非辯證的代表作，我們必須首先想一想，浦安迪置當時的文學、思

想、社會、政治環境於不顧（他只有一章寫到園林藝術，對《西廂記》《牡丹亭》也只是點到為止），卻花大筆墨描述小説與遠古神話、陰陽五行的聯繫，這種做法是否合理？現代的文學評論界普遍都認為，《紅樓夢》對當時乃至整個中國傳統都具有至關重要的社會、思想意義，浦安迪不可能對此一無所知；但他作為原型論的評論家，對小説的社會、政治現實並不關心，只是熱衷於從榮格原型（Jungian archetypes）的角度追溯小説的思想觀念在遠古的原始模型。浦安迪以此為出發點解讀《紅樓夢》時，除了參照《易經》以及其他闡述陰陽五行的古代作品之外，的確也別無他法。如果非要鑽研一點稍微近代的資料，他寧可探討園林建築，也不願涉足當時或前朝的社會、思想問題。

誠然，《易經》對整個中國封建思想產生了無可比擬的巨大衝擊，但並不是所有的中國作家都認同它的宇宙觀，也未必每個人都受了它的影響。曹雪芹恐怕就對《易經》不那麼熱衷。書中講佛講禪的詞句比比皆是，浦安迪卻找不出一節關於《易經》的段落。[2] 我雖不敢妄稱對明清時期的社會、思想史有多瞭解，但我比較傾向於認為，早在十八世紀前，陰陽五行之説在思想界的影響力便已式微，再加上風水師、江湖郎中、算命先生信口開河的歪曲利用，陰陽五行更失去了往日的社會吸引力。諷刺的是，有時候，這些術士郎中倒正因為他們與陰陽五行的一點瓜葛，反而成了明清小説中備受諷刺的丑角對象。與曹雪芹不同，李汝珍倒常常在《鏡花緣》裏奉《易經》為道德的至高典範，但在君子國一節他照樣借吳氏兄弟之口痛斥江湖術士之不是。如果用浦安迪的理念來分析《鏡花緣》的美學結構，相信可以發現陰陽五行作用的痕跡，不過，我想這些概念大概只是士大夫作家們筆下美學構造的棋子罷了，因為陰陽五行從不曾在社會上享有儒家忠孝節義那樣的道德威望。孝道、婦道作為封建社會構成的兩大核心美德，始終是明清小説中恪守提倡的品德，即使在五四時期，新文化運動的領袖們也只是抨擊孝和節這些依舊強勢的舊倫理，至於陰陽五行之説，聲音早已微弱得不可辨識了。

我曾説過，「《紅樓夢》裏那些陰陽五行的零星暗示，其實只是

曹雪芹的文人遊戲」。浦安迪為此在書中作出反駁，但就算「所有的
暗示、線索加起來便會有所不同的意義」，我也認為這所謂的意義並
不能當真，除非你一定要與浦安迪一樣，把故事裏的動靜、悲喜、
高尚、卑鄙全都看做作者對陰陽兩極觀的刻意設計。[3] 此外，浦安迪
還孜孜不倦地以五行學說詮釋《紅樓》四位主角的名字與身世 —— 賈
寶玉（土）、林黛玉（木）、薛寶釵（金）、王熙鳳（火），但這其實只讓
人更加懷疑以五行學說解讀文學的可行性。浦安迪自己也說，（五行
之間）「不停地相互轉換，相對相依，相互重疊」，既然五行本身就
變幻不定、模稜兩可，批評家在運用五行學說分析敘事結構時，難
免會依憑自己的觀點任意扭轉五行的含義。只是不知道文學大家如
曹雪芹，是否真的可以像浦安迪號稱的那樣，系統一致地將五行貫
穿於自己的小說中。不過可以確知的是，曹雪芹為了表達語言的象
徵、寓言的效果，的確用了大量傳統思想裏二元相對的概念，最明
顯的便是金玉對草木。在寫實方面，大觀園裏的美好女子與園外賈
家的世俗男人形成鮮明對比，這也成為《紅樓夢》整部小說架構的基
礎。賈寶玉在第二章說的那句「女兒是水做的骨肉，男人是泥做的
骨肉」，驚世駭俗，無人不曉，浦安迪反倒隻字不提，大概是因為這
句話只涉及了五行中的水、土二行，一讚女兒之清淨，一諷男人之
濁臭，與浦安迪複雜宏大的互補對應理論有些不符吧。

　　浦安迪一方面從陰陽五行和原型論的角度解析《紅樓夢》的敘
事結構，另一方面又無視思想在現實世界中對行為的指導意義，兩
者其實有點矛盾。故事裏的角色與現實中的真人其實並無二致，都
有大大小小的個人問題，也要做出這樣那樣的人生決擇；而做決定
必然就有取捨進退，本身就已經暗示了一個辯證性的角色。回首
前生，人生道路上的一切似乎也都是悲歡離合的相伏相倚、往復再
現，因而人們才頻頻發出「人生如夢」、「順其自然」的感嘆；但到了
需要做決斷的時刻，卻又沒有人會真的認為此即是彼，彼即是此，
一切無關宏旨。《紅樓夢》誠然是一部寓言性的哲理小說，但它真正
的魅力在於作者為他筆下的人物注入了血肉生機，讓我們感受他們
的感受，思索他們的思想。如果一定要按浦安迪的理論，認為所有

的二元兩極都是互補相容，而非辯證相對，那就抽走了《紅樓》之所以為《紅樓》的精髓。

正如我在拙作《中國古典小説》(*The Classic Chinese Novel*，紐約：哥倫比亞大學出版社，1968)中所述，寶玉在書中同時受到了中國文化三種理想的壓力，一邊是賈政、警幻仙子所推崇的儒家仕途經濟，一邊是自我解脱的佛道之路，還有一邊是文學傳統中常出現的個人反叛浪漫主義。單就這點來看，《紅樓夢》的思想結構無疑是辯證的。寶玉天性傾向於反叛，但他的真質通靈寶玉卻既嚮往人世繁華，又注定要看破紅塵。在經歷種種苦難後，寶玉心迷走失，最終追隨一僧一道，了卻塵緣；但諷刺的是，他這一走，也了結了他真質中的最可愛可貴的特徵：慈悲與愛心。

我對寶玉塵世遭際的詮釋或有不足，但至少在分析作品的寫實和托喻兩方面做到了盡量的公正。浦安迪把這部作品當做道德寓言來看，賈寶玉在他眼裏成了一個自私自利、不經人事、情緒激動的小孩，他甚至認為寶玉的命途多舛正是因為「他拒絕接受從自由無邪到世故成熟的轉變」(208)，如果他的命運是個悲劇，那也只因他還未參透悲歡苦樂二元相補、循環往復的宇宙觀(206)。此外，浦安迪對寶玉的堂表姊妹也多有怨言，認為她們(尤其是黛玉)自作主張、不經事故、無視萬物發展的道理，忘了自己其實還只是與成人相對的孩子，有待成熟、實現自我。浦安迪這樣大肆宣揚歲月的智慧之道，無視他們所處的具體環境，將不幸歸罪於他們所謂的精神缺陷，我想他如果不是出奇地無情，便是出奇地疏忽，竟然看不到作者字裏行間對這些少女關懷備至。他不僅不認為寶玉是中國文學中的一大悲劇人物，反而將他與《枕中記》的盧生相比，怪罪寶玉不如盧生有悟性，短短一夢，便已參透榮辱、得失、生死的相補相生。

雖然浦安迪的比較美學理論以及他從比較美學對《紅樓夢》的解讀尚欠周詳，但作為漢學家，他能在《紅樓》本身的文學傳統裏來研究《紅樓》，也已經對這一門學問作出了不小的貢獻。他不僅引用許多古代的文獻資料，還參考了後世形形色色的作品，有助於我們更

好深入的研究《紅樓夢》，也進一步拓寬了紅學的研究範圍。儘管他拿大觀園作寓言的解讀（Garden of Total Vision）很有可能是誤讀，但〈中國文學園林〉一章卻扼要地總結了中國園林美學的特徵，對這一課題不太瞭解的漢學家可能從中獲益不少。第二章〈女媧與伏羲之姻〉，浦安迪雖大量參照了聞一多的觀點，但他在此基礎上分析了曹雪芹在《紅樓夢》開篇神話中可能借鑑過的經典古文，讀來格外有趣。此外，書中還引用了《淮南子》女媧煉五色石補天、積蘆灰以止淫水的段落，比對寶玉正是五色石轉世，後被警幻仙子批為「淫人」，這「巧合」真叫人豁然開朗。

　　不過，浦安迪並不安於只做一個漢學家，他還涉獵過現代人類學，以便借原型論引證自己的漢學觀點。從原型的角度出發，再加上道德主義寓言論的觀點，最後浦安迪得出的結論出奇地混雜。探索經典古文與《紅樓夢》在神話、語言上的聯繫是一回事，但是從人類學的角度把五色石等同於彩虹，還把彩虹所隱含的善惡寓意強加於五色石之上，那就完全是另外一回事了。人類學的原型論外加道德主義的寓言論，浦安迪對《紅樓夢》的解讀實在難以服人，試看他在第四章的結論（83）便知究竟：

> 簡單來講，這部小說從第五、六回的青春萌動，到第九十七回的婚與死，整個故事可以說是彩虹石性啓蒙的發展過程。雖然作品透過對悲歡離合等二元概念相互交替重疊的描寫，塑造了大觀園內豐富多彩的生活，但不可否認，許多情節都縈繞着一種局促不安的氛圍，例如寶玉與女子同居園內的不合體統，表親通婚的禁忌，還有寶黛感情的過分情緒化。

　　很奇怪，浦安迪竟然會認為寶玉的故事主要是一個「性啓蒙」的過程。即使退一步講，就算描述寶玉「青春萌動」的那幾章的確有着極其重要的原型意義，但我們讀到第九十七回有關婚嫁與死亡的相提並論時，只會覺得這種安排慘無人道，又怎能說那只是一種神話與儀式的完滿結合呢？浦安迪甚至認為，「扼殺黛玉春情的直接原因

便是寶玉與寶釵的婚姻」(80)，這話豈不殘忍？寶玉黛玉和寶釵三人同樣都是長輩手中操縱的人質，況且黛玉的情思在她死前早已被抹殺。寶玉、寶釵成婚當日，兩人也皆沒有甚麼情意，直到數月之後，他們才真正有了夫妻之實。在一百零九回，我們看到寶玉有一天晚上抱着歉意要安慰寶釵，而寶釵為了要夫君早日過常人生活，也格外柔情蜜意，但浦安迪說「這一幕恩愛纏綿決不可能發生在寶黛之間」(80)。此說實難成立。之所以有這麼一筆，只為後文寶釵懷孕埋下伏筆，再說任何熟讀中國小說的人都該清楚，這一段描寫極盡陳腔濫調之能事，充滿了敷衍了事的意味。再說浦安迪又怎麼知道這樣的恩愛纏綿不可能發生在寶黛之間？難道因為黛玉屬木，就該永遠在「轉瞬即逝的春天裏未熟而落」嗎？(79) 如果我們拋開浦安迪強加的五行之說，細讀文本，似乎正因為黛玉多病的體質，以及她對寶玉想惱便惱的性格，比起嚴奉儒教的寶釵，黛玉反倒更會熱情奔放。

寶釵是寶玉的姨表姐，黛玉是寶玉的姑表妹，他與誰結合都合乎體統，而大名鼎鼎的王熙鳳也與賈璉是表親；但浦安迪卻偏偏聲稱在書中「隱約讀到一些對於表親聯姻的禁忌之聲」。或許是因為黛玉未能與寶玉成婚，浦安迪以此為她解說：他們的一言一行，難道還不算真正的兄妹嗎？既然如此，他們本該以兄妹相稱，不應妄想做夫妻。為了相同的原因，浦安迪對「寶玉和黛玉的感情的過分情緒化」也感到不安。但如果真如浦安迪所引李維史陀 (Levi-Strauss) 的說法，說寶玉黛玉二人不能共諧連理枝因為這種結合是「非正常的和邪惡的」，一種「不道德」和有違禁忌的聯結，那麼數百年來中國讀者對《紅樓》的理解難道全是誤讀？李維史陀的確談到亞馬遜部落神話中彩虹的重要意義，但這與遙遙中國一對在戀愛中的表兄妹根本風馬牛不相及。

浦安迪在書中第八章〈大觀園的寓言解讀〉(“A Garden of Total Vision: The Allegory of the Ta-kuan Yüan”) 中，繼續以「淫」為主題，說大觀園是「人間樂土」(197)，也談到「耽於園中之樂的危險」(198)。其實，大觀園內的女子與寶玉，並不是西方田園詩歌中的

牧羊女與牧羊人，既看不到追逐求歡的場面，也聽不到對自然和愛情稱頌的歌聲。人類墮落前，亞當夏娃赤裸着身體，在伊甸園裏無憂地生活，沒有羞恥與罪惡感，而大觀園似乎正是伊甸園的反面。浦安迪引用司棋和表弟潘又安私通的情節，再加上第七十九回寶玉與丫鬟的廝混，便認定大觀園充斥着所謂的「塵世之樂」。然而，司棋與潘又安的幽會，心知不妥，只能暗中私會，全無田園詩歌的浪漫美妙；而寶玉與丫鬟的吵鬧其實也只是因為抄檢大觀園的連連不幸，寶玉傷痛病倒後苦中作樂而已。再說，多半作者寫的那些「耳鬢廝磨」、「恣意耍笑」也並不至於淫蕩。這一點我在《中國古典小說》有詳細交代。

　　早在大觀園的悲劇發生以前，真正淫溢的其實是園內人壓抑的無聊與空虛。他們沒有任何有意義的日常生活，也無處抒發青春萌動的慾望，寶玉尚有丫鬟可以戲耍，但他那些未經人事的表姐妹、寡婦李紈、女尼妙玉都在強制的幽閉中過着千年孤寂的生活。根茲勒教授（J. Mason Gentzler）就曾在一篇未發表的文章裏，以「悶」字形容他們空洞的生活的境況。浦安迪認為他們在園內的生活是熱鬧與無聊兩種狀態的交替（59），但我認為無聊才是他們生活的常態，正因為無聊，才會有那些無傷大雅的小熱鬧。女子們互相拜訪、聊天、組詩社，當然都不能算是「浸淫園中之樂」。如果她們看來快樂幸福，那只是因為實在更害怕不知殘酷的外界將會強加給她們一個怎樣的未來而已。如果大觀園真是一個天堂，那也不過是這些「受驚少女的天堂，在她們感到未來厄運逐漸逼近的時候，大觀園給了她們一個平靜的棲身之地」（《中國古典小說》〔The Classic Chinese Novel〕，頁279），同時也成了她們的「集中營」（《人的文學》，臺北：純文學出版社，語出作家王文興）。

　　浦安迪在〈西遊記與紅樓夢中的寓言〉一文中也承認，「普羅大眾一般的讀後觀感都更加認同寶玉和黛玉故事（或是《神曲》中的保羅與弗蘭切斯卡，亦或莎劇裏的脫愛勒斯與克萊西達）中的現世觀點，強調個人價值的實現，不甘就整體匆匆帶過」（《中國敍事文》〔Chinese Narrative〕，198–199頁）。但就世界範圍內學術批評來

看，輕視大眾讀者品味的文學批評正以驚人的速度增長，對此也許可以引用塞繆爾·約翰遜（Samuel Johnson）對托馬斯·格雷（Thomas Gray）《墓畔哀歌》的評語：「文學批評，各有戒律清規，但最後決定誰該奪得錦標歸的評審該是毫無預設標準、趣味無偏好、心中無教條的一般讀者。」雖然浦安迪有時也坦承《紅樓夢》的寫實功力，但他似乎成了自己敏銳洞察力與學術修養的犧牲品，未能在探討《紅樓夢》的原型與寓言時，公正、仔細地品察文本的寫實層面。

因為浦安迪不信任「一般」讀者的眼光，只好捨命跟從道德主義寓言論的脂硯齋的評點。如今，一些研讀中國小說的西方學者，將越來越多的目光投向中國傳統的文學批評家，希望以此在解讀文本時避免受到自己文化的影響。這在一方面表明，西方學者確信中西文學歷史同樣悠久、成就同樣輝煌，中國小說中的傳統經典也一定不會比西方小說的經典作品遜色。另一方面也說明，他們認為向西方文學批評的標準一面倒不能正面的評價中國小說，因此他們覺得這個偏差需要改正，於是便改用中國的思維思考，以中國的標準解讀與評價文本。在他們的影響之下，那些以中國小說為論文課題的研究生便會怯於發表自己的觀點，為了研究項目的順利進行而不得不對中國小說大加讚揚，進而轉向中國傳統批評家尋求靈感，引用他們論點中的美言美語、善頌善禱一番。

實際上，作為一門敍述藝術，除《紅樓夢》以外，中國傳統小說中能與司湯達（Stendhal）、托爾斯泰（Tolstoy）、艾略特（George Eliot）等一眾西方大師巨著相提並論的寥寥無幾，這是一個不爭的事實。畢夏蒲（John L. Bishop）曾在〈中國小說的局限性〉（"The Limitations of Chinese Fiction"）一文（*Far Eastern Quarterly, 15* [1956]: 239–247）提出的見解，至少說出了一位多年鑽研中國語言與文學的美國學者的真實看法，也吐露了五四以來大部分中國學者和知識分子的心聲。畢夏蒲對中國小說的局限性失望是真切的，但今天，他的文章卻常被引來作為西方文化自大偏狹的反面教材。現在風行西方的批評方法側重詮釋學，而不是價值的認證，因此批評的重心也從作品的內在文學價值轉移到文學體裁、類型乃至整個文學系統中的例證意義。這一批評的

趨向更加助長了西方文化偏狹論的趨勢。浦安迪雖在西方文學批評和比較文學造詣不凡，但他也同樣追隨着這一趨勢，對《紅樓夢》的研究在本質上也還是更偏向傳統。

　　浦安迪以《玫瑰傳奇》(*The Romance of the Rose*)、喬叟(Chaucer)的詩歌、《神曲》(*The Divine Comedy*)、《仙后》(*The Faerie Queene*)、《失樂園》(*Paradise Lost*)為例，説明了寓言在西方文學中的運用與演變，同時連忙指出他引的例證只限於中世紀及文藝復興時期的佳作，因為他十分清楚，王朝的復辟催生了一種與文藝復興精神相悖的英國文學。從《玫瑰傳奇》到《失樂園》，短短幾世紀，雖然歐洲始終統一在基督教的信仰之下，但西方詩人的哲學思想與文學形式卻發生了巨大的改變。既然如此，從《易經》至《紅樓》歷經千年，又怎能認定中國文明仍然停滯不變，依舊受着陰陽五行的束縛？稍微懂點中國思想的人便知道事實絕非如此。既然要在《紅樓夢》自身的文學思想環境下研究《紅樓夢》，就不得不提到狄百瑞教授(Wm. Theodore de Bary)用來描述明末主要思潮的兩個關鍵詞——個人主義與人道主義。從這兩個概念可以看出陰陽五行宇宙觀已經式微，關心人本、心繫家國的王陽明心學正逐漸興起。當然，這種激進的思想潮流在清初便已被遏止，曹雪芹也並非激進分子，但他繼承了晚明戲劇的浪漫傳統，不啻為一位人道主義者，他對筆下的少男少女懷着深切的同情，對他們在社會、家庭壓抑之下的困境也感同身受。《西廂記》、《牡丹亭》等元明戲曲以及三言故事中的小市民也表現出這種對年輕戀人的人道主義同情。跟所謂塑造小説「空間視覺整體」的陰陽五行宇宙觀比起來，這種人道主義同情大概可以代表中國新思潮中更為生動活潑的一股力量。浦安迪肯定互補兩極性的古老智慧，貶低「強調個人價值、立足生死有限的層面」，因為後者恰好與前者綜觀的整體相背離。明白了《紅樓夢》在中國文學、文化史上的地位，及其對後世中國文學的深刻影響，便知道《紅樓夢》的創新之處其實在於它在描摹人情處的寫實，至於浦安迪所謂的寓言智慧，反而因其歷史上至遠古而顯得過於陳腐。

　　雖説中國文學與其他文學系統迥然相異，但不可忘記中國文學

從來不是一個封閉的系統，它始終都在吸收新的話語與形式、新的思想與感觸，尤其是那些時時變革的新興天才作家。正如艾略特所說，「現存的著作本身構成了一個理想的秩序，當真正新的藝術作品加入時，這一秩序也隨之改變。新作品加入之前，現存秩序是完滿的，為了在新生元素加入之後繼續保持完滿，整個現存秩序就必須隨之改變，哪怕是最微小的改變。」就對讀者和作家的直接衝擊與深遠影響來看，《紅樓夢》無疑是中國文學中真正面目一新的作品，一問世便改變了中國的整個文學秩序。浦安迪的研究旨在證明《紅樓夢》遵照亙古不變的中國思想，延續了傳統的原型模式；但真正值得思考的是，《紅樓夢》之所以成為中國文學石破天驚之作，是因為它通過刻畫貴族家庭中習以為常的卑鄙邪惡，以及有情有義的少男少女所蒙受的苦難與淒傷，永遠地豐富了中國文學寫實的潛在可能，徹底改變了我們對傳統中國生活的理解與認知。

中國大陸對《紅樓夢》的解讀，偏重於強調作品對社會黑暗的抨擊以及對封建制度衰亡的預言，因而忽視了作者在某些層面對傳統文化的依戀與肯定。這種看法儘管不夠全面，但相比之下，浦安迪認為《紅樓夢》亦步亦趨的遵照傳統思想、美學原則和敘事模式來鋪排故事的演變，這種說法更站不住腳。浦安迪幾乎從原則上就對寫實敘事中的情感因素無動於衷，因而看不到《紅樓夢》創新樹立規模的地方。但其實正是因為《紅樓夢》在敘事中對人情世故悲天憫人的寫實，才開拓出中國文學在十九、二十世紀敘事的新方向。誠然，陰陽五行的宇宙觀是中國思想的特色所在，但就我所知，中國當代作家中已經沒有人會以這一思想模式為基礎作為作品的美學架構了。二十世紀的中國，幾乎所有的自由作家都在書寫有志青年衝破家庭、社會、政府的藩籬，努力實現自我價值的故事。從某個層面來講，這大概也是《紅樓夢》精神衣鉢的延續。浦安迪教授的《紅樓夢》資料詳盡，論點也鞭辟入裏，可惜他終於未能構建出一套可行的比較美學系統，對《紅樓夢》的解讀也沒有考慮到寓言模式與寫實模式之間的辯證衝突，難免讓人生出「鞭不及腹」的興嘆。[4]

文人小說家和中國文化

《鏡花緣》新論

黃維樑　譯

　　筆者擬於本文中討論《鏡花緣》，把它當作文人小說的成熟範例；同時探究在瞭解《鏡花緣》的思想和結構上，文人小說一詞的義蘊。《鏡花緣》最以機智、幽默、淵博和龐雜見稱。不過，更根本地看，它是個寓言性的傳奇故事（allegoric romance），徹底支持儒家道德和道家智慧。五四時期的現代學者盛稱《鏡花緣》是部關於傳統中國社會中婦女地位的諷刺作品；假若真的如此，更不含糊的是，《鏡花緣》乃站在嚴格的傳統道德立場褒揚女性的德行和才華。作者一方面體察到改革的需要，一方面卻贊成所有傳統對婦女的規範，而不予以批判性的抗議。李汝珍既殫精竭慮以娛人，卻又以為反覆述說傳統的道德和宗教情操，與其娛樂性不可分割。以結構來說，李汝珍手中的小說，頓然成為文學體裁中最兼收並蓄的，任他表達所有種種趣味的事物。可是，為了補救過於放任之弊，他深感利用寓言性架構（allegoric framework）以支撐全局的需要。《鏡花緣》不能從其語言性枷鎖掙脫；李汝珍雖然富於才情和機趣，畢竟對傳統文化全盤接受，自鳴得意，實在呆滯不堪。《鏡花緣》之不能再完全取悅於我們，這兩個因素的重要性不相伯仲。西方慣於把着重理智的或博學的小說，與批判的、諷刺的才智相提並論；《鏡花緣》大有諷刺之名，卻未盡諷刺之責。這部小說還未到一半的時候，李汝珍早就放棄諷刺家的任務，而大力鋪張褒揚中國文化的理想和樂趣了。

一

　　魯迅是第一個注意到清代小說在才學或文體上卓然而異的學者。在其《中國小說史略》第二十五章中，他討論了《鏡花緣》和三本這類的小說：夏敬渠的《野叟曝言》、屠紳的《蟫史》、和陳球的《燕山外史》。不過，四者中，只有《野叟曝言》和《鏡花緣》充分汲取其作者的學問，同時顯出對中國文化的依戀之情。其餘兩者只能於風格上見其才學：《燕山外史》是個戀愛故事，文用駢體，辭筆流麗；《蟫史》則為戰爭傳奇小說，其顧問詰屈聱牙，根本不應值得魯迅和黃摩西一顧。如果悉照魯迅所說，我們便只有兩個才學小說的例子了，而二者用意釐然有別、形式迥然不同。夏敬渠基本上以當今的韓愈自許，力主正統儒家學說，排斥佛家和道家的邪議異端。具備共通點的典型作品既然沒有，我們標準的無依，就沒法論述才學小說了。

　　不過，若謂中國傳統中罕見才學小說，《鏡花緣》的作者，在文人小說家(scholar-novelist)的行列中，顯然是個收梢頂尖人物。這些文人小說家，於退休後從事寫作，用以娛己，亦以娛友。那些職業小說家，雖然可能和文人小說家一樣飽讀詩書，卻以賣文為生，取悅於廣大讀者群眾，是與後者大有分別的。前於李汝珍的文人小說家中，我們可舉出吳承恩(倘若他確是《西遊記》的作者)、董說、夏敬渠、吳敬梓和曹雪芹。他們雖然可能在其他詩文或學術方面著述甚豐，每人卻都只寫了一本小說，而其小說又往往來不及在世時出版。他們各具風格，但是一與職業小說家諸如羅貫中、熊大木、馮夢龍和天花藏主人比較起來，其共通處就顯而易見了。文人小說家確實對其技巧更刻意鑽研。他們不以平鋪直敘為足，每每加插些自創的寓言和神話。吳承恩是文人小說家中最早的，仍然不得不採用一些流佈已久的傳說。後來者則照例自編故事，以便把他們的理想和信念說得更好。他們的主要目的既在自娛，乃常於描述中加入可觀的幽默成分。他們綴筆行文，確實有點玩世不恭，卻正因如此，而使他們更富創新性和實驗性，因為他們不必迎合廣大讀者。

他們率多較為散漫，以包羅各種慎思明辨、文采風流的事物。李汝珍是這批文人小說家中最後一位，即刻意求工地利用上述種種條件。

我們既然認清了文人小說家和職業或商業小說家的特徵，小說素為文人卑視這看法就再也站不住了。雖然大多數正在求助功名或已得高官厚祿的讀書人道貌岸然地反對讀小說和寫小說，但事實上，喜讀小說的文人為數相當可觀，親自命筆成篇的亦大有人在。值得注意的是，不僅《儒林外史》，連《西遊補》、《野叟曝言》、《紅樓夢》和《鏡花緣》都嘲諷那些獃呆板滯、心胸窄狹、功名是尚的讀書人。這些小說作者把這群偽善的讀書人嘲之諷之，自己則寫作小說以為消遣；這其間似有重大關聯在。此等作者中，有的宦途失意，筆下乃免不了冷嘲熱諷一番。不過，無疑地，這些文人小說家和職業小說家很不相同，他們更能以社會的批評者自任。不過，這些文人小說家雖有鍼砭之意，卻不是我們今日所說的「知識分子」。現代的西方小說家，如果十分嚴肅，就是知識分子；若他不採取批評的態度，就無足觀了。像李昂納・屈靈（Lionel Trilling）所描述的，人類文明的種種因循的智慧和規範，知識分子對之並無好感，甚至敵視之；而這是中國文人小說家所永遠不會的。夏敬渠、吳敬梓、曹雪芹和李汝珍對若干傳統中國社會的惡習，都予以鍼砭。可是，他們基本上非儒即道，或者又儒又道。例如，魯迅在其短篇小說中對中國文化的根基大張撻伐，這是夏敬渠和吳敬梓等諸人怎樣也辦不到的。也許，道家的虛無主義──和禪宗──早已和中國文化結了不解緣，即使某某作者採納了莊子那種荒唐的立場，在這個傳統中，還是充分受到尊重的。此外，縱使我們說《紅樓夢》和《鏡花緣》中彰彰明甚的道家人生觀，對知識分子而言，是非常嚴肅了，無奈這種人生觀卻又肯定種種文采風流的賞心樂事，更或明或暗地擁護儒家的道德觀。西方的知識分子自覺地以為優於群眾，中國的文人小說家則到底在外在道德方面和普通老百姓少有分別，雖然在宗教信念上容有不同。不管文人小說家如何飽讀詩書，以現代的眼光看來，他是算不上知識分子的；他往往顯得自我陶醉，自得其樂，另一方面又道貌岸然，一本正經，難免有點兒俗氣。當然，

詩人和古文家吟風弄月，顯得高雅，而文人小說家，必須描寫人生的種種平凡和粗鄙之處，非得借用世俗的智慧和道德觀念不可。大詩人大學者如袁枚和紀昀，以筆記小說刻畫人生時，比文人小說家顯得更迷信、更富教誨意味。撇開文采不論，如果我們覺得曹雪芹和吳敬梓比諸其他清代文人小說家較可親，這是因為我們覺得他們與理想的知識分子，庶幾近之。他們筆下對中國人生活的若干愚昧之處，的確更愛冷嘲熱諷和感覺痛心疾首。而另一方面，不管李汝珍的諷刺能力怎樣，他顯得浸淫在他的文化中，怡然自得、風趣自賞。他的小說，自然也就反映出對這種文化的酷愛了。

二

李汝珍（1763？–1830）做過八年官，寫了本《音鑑》（1810），是聲韻學上的名著。退休後寫成了《鏡花緣》。那時天下昇平，文字考據的學風大盛。揆諸《鏡花緣》，李汝珍大抵是那時代較突出的文人：博聞強記、倜儻風流。他大可把各種意見和心得寫成本隨筆札記之類的書；他終於把各方面的才學歸納成一小說，必然由於他對小說別有偏嗜。一般以為這小說寫了十年才完成（1810–1820），不過，張心滄所說的李汝珍「大概把它不斷修飾刪益」以迄於1828年正式出版為止，較為可信。因為，《鏡花緣》是中國傳統中最用心經營的小說之一。我發現故事發展中沒有矛盾，沒有粗心大意；而這些缺憾損害了幾乎所有舊小說。同時，它差不多沒有無心的時代錯誤；這小說既以武則天為背景，能這樣，誠然非常可貴。

李汝珍其生也「早」，看不到1839–1842年的鴉片戰爭。戰後，中國讀書人褒揚中國文化的形形色色所必須的那種泰然自若和昂然自信便蕩然不存了。經此一變，終其十九世紀餘下數十年間，文人小說之具備《鏡花緣》的規模和魄力的，一本也沒寫出來。清代最後十年間，諷刺小說盛行。此時，傳統文人搖身一變而為新聞記者，探尋主要城市和省分內各種國運衰敗的徵象。新的諷刺家仍然首肯

基本的儒家價值觀念，但再也不相信李汝珍那種超凡入仙的道家思想了，對文人雅士那習以為雅的詩酒風流也不再予以好評了。

《鏡花緣》中所宣揚的生活，既已時乎不再，近人評論這本小說，乃得從仍能訴諸我們批評慧覺的地方（主要是首四十回的喜劇和諷刺情節）入手，因而忽視其餘。在當代大師胡適和林語堂眼中，給攔腰一截的《鏡花緣》變成了中國的《格利佛遊記》，莊諧並茂，特別針對中國素來抑制女權這一點。中共的評論家傾向於這個看法，不過他們以為本書的藝術性既不令人滿意，思想亦不健康。據筆者所知，唯一完全掙脫對《鏡花緣》半捧半訾的近代論點的是臺灣大學專治中國小說的樂蘅軍教授。在《現代文學》49期的一篇文章中，她以為《鏡花緣》與時代完全不關痛癢，因而唾棄之：

> 我相信在《紅樓夢》的讀者都日漸式微中，一般讀者現在恐怕絕不讀《鏡花緣》這部書了。……這種命運似乎顯示著：它不再能效勞於人類所關切的問題了。它屬於一個完全逝去的時代。

對有現代文學修養的臺灣和海外中國青年來說，傳統中國小說已失去吸引力。樂女士感慨系之，我亦于心戚戚。不過，在我看來，無論她對《鏡花緣》的贅冗之處，評騭得怎樣允當，但她以為道家的思想和人生觀已過時失效，因而把它一筆抹殺，是有欠公允的。樂女士看來是個與傳統文化比較隔閡的現代中國人，而她所評論的作品，卻全心全力擁護那個文化。然而，她至少對這本小說的整個結構和世界觀作了一個直率的討論，比早期的批評家更有見地。

為求更恰當地描述《鏡花緣》的世界，我們首先應當指出這小說的主要情節，乃扎根於對忠、孝、仙三種主要理想的歌頌上。現且不提武則天好惡相剋的性格，我們看到上一代純良的讀書人，都是力闢武后、擁護唐室的貞忠之士。他們的後裔，藉著妻子和朋友之助，終於復興了唐朝，辭明了忠貞之戰。武后篡位後不久，有人欲舉兵討伐，流產了。唐敖是個讀書人，憤憤不平，與此事稍有瓜

葛。曾有神仙託夢，預言他日後會得道升仙。他遂與其妻舅林之洋和老舵工多九公相偕出洋。旅途中，他吃了些靈芝仙草，又邂逅了十二個女郎，其中很多是困厄中經他救出的。他福至心靈、善舉頻頻，毫無疑問地證明他是個給上天挑上了的善人。他於抵達小蓬萊島後，乃棄家人戚友不顧，一心準備位列仙班。

　　他的女兒唐小山，沮喪失望之餘，踏上征途，要把父親尋勸回來。她既是「百花仙子」，又是這部百種花卉仙子下凡的小説的女主人翁，她至少扮演了三個角色：孝女、才女和準仙女。在失去父親的傷痛中，在堅決要把他尋回來這事上，她的孝心大矣至矣。她第一次抵達小蓬萊時，已經知道會名登仙籙，但她沒有立即棄絕塵世，而要返回長安參加女科以光宗耀祖、大顯文才後才這樣做。二者都是可貴的儒家人生目標。她在眾才女中，文采冠於諸人。儒家重文質彬彬，外文與內美，是相輔相成的。她考試時用的名字是唐閨臣（唐朝的女臣子；其原名唐小山則顯然影射小蓬萊），表示即使武后當政，她仍然忠於唐室。儒家忠孝之道盡了，她便返回小蓬萊，修道成仙。除了兒女之情外（李汝珍對戀愛事情一無興趣），唐小山看來享盡了仙、凡二界的至美至善。

　　唐敖和唐小山注定了成仙。準此而論，使人最後超越塵世的仙道，是勝於儒家文章道德的理想的。不過，整體來説，這部小説卻給人一個清晰的印象：道家之道和儒家之道，同樣值得仰羨。《紅樓夢》中，儒、道二者壁壘分明。這裏則無此對立，因為二者都需要德性的修練。本書的一些帶寓言意味的章回中，作者極力模仿《紅樓夢》，把人間寫成充滿辛酸淚的塵世。可是，他意趣雋永，並不令人感到一旦超凡得道，即是覺悟到現世的種種痛苦。人間世是個生活的好地方，而名登寶籙則是光彩的，也可説是三生有幸的。倘若你沒被挑上，任何虔誠的修練都無濟於事。倘若你真的沒被挑上，那末，憑藉你的道德文章，好好過日子，也挺寫意。比起《西遊記》中取經的三個主要人物來《鏡花緣》上半部那三個出洋遠遊的，並沒有每人分別代表人性的一面。他們三人，出身容有不同，其慷慨仁厚、妙趣盎然處，與作者本人較之，殆無二致。林之洋大有資格

超凡登仙（此點以後會予以說明），然而他照舊從商，快快活活做買賣過日子。老舵工多九公環遊四海不知有多少回，德高望重，人生智慧特富。他仿若羲皇上人，效莊子和列子的逍遙遊。他分嚐了可藉以登仙的靈芝草，卻招來嚴重腹瀉；換言之，他是沒有位列仙班的資格的。唐敖是書中女主角的父親，特准成仙，乃為了替女兒引路。然而，我們不能因此便說他的德行比他海上友伴的高超。

被挑上的離世而登仙，給他們的親朋戚友帶來生離死別之痛。這痛苦是會隨時間而減輕、消逝的。這痛苦也應提醒他們，天下無不散的筵席。李汝珍除了覺得人生無常外，對這個塵世並無不滿意之感。顏紫綃是個俠客心腸、渾身是膽的女郎。她要和唐閨臣一起最後一次出洋時，唐閨臣向她預告，倘若她父親已決定棄絕塵世，她可能也不會返回人間了。紫綃的答話，鈎捺出作者的道家慧見：

> 若以人情事務而論，賢妹自應把伯伯尋來，夫妻父子團圓，天倫樂聚，方了人生一件正事。但據咱想來，團圓之後又將如何？樂聚之後，又將如何？再過幾十年，無非終歸於盡！臨期誰又逃過那座荒邱？咱此番同你前去，卻另有癡想：惟願伯伯不肯回來，不獨賢妹可脫紅塵，連咱也可逃出苦海了。

死亡是最後的分別。要避過這一關，最好是及早離開世界而成仙。可是，這一百個女子中，只有兩個走上了道家之道：如果我們盡了責任，這世界就是樂土。唐閨臣給弟弟小峯的最後教訓中，即道出此意：

> 你年紀今已不小，一切也不消再囑。總之，在家必須要孝親，為官必須忠君。凡有各事，只要俯仰無愧，時常把天地君親放在心上，這就是你一生之事了。

雖然她選擇了要成仙，她對儒家的修齊治平之道，是洞識到的。儒道兩種生活都堪景慕。對生活於現世中的人而言，樂趣更

多，只要俯仰之間，無愧於天地。本書通過唐、林、多三人首次出洋遊歷，和那百個女子名題金榜後的慶祝宴會，充分地說明了這個意思。

作者由始至終，再三強調忠孝的重要。比較起來，中國小說中褒揚的節、義這其他兩項儒家德目，就很少給提到過。也許「義」富丈夫氣概，嚴格來說，女兒家身上是用不到的。前面說過，嚴紫綃伴隨唐閨臣到小蓬萊去。最聰慧的女子中，枝蘭音、盧紫萱（亭亭）和黎紅薇（紅紅）三人，在女兒國王位繼承人陰若花要回家登極時，自願為女君輔弼。這四個女子一面誼雅情隆，一面則謀求自我的解放和發展，友誼中蘊合的自我犧牲的義氣，在這裏是尋不到的。

所有的女子都德操可嘉；直至全書最末數回時止，大部分都依然是黃花閨女。所以，貞節在這裏並不是問題。可是，在這些章回中，作者竟然覺得頗有贊成極端的婦道——寡婦以身相殉——的必要，讀來究竟有點令人不安。討武則天的最後一役裏，武后的親信武氏四兄弟佈下四個迷魂陣，使不少年輕英雄好漢殉難。有六個寡婦立即自殺。不過，作者聲明自殺的寡婦中，既沒有已經懷孕的，也沒有已是身為人母的。討武之役開始前，「惟恐事有不測，與其去受武氏兄弟荼毒，莫若合家就在軍前殉難，完名全節。」這說法很有道理，因為好漢們一旦造反，家屬是不能撇下不顧的。然而，在實際戰役裏，即使那些丈夫們不幸陣亡，那六個年輕寡婦並沒有給武氏兄弟捉去的危險，因為叛兵連戰皆捷，破陣如破竹。除非作者特別要藉此顯彰貞節之德，她們的自殺大可不必。誠然，李汝珍再三暗示，早逝是那百個女子的命運。那後來自殺的六個寡婦，其中四個命薄；睿智的師蘭言亦曾預言其必早亡。相繼喪生的女子共有十個——另外四個陣亡於沙場——作者於是至少局部地應驗了他的預言。可是，大部分存留下來的女子的命運，作者無從提示。我們不禁要問：他究竟為甚麼要納入這六樁自殺，以破壞這傳奇故事的愉快氣氛。她們死了，我們卻無動於衷，因為她們都沒有甚麼特別故事可言。這樣對貞節禮讚如儀，讀後教人不安。

三

　　《鏡花緣》的教誨意味，遠比大部分批評家所說的濃厚。不過，倘若本書沒有包羅一切琴棋書畫等吸引傳統文人的知識，它就不會享有作者淵博的令譽了。除非我們仔細地就學問論學問，這部分真不容易討論。我們只消說，李汝珍遠比他之前的文人小說家更愛掉書袋就夠了：他經常離開本題，描述經、傳、文字、音韻、詩、樂、天文、醫術、算法、書、畫、園、琴、棋等各種風雅之事和遊戲。小說中載有大量治病的藥方。所有開列的藥物，坊間都很容易買到。中國式的大夫誤人者居多，國手級的名醫，又只把衣鉢傳給門人。所以，李汝珍的處方，大抵是有濟世濟民之意的。

　　然而，若謂作者充分利用小說形式的散漫以包攬各種離題事物，他同時亦樂於向壁虛構一部寓言性和幻想性的小說，以滿足其學者兼道德家的需要。我們可以說，一般冗長而散漫的中國小說，正因其情節是非常繁瑣的，其作者乃感到需要以一寓言性或宗教性架構，把那些零碎的情節繫在一起。李汝珍這文人小說家，造詣非凡，可以把堆積式的結構鬆而弛之，使幾乎所有與寓言性設計無關的情節，都顯得順理成章起來：書中人物，妙語如珠，評論域外風俗，或談笑風生，講學論道時，他們自己既不受苦，亦不行動。假若《鏡花緣》沒被設計成關於那百位花卉仙子的傳奇故事，則它大可走史威夫特式（Swiftian）或皮考克式（Peacockian）小說的路線。然而李汝珍是小說行家，不禁大事鋪陳，寓言寫物，與《水滸傳》、《西遊記》和《紅樓夢》等作者分庭抗禮；即使弄到人物雜沓、尾大不掉，以及加插感傷的宗教性場面，有損其詼諧輕鬆的旨趣，也在所不計。

　　我們發現很多中國小說，虛有寓言之體式，事繁人多，卻不一定達到寓言的實效。《水滸傳》中，洪太尉誤放了一百零八個魔君，小說家遂不得不把這批數目的好漢的經歷，複述一遍，直至他們畋義為止。如果羣英之會，僅有三十六名好漢，《水滸》就不成其《水滸》了。不過，這樣倒會使它更可觀和更具娛樂性。李汝珍選了武后詔令百花於殘冬中盛放這則有趣的故事以為發端，介紹了

這一百個投胎人間的仙子，可説有點魯莽。梁山泊一百零八好漢性格懸殊、出身迥異、智勇不同，但那百個女子，全屬綺年玉貌、蕙質蘭心，要分辨她們，更戞乎其難。為了幫助讀者記憶，所有孟家女子，作者都在其名字上着一「芝」字；而所有嫁給章家的，則着一「春」字。有些名字則提示我們，某某女子擅長於繪畫、音樂或書法，或某些又長於甚麼。否則，就沒有甚麼容易的辦法去辨認那百個女子中較不重要的了。

還有，一若唐閨臣在第四十八回中所發現的，小蓬萊白玉碑上所鑄的一百女子的名姓，乃依品第而列。每個女郎，都給安上綽號，並專司一特別花木。上品的女子為名花，下品的則為凡種。不僅如此，榜首和榜尾的女子，都有寓言性的名字，以暗示這百個女子的才與德，亦以見出道家眼中的凡間生活的悲哀。唐閨臣綽號「夢中夢」，即寓有此意。把這批名字作系統的研究，是白費心機，因為大部分名字，都沒甚意思。然而，對作者來説，根據一套只有他才懂的體系，創製這些名字和品第，一定是有趣極了。

李汝珍生性風趣，卻在《紅樓夢》那種憂鬱的調子中去沉思那百個女子的命運，特別顯得不智。蓬萊島上，百花仙子通常的居處是薄命巖的紅顏洞。以紅顏薄命描寫神仙，於理自然非常不當。小蓬萊上，那塊白玉碑放在鏡花嶺水月村的泣紅亭內。「鏡花水月」——傳統上虛幻飄緲的意象——正道出這小説的道家的題目和寓意。然而，如果一切莫非虛幻，何必要悲薄命、悼紅顏呢？本小説的主要部分，寫的是慶祝會的喜氣洋洋。由此觀之，那被逐的百種花卉仙子，實在在人間歡度節慶。可是，作者卻要認為她們人間的日子，悲不可言。道家不容這種意氣消沉的態度，這傳奇的神仙故事的特質也不許。所以，這點是不能令人置信的。玉碑上刻有泣紅亭主人的一段總論，自謂對紅顏薄命，感到「辛酸滿腹」。總論後有四句謎樣的文字，其中二句曰「茫茫大荒，事涉荒唐」。我們記得《紅樓夢》第一章中述及曹雪芹遁居悼紅軒中，披閲增刪其所著小説，而以四行詩歸結其義。詩的開首兩行是：「滿紙荒唐言，一把辛酸淚。」用字如此近似，可推知李汝珍必曾把百個女子的故事看作另一個《紅

樓夢》。不過，他落筆後，便發現自己對人生的觀察，更能收詼諧滑
稽之效，如此一來，即使他仍然大大受到《紅樓夢》的影響，但發展
出來的，卻是小説「華堂喜劇」（parlor comedy）的一面，而沒有進
入悲劇的境界。可是，唐閨臣的故事，説來異常莊嚴肅穆、道貌岸
然，以致小説後半，寓言性的意圖表露無遺後，那種輕快情調就無
從再得了。

　　與這百個女子的中心寓言相關的是一輔助性寓言，即人需破
酒、色、財、氣四關。此寓言構成了本小説的高潮。進攻長安之
前，年輕的、忠心耿耿的好漢們必須衝破四關。而每關佈下了迷魂
陣，每陣即代表一種誘惑。這些軟弱的好漢們，不知不覺間自陷於
酉水關、才貝關和无火關中。李汝珍此處寫來，精彩異常。但巴刀
關一節，則敷衍了事。張心滄的 *Allegory and Courtesy in Spenser*
一書，論析這輔助性寓言，精彩透闢，並附有整段插曲的信實譯
文。謹此鄭重推薦。

　　這段插曲的寓言化，看來好像是作者寫小説時，臨時添出來
的：征伐武后，既事在必行，何不用寓言手法，以豐富這段描述？
況且，若非這樣，那些名不見經傳的年輕好漢的壯舉，更會索然
無味了。不過，林之洋在女兒國那一節，已衝破了這四種誘惑（第
三十二至三十八回）。這節是第一次出洋最長的同時又是高潮性的
插曲。作者之選取了兩段關鍵性段落來描寫這寓言，很難説是意外
湊巧的。一個看破紅塵的道家，能完全不受誘惑；看來，儒家的君
子，亦不應浸淫於酒色財氣之中。李汝珍亦儒亦道，或會覺得需要
承認兩家的共通德目。即使在小説的楔子裏面，仙子們的吵架表現
了動氣的惡果，而武后憤而敕令百花齊放，亦説明了酗酒之害。

　　論者異口同聲稱讚林之洋在女兒國的患難，説是作者關注雙
重標準的實例，以致我們可能不易同意作者的觀點，把這段視作一
誘惑。然而，撇開其明顯的女權主義諷刺不提，這段插曲表現了一
個人受盡凌辱後安然出來，除了雙足暫時受到損傷外，一切無恙。
林之洋逃出宮殿後，和諸友談論這場考驗，特別請唐敖舉出歷史事
蹟，以與他的行為比對。那女兒國「國王」雖然花容月貌，林之洋拒

絕和她成親。唐敖以為這光景有若柳下惠坐懷不亂。林之洋本來嗜
酒如命，卻怕醉酒誤事，於是不論見到甚麼美酒，他總不吃。（進宮
那晚，只喝了兩杯便裝起醉來。）唐敖以為這有如大禹當日拒絕儀狄
旨酒。林之洋又不為金錢珠寶打動。唐敖謂此舉像古時王衍一生從
不言錢，甚至嫌起阿堵物的銅臭來。林之洋受盡百般苦楚凌辱，忍
耐到底，唐敖認為堪與婁師德唾面自乾媲美。多九公說道：

> 「林兄把這些都能看破，只怕還要成仙哩！」

> 唐敖笑道：「九公說的雖是，就只神仙從未見有纏足的。
> 當日有個赤腳大仙，將來只好把林兄叫作纏足大仙了。」

處理這類戲謔場面，作者最為得心應手。不過，他清楚暗示，林之
洋如果給挑上，便會成仙。這小說最後一節裏，大禹、柳下惠、婁
師德、王衍四個歷史上的典型，每人各護一軍，以確保迅速攻破迷
魂四陣。像李汝珍這樣小心翼翼，安排這種寓言性象徵的中國小說
家，為數不多。

這小說中的四惡，寓意重大，把我們引回本文引論部分所考慮
的問題。筆者說李汝珍是文人小說家，而在道德認識方面，他和那
些商業性的小說家的分別如何？酒色財氣四戒在《三言》、《二拍》中
是司空見慣的，所以，《鏡花緣》中所述，無論怎樣詳盡細膩，衝破
這四關其實談不上對傳統的智慧有何增益。韓南（Patrick Hanan）教
授已清清楚楚證明「三言」寫作過程中文人手筆之重要。因此，如果
這些故事在道德意義上看來平庸，甚至不太通，要詬病的是文人他
們自己。李汝珍這文人小說家，在機智才學上，貢獻良多。作為個
道德家，卻與馮夢龍和凌濛初並無二致：大家都從不究詰，稱述世
俗智慧。

不過，好像其他許多作者一樣，教誨意味儘管教誨意味，他
卻是個很不錯的小說家。女兒國那一大段插曲，既包括了林之洋的
考驗，亦有陰若花和治水等故事，十分精彩，值得我們把它抽取出
來，研究作者的敘事技巧和它取法《西遊記》的地方。這段插曲收

尾處，作者揭露了它的寓言意義。在讀者面前，他幾乎沾沾自喜起
來。其實，他強調新義，不免有些牽強。我們知道，林之洋並不是
個假道學；他在商言商，有利可圖即圖。危急之際，他無心吃酒，
對「國王」的饋贈，也沒有興緻。他與妻子一同出洋，夫婦恩愛；而
那「國王」對他橫加虐待，他不可能會樂於與她狎遊一番。李汝珍自
己必定把林之洋的故事寫成個具有鮮明社會諷刺含義的喜劇性受難
記，雖然，他同時覺得，來個寓言性的解釋，正合於他的傳奇精神。

<h1 style="text-align:center">四</h1>

　　本小說的中心寓言，雖然暗示人生悲苦短暫，其目的無非在
於襃揚中國女性的美貌、淑德和穎才。我們不能真的接受近代的論
點，把它當作一部女權主義的諷刺小說。那原為狐狸精（心月狐）被
貶下凡擾亂唐室的武后，頒佈十二法令以改善婦女的厄運，看來是
個極端的女權主義者，是婦女福利和教育的代言人。不過，通篇小
說中，她是個令人又愛又恨的角色。她雖然不是淫婦，卻保留了歷
史上的污點。像上一代的好漢們一樣，所有年輕的英雄英雌們，誓
討武后，把她推翻。她專橫任性，雖然這點除了開首那樁強令百花
齊放事件外，沒有再加說明。如果我們把這本小說視作一部傳奇，
那末，她是個歹角。她樹立了新秩序，而新興一代則要恢復舊秩
序。她是個篡位者，也許李汝珍本於歷史，無可奈何。不過，倘若
他真的偏袒武后，他並沒有以她的失敗退位來結束全書的必要。

　　無論如何，種種改革無非為了減輕貧苦不幸的婦女的窘境。這
些改革跟那百個女子無關。雖然有數人較為遲鈍，忝陪榜末，間中
因其識見淺窄而受到揶揄；他們都是德、才雙絕的。黑齒國的亭亭
和紅紅，咄咄迫人，以聲韻和經典問題詰難、挖苦多九公。即使如
此，她們仍是傳統的賢淑女子，而非蕭伯納式的女英傑，一心追尋
道德和知識的真誠。二女博聞多識，多九公自慚形穢，羞愧無地，
落荒逃出書齋。忙亂中無意順手拿了一把扇子。這扇子一面寫着班

昭的七篇《女誡》，一面寫着蘇惠（若蘭）的織錦迴文璇璣圖。一為紅
紅所錄，一為亭亭所書。二才女日後來到中國，這把扇子也就璧還
了。她們雖然才智超邁，但這把扇子象徵了她們的性格和才華。李
汝珍選了這兩篇東西以喻婦女的懿範，也是毫無疑義的。

班昭，又稱曹大家，是中國古代第一才女。她的《女誡》七篇，
居陶冶女性的芸芸寶訓中的首位。《女誡》最為人稱道的地方，是四
行之說：婦德、婦言、婦容、婦功。班昭雖然認為幼女需受訓育，
卻以為女子無才便是德，更以炫耀才華為戒。她採納傳統之說，以
為女子該完全遵從丈夫。丈夫死後，無權再嫁。

《鏡花緣》以女權主義小說著稱，但開宗明義即捧出《女誡》，大
讚一番：

> 昔曹大家《女誡》云，女有四行：一曰婦德，二曰婦言，
> 三曰婦容，四曰婦功。此四者女人之大節而不可無者也。今
> 開卷為何以班昭《女誡》作引？蓋此書所載，雖閨閣瑣事、兒
> 女閒情，然如大家所謂四行者，歷歷有人，不惟金玉為質，
> 亦且冰雪為心。非素日恪遵女誡，敬守良箴，何能至此？豈
> 可因事涉杳渺，人有妍媸，一併使之泯滅？故於燈前月夕、
> 長夏餘冬，濡毫戲墨，彙為一編。

準此小說而論，李汝珍之喜愛女子的妙才慧巧，是遠過於班昭會容
許的。不過，他是個小心翼翼的作家。他並沒有在開首時宣揚某種
道德意圖，而後來的故事發展卻與此無關。他所有的女子都是賢淑
的、謹守婦道的。或言或行，很多都再肯定了班昭的箴訓。於此，
師蘭言的例子尤其有趣，後面會予以討論。

李汝珍十分景慕女子的才情，所以把蘇惠的《璇璣圖》與《女
誡》並列齊觀，二者同為女性爭光。這超古邁今、表徵女子才情之
妙的織錦圖，方形，凡八四一字，每行廿九字。「縱橫反覆，皆為文
章。」又如《鏡花緣》英譯者林太乙所說的，「以方形、螺旋形、對角
形及另外十數種其他組合法」讀之，亦可。我們一共可按圖讀出二百
餘首詩。小說引了武后為此圖所寫序文。序文謂前秦（公元四世紀）

刺史竇滔納了寵姬，使妻子蘇蕙嫉妒起來。蘇氏對寵姬苦加箠辱，竇滔深以為憾。後竇滔鎮襄陽，偕寵姬同往。蘇氏悔恨自傷，因織錦為迴文。後竇滔讀之，感其妙絕，遂歸於恩好。事實上，這織錦詩一若《女誡》，說明了婦女自甘降服於男性的駕馭。

小說中，武后頒佈了十二法令以改善婦女生活後，無意間發現此《璇璣圖》，且深喜之。為了討得武后歡心，宮中兩個才女，尋其脈絡、疏其神髓，又繹出詩句，竟可盈千。武后深感蘇蕙之高才、二女之慧巧，於是頒下御旨，令天下16歲以下才女俱赴廷試，以文才定其等第。結果，那百個女子乃得於長安聚首。

李汝珍像武后一樣，亟稱蘇蕙的賢慧，堪為女中懿範。他驚懾於這種才智。可是，這種才智不管如何妙絕古今，其實只是小聰明而已。這隱伏於織錦圖的百以千計的詩，浮誇而無聊，索然無味。第四十一回節錄從這織錦圖尋繹出來的詩篇，因而不能卒讀。不過，李汝珍一定曾經驚為傑作，否則，他是不會抄錄下來以饗讀者的。這小說對《女誡》和《璇璣圖》同樣讚賞，與此特性相符的是：作者頗有一頭嚴肅、一頭輕佻的各走極端的傾向——那些女子，一會兒引經據典，處處支持傳統道德；一會兒，同一口中，卻鬥嘴頑笑，戲言無忌。西方文學中，在許多主要女角身上，我們可看到謹嚴的道德敏感和誠摯的才智的渾融一體；這種關係作品中心要旨的道德才智，直指個人生活要使變得更嚴肅、更豐富、更有意義。這種精神在這班女子中，是付諸闕如的。讀《紅樓夢》時，我們也會豔羨諸女角的淑德和文才。然而，她們追尋福樂，她們有各種人生的煩惱，她們是活生生的人。我們不會從一本寓言性的傳奇故事中希冀甚麼性格複雜的人物。可是，《鏡花緣》裏的眾女子，若非板起面孔，就是嬉皮笑臉。她們內心世界的空洞無物，令我們驚訝不已。她們好像甚麼煩惱也沒有。唐閨臣長途跋涉，萬里尋親，然後應女科、題金榜，最後撇棄紅塵，以登仙籙；即使如此，她並沒有一份個人的性格——這寓言分派了她這角色，她照演如儀，如此而已。李汝珍把他所有的才情智慧通通借給眾女子，使她們顯得文質俱具、光芒熠熠；可是，她們實在了無生氣。

中國傳統上，男性高高在上，優於一切，從這點看來，那種對出色才女的仰慕，倒有幾分像是個遊戲或笑話。女子裏有個比較遲鈍的，辯説行酒令時，非要滿腹學問不可，使人窮於應付：

> 不瞞姊姊説，妹子腹中，除了十幾部經書並史記、漢書及幾部眼面前子書，還有幾部文集。共總湊起來，不滿三十種。你要一百部豈非苦人所難麼？

作者因而要我們對這個女子調笑一番。然而，對一個年僅16歲的少女而言，讀過這樣多書，已非常了不起了；何況根據中國舊式教育，她最少還得背誦那十來部經書！我們真要對此提出抗議。在別的小説裏，這個少女才學早熟，已是鶴立雞羣的人物。同樣道理，我們甚至不能認真地以為武后的特別女科，乃鼓勵女子接受教育。當然，不讓16歲以上的少女和所有成熟的婦女參加考試，就似乎不是贊成婦女的解放了。這種女科，其實與美國式的選美差不多；不同者，遴選的標準，是文采詞章，而非面貌身段而已。武后藉此娛樂一番，作者想來亦必如此。這些中選的女子，紛紛請假回籍，連一官半職都不要。雖然中選後御賜等第，光彩非常（黑齒國即經常開女科，名題金榜的獎賞有嘉）；不過，這種榮譽在典型的儒家體制中，是父母分享的，所謂光宗耀祖是也。已婚的中選才女，則與夫家同分美譽。那一百個女子中，僅有枝蘭音、亭亭、紅紅三人伴着陰若花離開中土，到女兒國去，臨朝當政，一展抱負。

中選名單公佈後，那百個女子便舉行慶祝大會，暢敍歡談，佳餚旨酒之外，還有各種遊戲玩藝。從六十七回到九十四回，除了間中給些仙界人物打斷，以完成整個寓言設計外，幾乎全部敍事強調歡愉喜樂：陰若花離開中國所促成了傷感氣氛是僅見的例外。技巧上，這漫長的部分尤其不同凡響。因為，以這樣多篇幅讓給這麼多對話，而這些對話對小説情節結構又無關宏旨，中國小説家中，這樣做的，可謂前無古人。第八十一至九十三回，共佔了密麻麻的小字六十頁以上，特別與眾不同：這裏作者精工細琢，描述一次宴會上行酒令的情形。行酒令時，那百個女子要引證一百部經典。然

而，酒令進行中，眾女子常常加插了笑話、故事、諷刺詩文、詩詞和各種各式鬥嘴頑笑的玩藝。可是，這詳盡細緻的宴會場面，論者對此從來沒有好感。連清代一位酷好小說的讀者(楊懋建《夢華瑣簿》)也忍不住對它的沈悶冗贅提出抗議：

> 嘉慶間新出《鏡花緣》一書，《韻鶴軒筆談》亟稱之，推許過當。余獨竊不謂然。作者自命為博物君子，不惜獺祭填寫，是何不逕作類書而必為小說耶？即如放榜謁師之日，百人羣飲，行令糾酒，乃至累三四卷不能畢一日之事。閱者昏昏欲睡矣，作者猶津津有味，何其不憚煩也。

慶祝宴會上，這百個女子乃中國文化的最佳展覽品，亦是那文化的護衛人。作者謹慎地做到人人兼顧。不過，明顯可見的是他從百人中選了三個出來，作為那文化的傑出代表：唐閨臣表徵文才，師蘭言表徵道德和智慧，而孟紫芝表徵機智和幽默。唐閨臣的事，我們別處已說過。這裏只道華筵那場的高潮：正是唐閨臣睥睨眾才女，最為光彩的時候，她的仙界宿仇嫦娥和風姨下臨凡界，把她羞辱了一番。而她則以牙還牙，寫了一篇賦，裏面充滿了對月姊和風姨的奚落揶揄。師蘭言(老師的蘭花般美好的話)代表了《女誡》那種謹慎、節制和虔敬，時常講述完全合於儒家的金石良言。一次，她勸說同伴，要多行善事，勿憂未來，全心信服善惡報應的大公無私。有個名叫卞錦雲的女子，不服其說，與她辯論起來，語多譏諷，並引王充以自重。師蘭言誠懇地這樣作答：

> 我講的是正理，王充扯的是邪理。所謂邪不能侵正。就讓王充覿面，我也講得他過。況那《論衡》書上，甚至鬧到問孔刺孟，無所忌憚。其餘又何必談他！還有一說，若謂《陰騭文》善惡報應是迂腐之論，那《左傳》說的「吉凶由人」，又道「人棄常則妖興」這幾句不是善惡昭彰明證麼？即如《易經》說的「積善之家，必有餘慶；積不善之家，必有餘殃」，《書經》說的「作善降之百祥，作不善降之百殃」，這些話難道不是聖

人說的麼？近世所傳聖經，那「墳」「典」諸書，久經漸滅無
存，惟這《易經》、《書經》最古。要說這個也是迂話，那就難
了。

所有在場眾女子都對這番話拍手稱快。可是，師蘭言這個回答其實
一點要與王充辯論的樣子也沒有。她只把王充的說法抑為邪理，然
後引經據典，支撐起善書《陰騭文》不太服人的權威。幾乎所有職業
的說書人和小說家，都一致採納善惡報應之說，李汝珍也同樣沒有
保留地依樣全收。他的道德代言人師蘭言的諄諄勸誡，也和傳統的
如出一轍。

　　第三個女子孟紫芝，是宴會的活寶，集中國文化的玩世不恭
處之大成。她到處周旋，說笑捉狹，引人發噱。有時，她唱些諧謔
的歌曲，又講述故事，儼若職業的說書人。無疑地，作者創造了這
角色，要使這小說的宴會場面有生氣起來。此外，前半部唐、林、
多三人暢遊海外，引發了許多笑料，孟紫芝正好在此取代了這三人
的位置。唐、林、多三人的諧謔嬉笑，往往直指人性，又常與中國
的時勢相關。可是，孟紫芝的機智，卻避重就輕，一點也搔不着癢
處，而且令人萬分厭煩。孟紫芝曾模仿《莊子·逍遙遊》而成〈飛屨〉
一短章，這裏可說是她最靈光的時候了：

　　　其名為屨，屨之大，不知其幾千里也，怒而飛，其翼若
　　垂天之雲。是屨也，海運則將徙於南冥。南冥者，天池也。
　　諧之言曰：屨之徙於南冥也，水擊三千里，摶扶搖而上者九
　　萬里，去以六月墮者也。

（第八十七回所錄模仿古典文學的另外幾段詩文讀來亦頗可笑。）下
面有個以糞便為題的笑話，取笑鞦韆上的同伴，就沒那樣稱心如意
了：

　　　老蛆在淨桶缺食，甚饑。忽然瞌睡，因命小蛆道：「如有
　　送食來的，即來喚我。」不多時，有位姊姊出恭。因腸火結

燥，蹲之許久，糞雖出，下半段尚未墜落。小妞遠遠看見，
即將老妞叫醒。老妞仰頭一望，果見空中懸着一塊黃食，無
奈總不墜下。老妞喉急，因命小妞沿桶而上，看是何故。小
妞去不多時回來告訴老妞道：「我看那食在那裏頑哩！」老妞
道：「做甚麼頑？」小妞道：「他搖搖擺擺，懸在空中，想是打
鞦韆哩！」

諸如此類的笑話，縱使或者合於傳統中國口味，使人捧腹，卻
失於對人生世道搔不着癢處，令人生厭。孟紫芝就像那漫長的筵席
本身，聰明是聰明的，但無的放矢，濫用文化遺產來助酒興。小說
中這部分，李汝珍過份經營，揮霍無度，結果不止冗長乏味，且幾
至頹廢。因為他表彰芸芸女子中那三個才女的才學慧巧時，顯示出
對中國文化不加批判的愛好和洋洋自得的樂趣。今日中國讀者覺得
小說的這部分難以接受，不一定因為對經書陌生，以致不能欣賞那
大堆徵引的材料，亦非對古人的文采風流韻事懵然無知。其所以如
此，乃由於他不能分享作者那種對中國文化的傾心迷戀。

五

論者咸以為唐敖和林之洋第一次出洋那部分 (第八至四十回) 是
最生動的地方，得使《鏡花緣》稱為說部中的二流名著。細覽全書，
此論甚是。第二次出洋有一出名的插曲，講述一懼內的大盜和他那
潑婦的故事 (第五十一至五十二回)。這直可與第一次出洋的最佳惹
笑插曲媲美。不過，這次出洋，彌漫着唐閨臣的孝心和肅穆氣氛，
把喜劇精神大打折扣。第五十二至五十三回中，唐閨臣與亭亭和陰
若花一本正經，談論禮制、史傳和《春秋》義法。第一次航程中，亭
亭與多九公講學論道，結果多九公大受折磨。兩相比照，即見出前
後二節，大異其趣。首節中，多九公給搶白挖苦一番，作者以之為
樂，乃要指出亭亭的淵博，無人可以企及。第二節中，幾個女子都
才學過人，彼此互相仰慕，那種惡作劇的挑剔，就再不見踪迹了。

　　作者一定始終以為他那幾個主要女角，都是超古邁今的才女。對唐、林、多三人則不作如是想，而隨便開玩笑作弄他們。這樣，第一次出洋的喜劇遂更風趣了。除了第一次出洋那節外，讀《鏡花緣》，常叫人與《紅樓夢》比較，卻又處處不如。第一次出洋部分則顯然步武《西遊記》，因為同行者三人，經歷的則為奇風異俗的域外。不過，《鏡花緣》寫來閒適多了。只有女兒國那節是例外，其餘的，作者大力用墨於描述那幾個中國觀光客，親睹奇人奇獸，引為快事。作者並沒有怎樣用力去寫唐僧取經這樣的冒險喜劇。誠然，唐敖必須遇到那十二個女子，方算盡了那寓言性的任務。不過，每次他碰上一個或兩個，而各人處境殊異，因而帶來各種有趣事情。通常，三人每到一處，總逗留一番，使林之洋有足夠時間與土人做買賣。而每次觀察風土人情，三人幾乎遭到窘境，弄得尷尬不已。

　　出洋部分中，李汝珍表現自己的博學多才，一如小說其他部分。然而，李汝珍此處更能好好利用他的學問，以達成喜劇諷刺的目的。雖然經書和聲韻學的討論，見於重要段落中；他最用心的是把《山海經》、《拾遺記》、和《博物志》諸地理典籍中的駭異邦域和人物野獸等復活過來。我們不必先讀過這些典籍，才能欣賞作者的記敘；不過，倘若我們讀了，就會更覺津津有味。那些典籍的描述簡略，但作者妙筆生花，小心刻畫，把已有的加以增益，就寫出種種怪誕荒唐的人物來。原有的描寫，怪是怪了，卻沒有甚麼人性或神話意義。我們若說直至李汝珍才把那些奇邦異域賦予意義，並使這些國家的名字，得掛於中國讀者口上，這說法並不為過。

　　那些古代典籍上記載的國家，自然並非都適於融入小說。因此，小說中，那些風俗異於中土的邦國，或者通過諷刺性的誇張而使中土風俗獲得彰顯的其他國家，唐、林諸人便多事留連，否則便迅速掠過。不過，後者的有關描寫，仍見怪趣；對人類某些弱點的鍼砭，尤富哲理。多九公飄洋已久，樂得講述這些異國風情，以饗其友。李汝珍通過了多九公，以口語形式道出具備六朝風味的志怪小說，同時又保存了那種與《莊子》和《列子》相仿的機趣。有一節講到伯慮國的，論者鮮有徵引，卻精彩極了：

當日杞人怕天落下，把他壓死，所以日夜憂天。此人所共知的。這伯慮國雖不憂天，一生最怕睡覺。他恐睡去不醒，送了性命，因此日夜愁眠。此地向無衾枕，雖有牀帳，係為歇息而設，從無睡覺之說。終年昏昏迷迷，勉強支持。往往有人熬到數年，精神疲憊，支撐不住，一覺睡去，百般呼喚，竟不能醒。其家聚哭以為命不可保，及至睡醒，業已數月。親友聞他醒時，都來慶賀，以為死裏逃生，舉家莫不欣喜。此地惟恐睡覺，偏偏作怪，每每有人睡去，竟會一睡不醒。因睡而死的，不計其數。因此更把睡覺一事，視為畏途。

伯慮國在《山海經》只是個名字，甚至連郭璞的標準注本也無提到。李汝珍訓「伯」為「百」，伯慮國即有百種憂慮的國家。他創造了這個小小寓言，道出人生在世莫可名狀的憂慮，令人震懾，與卡夫卡和伯格斯（Borges）的作品有異曲同工之妙。與此相映成趣的是無啓國，道家對生死泰然處之的人生觀就在此表示出來。《海外北經》郭璞傳：無啓國「其人穴居、食土，無男女，死即埋之，其心不朽，百廿歲乃復更生。」李汝珍局部引伸如下：

彼國雖不生育，那知死後，其屍不朽，過了一百二十年，仍舊活轉。古人所謂「百年還化為人」就是指此而言。彼國之人，活了又死，死了又活，從不見少。他們雖知死後還能重生，素於名利心腸倒是雪淡。他因人生在世終有一死，縱使爭名奪利，高貴極頂，及至無常一到，如同一夢，全化烏有。雖說死後還能復生，但經百餘年之久，時遷世變，物改人非，今昔情形，又迥不同。一經活轉，另是一番世界，少不得又要在那名利場中努力一番。及至略略有點意思，不知不覺卻又年已古稀，冥官又來相邀。細細想去，仍是一場春夢。因此他們國中，凡有人死了叫作睡覺，那活在世上的叫作做夢。他把生死看得透徹，名利之心也就淡了。至於強求妄為，更是未有之事。

本小說的主要寓言，對人生的短暫，感慨系之；其傷感處，實可不必。這則故事即與此相反，所以特別耐人尋味。李汝珍生活在世，是否真能對道家智慧身體力行，我們很難說。確實可言的則是《山海經》諸書怪邦異域的記載，甚至只是那些名字本身，卻能為他喚起種種海市蜃樓。能把這些幻象參酌用之，不啻顯出一種真正的哲學氣質和諧趣的才智。可是，這小說並非處處如此，真是可惜。

有時李汝珍的改編，是絕頂醜怪的諷刺之作。《山海經》載稱無腸國國人消化食物，而無腸胃。李汝珍抓住這點，把吝嗇鬼挖苦一番：

> （多九公道：）「此地人食量最大，又易饑餓。每日飲食費用過重，那想發財人家，你道他們如何打算？說來倒也好笑。他因所吃之物，到了腹中，隨即通過，名雖是糞，但入腹內並不停留，尚未腐臭，所以仍將此糞好好收存，以備僕婢下頓之用。日日如此，再將各事極力刻薄，如何不富？」

> 林之洋道：「他可自吃！」

> 多久公道：「這樣好東西，又不花錢，他安肯不吃」

> 唐敖道：「如此腌臢，他能忍耐受享，也不必管他。第以穢物仍令僕婢吃，未免太過。」

> 多九公道：「他以腐臭之物，如教僕婢盡量飽餐，倒也罷了。不但忍饑不能吃飽，並且三次四次之糞，還令吃而再吃，必至鬧到出而哇之，飯糞莫辨，這才另起爐竈。」

出洋那部分裏，酸秀才是時刻給取笑的對象。酸秀才把學問生吞活剝，未經消化，以致連餓得發慌的野獸也沒有胃口吃他。李汝珍喜歡挖苦其他人物，而他既是個刻意頌揚中國文化的文人小說家，也就難免常回頭對那些酸儒迂士諸多揶揄了；雖然他也同情他們的無知小氣，以為他們是科舉制度的可憐犧牲品。林之洋經商為生，免受應制之苦，因此常常點出那些一生潦倒，試途多舛的文

人的可笑復可憐之處。白民國的儒士，妄自尊大，其實目不識丁；淑士國之民，則酸風四播，齷齪可憐。唐、林等人碰上他們，惹出的笑料令人叫絕。淑士國的斯文酒保，咬文嚼字，之乎者也講個不停，使人渾身發麻，暗笑不已。這節妙到毫顛，實是全書中諷刺文人最成功之處。上面說過，唐、林等人，不諳聲韻之學，被譏諷搶白了一番。作者對其自製音系，常引以為傲，乃有唐、林諸子在漫長的航程裏，四處尋訪拼音字母之事。這直可與《西遊記》的朝聖取經比較。

吝嗇鬼、酸秀才，凡此種種人物，中國久已有之。不過，作者除了揭發這些荒謬行徑外，就鮮有作為了。江山易改，人性難移。但是儆惡懲奸，破除陋俗，卻是多少可以辦得到的。因此，在君子國一節中，作者傾力抨擊中國社會，希望可藉此改變國民生活。作者自謂無意攻訐朝政，但藉着他的代言人吳氏兄弟對唐、林諸人的質難，卻對中國社會陋習結結實實的數落一番，計有：選風水、厚殯葬、婚禮舖張、筵席奢侈、屠宰耕牛、妄興爭訟、婦女纏足、三姑六婆、為人父母送子女入空門、後母虐待前妻兒女等。吳氏兄弟尊中國為天朝，乃天下文明薈萃之地。但稱述時語多尖刻。不過，他們諄諄箴勸，寄望無知小民，除陋去惡，得享仁愛太平的日子。講來一片赤誠，與書中處處可見的開處藥方以濟世的熱忱，殆無二致。

不過，我們必須強調的是：斥責纏足之說，言人所未言，自為卓識，作者在現代批評家中，時有好評。可是所有其他的抨擊，則全無新意，在李汝珍以前的小說和善書中，都可找到。《三言》之類的故事作者，每有機會，便痛斥凶殘的後母、爭訟、風水先生和三姑六婆。李汝珍顯然心儀道家超凡入聖的理想，卻又與夏敬渠一樣，冀望釋道二教，終有息滅之日。這點看來是相當有趣的。不過，即使那表面上支持佛家說法的《金瓶梅》，也為人們把兒女送入空門而惋惜，更卑視那輩唯利是圖的和尚與道士。我們細察吳氏兄弟對中國文化的批評，便又一次驚愕於文人小說家如李汝珍，他們一串上社會代言人的角色，就和那些流行故事作家和小說家差不

多了。他們一致相信中國文明大抵上是完好的。他們對種種敗壞風俗，或攻擊，或歎息，視之為中國文化理想形態的越軌現象。

這樣説來，除了凶殘後母這可能例外，只要人們明達一點，所有吳氏兄弟痛陳的各項，都可矯正過來：這些都源於人類的愚昧無知，而非人類罪惡本性的表現。試就這方面比較吳氏兄弟對中國的批評，和格利佛在詫異莫名的通人性的馬（Houyhnhnms）之前，外表上不動感情的對英國和歐洲情形的描寫。格利佛咎責諸侯、卿相、律師、醫師和兵士，斥其生性貪婪殘酷。他這樣斥責，把整個從領袖以至庶民都染上人形獸（Yahoos）的惡性的文化都牽連了。吳氏兄弟雖然諸多諷刺，實際上卻是儒家通達、節儉、仁愛那一套。他們希望見到各種習俗矯正後，中國便恢復從前那樣，倫常道德，完好無缺。

作者在各種風俗中，抓住纏足一項，在女兒國那段，大加鞭撻譏諷。不過，在好些地方，他也取笑華筵盛宴上選用價高而味寡的上料燕窩。林之洋的折磨自然是上好的諷刺，而整段故事也不愧是整本小説中最出色之處。不過，第一次出洋既然是喜劇性的，林之洋之不會受到嚴重傷害是自然不過的事。我們可以放心笑他，正同我們笑那步步進迫、愛火如熾的「國王」和那些壯大健碩，滿面于思的女子一樣。後來，林之洋回憶那創痛，一再把那剛給纏起來的腳比諸雙足鬆動自由，卻要一次又一次為考試所束縛的讀書人。林之洋所受人為的折磨，就這樣拿來與秀才那一流的讀書人經常所受的苦楚相提並論。這段喜劇插曲的諷刺幅度雖大，但主要乃建立於對那顛鸞倒鳳世界的描寫。我們平日習見男性駕馭一切，女性唯命是從。這一顛倒，遂叫我們忍俊不住。這樣子的諷刺，是嵌於一個不動火氣、態度寬厚的喜劇中的。

無疑地，李汝珍想要藉着林之洋纏足遇難事，令男性讀者大吃一驚，不再洋洋自得。可是，第一次出洋的故事結束後，書歸那百個女子的正傳，他就把纏足一事束諸高閣了。李汝珍是個淵博文人，深知唐代婦女並不纏足。可是，作為個清代中葉的小説家，要描寫綺年玉貌的美女，而不道及其小足，是辦不到的。所以，他那百個女子，人人姍姍蓮步。

　　起先，陰若花因為享有男子特權，所以雙足天然。她抵達中國後不久，便伴隨唐閨臣出洋尋父。眼看快要攀登小蓬萊山了，唐閨臣這樣談及其友：「若花姊姊近日雖然纏足，她自幼男裝走慣，尚不費力。」所以，一個外國「太子」，為了接受中國文化，非先纏足不可。她必定要忍受林之洋所受過的那種折磨。不過，這一切都於無言中過去。如果喜劇上宜於來個男子纏足受苦，那末，提醒讀者諸君，說那百個花卉仙子下凡的女子，人人都得先受纏足之苦，然後才堪成為良家淑女，那就有損於傳奇的精神了。作者描寫慧巧伶俐的孟紫芝，說她「走路靈便」。第七十三回中，同伴卞寶雲訴苦說雙足疼痛，孟紫芝對她說：「我勸姊姊，就是四寸也將就看得過了，何必定要三寸，以致纏的走不動，這才罷了！」彷彿這個可憐的女子，幼年時可以對她父母發號施令，要雙足合於甚麼尺寸似的。吳氏兄弟的砰然猛擊，到這裏，就在這不大中用的勸告的微音中，戛然而止。

六

　　通常，文人小說家比諸他們職業性的兄弟，對小說這表達媒介的態度，既更嚴肅，亦更兒嬉。他們要怎樣板起面孔教訓就怎樣板起面孔教訓人。然而，他們也最愛故弄玄虛，編造最荒唐不稽的謊話。李汝珍從曹雪芹得到暗示，對自我吹噓特別興緻勃勃，娓娓道出他特准講述的與眾不同的故事，又說得膺為講述這故事的人選，榮幸何如！因他深深喜愛正在用力撰寫的小說，他才不得不自己加插這類作者的笑話，以饗讀者。從塞萬堤斯（Cervantes）到納布可夫（Nabokov），西方有一種刻意「捉弄讀者」（manipulative）的小說家。從這點說來，李汝珍可說是與這些西方大師一脈相承，雖然在他之前的文人小說家並非全都如此。

　　很多中國小說預設好要聚義的好漢志士們最後羣英大會以完壯舉。《水滸傳》如此，《儒林外史》亦然。《儒林外史》中，所有良善有德的文人，最後滙集南京，共祭泰伯祠。李汝珍千辛萬苦地把那百個女子安排在長安聚首，覺得這麼多女子相敍，可說是稗官野史上

空前的新奇大事。第七十一回裏，陰若花傲然説道：「異姓姊妹相聚百人之多，是古今有一無二的佳話。」常鬧惡作劇的孟紫芝聽了，不大信服。掌紅珠説：「若花姊姊這話並非無稽之談，妹妹不妨去查，無論古今正史野史以及説部之類，如能指出姊妹百人相聚的，愚姊情願就在對面戲臺罰戲三本。」蔣春輝繼續爭辯説，《西遊記》女兒國中，必定常有「成千論萬」的女子聚在一起。無論如何，中國小説史上，像李汝珍那樣安排百個女子聚首一堂，大排筵席的，《鏡花緣》作者是開風氣之先了。第九十三回裏，宴會快要終結時，蔣春輝自己也強調這盛事的古今無二：「我們所行之令，並非我要自負，實係前無古人，後無來者，竟可算得千古獨步。」

百個女子的宴會是古今盛事，而李汝珍覺得身為此盛事的紀錄人，更難能可貴。他好像在告訴讀者：這故事數百年來，一直在訪求賢者把它紀錄下來；如今清代中葉讀者，終於有機會一讀，幸何如之！因此，像《紅樓夢》的情形一樣，我們可從這小説本身，把它的原始，傳述和作者問題，理出個端緒來。作者在第一回告訴我們，小蓬萊有一白玉碑，上具人文，常發光芒；百種花卉的仙子被貶下凡前，便已存在。第四十九回謂唐閨臣忙着把碑上文字，抄錄在蕉葉上。後來，到了船上，她把碑文用紙再謄一次，並向隻猴子説，要牠找個文人，把所抄錄的，寫成本小説。返家後，唐閨臣向猴子再提此事。那猴子把她的謄本搶走了，逸去無蹤。直到小説的末了，作者才告訴我們，原來那猴是仙猿，來自百花仙子的山洞，偷偷跟隨女主人下凡。那仙猿數百年來訪尋文人墨士去做稗官野史，卻處處碰壁。《舊唐書》和《新唐書》的修纂人都婉言拒絕此事。直至數百年後才訪到「個老子的後裔，略略有點文名」；此人「以文為戲，年復一年，編出這《鏡花緣》一百回，而僅得其事之半。」

塞萬堤斯在《唐‧吉訶德》的第二部中，説該小説乃由翻譯一阿拉伯文的唐‧吉訶德故事而來。這裏，《鏡花緣》則被當作本已經寫成的書，而書名不同。即使作者這樣説時，小説尚在發展中。第二十三回説到在淑士國裏，林之洋對着一班酸士腐儒，裝腔作勢，做出很有才學的樣子。他提到老子、莊子時，口中忽然跑出個「少

子」來。他們聽來奇怪，追問到底，要知「少子」究竟是甚麼書，林之洋只得捏造這番話：

> 這部《少子》乃聖朝太平之世出的，是俺天朝讀書人做的，這人就是老子後裔。老子做的是《道德經》，講的都是元虛奧妙。他這少子雖以遊戲為事，卻暗寓勸善之意，不外諷人之旨。上面載著諸子百家、人物花鳥、書畫琴棋、醫卜星相、音韻算法，無一不備，還有各樣燈謎，諸般酒令，以及雙陸、馬弔、射鵠、蹴毬、鬥草、投壺各種百戲之類，件件都可解得睡魔，也可令人噴飯。這書俺們帶著許多，如不嫌污目，俺就回去取來。

他們聽了個個歡喜，都催林之洋上船取書。讀者這時自然還不知所謂《少子》指的就是這本小說。姓李的人，都可說是老子的後裔。不過，到第二十七回那部分為止，這本小說只是部遊記，它那類書式的特點還未彰顯出來。讀者到了全書的最後一頁，看到「老子的後裔」幾字，回想起林之洋那段描述的話，就會發出一陣會心的微笑！原來如此！

作者還用另一手法把小說撮述一遍。第八十八回裏，唐閨臣與月姊、風姨對壘過後，女魁星下臨，把月姊、風姨責備一番。後來，手爪似鳥的麻姑下來排解，眾仙遂回上界。諸才女向麻姑問這問那，於是，她便念了一首長詩給她們聽，綜述那百個女子的各種故事和經歷，又預言若干人會於破四關時殉難，最後對月姊、風姨下訪事，稍微提點作結，一共用了兩回的篇幅。作者顯然十分自我陶醉於他的寓言，所以用韻文把故事複述一次，讓那些心有所感的女子品評一下，亦讓讀者讚嘆一番。這是首五古的千言長詩，一韻到底。除了古體詩常有的疊字外，沒有一字重複。這種寫法是萬分困難的，我們覺得他雖然比不上蘇蕙那樣精心排比，巧妙異常，卻似乎有與她互爭雄長之勢。

誠然，作者苦心孤詣，把他的淵博、聰明和教誨通通寫進去，無非為了博得讀者的稱讚。作者因而使我們覺得，他對自己在文人

小說上的成就，一定欣然色喜，一若對小說所褒頌的中國文化揚眉稱善。本書寫於最後的一個太平盛世。此後，中國門戶洞開，固有文化的優劣乃成問題。也許李汝珍對自己的小說心滿意足，是蠻有道理的。他細心經營，想盡辦法把有趣的和有益的東西，只要小說能容載的，都裝進去。我們對中國和小說的理解，和李汝珍那時代的，可說截然不同。前人讀《鏡花緣》，覺得津津有味。我們現在讀來，與前人的感受真可說是不可同日而語了。時移事易，這應該不是作者之過吧。

新小説的提倡者：嚴復與梁啓超

張漢良　譯

晚清不少學者與報界人士認為小説是國家改革的工具。1897年，在天津主編《國聞報》的嚴復，與其摯友夏曾佑合撰了一篇長文〈本館附印説部緣起〉。這篇文章一向被視為現代中國第一篇強調小説社會功用的評論文章。[1]接踵而來的，有梁啓超較短的〈譯印政治小説序〉，發表在梁氏自辦的《清議報》創刊號上（1898年12月橫濱出版）。1902年10月，梁氏在橫濱創辦了另一份刊物《新小説》，同時寫了一篇發刊辭〈論小説與羣治之關係〉。該文開宗明義便強調小説的教育價值：

> 欲新一國之民，不可不先新一國之小説。故欲新道德必新小説，欲新宗教必新小説，欲新政治必新小説，欲新風俗必新小説，欲新學藝必新小説，乃至欲新人心，欲新人格，必新小説。何以故？小説有不可思議之力支配人道故。[2]

接下去幾年，上海出版了幾種小説刊物，它們和《新小説》有同樣的特色：發表不少顯然受上述三篇文章影響的小説評論，並連載了晚清時期最重要的，具有政治意識的好幾種小説。[3]由於嚴復與梁啓超在學術界的聲望，我們可以瞭解，他們這幾篇開先河的文章何以被視為當時小説成就的宣言。

阿英（錢杏邨）《晚清小説史》1937年出版以來，所有研究當時

作品的文學史家，無不公認這三篇文章的影響。但是這些人的討論缺乏批評深度，他們也沒有就中國傳統與外國文學的背景來探討這三篇文章。即使曾經仔細研究過梁啓超兩篇文章的朱眉叔，顯然也不知道梁氏在嚴復之前，就曾發表過一段論小說的文字，他也不知道梁氏之提倡新小說，深受日本明治時代文學運動的影響。[4] 即使不論其對文學批評貢獻的內在價值，專講其對當時確切的影響而言，這三篇文章也實在值得吾人完整系統性的研究。然而，由於筆者缺乏思想史的專業訓練，因此在本文中，無法把嚴復、梁啓超二人的小說觀點，附會到他們當時其他更重要的成就上去。本文的重心只是這三篇論文。此外，我要評介當時學者對他們觀點的看法，並衡量梁氏所提倡的理想派政治小說，在一個諷刺小說當道的時代，到底有何成就。

一

在撰寫本文過程中，有時我免不了重複前人的見解。第一點先得說明的，大多數清末民初批評家所瞭解的「小說」一詞比今天英文中的 "fictions" 含義要廣泛。雖然嚴復與梁啓超很顯然要提倡長篇小說 (novel)，在他們看來，中文的「小說」一詞，包括戲劇以及一切通俗敍事文學，譬如唐宋傳奇、明清小說以及彈詞之類。（晚清小說刊物上所載的短篇小說，以今日目光看來，都不夠精彩，至於西方形式的短篇小說，要到民國六年的文學革命以後才開始出現。）由於嚴梁二氏未嘗界說這個名詞，我們相信他們之所以亟力提倡小說，是因為除了詩、詞、賦、散曲之外，小說幾乎等於所有的想像文學。因此，嚴復列舉的最有名的小說人物，皆出自《三國演義》、《水滸傳》、《西廂記》及《牡丹亭》。梁啓超列舉的最有影響力的小說，除了《水滸傳》和《紅樓夢》外，尚包括《西廂記》與《桃花扇》。然而，本文討論的三篇文章，其重心皆為吾人通常所稱的小說，嚴梁二氏所亟於革新者，亦為此種小說，因此，筆者認為 fiction 一詞頗為適用，不必另創新名。

　　要確實瞭解嚴復與梁啓超二人對小說究竟有何新穎的看法，我們首先必須略述二人無法免俗、深受影響的傳統的小說觀點。中國自古以來對小說的輕視態度，當時仍然很強。人們認為小說和正史相反，因為它違反事實；和嚴肅教化的文學相反，因為它輕佻、猥褻，往往在政治上起導亂的作用。雖然《水滸》、《紅樓》等極少數作品經得起時間的考驗，有不少文人和批書人肯定它們的成就，可是大多數小說的序言，都有些自謙辯解的味道。這些序文都承認小說是一種低下的文學形式，但強調小說對那些水準不高，無法欣賞嚴肅作品的讀者仍然具有教化之功。如果小說與正史有出入，至少它能傳達一部分事實，否則許多人根本就不知道歷史。小說家對歷史無意的疏忽或有意的出入，目的也是希望能以更動人的方式來傳達主要的事實。神奇怪誕的演義小說，人們往往根據寓言的觀點，說它們能傳達隱義。當然，許多小說被視為「誨盜誨淫」，但是，由於這些作品中的強盜和淫棍往往下場不好，因此我們可以說，罪行的描寫實際上證實了世俗或宗教的報應觀念，因而有益「世道人心」。因此，為小說辯護的人與官方的衛道者，都認為讀者是看小說完全會受影響的——或者模倣書中的壞蛋，或者見他們罪有應得而心生警惕。很少有人認為讀者會保持美學的距離，超然地欣賞淫盜的場面，而不會起而模倣。當然，絕對沒有人會想到通俗小說還具有治療的價值，讓讀者被壓抑的慾望獲得替代性的發洩。

　　雖然如此，大多數短篇小說選集的序言，都注意到小說的內在趣味，認為它能記載人生令人難以逆料的事實。《古今小說》序強調作者具有「可喜可愕可悲可涕可歌可舞」的能力。[5] 光緒版《今古奇觀》序文說書中所收的皆屬「可悲可喜可歌可愕」的故事。[6] 這種標準公式雖然永遠逃不出小說有說教功用的大前題，但事實上卻強調了小說對吾人感情的影響，以及它所能傳達的本身自明的真理。但是根據這些序文的說法，構成小說感人成分的，顯然是激動的事件與過分戲劇式的情節轉折，而非表面上風平浪靜的人生描寫。除了少數例外，傳統的中國小說批評家都是道德家，他們經常證實小說的感人力量，但很少強調欣賞小說藝術本身所產生的美感情趣。

嚴復在文章裏一方面從傳統的立場同意小說有其力量，一方面卻也從生物的與社會的達爾文主義觀點，來說明小說內在的吸引力。他認為小說主要是英雄傳奇與戀愛故事。原始人與文明人都崇拜英雄，因為英雄是生存鬥爭的勝利者。在人類超越禽獸過程中，後來化為神話人物的文化英雄，扮演着最重要的角色。後來國與國之間為了生存或霸權互相鬥爭，中國和西方都出現了許多著名的軍事英雄，例如「大彼得、華盛頓、拿破崙」。[7]但是由於嚴復的科學信仰與樂觀主義，他顯然比較讚賞推動近代文明有功的知識分子，如馬丁路德、培根、哥白尼、牛頓與達爾文，這些人在他心目中是人類的大恩人。這些英雄人物離棄了「血氣之世界」，投身於「腦氣之世界」。不幸的是，軍事英雄仍然存在，因為血氣世界將繼續與腦氣世界共存幾百年。至於戀愛故事，由於人類要繁延種族，任何浪漫的、非凡的、以及影響歷史過程的兩性結合（嚴復花了很長的篇幅，敍述海倫與克麗奧帕屈拉的故事），都會繼續感動人心。他慨然肯定：「甚哉！男女之情，蓋幾幾乎為禮樂文章之本，豈直詞賦之宗已也。」[8]

嚴復接着說，把這些「可駭可愕可泣可歌」的英雄與浪漫事蹟保存下來，完全是靠了文字記載。此類記載有兩種：「史」與「稗史」（「書之紀人事而不必果有此事者」）。[9]曹操、劉備、張生和鶯鶯等人之所以成為中國文字記載中最著名的英雄與戀愛人物，就表示稗史小說在保存事蹟方面的功效更大。這是因為小說的文字比較接近活的語言，對世道人心的描寫，着墨較多，也比較細膩。至少在中國的傳統上，因為官修歷史用的一直是精簡的文言，很難描寫出具體的現實，因此，上述說法是可以採信的。但嚴復執着的擁護小說論調，顯然帶着感情用事或俯就眾好的意味；他認為真實的歷史事件無法滿足人心的需求，小說卻能透過懲惡揚善做到這點（但我們不免會問，善惡問題和個人或羣體的生存鬥爭又有甚麼關係？）即使小說「稍存實事，略作依違，亦必嬉笑怒罵，託迹鬼神，天下之快，莫快於斯，人同此心，書行自遠。」[10]換言之，傳統的中國道學家由於小說說謊或曲解史實而輕視小說，嚴復卻認為小說的特殊優點，便

是能矯正歷史，使某些英雄與愛人永遠活在人們心中（其實，張生與鶯鶯完全是虛構的人物。）

我們不禁要質問嚴復：我們應該偽造歷史去滿足人類要求基本正義的願望，還是應該保留血氣和腦氣世界中歷史性鬥爭的事實（不管這些事實如何不對胃口）？雖然大多數中外的傳統小說都宏揚傳統道德的正義觀念，但真正偉大的小說（且不論悲劇），探討人類情景時，總是不會向濫情低頭的。例如《三國演義》中的劉備與曹操，固然大多數讀者同情前者，憎惡後者，但我們在甚麼意義上可以說劉備得到善報而曹操嚐到惡果呢？奇怪的是，嚴復沒有把《紅樓夢》列為他喜歡的小說，這部小說儘管沒有滿足大多數讀者對於主角追求幸福的期望，但照樣引人入勝。

嚴復純粹以中國的觀點立論，認為小說比歷史的吸引力要大，我相信他言不由衷。如果把他的論點應用到西方傳統上去，全都站不住腳，而事實上，嚴復一定熟稔西洋歷史、小說與戲劇。他應當知道歷史作品的文體不一定簡樸古奧，對整個真理的忠誠不一定遜於小說。稍微回想一下他便會發現，中國歷史上的偉大人物之所以能始終保持他們的本來面目和感人力量，顯然不全是靠小說或戲劇的功勞。秦始皇與明太祖固然小說不太談他們，但在一般中國人心目中威嚴絲毫不減。此外，彼得大帝、華盛頓與拿破崙等人不衰的吸引力，又和小說有甚麼關係呢？雖然拿破崙在某些偉大的小說中出現，但沒有一個人會全靠讀了這些小說，才知道他的重要性，何況這些小說往往有意減弱了他的英雄氣概。今天的讀者喜歡看關於拿破崙的豔史，正因為他們一開始就認為他是一個偉人，因此他的任何風流事蹟，都能引人入勝。

因此，儘管嚴復應用達爾文的觀點來解釋小說的吸引力，但他那種小說不必求「真」的態度證明了他仍然是一個相當傳統的人。他不厭其煩地證明小說對大眾的力量，以強調它做為教育工具的巨大潛力。但這種新式教育小說至今還沒有創作和翻譯出來，因為傳統小說，即使最有名的，都充滿「毒」素。《三國》吸引了「世之言兵者」，《水滸》變成了黑社會的寶典，而《西廂記》和湯顯祖的戲劇又

使得青年男女整天為了愛情失魂落魄。雖然如此，由於嚴復的論文完全是根據這些「有毒」作品的力量與威望，他當然不能否認它們的文學或道德價值，因此他至終提出另一種傳統説法為小説辯護：

> 夫古人之為小説，或各有精微之旨，寄於言外，而深隱難求，淺學之人，淪胥若此，蓋天下不勝其説部之毒，而其益難言矣。[11]

由此觀之，驅使一般人浸沉於愛情、英雄故事的那種滿足生命需要、人類進化的動力，起不了甚麼作用。事實上大多數中國人無法從小説中獲得教益，正如無法從儒家經典和正史中獲得教益一樣。他們必須接受新小説的再教育，這種小説，可能並無「精微之旨，寄於言外」，卻已在日本和西方諸國，發揮了巨大的教育力量。嚴復寫道：「且聞歐、美、東瀛，其開化之時，往往得小説之助。」[12]他顯然是指1868年明治維新以後的日本。但「開化」一詞用來講歐美，則不知所云。英法二國到底何時開化？文藝復興時？啓蒙運動時？還是產業革命時？因為這兩個國家雖然在這些時期都有特殊的小説文學(包括戲劇)作品，我們卻很難説作者有意配合時代精神和政府的龐大平民教育計劃，以教化羣眾。當然，像伏爾泰或盧騷這類作家是在有意地教育羣眾，但他們主要是哲學家或知識分子，視小説為傳達思想的工具，而非娛樂的媒介。俄國的情形誠然如嚴氏所云，從果戈里以降的偉大小説家，都企圖教化人民，但通常總受沙皇政府的反對，因此晚清知識分子的看法不錯，雖然俄國軍事上行使擴張政策，但仍然是一個落後國家，不值得中國師法。[13]所以至少在俄國，空前偉大的小説文學並沒有促使國家進步，除非以現代的觀點而言(這是嚴復沒有想到的)，就是説，它頗有顛覆力量，並一代一代地培育了不滿現實的知識青年，出來反對既成體制。

這樣，只有在明治維新的日本，小説才可以説是扮演了一個明顯的角色，喚起了民眾，幫助了政府現代化和進步。雖然嚴復留學英國，但自己身為改革者與宣傳家，他無法不佩服日本在現代化上的巨大成就。至於梁啓超，他對於西方歷史、文化與制度的知識，

多半來自日文翻譯，所以當他1898年10月流亡日本以後鼓吹以小說做為國家改革媒介的時候，對於日本的成就，一定更覺欽佩。

梁啟超在〈譯印政治小說序〉一文中，和嚴復一樣，發覺小說有巨大的教育潛力，但他比嚴氏更為輕視傳統小說。即使最著名的《水滸》與《紅樓》也受到他不必明說的蔑視。梁氏認為大多數中國小說不是模仿《水滸》，就是模仿《紅樓》，以致為學者不齒，認為它們「誨盜誨淫」，但通俗小說，無法被禁止，因為對大眾而言，它比儒家經典和正史要淺明有趣。換個辦法把讀者的興趣從舊小說轉到翻譯的政治小說，才是上策。我們也許會說，《三國》和《水滸》都屬於這一類小說，因為它們談論政治問題，並且公開地或暗示地贊成某種理想的政治秩序。但梁啟超心中，指的是那些描寫可能直接影響當時中國政局的現代國家實際政治演變的小說。他對外國政治小說的源起與威望做了一個相當荒誕的描述：

> 在昔歐洲各國變革之始，其魁儒碩學，仁人志士，往往以其身之經歷，及胸中所懷政治之議論，一寄之於小說。於是彼中輟學之子，黌塾之暇，手之口之，下而兵丁，而市儈，而農氓，而工匠，而車夫馬卒，而婦女，而童孺，靡不手之口之，往往每一書出，而全國之議論為之一變。彼美英德法奧意日本各國政界之日進，則政治小說為功最高焉。[14]

姑且不論把美日統統列為歐洲國家不合理，這整段文字充滿了謬誤和浮誇。世界上的「魁儒碩學」無論在朝或在野，倒底有多少人寫過政治小說？有哪一本小說一夜之間改變了全國的觀念？史都夫人（Mrs. Stowe）並非「魁儒」，但顯然是一個悲天憫人的女士，她的《黑奴籲天錄》（*Uncle Tom's Cabin*, 1852）所探討的重大問題，確實震撼了美國，但這本書所激起的對黑奴的廣大同情，並未立即導至立法，此外，南方顯然未被她說服，否則也不會有南北戰爭了。我們只有透過梁氏對當時日本流行的政治小說的讚義，才能勉強瞭解這段文字的意義。

1898年，日本已經開始認真地試作西洋式的小說。第一本現代

小説，二葉亭四迷的《浮雲》(此類小説在中國遲至1920年代才出現)
從1887年連載到1899年。坪內逍遙的《小説神髓》(1885)早先已
經出版，這本書鼓吹寫實主義，矯正日本人對小説的説教觀念。[15]
但1880年代管領日本文壇的政治小説，到九〇年代在一般讀者之間
仍然非常流行。梁啓超於1898年末到達日本，最新的小説與批評潮
流不可能馬上引起他的注意，而做為一個政治改革的宣傳家，政治
小説自然更符合他的需要。

明治初年的日本和晚清一樣，西方小説的翻譯(最廣義的)看不
出有甚麼系統。歷久不衰的古典兒童讀物與維多利亞時代的暢銷小
説同樣大受歡迎。1879年，自稱曾在愛丁堡大學攻讀法律的織田純
一郎翻譯了布瓦李頓(Bulwer-Lytton)的《厄尼斯·馬屈弗》(*Ernest
Maltravers*, 1837)，該書在日本頗受歡迎，開創了政治小説的先河。
一個留英的學生，在所有的維多利亞小説家中，竟然選介了李頓，
實在令吾人訝異不已。但這本書描寫一個有才幹的青年宦途得意之
事，織田必然被其吸引，不僅因為它描寫日本有志青年「註定會從
事的」生涯(套用日本史權威喬治山森爵士George Sansom的話)，[16]
也可能由於織田被本書的文學成分愚弄了。李維斯夫人(Q. D.
Leavis)在其開先河的英國通俗小説研究《小説與讀者大眾》(*Fiction
and the Reading Public*, 1932)一書中，稱李頓為第一位現代商業化
的暢銷小説家：

> 固然史谷特(Scott)的小説沉悶、呆板，他卻具有令人激
> 賞的自信，這是下一代的李頓所付諸闕如的，但李頓講生意
> 經，知道如何利用市場，他的一大列系小説足為明證。這種
> 降低水準以吸引大眾的作法，使李頓成為第一個現代暢銷小
> 説家，繼之而起的有瑪麗柯瑞里(Marie Corelli)與吉伯弗朗
> 高(Gilbert Frankau)……。李頓誇張的文字流露出一種誇張
> 的情操，他那偽哲學式的廢話和荒謬的鋪張，不可避免的使
> 小説家的身價貶值。但羣眾卻把他的小説認真看待……。總
> 而言之，李頓以前的暢銷小説最多不過是索然之味，但從他
> 開始，暢銷小説卻總難免粗俗。[17]

如果英國讀者會以認真的態度來讀李頓的小說，那麼對一個英文瞭解程度更淺的日本人，當更為「偽哲學式的廢話和荒謬的鋪張」所迷惑！

促使織田翻譯李頓的小說和這些小說廣受日本讀者歡迎的另一個因素，必然是由於李頓本人是宦場上的一個貴族。1838年擔任國會議員時，他被封為從男爵；後來擔任殖民大臣樞機，1866年正式晉陞為貴族。一位重臣，又是王公大人，竟然也是小說家，這件事必然使日本人以及後來的梁啟超改變了對小說的看法，因為在日本和中國，小說家一向被視為末流，更遑論晉身仕途。由於李頓之受歡迎，我們不難瞭解為何狄斯瑞里（Disraeli）的小說接着被介紹到日本來，並且廣受歡迎。保守黨領袖畢康斯斐爾伯爾（the Earl of Beaconsfield）到底是位身掌大權的英國首相啊！

梁氏在〈譯印政治小說序〉中說歐洲的小說家皆為「魁儒碩學，仁人志士」，他心目中的首要人物必為李頓與狄斯瑞里，也許還包括伏爾泰與盧騷。同時，他一定深深仰慕當時日本主要政治小說家的聲望和影響，例如末廣鐵腸（1849–1896）、矢野文雄（1850–1931）與柴四郎（1852–1922）。[18] 他們名氣大，所以都到國外旅行過，在報界和政界都很顯赫。矢野文雄寫了明治時期第一本政治小說《經國美談》（1883–1884）後，接掌了《報知新聞》日報，1891至1899年間並擔任日本駐北京公使。柴四郎從1885年開始陸續發表長達八卷的《佳人之奇遇》，當時他正擔任農商業大臣的私人秘書。這本書，依照今天的標準，可以說不值一讀，但在明治年代卻是最受歡迎的小說。1890年日本議會成立時，他當選為議員，後來負責大阪《每日新聞》，並升任農商副大臣。他的小說最後三部分在1897年出版。據說梁啟超1898年一到日本即開始翻譯這本書。但梁氏到達日本之後，才正式學日文，他當時是否有能力翻譯這本書，頗值懷疑。無論如何，梁啟超深受《佳人之奇遇》感動，因此這本小說成為《清議報》第一部連載的政治小說（《經國美談》顯然是第二部），中譯本後來收入《飲冰室專集》。[19]

梁啟超的第二篇論文〈論小說與羣治之關係〉，一般認為在倡

導中國小説家與讀者對小説的新態度上，曾起最大的作用。像他在第一篇文章裏説的一樣，梁啓超認為讀者對小説的反應，主要是生理上的：「其最受歡迎者，則必其可驚、可愕、可悲、可感，讀之而生出無量噩夢，抹出無量眼液者也。」[20] 但是到了1902年，他對小説已經有了較好的瞭解，他用了四個比喻來説明小説的力量：一為「薰」，小説在讀者四周散佈煙霧，使他的五官和判斷能力都受影響；二為「浸」，讀者浸在故事的情景和問題中，讀後數日或數週尚不能免於憂愁、憤怒或別的感觸。三為「刺」，讀者被故事中大力描寫的情景刺激得異常興奮；四為「提」，小説能把讀者提昇至書中主人翁的層次，或促使其模倣之。[21]

梁氏認為小説「提」的作用最重要，但有一件事使他遺憾，就是中國小説不但不提升讀者，反而總是把讀者「降」得和不足取法的主角不相上下。因此，讀《紅樓夢》的人會自比為賈寶玉，讀《水滸》的人則模倣李逵或魯智深。（我們不禁會奇怪，難道讀者不會模倣宋江或林沖？）由於這些人物都不適合模倣，讀者的厄運便同作者薰、浸、刺、提的能力成了正比例。梁氏強調中國有些小説名著的引人入勝的力量，這樣算是承認了這些作品的藝術成就，實則以此強調了它們對讀者的更大害處。顯然梁啓超和嚴復一樣，認為這些小説雖然有無法抗拒的吸引力，但是都有毒，可是梁比嚴更為苛刻，因為他沒有明説，這些小説有「淺學之人」看不出的「精微之旨，寄於言外」。

梁啓超充分證明了中國小説的害人影響以後，開始追溯傳統中國社會中，不良的社會理想與迷信的來源：

> 吾中國人狀元宰相之思想何自來乎？小説也。吾中國人佳人才子之思想何自來乎？小説也。吾中國人江湖盜賊之思想何自來乎？小説也。吾中國人妖巫狐鬼之思想何自來乎？小説也。[22]

後來的批評家，即使為《新小説》雜誌撰稿的批評家，也認為梁氏在這裏的推理過程不大通。比較合理的解釋當然是，傳統中國社會一

向鼓勵青年科舉進士,一向愛好才子佳人,綠林好漢,和神仙妖魔故事,因此一種滿足人們心理需要的小說便應運而生。

不錯,中國人模倣小說主角,中毒已深,但是梁啓超同時卻預見到一個以最可敬佩的角色做榜樣的社會。他一定會讚賞雪萊在《詩辯》中稱讚荷馬對社會的影響的下面這一段話:

> 荷馬具體表現出當時人對人類品格的完美理想;毫無疑問的,讀荷馬詩篇的人,會頓然心生大志,要作亞基利斯、赫克特與尤里西斯;在這些不朽的人物身上,深切地顯示出友情、愛國心,以及對目標的忠貞不二;史詩聽眾對這些偉大可愛的虛擬人物的同情心,一定使他們自己的情操變得更好更大,結果是他們從欽佩到模倣,由模倣而把自己與欽佩的對象等量齊觀。[23]

梁啓超如曾讀過這段話,一定心有戚戚。但適合中國人模倣的英雄應該是近代西方歷史人物,而不是荷馬時代的人物。梁氏滿懷信心地宣稱:「然則吾書中主人翁而華盛頓,則讀者則化身為華盛頓;主人翁而拿破崙,而讀者則化身為拿破崙;主人翁而釋迦、孔子,則讀者將化身為釋迦、孔子。」[24]由於梁氏熱中於國家改革,我們可以肯定地說,縱然他尊崇大乘佛教,他之所以提出孔子和釋迦,也無非是為了安撫拘泥於傳統的讀者。事實上他認為現代中國人真正應該模倣的豪傑之士則是華盛頓、拿破崙,以及其他許多改造自己國家的近代愛國志士、革命家,和政治家。梁氏自己就寫了不少政治家傳記,他認為現在該讓小說家來寫了。[25]

梁啓超顯然和托爾斯泰一樣,相信一切藝術都具有感染效果,因此他堅決排斥遺害國家的傳統小說,天真地相信讀了華盛頓的傳記和小說,就會變成華盛頓。我們可以強詞奪理地說,人人自比才子佳人,追求科場與宦途得意,害處倒不大,但如果每個人都要作華盛頓或拿破崙,天下可真要大亂了。但梁啓超理想的新國家,必定是由一羣愛國志士組成,他們同心協力為全民謀福祉,因此雪萊給詩下的定義,也頗適用於他的功利主義式的政治小說:即小說是

「一個偉大民族覺醒過來努力改善觀念和制度時最忠誠的先鋒、伴侶和信徒。」[26]

〈論小説與羣治之關係〉一文之所以著稱於世，是因為它忠告小説家提高國民的政治認識。但我認為它對文學批評的理論貢獻更大之處，即在它試圖區分兩種小説。1898年到1902年間，梁啓超一定接觸了一些當時日本文學批評，不然就很難解釋這篇論文顯示出的浪漫主義的文學觀。在這篇文章前一部分，梁啓超指出，小説之所以有吸引力，除常見的解釋（簡明易讀和富人情味）以外，另有兩個基本原因。第一，人生活在感官所接觸的狹隘世界，小説卻能使他超越自己的世界，進入很多別的世界。「小説者，常導人遊於他境界，而變換其常觸常受之空氣者也。」[27]第二，人久處在世界上，習以為常之後，他對世界的感覺與情感反應就變得固定或麻木了。「無論為哀、為樂、為怨、為怒、為戀、為駭、為憂、為慚，常若知其然而不知其所以然。欲摹寫其情狀，心不能自喻，口不能自宣，筆不能自傳，有人焉，和盤托出，澈底而發露之，則拍案叫絕曰：『善哉！善哉！如是！如是！』」[28]雖然「拍案叫絕」一詞常見於傳統式的小説批評，但梁氏此段非指通常對小説情節之曲折離奇所引起的驚嘆，而是指被習俗掩蓋了的真理重新顯露出來時的反應，或者用柯立基描寫華茲華斯寫作《抒情歌謠》中他那部分時的用意的名句來説，是指「吾人眼前的瑰麗與神奇；一個取之不盡的寶藏，但一層習俗與個人焦慮的薄膜隔在眼前，因此我們對它視而不見，聽而不聞，此心既不能感，復不能解。」[29]另外那種超越吾人有限世界的小説，可與柯立基在《抒情歌謠》中所寫之詩相互觀照。梁啓超可能不喜歡「超自然的人物」（柯立基語），但他的小説世界必然包括外國愛國志士與對未來世界烏托邦式或科學性的預測。梁氏稱此類小説為「理想派小説」，另一種「澈底」、「發露」人生真相的小説為「寫實派小説」。[30]

二

在前面一節裏，我分析了嚴復與梁啓超三篇論文的要點，並引證中國傳統對小說的態度，西方思想和文學的影響，以及日本明治年代政治小說風尚，對這三篇文章作進一步的討論。我們看到嚴梁二人過分注意小說的教育功能，以致於公然放棄客觀性，只從功利觀點着眼，把中外小說說成是完全相反的東西。他們誇張小說的力量，並假設讀者天真無知，易被感受。雖然嚴復應用達爾文學說來討論小說之吸引力值得注意，[31] 而梁啓超對兩種小說的區分也有精到的鑒識力，但很明顯地，這三篇文章有意淺顯易讀，有意作說教工夫，而無意冒充嚴肅的文學理論之作。繩之於中國固有批評傳統，嚴梁二氏的唯一特色乃在他們主要關心的是小說對整個國家的復興與衰亡之影響；因為早期的批評家維護或反對小說，是以小說對個別讀者的道德影響為基礎。對中國之關注是晚清思想的特色，因此嚴梁二氏將小說視為復國的工具，並不是奇怪的事。

顯然，這些文章的重要性在於它們的影響。但是我們應該記住，此類批評文獻的重要性，只有從歷史回顧中才能充分看出。我很懷疑《國聞報》上一篇未署名的文章——〈本館附印說部緣起〉——能立即轟動。[32] 這篇文章發表時具有其重要性，因為它代表了一部分知識分子所贊同的觀念。梁氏的兩篇文章顯然比較有影響力，但它們僅代表梁啓超作為小說提倡者的一小部分努力。要衡量他整個影響，必須就三方面來判斷：梁啓超做為外國小說提倡者及翻譯者。做為第一種新小說雜誌的創辦人，以及最早出現在中國文壇上的政治小說《新中國未來記》的作者。

嚴梁三篇論文對後來晚清文學批評的影響，是很容易確定的。晚清小說評論大多收集在《小說戲曲研究卷》中，也就是阿英《晚清文學叢鈔》卷一。研究此時代文學的學者都得感激這本書，因為它網羅了很多別處不易找到的作品。一查該卷，就不僅證實了嚴復與梁啓超二人的影響，也看得出不少人反對他們對傳統中國小說的一

筆抹煞，以及梁氏不加選擇地肯定外國小説皆為「魁儒碩學，仁人志士」之作的看法。

　　梁啓超的第一篇文章，直接影響到晚清小説分類的時尚。假使「小説」一詞不易令人重視，那麼「政治小説」則是一個新造的肯定稱讚的字眼。在梁氏的影響之下，編者及小説家把某些書標為政治小説，某些書標為社會小説，這成為一種時尚。哲學小説、理想小説、科學小説、虛無主義小説，特別是偵探小説，紛紛充斥市場。甚至於傳統型的講史演義及香艷小説，也化身為歷史小説、寫情小説或言情小説，恢復了它們的尊嚴。[33]外國小説的翻譯及節譯，也被貼上同樣的標籤。

　　本文無意説明當時外國小説盛行的情況，但大眾開始接受外國小説，一部分是由於梁啓超的第一篇文章。但好笑的是，十九世紀末期，暢銷作家與嚴肅小説家之間的鴻溝，在西方已經相當明顯。暢銷小説很容易吸引中國讀者，一則由於西方雜誌廣為這些小説宣傳，同時在上海和天津也容易買到。我們前面已經提到李頓在日本明治初期名不符實的聲望，這場喜劇後來在晚清中國重演，而且發展得更荒謬：哈葛德（Rider Haggard）被介紹為英國當代最偉大的小説家，與莎士比亞相提並論，被譯的作品數量上最多。[34]當然，很多出版商及翻譯家想靠欺騙讀者發財，但是我們發現像林紓那樣嚴肅的翻譯家，也在儘量替哈葛德説好話，通常是讚揚小説中表現的尚武、冒險精神，或者對浪漫愛情的生動描述。[35]但從傳統的觀點來看，這些暢銷小説在誨盜誨淫方面，也不比中國小説好到那裏。因此，不久之後，我們便開始聽到許多對外來小説的反面批評。1905年，《孽海花》前數章的原作者金松岑在《新小説》撰文，一方重彈梁啓超小説對社會重要影響的論調，一方面卻就《茶花女》與哈葛德的《迦茵小傳》（Joan Haste 1895年出版；第一本中文節譯本1901年出版；林紓的全譯本1905年出版）這類翻譯愛情小説的氾濫以及它們對道德的影響大放警報：

> 使男子而狎妓，則曰：我亞猛着彭也，而父命可以或梗
> 矣。(《茶花女遺事》今人謂之外國《紅樓夢》)女子而懷春，
> 則曰：我迦因赫斯德也，而貞操可以立破矣。[36]

同時，看過翻譯小說以後，很多讀者倒更讚賞中國小說中的傑作。嚴梁二人對中國小說全盤否定，卻未料到有一種民族主義會促使作家起而維護這些流行的古典名著。鑒於這些小說被認為有毒，維護它們的人只得斷言其現代性及思想上的合乎時宜，要這樣作，最容易的方法就是根據時尚，重新把它們分類加簽。

可以料想而知的是，《水滸》與《紅樓夢》被挑選出來，重新受到毫無保留的推薦。在《新小說》連載的〈小說叢話〉中，梁啓超的同事俠人宣稱：「我國之小說，莫奇於《紅樓夢》，可謂之政治小說，可謂之倫理小說，可謂之社會小說，可謂之哲學小說、道德小說。」[37]俠人洗刷了梁啓超加諸《紅樓夢》的不道德的罪名，另外，他比後來的批評家更早地肯定曹雪芹批判舊社會的革命性，「此實其以大哲學之眼識，摧陷廓清舊道德之功之尤偉者也。」[38]另外有幾個批評家認為《紅樓夢》是一本有意反清的小說，這樣一來把它和當時社會環境又建立了一層關係。

到了1908年，燕南尚生已經在準備出版一種《新評水滸傳》版本，他將此書副題稱為「祖國的第一政治小說」。不僅如此，他在序言又說，這也是一本社會小說、軍事小說、偵探小說、倫理小說、冒險小說。顯然一本小說所標上的名稱越多也就顯得越偉大。因而施耐庵也就變成了「世界小說家之鼻祖」。[39]但即使在1908年，《新中國未來記》與其最有名的繼起者陳天華的《獅子吼》(1907年)所代表的政治小說，[40]已經博得很大的尊敬，因而燕南尚生理直氣壯地為施耐庵忘了替梁山好漢所建立的正義政府制憲表示遺憾：「若能仿今日《新中國未來記》、《獅子吼》諸書，明訂各項章程，作為國民之標本，則善之善者也。」[41]同年，一位較有影響力的批評家天僇生，將施耐庵與柏拉圖、巴枯寧、托爾斯泰及狄更斯相提並論，並把《水

滸傳》稱為「社會主義之小說」、「虛無黨之小說」，以及理所當然的「政治小說」。[42]

　　許多其他有名的小說也受到同樣的辯護。這樣一來，有關中國沒有科學小說的說法，《小說叢話》執筆人之一——俠人——堅持《鏡花緣》最像科學小說。[43] 在這種情形之下，對中國舊小說與較新作品（諸如《兒女英雄傳》、《七俠五義》，以及李伯元、吳趼人的代表作）的步調不一的熱心維護，竟產生了今日學人仍然墨守的一種中國小說傳統。在文學革命期間，胡適曾與錢玄同及陳獨秀通信討論小說，他們的觀點與晚清批評家相同。這些書信唯一的貢獻，就是胡適對《儒林外史》的讚美，認為它是中國最偉大的小說之一。[44]

　　坪內消遙在《小說神髓》中說：「小說是藝術；目的並非實用。企圖變小說為實際利益之工具，則扭曲了其目的。」[45] 縱然梁啟超在第二篇文章中讚美小說「為文學之最上乘」（坪內消遙稱之為「詩的一種變形」），[46] 他仍然完全主張說教，不僅因為他比較缺少文學批評的訓練，也因為值此國家革新之際，政治開化應為當務之急。但是當人們揭發外國小說的優點是有名無實，並用新式說法肯定中國舊小說確有可取之處時，這些新小說的提倡者再也不能不談美學問題了。即使小說有其教育價值，但它首先必須要有藝術價值。1907年，《小說林》的共同發起人、東吳大學教授黃摩西很明確地談到小說的藝術。他在〈發刊詞〉中承認小說對人們行為與態度的影響，但也慨歎「雖然，有一蔽也，則以昔之視小說也太輕，而今之視小說又太重也。」[47]「今也反是，出一小說，必自居國民進化之功，評一小說，必大倡謠俗改良之恉；……一若國家之法典，宗教之聖經，學校之課本，國家社會之標準方式，無一不儲於小說者，其然，豈其然乎？」他相信一個嚴肅的批評家應該自問：小說是否真的能夠將愚昧的人變為聰慧的人，是否能將周圍腐敗的空氣驅散，換為新鮮的，小說家不論言辭多麼堂皇，是否真的關心眾人的福利，或者僅為了一己金錢上的利益，還有小說真如人們所說的是萬靈藥嗎？於是他請讀者檢討一下「小說之實質」。小說畢竟是一種文學，必須

要滿足美感的要求。一個小說家如果蔑視一切藝術的考慮，而誇口更高貴、更偉大的目的，他便沒有履行自己的正常任務。他唯一的成就，「則不過一無價值之講義，不規則之格言而已。」黃摩西的〈發刊詞〉對小說之特性及功用之評價，有一番較成熟的瞭解。在中國文學批評史上，他應該比嚴復和梁啟超獲得更高的地位，即使嚴梁二人對大眾有更大的影響力。

黃摩西為他的雜誌寫了一連串的「小說小話」，比當時流行的「小說話」來得更為傑出。他為歷史小說的典範，就這點而論，他當然完全是屬於那個時代的批評家。但就整體看來，他對中國小說冷靜的看法——既不因有人目為墮落而貶之，亦不以其合乎時宜而指示新讚揚，只就每件作品藝術或哲學上的優點而評價——這樣為後來的批評家樹立了一個很高的標準。特別值得一提的是他對一系列九十多種歷史小說的簡短品評。民國學者對這些小說，一向只注意到考證、版本上的問題，近幾年才有人把它們加以評論。[48]

在本節結束之前，我必須一提專治中國小說的學人所熟悉的，在當時很獨特的哲學批評文獻：王國維的《紅樓夢評論》（1904年）。[49]該文雖然有些地方過於單純化，它卻是根據叔本華美學理論作出的相當傑出的小說研究。作者完全不理會當時流行的對小說價值及功用的誇誇其談。比起梁啟超來，王國維也不失為一個愛國者。他治學較謹慎，不願使文學受範於狹窄的政治教條。其結果是，梁啟超評小說的文章僅能視為歷史文獻，而王國維的《紅樓夢評論》，和《人間詞話》及中國戲劇方面的著作一樣，直至今天，仍不失為有眼光之文評，為學者所必讀。

三

梁啟超確實是第一個提出「寫實派小說」的中國人，這派小說似乎註定了要主宰中國文壇到今天。但是從他自己翻譯與創作小說這方面的貢獻看來，他似乎更傾向於理想派。他在《新小說》連載的《新

中國未來記》，根據他自己的定義，是理想派的政治小說。因為這件
殘篇證明他兩篇文章的觀點，我們必須略加討論，以確定他提倡政
治小說的成就與影響達到了甚麼程度。

《新中國未來記》並非梁氏當時可以輕易實現的計劃。根據他第
一次連載的序言，他想寫這本小說已有五年之久，但一直很忙，所
以就創辦《新小說》，希望藉此強迫自己每月定期繳稿，寫完這本小
說。他說已經寫了兩三回，但依我看來二三兩回技巧都非常創新，
而第四回的情調及作法與前面的敍述完全不同，梁氏在寫序言的時
候必已寫完了三回，等到他發覺第四回偏差太大，這才半途而廢，
沒有繼續寫下去。

梁啓超頗有自知之明，他在〈緒言〉中說：

> 此編今初成兩三回，一覆讀之，似説部非説部，似稗史
> 非稗史，似論著非論著，不知成何種文體，自顧良自失笑。
> 雖然，既欲發表政見，商榷國計，則其體自不能不與尋常説
> 部稍殊。編中往往多載法律章程演説論文等，連篇累牘，毫
> 無趣味，知無以饜讀者之望矣。願以報中他種之有滋味者償
> 之。其有不喜政談者乎？則以茲覆瓿焉可也。[50]

事實上，《新中國未來記》沒有固定形式，內容龐雜，正是弗萊
（Northrop Frye）所稱的「剖析型」（anatomy）小説。[51] 故事一開場是
寫六十年後，1962 年新春中國慶祝政府「維新」五十週年。（明治年
代最流行的一部政治小説，末廣鐵腸的《雪中梅》〔1886〕，「一開頭
有個楔子，描寫 2040 年 10 月 3 日東京的一個場面，是日為日本國
會創立一百五十週年紀念日。」梁氏一定受《雪中梅》和其他預言未
來的日本政治小説的影響。）[52] 各國的全權大使都出席了在中國首都
南京召開的國際和平會議，許多國家的元首也親臨盛會，祝賀中國
政府的維新週年紀念。同時，上海舉辦了一個盛大的博覽會，吸引
了無數外國遊客，其中包括幾千位著名的專家和權威，以及數萬名
大學生。博覽會邀請著名的教育政治家和孔子的後裔孔弘道博士，

發表了一連串關於中國近六十年歷史的演講。根據梁啓超原來的計劃，這些演講就是這本小說的正文。

第一回開始的壯觀場面，使我們想到《妙法蓮華經》的開始時為釋迦宏偉的講道所安排的場景。在第二回裏，孔博士列舉各種證據，證明中國以往六十年來的進步，可是到了第三回，孔博士就不得不從 1902 年開始講述，提出作者當時最為關心的問題：到底中國應實行君主立憲或以革命方式推翻滿清。於是，孔博士講到了兩位留學歐洲數年，新近返國的青年黃克強[53] 及其摯友李去病。他們徹夜辯論中國眼前的局勢，黃代表立憲改革家，李比較像革命分子。兩人唇槍舌劍，二十回合不分勝負，整個辯論真是充滿了睿智，十分精采。該回評者 (很可能是梁啓超本人) 稱之為前所未有之作品，筆力超越了它在中國文學史上唯一的典範《鹽鐵論》，說來也當之無愧。[54]

但是到了第四回，梁啓超的靈感已經枯竭了。他完全放棄了原先的演說格式，開始用敍述手法，告訴我們這兩個愛國志士一些無關宏旨的經歷。因為 1902 年末，改革者與革命者除了影響輿論外，都沒有具體的成就，梁啓超當然不能預料眼前的局勢與兩派領袖在新中國的作為。當然他可以捏造，但捏造會使前面那次辯論裏適切保持的迫切感喪失。現實與烏托邦式的未來之間的鴻溝，不是梁啓超或任何小說家所能跨越的。

以梁啓超作楷模，許多作家都試圖寫政治小說，預想經過一段時期改革或革命後，會有一個新中國，但他們都遭遇到和梁啓超同樣的困擾，不知道如何描繪最近的將來。陳天華的《獅子吼》寫了八回便放棄了。即使他後來沒有自殺，我相信他也寫不完這本書。作者在寓言性的楔子裏，描寫了兩幅幻象，一個是中國完全滅亡，另一幅是中國完全革新。他接着描寫浙江海外某小島上一羣愛國青年的教育情形。許多人紛紛負笈海外，到歐美日本深造，但是有一個人寧願在大陸實現他的愛國理想。他和革命分子與秘密會社聯絡上了，但作者無法繼續寫下去，因為他未見到革命即將發生的情況。

　　由這些流產了的模倣作品看來，我們可以斷定《新中國未來記》這種特殊類型的小說，當時一定吸引了許多愛國作家，但是這種小說的種種可能性都未曾實踐。如果我們以這種方式來看梁啓超的斷簡殘篇，我們就更能欣賞劉鶚《老殘遊記》中的預言性插曲，與曾樸《孽海花》中俄國虛無黨的浪漫插曲。[55] 但是，很明顯的，雖然這兩本小說的作者試探過理想派小說的領域，但它們和李伯元、吳趼人的最好小說一樣，深植在當時政治和社會現實之中，與《新中國未來記》及繼起的作品殊少相同之處。

　　梁啓超在熱中於政治小說之前，態度似乎要現實的多，他知道當時社會需要哪些有用的小說。1896 年他在《時務報》連載了一篇長文〈變法通議〉，其中包括一節很有見地的「論幼學」。梁氏認為學童宜讀小說（說部書），他在文中泛論中國小說，態度遠較後來談這個問題的兩篇文章寬容得多。他讚賞偉大小說（《水滸》、《三國》、《紅樓》）的教育價值，否定中國人過去一向輕視小說之成見。今天由於許多沒有才氣的人，寫些「誨盜誨淫」的作品，而敗壞了小說的名譽，但其教育功能很容易的便可恢復過來：

> 今宜專用俚語，廣著羣書，上之可以借闡聖教，下之可以雜述史事，近之可以激發國恥，遠之可以旁及彝情，乃至官途醜態，試場惡趣，鴉片頑癖，纏足虐刑，皆可窮極異形，振屬末俗，其為補益，豈有量邪？[56]

此處的梁啓超尚未成為新小說的積極提倡者，所以他為小說家擬訂的計劃要有彈性的多。他顯然偏愛後來成為晚清小說主流的諷刺與譴責小說。

　　1915 年，梁啓超寫了另一篇論小說的文章〈告小說家〉。那時晚清小說裏的愛國心和政治熱情已然冷卻，「黑幕」派與「鴛鴦蝴蝶」派興起，統領着文壇。[57] 梁氏對此當然不悅。因此，他在文中一面承認當時小說的廣大風行，一面卻譴責它們不良的品質與尤其不良的影響。他宣稱這類小說什九皆「誨盜誨淫」，其餘的則為「遊戲文」。

他一點也沒有改變以前的說教態度，而在勸作家不要為自己造孽、引導青年讀者下地獄的時候，他簡直顯得有些古板。但令人驚奇的是，他不僅譴責純屬當時的作品，連此前十年的作品也被他一併否定。因此，依他看來，新小說的沒落從1905年開始，就是他的雜誌《新小說》停刊的那一年。「近十年來，社會風習，一落千丈，何一非所謂新小說者階之厲？循此橫流，更閱數年，中國殆不陸沉焉不止也。」[58] 梁啓超依然相信小說對社會的巨大力量，但他年輕時對新中國的幻景已然消失，提倡政治小說的雄心也就因不滿現狀而消沉。他覺得小說家只要能記住他們對社會的道德義務也就夠了。

《老殘遊記》新論[*]

黃維樑　譯

　　清末十年所出的小說中,《老殘遊記》最受人愛戴。是書風靡一時,而所獲得學者的注意,過於同期的任何一部小說。[1]可是,雖有人下過這種種可嘉的功夫,此書無可置疑的力量和藝術成就,卻還沒有人用比較嚴密的批評方法去分析、討論。擁戴這小說的,徵引數節原書,把其中要義和辭采,孤立起來,略評一下,便心滿意足了;[2]殊不知在評論任何偉大成就已得到假定的作品時,思想與風格的衡量是不宜分開的。論者特別賞慕劉鶚對官吏的嚴酷批評,以及若干章節中對景物和曲樂的精摹細繪,以見作者的開明政見和文學才華。可是,強調作者的留心貪官酷吏,反而容易令人忽視了他對整個中國命運的更大關懷。單純褒揚作者的描寫能力,則他在中國小說傳統中形式與技巧兩方面所作的革新,我們便可能覺察不到,而這革新遠較描寫能力來得卓絕。我這篇文章想深入一點,探討《老殘遊記》的藝術成就和政治意義,以為更全面地評價這本小說的偉大的初階。

　　這本小說結構鬆散,對故事的佈局顯然不太關心,這可能是一

---

*　〈《老殘遊記》新論〉("*The Travels of Lao Ts'an: An Exploration of Its Art and Meaning*")英文版原刊 *Tsing Hua Journal of Chinese Studies* 新7卷第2期(1969),中譯版收入聯經版《老殘遊記》(1976),後收入《文學的前途》(純文學叢書,1980)及林明德編,《晚清小說研究》(聯經,1988)。

般批評家對它瞭解比較機械化的一個原因。《老殘》英譯者謝迪克教授（Harold Shadick）力稱「作者對人對物的興致無時或已，加上他的道德勇氣，和幽默感，造成此書氣氛上的完整性。」可是，他仍不得不承認，「揆諸西方的小説概念」，則這書情節與題材的完整性，兩皆缺乏。然而，劉鶚對敍述、對話、描寫的經營，表現出他是個卓然有成的藝人，而非初出茅廬，心不自知其力的小説作者。因此，此小説之所以缺乏後者那類完整性，與其説由於拙劣和粗疏，毋寧説殆因作者故意如此。最末兩回，正好證明劉鶚並不是不會撰述面面俱圓的故事的。前十八回，劉鶚並沒有這樣做，大抵因為他不滿前人以情節（plot）為中心的小説，又有野心包攬更高更繁雜的完整性，以與他個人對國計民生的看法互相呼應。劉鶚身處的時代中，小説家矚目所見，盡是大批從翻譯而來的西方小説。時論所趨，又驅使他們心懷家國。方此之時，劉鶚握管而書，所享獲得成功，似乎大於他當代傑出而多產的李寶嘉和吳沃堯：他脫掉傳統的小説家那件説故事的外衣，又把沿習下來的説故事的所有元素，下隸於個人的識見之內，而為其所用。如果在行文上用的不是第三人稱，它儘會是中國第一本用第一人稱寫的抒情小説。同時，作者與當代的諷刺小説和譴責小説的作者迥然不同，他探究國家的現在與未來，所以，它可被稱為中國的第一本政治小説。[3]

以上各點，下文將予以論證。這裏只談小説結構中最特出的一點——中間第八至第十一回這部分：它是一大段哲學性和預言性的插曲，幾乎可以完全從老殘的遊歷的主線割離出來。這一部分記述申子平到桃花山之行，表面上為了尋訪隱者劉仁甫，實際上則領受了女智者璵姑和預言者黃龍子的一番道理。申子平啓程之際，老殘並無要事等他去辦；所以，倘若作者要維持小説的完整性，使它徹頭徹尾是老殘的遊記，則大可叫他踏上旅途。然而，劉鶚故意冒個險，從主幹枝裂出來，以便完完全全地表達出他對時局錯綜而矛盾的看法。這些看法分由老殘和黃龍子道出。至於枝裂的理由，稍後將會説到。因此，為了評論上的方便，這本小説可分兩個步驟來閱讀：我們可先覽主人翁的完備自足的記述，然後把它與中間部分

合起來讀。現代讀者，對主人翁的自述早有同情；中間部分，儘管滿是玄思奧說和神機妙算，而大大促使它與整本小說的感性沆瀣一氣，又大大渲染了整本小說的政治意義。本文第一節中，我先從第一步驟入手。中間部分的風格與記述手法和主線鮮有出入，因而在該節我討論小說家劉鶚的技巧的貢獻，我以為不必顧及這中間部分了。然而，由於主線議論中國，情深而意切，本身即已引人入勝，我也會討論主線這一方面，以為讀者進入第二節的準備。本文的第二節，則想針對那哲學性和預言性的插曲。我希望這兩節合起來時，有助於對此小說的技巧和意義的進一步瞭解。

一

　　義和團攻打東交民巷，引起報復，1900 年 8 月，八國聯軍攻佔北京。此事之後，即使最頑固的中國讀書人，也感到時乎不再，對國家的前途，憂心忡忡。劉鶚於 1903、1904 年撰寫他的小說：雖然所追述的年代，中華帝國並未臨到山崩地裂的危險關頭，可是，難逃的劫數，則人人感而知之。作者的序言末段，對此說得清清楚楚：

> 吾人生今之時，有身世之感情，有家國之感情，有社會之感情，有宗教之感情。其感情越深者，其哭泣越痛：此洪都百鍊生所以有《老殘遊記》之作也。

> 棋局已殘，吾人將老，欲不哭泣也得乎？吾知海內千芳，人間萬豔，必有與吾同哭同悲者焉！

　　因而在序言中，劉鶚壓抑了小說預言性部分較為自信的聲音，主要喚起人注意他對中國的衰弱的深切悲痛。金聖歎的《水滸》自序開了小說家在序言中表明自己憂戚態度的先例；而劉鶚的論哭，即承襲金氏而來的名篇。序中謂其哭也有二端：

靈性生感情，感情生哭泣。哭泣計有兩類：一為有力
類，一為無力類。癡兒騃女，失果則啼，遺簪亦泣：此為無
力類之哭泣。城崩杞婦之哭，竹染湘妃之淚：此有力類之
哭泣也。有力類之哭泣又分兩種：以哭泣為哭泣者，其力尚
弱；不以哭泣為哭泣者，其力甚勁，其行乃彌遠也。

劉鶚把自己列入第二類的哭者中：屈原、莊子、司馬遷、杜
甫、李後主、王實甫、八大山人和曹雪芹。他相信這些哭者多情善
感，以見其靈性的深邃。他們大半皆變一己之哀而為人類之哭，因
此，我們可說劉鶚服膺濟慈所謂沒有人是真詩人。

除了那些以人間世之悲慘
為悲慘，且把它們永駐心頭。

有力類之哭，使憂天下的詩人有別於「夢族」(dreamer tribe) 這
夥夢族，擅於柔弱之哭，而對「人間世之大悲大痛」(giant agony of
the world) [4] 無動於中。

在所列舉的有力類的哭者中，劉鶚與杜甫最為接近。劉鶚與
詩聖杜甫相形之下，毫不遜色；於此可見他的偉大。他能摹擅寫，
在傳統中國小說家中，無人能出其右，猶如杜甫之於眾詩人。二
者同樣憂時感世，雖然極其悲戚沮喪，但對中國的傳統，信念堅貞
不渝。杜甫中期的詩，是浪遊於苦難世局中的紀錄，猶如《老殘遊
記》。二者既對暴戾和不平痛心疾首，而又同樣表現出熱愛山水和率
真的意趣。

我提及杜甫，乃用以闡明劉鶚的記述手法。要求緊湊完整的佈
局，或要求一連串緊湊完整的情節──以此傳統的準繩去衡量《老
殘遊記》的批評家，就無可避免地發覺它的結構未臻善境了。然而，
這本小說，一如書名所云，是遊歷的紀錄；而作者構思那獨特的情
景、獨特的經驗時，似乎仰賴自然詩人和小品文家，遠多於傳統的
小說家。《老殘遊記》文如其題，是主人翁所視、所思、所言、所
行的第三人稱的遊記。(即使那預言性部分，亦可當作申子平的遊

記。）這遊記對佈局或多或少是漫不經心的，又鍾意貌屬枝節或有始無終的事情，使它大類於現代的抒情小說，而不似任何型態的傳統中國小說。劉鶚變舊小說而為抒寫人物深蘊五中的情與思的編製。可惜他下一代的作家，步武西方小說，以致劉鶚那近乎革命式的成就，一直未獲承認。

《老殘遊記》並非《儒林外史》那種風格的諷刺小說。第四回中，有兩個做官心切的送錢給老殘，託他保舉一官半職。可是，除了諸如此類的小場面外，揭人隱私，以嘲之辱之的諷刺色彩是極少的。它也絕非如魯迅所說的與《官場現形記》和《二十年目睹之怪現狀》同類的譴責小說。[5] 劉鶚不是查根究底，為揭發而揭發的新聞記者。每當有人告以官吏的失職時，老殘即大吃一驚。這驚恐以及無可奈何的憐恤之感，為讀者提供了適當的情緒的反應。雖然書中兩個主要的酷吏——玉賢和剛弼——殘忍到令人難以置信，我們並不認為作者把他們漫畫化了。換作李寶嘉和吳沃堯，則必會如此。反之，他認真斷言剛弼的「清廉」，而認為玉賢清廉之外，更具「才」幹。[6] 劉鶚率先揭露所謂清官的面目，幾乎所有的批評家都對此嘖嘖稱讚。[7] 然而，事實似乎是他竟把同情心延及這班殘虐的人。他們愚昧；他們迫害弱小而引以為樂；他們——至少玉賢如此——野心勃勃要向上遷升；這愚昧，與乎迫害之樂和遷升的野心，同樣是他們殘忍的根由。

作為一本新類型的小說，而以遊記的形式出之，《老殘遊記》最末佈局緊湊那兩回，最為脆弱。這兩回述及老殘搖身一變而為私家偵探，在他助手許亮喬裝誘捕惡棍吳二浪子時，無端端銷聲匿跡了好幾頁。偵探小說大盛於晚清，劉鶚技癢而用之，情有可原。可惜他以偵探故事終結全書，卻破壞了前此善為經營遊記體裁的完整性。

這偵探故事削弱全書的另一原因是：這樁揭發出來的案件，只是家庭糾紛，與官吏酷虐百姓的主題無關。賈魏二家的故事引人入勝，因它舉例說明了剛弼那令人疎然以驚的殘忍和愚昧。剛弼挫敗了，這故事的主要目的也達到了。是以小說的高潮發生在第十六和十七回之際：剛弼下令對賈魏氏用刑，老殘勃然大怒，急忙搶上堂

去，對質審官，斥其嚴刑迫供那荏弱女子及其垂死老父。劉鶚明知這家庭案件無涉於全書大義，乃將被毒死的悉數復活過來，把這椿罪惡消於無形，以皆大歡喜作小說的收場。翠環與翠花二妓剛從火坑贖身出來，前途也較前光明了。

　　主人翁的嗜好、興趣、關懷等等，一一從遊記中呈現出來。首章寫他治癒黃瑞和（暗喻黃河）的病；另有夢境，記那代表中國的帆船，船破入水，在洪波巨浪上翻騰，一片叛亂，好不危險。他對中國的關懷，在此表露無遺。然而，他同時是個酷愛山水和音樂的走方郎中。他隨身攜備古書數卷，既誦詩又賦詩；旅途上和客棧中，喜與平民百姓為伍。第二回記他旅次山東首府濟南時，先則遊當地的山水名勝，聽白妞的清唱絕響，一如旅人所為。後來聽到駭人的慘事，乃難免轉注於官場的罪惡和無辜百姓的苦難。可是，老殘的好奇心和興致無時或已。他心懷國事，然而，除了忿怒和憂思的時候外，這關注並沒有完全蓋過他多方面的興趣。

　　主人翁既有種種興趣，為求與此吻合，作者乃能妙筆生花，把小說寫得趣味盎然，或苦或樂，乍驚乍喜，躍然紙上。早期的中國小說家，着重佈局，對場面的烘托則極少考究，絕少能把在場人物的舉止談笑和盤托出。《紅樓夢》的作者，寫初看起來似乎無關宏旨的人物對話迫真肖妙，但對場面的營造，則遜於劉鶚。從第十二回老殘與黃人瑞在一傍晚邂逅時起，至第十六回他倆於翌晨入睡時止，我們讀到接近四十頁的敘述，[8]生動活潑地道出二人在翠花翠環陪同下的言談舉止。這場面連線不斷，無疑地記述了傳統中國文學中最長的一夜。就小說技巧而言，也是描摹最為逼真的一夜。四個角色全部栩栩如生，尤以黃人瑞至為特出，可說是中國小說中最可愛的大煙癮君子。

　　誠然，水災以及賈家謀殺案的覆述，頗伸延了那夜一節的長度。不過，它們絕非完全獨立的加插，水災故事尤其不然。這故事的展開，把四個人都引到裏面去。夜敘一節，表面看來，乃為了向讀者交代水災和兇案，其實作者緊握時機，盡量描摹真象，呈露了老殘深一層的性格，表明了他三個友伴的身分和性情。黃人瑞一再

拖延，最後才把兇案道出，此乃作者的典型記述技巧：倘若晚飯既畢，故事立刻如諸道出，則夜敍瞬即結束，我們也就沒有機會好好認識他們各人了。

晚飯剛剛用完時，老殘從黃人瑞所請賦詩。從早一天他目睹黃河冰封時起，腹稿已定，是以頃刻寫在牆上。詩云：

> 地裂北風號，長冰蔽河下；後冰逐前冰，相陵復相亞。
> 河曲易為塞，嵯峨銀橋架。歸人長咨嗟，旅客空欷唶。
> 盈盈一水間，軒車不得駕；錦筵招妓樂，亂此淒其夜。

這詩不離唐前五言古詩窠臼，落得個平平無奇。然而，前此老殘既聞玉賢的種種暴行後，乃吟詩以洩義憤；[9] 如今他亦綴句以舒激情。中國文人，素以散文冠於詩首，序詩之所由作；因詩的篇幅短小，為了交代背景，俾供讀者全面鑑賞，所以有此必要。這樣說來，則幾乎第十二回全回到老殘握筆在牆上揮寫時止，都可以說是那詩的序。可是，這段散文描述，詩意盎然；相形之下，原詩本身不過用傳統的方法，把詩情濃縮起來，對用以入詩的那些獨特經驗，少有諷示。

老殘受困於東昌府，乃因他不能渡過黃河，以抵濟南。與黃人瑞邂逅的前一天，他走在河隄上，看看有甚麼方法渡河。然而，河上的浮冰和船上以木杵打冰的一干人太把他迷住了，以致在客棧中用完晚膳後，便穿上羊皮袍子，又到隄岸閒步。彼時雪月交輝，他憶起謝靈運的詩句，歲月如流，國事擾攘，老殘不禁悲從中來。翌晨，他又走到岸邊，探聽怎樣渡河。斯時河已全被冰封。返客棧時，他躑躅途中，城裏景象，寥落荒涼。返抵客房，無疑地因曾憶起謝靈運的詩，他便讀起一本新編的《八代詩選》來，心中把它與同類選集比較。看了半日，在店門口閒立一會，黃人瑞差來的家人進門請見。黃氏也住在城裏，不久便約他一同用晚膳。這頓頗饒生趣的飯，詩中以末二句概括了事，實在不夠。

那下午黃河冰封一場，就是詩的首六句所吟述的，刻畫的維妙維肖，洵為佳構。雲開月明，銀光映照雪山，良夜裏老殘矯首對月

一場，亦是傳誦的名篇。[10]但對瞭解該小説寫作技巧而言，則隨之而來的冥思一節更值得我們注意：

> 　　老殘對着雪月交輝的景致，想起謝靈運的詩。「明月照積雪，北風勁且哀」兩句，若非經歷北方苦寒景象，那裏知道「北風勁且哀」的個「哀」字下的好呢？這時月光照得滿地灼亮，抬起頭來，天上的星，一個也看不見；只有北邊北斗七星，開陽搖光，像幾個淡白點子一樣，還看得清楚。那北斗正斜倚在紫微垣的西邊上面，杓在上，魁在下。心裏想道：「歲月如流，眼見斗杓又將東指了，人又要添一歲了。一年一年的這樣瞎混下去，如何是個了局呢？」又想到詩經上說的「維北有斗，不可以挹酒漿」：「現在國家正當多事之秋，那王公大臣只是恐怕軼處分，多一事不如少一事，弄得百事俱廢，將來又是怎樣個了局？國是如此，丈夫何以家為？」想到此地，不覺滴下淚來，也就無心觀玩景致，慢慢回店去了。一面走着，覺得臉上有樣物件附着似的，用手一摸，原來兩邊掛着了兩條滴滑的冰。起初不懂甚麼緣故，既而想起，自己也就笑了。原來就是方才流的淚，天寒，立刻就凍住了；地下必定還有幾多冰珠子呢！悶悶的回到店裏，也就睡了。

　　精描細摹的段落，人多知之。如上那些，則極為人忽略；而劉鶚的抒情小說家的真正本領，即在此表現出來。若說這裏寫主人翁的靈思冥想在他的詩裏淪為一對質木無文的偶句（「歸人長咨嗟，旅客空歎咤」），則這段散章，直抒胸臆，使眼前所見物色與腦中浮現詩句，渾然呼應，最後歸於仰觀天象的愀然感歎。自然，這裏所述的經驗，已司空見慣：任何憂時感世的中國騷人墨客，明月當頭之際，都會有此心懷。縱使中國詩詞中時有詠述（杜甫即是顯著的一例），但中國小說向來對主角的主觀心境不肯着力描寫，劉鶚摸索以意識流技巧表現這種情景，不但這裏如此，好幾處亦如此，且同樣精彩，這確是戞戞獨造的。

作者曾自擬此書於一種「其力甚勁，其行甚彌遠」，不以哭泣為哭泣之哭泣。如此看來，本段更饒有趣味。在一本涉及人類的受苦的小說中，眼淚自然是不能避免的：我們特別想起于學禮的媳婦在她丈夫斷氣前哭得死去活來，然後刎頸殉之。翠環對老殘和黃人瑞傾訴身世時，還忍得淚；最後一聞他們允諾相助，卻號咷大哭起來。賈魏氏泣不成聲，一絲半氣地供說實在無從捏造一個姦夫出來。這等女子，都是「有力」的哭者，倘若上蒼俯聽，她們直會「崩城」、「染竹」。甚至第二回所述那被官府的轎夫踢倒的街童，也是個「有力」的哭者，因為在一個天下為公的社會中，那轎夫應該更加謹慎小心，更加照顧別人。如果這意外真的無可避免，則那轎夫——轎內的官大人更好——會撫慰那孩子，並向他母親陪個不是。這裏的情形則是：那婦人只有挈了孩子，嘴裏咕嚕咕嚕的罵着，就回去了。

老殘藉懸壺濟世，盡他所能扶助殘弱的和受害的，儼若一不攜刀劍的俠士；他不效英雄之所當哭。然而，曾幾何時，每當痛心惡吏，感懷國事，他便熱淚盈眶。正如有一次，他怒火中燒，欲殺玉賢，髮髭因之豎起。[11] 可是，老殘往往自加克制，不讓愁鬱和憂憤一發不可收拾。這正道出一更深沉的憂慮：眼見「棋局已殘」，孤掌難鳴也。這裏，淚水又掉了一次；可是，在淚已成冰後，他才知曾蒼然落淚。他還戲用陳詞（「冰珠子」）去描寫那些濺在地上的淚滴哩！他這自嘲不單寫活了個「冷」字，且挽回了流於自憐自傷之弊，而自憐自傷適足以掩蓋這千古共感的悲慟。這類哭泣，眼淚的宣洩是不濟事的。

何以故？儘管他的旅程暫以快事作結，促使老殘夜行時落淚的疑問，在小說的主要部分中，並沒有獲得解答。他雖然俠骨柔腸，卻不是孔武驍勇的劍客，懲戒惡人，彰顯公義，使人讀之而震懾，而稱快。即使老殘一見不平便起而糾之，他明知自己所未聞的多少惡事，正日日發生；[12] 此外，對於國家大勢，他是有心無力的。他諳治水之道，這套學問對他前途可大派用場；然而，就此小說本身而言，我們甚至可以質問道：對於反抗專橫勢力，解救黎民疾苦，

老殘究竟做了甚麼？他納翠環為妾，又把翠花配作黃人瑞的妾侍。他上書巡撫張曜（別本或作莊曜），使張宮保免去剛弼主審兇案的專差，賈魏氏及其老父因而得直。可是，前此致宮保述玉賢失職的信卻徒勞無果。第十九回說他會晤宮保：

> 宮保説：「日前捧讀大札，不料玉守殘酷如此，實是兄弟之罪。將來總當設法。但目下不敢出爾反爾，似非對君父之道。」老殘説：「救民即所以報君，似乎無所謂不可。」宮保默然。又談半點鐘功夫，端茶告退。

老殘識見不羣，獨來獨往，在山東可以有所作為，主要因為衙門中人知道宮保十分尊敬他，又欲聘用他。如果沒有宮保撐腰，一個無官銜的走方郎中，是不能對剛弼面斥廷詢的。然而，可笑的是，雖然口碑皆謂宮保賢良，他卻誤信玉賢和剛弼，引以為左右輔佐。即使相信了玉賢的殘酷時，由於官僚氣習已成，乃不欲罷之，免使因他薦舉非人而致龍顏不悅。更不可恕的是他曾採納一書生之見治河，卒使黃河兩岸泛濫成災，殺害了幾十萬百姓。身受其害的翠花，說張撫臺勉強接受了那不合人道的治河法時的情景：「張撫臺沒法，點點頭，嘆了一口氣，聽說還落了幾點眼淚。」也許這也是「有力類」的憐恤之淚吧！可是，在這緊要關頭，他良知不安，與乎後來他對老殘的咎責不置覆，似乎在說明：像他這樣的重要官員，實施或贊助不智的決定，是免不了的。《老殘遊記》一片俠氣、滿腔熱血，卻是本基於政治現實的小說。主人翁成功地把幾個困頓的生靈，救出水火；這不過表現出眾多受虐吏劣政所殘害的百姓，其處境益加艱窘而已。

二

《老殘遊記》是本政治小說，不論行文立意，對義和團事變倍加關注。如所周知，劉鶚的巔沛際遇，與1900年的事故牽連一起。

那年秋天，他由上海抵北京，通過俄國友人，經過一番斡旋，終於購得儲於太倉而為俄軍所據的大批米糧，以賤價糶諸城中饑民。可是，因此慈善心腸，卻惹來仇人袁世凱之讒，謂他私售倉粟罪君。1908年劉鶚被流放新疆，部分原因在此。翌年在迪化去世，享年53歲。[13] 在他正為要《繡像小說》寫稿時，關於拳亂的小說正大行其道；他一定也想把北京失陷時的目睹耳聞現諸筆墨。（劉鶚為接濟友人連夢青，始作小說。那時，連夢青正被官府追迫，匿於上海。《老殘遊記》刊出前數期，《繡像小說》正開始連載連夢青的《鄰女語》。此小說所述主角的經歷，與劉鶚北上被攻陷的京城，極為彷彿。）[14] 不過，雖然劉鶚向早期生活尋覓靈感，大概由於庚子之亂太難處理所致；他仍然別具心裁，把對拳民之禍的關懷設法搬入小說中去。

考察劉鶚一生行跡，他的小說一定大大借重於他1890那年的回憶。他那年在山東入官，為張曜治水諮議。張撫臺於1891年去世，小說把他們的相遇安排於秋冬之際，所以這事可說只能在1890年發生。[15] 那時劉鶚34歲，與老殘的年齡相仿（「不過三十多歲」）。當時滿人毓賢為曹州知府（相應於書中的玉賢），雖然他的官銜一直至1891年才正式確立。[16]

可是，若要以剛弼影射滿人剛毅，則我們不能一視同仁，將他看作作者的山東同僚。劉鶚之子劉大紳，於1940年提出此說法，後來學者向無異議。劉鶚要把二人等量齊觀，不僅因他倆名字中一個字相同（「剛」），一個字同韻（「弼」「毅」），更因剛毅的劣績，當時的小說家和通俗史家都有所記載，其「剛愎」自用，人皆知之。[17] 可是，1888至1892年，他出仕江蘇巡撫，就不可能做山東張曜的佐臣了。[18] 剛毅儘管可能在其治區內殘害百姓，一如小說中所諷喻的；然而，就目前我們所知的而論，說劉鶚隨一己之所好把審官的角色加諸剛毅身上，是較為妥當的，因賈魏二家的兒案乃出於虛構。無論怎樣，剛毅曾指控劉鶚叛國；小說作者把他寫成壞人，個人因素在其中的作用，似乎遠大於作者之於毓賢的。[19]

劉鶚挑選毓、剛二人作為暴虐政權的主要象徵；論者強調說這乃為了算舊賬或指斥其早期的暴政。可是，大體而論，劉鶚之所

以如此，倒不如說因他要對他倆煽動愚民，造成國家危亂而興師問罪。1899年，毓賢正任山東巡撫，以此高官而教唆拳民，煽動排外活動，且承認其合法地位的，他是第一人。1900年，他任山西巡撫，殺害無數中國基督教徒，又把省內所有外國傳教士及其家眷誘入省府太原，親自監督，予以屠殺。[20] 身任軍機大臣、協辦大學士的剛毅，在受寵於慈禧太后的重臣中，贊助義和團最不遺餘力的，大概要算得上他了。那時，一般人都相信慈禧太后打開城門，迎義和團入京，以致滿城震懾、一片恐怖，主要由於受到他的慫恿。[21] 八國聯軍把剛、毓二人列入罪魁之中，無疑的，捨端王而外，他們就是拳亂擴大的最重要的嗾使人了。剛毅於隨宮去西安途上得病死去（若通俗史家所載不誤，則他見拳民一敗塗地，遂羞愧憤怒而病倒）。可是，為了討好八國聯軍，死後他原有的官銜被褫奪去了。[22] 毓賢則被流放新疆，途次蘭州時，因慈禧太后徇聯軍之請，處以斬首極刑。不過，他倒也凜然就法，令人感動。[23]

1901年回宮後不久，通俗文人便開始（以小說或彈詞形式）寫出大量實錄和故事，記詠這次國難，又對義和團事件的本末，予以鍼砭。[24] 不論他們對列強的態度怎樣，這批作者對拳民悉力貶斥。慈禧太后仍然大權在握，他們不能抨而擊之，乃轉而痛詆她當時的主要謀臣。無論死去了的、被貶了的，他們所受到的攻擊，比拳民的更猛烈。在諸如李寶嘉的《庚子國變彈詞》中，端王、剛毅與毓賢特別惡名昭彰。然而，劉鶚並沒有同聲直接指斥他們，卻揭露了拳亂前毓賢和剛毅的樣子。可是，他對拳民的譴責，特別預言部分的大張撻伐，當代讀者無不看出了。不過，到了1920年代，那些反拳民文學率多已被淡忘。即使當時最有聲望的學者如胡適，也把歷史背景撇開，光讀這小說，看重它對清官的批判，對它的反拳民和反革命的酷評則不加措意，最多也把它當作與主題無關的附加品而已。[25] 然而，即使在主要敍述中，劉鶚已隱隱然道出官吏的暴虐與國家危難的重大關連。例如老殘這段對玉賢的預言性評論：

> 只為過於要做官，且急於做大官，所以傷天害理的做到這樣。而且政聲又如此其好，怕不數年之間，就要方面兼圻

的嗎？官越大，害越甚：守一府，則一府傷；撫一省，則一省殘；宰天下，則天下死。

　　毓賢的官階未嘗超逾過巡撫，但剛毅與端王的權位足以左右帝國命運，並促其衰亡。雖然宰相一職久廢，有些通俗作家仍間或稱剛毅為剛相國，以見其高居要位。[26]

　　中國正值存亡之秋的主題，已證諸序言，又於第一回的寓言夢中被戲劇化起來。小說中酷吏的行為，亦證實了它。不過，作者心中又不甘願接受這個主題，遂有那哲學性和預言性的插曲。劉鶚在工商界曾做過一番事業，這代表他對西方的大大仰慕（老殘在夢中呈獻西方的羅盤和紀限儀器，以挽救中國之舟）；可是，他晚清那代的讀書人，與後起否定中國傳統的知識分子魯迅、陳獨秀等，並不相侔。[27]前者受中國傳統的薰陶更深，不可能否定它。劉鶚為中國而哭，可謂既因熱烈眷戀着小說中所描述的安份守己的百姓和秀麗可愛的河山，亦因他對文化傳承的繫連，牢不可破。他弱冠時曾拜於李平山（號龍川）門下。李平山為太谷教一派之主，倡儒、釋、道合一之說。劉鶚極重所學，與同門友誼，至死不渝，黃歸羣即為其中之一。[28]劉大紳持黃龍子影射黃歸羣之說，因皆以黃為姓。但除了六首玄言詩外，我們對黃龍子的生平一無所知。同時，劉大紳又謂這六首七絕，乃述劉鶚受業於李平山之學境。我們由此可謂黃龍子其人實為作者的理想的化身，他對中國文化懷着信心，與作者的另一化身——衝動的哭者老殘——的消沉沮喪頡頏着。

　　雖然同樣借鑑於作者的生平行誼，這兩個角色自是各有不同。對政府極感失望的老殘，曾雄心勃勃，結納朋友，講輿地、陣圖、製造、武功等實學，相約報國。[29]然而黃龍子的述懷詩表現出他在淡泊中講學論道，而自得其樂。老殘不作隱逸山林的高士，不受一官半爵，而做個走方郎中，扶危濟顛。黃龍子清楚地預見時凶世亂，卻一直做個隱士，因他揆諸國史、證諸天地、洞悉吉凶興衰之道。如前所述，若要使老殘的遊歷連貫不斷，作者大可撇棄申子平這角色，而讓主人翁到桃花山去。他之不能這樣做，乃因不欲使這

針鋒相對的自我的兩面對壘起來。沒有老殘那樣的閱歷、比較單純的人，對黃龍子和璵姑所論是儘會接受的。

璵姑剖論國勢，兼有老殘的消沉和黃龍子的達觀。她彷彿是作者思想的代言人。璵姑向申子平闡釋的是太谷學派教義，謂儒釋道三教的同處在「誘人為善，引人處於大公」。然而，她的說法，本乎孔孟之道；又把千年來中國的積弱，歸咎於一種偏狹的道德觀，而以韓愈無理由的闢佛老為代表，宋儒的存理去欲、壓抑本性亦為中國積弱之由。我們因此可說酷吏的殘虐，直接源於這傳統：沒有通變的禮教和過份關注、壓抑人慾所導引的「罪惡」。璵姑以為大公即無私，為善即順乎自然，即禮行孔子真正的仁道。她自己便是這種善的代表，這善直與孔子的「禮」自然相應。續篇中，劉鶚藉尼姑逸雲寫出佛家慈悲更精純的一面，即從慾念中自然超昇（與宋儒的壓抑完全不相同），便得人類的自由。[30]

在臺灣的中國的讀者，少有會與璵姑的道德哲學爭辯的；它遠遠瞻及胡適、周作人、林語堂等具影響力的現代思想家的反道學思想。黃龍子的學理玄妙，對「南革」的虛言妄見使許多中國讀者感到無聊，或毫無同情可言。（對中國大陸的讀者來說，劉鶚的嚴酷批評拳民，是遭受攻擊的主因。）南方的革命軍終於推翻滿清，建立民國。在這科學時代，沒有人會根據印度神學和易經而建構一套宇宙哲學，或引用一個卦象，來證明革命的危險。不過，即使自認比黃龍子開明的讀者，至少應欣賞劉鶚的道德想像力，這驅使他塑造了先知一角，非僅為了說明中國面臨大亂的原由，更為了矢言中國文化的命脈，源遠而流長。據黃龍子所言，革命黨人闖下的紛擾，至甲寅（1914）年的政治改革而告終：

> 甲寅以後，為文明華敷之世。雖燦爛可觀，尚不足與他國齊趨並駕。直至甲子（1924），為文明結實之世，可以自立矣。然後由歐洲新文明，進而復我三皇五帝舊文明，駸駸進於大同之世矣。然此事尚遠，非三五十年事也。

　　西方許多聖經上「啓示錄」式的思想家的預言，為歷史所推翻，乃勢所必然。[31] 不過，預言是表露心聲的一種，對某些關心政治和文明存亡大問題的作者，自有其必要。詩人之不得不構築一套私人的神話或哲學體系，以擴大其視界、從心所欲地預言世事，英國文學中，布來克和葉慈是佼佼的代表，克連斯‧勃羅克斯教授（Cleanth Brooks）曾把葉慈《幻夢錄》（*A Vision*）一書的詩功能扼要地道出：「細言之，這體系使葉慈得以一場大戲劇視世界；許多大事是可預測的（如此則詩人不致在紛亂雜沓中迷然失所），可是，這場大戲的規模容許複雜綜錯的經驗，以及分明是矛盾衝突的經驗（如此則詩人不致流於過份簡單化）。」[32] 黃龍子的體系亦正如此。事實上，他這體系與傳統的中國思想一脈相承，遠過於葉慈的之於傳統西方思想。黃龍子演繹澤火革卦，以為是個凶卦，猶如二女嫁一夫而同居，其志不相得。這說法葉慈當會聞之色喜吧！劉鶚申斥拳民和革命黨人，卻不能因此而視他對滿清効忠，雖國祚危顛，而仍一腔熱情依附之。他反對非理性和無政府主義，實表示他維護文明，且非僅中國文明而已。他認定拳民的胡作妄為，起於野蠻的排外主義，其根源則為對神靈鬼怪的迷信。此說少有不以為然者。他視南方的革命黨人為無神論者，要褻瀆對祖先的敬拜，要破壞家庭制度；這看法也多少有事實的根據。但孫中山對儒家文化的尊崇，不下於劉鶚；他所領導的革命，實際上是溫和的。劉鶚不明此點，所以，對這班革命黨人的破壞性估計太高了。然而，武力的排外主義和反傳統主義，倡行於中共，文化大革命之後尤然。這點似乎說明了劉鶚擔心暴力革命導致文明的消滅，並非杞人之憂。

　　姑勿論我們對黃龍子的見解反應如何，劉鶚已為桃花山的居民，提供了一個自由而和平的甯謐環境，與小說中其他部分所瀰漫的不平和苦難，正強烈對比着。（在本書的續篇裏，即使泰山的尼庵也免不了有官府作後臺的土豪劣紳的欺凌。）璵姑、黃龍子及其親朋戚友全然說不上已逃過了人世的煩擾，也避不開山林隱居的不便：璵姑的外甥受兒童所難免的疾病折磨，而他們點燈所用的生油，也不能與洋油相比。不過，他們至少超越了宋儒人欲罪惡感的困擾，

互訴心曲，慧語如珠；又撫絃弄曲，以寓其悅生之情。黃龍子與璵姑，一琴一瑟，各樂其樂，而其律協音諧，有勝於中國傳統眾樂工齊鳴一音調的奏法。此段同隨後與桑家姊妹和奏的，刻畫靈妙，使人心醉。誠然，第二回白妞王小玉的說書，下筆更為傳神，更令人擊節讚賞。然而，這裏所寫，天趣盎然，世間獨步；王小玉無論怎樣不同凡響，畢竟是伶人之藝，供人取樂而已。

桃花山中，也有虎嘯狼嗥。對璵姑與黃龍子而言，這些野獸享有「言論自由」，一如他們所應有。[33] 虎嘯一聲，陌生人會聞之喪膽，像申子平那樣。可是，這也是自然而悅耳之聲，與後來他們娛賓的《海水天風之曲》並無二致。不過，倘謂在道家逍遙的精妙世界中，老虎是布來克的「精力」(energy) 的堂皇象徵，那末，在人間世中，「山居」亦即是傳統中國所謂的「苛政」。老殘感憤於玉賢的專暴，在街上訪問本府政績：

> 竟是異口同聲說好，不過都帶有慘淡顏色。不覺暗暗點頭，深服古人「苛政猛於虎」一語，真是不錯。

即使在山居中，他們對老虎的逍遙自在，自表同情；可是一觸及政治時，山中居民仍以之作為兇惡的象徵。因而，黃龍子一面惋惜那離開山林、在人世喪失了自由的老虎，一面卻能把牠戲比作在朝廷裏做官的人，受了氣，只是回家來「對着老婆孩子發發標」。申子平在璵姑家中唸了那篇關於義和團事變的詩。所以詩中，老虎以一強有力的象徵出現，是順理成章的。這篇詩題為〈銀鼠讞〉，云：

> 東山乳虎，迎門當戶；
> 明年食人，悲生齊魯。　　一解
> 殘骸狼藉，乳虎乏食；
> 飛騰上天，立冢當國。　　二解
> 乳虎斑斑，雄據西山；
> 亞當子孫，橫被摧殘。　　三解

四鄰震怒，天眷西顧；

斃豕殪虎，黎民安堵。　　四解

此諺從乳虎（即母虎，為了捍護雛虎，更為兇殘）的生涯，追溯義和團事變的四階段，正因它那隱晦的象徵色彩，才勁遒地透顯出葉慈式的預言的憤慨。不過，當我們知道乳虎代表毓賢，立豕代表剛毅時，[34]這篇詩與整本小說的互相契應，就彰彰明甚了。這班獸類早期為非作惡，老殘身與其間；本詩則概括其以後事蹟，並預告其死亡。所以，這首詩的預言部分把主人翁對苦難不平的關懷，放在一個更大的歷史和政治透視上：毓賢和剛毅的殘害無辜，加強了他們日後挑起國難的罪證。作者對這次事變，百感交集：從國運不振因而一片沮喪，以至文化復興因而滿懷熱望；《老殘遊記》這既抒情又具政治意味的小說，之所以扣人心絃，而又結構獨特，大有賴於這萬千的感慨。

《玉梨魂》新論

歐陽子　譯

　　近年來，研究晚清以及五四小說的學者越來越多，使得介於這兩時期之間 (1912–1918) 的小說作品因得不到批評家的垂顧而更顯得微不足道了。我們受現成的文學史影響，把這段時期輕易忽略過去，認為不值一提，認為只是「鴛鴦蝴蝶派小說」及「黑幕小說」興起的年代——而這兩個帶有貶損意味的標籤，擋開了幾乎所有研究中國小說的人，只除了極少幾位死不罷休的學者。此外，一般人把 1912–1949 年間所有舊派小說，不論類型如何，皆統稱之為「鴛鴦蝴蝶派」，由這一點，亦可看出我們批評界對這段時期小說的漠不關心。[1]

　　連對民國舊派小說表示感興趣的寥寥幾位學者，也都理所當然地認定這一類小說的素質不高。林培瑞 (Perry Link) 教授是頭一位用英文研討此一專題的學者。[2] 他便把這類作品視為通俗小說，缺乏五四以及其後的新式小說所具有的藝術嚴肅性。林氏的書，雖然頗有助於我們對民國初期社會史及通俗文藝的瞭解，我以一個文學史家的立場，倒是希望他能對書中列舉為代表的作家——徐枕亞、李涵秋、向愷然、張恨水——中的任何一位，做個比較深入而有系統的研究。林氏花費不少篇幅談論徐枕亞的《玉梨魂》和張恨水的《啼笑因緣》，但對其他小說全都沒好好討論，可見他對這一派的小說閱讀有限，對中國文學傳統的認識亦缺乏深度。[3] 五四時代的評論家

公然鄙視嘲笑「鴛鴦蝴蝶派」小説，林氏有意超越此種偏見。可惜的是，他自己對這派小説社會成因的見解（即視之為撫慰人心的小説）使他無法消除這久存而根深柢固的偏見。

　　五四時代的評論家，如魯迅、茅盾、鄭振鐸等，都是倡導新文學的健將，推崇的是標榜西化、具有嶄新意識型態的作品。既如此，他們當然有足夠的理由，站在思想型態及藝術立場，去攻擊鴛鴦蝴蝶派的小説。[4]然而，若要指責鴛鴦蝴蝶派小説在意識型態上落伍，在藝術成就上差勁，那麼明清時代的小説又該怎麼説呢？從五四觀點去看，這些傳統小説不也是同樣落伍，或更落伍嗎？我覺得，在現今這個時代，我們實在不應矯揉造作地抱持雙重標準：討論明清小説時，則兼容新舊各派多種批評觀點，使這些作品看來身價儼然；但在評估鴛鴦蝴蝶派小説時，卻執着地依據五四批評家及共產説教者瞿秋白的偏見歪論。任何一個時代，不論文化背景如何，優秀的小説作品總是稀罕難得；我們相信大部分的鴛鴦蝴蝶派作品確實無甚價值，正如大部分的明清小説亦不值得重視。可是話説回來，我們倒也相信蝴蝶派之中吸引感動了成千成萬讀者的上乘作品，較之於明清時期的傑出小説，在藝術造詣上應當不會遜色；視之為它們那時代的思想史、社會史文獻，亦應具有同等的價值。這些作品，我們不能僅當通俗文學看待（其實，中國古典小説，那一本不是受到大眾的歡迎才代代相傳下來的？），而應以認真嚴肅的批評眼光檢視其藝術架構及意識型態架構，並進而從多方面（作者生平、文學、社會、哲學等方面）加以探討，牽引出這些作品蘊含的全部意義。總言之，我們對這些小説，應當和對明清的最佳小説一樣公平才好。

　　我這篇論文，便是採取此種多元性的探討法，企圖透徹地評論一本舊派長篇小説《玉梨魂》。這本著作出版於1912年，是民國初期一本了不起的暢銷書，售出數十萬冊，後改編為默片搬上銀幕，更加普及於大眾。[5]《玉梨魂》被公認為狹義「鴛鴦蝴蝶派」小説中的傑出代表作，而徐枕亞（1886–19??）是該派最有名、也是最先受到全國注目和讚譽的小説作家。雖説《玉梨魂》極受歡迎，其文體卻不

是市井小民都能欣賞的簡易白話；反之，它是以駢體文寫成，內容又飽含文學典故及大量舊詩詞，讀者必須舊學根柢相當好，對古代詩詞、戲曲及小說有相當認識，才能恰當地領會此書的好處。另一方面，《玉梨魂》也不是戀人安逸地談情說愛的小說；鴛鴦互相依偎或蝴蝶比翼雙飛的意象——引起五四批評家如許嘲諷鄙視的意象[6]——其實並不適用。對於本書的作者以及當時的讀者而言，這是一部深入探索當代社會與家庭制度的哀情小說。更重要的，這個愛情悲劇充分運用了中國舊文學中一貫的「感傷—言情」(sentimental-erotic) 傳統；此一長久持續的光輝傳統，可見於李商隱、杜牧、李後主等的詩詞，以及《西廂記》、《牡丹亭》、《桃花扇》、《長生殿》、《紅樓夢》等的戲劇或小說。本文一大主題，便是要證明《玉梨魂》正代表了此傳統之最後一次的開花結果。少了這本小說，「感傷—言情」之文學傳統便給人一種未獲完滿收成的感覺。《玉梨魂》之所以普遍受熱烈歡迎，並非作者把舊文學中的感傷濫調拿來商業化，取悅了讀者；而是因為當時受過教育的讀者群，閱後內心大大受到震撼。此外，當然也因作者的文學才華及造詣，令人驚服不已。在當時《玉梨魂》確是一本嶄新面貌的中國小說：一方面充分利用了古典文學寶藏中描寫相思戀情的詩歌意象，另一方面，卻又多少受到林紓所譯西洋小說的影響。

然而，我們若承認《玉梨魂》是中國文學「感傷—言情」傳統的重要作品，徐枕亞的文學生涯就更加令人失望，因為他急速走下坡路，以後的作品越寫越差。《玉梨魂》既大受歡迎，徐枕亞就聚精會神把同一故事改寫成日記的形式。改寫完成後，首先以《何夢霞日記》為題連載發表，其後結集，改名《雪鴻淚史》(1915)。此書很可能是中國非諷刺小說中，頭一本採用第一人稱敘述的作品。[7]它的篇幅比《玉梨魂》長，情節進度較緩，裏面包含更多男女主角交換的詩詞和信札。由於我們早在《玉梨魂》裏讀過那些事件，以及因而引致函件的往返，《雪鴻淚史》的衝擊力難免減少，雖然作品的自傳性更為顯露。有一點值得注意，《玉梨魂》的讀者，可能會認為作者是一位有革命理想的愛國主義者；《雪鴻淚史》卻揭露出作者的真面目及

反動心態：熱中維護封建道德而公然敵視新文化思想。在《玉梨魂》中，作者的反動趨向多少受到書中愛國思想、社會改革等話題的掩飾，等到此書一炮竄紅，轟動文壇，作者的膽量便壯大起來，敢於站在傳統禮教的一邊，明白展現出與新文化領導人之間不可逾越的距離。徐枕亞畢竟從未出洋留學過。他自始深受中國傳統文化的薰陶，無機會也無意欲去認識一下西洋的思想。

徐枕亞以認真態度第二次試寫一本小說之後，便退而成為商業性的作家，推出一本又一本薄薄的長篇，內容一律套用使他一舉成名的悲劇公式，讓男女主角保全道德的清白，卻得不到性愛滿足。如果只讀《玉梨魂》，我們會覺得，若非禮教社會的銅牆鐵壁高不可攀，相戀的男女主角可以逃向自由的。可是閱讀徐枕亞其後的作品，我們即覺悟，書中的戀人不僅盡瘁於愛情的理想，亦同樣盡瘁於自我犧牲的理念。唯獨在絕望與死亡之中，他們才能使愛情昇華，保證情操的高潔及永恆。《玉梨魂》一書，寫成於新文化運動前夕，內容雖是稱頌精神戀愛，卻正可痛切地反映出即將倒垮的封建制度之殘忍與不人道。然而《玉梨魂》之後的作品，只能印證徐枕亞是封建社會陳腐禮教的熱中維護者——一個十分不討人喜愛的角色。魯迅《狂人日記》（1918）等小說出版後，全國年輕讀者耳目一新，認清了舊社會的「吃人」面貌。這時，徐枕亞的受到排斥，自是不可避免之事。

然而，儘管我們對徐枕亞陳腐的道德觀念極為反感，對他後期的小說作品不屑一顧，我們卻應該把他年輕時代的傑作《玉梨魂》從冷宮中搶救出來，恢復它在中國文學感傷的言情傳統中應享的光榮地位。排斥《玉梨魂》，就等於否定動人心魂的《紅樓夢》之感傷傳統。這感傷傳統的一貫特色，是讓男女主角在「更要緊的」社會成規或宗教使命驅使下，得不到性愛的完成與滿足。有一點徐枕亞是令人稱許的：至少他沒學《紅樓夢》的作者，用佛道思想輕易解決問題。他集中精力，刻畫出一對既忠於愛情又忠於道德的戀人，心中感受的無限痛苦。

一

　　日後批評家可能會同意，新文學運動於1919年全面掀起之前
的二十年，是中國文學在語言使用方面最令人感興趣、也最活潑有
勁的時期。只有像錢基博一樣國學基礎深厚的老派學者，才能透徹
地欣賞並辨別那時代名家擅長的各種文體：古文和駢文；詩、詞與
曲。[8] 然而，早在1921年，在〈五十年來中國之文學〉一文裏，連胡
適也讚美過黃遵憲的詩，並對梁啓超、章炳麟、章士釗等文人學者
風格各異的文章，以及林紓、嚴復用古文翻譯外國著作突破性的成
就，都有稱讚之詞。當然，胡適在該文及其他文章裏，對《老殘遊
記》的景物描寫、《三俠五義》的北方口語，以及《海上花列傳》裏的
蘇州方言，更為推崇。[9] 由於胡適一心想證明「白話」或「國語」的成
功，他未能領悟到，五四時期新作家普遍採用白話口語，比起緊接
前一代的文學語言來，他們的文字就顯得貧乏寒傖得多。在那轉接
的時代，古文接受了三大任務（傳播新聞、喚醒民眾、翻譯外國作
品），一無衰老之象，反顯得朝氣蓬勃。古文家林紓，在他和新文學
創導人的短期辯論中，堅持文言文簡潔典雅的特長，卻似乎忘了自
己屢次在譯作的序言中，稱道西洋小說描景狀物之細緻詳到，寫人
物兼顧幽默與悲愴這兩方面，動人處實遠勝中國古典文學。[10] 林紓
的譯文，談不上準確，卻是有史以來第一次，中國的古文被強用來
長篇敘事，且夾雜着對話與細節描繪。在新聞政論及名人傳記範疇
中，梁啓超也同樣被迫錘鍊出一種動人的筆調，說理敘事皆鏗鏘有
力，不煩其詳。比起古代名家，梁啓超的文章甚嫌冗長，因而「俗
氣」；但對他所面對的讀者群而言，那卻是一種活生生的風格。他若
力求典雅，文章就產生不出那股強勁與活力。
　　我們既讚賞林紓及梁啓超，也應以同樣準繩衡量《玉梨魂》的作
者，而承認徐枕亞是當時一位多才多藝、氣勢磅礡的文體家。他的
駢文風格，與庾信相較，似嫌俚俗；就連陳球的《燕山外史》（1810）
——民國前唯一以駢文寫成的長篇小說——風格亦似比徐枕亞「純
正」。然而，陳球只是運用駢四儷六句子的各種組合，而徐枕亞在風

格上較具彈性，採用駢文與古文的穿插交替法，也就是説，把規格嚴謹而側重描寫及抒情的駢文段落，與較鬆弛而可用古文表達的對白、敍述段落，交替穿插出現。此外，《玉梨魂》文中點綴有大量詩詞，韻律格式不一，但絕大多數是李商隱風格的七言律詩及絕句。此書另一特徵是收錄了不少信函，大都以熱情洋溢的駢四儷六文體出現。除了散曲以外（晚清刊物上常見套用「雜劇」、「傳奇」形式而專供閱讀的劇本），我們可以説，徐枕亞很成功地運用了古代韻文、散文的每一種形式。《玉梨魂》膾炙人口的一大原因，必是當年讀者對他的通變捷才極為欣賞。

　　鑒於鴛蝶派作家早已不被重視，徐枕亞本人寫小説又急速退步，我們當然有理由不願意把他尊奉為民初時代的詩文大家。但我們卻想知道，他得到甚麼人的指點，從小就學會這一手好的文筆？話説開來，梁啓超、林紓和魯迅，少年時代又是受到哪些名師指導，各種風格的詩文都能寫，且寫來毫不費力？大概，在晚清時期，聰明的學童只要肯接受嚴格的古典教育，並不需要靠甚麼了不起的名師教導提攜，便能自己走上文學之路。有兩位熟知舊上海及舊派小説的資深作家，陳敬之和黃天石，曾經為文記述徐枕亞的往事。[11] 陳敬之指出湖北名詩人樊增祥（1846–1931）是徐氏的老師。我卻比較同意黃天石的報導。黃氏在二十年代與徐氏相識，他認為樊增祥因賞識徐氏的文才而和他結交為朋友。[12] 根據徐枕亞本人的自述，20歲時他已寫過八百首詩，大都為律詩及絕句。[13] 大概在江南的文化氣候下，對文學有興趣有才華的年輕人，只須交上幾個志同道合的知友，便能源源不絕創寫出大量的詩文。

　　有一點我一直覺得有特殊意義：最早提倡及寫作新文學或白話文學的人，都來自安徽和浙北，而不是來自明清時代進士輩出的文藝大本營——蘇州、無錫、常熟等位於江蘇南部的城市。大概，正因江蘇南部早被認定為文藝基地，當地的年輕人，在清末民初時期若果沒機會出洋留學，也就願意留下來為報章寫稿，擔任報紙副刊或文學雜誌的編輯。如此，舊派小説家大都來自這一區域。

　　徐枕亞是常熟人，祖先數代一直居於此，家世卻無特殊的文學

背景。他父親雖從小讀了經書，卻宦途失意，提早退休，而親自教誨枕亞及其兄天嘯，為他們參加科舉考試打好根基。結果，天嘯考取秀才，枕亞因科舉已廢而轉入常熟師範學校就讀，畢業後當小學教員。[14] 從《玉梨魂》及其他早期作品看來，徐枕亞十分羨慕他的一些赴日留學的朋友。如果他像魯迅和周作人，有赴日留學的運氣，恐怕就不會寫《玉梨魂》這本書了，說不定會加入新作家的行列。《玉梨魂》的驚人成功，使他肯定了舊思想，並使他在心理上能夠輕易地藐視新文化運動。

徐氏兄弟有一位比他們年紀稍長的同鄉好友吳雙熱。枕亞在學校任教一段時期後，即赴上海會合他哥哥及吳雙熱，同在《民權報》社擔任編輯工作。該報是當時最前衛的報紙之一，以堅決反對袁世凱當總統及稱帝的立場著稱。這份報紙的創辦人之一是戴季陶（1891–1949），他曾忠誠地追隨孫中山，後來成為備受尊敬的民國政要。徐氏兄弟為《民權報》出力編寫文章，正如李寶嘉與吳沃堯為他們時代的進步報刊奮力寫稿一樣。所以我們不能說民國初年的作家自始便是為賺錢寫作，以取悅一批不關心國事的讀者。隔幾年，新文化前衛文人崛起，高聲鼓吹較激進的西方思想，他們才會顯得落伍，專為無法欣賞五四作品的落後讀者而寫稿。

另一青年李定夷，武進（江蘇南部另一城市）人，比吳雙熱及徐氏兄弟早數月加入《民權報》社，亦十分擅長用駢儷文體寫愛情悲劇故事。論及民初鴛蝶派小說之風尚，狹義地說，我們只包括三位作家：徐枕亞、吳雙熱及李定夷。[15] 徐天嘯雖然偶爾也寫小說，他的書法及圖章雕刻藝術更為人所知。他亦比較前進：根據黃天石的記述，徐天嘯1918年赴廣州，是該市最先倡導白話文學的人物之一。1930年，戴季陶上任考試院長，徐天嘯也於同一時期任職考試院。[16]

吳雙熱的《蘭娘哀史》是《民權報》的畫報上登出的頭一篇小說，可能比在同報文學副刊上連載的《玉梨魂》，發表得更早。縱然如此，徐枕亞仍是頭一位用駢文寫長篇小說的近代作家，因為《蘭娘哀史》僅有一萬言的長度。[17]《燕山外史》一書，由於魯迅在《中國小說史略》中談論到，變得廣為人知，但它畢竟是孤立的實驗性作品，

出版後未見仿作問世，我們亦無法斷定它對吳、徐二人之寫作是否有激發作用。[18]影響較大的，則是林紓用古文翻譯出來的西洋小說名著。長篇小說既然可以用古文寫出，為何不能用駢文來寫？清末民初這段時期，既盛行各種詩文體的變通與創新，難怪會有一些來自常熟等地的年輕人，想到要用駢儷文來寫小說。根據錢基博的記載，當時的駢文名家，例如劉師培、李詳、孫德謙，也都是江蘇人（雖然都不是常熟人）。[19]

《玉梨魂》由民權報出版社印行後，兩年之內售逾兩萬冊；一本新出的小說能獲這等銷路，在當時的中國是從未有過的。徐枕亞是報社職員，領不到版稅，這使他很不甘心，乃告向法院，爭取此書的版稅。他獲勝訴，《玉梨魂》隨即在徐氏自己的月刊《小說叢報》名下重新刊印。《小說叢報》從1914年5月發行至1919年8月；這期間，它連載了徐氏其後的另幾個長篇小說：《雙鬟記》、《余之妻》及《雪鴻淚史》等。

1918年8月，徐枕亞新辦了一份《小說季報》，由他自營的清華書局代銷。篇幅之厚大與價錢的偏高（一份一元二角）成了這刊物的致命傷，一共只出版四期，最後一期印於1920年5月。此後，徐枕亞便只經營清華書局，除了印他自己的書，亦出版其他作家的許多舊派小說。有一位舊派作家鄭逸梅，熟知鴛蝶派小說的發展過程，曾作如下之記述：「後來徐枕亞懶散沒有新著，以致書局營業日益低落，不能維持，加之抗戰軍興，他把所存的書冊和版權，一古攏兒讓給大眾書局，清華閉歇，他自己返回常熟，生活艱苦，不久下世，鴛鴦蝴蝶派，失去首領，也就一蹶不振」。[20]即連徐枕亞去世的日期，我們也查究不出。

二

在這篇研析《玉梨魂》的論文裏，我們不能對徐氏的其他作品細加討論。事實上，由於長期對徐氏作品的忽視，我們若不多費工夫，就連他一些作品的真偽也難以判斷了。在他名聲大噪之際，他

容許友人借用他的名字發表作品，以促進銷路；後來他鴉片煙癮加深，創作能力斲喪，便央求朋友寫作小說，用他的名字發表。如此，有兩篇他連載於《小說季報》上的小說，其實是出於另一位資深的舊派作家許廑父之手。[21] 連他自己創作的兩本早期小說，即剛才提過的《雙鬟記》和《余之妻》，雖也被列入所謂的「徐枕亞之四大傑作」，卻比《玉梨魂》和《雪鴻淚史》差太多了，使人對他的大量小說作品，幾乎失去繼續研讀的興趣。在那兩本作品裏，徐氏僅僅是講述故事，就寫作技巧風格而言，實在很馬虎，遠比不上《玉梨魂》的成就，就內容而言，他雖繼續指出舊式婚姻的荒謬以及舊社會制度的其他罪惡，卻只是利用這些做為悲劇的框框模式，好教他的男女主角去受不必要的痛苦。《玉梨魂》和《雪鴻淚史》，固亦飽含同類的哀傷，但裏面彌漫的抒情真實感，見證了過去所經驗的心靈傷痛，補救了過度感傷之弊。這在《玉梨魂》一書中尤然。徐枕亞主要是一位詩人，以及擅長取材於親身經驗的作家。他一旦脫離自傳範疇而編造故事，筆下人物就寫得不成功。他越是努力想維持「悲劇小說家」的令譽，故事就變得越不可信。然而，在他那大量未經審閱的小說作品中，可能有一部兩部，是述寫自己經驗的。我很遺憾尚未從事這項審閱工作；而有關作者自傳性或其他的雜文，我手邊也只有《枕亞浪墨》（1915）的第一集而已。[22]

　　民初不少作家少年失怙，胡適、周氏兄弟、郁達夫、茅盾、老舍皆然。徐枕亞20歲喪父，為了對寡母盡孝道，徐氏弟兄二人都犧牲了許多自己的幸福。雖然徐枕亞在詩作中瀟灑地自詡年輕時代的豪飲使他解脫了日常生活的壓力，他其實是一個意志薄弱的男人，深受他不講理的母親之控制。據黃天石的報導，友朋皆知徐母折磨兩個媳婦，甚至可能逼她們走上自殺之途。[23] 徐氏兄弟搬去上海後，每月輪流回家一次，探望母親及妻兒。1915年1月，天嘯探完親，回上海沒幾日，就因初生的女兒生病，乘火車趕回常熟。四天後，枕亞收到哥哥來函，驚悉不僅哥哥的女兒已死，連嫂嫂也死了。在我所引用的自傳記述中（《浪墨》中的〈余歸也晚〉一篇），[24] 徐枕亞沒有道出嫂嫂死亡的原因和情況，但此事之罪責在於徐母，

是無可置疑的。枕亞自己，1924 年喪妻之後，寫了兩本書，《鼓盆遺恨》與《燕雁離魂記》，以抒發心中的悲痛。根據另一資料，枕亞一共寫了一百首詩紀念亡妻。如果我手中的資料無誤，我們可以斷定，他這兩本書裏，或至少其中一本裏，收錄了很多輓詩。[25]

妻子亡故後，數月間，徐枕亞吸鴉片煙解愁，似無再婚之意。有個少女劉沅穎，是中國歷史上最後一位狀元劉春霖的女兒，深受《玉梨魂》及徐氏悼念亡妻的著作所感動，罔顧兩人歲數之差距而立誓非徐氏不嫁。她開始從北京與徐氏通信，唯一目的是與他成婚。最後，樊增祥親來說媒，她父親只得答應。在中國傳統的讀書人圈子裏，狀元是最受尊敬的人物，而狀元的女兒，一般也都是「才女」，秉具特優的文學修養。劉沅穎僅憑徐氏的文才及《玉梨魂》裏透露的情懷便癡戀上他，正如古代文獻中所記載，年輕女子閱讀《牡丹亭》後對湯顯祖神魂顛倒。這亦足以證明，徐氏的名著，非但未受當時第一流傳統文人之鄙視，反而是深受喜愛，一如《牡丹亭》和《紅樓夢》問世時，受到同時期文人的喜愛。可惜，徐枕亞雖寫得出纏綿悱惻的詩文，感動千萬女性讀者，卻不是一個有魄力或羅曼蒂克的人。他甚至未能為他的新妻戒掉煙癮。這個轟動一時的婚姻，很快就失敗，兩人不久即分居於上海和北京。至於徐氏曾否把這次不幸的婚姻寫成小說，倒是令人好奇，值得研究一番。[26]

徐枕亞寫《玉梨魂》一書時，則年輕得多，對小說寫作的態度也認真得多。此書內容是他第一次結婚以前一段遭遇的小說化。他從師範學校畢業後，到無錫附近一個小村子當小學教員；他寄居蔡府，也擔任蔡老先生孫子的家庭教師。那孩子的母親是寡婦，徐枕亞痛苦地愛上她。這段戀愛顯然在他離開教職時即告終結。黃天石曾於1925年拜訪徐氏，見到徐氏臥房牆上仍掛着這位寡婦的大幀相片。黃天石認為她的容貌相當動人，但他亦聽說她一隻腳有點跛。徐氏告訴他，她仍住在老地方，又表示對她有點失望，說她不夠「聖潔」。黃天石由此話推斷她大概已改嫁。[27] 在《玉梨魂》裏，徐枕亞則把家庭教師與寡婦二位，描繪成世上最純潔的情人，絕對不會逾越禮教半步。

三

　　徐枕亞與寡婦的戀愛，並無死亡的結局，徐氏所以決定把小說編造成一對注定死亡的情人之傷心史，必是因為他對悲劇有所偏愛，也因為他深受中國文學裏「感傷─言情」傳統的薰陶。此一傳統，始於《楚辭》，最近更通過林紓的翻譯，吸收而同化了西洋的幾部小說──特別是小仲馬的《茶花女》。我前文已提到，唐宋一些詩人，明清一些名劇，以及《紅樓夢》，是構成此一傳統的主要內涵。在比較晚期的詩人中，徐枕亞及其圈內人似乎特別推崇明末王次回的哀豔詩；[28] 在《紅樓夢》以後的小說中，徐氏則最重視魏子安的《花月痕》（此書在 1859 年初版，但到光緒年間才廣受注目及歡迎）。[29] 這個「感傷─言情」傳統，強調「情」、「才」、「愁」三者之間的關聯密不可分；所謂「情人」，非兼備這三種性質不可。徐枕亞這樣介紹《玉梨魂》的主角：「夢霞固才人也，情人也，亦愁人也」。[30] 徐氏形容相戀男女的自毀及悲劇，則用另外三個字來表達：「情」、「癡」、「毒」。[31] 這種病態的戀愛觀，在李商隱的情詩中已具面目，直到《紅樓夢》問世，才具體地充分表達了出來。

　　中國文學裏，雖然有幾對歡樂佳偶，比如司馬相如和卓文君，韓壽和賈充的女兒，其違背禮教的浪漫作風獲得讀者的稱讚喝采，[32] 但是中國文學「感傷─言情」傳統的主要偏向，在徐枕亞眼中看來，是把情人無法相聚或無法結合時的消極心態──例如孤獨、絕望、哀怨──予以詩化或抒情化；而當情人面臨緊要關頭，則對他們犧牲自我的意欲及行為加以褒揚。如此一來，中國感傷的言情文學是以死亡為依歸的：那些得不到愛情滋潤的癡情人，包括無數的宮女、歌女及商人婦，困陷於心靈的死亡；另一些相愛的男女，如韓憑夫婦、焦仲卿和劉蘭芝，則採取雙雙自殺的途徑以臻最終的完美。不錯，絕大多數的文人縱然多情，並不會為他們的妻子或情婦而死，否則就不會有那麼多感情洋溢的詩文，讚美那些為傷心而亡或為答謝情人之恩而自殺的侍妾或妓女了。至於中國古典戲劇，慣例上都有圓滿愉快的結局，因而有異於感傷的言情傳統。然而實際

上，《西廂記》或《牡丹亭》的讀者，最喜愛欣賞的，不是描寫戀人如願以後多麼愉快等等公式化或含有輕佻意味的結尾，而是描述男女主角如何痛苦相思的高度抒情之場景。[33]

今日，我們當然有權重新詮釋及估價中國文學中的愛情傳統，不再讚美為情憔悴的少女、妻妾及妓女，轉而頌揚那些不顧聲譽性命而大膽戀愛的私奔者、偷情者及寡婦。然而，這樣做便是誤解了這個兩千年來受到詩人及道德家共同批准認可的傳統。這傳統所以讚頌愛情的犧牲者，即是在暗示，能夠堅貞相愛固然很可貴，能夠在戀愛中嚴守禮法，則需要更大的勇氣。司馬相如和卓文君違背禮教而獲得幸福，誠然讓人豔羨，但他們只是「香奩詩」裏崇拜的偶像，始終未被認為是真正情種的最高典型。李商隱無題詩裏的傷心情人，被認為比較高貴，不是因為他德行較佳，而是因為他的愛情顯得如此無望。對於「最高級」的情人，愛情與禮教則產生不了衝突：由於兩方面皆求絕對的完美，一死殉情的行為，不但保全了愛情，也保全了道德的完整。

我們對中國文學感傷的言情傳統一旦有了瞭解，就不難領悟，為甚麼《紅樓夢》裏的諸多女性角色中，林黛玉是最受讀者讚賞和同情的一位。她不但在「情」、「才」、「愁」三方面最具稟賦，也是最嚴守道德，因而在相思痛苦中最感無助的人。設若她對寶玉在男女授受相親方面稍假以顏色，或者對賈府長輩能夠察言觀色，略加討好，她或能逃過悲慘的命運，卻會失去讀者普遍的偏愛和讚賞。在較早的文學之相似女性角色中，鶯鶯也受相思之苦，但不久即委身於情人；杜麗娘憔悴而死，但浪漫喜劇的慣例使她起死回生，享受婚姻的幸福。唯獨黛玉，以處女之身受苦而死亡，成為傳統中國人眼中最富悲劇性的女主角。[34]

雖說《紅樓夢》裏呈現的塵寰世界應由釋道觀點來審視，我們卻不能忘記，這塵世裏的女人，包括我們喜愛的黛玉，都是封建社會道德思想的犧牲品。好幾個少女，在越軌行為被人發現後羞慚而死；又有幾個丫鬟，為證明自己對女主人的忠心而自盡。與元明時期的小說及戲劇相比，《紅樓夢》可以說是向年輕女人推介了更嚴謹的一

套道德律。而這道德律，在其後所有的清朝家庭小說中（比如《鏡花緣》和《兒女英雄傳》），皆被遵守。吳沃堯擅長諷刺晚清社會的各種腐敗情狀，頭腦應該十分開明，但他在唯一寫年輕人相戀的小說《恨海》中，卻出人意料地對封建道德觀不懷一絲批判態度。[35]小說寫一個意志薄弱的青年如何一下子就墮落了，以及他忠貞的未婚妻如何力求挽救他身心兩方面的康健。他終於還是死了，於是她告別父母，進尼姑庵度其餘生。我們沒有料到吳沃堯也會寫這樣的哀情小說，但滿清政府當時雖近垮臺，年輕婦女保持貞操的社會壓力還是無比強大，吳沃堯便也難免「隨俗」，用一用女性犧牲受難的感傷題材。《恨海》以白話文寫成，有寫實色彩，敘述中常帶反諷意味，在風格技巧上，不可能給予徐枕亞甚麼影響。但因它的題材感傷味很濃重，文學史家常把《恨海》列為鴛鴦蝴蝶派小說的一本先驅作品。

　　《紅樓夢》之外，《花月痕》顯然是徐枕亞寫《玉梨魂》時引為典範的另一本書。徐氏受到此書的影響和啓示，乃放大膽子去寫一個徹底的悲劇，並在敘述文字裏穿插入大量的詩詞及信函。《花月痕》今日已少有人讀，理由是：敘述呆板，無幽默感，角色過多，宴會酒戲的描述過多，等等。然而，對於晚清的讀者，這本小說不但刻畫出文人妓女寫詩談愛的理想世界，與太平天國叛軍作亂時社會不安的現實世界，兩者之間悲劇性的差異；同時也刻畫出妓女在酒宴中強顏歡笑，與在鴇母、王八手中大受欺負此二者之間的強烈對比。《花月痕》一書，很難得地把我們的同情心從大觀園裏的哀傷少女，延伸到十九世紀山西太原的更加可憐的妓女。

　　《花月痕》共有五十二回，敘述兩對相戀的文人妓女之命運：一對享受着榮華富貴，[36]另一對則被疾病與災難折磨至死。作者魏子安，曾多年滯留於太原，在描繪受苦的那對情侶時，採用了大量親身經驗。也正是這對文人妓女的悲哀故事，使此書大受讀者歡迎。妓女劉秋痕，是脆弱孤女林黛玉的典型，很不幸地被她唯利是圖的養父母逼迫而進入這一行業。落魄文人韋癡珠，患肺病，年紀比秋痕大上一倍。隨着小說的進展，他吐血越來越厲害，到第四十三回，他以四十之齡孤寂地告別了人世。癡珠因為有個愛妾喪生於太

平天國之亂，深感人間緣分之短暫，而無意贖出他所摯愛的妓女。
當然還有些其他理由，比如顧慮到不在身邊的母親，以及無錢交涉
贖身之事等等。不論如何，秋痕的養父母，一聽到癡珠有意贖她的
謠傳，立刻把她拐騙到另一都市。途中她差一點死於痢疾，幸虧一
場大火把養父母燒死於旅館，她才得以艱辛地輾轉回到太原。可
恨已太遲，她的情人已經病歿。當夜，秋痕便在一棵樹下，上吊自
盡。對於沈迷在「感傷—言情」文學的中國讀者，再也沒有比一位
高尚的妓女或姬妾為證明堅貞愛情而採這種方式自盡更美更悽愴的
了。此即所謂「殉情」或「殉節」。

　　這一對不幸的情人做了許多夢，而通過這夢幻世界，我們得知
癡珠和他的三個戀愛對象都是謫仙的化身。話雖如此，我卻不認為
作者當真要我們相信這類陳舊的神話老套。作者在小說中做到的，
是修正寶玉、黛玉兩人之間看來不平等的命運：他分配給癡珠和秋
痕同等量的不幸，最後又像是讓他們履行了死亡的協定。直到今
日，許多中國文學批評家仍過分偏愛黛玉，而未能適當地領悟到寶
釵和寶玉的命運並不比黛玉好。很多人認為，寶玉在黛玉離世之夜
結婚，使太太懷了孕，便一走了之，擺脫塵世，似乎便宜了他。懷
這種想法的讀者——在晚清，此類讀者很多很多——會對《花月痕》
更為滿意，因癡珠受的苦和秋痕一樣多，而他又贏得她全心的愛，
使她甘願殉情，一如至忠的妻子。

　　《花月痕》之廣受歡迎，顯示出中國讀者對悲劇文學的胃口漸增
（我在本文中用「悲劇」一詞，是籠統而言，並不符合亞里斯多德的
定義。在討論哀情小說時不用「悲劇」字眼，實在太不方便）。經過
鴉片戰爭和太平天國之亂，國家局勢每下愈況，岌岌可危；許多讀
書人，既缺乏勇氣力量奔赴國難，無大抱負可言，就更加想要牢牢
地攀住愛情的理想。然而，要寫出《玉梨魂》這樣一本側重描寫戀人
之間互受折磨痛苦情狀的作品，西洋小說的示範和靈感供應是必然
的。《花月痕》的敘述風格十分平板，對男女情人的心理全無描寫，
有關他們心態的揭露，主要是靠兩人互贈的詩詞。所幸，到了徐枕
亞寫《玉梨魂》的年代，許多西洋小說已在林紓及口譯者的合作下被

翻譯成了古文。林紓的頭一本譯作《茶花女遺事》出版於1899年，最為轟動一時；在《玉梨魂》一書中，我們可找到證據，確定徐氏在寫最後兩章時，曾以此西洋譯著做為範本。[37]李歐梵教授認為林紓是一位「異於尋常」的儒士，因他對家人太親密，對親人之亡故太過悲痛，總之，他太重情。[38]其實，李教授若能在林紓及蘇曼殊之外研究一下同時期的其他文人作家，就不難發現，其中許多都很偏重「情」，都容易悲傷過度。那個時代的人，若非感情過甚，《花月痕》和《玉梨魂》怎有可能寫成？怎有可能贏得千千萬萬讀者的心？

林紓年輕時患過肺病，對妓女一向關懷，甚至尊敬。如此，他必會喜歡《茶花女》此書。而他的翻譯，也必能感動那些曾為黛玉、秋痕的命運哭泣，曾為詩詞戲曲中的高尚妓女悲嘆的讀者大眾。為薄命的茶花女馬克格尼爾（Marguerite Gautier，林譯小說裏簡稱之為「馬克」）一掬同情之淚，是再容易不過的事。因為她是如此地忠於情人，同時又如此不自私而有道德感。亞猛（Armand Duval）雖然異於中國古代的書生，卻也是銀行世家出身，正在研習法律。他的處境頗像中國古典短篇小說中的一些才子：在上京應考時，先與京都名妓來一段風流韻事。《茶花女》討好中國讀者的另一點，即作者雖萬分同情馬克，卻也不反對亞猛的父親。杜瓦先生勸兒子放棄浪蕩生活，無效，便轉而請求馬克為亞猛的事業前途及家庭幸福着想，不再與他交往。馬克慨然應允。她突然離棄亞猛，卻又不能向他解釋原因，這使她的自我犧牲更增加一層悲劇性。如果馬克沒有犧牲自己，如果亞猛不顧父親的惱怒及日後社會的不諒解而繼續同她眷戀，這本小說便會失去被世上千千萬萬多情的讀者所珍惜的無限憂傷之美感。茶花女的故事，尤其是給小仲馬改編成劇本之後，在歐美舞臺上屢演不衰，走紅凡數十年。但林譯《茶花女遺事》的出版，在中國文學史上也是了不起的大事。原因是：這部小說兼顧到禮教和情愛，博得士大夫讀書人的讚賞與心慟，而他們對其他具有較強個人主義浪漫意識的哀情小說，如《少年維特之煩惱》，可能難以欣賞。[39]中國人寫出並排演的第一部話劇便是《茶花女》，這絕不是偶然的。[40]

　　描寫《玉梨魂》的那對情侶時，徐枕亞固然腦中想到寶玉和黛玉，癡珠和秋痕，亞猛和馬克，但他的一項革命性創舉（就中國文學而言），是選上一個有8歲兒子的貞節寡婦做小說的女主角。是親身經驗的偶然性，使得他在寫這麼一篇充滿「感傷─言情」詞藻意象的故事時，選了這樣一位令人意想不到的女主角。如果徐枕亞寫的是一個年輕才子對某一閨女或妓女的絕望愛情，寫得即使同樣動人，作品也會少掉一個特殊層面的悲劇意識與社會意義。民初一般讀者對封建禮教的荒謬與殘酷開始有所領悟，閱讀《玉梨魂》此書，必然會感覺到小說的這一層面。

　　撇開歷史上大膽的卓文君不談，要在中國文學史上另找一個年輕寡婦由追求愛情而有圓滿結局的，實在可說沒有。在小說裏或實際生活上，有品德的寡婦都棄絕了男女之情，過的是靜如止水的日子。騷擾寡婦的感情生活，使止水掀起波紋，是一樁惡行；而在描述此類寡婦的古代小說中（例如《況太守路斷死孩兒》），[41] 這「騷擾者」通常都被勾繪成險惡的淫棍。《紅樓夢》裏，寡婦李紈雖也參加了她表妹們的一些社交活動，她自己則除了養育兒子，無故事可言。《玉梨魂》女主角，具有黛玉一般的詩才與善感的情懷，但因為是個寡婦，又有兒子要照顧，必須過李紈一樣靜止的生活。當她遇到她的「寶玉」，一個既熱情又有德行的才子，她所受的考驗和苦難，就揭露了文學從未探索過的中國人心靈之一方新領域。

四

　　簡言之，《玉梨魂》是一個以愛情和自我犧牲為主題的悲劇故事。重要人物有三：男主角何夢霞、女主角白梨影，以及女主角的小姑崔筠倩。夢霞21歲，畢業於師範學校，離開蘇州故居，赴無錫附近一所鄉村學校任教。他造訪住在這鄉間的一位遠親崔老先生，乃被懇邀留居崔府，在每日赴校教課之餘，擔任崔氏8歲孫子鵬郎的家庭教師。梨影（書中常稱梨娘）是鵬郎的母親，27歲，已守寡三年。雖然兩人極少見面，家庭教師和寡婦卻通過心靈的默契及詩

情的感應，而熱烈地相愛。通過鵬郎，他們時常互相傳送詩篇及信函。梨娘深受夢霞愛情的感動，心懷感激，也以她特有的方式回應了他的愛。但她始終十分明瞭自己責任之所在。夢霞後來生病，病中，因她仍堅持守寡而立誓終身不娶。梨娘這才大大焦慮起來，急得自己也病倒了。她不能忍受夢霞為她而浪費生命；他應該負起傳宗接代的大任，結婚生子，取悅寡母。此外，他既天賦才華，應該懷抱比談戀愛更高的理想——他應為國服務，並學他朋友（他任教學校的校長）秦石癡的榜樣，赴日留學。她願意傾囊相助，以玉成此事。

當17歲的筠倩從外地學校回家度暑假，梨娘的病體奇蹟似地快速復元。姑嫂二人感情一向很好，梨娘的康復，似乎是由於筠倩周到的照顧和貼心的相陪。然而，使她如此快速復元的真正原因，是她心中浮起的一個念頭：假如夢霞肯和筠倩結婚，以崔氏女婿的名分定居崔府，那該是最理想的解決方法。暑假期間，夢霞亦有計劃回蘇州探望母親及即將從福建返家的哥哥。但在梨娘痊癒之前他又離不開。他擔心如果一口拒絕梨娘做媒的意思，梨娘的健康又會受損，於是勉強在原則上答應，卻有意施緩兵之計。他回到蘇州家裏，為瘧疾所困，過了一個慘兮兮的暑假。

秋季開學時，夢霞回到崔府，對梨影的愛情依舊。他的同事李君，對他與梨娘的關係發生猜疑，想入非非，懷着惡意多管閒事，帶給這對情侶又一層的痛苦。這件事加速促成夢霞與筠倩之婚約，由剛從日本回鄉度假的秦校長充當媒人。筠倩受的是新式教育，曾經高談婦女應從封建社會自求解放云云，現在卻只好退學，聽從父命下嫁一個陌生人，內心自然不甘。夢霞得知她的苦衷，乃指責梨娘存心愚弄，並更強烈地向她發出愛的誓言。這一指責帶給梨娘難以忍受的痛苦，至此，這位患肺病的寡婦已決定不再活下去了，硬是希望着一旦自己亡故，這對未婚夫妻尚能找回幸福。她向夢霞隱瞞自己身體衰敗的實況，而在除夕夜，不知情的夢霞已返吳過年，她悄悄地離開了人世。

夢霞悲痛萬狀地歸來。同樣哀慟欲絕的是筠倩：她發現了梨娘

留給她的一封長信，裏面敍及她自己與夢霞之間不幸的感情，並解
說她如何一片好意地促成夢霞及她心愛的小姑之婚約；而如今，為
保證他們兩人的婚姻幸福，她決心離開人間。筠倩深感於嫂嫂的友
誼及自我犧牲，為了答謝這一份情，她立意奉獻自己的生命，乃於
半年之後，即舊曆庚戌年 (1910) 6月，香消玉殞。何夢霞遭受了接
連兩次的死亡打擊，便赴日本留學，數月後回國參加推翻滿清政府
的運動，於1911年10月10日的武昌起義，轟轟烈烈為國陣亡。

　　以上的情節概述，恐怕只能揭露故事發展的種種弱點，而未能
把這本小說的力量及迷人之處顯示出來。首先，我們會覺得這三個主
角的悲劇命運，都不是不可避免的。批評家佛萊 (Northrop Frye)，
基於對西洋古典悲劇的認識，說得很好：「一個寫悲劇的詩人，知
道他的主角會陷入悲劇性的處境，但他盡最大的努力，避免讓人
覺得他為了達到悲劇效果而動了手腳，給主角設了一個圈套」。[42]
根據這種亞里斯多德式和莎士比亞式的戲劇標準，我們會覺得《玉
梨魂》是本感傷意味極重而缺乏正統悲劇莊嚴感的小說，因為情境
的推動不夠自然，悲劇的發展並非無可避免。總之，作者蓄力安排
的痕跡相當明顯。讀了《玉梨魂》的情節摘要，我們覺得男主角之勉
強同意與筠倩訂婚，雖說是為了舒緩梨娘的痛苦並促進她的健康，
到底與他的性格不大符合。顯然，作者給他安排了這個決定，藉以
加速悲劇發展的進度。筠倩性格的突然改變更不大可能：她受新式
教育，嚮往個人自由；不論夢霞是否有意娶她，只要她一口回絕，
悲劇也輪不到她頭上來。更有進者，夢霞一旦發現筠倩對此事的厭
惡，至少他是可以取消這個婚約的。即令他兩人都不願違背梨娘臨
終的願望，我們認為梨娘的自我犧牲應能使他們的關係由疏遠拉為
親近。筠倩若能聽從嫂嫂的遺言去愛夢霞，在本非自願的婚姻中去
尋獲愛的真諦，她就會是一個更有膽識的女孩子。

　　假如我們順着這條線路來想，梨娘原先之計劃就不至於像其後
的發展所指示那般不可思議。世上不少男人，可以一方面身為好丈
夫，一方面又與另一位心愛的女子維持柏拉圖式的精神契合。夢霞
若以女婿身分住在崔府，他的處境可說不壞：自己心愛的人即是他

的嫂嫂，可以日常表示關懷，幫助撫育她的兒子。至於梨娘，我們若尊重她不再結婚的意願，她的痛苦境況當然較為真實可信。但，即連她的悲劇處境也多少受到作者的操縱：憂傷的寡婦並不一定都是體弱多病。即使是體弱多病，也很可能為了撫育兒子，願意咬緊牙關好好活下去。

我已指出，這本小說情節的每一轉折處，都可改向而避免悲劇的演出。梨娘與夢霞若真被熱烈的愛情所控制，他們可以一開始就不顧禮教而私下結合。但當然，對此書有適當瞭解的讀者，絕對不會設想出這種全然不可能的情形。以學歷及教養而論，夢霞和勞倫斯的園丁是正巧相反的人物，而梨娘亦絕非尋求性解放或性滿足的查泰萊夫人。若說勞倫斯筆下的情人象徵「生命」，那麼，《玉梨魂》的主旨正顯示了三位主角如何在文學修養及道德文化的約制下，全都選擇了「死亡」：梨娘寧願終身守寡而過死寂的生活；筠倩一旦碰上受難的機會，即堅決排斥自己所受的新式教育；夢霞最後是為國喪生，但作者明白告訴我們，他是為了答謝為他而死的兩位女子，才用這種方式犧牲了自己的性命。夢霞這個男人，用紙筆談起愛來，雄辯滔滔，但就實際行動來說，他比梨娘更軟弱，更癱瘓，絲毫沒有力量向傳統道德挑戰。三個人都寧願死，不要活；寧可抱着消極的英雄主義而自我犧牲，不肯進取冒險地追求生命的獎賞。

因此，《玉梨魂》並非我們通常瞭解下的命運悲劇。三位主角，只要都為自己的幸福努力，原可輕易克服阻礙。他們之不肯或無能這樣做，象徵一個自我囿限的社會之癱瘓情狀，並闡明這類情人是自挖悲劇的墳墓：他們雖然至忠於「情」，卻只能彼此傷害，因為道德的潔癖使熱情發揮不出絲毫力量。的確，《玉梨魂》的悲劇只可能發生於晚清或民初的奄奄一息的社會。在較早時期的愛情戲劇中，與相戀者作對的是社會的監護人。這監護人之角色，總是被作者諷刺或嘲弄，要不然就被視為代表權威的威脅性角色，如鶯鶯的母親，杜麗娘的父親及家庭老師皆然。《紅樓夢》裏的權威人物，很少配得上自己身分；許多都是色狼，在男性中心的社會裏恃勢欺人。五四以後的小說，如巴金的「激流三部曲」，則向封建社會提出嚴正

的抗議；小說中的年輕人，嘗盡痛苦，心懷義憤，對於他們長輩慣常的不人道作風，採取堅決對立的態度。徐枕亞的《玉梨魂》，不論與傳統小說戲劇或新派社會抗議文學相較，有一個特殊點，就是沒有反面人物。唯一懷有一些歹意的是李老師，他以曖昧手段使夢霞的母親召兒子回家，然後乘機拿一首出自夢霞手筆但不是寫給梨娘看的詩，向梨娘敲詐。梨娘誤以為夢霞失信，向外人洩漏了兩人間的隱情，深以為忤，並對那首詩的內容，感到十分不滿。於是她寄一封信到蘇州，叫他速歸。由於這對情人生活在互通祕密信函的封閉世界，僅鵬郎及女侍秋兒知道底細，李老師這個角色，在小說中有其必要性，可以把祕密被人揭穿的恐懼予以戲劇化。然而，李老師的威嚇在小說情節發展上的實際作用，是讓這對情人首次在夜間相會交談。若無這種迫切的藉口，他們兩人的道德教養會阻止他們去尋求面對面接觸的機會。夢霞對李老師的惡意企圖，當然是大感憤懣，梨娘卻本着善良天性，勸他予以原諒。夢霞原諒了李君，並答應與他維持友善的同事關係。李君於是懺悔而成為一個好人。[43]

　　《玉梨魂》小說裏也沒有與情人作對的權威角色。崔老先生心地至善，從不監視媳婦。賈政及寄居西廂的崔老夫人，都會體罰不聽話的孩子，這位崔老先生則不同，過着孤獨安靜的生活，讓梨娘全權掌理家務。他對待夢霞有如自己兒子，而當秦校長向他提親，欲撮合夢霞與他女兒時，他愉悅地一口答應。雖然他不會想到替媳婦找個新丈夫，我們大概可以相信，倘若有人提議讓梨娘再醮夢霞，他考慮利弊得失之後，是會答應的。利益確實不少：他會獲得一個兒子，梨娘會獲得一個丈夫，鵬郎會獲得一個父親。時代在改變，連他自己也把女兒送進學校念書；他只有得，沒有失——雖然，鄰居親朋們起先大概是會反對這樣的一門婚事的。除了崔老先生，小說中唯一另外一個具有權威的人是夢霞的母親。她異於作者自己的母親，是個慈祥的婦人。因此，在這本描述年輕寡婦拒絕再婚的哀情小說中，並沒有惡棍或權威角色阻擋她尋求第二次的幸福。她抱着忠於亡夫的決心，與她作對的只是她自己而已。

　　然而，梨娘自我犧牲的個人悲劇，卻反映出一個陷於癱瘓中的

社會。正因為作者賦予男女主角以舊時代才子佳人的詩情以及禮教社會維護者的拘謹，他們可以適當地代表未受西洋文化洗禮的最後一代傳統文人所罹患的精神疾病（這疾病，沒多久即被魯迅在短篇小說中揭發得淋漓盡致）。一如愛倫坡短篇小說中的病態人物，夢霞與梨娘在房屋內外無聲地移動，總是感覺彼此的存在，卻幾乎永不見面，把熾烈的愛情化成一股自我毀滅的瘋狂。愛倫坡小說中，萊吉亞（Ligeia）同烏休之家（House of Usher）的瑪德蓮（Madeline），死亡之後仍一意孤行，以求達到報復的目的。她們是真正的「吸血鬼」。[44] 相較之下，梨娘以其自我犧牲的女性風範，當然顯得不可能心懷絲毫惡意。但，我們還是可以找到兩者的相似處，而視《玉梨魂》為哥德式陰森小說（Gothic fiction）的中國版。確實：徐枕亞在盛讚梨娘完美德行之同時，卻亦指出她所象徵的遏抑生命之「善良」，實際上是具有其破壞性的。愛倫坡的萊吉亞，借用她情敵的即將亡故的軀體，回到人間，向她丈夫的新妻子羅伊娜（Rowena）施行報復。梨娘表面上當然與這女鬼大不相同。然而，她在設法促成夢霞的幸福時，沒有對筠倩坦誠相待，以致把筠倩也吸捲入鬼屋的窒人氛圍裏。她原可留在新式學堂的校園，呼吸新鮮的空氣。

今日，我們雖不難探究出民初家庭教師寄居人家的生活情狀，卻幾乎不可能查出徐枕亞在蔡府擔任教師時的起居實況了。徐枕亞有可能為了適應寫作藝術上的需要，故意把蔡家的人數減少，或故意強調蔡府嚴守禮教的家風。我們從小說中已看到，崔府的人數極少，只有一老人、一寡婦及她的獨生子，還有便是平時住在校舍的女兒。即使全家人和夢霞一同吃飯，也坐不滿一桌。由於男女授受不親的禮教規矩十分嚴格，夢霞在同意擔任鵬郎的教師時，孩子的母親並未露面。更有甚者，同住一宅兩星期，夢霞還沒見過梨娘一眼。我們甚至不知梨娘是否日常和崔老先生共膳，雖然舊禮教似乎沒規定年輕寡婦不合與喪偶的公公相聚。崔老先生是個孤獨的老人，應該會歡迎夢霞陪他用餐，但他們也是分開來吃的。夢霞住在庭院裏的一間小舍，三餐由僕人送入。有時，梨娘因關心他健康而親自下廚替他烹食，但只要他在場，她絕不到他的居所。民國初

年的一般讀者，既然不覺得這種分開用餐及男女迴避的情況不可置信，以致減少他們閱讀之樂趣，我們也就大可不必在這種細節上對其真實性發出疑問了。另一方面，我深信作者之強調崔府家人不健康的孤立狀態，是受到藝術本能的指引的。徐枕亞的藝術本能，導使他把這故事寫成中國的哥德式陰森小說，以烘托出過度講究禮儀道德的社會所呈現的病態面。

五

　　《玉梨魂》共有三十章。開頭的一章半，可視為「楔子」，最後的兩章則可當做「結語」。[45]全書過度感傷的不健康調子，早在楔子中即已敲定，而男女主角未相逢前即已注定相愛的事實，楔子裏也有明白交代。中國古典小說中既然沒有類似歐洲哥德式小說的作品，徐枕亞主要乃引用推展《紅樓夢》裏有關林黛玉的重要情節，以達至哥德式的陰森效果（Gothic effects）。因此，小說一開場即是有名的「葬花」場景之翻版與重演。夢霞在他小舍居住兩週後，一個星期天的清晨，他醒來，看見院子裏的梨樹被一夜烈風吹得落花滿地。院內僅有的另一株樹——辛夷——這時卻輕苞初坼，紅豔欲燒。飄落的梨花殘瓣引起他無限感傷，於是他把落花掃成一堆，用土輕埋，做成一塚。他夜裏本沒睡好，接着又忙於葬花、哭花，悲嘆自身命運，如此折騰一個上午，已是十分疲倦。吃過午餐，他卻又恢復精力，為梨樹和辛夷各寫成一首詩，且費了兩小時光景，在一塊石碑上刻了「梨花香塚」四字。刻畢，他吩咐僕人立石碑於花塚之上，他沒吃晚飯，便上牀入睡，當晚約十點鐘，他被院子裏傳來的哭泣聲驚醒。在皎潔的月光下，他看見一位白衣倩女的幽影，對着梨樹哭泣。這幽女發現了花塚上的墓碑，撫摸着它，哭得更哀切了。夢霞想看個清楚，不小心把頭敲到玻璃窗上，她這就嚇跑了，頓失蹤影。

　　《紅樓夢》第二十三回裏，黛玉原本心情愉悅地充當園丁，準備埋葬落花。她認為受了寶玉欺侮後，才同他吵了一架。後來（第二十七至二十八回）黛玉又受了些委屈，寶玉才碰巧聽她一人在那

裏哭吟葬花詞。寶玉當時雖也同聲一哭，但這兩個十幾歲的小孩，談了一些知心話後很快就好轉些了。徐枕亞縱情地重寫此景並寫得更為悲愴，目的在於確立小說的基調，並肯定男女主角為多「情」善「愁」之人，連對花草也會有靈犀相通之感。或有人會生疑：夢霞是個男人，怎麼對落花比黛玉更感傷？事實是，在才子佳人的小說及戲劇中，男女主角一向是五官同樣細緻，感情同樣外露的。《紅樓夢》的膾炙人口，更加奠定了男女主角在外貌與情感上的一致性。今天拍的《紅樓夢》影片中，寶玉一角總是由年輕女人扮演；男演員會有過多「男性」，不適合於大眾心目中的寶玉形象。話雖如此，《玉梨魂》一書，確實代表一個文學傳統的飽和與式微。在夢霞之前，尚無小說男角如此刻意地模倣黛玉，為大自然的一點小變化而痛哭流涕。

就小說的象徵架構而言，梨樹當然影射梨娘，辛夷則影射較年輕的美女筠倩。梨花是雪白色，易受風雨摧殘，所以中國詩的傳統，一向把梨花與憂傷薄命的女人聯繫在一起。由於自己的名字和身遭的不幸，梨娘必定早已認同於院子裏的梨樹。現在，雖未與夢霞見過面，他對梨樹深表同情之事實，使她感動感激，而贏得了她的心。然而，儘管感激，一旦發覺他在窺視，她也只有逃走一途。寶玉和黛玉是表兄妹，在大觀園時代前期，兩人交往甚為自由。梨娘的情況卻不同，她是寡婦，既不希望，也害怕和夢霞有進一步五官的接觸。小說這個「楔子」，就這樣以一個統攝悲劇全局的精巧場景做為結束：寡婦堅持原則而拒絕了情人，雖然這個同樣被禮教束縛得動彈不得的情人，並沒用文字以外的行動追求她——除了在玻璃窗上輕叩一下頭顱。

六

梨娘一發現有人窺視，就立刻逃走，但是比起從不設法與她相會的夢霞，她確實比較採取主動，要想對這位關懷她的人多些認識。她屢次趁他不在，悄悄溜進他房間，拿走或留下一些愛情紀念

品。有一次，她如此造訪後，夢霞回返書房，發現自己所著《石頭記影事詩》之稿本不翼而飛。[46]他從地板上拾得一朵荼蘼，顯然是從梨娘頭髮上掉落的，於是他反覆揣測：她是否故意把花遺落在此？受此鼓勵，他便寫了一封信給她（從此情書不斷），向她致意，並表示雖然在月夜中曾瞥見芳影，他之未能與她正式見面是件可憾之事。另外他提到，她既拿走他的詩稿，他希望也能一讀她的作品，以為交換。當天吃過晚餐，鵬郎照例來他書舍做功課，夢霞便把此信交予孩子帶回給母親。於是，這個8歲的兒童成為邱比特，讓這對互不見面的情人能夠不斷地傳達書面或口頭的訊息。而我們讀者，亦得以從情人交換的詩和信函，窺知兩人心底的思維。

小説裏情人互贈的詩，可證明徐枕亞深受「感傷—言情」文學傳統的薰陶，然而給予小説奇特力量及真實感的，卻不是詩，而是信函。這些信函所表達的熱情善辯，遠超過清末已成標準家用讀物的《秋水軒尺牘》——説不定是此類尺牘，給了徐枕亞靈感，使他決定取用往返的信札為小説的重要部分。[47]男女主角用駢文寫的這些信，就風格而論，與十八世紀英國小説中口語聊天性質的信函，當然不大相同。然而對其時代而言，徐枕亞確實是中國的山姆·理查生（Samuel Richardson）：他運用了書信的形式，把中國小説導入新途，使之統括更廣闊的主觀經驗。伊恩·瓦特教授（Ian Watt）在《小説之興起》（*The Rise of the Novel*）一書中，很確當地指出理查生是近代文學的一位革新者：

> 是哪些力量影響了理查生，使他給予小説這偏重主觀和內在世界的新方向？力量之一來自他敍事的基本形式——信函。一封親密的信，比起通常口頭的談話，當然容許作者有更大機會充分地表達自己內心的感情；這種通信的風尚大約就是理查生在世時興起的。而他自己，不但隨從亦鼓勵培養此種社會風尚。
>
> 從古典文學視野中，這卻意味着一大叛離。正如斯塔爾夫人（Mme de Staël）所言：「古人寫小説，一定不會想到這樣

一種形式。」因為書信形式「總是感情多，行動少」。因此，理
查生的敍述模式也可說是反映了當時人對藝術、人生看法的
更大改變。古典世界原是客觀的，強調社交來往與眾人之事
的；近二百年來的生活和文學的定向卻是主觀的，個人的，
強調私人經驗的。[48]

　　徐枕亞並沒把書信當做小說唯一的形式架構，雖然他和理查生
一樣，至少寫過一本「尺牘」。理查生是在編寫尺牘時突然興起寫一
本書簡體小說的念頭；徐枕亞則看到《玉梨魂》暢銷，青年男女開始
寫情書，而決定編寫一冊情書尺牘。他假想出相戀的人可能遇到的
各種情況，編成信函，以供參考。[49]徐枕亞的道德觀，和理查生一
樣保守；另一方面，他又和理查生同樣能夠放眼前瞻，體認出在他
面臨的時代，其「生活和文學的定向是主觀的，個人的，強調私人經
驗的。」他的主觀趨向亦使他日後改寫《玉梨魂》為日記形式，插入
比以前更多的詩詞和信函。徐氏這兩本小說，實際上為五四時期的
許多白話戀愛小說（包括從頭到尾採書信形式者）[50]開闢出一條路；
不過，這一點，據我所知，並沒任何批評家指出過。

　　漢代以來，朋友間往返的書信，一向是頗受重視的文體。在
最早一些著名例子中，司馬遷、李陵等人即在書信上作了坦誠的自
我表白，目的在澄清外人的誤解，袒護自己的聲譽。此一風尚，其
後由傳奇小說作家繼承：如元稹，便在《鶯鶯傳》裏插入鶯鶯所寫
一封感人至深的信。夢霞和梨娘的魚雁往返，亦可說是合乎此一文
學慣例，因二人出於極度相愛，永遠在反責對方，並為自己辯白。
他倆的契合，是排除了肉身接觸甚至面談機會的靈魂之交；兩心的
相會，發生於各自在孤獨中把心頭的苦惱憂鬱傾瀉入詩文信札之時
刻。《玉梨魂》比《紅樓夢》，甚至比明清時代的愛情戲曲，對相愛男
女的主觀世界都有更深入的探索。

　　除非譯出整本小說，我實在無法把這對情人不斷加諸對方的痛
苦表達於文字。夢霞越是熱烈地向她示愛，梨娘一方面越受感動，
另方面越更驚恐於必將引致的悲痛。比如在第八回裏，他因相思之

苦而吐血，梨娘乃派遣兒子送上一封慰問信及兩盆蘭花。他精神大振，身體逐漸好轉後，在一個星期天，他陪李老師帶學生去參觀鄰村的學校。當晚回來，上牀時，他驚奇地發現棉被下放着一幀配好了鏡框的梨娘相片。他喜出望外，後悔虛擲了大好時光，錯過情人的來會。梨娘來訪時，顯然在他房裏寫了幾首詩，寫完即焚毀，卻留下一行沒燒盡，而這行詩的內容，又似在暗示她因會見不到他而感覺惆悵。夢霞為了那幀相片及那似有含義的詩句，歡欣若狂，於是在相片背後題了兩首詩，另外又寫兩首送給梨娘。梨娘在回信中卻説，一行詩沒燒盡，只是偶然的事，絕非她有意。又説，若非知道他整日不在家，她絕不會去他房間。相片固是一件愛情的禮物，亦是一件供他安慰的紀念品，因他倆絕無結合的可能。對於這樣的冷淡回答，夢霞懊惱之至，於是寫去一封熾熱的信，向她宣示永恆的愛情。他甘願終身不娶，絕不移情別戀；今生既然無緣，他願意早死，等候來生與她過幸福的日子。這封信使梨娘焦慮得病倒，同時亦使她採取一項行動，終於把三人都引上了悲慘的末路。

轉而談談另一束信札。時間是陰曆十一月，夢霞與筠倩的婚事已成定局。一天下午，夢霞無意間聽到筠倩自彈風琴低唱一組歌曲（此歌形式係模倣杜甫之《乾元中寓居同谷縣作歌七首》）。[51] 她唱出對自由的嚮往，對回校完成學業的渴望，她唱她老父及亡母，唱她早逝的哥哥，守寡的嫂嫂，最後又唱她自己——婚事被人排定，只好捐棄一生幸福……對此婚約一直心懷不快的夢霞，這才震驚地覺悟，筠倩亦為此陷於更大的悲苦中。於是他寫了一封信給梨娘，譴責她存心愚弄，不惜陷她自己及她小姑於痛苦深淵；接着再一次發誓永遠愛她，不論她是否決心與他斷絕。梨娘本已開始感覺到筠倩的悒鬱及疏離，從而感知她計劃之失敗，現又收到夢霞這樣一封控訴的信，內心大受震動。她一邊悲泣一邊寫回信，眼淚濕透了信紙，寫畢，即將此函與一束新剪的頭髮，連同珍藏數月的《石頭記影事詩》包在一起，吩咐鵬郎送去夢霞房舍。

夢霞收到包裹而檢視其意想不到的內容物時，已是夜裏二更了。梨娘信中責備他不夠知心，誤解她的好意，並強調他們之間的

愛情非終止不可。夢霞讀後昏暈過去。清醒後，他重讀那封信，愛撫那縷青絲，接着把自己那本詩稿焚成灰燼。雖知梨娘的心境一定比他更紊亂，而欲安慰她，夢霞卻無法立即覆函，因他自己情緒亦太激動。在床上躺了兩小時後，他卻起身，咬破左手一根指頭，任血流出。於是，他用一枝新毛筆，蘸着鮮血，寫出一封兩頁長的血書，深表自責，也更痛陳熱愛之情，至死不渝：

> 次日，梨娘得書，驚駭幾絕。血誠一片，目眩神迷。斑斑點點，模模糊糊。此猩紅者何物耶。霞郎霞郎，此又何苦耶。梨娘此時，又驚又痛，手且顫，色且變，眼且花而心中且似有萬錐亂刺，若不能一刻耐者。無已，乃含淚讀其辭：

> > 嗚呼，卿絕我耶，卿竟絕我耶。我復何言。然我又何可不言。我不言，則我之心終於不白，卿之憤亦終於不平。卿誤會我意而欲與我絕，我安得不剖明我之心跡，然後再與卿絕。心跡既明，我知卿之終不忍絕我也。前書過激，我已知之。然我當時實驟感劇烈之激刺，一腔怨憤，捨卿又誰可告訴者。不知卿固同受此激刺，而我書益以傷卿之心也。我過矣，我過矣。我先絕卿，又何怪卿之欲絕我。雖然，我固無情，我並無絕卿之心也。我非木石，豈不知卿為我已心力俱瘁耶。我感卿實達於極點，此外更無他人，能奪我之愛情。卿固愛我憐我者也。卿不愛我，誰復愛我。卿不憐我，誰復憐我。卿欲絕我，是不啻死我也。卿竟忍死我耶。卿欲死我，我烏得而不死。然我願殉卿而死，不願絕卿而死。我雖死，終望卿之能憐我也。我言止此，我恨無窮。破指出血，痛書二紙付卿。將死哀鳴，惟祈鑒宥。

> > 己酉十一月十一日四鼓夢霞囓血書[52]

　　情人的詩和書簡之大量收錄，固然是《玉梨魂》的一大特點，小說裏這對情人的一些行為表現，並非作者憑空杜撰，也必然讓我們聯想起其他小說裏的情節。顯然徐枕亞預料我們熟讀《紅樓夢》、《花

月痕》等書，以便恰當地欣賞他推陳出新的創作方法。黛玉臨死燒
掉寶玉送她的兩條舊手帕以及自己的詩稿，正如夢霞把梨娘退回給
他的詩稿焚成灰燼。當秋痕受困於旅館而自以為會死去時，她撕開
內衣一角，因無筆墨，乃用鮮血淋漓的手指在上面寫下了八行四言
詩。[53] 然而《花月痕》的作者，只讓僕人在送達這布片及其他訣別禮
物給秋痕的情人時，用口頭做了有關此事之報告。徐枕亞套用這一
情節而擴大之，讓男主角寫出一封長達兩頁的血書，增強了小說「歌
德式」的陰慘效果。夢霞和梨娘，在追求自我幸福一事上，固然沒
使出足夠的勇氣，但鑑於他倆甘願馴服於封建禮教，不屑敗壞自己
的名譽去換取幸福，他們之間的爭執糾結，當然只會越來越嚴重。
歐洲十八世紀的感情小說家（sentimental novelists）卻認為「小說的
題材即是『人心』，也就是說，心靈的複雜面，那些剪不斷理還亂的
奇思怪想。人在戀愛的時刻，此類奇思怪想尤多，也最受小說家的
注意。」[54] 讀了上面引錄的血書，我們可以看出，徐枕亞也一定同意
這個說法。

七

　　若説五四時期在中國文學中意味着浪漫主義的來臨，那麼，《玉
梨魂》恰好比擬英國及歐陸在浪漫主義大興之前所流行的一種感情小
説──包括理查生的《克拉莉莎》（*Clarissa*）和歌德的《少年維特之煩
惱》。《玉梨魂》和這兩本歐洲小説有幾點相同：都採用書信之敍述
法；都對人心特感興趣；對貞操及感情兩方面皆表關懷；很少描述
客觀社會，只大力探索戀愛中的人物。徐枕亞繼承中國戲劇、小説
「才子佳人」的傳統，讓他筆下的男女情人在家庭背景、教育程度、
興趣偏向等方面都極相似；唯一阻礙他們獲得婚姻幸福的，是傳統
禮教對於寡婦操守的約制。在理查生與歌德的小説裏，情人之間的
最大困難，是興趣偏向和社會背景的大差異有礙於彼此的溝通。勒
夫列斯（Lovelace）身為貴族，被克拉莉莎所代表的中產階級婦德世
界所吸引，而遭排拒。少年維特是個喜歡孤獨而與大自然靈交的詩

人兼藝術家，所以特別迷戀上處於完全不同世界而自足於家庭生活的夏樂蒂。夢霞不必以勒夫列斯或維特的方式追求心中的戀人，但由於他和梨娘之間的道德障礙，他所受的痛苦比維特更深更久，而他加之於情人的傷痛，比起克拉莉莎在她狡詐的勾引者手中所忍受的不相上下。把《玉梨魂》的男女主角比喻為中國的維特和克拉莉莎，是向西方讀者說明這本小說迷人之處的一個方法。

夢霞有一點比維特幸運得多：他傾心愛慕的對象，在未露面前，即報之以同等的愛情。夏樂蒂比梨娘或克拉莉莎都較缺靈性，學問亦不及維特。然而十八世紀的歐洲容許年輕男女較自由的社交來往，即使一個無望的戀人，比起夢霞來，日子好過得多。維特在夏樂蒂所居的區域停留過兩段日子，那期間，他幾乎每天見她。她樂於獲得他的傾慕，但最後不得不同意她丈夫，認為維特不斷要她作陪的無理要求是一種瘋狂。如此，維特白白受苦，連他有權要求的一點精神補償也沒得到。他的悲慘自殺只是他個人的悲劇，而不是一對具有共同理想的情人之悲劇。

徐枕亞給予他筆下的情人兩次夜間相見暢談的機會，不過，在小說中只有李老師導致二人相見的那一次，有詳細的描述。維特和夏樂蒂日常見面，但只有維特決定自殺後的最後一次會面，才算得上是情人的相會。不論這兩位作家在細述情人會面情狀時引用了多少自己的親身經驗，我們只要比較一下這兩場情人的約會，就會尖銳地感覺到徐枕亞和他的世界其病態多麼嚴重。

維特和夢霞都是純潔而充滿理想的情人，注重心靈的交融遠甚於肉身的接觸。兩人都不曾在夜裏與心愛的人單獨會面，夢霞甚至沒清楚地看過梨娘的臉。他倆的約會，佔據小說第十八章之全部，標題為「對泣」，而對泣便是他們談論李老師之卑劣和酬唱詩歌之外見面時唯一所做的事。在他倆之間的誤會都解除後，夢霞嗚咽着吟出四首絕句，接着索討紙筆，手錄四首七律給梨娘閱讀。兩人相對哭泣相互凝視到將近黎明，卻還要靠寫詩來傳達愛情，顯得很不自然。在送他離開之前，梨娘低唱兩句朱麗葉同羅密歐告別之詞。此情此景頗具反諷趣味：那兩句話顯然取自莎翁名劇第三幕第五場。

而此場開始，雖然晨光已滿照閨房，朱麗葉還在央求情郎，不要離開。[55]莎翁那對情侶縱情熱戀，並未虛度良宵；而中國那對情侶，連手都沒有碰一下。

　　夢霞與梨娘兩次會面，乃出於梨娘的主動安排；維特最後和夏樂蒂見面，卻是無約而往。夏曾囑咐維特不要在聖誕節之前去她家，但這是最後一面，維特不想在一群家人面前見她，而要與她單獨相對。夏樂蒂因丈夫不在家，對他的突然來訪，感到十分不安，便請求他朗誦文學作品。維特不擅即席作詩，乃取回一向由她保管的手稿，朗誦自己所譯烏興（Ossian）的詩（這位第三世紀的蓋爾語言詩人〔Gaelic poet〕，在十八世紀下半期風行歐洲）。[56]長篇敍事詩之朗誦，使夏樂蒂淚流滿面，維特自己也哭得很慘，接着他又讀了幾行，暗示他的自殺意念：

> 這些字的沉重魔力，墜落在不幸的維特身上。在無可救藥的絕望中，他撲倒在夏樂蒂腳邊，抓她的雙手來蓋他的眼睛，他的額頭。她似乎對他自尋短見之念突然有所預感。思緒紛亂中，她握住他的手，壓向她胸脯；帶着溫柔無比的表情，她把燃燒的面頰貼住他臉孔。他們陷入混沌。世界消失無蹤。他兩臂緊摟着她，狂吻她囁嚅顫抖的雙唇。[57]

　　當然，夏樂蒂很快就恢復鎮定，而制止了維特。在這一場合，維特雖然也和夢霞一樣，是個追求精神滿足的戀人，是個感傷多淚的詩人，他卻禁不住表現出了肉身方面的愛情渴慾──小說中唯一的一次──而夏樂蒂也禁不住有所反應。《少年維特之煩惱》一書，如果沒有這一場景來具體證明男主角自殺前夕的絕望渴慾，就難成為一本完整的小說。同樣道理《玉梨魂》這本書，男女主角既然相愛更深，如果在感情衝動下偶然屈服於肌膚的接觸，這本小說應當會更真實，更有力。

　　《玉梨魂》這對情侶，在最誘人的情境下亦不稍失自制力，這不僅反映出他們那個時代的社會情形，同時也反映出小說作者對封建道德的衛護心態。我早先已提到，正因徐枕亞越來越自滿於衛道之

士之角色，他以後所寫的小說才會不關痛癢與不切實際。比如《雪鴻淚史》裏，情人首次夜間相會，女侍秋兒在旁陪護。這次會面，夢霞沒有唱出四首絕句，而是寫在紙上，由秋兒傳遞到梨娘手中。這位憂傷的女人，也變得沒甚麼話向夢霞傾訴，很快便送走了訪客，也沒唱《羅密歐與朱麗葉》中的詩句。夢霞回書舍後，輾轉難眠，腦中想的主要是李老師的卑劣；次晨，寫出同樣那四首七言律詩，聊以自慰。[58] 為了使讀者相信這一對戀人心中絕無慾念，作者確實盡了一切所能——到了荒謬的地步。

八

徐枕亞寫作《玉梨魂》時，並不知道《少年維特之煩惱》這本書，但他卻讀過林紓翻譯的《茶花女》等西洋名著。《茶花女》一書，顯然對徐氏有巨大影響，不僅提供了高潔女性血淚史的西洋例子，更重要的是，供給徐氏寫小說結尾的一個直接樣本。今日我們雖可籠統地說，晚清小說家看了西洋小說的譯本後，多少有興趣試用新技巧，《玉梨魂》是第一本讓人提得出證據，說明是受到歐洲作品影響的中國小說。既如此，研究比較文學的人士，對於《玉梨魂》此書，應該另有一番興趣。

這本小說的最後兩章算是結語，故與前面廿八章在敍述形式及方法上甚有不同。梨娘死於第廿六章，而在下面一章，筠倩從梨娘遺體上找到一封給她的長信，細訴自己與夢霞之間的戀情，以及如何好意地想促成夢霞與她心愛的小姑之婚事。第廿八章則描述筠倩的悔恨，以及夢霞回到崔府而得知梨娘已於二日前去世。梨娘遺體既已入棺，夢霞走到庭院裏已經長滿青苔的梨花塚邊，獨自默默思念哀悼她，內心才稍感平靜。這本小說，除了最前面的序曲把葬花事件從時間進展順序中脫出外，作者處理前面的廿八章，全是照事情發生的先後，直敍宣統元年 (1909–1910) 整年的事：從陰曆己酉正月到十二月，另加兩天 (在《雪鴻淚史》裏，他把故事重組為男主角每個月的日記，甚至不忘加上是年之閏月)。[59] 因此，這二十八章

的敍述者，是一位掌握着已故的男女主角一切資料文件的人，是一位「全知者」，用第三人稱講述故事。偶然幾次，敍述改以第一人稱出來講幾句話，但這種作者的評言插語在中國舊小說中屢見不鮮，我們也就不會想到要去追究敍述者的身分。

小說的「結語」，主要敍述另兩位主角之死，以結束此一悲劇。但，兩位之中較早去世的筠倩，離梨娘之死就有半年之久，而這期間又無吸引人的事件持續發生，所以，按時日次序排列的詳細記事法已不適用。梨娘既已歸天，筠倩與夢霞兩人都在等候自己的末日，崔家的其他人物亦乏善可陳。此外，作者已經詳盡地描述了梨娘的慘死，不可能以同樣的全知敍述法描寫筠倩之死而企望有所超越。即使可能有所超越，也不應該這樣做，因為如書名所示，梨娘是第一女主角，她的死亡應當是小說的高潮。鑑於此，徐枕亞想出一個絕妙的方法，把筠倩臨死前所寫的日記片段展現於讀者面前。她每日之記載，或長或短，在戲劇效果上固不同於梨娘慘死之詳盡記述，卻也有其悽愴撼人之處。同時，日記之引入，是小說裏又一種資料文件的取用，此亦《玉梨魂》一書之特點。

有一點是不可置疑的：徐枕亞引錄日記的靈感，來自閱讀林譯《茶花女》。《茶花女》一書，除了開始的故事引介外，主要是主角亞猛向第一人稱敍述者——一位深懷同情的小說家，林紓也就在譯本裏稱他為小仲馬——講述自己和馬克的戀愛史。到第廿五章，亞猛打起盹來，「長時間的敍述，加上數次中斷而落淚，已使他精疲力盡」；[60] 於是小說家逕自打開馬克託女友于舒里 (Julie Duprat) 轉交給亞猛的一封絕筆書，開始閱讀。這封信，始於敍述亞猛父杜瓦先生的祕密來訪。馬克為其所感，迫不得已，乃假裝為貪財水性的女子而與亞猛斷交。但接着，這封信轉變成日記形式；這位臨死的妓女，記錄下自己的感觸和想望，以供她的情人有一天或能閱讀。2月5日的記載，亦即她親手寫的最後一段，是這樣的：

> 2月5日。余呼曰：亞猛來，亞猛來，我苦極死矣！天乎！天乎！我昨夜痛苦，思欲他徙。蓋在家一日，而一日長

逾一日矣。本日公爵復來視余。余視公爵,而死若更速者。余此時雖極熱,仍欲往烏兀圖屏戲園 (The Vaudeville) 中。于舒里以脂抹余頰,勿使他人視為行屍。余至園,即至第一次見亞猛廂中坐,眼光仍注亞猛往日座次。已而不支,昇歸,徹夜嗽且咯血。至此不能書矣。天乎,天乎,行即死矣!此死本在余意中,而所受諸苦惱,則余所不及料也。苟使(此二字殊模糊不可辨識,以下皆于舒里書)[61]

這段日記之後,此信由于舒里續寫,從2月18日開始,記載馬克淹留人世最後幾天的情況。小說最後一章(第廿七章)是「後記」的形式:第一人稱敘述者講起他後來曾陪亞猛一同探訪了幾個地方,另外亦說明他為何決定寫出馬克的真實故事。

回到我們的《玉梨魂》小說。在標題〈日記〉的第廿九章,第一人稱敘述者終於揭露了自己的身分:原來他是秦石癡(校長)早年的同窗。石癡因為記得這老同學享有「東方仲馬」的聲譽,於1910年冬天寄給他夢霞愛情故事的綱要,請求他寫成一本小說。這位東方仲馬卻不大願意,因為他看不起夢霞,認為梨娘死後夢霞還偷生於世,實太無情;另外,他亦不知筠倩的下場,故事難以完結。然而,無巧不成書:這位敘述者,恰好有個朋友參加了武昌起義,回到故鄉蘇州時,帶回一位陣亡同志臨死前交給他保管的日記簿。此人拿這本日記給我們的作者看;他很快就認出日記的所有者,因為裏面錄有梨娘和夢霞二人互贈的許多詩。他得知夢霞記取梨娘生前的勸告而赴日留學,後又回來為國殉身,[62] 便對夢霞產生了敬仰之意。

這位東方仲馬寫此小說的意願,由於得知筠倩的命運結局,而更進一步。日記裏,抄錄着她生命最後幾天的自述(陰曆庚戌——1910年——6月5日至14日),顯然是夢霞從筠倩本人的日記簿中摘取謄抄下來的。這臨終的自述,顯然是以馬克的日記為樣本的。比如最後一天的記載:

> 十四日。余病甚，滴水不能入口。手足麻木，漸失知覺，喉頭乾燥，不能作聲。痰湧氣塞，作吳牛之喘，若有人扼余吭者，其苦乃無其倫。老父已為余致書夢霞，余深盼夢霞來，而夢霞遲遲不來，余今不及待矣。余至死乃不能見余夫一面，余死何能瞑目。余死之後，余夫必來，余之日記，必能入余夫之目。幸自珍重，勿痛余也。余書至此，已不能成字，此後將永無握管之期。[63]

緊接着，我們看到夢霞加在這段日記後面的補語。他傾訴自己因未善待長期受苦的未婚妻而感到的懊悔，並錄下她的年紀（18歲）和她去世的日期（6月17日），以誌紀念。另外，他也記下她臨終時的痛苦，正如于舒里以續寫馬克的遺書方式記錄下她臨死的痛苦。

我們中國的仲馬，在讀完筠倩的日記後，感到一股衝動，想去看一看她的家，並探究一下崔府其他人的下落。小說最後一章〈憑弔〉，主要便是敍述這一訪問。在《茶花女》的最後一章，第一人稱敍述者亦由亞猛陪伴，一同去拜訪馬克的兩位摯友，弔訪她的墳墓，並到杜瓦家的鄉村別墅，與亞猛的父妹相會。但這章只有兩頁長，而墳墓之弔訪，則僅有一長句而已（「最後，我們去了馬克的墳墓；4月的陽光浴着墓地，草葉正欣欣向榮」）。[64]《玉梨魂》的最後一章，比《茶花女》大有改進；徐枕亞將小說的多面主題，予以輓歌似的扼要重述，作為最後的總結。

敍述者特地旅行到無錫，去見秦石癡，然後與他一同去村裏的崔府。只剩一個老嫗在守門，崔老先生已歿，鵬郎已搬去親戚家寄住。梨花香塚埋沒在苔蘚下，碑石不知去向。那梨樹和辛夷，正如崔府的兩位女士，已枯萎而死，現已被砍掉。夢霞住過的那間書房，久無人照料，滿是灰塵和窒人的氣味。家具已被搬走，只留下一個字紙簍，裝得甚滿，石癡翻弄一陣，竟然從廢紙裏找到夢霞手寫的兩首詞。《玉梨魂》這悲劇小說，非常適切地抄錄了這兩首悲秋之詞做為結束。

我花費不少篇幅討論《玉梨魂》的結尾，一方面是想證明作者的

敘述技巧受到小仲馬的影響，另方面是想指出作者確是一位高明的藝術家。不錯，只有十分細心的作家才構想得出這樣的小說結尾：首先合情合理地印證了第一人稱敘述者的身分資格，然後在故事裏派給他一個主動的角色，叫他做「在場證人」，親眼目睹曾經發生悲劇的房屋，如今已敗壞不堪。《玉梨魂》小說的主軀，雖然只能說在「感傷—言情」文學傳統的規範內有所創新，但這本書的結尾，如日記之引用、敘述者之愛莫能助、蒼涼景象之描述等等，都預告着魯迅小說的來臨。

徐枕亞自稱東方仲馬，很可能並非自詡在小說藝術技巧上受惠於小仲馬，而是特指他創造出一位玉潔冰清的薄命女子，其不幸遭遇令人感極落淚。梨娘和馬克都患肺結核病；這兩位小說人物，近幾十年來雖未甚受批評界之重視，馬克的肺病卻在批評家蘇珊·宋塔（Susan Sontag）《疾病之為隱喻》（*Illness as Metaphor*）一書裏做為她研究專題的佐證。（雖然，由於此書只有八十多頁，馬克和薇沃麗坦·梵樂里 Violetta Valery ——歌劇 *La Traviata* 裏的茶花女——僅各被提名一次。）宋塔針對十九世紀西洋文學中患肺結核病的角色所下的診斷，亦可同樣有力地適用於《玉梨魂》的女主角。茲錄下宋塔的兩段話：

> 現代人最怕癌症，且認為最易患癌症的人，不易動感情，且抑制自己的情慾。同此相反，十九世紀的人想像認為最神祕可畏的疾病是肺結核，而最容易染上肺病的人是兩種幻想的混合體：他既十分熱情，又要抑壓自己的情慾。[65]

> 肺結核病是退化、燒化與解化；是一種液體的病——身體轉化為痰與黏液，最後是血——亦是空氣的病，需要較好的空氣……肺結核是時間的病；使生命轉速、轉烈，而予精神化。[66]

馬克把亞猛交還給他父親後，壓抑自己感情而過一種虛偽的享樂生活。梨娘這中國寡婦，深受儒家禮教之束縛，比馬克更加鎮壓

自己的感情。若說馬克過的是「燃燒化解」的生活，《玉梨魂》中的三個主角更是如此——把熾熱的愛情蓄意蒸發成一團靈氣，不留絲毫形體。小說中點綴着大量有關憂鬱、疾病、愁苦、失望、腐敗與死亡的字彙，以其病態的抒情格調而論，《玉梨魂》確實超越了中國自古以來所有感傷及言情的文學作品。若依宋塔女士的理論，我們倒真可以說這本書是「肺結核想像力」之結晶產物，雖然沒人聽説過徐枕亞曾患此疾。梨娘是真真確確地把自己身體化成「痰與黏液，最後是血」；臨終時，她亦缺乏空氣而喘息。至於筠倩死於何種絕症，作者沒有明說，但我們從她的日記摘錄，知道她亦不能呼吸，急需空氣。夢霞也吐血，雖然瘧疾的高燒使他受苦更久。故事結尾，兩位探訪者進入夢霞以前寫熱情詩及信函的書舍，而發現「空氣惡濁」，「不可以少駐」，[67] 這絕不是偶然的。

　　鑑於這一大團的疾病和腐敗，我們可以視《玉梨魂》為哥德式陰森小說的中國版，但我們更可以把這本書裏感情過敏、壓抑性慾的男女主角，視為魯迅在《吶喊》自序中所形容的無窗鐵屋之居住者。魯迅本人染有肺病，故特別感到「需要較好的空氣」和「寬闊光明的地方」。[68]《玉梨魂》的作者，雖與魯迅的意識型態不同，無意「喚醒」中國青年，他卻藉着詩的力量和個人的深刻感受，明確地寫出了「鐵屋」內的窒人氣息，並充分揭露了居住其中的人物所蒙受的痛苦。雖然他對中國的舊文學和舊道德忠心耿耿，他卻引發了讀者對中國腐敗面的極大恐怖感，其撼人程度，超越了日後其他作家抱定反封建宗旨而寫的許多作品。

補充説明

　　我最近讀了刊在《蘇州雜誌》1997年第1卷中〈《玉梨魂》真相大白〉一文，作者時萌藏有徐枕亞寄住岳父家期間與寡婦陳佩芬交換的93頁真實信札與詩詞。小說悲慘結尾前的事件，都可從信札與詩詞的內容中辨識出來。但佩芬沒有梨娘貞潔，她在房內夜會情人時最終屈服於他的激情之下。而即使枕亞強烈抗議，他還是順從佩芬的

勸告與她的姪女蔡蕊珠成婚（並不是小說中的小姑）。所以即使我在注27中言之鑿鑿，我還是錯誤地拒絕承認蕊珠是作者的原配。正如在238頁中所指，她歿於1924年。

《中國近現代通俗文學史》（南京：江蘇教育出版社，2000）的主要編者范伯群，在該書上卷第269至278頁有關《玉梨魂》的部分，多處引用了時萌的文章。所有研讀「鴛鴦蝴蝶派」小說（無論狹義與廣義）的學生，都會受益於此兩大卷具開創性的學術作品。

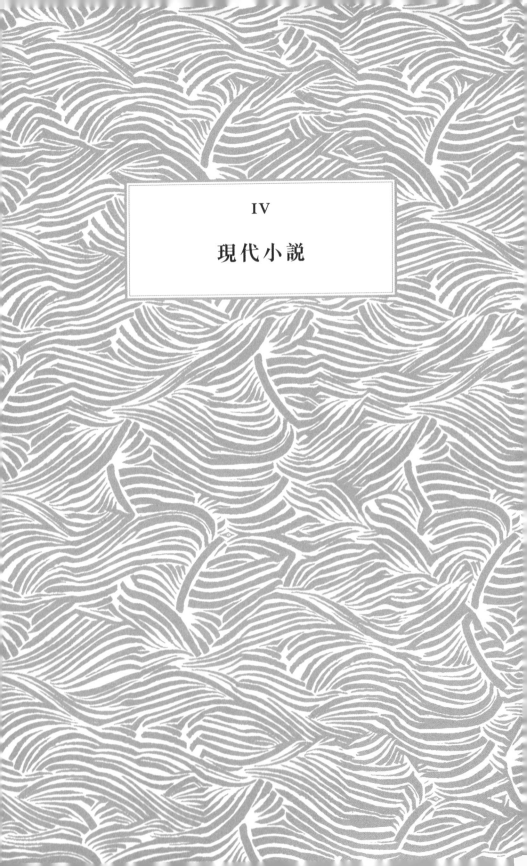

IV

現代小説

《中國現代中短篇小說選》導言[*]

歐陽子　譯

本書是《中國傳統短篇小說選集》(*Traditional Chinese Stories: Themes and Variations*)（馬幼垣、劉紹銘合編，哥大，1978）的姊妹篇。我同劉紹銘、李歐梵身任編輯，在書中錄用了二十位作家的44篇作品，藉以代表 1919 至 1949 這三十年間的中國小說成就。其中 41 篇是長短不等的短篇小說，另三篇則可穩當地稱為中篇：許地山的〈玉官〉，老舍的〈新時代的舊悲劇〉和張愛玲的〈金鎖記〉。當然，即使在這樣一本巨型的集子中，我們也得考慮到入選作品的多樣性，而不可能收納一篇長篇小說。好在入選作家同時期的不少長篇名著，例如茅盾的《子夜》，老舍的《貓城記》、《駱駝祥子》，巴金的《家》、《寒夜》，蕭紅的《生死場》、《呼蘭河傳》，以及錢鍾書的《圍城》，都有英譯本可供認真的讀者參閱。本書包羅了幾乎所有二、三〇年代崛起而成名的第一流小說家；四〇年代出頭的小說家中，我們則只選了四位——趙樹理、錢鍾書、路翎和張愛玲——雖然，二〇年代末期即已成名的丁玲，入選的二短篇，都是她四〇年代所寫的。今日學者一般都同意，在那十年間，共區小說家，以趙樹理、丁玲二人最具代表性，上海小說家以張愛玲、錢鍾書二人最出類拔

[*] 本文為 *Modern Chinese Stories and Novellas: 1919–1949* 一書（劉紹銘、夏志清、李歐梵編，紐約：哥倫比亞大學出版社，1981）的導言，中文翻譯初刊《中國時報・人間副刊》（1982 年 5 月 21–26 日），後載入《夏志清文學評論集》（聯合文學，1987，2006）。

萃。至於抗戰時期在國民政府大後方崛起的幾位重要小說家，其成就高低，批評界尚無定論，我們只得憑自己的判斷，推出路翎為代表。路翎確具才華，創作產量也非常豐富。

如有人對中國現代小說缺少認識，讀了《中國傳統短篇小說選集》，再讀本書，一定會覺得二書內容大不相同。前一集子裏的多樣主題，以及促增異域色彩的俠客、鬼妻、煉丹士等等角色，在本書裏不再出現；但同時也看不到多少歷史文學典故的繁瑣注釋；又因所選中短篇小說敍述方式符合於西方的寫實模式，讀來比較容易，且更引人入勝。在中國現代小說中，「追索者」(the questing man)的主題形象仍保留其重要性，但他迥異於《中國傳統短篇小說選集》裏的原型，不再是一個「為了救贖某人，罔顧自我，踏上至艱旅程以尋獲超自然力量的人物」。現代小說的「追索者」，所尋求的，則是全體受苦同胞或整個國家的救贖。當然，他並不求「神助」——除非他是張天翼《洋涇浜奇俠》裏所嘲諷的那類愚蠢而容易受騙的愛國者。在追求祖國救贖的現代作家眼光中，中國的恥辱，從一般人民迷信鬼神一事上看得最清楚。所以這些作家最瞧不起和尚道士及巫師，認為他們不唯貪婪虛偽，更導使信徒們妥協於世間的不平和困苦。如此，異於前一集子，《中國現代中短篇小說選》一書中全無迷信的色彩；就算有，也只是像錢鍾書在〈靈感〉中為了嘲諷目的而戲弄製造的那種虛幻境界。

維護禮教社會的儒家思想，由於和統治階級、地方縉紳密切相關，也同樣遭到貶抑：我們所選魯迅、老舍和張天翼的部分作品，就諷刺了那些滿嘴之乎者也，卻怒斥新思想為罪惡的偽君子。二十位現代作家，當然全都是受孔孟教育成長的；我們若視仁愛同情為儒家的美德，則他們都可稱為孔門子弟。然而，這些美德在他們所處的社會裏竟無法施展。此一事實，使這批作家變得義憤填胸：他們的人道主義精神，雖也和儒家有相通之處，卻更深植於西方傳統之中。即連這些作家當中僅有的抱持完整宗教信念的兩位——許地山皈依基督，沈從文則是道家，嚮往原始人性——他們基於人道主義而對人民迫害者所懷的憤怒，也是十分顯明的。

　　前一部選集，既收有多量的愛情故事，讀者可能預期本書會有更多這類的作品，因為中國青年直到二十世紀，才終於獲得自由交異性朋友及選擇終身伴侶的權利。二、三〇年代，確實曾有不少新派作家撰寫大量的愛情長短篇小說，但其感傷式的新文藝腔，今日讀來頗覺過時。在這本選集中，最扣人心弦的愛情故事，還是〈金鎖記〉裏那膽怯的歸國留學生追求一位舊式女子而遭挫敗的經過；他倆之間無言的心靈交融，與二〇年代小說裏男女戀人的唧唧情話，形成尖銳的對比。〈靈感〉是我們選集中僅有的一篇諷刺幻想小說，而錢鍾書的另一篇〈紀念〉，則是唯一的男女偷情小說，其文筆之嚴謹以及心理描寫之入木三分，堪與某些歐洲名家小說媲美。張愛玲許多待譯的短篇小說之中，我們可以找到同樣成熟的作品，但是四〇年代之前，好像並無作家以類似的反諷冷靜態度寫過戀愛小説。當時的一些典型例子是：郁達夫〈沉淪〉裏那個日本留學生，時時刻刻自覺孤立而不便去找一個異性知己；端木蕻良〈渾河的急流〉裏的獵戶情侶，以及吳組緗〈樊家鋪〉裏的貧農夫婦，都必須攜手團結，對付他們的敵人。這兩對青年人有朝一日，可能實現幸福美夢，但其愛情關係卻並不是小說故事的重心。

　　中國現代作家拋棄了傳統信仰的包袱，甚至認為浪漫的愛情亦是可有可無的奢侈品。如我在《中國現代小說史》一書中所說的，這是因為「他們對於中國，這個患了精神重疾而無法挺腰站立或改變其非人道行徑的國家，抱持一腔魂牽夢縈的關懷。」就因這份對中國的執着關懷，中國的現代文學，在道德嚴肅性及對人性的理解上，遠遠超過了大半的古代文學。極少傳統詩人認真地關心過老百姓的痛苦，更少傳統劇作家或小說家把女性當作活生生、具有自主生命力的人物來處理。然而，在我們選集包括的三十年間，所有的作家對人類都有一個較廣大的視界；一般平民，不論男的女的或小孩，都和舊文學裏的士大夫官員同樣受到尊重。這是徹頭徹尾的大改變。現代的作家，不僅比往日的文人用更坦白的態度及方式寫作，他們更進而視自己為中國社會現實的觀察員、記錄員。本集各篇，雖然有些可能依據社會主義或共產主義的教條為讀者指點方向，基本上

卻都是真實的；書中大多數小說曾使當時的讀者感到不安，而鑒於
其為對中國某些社會醜惡面的揭露，也應該繼續使人感到不安，雖
然日久之後，我們可能對此類寫實小說的藝術面，比對他們說真話
的力量和效果，更加地注意關切。先秦諸子以來，中國歷史上沒有
任何朝代的作家，如此地把「說真話」當作第一要務。說真話的作
家，在1949年後，固然備受中共政府的批判與懲罰，但大陸易手前
二、三十年間的知識界大革命，卻是不容輕易抹煞推翻的。一有機
會，大陸作家仍會為自由，為老百姓，而道出實話。

中國人在鴉片戰爭之後，開始覺察到自己的國家岌岌可危，然
而直到閱讀接觸西洋思潮及文學作品後，才進一步覺悟到中國是個
不人道的國家。迄至清朝末年，小說家已慣於把自己國家的「野蠻」
與西洋國家的「文明」當作對比。五四時代的知識界領導人當中，受
美國教育的胡適，和受日本教育的魯迅、周作人相同，在接觸西洋
思想及文學後——特別是十九世紀及二十世紀初的思想和文學——
公開承認中國文明遠遠落在人後。周作人於1918至1919年間呼籲
「人的文學」及「平民文學」，就替當時所有受西洋思潮影響的作家讀
者們發言，表達出他們對於文學這行業及其功能在看法上的極大改
變。1920年11月，幾位年輕作家，包括我們集子裏的茅盾、葉紹
鈞和許地山，響應周作人的號召，組織了「文學研究會」，而其發行
之主要雜誌《小說月報》，成了第一種以「人」為本、以寫實手法處理
一般人生活上的問題和痛苦的重要文學刊物。

其後，五四作家及知識分子在意識形態上分裂為左派與自由
派，這是很不幸也無可避免的；然而，繼起的優秀作家，不論政治
立場如何，一直保持人道精神，以及作家行業新獲之尊嚴。他們對
舊文學傳統的基本排斥，依然不變，對舊社會的憎厭亦然。我們如
果在今年(1981)還紀念魯迅的百年誕辰，那並非因為他是中國現
代最偉大的作家，如中共文評家所言；而是因為他的短篇小說和早
期的散文，使後來的作家及讀者對於自己國家的過去，在觀念看法
上發生了永久性的大變動。有了魯迅以後，誰再也不可能向年輕人
說，中國傳統有多麼完好、多麼值得一心拜服，而不招惹懷疑和譏

嘲。除了專事嘲弄當代文人學者的諷刺家錢鍾書，這本選集裏的所有作家，全都呈示出對舊社會的憎厭態度，雖然其中三位「憤怒」程度較弱的作家——許地山、沈從文、張愛玲——把舊社會的種種醜態，視為他們的小說人物因求生存而必須接受的情況。這三位作家的創作興趣，是小說人物在其至為荒謬的處境中遭遇的失敗或勝利，而不是荒謬環境之本身。

中國舊小説中的男女主角，不論所處情況如何不順，卻都生活在一個公正的宇宙中，根據「善有善報，惡有惡報」的法則而行動。如此，在前一冊的選集裏，好人自有天助，以顯示善惡因果之理在人世間屢驗不爽。現代的中國作家則不大相信這條公理，就連許地山，也因為是一個極好的基督徒，並不強調善行可換得物質報償；反之，他作品中的好人，認為自己心靈上的進益，足以抵償現實世界加於他的種種不平。我們這些作家，既由自己理智的選擇而疏離了傳統信仰，就變得和近代西洋作家一樣，不再認為人了不起：人是渺小的，其命運是悲戚或充滿諷刺的。唯有受嘲諷的對象——腐儒、地主、富商——才像舊小説裏的壞人一般自得自滿，利慾薰心。除了「浪漫革命小説」裏意志堅定的英雄角色外，我們這些作家所寫的善良人物，大都缺乏那樣的自信，時而採取反諷態度，為自己能力之微薄、生命之短暫解嘲。如此，即連試寫短篇最早的魯迅和葉紹鈞，也已有了契訶夫的味道，這使得他們和舊小説作者大不相同。

契訶夫的色調，在我們所選巴金、蕭軍、丁玲及蕭紅的作品中亦甚明顯。巴金早期「浪漫革命」模式的長篇小説，寫得甚差，但〈將軍〉和〈豬與雞〉，卻是他作品中最成功地展現契訶夫色調的兩個短篇。前者寫一上海白俄，假裝自己從前是個將軍，以忘卻自己靠太太（亦白俄）當妓女來吃飯過活的羞辱。後一篇的中國寡婦，養雞養豬以圖增加收入，她也是個可憐蟲，僅有的衛身本領是大聲詛罵，但罵歸罵，藉以對抗房東太太以及其他房客卻毫無效用。我們所選東北作家端木蕻良的兩篇作品帶有英雄色彩，是在日軍侵略的刺激下寫成的；但他有些出色的小説，也以富含反諷與悲戚著稱。他的

〈三月夜曲〉亦寫流亡上海的白俄，我覺得比巴金的〈將軍〉更為成功。好多張愛玲的最佳作品，也頗有契訶夫味道，雖然〈金鎖記〉這一篇，由於主角始終狂妄地拒絕與命運妥協，是屬於悲劇的模式。

自魯迅開始，中國小說作家筆下的人物，往往就是像作者自己一樣的新知識分子，一心想為國家做甚麼大事，卻很快地領悟到個人能力之微弱，以及相對的反動勢力之龐大。李歐梵在《中國現代作家的浪漫一代》一書裏，正確地指出，中國近代文學裏有一股「普洛米修士」的脈絡精神，其浪漫性質是顯而易見的。在我們選集涵蓋的三十年間，對於羅曼羅蘭及其傑作《約翰克里斯多夫》的推崇，是許多作家都提到的事實（這本書在今日美國知識界已少有人談起，雖然當年受歡迎而收入「現代文庫巨型叢書」）；而作家們也試圖依據約翰克里斯多夫的形象，創造出一個嶄新的中國英雄，卻沒有成功。在一度十分吃香的「浪漫革命小說」裏，不屈不撓、獻身於社會的此類英雄已屢見不鮮，卻終於硬化成為共產小說中夙夜匪懈為人民服務的「黨幹部」。這種角色在我們選集中倒是不大見到的，因為我們比較欣賞以反諷態度審視新知識分子的更「寫實」的作品。魯迅〈在酒樓上〉的呂緯甫，自己承認是個失敗者，因為經濟上的需要和對母親的長期遵從，已把他早年對新思想的熱衷完全擊碎了。然而這篇小說的第一人稱敘述者，在自己家鄉像個陌生客似地買酒獨酌（正如作者本人在1919–1920年冬季回到紹興之情況），更是個令人回味的反諷對象：他比呂姓老同學有名有地位，但他在喚醒中國民眾的理想目標上，是否較有進展？魯迅對一個童年遊伴及一個遭受解僱的女傭所懷的無濟於事的同情（見〈故鄉〉與〈祝福〉），也正微妙地反映出他雖身為——或該說因身為——頗有成就的文化人士，卻仍感受到無能、疏離之自覺。

郁達夫的〈沉淪〉和蕭軍的〈羊〉裏，知識分子主角的遭遇更差：一個在日本走上自殺之途，另一個在自己國內成了政治犯。海洋，誘使前者為抗議祖國的衰弱（和其他原因）而要淹死自己；海洋，卻是後者禁錮中能看到的一線希望。像許多三〇年代作家一樣，蕭軍視社會主義（若非共產主義）為中國未來的唯一希望；在〈羊〉這

篇他最優秀的作品裏，他肯定新希望不會落空，卻並沒提高嗓門詈罵抓他（第一人稱主角）入獄，或酷待小竊犯的整個腐敗制度。不同於他自己的長期拘禁，兩個白俄男孩，14歲的叫郭列，11歲的叫阿列什，入獄短期之後即將被釋放。他們決意出獄後馬上出發去蘇俄，而不回上海與流亡的父母同住。三〇年代間，中國知識分子心目中若有一片人間樂土，那便是蘇聯。如此，蕭軍的主角十分羨慕這兩個男孩要回自己國家，雖然他們對蘇聯的認識，不過是畫報電影上的相片。他們熟知的，是他們父母所教的普式庚、萊蒙托夫（Lermontov），以及托爾斯泰的詩：[1]

> 他們背誦着記憶得的詩歌，這是小的，當他讀起普式庚的〈給保母〉時，我簡直不能再深藏下我的感動的淚：
>
> 「孩子們，聽我的……」
>
> 我把我所知道和所能記憶的，也低低地讀給他們聽！但是孩子們是不懂這些詩歌的意義，我解釋給他們，同時說：
>
> 「在你的祖國裏，這些詩歌全是流行着的呀！」
>
> 孩子們──小的一個──把他整個的身軀勾掛在我的脖子上！
>
> 「我們是朋友了！」

由於「阿列什」（Alyosha）和「郭列」（Kolya）是很普遍的俄國男孩名字，我無法確定蕭軍是否讀過杜思妥也夫斯基的《卡拉馬佐夫兄弟們》，而以角色名字的取用來暗指這一本巨著。在此巨著的一個枝節裏，阿列什・卡拉馬佐夫走動於一群男孩間，而男孩們的首領就名叫郭列・克拉索庚（Kolya Krassotkin）。雖然阿列什無法防止自己家庭裏悲劇的發生，他對這群抱持虛無主義的男孩之溫柔開導，給小說的結尾帶來一份希望。在〈羊〉裏，開導者與受誨者的角色卻被倒置：我們中國的阿列什，一位經驗豐富又受過苦難的青年，現在卻變成了充滿好奇的小男生，聽着孩子們背誦詩歌，分享他們終於

能在蘇聯天堂找到自由幸福的夢想。如此一心關懷着白俄孩子即將
獲得的解放，「我的妻和我的友人雖然也因在那邊的囚樓，但我卻不
想念他們。」另一方面，那兩個俄國孩子則已準備遠離父母，雖然他
們對蘇聯情況的認識遠比不上我們的那位政治犯——他至少還背得
出幾首蘇聯正流行的革命詩。到小說結尾，主角收到這兩個小朋友
的來函：

> 一次我接到兩個俄國孩子的信，說他們已經到了哈爾
> 濱，已經得到了國家的允許，就準備要衝過西伯利亞，回他
> 們的祖國了。其中他們還這樣寫着：
>
> 「××先生。你還沒看夠海嗎？……祝你健康」……」
>
> 是，親愛的小朋友，我還在看海……看着我角度以內的
> 海……我健康……
>
> 我抖落從頭上輕輕落到信紙上的髮絲，這次我卻是真正
> 笑着的。

我們幾乎忍不住要殺風景地說：「且等他們下一封從莫斯科的
來信！」但說不定一到莫斯科，他們連寫信給中國朋友的自由也沒有
了。

〈羊〉是一篇真正動人的小說，作者對偷羊賊和被充公的那兩
隻山羊同樣都遭到的折磨與死亡，描寫得特別生動。受拘禁的小說
主角，無能為力地旁觀着獸性暴力在他四周施展，我們讀者同情之
餘，幾欲容許他抱持「追求另一更好祖國」的感情美夢。不滿於政治
鎮壓的中國作家，比如蕭軍，對史達林統治下的蘇聯，所知並不多
於那兩個白俄孩子。從〈羊〉這篇以及其他寄希望於蘇聯的小說裏，
我們清楚看到三〇年代的左派作家，把普式庚、萊蒙托夫、托爾斯
泰重視個人尊嚴的人道精神，與蘇聯政府視人民為芻狗的殘暴政策
混為一談，完全沒劃分清楚。

巴金是個無政府主義者，並沒與其他較「正統」的左派作家抱持
同樣的幻想。他信仰克魯泡特金 (Kropotkin) 的學說，也較偏向布

爾什維克黨當政之前的帝俄時代革命家，例如那兩位女英豪費格那（Vera Figner）和裴若夫斯卡亞（Sophia Perovskaya）。我們剛才已看到，他甚至同情白俄「將軍」夫婦！然而，他對三〇年代自由派知識分子的蔑視，則與其他正統的左派作家相同。他的〈沉落〉之主角，絕無疑問影射諷刺當時幾位有名的學者文人——胡適（提倡整理國故，掌管庚子賠款之教育基金，反對準備未充以前對日全面抗戰）；周作人與林語堂（推崇明末散文家，栽培自己的園地而故意不問國事）。而主角與他風騷浮華的妻子之間不愉快的關係，則影射詩人徐志摩（徐顛倒於陸小曼，婚後生活並不愉快）。其後，整個四〇年代，共產作家仍會不停地以極不公平的方式抨擊胡適、周作人和林語堂的「罪惡」。然而巴金在他小説裏責備這三位，主要倒不因為他們阻礙左派思想的傳播，而是他們違背了自己早先鼓吹的理想：國人的苦痛及國家的災難，應該還是他們最大的關注。（巴金本人，除了五〇年代當過一短期馴服於中共領導的宣傳員外，一輩子都深懷這份關注。）鑒於這項未完成的大業——鞏固中國以抗外侮，減輕人民災禍痛苦——之緊迫重要，我們可以瞭解為何在巴金眼中，純粹為學問而整理國故，年輕學者好名而一心想出洋，重估文學傳統而大捧個人主義味道較重的小品文家，全都是無意義且無濟於事的作為。

　　若説巴金在1934年不無道理地對「失落的」新文化運動領袖感到憤怒，他自己可能也是〈靈感〉（1946）主要諷刺對象之一。在該小説裏，錢鍾書以「作家」一角之醜態，開盡了三〇年代時髦文人的玩笑。耿德華（Edward Gunn）把四〇年代最具才華的上海、北平作家歸成一類，籠統標名為「反浪漫主義派」。[2] 其實，就錢鍾書而言，説他反浪漫，遠不如説他秉具英國十八世紀早期的那種古典氣質，更為恰當。除了極少數受白璧德（Irving Babbitt）影響的批評家及學者外，我們可以説，攫住了中國讀者想像力的西洋文學，始於盧梭（Rousseau）、布雷克（Blake）及歌德（Goethe）。中國同亞洲其他國家一樣，重視個人尊嚴、貶抑權威制度的西歐浪漫文藝思潮入境後，東方傳統社會的嚴重弊病才暴露無遺。錢鍾書在中國現代文

學史上，卻有兩點與眾不同：他的文體近似蒲伯(Pope)及同時期英
國名家；他專喜諷刺同時代的文人學者。若說他在〈靈感〉中嘲弄浪
漫而具革命性的左派作家，在另一篇小說〈貓〉裏，他以同樣泰然自
若的態度手法，譏刺左翼文人心目中的「反動」作家：周作人、林語
堂、沈從文。這些作家也明顯地受了浪漫主義的影響。錢鍾書的一
個好處，是供給讀者對中國現代文學的一種新異看法，卻並不嚴重
損傷到讀者對這些有關作家的尊重。身為一個長短篇小說家，他最
擅長以古典手法冷靜觀察人心及人心之詭詐矯作(比如〈紀念〉)。他
的嘲諷作品，大異於當時盛行的揭發社會不人道、不公平現象的諷
刺文學。

在我們選集總括的三十年裏，最根深柢固的問題，並非人為何
如此愚蠢可笑(如〈靈感〉主角)，而是人為何如此殘酷無情。三〇年
代的巴金把這全歸罪於封建制度或社會，這樣的解答，當然不夠充
分，因為我們在張天翼、吳組緗和路翎的小說裏，看到太多具有虐
待狂的人物，專以加害別人為樂事，這是不可能單從社會階級背景
的因素來解說的。在〈金鎖記〉中，張愛玲比上列作家更進一步，揭
露女主角逐日惡化的瘋狂病態：她毀壞親生子女的幸福，以補償自
己的不幸。張愛玲固也暗中譴責舊社會制度之毒害(兄長可以把胞
妹賣給一個身體癱瘓的富家子)，但她強調的是不幸的犧牲者本人在
自我意念操縱下的道德淪喪。所以，至少在這一篇小說裏，個人的
意志比環境更具腐蝕性。

在我們所選小說中，上流社會的男人往往以偽君子、欺壓者等
不討好的角色出現，而低層階級的代表則被描繪成善良人物，其德
性之高尚，甚至符合最嚴格的儒家標準。這是因為窮人難獲讀者的
同情，除非他們正直忠厚，節儉勤勞。比如茅盾〈春蠶〉的主角，
貧農老通寶，雖然生活在農村經濟破產的困苦世界，卻仍持古訓而
認為只要做人誠實，做活辛勤，便可保證自給自足。為了博取我們
同情，作者不得不把通寶及其大半家人描寫成敬天勤業的好人，但
茅盾信奉馬克思主義，所以當然不忘顯示，他們信任老天，信任地
位高的人，是何等的不智。他們應當聽從的是小兒子阿多——阿多

之缺乏傳統孝道，其實正是他受新思想洗禮的開端。這故事有個續篇，題為〈秋收〉，其中作者更加利用父子兩人的對比，來證明阿多儘管行為不當，到底是對的。被作者逐漸嘲諷的老通寶，在臨死的病床上，也這樣承認了。

趙樹理〈福貴〉中的主角是同一個傳統模式的貧農，他的遭遇比老通寶更慘，但終於，由於共黨幹部的幫助，他從貧困羞恥的處境中解脫了出來。在這本選集的二十位作家中，趙樹理是唯一未受西洋文學薰陶的人；他沒先受新思潮的洗禮就成了共產黨信徒，他的那篇小說我們也可視之為「簡單的共產黨童話」。但，正因其視界之天真狹窄，趙樹理也把福貴勾繪成了一個模範孤兒的原型，其超人的美德，若是在舊小說中，一定會感動鬼神而予他各種幫助的。他是現代的董永——「二十四孝」中的一位孝子，賣身為奴，以湊足金錢安葬父親。董永服孝期滿，要去他主人住宅當奴僕時，路上遇到一位年輕女子，自願嫁給他。婚後，她高明驚人的紡織手藝，很快就為他贖回了自由之身。於是她告別離去。「女出門，謂永曰：『我天之織女也。緣君至孝，天帝令我助君償債耳。』語畢，凌空而去，不知何在。」（《搜神記》，卷一）現代的董永，卻沒有這種好運氣；才15歲左右，他就同一個名叫銀花的8歲孤兒訂婚，這女孩住在他家，當童養媳。到了22歲，為取悅臨終的母親，福貴不得不同她結婚；而母親死後，又不得不買口棺材，舉行葬禮。由於這些開支，他向「老家長」王老萬——大概是伯父之類的人，也是村裏王姓家族的首長——借貸了三十塊錢。其後數年間，福貴為了還清這筆債和累積的利息，簡直成為王老萬的奴隸。後來他的房子和田地全被剝奪，他變成賭棍，聲名狼藉，又變成逃犯，一直到多年後共軍「解放」了這個村子，他才敢出來面對王老萬。在他離家當逃犯的多年間，銀花也一直忠貞地愛他，儘管如此，她畢竟不是仙女，沒法以短短十天的紡織工作來贖回她丈夫。〈福貴〉這篇小說，具有童話的架構，但它的主要關注，是敍述主角的憂患苦難，並拿王老萬作為地主階級的代表，指控他對貧農酷放高利貸，及施加無情的壓榨。

王老萬的歹惡固有誇張之嫌，我卻更相信他表徵着中國農村裏

自古長存的貧農欺壓者之類型角色。確實，自清末至中日抗戰，中國一直陷於貧困之境，而當糧食不夠大家分配，人就會變得益更殘酷。就這點而言，晚清諷刺小説以及我們這三十年的小説，特別反映出當時的社會實情。然而我們也必須記住，舊文學所反映呈現出來的中國意象，之所以少有人民大規模受苦或受不人道待遇的內涵（除了一些民間詩歌、小説及戲劇的提醒外），是因為中國學者文人一向受範於孔門儒學和士大夫階級之優雅詩文傳統。另外我們也可注意到，較早期的西洋傳教士及晚近的西洋史學家與新聞記者，對於中國實況的記錄報導，大體上都符合中國現代作家們對自己國家所下的評言。比如抗戰期間曾在中國多年的美國記者兼當代史專家懷特（Theodore White）對四〇年代中國農村的濃縮描寫，就與我們從魯迅、蕭紅作品中所得的印象無甚差異：

> 若説重慶是個喧嘩的都市，像所有中國都市一樣喧嘩，這鄉村，正如大多數其他的鄉村，是沉默的——是一種陰鬱不散的沉默，而這，我日後逐漸辨識，原是一個抽掉了情感的真空世界發出的聲音。鄉村裏，甚麼事情都不發生；人們在自己村子裏生長、過活、死亡，受縛於四季、田地與收成；他們一輩子，除了閒話聽不到任何訊息，除了恐懼嘗不到一絲興奮。[3]

在西洋學術界亦然，由於史學家對中國社會史及地方史的興趣增高，他們開始發覺領悟，古代的中國確如現代小説家筆下的中國，在許多方面都非常殘酷無情。史景遷（Jonathan Spence）的《王姓婦人之死》一書（*The Death of Woman Wang*，紐約，1978），寫的是十七世紀中國一個貧窮小縣裏的一些小居民。這一類的考證研究持續下去，必能進一步證實現代中國小説中所提供的大量不人道的控狀，所言不虛。

漢朝的董永是個傳奇人物，但在漢朝，由於政府提倡孝道，許多像董永一樣貧窮的孤兒，確實出賣自身為奴隸，以湊足金錢供給

去世的父親或母親一個適當的葬禮。而在近代，像王老萬這樣的地主，若非因為一個焦急無助的孤兒，為了在家族眼中保住自尊而不得不向他借錢，也不可能那樣毫無忌憚地索討驚人的高利。趙樹理把福貴的憂患困苦歸罪於一個放高利貸的歹惡地主，但事實上，福貴非辦喪事不可，這才是使他簽訂下這個無理債約的始因。不論是董永或福貴，所以從自由之身降成奴隸，並非因為「孝道」本身，而是因為不得不履行一項加之於他們身上的家庭責任。

這本選集的另一些故事情節，顯示出中國舊式家庭所遵奉的一個「公理」：小輩必須服從長輩，婦人必須服從丈夫，以防他們違背了確保家庭清譽以及香火延續的種種武斷規則。大多數不愁衣食的男子，固是理所當然地買妾添偏房，即連最精明的妻子，若是自己生不出兒子，也阻擋不了丈夫去買回一個姨太太。柔石〈為奴隸的母親〉裏的中年秀才，是個怕老婆的男人，但太太竟也鼓勵他去租用一個窮人妻子的肚皮，使家族血統得以留傳下去。沈從文〈蕭蕭〉中的女主角，一個像銀花一樣的童養媳，被一個農場幫工引誘而懷孕。雖然這鄉下姑娘住在湘西這落後區域，她仍被認為是污辱了她小丈夫家庭的清譽，因而必須被迫淹死，或售予他人做妾。在沈從文小說的牧歌世界裏，蕭蕭兩者皆得免，反而一直活着，看到那私生子12歲時迎娶一房童養媳的喜事。沈從文有權利抱持「大自然的兒女歷經危難而身無損傷」的田園抒情看法，但當然他比別人更清楚，確實有不少湖南少女，與小兵或水手短期相好後，即被迫尋死。

就因為家庭高於一切的觀念深入人心，王老萬才能夠在家族支持下鞭笞福貴，更進而教唆族人置福貴於死地。他如此告誡家族：「福貴這東西真是活夠了！竟敢在城裏當起吹鼓手來！叫人家外人知道了，咱王家戶下的人哪還有臉見人呀？一墳一祖的，這堆狗屎塗到咱姓王的頭上，誰也洗不清！」一千多年前，唐朝的一個貴族聞知自己兒子墮落為喪葬儀式的職業歌手，相同的思想也曾湧現於他腦際。《中國傳統短篇小說選集》的讀者，一定記得〈李娃傳〉裏那一幕：常州刺史滎陽公，痛斥他那浪蕩兒子玷辱家門，接着「去其衣服，以馬鞭鞭之數百，生不勝其苦而斃，父棄之而去。」當然，這位

常州刺史真的感到失去尊嚴，不像王老萬，目的在於引起家族公憤
而把福貴解決掉。但這兩個場景所表現的道德偏見卻是一致的：一
個浪蕩子，寧可叫他死，不可讓他從事卑賤行業，污辱家庭門楣。
難怪有這許多中國現代小說給男女青年主角指點出路，他們終於決
定離開家庭，而在外界革命活動中尋得自我獨立。巴金的《家》就是
寫這樣的一個角色；此書無甚藝術價值，但在三、四〇年代引起年
輕讀者的熱烈反應，主要即因讀者體會到這樣一個傳統禮教大家庭
的故事，真實之極，不論在哪一縣哪一市，都可以發生。

　　正如《家》的故事所明白顯示，女性是中國舊社會的主要犧牲
者。漢代的一些女性模範讀物，比如班昭所著之《女誡》，即已指示
出當時受男性控制的社會，為保證男性本身的便利及享樂，而把女
性的屈從及貞操僵化編纂為法典的實況。從漢朝到晚清，除了極少
數的女性在文學藝術上遺下成績，一般女人若想留名青史，唯一途
徑就是做出對丈夫忠貞或對父母孝順的極端英勇行為（通常以死為
終），而引起男性的讚嘆。最遲從宋朝開始，幾乎所有的都市女人幼
年時即被迫纏足，是對女性的又一椿損傷污辱；而同一時期隨着新
儒學的興起，女性的貞操觀念益更受到強調，這不可能是偶然的。

　　到了明清，女性的可憐處境，以及部分女人在男性控制下為計
謀求得歡樂與權力而導致的腐敗墮落，都十分精彩地展現於《金瓶
梅》、《紅樓夢》等小說與好幾種婦女親自執筆的長篇彈詞（此類作品
今日讀者不多）。這種文學的記載倒罷了，我們只要有系統地瀏覽一
下從那時代或從更早遺留下來的「方志」，讀一讀上面所記錄節烈婦
女的生平事略，就會找到更多更多慘無人道的證據，綽綽有餘地支
持魯迅「中國是吃人的社會」之指控。

　　在我們選集包括的三十年間，女性的命運大有改進。就因為這
些作家對中國社會及對女人的態度改變，他們留給了我們一大群各
色各樣令人難忘的女性角色，有少年的，中年的，老年的──從魯
迅〈祝福〉裏兩度成為寡婦的祥林嫂，到張愛玲〈金鎖記〉中的瘋女
人七巧，同她那受縛的女兒長安。總的來說，這些女人無疑比這本
書裏的男性角色，給讀者更深刻的印象。魯迅和葉紹鈞二位，除了

會寫女人，固然也擅長以同情筆調勾繪孤獨可憫的男人——比如孔乙己，〈飯〉中的吳老師，〈孤獨〉中的老人——但他們筆下的許多男角，是受諷刺的對象，像魯迅〈肥皂〉一篇中的四銘及他那些講究「道統」的朋友就是。鑒於中共得勢之前數十年間的社會狀態，無可避免地，性喜諷刺的小說家會把他們的主要男性角色當作社會罪惡與偽善的象徵：〈新時代的舊悲劇〉（老舍），〈砥柱〉和〈中秋〉（張天翼），以及〈棺材〉（路翎），都是如此。這幾篇的主角固然都呈現得十分生動，但因為是諷刺素描，他們無法超脫故事的範疇而獨立存在，也就不及女性角色那樣，使人為她們冤屈的遭遇而感到神魂不安。

　　鑒於中國數千年來對女性的奴役酷待，很自然地，中國現代小說中遭受非人待遇的代表人物，女性遠多於男性。而這一時期的女作家，包括我們選集中的凌叔華、丁玲、蕭紅和張愛玲，也都特別關心女人的命運，並勾繪了一些女角色，表徵作者自己在依然是男性為中心的社會裏受過的理想之挫敗。且看本書三篇以中共地區為背景的小說，若說趙樹理的〈福貴〉無條件地肯定共產黨對一個被解放的農村之恩典與好處，那麼，早期以虛無主義理想著稱的丁玲，很適當地在〈我在霞村的時候〉及〈在醫院中〉兩篇裏，對其中的女主角付出了深厚的同情：前一篇的貞貞，在黨的支持下與日本人勾搭，終於染上性病，見棄於鄉人；後一篇的陸萍，是個婦科醫生，震驚於延安一所醫院的冷漠無情，心懷改革熱誠而遭到責難。丁玲本人也因寫了這篇小說，以及次年（1942）在報紙社論上呼籲請求提高女權，而遭受延安共黨當局的指責。同年5月，毛澤東在延安文藝座談會上發表談話，直接答覆丁玲、蕭軍等思想相近的作家們所表達的委屈與不滿。

　　魯迅〈祝福〉、柔石〈為奴隸的母親〉此二篇之主角，是更早以前——遠在共產主義滲透入中國農村之前——的不幸女人。前一篇的祥林嫂，丈夫一死，婆婆就把她強迫賣出，換取一筆錢；奴隸母親則被她貧窮的丈夫以一百元代價出租給一個秀才。這本選集內的人物，沒有比這兩位女性受到更大的冤屈，雖然貞貞和七巧也頗接近。她們若對丈夫懷不起深厚的愛情，令人注意的卻是她們本能

的、毫無佯裝的母愛。這母愛，界定了她們的人性，雖未能減輕她
們的痛苦。祥林嫂不斷向人敍説兒子之死，因而在眾人眼中成了瘋
子；奴隸母親忍受極大內心痛苦，離開幼年的長子去伺候一個陌生
人，後來再次忍受同等痛苦，離開次子回到久已疏離的丈夫。雖然
這丈夫本來很殘忍，把初生女兒活活燙死而無悔恨；雖然她這輩子
不可能再看到自己的第二個兒子，但到後來，這位奴隸母親的命運
似乎比祥林嫂稍好些。她的長子，看樣子終於會回報她的恩愛。

　　凌叔華兩篇小說的主角，雖是較高社會階層的都市女子，所過
的生活卻和祥林嫂及奴隸母親一樣不自由，任人擺佈。像許多書香
門第的閨女一樣，〈繡枕〉中的大小姐視自己的針線手藝為婚姻市場
上的最佳推薦。最近，她花費半年的時間刺繡了一對靠墊。在一個
護愛她的女傭眼中，她雖然還是「一個水蔥兒似的小姐」，實際上她
無異於賤役工人，在炎暑中勞作，把眼力都損傷掉。女傭預測説，
這對繡好的靠墊一旦送去白姓總長的住宅，「大家看了，別提有多少
人來説親呢。門也得擠破了。」事實上，這對靠墊在抵達白姓總長住
宅的當天，就給人用腳踩，更遭人嘔吐其上。由此影射大小姐若嫁
入官宦之家，其未來將是如何不堪。〈中秋晚〉一開頭寫開雜貨店的
敬仁和他新婚太太一場爭吵。太太並不很仁慈，丈夫的乾姊姊即要
死了，而她漠不關心。可是乾姊姊的故事，雖多方顯示出敬仁的為
人，卻和我們對他太太命運的瞭解無大關係。新婚夫婦一過了頭幾
個月的「蜜月」期，為任何事故的爭吵都可能在兩人之間造成裂痕。
而敬仁一旦決定了挑剔太太的毛病，馬上就注意到她的五官相當醜
陋。此外，敬仁的母親見兒子墮落成揮霍不羈的嫖客，就把責任輕
而易舉地——也是很「傳統」地——推到媳婦身上，怪她沒能力把他
留在家裏。女主角本人亦然，把自己一生的不幸歸咎於那次關於乾
姊姊的爭吵，而她親娘也勸她接受命運安排：「我看你也要看開點，
修修福，等來世吧。」敬仁太太受丈夫欺凌的程度，雖和奴隸母親差
不了多少，然而，所有對於她慘遭噩運的解釋，都強而有力地反映
出封建社會人物的心態，使這故事染上一層特殊的悽愴。

　　一如魯迅的祥林嫂，蕭紅〈手〉中的小學生王亞民，也是人道

遭到棄絕的象徵。但，前者終其身是迷信及封建社會殘酷制度下的
犧牲品，而王亞民卻在一所新式的女校受到不平的待遇。這是對所
謂「新教育」的罔顧仁義且無意打破階級障礙之一大指控。王亞民是
窮苦染布商的女兒，一雙手被染料染得烏黑，全校同學對她避而遠
之，只除了心懷同情的第一人稱敍述者。名義上，王亞民因為學業
成績太差而遭開除，但這一殘酷決定，必將砸碎她父親謀求進展的
希望，並且很可能催促她早入墳墓。

　　入選本集的作家們，並非每一位都滿足於僅僅以同情或義憤的
眼光來審視女性的痛苦。許地山〈商人婦〉及〈玉官〉的女主角，雖
歷經艱苦，卻追求生命更深一層的意義，而領悟到痛苦是生命之部
分。玉官之追求「自我認識」，更使她的故事成為人類秉具靈性的有
力見證。沈從文的蕭蕭因天真未鑿而免受封建道德之害；張愛玲的
七巧不甘願地嫁到一個腐敗的上流社會家庭，之後一步一步腐化，
終成為該社會中最墮落殘酷的代表人物。許地山的玉官卻異於上
述兩個女人，她是出身低微的女傳教士，十分自覺地選擇做一個好
人，而最後，當她看穿了自己多年守寡期間的自欺心態，她是真的
成功了。

　　許地山、沈從文和張愛玲，固然超越了人道主義的寫實而伸向
更廣大更複雜的人生視界，他們的小說卻不否認封建社會的罪惡，
或該社會把女人當祭品看待的事實。沈從文〈三個男子和一個女人〉
的年輕女主角吞金而死，必是因為抗議父母對她婚事的任意安排。
作者雖淡淡地加了一句：「許多人是這樣死去，活着的人毫不覺得奇
怪的。」他的評語實無意低估此類悲劇的殘酷性。少女死了，一個癡
情少年在她屍體上得到了奇異的滿足，沈從文的主要關注在此，才
沒有把她自殺的原委明說。少女的命運是很值得探討的，雖然沈從
文在小說裏並沒這麼做。

　　在這個篇幅有限的導言中，我當然無法討論此書所包括的44篇
作品之全部。其中有好多篇，我僅提其名，那是因為我早在《中國現
代小說史》一書中論析過。也基於同樣緣故，我特別把注意力集中
到幾篇我在那本書裏沒提起的作品，比如巴金的〈將軍〉和〈沉落〉，

柔石的〈為奴隸的母親〉，蕭軍的〈羊〉，蕭紅的〈手〉，以及趙樹理的〈福貴〉。除了我已提過的四個例外，這二十位作家全是人道主義者及社會諷刺寫實家，其最大關注，是舊社會制度下的犧牲者，以及該制度下助長殘酷不平現象的罪犯。當然，這些作家中也有人憑他們社會主義的理想，或烏托邦的夢想，寫過些為「新中國」催生的政治小説或革命小説。1949年誕生的「新中國」既未能達到五四時代的理想，就此一事實而論，我們這三十年之文學紀錄，在政治觀點上確是過於天真，全沒預見到或警告過反動暴政勢力再度抬頭的可能。然而，我們這一時期的最佳小説，在對於當代中國醜陋現實的執着勾繪中，卻很少沾染到政治幼稚病或政治説教。如此，我們這一本集子，摘選了這段時期的一些最佳中短篇小説，屹然挺立為一塊驕傲感人的紀程碑：記錄着一個古老的民族，如何大無畏地自我檢討，以求重申人道、重建國譽。

端木蕻良的《科爾沁旗草原》

杜國清　譯

　　端木蕻良（原名曹京平，又名曹之林，1912 年生），東北出身的作家，1936 年成名，是年他開始在上海的主要文學雜誌上發表早期的短篇小說。1940 年，28 歲時，他已完成了四部長篇小說——《科爾沁旗草原》（寫於 1933 年）、《大地的海》（1936 年）、《大江》（1939年）、《新都花絮》（1940 年）——至少其中三部已經出版，同時另有三本短篇小說集：《憎恨》（1937 年）、《風陵渡》（1939 年），以及《江南風景》（1940 年）。1941 年到 1949 年，他的作品較多樣化，除了散文集和短篇小說集之外，包括兩本長篇小說體裁的未完成作品：《大時代》（1941 年）以及《科爾沁旗草原第二部》（1943 年）；《科爾沁前史》（1940 到 1941 年），以及其他回憶之作；根據《紅樓夢》、《安娜・卡列尼娜》改編的話劇；一些希臘田園詩的改編作品與《聖經》上〈雅歌〉的翻譯；以及一本關於《山海經》的神話內容的研究，題為《最古的寶典》。然而，由於閱讀或購買的機會不易，這一大堆作品在七〇年代中期之前，並沒有受到學術界的注意。當然，端木蕻良在戰後，由於他的一些早期短篇小說被譯成英文和俄文，確實

---

* 〈端木蕻良的《科爾沁旗草原》〉（"*The Korchin Banner Plains*: A Biographical and Critical Study"）英文稿 1980 年春寫成，原刊 *La Littérature chinoise au temps de la guerre de résistance contre le Japon* (Paris, Editions de La Fondation Singer-Polignac, 1982)。杜國清譯文初刊《現代文學》復刊第 21 期（臺北，1983 年 9 月），後載《夏志清文學評論集》（聯合文學，1987，2006）。

也達到了國際性的承認，可是在 1949 年以後的四分之一世紀，除了在一般現代文學史上對他的生平的一些簡短的論述外，他並沒有得到任何批評家的注意。

最近這位作家再度引起興趣。開始於 1974 年 8 月，我在麻州舉行的中國現代文學研討會上，宣讀了一篇論端木蕻良的長文；翌年夏天，施本華所寫的一篇更長的文章，在香港《明報月刊》上連載。施女士所討論的，跟我一樣，由於作者的其他作品無法獲得，只限於最初的三部長篇小說與《憎恨》裏的短篇小說。這一事實驅使我從事蒐集他的一些未結集的作品，以至於今。這一蒐集工作的合作者，是香港的小說家與新聞工作者劉以鬯，1977 年他出版了一本論端木蕻良的小書。對端木的這種新的興趣，使得他的一些作品，在香港應時重印。

同時，我們這位作家，1963 年患高血壓偏癱之後，雖然身體一直欠佳，江青下臺後，也已重見天日。據報導，他正在從事關於《紅樓夢》作者的傳記小說的寫作，書名叫《曹雪芹》，第 1 卷預定 1980 年出版。(志清按：《曹雪芹》上卷，凡 28 章 392 頁，確於該年由北京出版社出版；端木與其夫人鍾耀群合著的《曹雪芹》中卷亦已於 1985 年出版，該卷到六十回為止，頁 393–1001。) 鑒於他在三、四〇年代大量的創作力，以及目前決心完成對他個人深具意義的寫作計劃，端木蕻良在 1949 年到 1979 年，這三十年之間，由於上面交代的文學工作不太引起他的興趣，竟沒有寫出任何甚至以中共的標準看來重要有力的作品，這不能不說是中國文學的極大損失。

由於端木主要地令人聯想到他在三〇年代所寫的小說，任何對他生平的評述，必須首先將注意力集中在這些優越的作品上，尤其是他的第一部長篇小說，《科爾沁旗草原》。這部小說仍然是他最重要的創作，而且為他得了名小說家的榮銜。因此，雖然我另一方面也準備寫端木的評傳，研究他的生平和所有作品，目前這篇論文卻只能致力於這部小說。除非生平的資料有助於說明這部小說，且提供必要的研究觀點以獲得更充分的瞭解時，我才引述作者的其他作品。

一

　　端木蕻良，通常與蕭軍和蕭紅相提並論，是出身中國東北的三個最重要的小説家之一。雖然這種批評上的一致見解似無修正的必要，可是我們不要忘記，從來沒有一個學者曾對三〇年代早期逃離僞滿洲國的所有青年作家的生平，試圖加以研究。這三位作家被公認為代表反日的愛國精神以及他們出身於東北的鄉土意識，可是我們也不要忘記，正像這一群的其他作家，他們在長期的流放期間吸取新經驗的過程中，終於表現出種種不同的題材。不用説，作家的才氣、個性，和家庭背景，因人而異，而對整個東北這群作家而言，由於東北的面積遼闊（大於日本與朝鮮併在一起），我們很難説他們具有共同的地理背景。端木蕻良生在叫做鴛鴦樹的村子，可是他的童年和少年大部分是在附近的城市昌圖度過的，昌圖是遼寧西部肥沃平原的行政與商業中心，在歷史上這一地區是屬於滿族科爾沁旗的。端木沒有到過黑龍江的省會哈爾濱，而大多數的東北作家——蕭軍、蕭紅、羅烽、白朗等等——在他們分散到其他都市像青島或上海之前，都聚集在那兒。可是在另一方面，端木在天津上中學，這又是他的東北作家同儕所沒有的特殊境遇。

　　更具體地比較起來，端木與蕭紅的故鄉，雖然同樣免不了封建社會的陋俗，可是在其他方面卻大不相同。蕭紅的回憶之作，《呼蘭河傳》（1942年），所詳細描寫的呼蘭縣（在黑龍江省），有如魯迅小説中的紹興那樣蕭條落後，而那兒的人民比起紹興村莊的居民來，更為懦弱、殘忍與愚蠢。相反地，在古榆——端木意指昌圖——及其周圍的平原，大地主們經常僱用許多砲手，保衛城砦，以免流竄的土匪侵擾。一如端木所一再強調的，他的故鄉倒有點像開拓時期的美國西部；全盛時期的地主，正如《科爾沁旗草原》中所描述的，的確令人想起好萊塢西部片中的牧場富豪，他們對土地貪求無饜，對小自耕農處心積慮加以去除，對土匪（又稱「胡子」、「紅胡子」或「紅鬍子」）的警戒卻無一時鬆懈。然而，在這些地主的深院大宅中，所有婦女就像《紅樓夢》中的女人一樣，受到種種封建思想的束縛，

活着並不快樂，而且同樣受到身體虛弱的纏擾。《科爾沁旗草原》的讀者馬上得到的一種印象是，作者故意在原始的、怡神養性的草原，與閉居家中的女人的悲慘、停滯的生命之間，極力做出廣泛的對比。這有如榮國府被移植到荒野，不時遭受土匪以及其他病痛與滋擾所侵害一樣。

然而，這些土匪引起我們的小說家同情的注意，因為他們被看成是鋌而走險的農民和獵民，是可以徵召來抵抗日本的。蕭軍也以他與土匪的關係而自豪，因為他的父親跟三個叔伯，在參加抗日游擊隊之前，曾一時依靠過「紅胡子」。1932年在熱河、察哈爾地區的孫殿英將軍的部隊裏當自願兵時，端木的工作便是説服土匪幫加入正規軍打日本。雖然他對他們的懦弱行為具有較實際的知識，在讚揚土匪這點，端木跟蕭軍一樣的浪漫，這些我們可以在《科爾沁旗草原》、《大江》，以及一些短篇小説中看出來。事實上，東北作家的抗日小説與較早的現代小説不同的地方，即在他們將土匪、農民和獵民稱頌為中國的新英雄。

儘管他對土匪具有浪漫的感情，端木本來就是地主貴族的後裔，在昌圖地區擁有最大土地曹家的第四個也是最小的兒子，而這家在全盛時，擁有約二千天的土地（一「天」相當於1 acre，即一英畝），從中分給佃農大小不等的地皮耕種再收租。端木的曾祖父是這一大家庭的族長，而且，多少藉着與官僚世家的婚姻關係，曹家的權勢財富維持到以下兩代，雖然有些子孫變成浪蕩子——無可避免地荒廢家產。端木的父親年輕時是個武功迷，壯年時耽於肉慾，而晚年是個骨董和善本書的收藏家。生了第三個兒子之後，他拋妻棄子到上海、蘇州和揚州浪遊前後數年。

可是，不肖子孫與土匪，對像曹家這種大家族的經濟富裕所構成的威脅，遠不如帝國主義的兩大強權在東北爭奪霸權。在1900年義和團之亂失敗之後，沙皇政府派兵到東北，表面上是保護鐵路和其他投資，而在當地居民間引進了一個恐怖的時代。《科爾泌旗草原》，雖然沒有寫到這個最初的掠奪時期，卻描寫了1905年的同樣

搶劫的軍隊——在大部分以東北為戰場的日俄戰爭中不意被日本打
敗之後。這些七零八落的殘軍，一定大肆破壞了曹家的家產，假如
我們以小說中相應的丁家的蹂躪來判斷。儘管大地主們企圖重振家
業，他們以過剩的資金所能助成的舊式金融和工業，無疑地，在以
後數年遭遇到來自日本日益不利的競爭，因日本人已取代俄國人而
成為東北合法的剝削者。《科爾沁旗草原》的作者對這一地區的經濟
史抱着極大的興趣，對家史的這一方面更是寄與關切。在三〇年代
小說家中，端木應與茅盾相提並論，以不相伯仲的能力描寫中國在
外國帝國主義控制下，日益衰敗的經濟。

　　然而，儘管東北的形勢日益惡化，端木從出生到九一八事變
（1931年9月18日）之間，度過了少爺的生活，頗受父母溺愛與周圍
女人的愛戀。雖然在他少年時也傾心於戶外運動，年輕的端木，與
曹雪芹一樣，對文學和愛好具有同一類型的傾向。天才兒童的他，
6歲時已讀了許多他父親書房裏的禁書，大抵是小說。而數年之
後，當他無意中發現《紅樓夢》，他對作者也姓曹感到非常得意。在
他童年時，他對這部小說一讀再讀，因為，不像大多數不夠資格的
讀者，他可以真正自比為賈寶玉，早熟的詩才且不說，在脂粉堆中
找伴兒的情形更相像。9歲或10歲時在私塾學會了作詩，端木深受
李商隱的影響，作了一大堆情詩。端木當然沒有四個侍女侍奉他，
可是他卻有一個叫湘靈的，原是侍奉他母親的。她在《科爾沁旗草
原》中就以這個名字出現（雖然通常稱為靈子）；端木跟她曾有雲雨關
係似無可疑，正如小說中他的相對人物丁寧一樣。

　　前面一節有關生平的資料，大多取自端木在1942年所寫的，
關於他早期性覺醒的兩篇回憶，〈初吻〉和〈早春〉。[1]這兩篇作品引
人入勝，不只是由於揭露作者的少年生活，而且由於對短篇小說體
裁的遵循頗有可取。其中，端木畫了一幅極為率直的畫像，描繪出
他的任性和激動。他對美的追求情不自禁，常見喜新厭舊。11歲時
的初吻是跟一個少女，他稱呼為蘭姨的；幾年之後，他愕然獲悉：
這個少女曾是他父親的多年相好，而且即將被遺棄。大約在同一年

紀，他被鄰居一個平常人家的女孩，名叫金枝的所吸引，可是相遇不久，他到姑母家度假一個月時，就把她完全忘了。回來之後，獲悉這女孩子全家已搬到柳條邊外的荒區時，感到不勝懊悔。

從同一資料來源，我們也知道，因怕被拐騙，年輕的端木是不許獨自離開守衛森嚴的家的。可是在嚴冬過後大地回春時，尤其是夏天，他時常溜出家門，去和年紀稍大的女孩一起玩；她們對他有興趣，理由很明顯，因為他比他的哥哥們年輕多了，鄰近同年齡的男孩子中，他是沒有對手的。在他的二哥娶親前，端木對那些由焦急的母親陪來相親的拘拘謹謹的小姐，品頭論足，自得其樂。幾年之後，當端木本人到了結婚年齡時，昌圖的豪門大戶，莫不認為他是最理想的乘龍快婿。

儘管他後來信奉現代思想，我們不能不為端木強調的是，他視貴族特權為當然的童年到少年初期這段快樂的時期，而且作為小說家，他所享有這種嬌生慣養的生活所給與他的好處，也值得我們一再強調。正像實際上所有三〇年代的中國作家，端木畢竟自認是學生兼知識分子，且對被剝削的農民深表同情。可是由於他那確信無疑的親身經歷，他無法以一般標準的諷刺措辭來描繪地主。其他任何一個東北作家的家庭背景，都不能和他相比。我們甚至可以說，雖然有些現代中國作家，出身於更大的富貴或顯宦家庭，可是很少能像端木那樣得天獨厚，在童年時瞭解大地主傳統生活方式的奢華和頹唐。

端木也跟其他東北作家不一樣，早年就接觸西方文化，而且英文的訓練不錯。他最初上匯文中學（美國美以美教會創辦的學校），上了一年（1923年到1924年）。然後，在一段自學與在當地學校走讀之後，自1928年到1932年，他在天津另一名校南開中學住讀。因此，在中學這五年之間，雖然夏天留在家裏，他接受的是西方式的教育，而且是在國際氣氛只遜於上海的一個海濱都市。由於個性早熟，他在天津時，開始熱愛西方的電影和音樂——在他的小說中，這兩種藝術時常提及——而且英文大有進步之後，可以直接閱讀以這種語言寫的西方小說，而不是閱讀較不可靠的中文譯本。

端木在中學時代政治上有多左，是很難說的，因為他顯然是更被西方文化的資本主義的形式所吸引。正像所有他那時代的文學青年，他崇拜魯迅，而到了1929年魯迅加入左翼文藝運動時，我們可以認定，他也跟着。然而，在1955年版的《憎恨》的〈後記〉中，端木承認他早期受共產主義的領導：

> 我因為生在東北，對東北人民反抗日本帝國主義的生活知道得比較真切，所以便想表現它，但這絕不是說我可以憑着自發的熱情就可以認識此時此地的現實。假如不是1927年以後的革命的道理教育了我，假如不是1932年我在北京參加了左翼作家聯盟，我就無法來分析它表現它。[2]

儘管他後來這樣招認，其他的證據似乎顯示「1927年以後的革命的道理」，並沒有根本改變他的求知口味。雖然在三〇年代中期以前，他已經看了西拉非莫維基 (Aleksander Serafimovich, 1863–1949) 的《鐵流》(*Iron Flood*) 和福曼諾夫 (Dmitry Furmanov, 1891–1926) 的《夏伯陽》(*Chapayev*) 等蘇聯名著，較可靠的看法是，就他早期在閱讀上尋求共產主義引導到甚麼程度而言，使他入迷的作家，主要地是被蘇聯批評家在「批判的現實主義」這一名義下批准的西方文學的那些大師。到了三〇年代中期，他宣稱巴爾札克是他所熱愛的、最卓越的文學英雄，可是，在他寫作《科爾沁旗草原》那時期，他不太可能已經讀過巴爾札克。托爾斯泰卻是他較早的發現：端木一定得到一種印象，覺得他的背景類似貴族托翁，享有他的階級的特權，而對在他土地上的農奴的受苦頗為同情。事實上，《復活》對於《科爾沁旗草原》中大部分的個人事件，具有直接提供靈感的作用，這點以下將論及。尼采是另一個很大的影響。甚至於在南開當學生時，端木組織一個「新人社」，創辦兩份雜誌，《人間》和《新人》，而且寫了一篇宣言，叫〈力的文學〉。所有這些活動似乎都顯示出尼采的，而非馬克思的影響。在《科爾沁旗草原》中，主角丁寧回憶在「新人社」的討論，而他的尼采式的雄心是成為超人。

可是，雖然端木在天津時可能受到各種新的影響，在他年輕時

代尚無思想可言的日子裏，使他反抗身為地主的兒子這種身分的，卻是他母親的遭遇，而他對他母親頗為孝順。端木父親的元配夫人王氏，出身官宦的家庭，可是沒有子女，而早死之後，年輕的地主又愛上世代為曹家佃農的黃家女兒的美色。儘管她父親和大哥反對，他決心娶她。通常，佃農將女兒嫁給地主是求之不得的事，可是黃家無意卑屈奉承，且為她將來的幸福着想，不願沾上賣女求榮的壞名聲。事實上她幾乎是被劫到曹家，在婚後最初幾年，不許回娘家，甚至她母親死前都不能探病，死後才准回去。《科爾沁前史》給人讀後的印象是，雖然他母親與封建家庭裏看公婆顏色的每一個年輕媳婦的命運並無二致，她卻因出身卑微而受到更甚的處罰，甚至她得一大早起來，在侍奉公婆早餐之前，得抹擦所有擺飾（這種工作大可叫傭人去做），而且晚上得給他們奉上鴉片之後才能就寢。冬天時，她時常幾乎凍麻了，因為她不許穿皮衣，雖然皮衣在曹家是很平常的。

然而，到了端木12歲時，她的公婆早已去世，而她也獲得較大的自主了。她是個倔強好勝的女人，一再阻止她丈夫納妾。如此，就像〈初吻〉與〈早春〉中的中年女人，她似乎同一般富家主婦一樣，在封建大宅中優閒過日，至多為丈夫的冷漠和不忠實而煩惱。可是在內心深處，她早期受虐待的回憶隱隱作痛。甚至當端木只有八九歲的時候，她時常向他訴苦：

> 因為我年紀小，在她的身邊的時候多，所以她對我講的也特別詳細。而且我母親也總對我寄託着一種願望，就是把她的身世寫出來，母親說：「讓別人知道知道，古來說書講古的人，未見得受我這多苦。」母親又說：「不要讓曹家那樣得意呢！」看樣子母親認為寫出來，是會使曹家受了打擊的。[3]

又，在《前史》較前的部分：

> 我母親在我十三、四歲的時候，對我講她的身世的時候，便說：「媽媽的話都要記着，將來你長大了，要念好書，把媽媽的苦都記下來。」[4]

　　他母親一再給他的這些指令，確實激發了端木，使他在第一部小說中加入了黃寧的故事。她也是佃農的女兒，大地主丁家少爺看中了她。不管她家人激烈反對，她被搶親討回家。雖然端木進一步將她寫成俄軍暴行的犧牲品，而大大縮短了她的生命，而且在描寫她的家庭時，以別的種種方法發揮他作為作者的自由，可是他的小說卻是在故意暴露他父親家族的罪惡，同時表揚他母親家庭的美德。

　　實際情形卻不太一樣：端木的外祖父富裕到足以成為土匪勒索和拷打的犧牲品，終於健康遭到損害。然而，失去了曹家的恩惠，他的兒子沒有一個有所成就；尤其是第三個兒子，終於成為染上嗎啡癮的小偷。可是，由於家庭關係日居月諸有所改善，大祥，端木大舅的兒子，終於寄居曹家，準備當廚子。十六、七歲的時候，他比端木的大哥大一兩歲，贏得了他的表弟們對他的讚賞，因他善於放風箏、捕鳥和其他各種玩藝。在獨自前往北大荒謀生一段時期之後，他回到曹家，甚至九一八事變之後還在那裏當傭人。端木很喜歡他，一來他是黃家的人，二來他曾是教他怎樣用槍的童年的玩伴，他在小說中把他改名為大山，把他寫成介乎丁寧的朋友和敵人之間，組織佃農反抗丁家的主要人物。

　　1931 年 9 月 18 日，日本佔領瀋陽，小說以這個大事件結束。這個國恥的日子對曹家的命運有多大影響很難說，但它確已顯示曹家的衰落和離散，儘管端木父親的死是在這事件之前。早就感到佃農的不穩以及土地作為收入來源的不可靠。他開始做許多投機生意，包括一家經紀行，結果失敗了。後來他依賴高利貸，卻遭受到更大的損失。甚至在敍事相當據實的《前史》中，對於他父親的死因，端木並不認為適宜告訴我們（在小說中，丁寧父親的突然死亡，也是一樣莫測高深）。可以確定的是，在他死的時候，曹家已經衰落。他們有許多現款，但只剩下二百英畝的土地——他們從前擁有的十分之一。之後，端木的大哥辦錢莊，也因高利貸而蝕本，連存款也沒有多少了。

　　曹家在九一八事變之後是否曾遭受日人的直接侮辱，或者參與某種方式的抵抗，只能推測。假如將《大地的海》的〈後記〉與《憎

恨》中一些抗日小說並讀的話，我們可能會相信日本侵略的結果，端木失去了一個哥哥和妹妹，而他母親方面的家人則在九一八事變之後，起來抗敵。可是以他後來的自傳性的作品，尤其是《科爾沁前史》來判斷，我相信在三〇年代，端木似乎誇大了他家的苦難，以及他表兄弟的英勇，一部分是宣洩他的愛國情緒，一部分是標榜他是流亡作家的角色。他的妹妹的確死於九一八事變之前，可能在1931年初春，正如小說中丁寧的妹妹的情形一樣。可是她是因病而死，並非日軍暴行的犧牲。若以《憎恨》中帶有自傳意味的兩篇動人的小說〈鄉愁〉和〈爺爺為甚麼不吃高粱米粥？〉來推論，可能的情形是，端木在瀋陽的兄弟，不是在日軍入侵那天死去，就是前往抗日，可是我們在他的自傳性作品中，找不到任何這兩個可能性的確實證據。

至於端木本人，1931年秋天，他在南開中學讀高三。在九一八事變之前，他一定已經到了天津，因此他不能親自感到這個事件對他故鄉的衝激。此後不久，他的母親搬到瀋陽，在南滿醫院治病。雖然篤信佛教，為了紀念對另一醫院裏的一位英國醫生的感謝，她變成了基督徒，因為在這位醫生的照顧下，她的健康大有起色。1932年春，她已經搬到北平，在協和醫院接受手術。由於醫療費非常昂貴，而且她沒有醫藥保險，那時她不可能太窮，不像〈鄉愁〉裏那位大學生的母親。她在那兒定居下來，而端木或跟她住在一起，或在天津和他的兄嫂住在一起，一直到1936年初，他獨自前往上海展開他的文學前途。

二

不論對他家人有多大影響，九一八事變使端木毫無選擇的餘地，只好從事文人生涯，做一個抗日作家和政治活動家。1931年秋，他是個很活躍的學生領袖，且在1932年加入左翼作家聯盟華北或北平支部，很可能就在左聯於2月在上海成立之後不久。那年春天，他為《清華週刊》寫了一篇題為〈母親〉的小說，後來成為《科爾

沁旗草原》的第三章。寫於同一時期的一些描寫鄉愁的零星作品，後
來編入《大地的海》。可是不滿足於只為發洩愛國的憤慨而寫作，他
自願服役於孫殿英的部隊中，這很可能是在春季學期結束之前，因
為他所寫的關於軍隊工作的唯一小說，〈遙遠的風砂〉，故事發生於
舊曆三月底。高中生具有如此強烈的愛國情緒的表現，是少見的，
可是同時我們不能除去這樣的一個很大的可能性：注意到年輕托爾
斯泰的例子，端木已經着手獲取軍隊的經驗，以為他的文學生涯做
準備。要是國家的前途，決定於日益擴大的抗日鬥爭的結果，他一
定考慮到，要達到作為重要小說家的角色，怎能不參與這場鬥爭？
雖然他並沒有待在軍隊很久，具有他那種地主背景的一個年輕人，
去體驗目不識丁的士兵過的那種原始生活，一定需要莫大的毅力吧。

　　當華北的情形有利於日本而稍呈安定之後，端木在夏天某日
回到北平。孫殿英即將被調到西部的新職，而端木留在沒有實際和
日本打仗的軍隊裏，似乎也沒有意義。秋天，他是清華大學主修歷
史的大一學生，且是政治活動的活躍分子，負責華北左翼作家聯盟
所經濟支持的一些雜誌，而1935年12月北平學生要求政府全面抗
戰時，他仍舊是學生領袖，雖然那時他與北平的任何大學都沒有關
係。除了辦刊物搞政治活動，關於1932到1933這一學年的傳記資
料很少。接着是一段沮喪的時期，正如端木在〈我的創作經驗〉中告
訴我們的：

　　　　在1933年的下半年，我在北平辦的《四萬萬報》、《科學
　　新聞》等被封閉之後，朋友死的死了，散的散了，失蹤的失
　　蹤了，沒有信的沒有信了，跑到天津哥哥家裏，自己住在一
　　個屋子裏一天到晚不出去，頹喪和苦痛從四面兜上來。我的
　　哥哥要我去到佟樓去划船，或者到海河公園去散步，對我那
　　是一椿苦惱。我那時到了「無欲望」狀態。我一個人死了似的
　　躺在床上，是最舒服。我變得乖戾、反常、陰鬱和突兀。我
　　不曉得怎樣生活下去，精神的每個角落裏都充滿了煩躁和厭
　　惡。忽然有一天，我收到了魯迅先生的信，信封上寫着「曹

之林小姐收」。開首寫「之林小姐」，我就覺得有意思，次說到「上海雖已秋，但天氣還熱，毛背心已經曬過，請釋錦注耳，」其次說到茅盾被捕的消息是造謠言，請在北平的刊物上代為更正。這一封信，使我突然的像看見多少年失去了音訊的情人一樣。我好像記起了甚麼我所遺忘的了。

那一天，我找到了稿子和筆，我開始寫下了《科爾沁旗草原》的第一頁——但是那一頁卻不是現在印鉛字的本子的第一頁。在現在出版的《科爾沁旗草原》的第一頁之前還有一章，是寫山東大水的，大概有兩萬字長，寫了大水之後才寫的是逃荒，逃荒之後，還有一章寫洪荒時代的關東草原的鳥瞰圖，但是這些在後來都給刪去了。

我那時不能控制自己的寫着，飯也懶得吃，覺得睡不着，夜裏睡覺也是穿起衣服來睡的，醒了來就把在桌子上寫。桌子上四十燭光的紋絲牌的乳白燈泡，差不多徹夜點着，我不抽菸，不吃咖啡，也不喝酒，夜裏也沒有吃點心的習慣，寫起文章來倒是滿孤寂的，寫文章時不願看書，也不願聞到花香，胃口不好，喜歡稍稍喝一點水，吃飯散步，無論幹甚麼都失了平日的節奏。[5]

這一大段，在論及《科爾沁旗草原》時未曾有人引述，告訴了我們在我看來完全可信的事情，雖然，我已說過，端木的自傳性的作品並非經常可靠。而且這一段引文至今仍是現代中國作家所寫的這一類記錄中最吸引人之一節。端木在他所有雜誌失敗之後感到沮喪，是可以預料的；可能看起來不尋常的是，魯迅回端木的信，竟能具有這樣大的觸媒作用，將他那極度沮喪的心情化成持續不斷的創造力。然而在三〇年代，當然，魯迅被無數年輕作家和在政治上左傾的讀者視為崇拜的偶像。像端木一樣，其中有許多以種種藉口寫信給他，而通常都收到立即的，即使是簡短的回信。比大多數人更幸運的是蕭軍和蕭紅，他們在開始與魯迅經常通信之後，終於成

為他的年輕朋友中最受信賴的。端木在這一方面沒有那麼幸運，而且當他1936年到了上海時，他甚至認為不應該去拜訪這位抱病的大師。可是，當他收到魯迅並無特別鼓勵的那第一封信時，他昂然得意地認為自己是這些有福的孩子們中的一位，永遠感謝這位知識界的巨人，為他們抬起「黑暗的閘門」：

> 像一線陽光似的，魯迅的聲音呼叫着我，我從黑暗的閘門鑽了出來，潮水一樣，我不能控制了自己，一發而不可止的寫出了那本《科爾沁旗草原》。莫下了我的文學生活的開始。[6]

以後幾年，端木在各種不同的場合，愛談《科爾沁旗草原》，而且不無有點自豪，因為他不可能再寫出那麼複雜和巨幅的作品（雖然尚未完成的《曹雪芹》可能是這一級的作品）。甚至在他加入軍隊之前，他已想到寫出關於他父親家族和母親家族的兩本不同的小說。《科爾沁旗草原》是關於他父親家族的，可是也包含許多關於他母親家族的情形。在〈我的創作經驗〉中，端木回憶到當他將自己的家世寫成第一部小說時，他所陷入的心境：

> 科爾沁旗寫的是我父視那一族的家事，所以寫來如在眼前。倘若死了再活轉來，能背誦得出的。但是當時的情緒卻只有那個時候才能有，離開那個時候，再也不會有了。那樣悽慘而豔麗的心情現在自己想來也像作夢一樣了。情感不會回轉來的，這是人類的損失。我有時怕看那時的感情，有時卻又偷偷的想着。[7]

1933年時，端木才21歲。沒有任何其他中國現代小說家，在21歲時完成像《科爾沁旗草原》這樣複雜、這樣長的小說（小字五百十頁）。唯一雄心不相上下的前輩小說家，茅盾，開始他的三部曲《蝕》時是29歲，當時早已是老資格的編輯和文學批評家。可是端木不能很幸運地在1939年之前將小說出版，因此《科爾沁旗草原》向來被認為是抗戰時的產品加以討論，而不是1928年到1937年

間，左派得勢的抗戰前十年的主要作品。假如出版商真能看出它的價值，《科爾沁旗草原》可能在1934年出版，而與早一年出版的主要小說──茅盾的《子夜》，老舍的《貓城記》，以及巴金的《家》──直接爭取批評家和一般讀者的賞識。有眼光的批評家可能為之喝采，認為這是比那三本更好的作品，理由是它具有引人入勝的故事，形式和技巧的革新，以及民族衰頹和更新的雙重視境。誠然，除了作者年輕和寫作狂熱所造成的文體上的粗糙以外，我們很容易認定《科爾沁旗草原》，跟抗戰前十年所產生的更受讚揚、更為精緻的任何小說比起來，是一部具有更宏偉的想像力的作品。根據《大地的海》和《大江》中的文字來判斷，端木就在幾年之內，已經成為具有傑出文體的作家，能夠從事大塊文章的描寫。要是他能夠在1939年付梓之前，將原稿加以修改，使之具有更澄澈的文體和故事性，《科爾沁旗草原》可能終於被公認為三〇年代所產生的最偉大的中國小說。

我們在第一節中已指出，端木對他家世和家鄉的沉思默察，具有豐富的題材可資引用，而《科爾沁旗草原》確實是深具自傳意義的紀錄。像茅盾、老舍，和巴金一樣，他被圍繞在他四周、他家裏以及他家鄉的頹敗現象所嚇倒了。反觀那三位小說家，只能透過在《子夜》、《貓城記》和《家》中的代言人，告示我們為了更新中國所該採取的各種途徑，而端木卻切骨感到，他所繼承的土地，儘管其中有頹敗的地主和封建思想的女人，卻是如此原始而豐饒，如此賦與健康，因此它本身便是中國生生不息永具活力的明證。我們從《大地的海》的〈後記〉中知道，激發小孩時端木的想像力的是：「那萬里的廣漠，無比的荒涼，那紅胡子粗獷的大臉，哥薩克式的頑健的雇農，蒙古狗的深夜的慘陰的吠號，胡三仙姑的荒誕的傳說。」[8]而對於一個小說家，這種童年時期的印象，是無法磨滅的，儘管他在家族中的頹廢氣氛和階級鬥爭的革命思想中教育長大。正像沈從文，仍然是那麼不可動搖地深信中國的善良，因為那種信心的養育，來自他對湘西的回憶，比起沿海大都市來，那也是一個原始的地區；因此端木蕻良，在《科爾沁旗草原》和他早期的作家生涯中，深信中國人民天生英勇，這與他認為無產階級高貴的政治信仰無關。

　　端木既深愛中國的土地以及從那土地中吸取滋養的人民，我們因之不必感到驚訝，他竟能在《科爾沁旗草原》中，提示一個相反的視境：中國在日軍入侵的前夕覺醒。正當日軍佔領瀋陽時，我們從小說最後一章中地質與地理的隱喻，所得的印象是，瀋陽以西的地區，正發生地殼激變，以便使入侵的敵人陷入一舉殲滅。這個視境所具有的幻覺張力顯得更是突出，我們試想想，東北被日本佔領，竟一時導致老舍（他是實事求是的寫實主義者），完全採取消極的視境，假託貓城暗示中國人種族滅亡。因此，以時間而論，《科爾沁旗草原》是第一部中國現代小說，為中國前途明示英勇的視境（至今，這一榮銜歸蕭軍1935年出版的《八月的鄉村》）；它不僅為後來讚揚全民抗戰的英勇小說定出步調，且為許多回憶、記錄近代中國史實的巨型中共長篇立下榜樣，這種小說發軔於五〇年代後期和六〇年代初期，可是都沒有寫完。

　　端木也是第一個現代小說家，自覺地與中國小說的傳統一線相承，並且強調他的一些小說人物與古典小說中著名的人物有原型上的類似性。早期的現代小說家，急於擺脫傳統小說的影響，輸入了西式的英雄作為小說人物的模式，因此否定傳統小說，而承認受益於傳統的例子並不多見。反之，在《草原》的〈後記〉中，端木特地引了《紅樓夢》，且舉了《水滸傳》、《金瓶梅》，和《儒林外史》中的人物，作為他那地區地主的原型。我們在第三節中再討論小說的這一面。

　　然而，正如我前面說過的，《科爾沁旗草原》仍然是當時最具實驗性的中國小說。正如喬伊斯（James Joyce, 1882–1941）不得不從事文體與技巧的革新，以準確地在《奧德塞》（*The Odyssey*）和他的小說中，表現並行的事件，端木將他的創作與中國過去偉大的小說聯結在一起，這種可與喬伊斯並比的雄心，可能也同樣使他不得不給他的小說採用新的形式。他有理由相信：對於一個中國現代而又屬於中國文學傳統的小說家，雖然他的工作是在重新捕獲憑文字記錄下來的經驗中所具有的萬古常新的中國特質，他不能滿足於過去的敘述技巧，而必須以某種方式表現這種經驗，而不致否認他在意

識形態和技巧上對現代文化的融會貫通。或許，由年齡上看來，對
端木而言，一如他所做的，在處理充滿個人和民族意義的一部頗為
複雜的小說時，只採用他同時代年長作家那種較因襲的文體，而不
進一步竭力從事技巧的實驗，可能較為明智。小說可能馬上被出版
而博得好評，而端木自己的身價也可一下子大為抬高。然而，在藝
術的世界裏，試驗而失敗遠勝於毫不試驗；未完成的《大時代》是例
外（它本有可能給中國小說帶來一種新的節奏——預定將顯然的輕浮
與隱含的來自作者更成熟之視境的嚴肅融於一爐的中國小說），端木
後期的長篇，不管有多少精彩的描寫文字和沉思場面，比起《草原》
來，其結構和寫作技巧不免顯得平庸些。而此缺憾也表示端木再也
找不到一則故事，可以充分利用自己的回憶和智力，以求在藝術成
就上超越自己。

　　由於作者並未提示線索，要確切指出可能作為他的技巧試驗之
模型的任何西方作品，並不容易。我們在《科爾沁旗草原》中，發現
特別提到托爾斯泰、屠格涅夫，以及蘇德曼（Hermann Sudermann,
1857–1928）的《憂愁夫人》（*Frau Sorge*）的地方，可是這些小說家，
在文體和敍述結構方面，對端木的確沒有影響。因此，為了說明這
部小說的試驗性的形式，我們必須相信作者在〈後記〉所告訴我們
的，關於他在選擇了丁家作為主要題材之後怎樣處理：

　　　　所以我選擇了他。

　　　　而且因為我親眼看見過這一幕大家族史的演換，而且我
　　整整的在其中生活過，所以我寫的也特別的熟習。

　　　　我寫的是他的多面的姿態，這是一個很繁難的處理，因
　　為經過太龐大複雜，所以這種表現的形式就很是一個問題了。

　　　　我寫上的很多，我採用了電影底片的剪接的方法，我改
　　削了很多，終於成了現在的模樣。上半是大草原的直截面，
　　下半是它的橫切面。上半可以表現在他不同年輪的歷史，下
　　半可以看出他的各方面的姿態，我覺得這樣才能看得更真切

些。我描寫的是很審密的，我剪接的是很粗魯的，我覺得這
是我應該作的。因為《紅樓夢》的煩瑣是由於他的時代的。[9]

我們將在介紹情節的時候，討論這部小說的雙重結構。目前，
我們可以指出端木顯然被電影對小說的藝術蘊義所吸引，而且確實
是第一個中國小說家公開承認他受過這種藝術媒體的恩惠。利用《新
都花絮》(*Fluffy Tale of the New Capital*) 中的一個人物作為發言
人，端木表示他對德國製片家帕勃斯特 (G. W. Pabst, 1885–1967)
的早期電影的喜愛，而且在天津當學生的時候，可能也看過蘇聯導
演愛笙斯坦 (Sergei Eisenstein, 1898–1948) 和普杜夫金 (Vsevolod
Pudovkin, 1893–1953) 的無聲影片。對於一個很少接觸當代最佳外
國文學，而且無法閱讀原文的中國青年，默片時代的歐美名片，可
說是他所能充分欣賞的現代人表現情節的最佳代表。端木顯然被電
影易於更換或並置場面而無須多餘的文字說明所感動。受到電影藝
術的激發，端木對其原稿的「粗略」剪輯，其企圖不外乎對可能將各
章各場面連貫起來的任何摘要的敘述，任何說明和解釋，故意加以
壓縮。因此，在整部小說裏，我們看到的是構成一個事件或一天所
發生的事情的一連串小場面，或是一些戲劇性的大場面。除了十三
到十四這兩章構成一個連續的戲劇場面之外，十九章小說中的每一
章，不是由某一天的一些場面，就是由數天的一串不連續的場面所
構成——寫草原「直截面」的首三章便是透過此類場面而藉以交代
地區的主要史實的。的確，有幾章中的焦點人物，透過電影式倒敘
(flashback) 的使用，享有回憶過去事件的特殊待遇。有好幾處，尤
其是第三章最後一節，我們倒看到了涉及數天和數月的一些敘述部
分。然而，這些脫離部分反而證明作者的固執，亦即對戲劇場面作
為敘述之主幹的執着。

然而遺憾的是，這種表現場面的方法，暗示舞臺的成分多於較
富流動性的銀幕。在有聲時代的最初幾年，誠然許多話劇改編的電
影對白繁重，的確稱得上是 "talkies"，可是，喜歡看電影的端木，
對默片藝術用最經濟的對話推進動作這點，應該有更深的印象。然

而，他並沒有將攝影機所能攝取的一切舉動和表情，完全轉換成文字表現，反之，他相當依賴對話推展故事。雖然丁寧與他的年長親戚間的有些對談非常吸引人，可是過分使用由簡短對答所構成的對話而未加剪裁，有時確實惱人。讀者聽到了在舞臺上展開的對話，而那對話中何者重要何者無關痛癢得不到指示，且時常無法把握所討論的事情的整個含意。讀者確實可能在第一次閱讀時抓不住重點，因為決定性的事件往往僅在兩人對談中隱約提到，或者數語帶過。這些事件的發生可說是在銀幕外尚未被明察秋毫的攝影機所攝錄。讀者不像小說人物在對話時或生氣或發愁，只是感到格格不入和不勝懊惱而已。

近年來試驗性的現代小說，已被學者置於敘述文學這個更廣泛的關係中，我們因之也更容易欣賞作者以說明、摘要敘述，甚至夾議夾敘這類傳統的方法，將我們一再引入他的小說世界的好處。不管敘事多麼刻板，讀者總不至於茫然不知如何解釋一段情節或一個人物。可是端木放棄這種敘說故事的方法時，卻顯出不但對舊有的文學老套感到不耐煩，而且對摧殘科爾沁旗草原的居民之生命的文化傳統也難以忍受。他似乎相信曹雪芹欣然描寫他小說中的每一件小事，是因為他對他所描繪的世界十分安適自在。到了1933年，就像他的主要人物丁寧，端木對他的家鄉地區感到十分侷促不安，尤其是對他父親方面的家族，而較急促的敘述節奏可能看來更適宜於表示他對他家裏人的厭惡，因此與曹雪芹之被榮華隆盛的大觀園裏的人物所迷住者，大不相同。端木一定考慮到，他的讀者只要看見情景的展現而不必牽動感情就夠了。小說裏的情節無必要細細交代，只要讓讀者深深感覺到那些人物的愚昧和可悲就夠了。

以另一個觀點來看，可能認為譬喻中國的衰落與再生的視境，如此驅使小說家的史詩般的雄心，以致使他覺得對丁家過分探索等於摧毀那個大的計劃。然而，儘管具有史詩與譬喻的規模，《科爾沁旗草原》在本質上是關於丁家與青年主角丁寧的小說。然而有許多章節，其戲劇性的不完全雖徒吊人胃口，卻豐富地喚起草原上的生命，因此我們不能不相信，這部小說要是經過適當的剪輯和修改，

刪去不必要的曖昧，將攝影機外的一些事件準確地置於焦點，可能
會充實有力得多。端木在1956年推出一部較短的修訂本，剪去累贅
的措辭，提供讀者較紮實的指引，因此也增加了首三章的可讀性。
可是他對丁寧無可奈何，只能縮短他的場面，刪去他的獨白，因為
他所代表的那種意識對共產政權會成咒詛。因此，在這修訂本中，
這部小說成為對丹麥王子沒有同情的《哈姆雷特》。

三

根據端木本人的介紹，《科爾沁旗草原》由兩部構成，一部是丁
家家世的縱切面，而另一部是同一家族在1931年的橫切面，是年
丁寧和大山離家數年之後，重返故鄉。第一部包含最初三章93頁，
因此是以下十六章407頁的主要故事的序曲。可是，不管作者對其
結構的看法如何，全書第二章到第十八章既是專寫丁家及其傭人和
佃農的小說，第一章和第十九章以大幅的場面描寫而顯得突出，分
別標示丁家在兩百年之間，從人類的汪洋大海中浮現而又被吞沒。
因此，這部小說以移民關外的傳說開始，以中國轉變的預言光景結
束。第十九章的標題，「一個結局的結局；另一個開始的開始」，將
這部小說直截地置於浮吉爾 (Virgil)《伊尼亞德》(*The Aeneid*) 和密
爾頓 (John Milton)《失樂園》(*Paradise Lost*) 的史詩傳統中。

由於《科爾沁旗草原》實際上仍然未被研究中國文學的西洋學生
所研讀，在我們能夠詳細討論這部小說之前，至少將開頭幾章重述
一遍是必要的。根據歷史，科爾沁是一個蒙古的部落，他們在滿清
征服中國本部之前歸順滿清。最後一位偉大的滿人將軍，僧格林沁
(死於1865年)，是科爾沁旗的一個蒙古王爵，實際控制整個科爾
沁草原。在他死後，端木在《前史》中如此告訴我們，那地區的一些
滿清王侯，雖是地主卻住在北京，於是開始失去對這塊土地的支配
力，而使得漢人能夠從山東和河北移居到那兒。端木將他的家世追
溯到他的曾祖父。在小說中，丁家的實際歷史也開始於丁寧的曾祖
父。然而，在第一章中，作者創造了一個族長，在1730年前後從

山東遷移到東北的一群饑餓的難民中，作為領袖出現。這個族長叫丁老先生或丁半仙，娶了一個狐仙，且選了一塊藏龍臥虎的地方作為葬身之地，這兩件事確保了他的子孫繁榮不絕。根據《前史》，端木的父親仍然相信仙姑的偏護以及祖墳的風水很好，甚至年輕的端木本人，一如我們所看到的，對家人所說的胡三仙姑的事情也心懷敬畏。可是端木長大了以後，不信這一套，認為丁寧的祖先利用這兩個神話來建立他們的威望，讓當地老百姓相信他們自己是注定窮的，而丁家是注定要興旺的。

第二章，在描述丁家勢力由於丁四太爺無情地併吞匹敵地主的所有地而繼續擴張之後，藉着對丁寧的祖父與三爺在某一收穫日子的生活方式形成對比的巧妙描寫，端木進而揭示丁家終將衰落的一些前期的徵兆。小說中對那一天的描述（尤其是在修訂本中），比其他任何部分都更能證明端木敘述手法的成功。當三爺調戲田裏的姑娘踐踏她們的人性時，心地較好的大爺到各村去向佃戶察糧，開始感覺到他們的不滿在他心中激起的畏懼，以及眼看着他弟弟顯然不負責任以及其他預兆而感到一切努力都是枉然。在這一章中，作者一方面暴露他們的無情和荒淫，另一方面保留着對他的主要人物的祖先的敬畏感，而將我們吸引住。

第三章大部分描述丁寧的父親在1905年俄國軍隊被日本擊潰之後，大災難的一天。雖然仍有年輕時的旺盛精力，他父親在目擊那天的悲劇事件之後，變成一個被擊碎了的人；父母被亂衝的沙皇士兵的槍彈射死，懷孕的妻子幾乎被三個沙皇士兵強暴（他以馬刀衝上砍死他們），可是在早產生下一個兒子之後仍在恐懼中死去。那天上午，妻子黃寧，在床上滿懷不高興，回憶她被逼婚以至被劫走的日子，基本上是根據端木的母親較早時對他說的事情。

在哀傷中，父親得到舅母的幫助撫養嬰兒，可是她若不親自授乳怎能做到，這點不得而知。她本人在那大難之日，也遭到強暴，而在她感到羞恥企圖上吊之後，父親救活了她一命（她曾和父親幽會）。九個月之後，她終於生下黃大山就死了。最初人們擔心她可能生個半俄國人的雜種，可是他並沒有白人的特徵，因此被認為是

純粹黃家的骨肉。父親，可能是他的生父（這一疑問並沒有完全澄清），終於回到他自己的家產，成為一個耽溺在哀愁和夢幻中的世紀末的感傷主義者。

　　第四章移到1931年，以長大成人的大山為主要人物。他離家到北大荒尋求發跡已有兩年，有一天晚上正在熟睡時，突然被一個神祕的舅父吵醒（這個舅父後來再出現為強大的土匪頭老北風），他叫他回家，因為他父親快要去世。在回家路上，大山顯出他的英雄氣概，與整車的路警打起來，然後跳出車廂避免被捕。他終於回到了家，發現他繼母病危，而弟弟們在挨餓，於是他到一家盛氣凌人的當舖，威嚇他們給他那折斷的金簪子四十塊錢。大山的長相與他的勇武相稱，尤其顯眼的是一個鷹鈎鼻和一頭有如獅鬃的長髮。更重要的是他確是個覺醒了的無產階級英雄。在北大荒的時候，他遇過俄國大鼻子，可能給他啟發了階級鬥爭的重要性。端木對這件事只簡短的提及，以便逃過政府檢查的注意，可是這樣做，他對讀者不算公平。

　　第五章屬於丁寧，他在第四章即出現過，邀請大山跟他到一個叫做小金湯的原始的地方打獵，他們小時候曾在那兒玩過。讀者可能認為丁寧是黃寧的遺腹子，因為照理說，儘管背景顯然不同，出生時母親都已去世且具有血緣關係的這兩個男孩，長大以後應該成為小說中互相補足的主要人物。然而不是，那遺腹子的名字叫大寧，現在是東北某地方的軍官，把他鬱鬱不樂的妻子留在家裏，而他本人在小說中一次也沒出現過。他離開家到南方差不多三年，而現在剛回來的丁寧，18歲，是他同父異母的弟弟。我們可以猜測，端木的確實現了他母親的指望把她的悲慘身世寫出來，可是他寧可讓她在生產時死去，免得受到丁家精神的污染。因此，他所寫的，是將他父親兩次婚姻的次序顛倒。他的第二個妻子，王氏，是官宦之家的女兒。她的獨生女在丁寧回來之前病死了，而作者確實憑藉着他自己的母親失去了唯一女兒的事實，創造了小說中的事件。可是，暫且不論她的悲傷，丁寧的母親信賴神佛，待人接物，顯示超然的冷淡，以及反覆無常的殘酷。這種個性似乎更適合於端木父親

的第一個妻子,假如她沒有死去。誠然,她並不像《前史》中作者所描劃的母親的理想形象。可是,即使丁寧只是上等家庭出身的女人的兒子,且與黃家毫無血統關係,他在小說中的行為卻有如他是黃寧的遺腹子。一則他跟她同名,而且特別為大山所吸引,儘管大山自他父親那兒繼承了對丁家難解的憎恨。在第五章中,丁寧特別擔心春兒,黃寧姊姊的女兒,她在丁府剛住了一段日子,陪伴和服侍他母親。由於她自己的母親剛去世,春兒被她兇狠的父親叫回家,而丁寧為她在那兒的安全操心。

在約略地敍述了丁寧和大山重現於科爾沁旗草原之前的丁家的故事之後,我們現在可以討論這部小說而不必太注意其情節發展的先後次序。從上面的摘要可以清楚看出:我們若稱《科爾沁旗草原》是一部自傳性的小說,那只是就作者基於九一八事變前即已開始在知性上與政治上的覺醒,隨意重新敍述和解釋他家族的事情而言。在清華大一那年,負責那麼多雜誌的編輯工作,端木一定具有異於尋常的熱忱支持着他,使他成為完全為左翼作家聯盟獻身的會員。可是那年秋天他的精神疲憊之後,雖然他仍然在政治上左傾,但正像所有東北的逃亡作家一樣,他就沒有嚴格根據左聯的指定寫小說,他解脫了政治的束縛。《科爾沁旗草原》顯然是那個時代的作品,具有那個時代的意識形態和政治導向,可是作者的思想具有太濃烈的個人色彩,而他對中國的視境太宏大堂皇,無法把這小說適當地當作左翼或馬克思主義所激發的作品來看待。到了四○年代初期,端木已經變得甚至更少政治性,而能寫出對他父親的家族較表同情的回憶錄來,雖然《科爾沁前史》到底太短了,只能算是篇供應自傳資料的回憶錄。蕭紅在寫出《呼蘭河傳》的時候,也已經脫去左翼思想,這是一部具有真實抒情的回憶錄,真切地描寫她的童年環境,因為作者沒有違背她對童年的記憶。我相信蕭紅的書,將成為此後世世代代都有人閱讀的經典之作。《科爾沁旗草原》儘管是一部更複雜和更具規模的作品,值得列入三○年代最偉大的小說中,卻是一部蓋有時代戳記,而且多少蒙受其害的作品。以《呼蘭河傳》的精神構想的《科爾沁旗草原》,可能是一部規模較小的小說,卻是那地區的更真實的紀錄。

　　《科爾沁旗草原》不能成為一部真實紀錄的原因是：丁寧與大山不合時宜地出現在居民未能具有革命思想方式的地區。這兩個人在他們之間一直是陌生人。就大山在他不滿的佃農中是一個成功的領袖這點而言，只是一個象徵的人物。這部小說奇特的是，任何他可能牽涉在內以激起農民的陰謀或有組織的活動，都沒有表現出來——作者太明白了，這種活動在九一八事變之前幾個月不可能發生在他的家鄉。作為接觸過西方思想和文學的學生知識分子，丁寧當然是有理由被認為是「不同的」。他是屬於這地區而又不屬於這地區：雖然對貧窮和受威壓的人，以及他同類中軟弱無助的人感到同情，他對他們，由於他們的愚昧情況，同時感到憤怒和鄙視。對於不能共享他革命思想的讀者，丁寧當然顯得乳臭未乾、自滿自大，以及冷酷無情，雖然我猜想，端木可能把他當作他那時代的理想英雄。他唯一的限制是他不是生為無產階級而且不能真正和窮人打成一片。丁寧的這種隔離，由於他的心靈活動籠罩小說的大部分，給予這部作品一種特殊的感情色彩，而且說明了它基本上令人不滿意的地方。假如主要人物不擺知識分子的架子，這部小說可能獲得感情的深度或者瞭解共鳴的幅度，且更能有出諸同情的行動。或者，假如他仍是那樣的人，他應該就像屠格涅夫《父與子》中的巴札洛夫，最後被瞭解和救贖。可是丁寧既不被瞭解也沒得救贖。這需要一個較老練的作家，像寫出他的傑作時的屠格涅夫，才能洞察丁寧實際表現的那種乳臭未乾的傲慢。

　　作為一個即將沒落的富貴家庭的驕縱子弟，丁寧的處境很像賈寶玉，被家族裏所有婦人所愛，被他的侍女靈子和所有表姊妹所仰慕的一個英俊青年。可是，自覺命運比人優越，他跟這些女孩並不容易混在一起，也沒有寶玉那種氣質，不時對女孩們表示無私的，近乎癡的愛。假如說寶玉為他所認識的才女終要結婚而擔憂，那麼丁寧更是為那些完全得不到科爾沁旗草原賦與健康的大地滋養的女人的愚昧無助所困擾，她們若非飽食無事，就得屈膝事人。因此，他經常寫信給小林，大概是住在上海的一個有知識的女朋友，也是他所創辦的「新人社」的一個會員。在他那地區的所有女孩子中，

他最關懷他的表姊春兒，因為她是黃家最無自衛能力的一位。住在丁家中的窮親戚，經常懷着對她父親的恐懼，而她父親最後竟成為謀殺她的幫兇，為了一點錢財而忍心讓土匪去糟蹋她。丁寧曾經告訴她，使她恢復原有高貴的品質，發展她的潛能，將是他一生的工作，而且想要把她送到南方去準備求學。深為她被謀殺的消息所震驚，他在三個禮拜之後的一個早晨，憮然回憶起她。

另一個丁寧喜歡的女孩是水水，水上淌來而被漁夫抱大的姑娘，跟她年老的養父住在一起之外，完全與世隔絕，而老人的祖輩原是強大的地主，幾代以前被四太爺所毀。對丁寧，水水是樂園的夏娃，天真爛漫，毫無世俗觀念，因為仍然未為文明的病害所污染。最後為土匪所凌辱，水水遭到春兒一樣殘酷的命運；丁寧企圖救她，可是太遲了。

丁寧是個任性自負的人，毫無寶玉的女人氣，而與水水和靈子的雲雨關係，每人一次，都出於一時的衝動。他在他父親面前，毫無畏懼。他父親在第六章中，因他所深愛的一個朝鮮戲子的死訊而喚起回憶，表明他自己的風流過去，吐露出他心靈深處的心思和夢想。為了減輕哀傷和重溫舊夢，父親決定那天離家到大連去，投機經商，不久在神祕的情況下死在那裏。

他父親不在時，尤其是獲知他父親死去的消息之後，丁寧主要的角色變成家產的管理人，而與《儒林外史》的突出人物，以慷慨揮霍蕩盡遺產的杜少卿，可供並比。不管他對這項工作在思想上如何反感，丁寧在這危機時刻不得不照顧家庭，而在一連串逐漸緊張的敍述中(第十章到十四章)，他表現為一個能幹的，儘管有點莫名其妙的人物，應付佃農罷工的威脅，以及其他困難。他最初態度太傲慢了，無法跟他們妥協，而寧可讓他的土地閒着。可是，在下一瞬間，也許表示他對於身為地主的鄙視，甚於對佃農苦境的同情，他宣布準備免除一年的田租而使他們大吃一驚。一位忠誠的老管家，對這命令解釋為寬大減輕田租，才免於財政破產，而丁寧夠諷刺地，反而招來一個精明而難以對付的地主的名聲，其作風一如他的祖先。可是骨子裏他並不真正在乎土地會變得怎樣，也管不了他家

族的每個人會怎樣，因為他對他們那種注定滅亡的生存方式感到厭惡。

　　雖然賈寶玉和杜少卿這兩個人物可以看作他的原型，丁寧在作者心目中當然更是一個被所有西方浪漫和革命理想所吸引的現代中國知識分子。他想要完成他祖先所未曾夢想到的事蹟。因此他蔑視家產的負擔，不願為那地區專心致志，也不願為他周圍所有不幸的人積極給予幫助。甚至他對人性的伊甸園式的看法——我們稍等會討論到這個主題——也反映出他對中國封建文明的全然厭惡。然而，作為一個現代青年而被牽向每個相反的方向，丁寧大部分的處境仍是自我辯論，因為他未曾有機會以行動證明自己。雖然與佃農的對抗對他的靈魂是一種試煉，但這只加強一個青年人的自傲和自我絕望的態度，自承無能為力幫助他的同胞。在某一意義上，他的父母親，他的年長女親戚，以及春兄、水水、靈子，都求助於他，而他都一一讓她們失望，因為他過於包裹在他的自我之中，無法及時付出他的愛或同情，只有與他正相反的人物，大山，一個毫無知識分子氣息的革命實踐者，丁寧才對他表示厚愛和讚美。然而，一如我們即將看到的，甚至那份友情，仍然禁不起具有真正精神感染力的戲劇考驗，而讓丁寧或大山變成真正代表現代中國的英雄人物。

　　然而，端木本人確信丁寧有其代表性的性格，而將第十五章的一部分用來討論他的個性。對於被人稱為是一個強硬的、破壞罷工的地主這種新名聲，黯然沉思的丁寧，回憶到「新人社」的一次集會時各個朋友對他性格的分析。他感到不得不寫信給小林，認為由於他回到家鄉以後一事無成，他只不過是哈姆雷特和唐吉訶德併於一身而已。這一評價確實有趣，表示作者對俄國文藝批評的熟悉，以及他企圖表現這兩種原型於他的小說人物中的莫大雄心。可是讀者不得不覺得丁寧並不使人聯想到他們，儘管他不時獨白，把自己檢討一番，也偶爾高興表現一下騎士的俠義精神。在那次集會時，丁寧進一步回憶，有一個叫墨索里尼的，提出一個公式說明他的性格：虛無主義＋個人主義＋感傷主義＋布爾什維克主義＝丁寧主義。墨索里尼提出這個公式帶些開玩笑性質的（儘管它被幾乎所有

《科爾沁旗草原》的評者引用過），因為他進而惡意指責丁寧為純粹的個人主義者，想要像成吉思汗和羅馬暴君尼羅一樣，滿足所有他自己的慾望。可是在這左傾的十年間所產生的所有浪漫革命小說的主要人物，都各以不同的組合展示出丁寧主義的這四個特性，因此，端木當他只是21歲剛開始的小說家，居然能夠將這些特性分離，創造出他那時代的代表性的人物，他的批評眼光的精明應該得到讚賞。然而，關於他自己的英雄人物，他的布爾什維克主義，除了包括在這公式中這點以外，並不太明顯：他是一個人道主義者，充滿解放所有被壓迫者的革命衝動，可是並沒有繼之以任何具體的政治行動。他的感傷主義，在我看來是表示他的人道主義以及他的愛心和同情心，雖然那份心願時常因他的個人主義而無所表現。他的虛無主義，就他想成為尼采的超人，能夠摧毀舊秩序建立新秩序這點而言，也可以看成他的個人主義合理的延伸。可是，由於這個年輕人尚未開始完成任何偉大的事蹟，他一再感受到激動不安，這種不安暗示着他對排除萬難的雄心與實際的無能之間極大懸殊的尖銳自覺。如此，在春兒遭到殘暴的謀殺之後，丁寧在思索他身邊許多不幸者的死亡，以及他對這情況毫無作為的失敗：

> 丁寧想，我是要作一番轟轟烈烈的事的，我是亞力山大的坯子，我一點都不否認，在這個時代裏，我是要用我的脊椎骨來支撐時代的天幕的，我不但要用，而且我期其必行。但是如今事實卻用了鐵的咒語把我所規律的全個系統徹頭徹尾的碾碎了。我要攫住了時代，而時代卻用了不諒解和不理解來排擠我。我要貢獻出我的力量，而我的力量卻被市面流通的不良的鈔票所驅逐，這是多麼無理的謬誤呵，這是多麼可怕的安排呀！這是我的錯誤嗎？這是我的罪惡嗎？

> 凡是我所否認的，我都要摧毀呀！凡是不適於我的估計的，也必須要投到地獄裏去呀！我是 Procrustes 的刀子，我敢負有這種自負，因為我受過新時代的任命和委託，把我所不願見的不承認的習慣、道德、制度，都投到一切否定的虛

無裏去吧，這是必須如此的，這是我對時代的清除！我沒有寬恕，我沒有原宥，在我的字彙裏，我只有暴亂和爭強，沒有和平，順受……。

一種噬人的暴怒攫住了丁寧的全身。

他想立刻把宇宙摧毀，人類摧毀，自己摧毀，然後一片片的落下去，讓一切與滅亡同在！

丁寧幾乎要跳起來，先拿着這個圍舍作毀滅的全般的對象。

但是過了一晌，一種稀有的疲倦便蔓延了他的全身了。從來沒有過的倦怠呀，不能用自己的神經去感覺的一種精神的倦怠，不能用尺約量，不能人的厭惡去洗滌的倦怠呀。布滿了他的每個細胞，他每個細胞核漲滿了倦怠的因子，都澎湃着的倦怠泉源。他試探着像要抖落一身花瓣似的想把它抖落，但是毫無效力。他無力的悲悒的長嘆了一口氣，便坐在丁香樹下，一動不動。[10]

在狂奮與悲悒之間的這種優柔寡斷形成全然對比的是，大山鋼鐵的性格。他是丁寧的朋友，但一直堅決反對他，因為丁寧同時也代表了他的家庭和階級。假如丁寧令人聯想到賈寶玉和杜少卿，那麼大山便是故意安排的一個現代版的梁山泊好漢。有一次丁寧跟大山討論《水滸傳》，而兩人都宣稱他們喜愛魯智深：

「呵，你拿給我的書，我都看得不老懂，《水滸》還行，呵，我最愛看《水滸》，呵，魯智深醉打山門那一段太好了。」大山兩隻粗大的手搓在一起，似乎旁邊就是一柄喫力的鐵鏈杖。「我最愛喫狗肉，狗肉喫不着，昨天我也一個人喫五斤牛肉。」……

「好的，我也頂喜歡花和尚，」〔丁寧同意說。〕「是正義感的最純粹的代表，是真正的中國草莽英雄的典型。」[11]

在前一段的對話中，作者至少暗示大山與魯智深在精神上具有類似性，而且都對吃狗肉的胃口奇大。在小說另一處，端木給他一個綽號就叫「鴛鴦湖的李逵」。可是除了在第四章中給人印象深刻的表現以外，大山很少出現令人聯想到這兩位水滸英雄。在理論上，他補足丁寧，作為一對主要人物的另一半，可是實際上，他大部分只是隱約出現於背景，作為復仇的陰暗象徵。只是在第九章中，有一場衝突，將這兩個主要人物互相補足的性格加以戲劇化。因丁家間接造成一個佃農的死亡（事實上那天晚上他要跨過火車道的時候被日本人殺死的）這一事實而大為憤怒，大山將丁寧綁在樹幹上，列舉他家族幾代以來的罪惡，威脅要殺死他。雖然不加抵抗，丁寧提出自辯：

> 「好東西，你想一想吧，我絕不吝嗇我一條命，假設因我一死，我就可以使你們得救，我是不辭一死的，我自己也會殺我自己的，但是，我死了，你能得着甚麼呢，大地主依然是大地主，莊稼人依然是莊稼人……你要是人，你有人的腦筋，你就仔細的想想罷！」[12]

> 大山射了兩槍，不瞄準，然後把他解了。現在是丁寧要問了：

> 「你為甚麼不打死我！」霹靂火的問聲。

> 大山小孩似的把臉埋在手裏，嗚嗚的哭了。[13]

照理，這部小說應該以丁家的滅亡結束。雖然丁寧作為知識分子希望自己的家庭毀滅，可是他的自尊心使他無法默許大山無情的陰謀使這件事情發生。因此，為了不讓讀者失望，在這兩人之間，正因為他們那大不相同的背景與精神上的類似，應該有更戲劇性或悲劇性的對抗才對。可是這種對抗並沒有實現，因為到了這小說結束的時候，在作者腦中演出的是舉國抗日的戲劇，而丁家已不再顯得重要了。丁寧在這之前已離開場面，並沒有預料到，日軍佔據瀋

陽之翌晨，人民的潮流會湧向瀋陽。然而，大山在最後一頁出現，作為這運動的一部分，他的獅鬃顫動在古銅色的頭上。作為愛國者這一更重大的角色，他無心關切他個人對注定沒落的丁家的報復了。

全民覺醒的這幕預言的戲劇增加了這部小說迷人的地方，正像首三章以山東農民移民關外，丁家的興起，以及俄國人在科爾沁旗草原的掠奪為焦點的敍事詩劇一樣。在考慮那場劇情時，作者似乎被一種興奮之情所攫住，這種興奮曾使布雷克（William Blake, 1757–1827）在他的一些預言詩篇中，狂熱歌頌美國和法國革命。假如中國讀者間有人認為日本人要不是敗在美國人手中，甚至在1945年也不會離開東北的話，這幕敍事詩的尾曲可能因急下抗日勝利的預言而顯得有諷刺意味。可是對於端木蕻良，他的故事不可能完整，除非過去為了糧食和土地移居到科爾沁旗草原來的人民，現在再一次在更嚴厲的生存考驗中逞能肯定自己。那天晚上曾遭一群土匪搶劫的古榆城，在他們向瀋陽進發時因土匪志願軍的到來而興奮若狂：

> 可是，街上的人，都並不因此而減少，街上的人更多了。衙門頭人的海氾濫了，人的海潰決了，人的海翻轉着神奇的波瀾了……。現在是漲早潮的時候了。黎明的第一線從晨雞的喉管裏傳出來的時候，人的海在漲潮了，人的海在漲潮了。[14]

這個人海的推動者，不是別人，正是老北風，他在第三章中稍微出現，乃大山的舅父。可是除了提供這一點消息之外，作者很聰明地避免描寫這個神祕人物的來頭和背景，因為這類巨人式的角色是無法加以說明的。在他之前先到城裏來的是另一個土匪頭子，天狗，一個破壞的天使。在第十七章中，他的出現令人難忘，是四口村一個妓女的訪客。作為一個兇手、誘拐者，和強姦者，他在那章中完全暴露出他的粗俗和殘忍。然而，在9月18日那天晚上，他似乎決心摧毀所有窮人的敵人，包括日本人以及丁家所代表的財閥，以便為老北風的到來鋪路。然後，在日本人佔領瀋陽之後，冬眠的

科爾沁旗草原，由於毀滅與再生這兩種力量的爆發，被投入一場大動亂之中，而這兩種力量都由土匪頭子所代表。

在爆發出現之前，丁寧已離開，目的地並沒特別說明。雖然在正常的情況下，他應該是在暑假過後回到學校，然而他可真的竟認為他可以離開家，既然他名副其實已是全家唯一管理家產的人？不管怎樣，我們最後看見他時（第十八章，題為〈大地〉），他在晨曦中騎馬奔馳而去，跟着兩個不知是誰的人：

> 他這時全身都起着光明，他高舉起了手臂，額間的髮，迎風飛舞着，全身濕潤。一顆血紅的朝陽，惡魔的巨口似的舐着舌頭，從地平線上飛起，光芒向人寰猛撲。
>
> 丁寧的血液向上一湧，他掄起了手臂，高呼着——
>
> VITA NOVA!
> VITA NOVA!
> VITA NOVA![15]

這個拉丁句子，在簡短描述部分之後，又重複了四次。作者本人確實不知道他的主人公走到哪兒，雖然他顯然安排了這一戲劇性場面，讓丁寧與東昇旭日共享它那無垠的光華，它那鎮壓黑暗勢力的狂怒，以及它對新的一日的允諾。他從他日常的自我，無法辨認轉變為光芒萬丈的一個寓言的形象。

為了進一步欣賞這一戲劇性場面，引用布雷克描寫美國革命的一節詩句該是適宜的：

> 像人的血噴射出血管於圓頂天空的四周，
> 赤紅的雲朵起自大西洋形成巨大的血輪，
> 而在赤雲中躍起的「異象」君臨大西洋，
> 緊張赤裸的一具「人」火兕猛燃亮有如
> 壁爐裏赤熱的鐵楔；他可怕的四肢是火，

　　具有巨萬陰霾的恐怖，戰旗黑暗而高樓

　　被包圍着；熱而不是光穿過陰鬱的大氣。[16]

　　這兒，將「海怪」(Ore) 描寫為「一個『異象』君臨大西洋」，是完全適合於〈亞美利加：一個預言〉這種神話寓言的表現方式的，雖然這種雄渾的詩有待布雷克專家才能充分鑑賞。可是丁寧並非海怪，也不是「人火」：他的這種形象只是由於作者夸飾其辭所造成的。當然，這種狂熱的「夸飾」，在小說中描寫古榆城大動亂的最後幾頁，具有更強大的效果，一如我們在前面引文中所看到的。如講真情實境，在一夜的恐怖之後，幸而能夠逃避掠奪和死亡的這些城裏的居民，驚嚇和疲憊之餘，誰也不敢出去到街上歡迎新的土匪了。正像丁寧並沒有變成人火之軀去迎接新的黎明一樣，科爾沁旗草原在日本人佔領瀋陽之後，並沒有實際經過一場山崩地裂式的精神革命。小說家的視境離開現實越遠，他越覺得有必要訴諸誇張的修辭和暴力的隱喻以激起振奮。雖然這種赤裸的狂熱的激烈，與小說中根植於自傳經驗的大部分並不很調和，它卻展示《科爾沁旗草原》的史詩的意圖：為何它以饑餓的流亡群尋求富裕樂土的視境開始，而以東北的一個新的耶路撒冷的視境結束，正當東北即將為新的征服者佔領之際。

　　假如讀者受到適當的預先警告，而加以耐心和同情的閱讀一次以上，《科爾沁旗草原》的確是一部值得注意的小說，儘管具有誇張的愛國精神和預言性。作者統治着科爾沁旗草原的神祕王國（其國土比約克納帕託伐縣〔Yoknapatawpha County〕大得多，但同樣以英雄主義、傳統、頹廢、污穢為特徵），而其中活躍的人物，遠超過一部小說所能適當容納的人數。就這點而言，它是一部福克納型的小說。我們獲得的印象是，甚至最不重要的人物——一個管家，一個獵戶，或一個佃農——都有他們爭求訴說的故事。水水和她養父的故事，以目前的樣子只令人覺得逗惹得難受，必定是作者心中計劃的較大故事的一部分。丁寧的父親可能成為一部極具魅力小說的主角，然而他那世紀末的感傷主義的生涯卻被壓縮成一章，而且他在大連的神祕死亡仍然是令人百思莫解。他的長子大寧的軍人生

涯只佔了淡淡的幾筆，他那被冷落的太太仍然跟她婆婆完全無法溝通：這兩人的故事同樣可以單獨寫成一部小說。春兒的故事，她那長年受苦的母親，以及她那兇暴的父親蘇黑子，也可能擴大成為一部悲慘的家族史。在《家》及其續篇中，巴金似乎告訴我們他要我們知道關於高家的每一件事，一點也不需要想像力的幫忙，《科爾沁旗草原》吸引人的地方，卻是一部分來自這個事實：作者壓住不寫的有那麼多，因此我們能夠摹想一連串關於丁家、關於農民、土匪以及獵民的好多部有助故事發展的小說，——足以使這個草原地區的「神話」更為完整。

從這部小說自傳性的實質內容看來，在描寫丁家的家庭光景這方面。《科爾沁旗草原》成功捕捉到真切人生的本質，而同作者的鋪張修辭也離得最遠。這點不足為奇。關於丁寧與佃農衝突的那幾章表現得極為出色，可是，由於是一個剛出道的小說家，無可避免地，他對父母和近親的回憶不招自來，而且帶上個人的情感。除了姜貴的《旋風》，張愛玲的《怨女》和她的一些短篇小說，以及茅盾的《霜葉紅似二月花》以外，我還沒碰到過一部現代中國小說，在喚起封建時代上流社會的生活方式這點，能夠與《紅樓夢》相比而能如此值得稱讚。當然，端木吃了他敘事方法的虧，因他幾乎完全使用對話和描寫來表現情景。可是，即使他本人不想利用敘述文學的各種技巧，他有幾章在表現氣氛和激起情調，以及使讀者的興趣專注於作品中所揭示的任何情景方面，卻是處理得非常優越。舉一些較不複雜的例子，關於第十章和第十六章中儀式的情景，其中分別涉及求雨者的行列以及為丁寧的父親做佛事的一群善男信女，我們的印象的確頗為深刻，而且我們覺得在每個例子中，作者一定仰賴他年輕時所親眼看過的類似儀式的記憶。就像丁寧一樣，端木對王靈仙這個主持兩次儀式的法師，可能也只感到鄙視，可是由於小說家對儀式的魅惑以及確切的描寫，這個宗教騙子並沒有完全喪失掉使一般老百姓相信他的那種敬畏。

為了更明細證明作者表現封建的生活方式的能力，我們可以引述第七章，其中描寫丁寧到三奶家去拜訪，向三十三嬸借兩萬塊，

以便他父親可以到大連去旅行（結果一去不返）。雖然就此而言，借到錢對情節的發展是很重要的，可是這次拜訪事實上具有更重要的目的，亦即在我們面前展示歲月虛度、神經過敏的女人的哀愁和悲慘。就像《卡拉馬佐夫兄弟們》中的阿萊沙（Alyosha）一樣，丁寧時常演拜訪者的角色，去探訪別人，而在談話中誘出他們的祕密和內心的衝突。他在這章中尤其成功。

十三叔，三奶同已去世的三太爺生下的兒子，有好幾年沒回家，在外夤緣奔波。在揮霍了三萬元買了一個無聊縣長之後，又向他母親要了五萬去買一個稅捐局局長。雖然第一任太太已經死了好幾年，他對患了肺病快死的第二房姨太太，或較活潑的三姨太太似乎不太關心，而這個三十三嬸由於性生活的挫折，對丁寧抱懷着一份熱情。在這大宅裏還有丁寧一般年紀的一些堂姊妹和丫鬟。

丁寧由於人在南方，已有三年未曾登門拜訪。由於那兒的頹廢氣氛以及從三十三嬸那兒他受到的那種特別的關注，他總是不願意去的。然而今天，他表現得最有禮貌了，跟他的嬸嬸和堂姊妹們玩着類似麻將的小牌，愉快地閒聊。

場面一幕一幕過去，直到晚飯以及音樂節目之後，丁寧去看孤獨無子的二十三嬸。她有好幾年想收他為自己的兒子。在他們相見的時候，前後有九頁，我們透過丁寧的眼睛看見她——「一架肺病的殘骸」躺在炕上抽鴉片，臉頰因在煙的燃燒而顯出不自然的「嬌紅」——而我們希望他真的是阿萊沙，面對這無盡的苦難具有全然的同情，而不是一個故意壓制對垂死者的同情的人。然而，在二十三嬸一再訴說她長久以來有意收養他而遭挫折的慾望，以及希望能夠離開所有的人跟他一起住在北平的願望之後，接着是一段長久的不自然的沉默，其間丁寧尖銳地感到她需要愛與伴侶的可憐：

> 一陣過長的潛蟄的沉思和急苦，使得二十三嬸的情緒，紛擾得太厲害了。臉蛋上燒得火一般的焦紅，喉嚨裏，唵嚕着，好像有甚麼東西要吐出來。但是她卻用力忍着，她的身上不由的打了一個冷戰，額角上涔涔的冒着黏汗。丁寧知道這個徵兆，便會帶來不祥——這是她的生命的渣滓的最後的

泛起喲。丁寧長出了一口氣，決定想給這個垂死的人一點觀念上的滿意，他不忍得看見這個被這個社會制度所綑縛的女人就這樣的孤獨的死去。她是太孤獨了，世界上一切的人都是和她陌生的，而她更幻想着用母愛來維繫住一個住在不同世界上的一個青年，她該是多麼可憐哪，丁寧想到自己方才想虛偽的給她一點安慰，便微微的有點抱歉了，他心裏一難受，便把手很親摯的撫在她的頭上，用嘴唇感動的湊到她的耳朵邊。「媽媽———。」

一種悲痛的快樂通過了她的全身，似乎有一陣暴雨似的排山倒海的力量向她力撲，她喫力的把頭歪到一旁———。

「水！」她剛一張口，哇的一聲，一口鮮血便吐出口來，她連忙用手巾揩了，塞在枕頭底下怕丁寧看見。

丁寧也徇着她的意思，裝着看不見，無言的把水端來，伺候她漱口，又輕輕的用手給她捶背。[17]

會見之後，丁寧隨即不安地躺在靠近二十三嫗房間的床上。由於口渴，他想要喝些水，而三十三嫗出來，早已準備了一些甜的藥水，使他那夜成為她的俘虜。二十三嫗不得不聽到她那狂亂的做愛：

一點也沒間格，緊接着，就是一片謔浪的笑聲，一種無恥的，淫蕩的哎唷聲，更狂浪的呻吟聲，急促的動作聲，只隔一道紙壁，雷震似的挑撥了二十三嫗的耳朵。她歇斯底里的把全身的被子，都拚命的纏在腦袋上，緊緊的纏，像要死心上吊的那樣的狠命的在頭上纏。脖子都已經沒法出氣了，她還是不鬆一鬆。但是一口又腥又甜的滋味卻泛溢在她的喉嚨了，她很費力的從枕頭底下取出了手帕，隨便的在嘴角上一揩，便把腦袋歪在一旁，從枕頭上掉落下去，任着金星和銀星在她的眼前旋旋的轉了。[18]

　　這一段，充分表現出作者所愛好的修辭法，卻也以明白有力的「顯現」（epiphany），結束了丁寧那天的訪親。在白天，款待他的女人們能夠以歡笑的風度掩住內心的悲慘；在晚上，私下面對面時，二十三孀向曾有可能做她義子的丁寧吐露她悲劇的一生。然而，正像那膽大心細的三十三孀，這個垂死的女人的確也感到性的饑渴，而她對做愛的聲音那種瘋狂的反應，比起她情敵那份一樣瘋狂的喜悅來，讀來更具恐怖之感。

　　在拜訪三奶時，丁寧主要是悲劇的目擊者，雖然最後他本人不知不覺地成為三十三孀的情慾的戰利品。可是，作為一個享有貴族特權的年輕地主，他也可能不知不覺地造成他身邊的個人的悲劇，一如端木從個人的經驗中應該知道的。雖然他極力反對中國的封建道德或基督教的道德，無疑地，托爾斯泰的《復活》在他寫這部小說時一定相當盤據在他心中。正因如此，在他扮演的其他角色之外，丁寧也可以看成一個中國的南赫留道夫（Nekhlyudov），他勾引了一個丫鬟，然後拋棄她，任其生死。在第八章中，緊接着他與三十三孀極不愉快的經驗之後，他沉思了好幾頁關於《復活》的意義，相信南赫留道夫和馬司洛娃（Maslova）所作所為是對的，而且是不公平的社會制度使她負上罪人和犯人的烙印。顯然認為在他們交往的初期階段，年輕的貴族即已深愛馬司洛娃，丁寧相信他們很像墮落以前的亞當和夏娃，雖然南赫留道夫不久即為社會的虛偽價值所引誘：

> 　　這時，他們是亞當夏娃的本來的光輝，他們是無可批判的，宇宙將因為他們而歌唱，這是為人性的金律所喜悅的愛。
>
> 　　這時，他們的接吻，是人類最清潔的接吻。
>
> 　　他們連吻兩次，彷彿想一想還需要不需要，又彷彿決定是需要似的，於是，又吻了一次，兩人都笑了。
>
> 　　這時，他們是幸福的光輝的，他們只是皈依着自然律所昭示給他們的活動而活動着，他們還沒有被社會的傳統觀念用金色的大筆來向他們加以考慮，加以圈點。

　　這時那黑眼的小女郎是幸福的，是光輝的，從她那温軟的處女的胸脯，深深的嘆了一口氣，彷彿在快樂的勞動以後所發出來的嘆氣一般。

　　南赫留道夫也是這樣的。

　　但是，只是通過了一個白霧瀰漫的昏庸的夜晚哪，人類便會完全的改變了。[19]

　　作者顯然跟他的主要人物在這兒想像一種盧梭的境界：未墮落以前的男女以不感羞恥的自由和光輝享受性的快樂。丁寧典型地將這種樂園的光景與他童年在小金湯的快樂回憶聯想在一起；小金湯即作者的家附近一個完全未為人類所破壞的、與世隔絕的地方。端木小時候，曾從結冰的溪水捉到一條小魚，把牠生吞下去而體味到「原始人類的喜悅」，而且在那兒有一天下午，他倚靠着樹幹幾乎躺在溪水上的老樹，閱讀魯迅的《吶喊》。[20]

　　許多中國和西方的現代作家，讚美類似的荒野之地，有如他們童年的純真的伊甸園地，可是端木既是地主的兒子，他享有性的特權，樂園也意味着經驗世界中的純真的延長。因此，不像托爾斯泰和曹雪芹，端木拒絕跟隨布雷克去看在性愛的領域中人類意志的自私的本質。作為中西傳統的主要小說家的代表，托爾斯泰和曹雪芹似乎都同意，要好好做個人必得接受受苦的代價，而且不論給與人類快樂與方便的社會政治境況如何，作為受慾望驅使的人類天生的自私是無法根除的。一個人在經驗世界裏受到惡的污染以後，一如托爾斯泰和曹雪芹所看見的，他進一步的努力是竭力想達到更大的博愛和領悟，而不是認為一個人多少藉着被散文明及其一切法律和習俗的夢魘，就能自動地恢復到伊甸園的純真境地。

　　因此，對於許多現代小說家，他們不能或拒絕邁進他們的偉大先驅者的崇高精神境界，畢竟是因為他們對於人類處境的不耐煩，對傳統道德精神的蔑視，以及對心理上或政治上的革命將使人類回到樂園抱懷希望。如此，勞倫斯一方面稱讚托爾斯泰的小說具有「男

性的輝煌壯麗」（phallic splendour），一方面卻感嘆他在《安娜・卡列尼娜》中對社會的妥協，以及「《復活》的愚蠢的口是心非」，認為《復活》的主人公南赫留道夫只不過是「一個笨蛋，他的虔誠無人需要亦無人相信」。[21] 端木的主人公和代言人，雖然確實被閱讀《復活》的經驗所感動，卻也揶揄托爾斯泰，因為他也無法接受他的「新基督教義」，其開宗明義在於肯定人類對善惡兩者之挑選的人性二元論。像巴金以及三〇年代其他許多年輕小說家一樣，端木主張人性本善，而將惡的興起和猖獗歸於社會制度。假如我們沉思默察科爾沁旗草原，以及中國一般，到處都有病痛和苦難，形上哲學以及個人倫理學的問題可能成為無關重要。然而，儘管端木蕻良無法超越他那時代哲學上和政治上的大前提，他本人對南赫留道夫主題的改寫，在控告支配着中國封建社會的道德規範上，卻是嚴酷有力的。在第十七章中，丁寧陷入全然沮喪的心境，主要是因為春兒悲劇性的死亡。他感到犯罪的衝動，想跟他的侍女，一個處女，做愛：

> 但是今天他的思想卻非常的惡劣，無意識中都模糊的想以她為他狂亂的對象了。於是靈子一雙溫柔明慧的眸子又在他的眼前浮動了⋯⋯。
>
> 於是他用了全部的自己的力量在靈魂的深處，大聲的呼號。讓理智幫助我呀，自尊與純潔給我以勇氣呀，讓我消除這些有害的幻想，讓馬司洛娃的腳印，停留在托爾斯泰那老頭子所幻化出來的解決方案之內吧，讓他陶醉在他的基督教義的尾巴以內吧。勇氣幫助我呀，我自己就要破碎了⋯⋯。[22]

儘管他求助於理智和自尊，他終於引誘了靈子，雖然情景沒有描寫出來。此後不久，他離開家，到哪兒去並沒有說明。

在這中間，懷了孕的靈子所遭受的命運，遠劣於馬司洛娃。雖然她接到丁寧的來信，她並不回信，深怕告訴他關於她的境況會將他置於憤怒或嘲弄的心境。到了9月人們能夠看出她肚子大了，她躲在屋子裏，假裝生病，不工作（雖然，她被引誘只是最近的事，她

的情況不應該看得出來)。然後,9月19日,丁寧的母親把她叫到房間裏來。丁太太新寡,更因陪伴她的春兒死去以及她的兒子離開(且不提她女兒更早的死亡)而倍感孤寂,可是她命令靈子喝下一杯毒藥,以懲罰她引誘她兒子的無恥罪行。她毫不顧念她身上懷的是丁寧的孩子,而且不在乎實際上她自己將是邸宅中的幽魂,因為她的媳婦一向是獨居的。靈子央求道:

> 「太太呵……春兒也死了……太太……留着我伺候……。」

> 她的每個聲音還沒出口呢,便都一個一個的破碎了……。

> 「賤胚!我要你伺候甚麼?你們都死了我才解恨呢……哼,你……。」

> 靈子渾身驚悸的一抖,眼睛瞪得圓圓的向前炕上看着,慢慢的有兩顆極大極大的淚水,在她的眼仁裏滲出來了。

> 「太太……。」

> 母親一聲不響,毫無感情的甚而有點得意的躺着。

> 「你就喝了……你給我成全了這個臉,你死了,神不知,鬼不覺的,我厚厚的葬你……。」[23]

這一景(上面所引只是很短的一節)以及以下靈子逐漸陷入昏迷的描寫,構成小說中最佳情節之一。在她死去之前,槍聲已經聽得見,預報一個長夜的騷動和革命。透過這種蒙太奇的有力使用,看起來好像槍聲是強迫一個無辜女孩死去的殘酷罪行的即刻反應。假如我們可以說丁家代表即將逝去的舊中國,那麼,正因為由於這一隨心所欲的謀殺行為,那個舊家庭已陷入到恥辱的最暗的深夜,所以迎接新中國的一個陽光四照的黎明是可以預料到的。在《紅樓夢》中,寶玉的母親並沒有犯下故意謀害的殘酷罪行作為可供比較的例子。在受到惡意傷害的丫鬟中,金釧感到太羞恥了再也活不下去,而晴雯在病中被趕出寶玉的住處。可是,她並沒有被迫喝毒藥。假如王夫人強迫她喝毒藥,寶玉能怎麼辦呢?在這種情況下,出家當

和尚，或者像南赫留道夫那樣，在西伯利亞尋求新的人生，都會顯得一樣無益和懦弱。由於我們對《紅樓夢》和《復活》這種小說的喜愛，我們誠然希望作者加強殘酷事件的道德性格，讓丁寧獲悉這悲劇發生在他家裏，而使他負起記憶的重荷，可是作為一個厭惡舊中國的現代知識分子，端木蕻良的確具有充分的理由覺得，不值得他的主人公的尊嚴捲入這個最醜惡的悲劇中。被謀殺靈子的記憶所創傷的一個丁寧，不可能再信心昂然地高嚷「Vita Nova!」。雖然這個叫聲由於我們不知道丁寧要到哪兒去而終屬有點空洞的自誇，它倒確實表示他有意廢除托爾斯泰和曹雪芹的道德觀念，而偏好《水滸傳》的粗暴正義，以根除基督教、佛教和道教的壞影響，再而結束所有家庭的悲劇、社會的不平，以及民族的悲屈。「Vita Nova!」的叫聲，響徹科爾沁旗草原早晨的光輝，正是三〇年代被社會憤慨和愛國熱情所攫住的每一個中國小說家的叫聲。

《科爾沁旗草原》完成之後，端木蕻良寫了七年以抗日為主的短篇小說和長篇小說。之後，他的愛國熱情減退了，而當他在 1943 年開始寫我們這部小說的第二部時，他只能完成五章，因為較宏大的《科爾沁旗草原》的視境終於不再出現。[24] 由於 1942 年他寫些全然自傳性的短篇小說，像〈初吻〉和〈早春〉，而享有很大的成功，在〈早春〉中給與他的家史更真實的敍述可能就是他的意圖。因此他的第一件事便是使被毒死的侍女復活（我們準沒錯可以這樣猜測：真正的靈子在 1931 年 9 月 19 日並沒有死，即使她因端木而懷孕）。剛好有一個一向對丁家很忠實的老管事，給她某種藥讓她吐出毒物。然後將生薑配製的藥汁灌到她喉嚨，使她全身解毒，到了第二天她顯然脫離危險。就在那天早上，丁寧的哥哥丁蘭（他已不再叫大寧）帶着士兵回到古榆城來恢復秩序，防備土匪再來襲擊（看來土匪志願軍到底沒有進入瀋陽）。到了第五章，靈子，頗像被趕出大觀園的晴雯，暫時跟一個叫芸的女僕住在較簡陋的地方，而且暗示她們兩人之間可能發展出同性戀的關係。作者仍舊沒提到丁寧的消息，顯然覺得在將他帶回科爾沁旗草原之前，關於他離家在外面的神祕活動不知道說甚麼好。

由於計劃中的第二部顯然失敗，認為《科爾沁旗草原》，作者最具野心的作品，竟是作者最實驗性的，對自己的文體最沒有信心的時候寫作的，這種遺憾似乎是沒有意義的。固然，假如作者多等幾年，具有小說家更大的技巧時才動筆，這部小說應該會完整得多。可是21歲的年紀，他的愛國熱情，他的革命浪漫主義，他對軍隊生活與政治刊物的新近參與，以及他對失去的家園和失去的土地的清新記憶，都投入一個史詩規模的視境的構成。隨着歲月的流逝，這個視境變成片段的而終於消失了。因此，我們應該感謝的是，端木蕻良在他的寫作生涯一開始就感到寫一部長篇小說的創造魄力，而這部小說，儘管在文體上以及處理上不無缺點，至今仍是三〇年代的一個作家，對中國的肯定／否定的視境之最具野心的具體表現。

後記

在郵戳日期是1981年2月7日的一封信中，端木蕻良自北京告訴我他的母親嫁到曹家為偏房時，他父親的第一任太太王氏還在，生有一個女兒。然而王氏「不久」就死了（「不久」兩個字的意思可能是「數月」，甚至「數年」），因此，使偏房得以擢為正妻的地位。這點可能說明為甚麼，根據《科爾沁前史》，端木的母親受公婆如此不體面的待遇，以及為甚麼她家如此反對這件婚事。出於對母親的孝心，端木從來不在出版的作品中提到她在曹家最初的地位。我深覺榮幸，是身為海內外第一個學者有幸從他本人獲得這項重要的資料，提供我們對瞭解《科爾沁旗草原》的一個新的看法。

根據同一封信。端木的父親於1927年秋，死於白喉和丹毒。享年只有49歲。那年秋天，白喉也使端木病倒，且奪去了他妹妹的生命。

書誌

(這是極為選擇性的書誌。注中列有其他書名)

主要原文：

端木蕻良，1939，《科爾沁旗草原》。上海，開明，518頁。

端木蕻良，1956，《科爾沁旗草原》。修訂版，北京，作家出版社，440頁。

參考資料：

夏志清，1974，"The Novels of Tuan-mu Hung-liang"。在麻州Dedham舉行的中國現代文學研討會中提出的論文，頁63。

夏志清，1975，〈端木蕻良作品補遺〉。《明報月刊》，第10卷第9期，頁15–16。

劉以鬯，1975，〈補《端木蕻良作品補遺》〉。《明報月刊》，第10卷第10期，頁33–35。

劉以鬯，1977，《端木蕻良論》。香港，世界出版社，頁140。

巴人，1941，《窄門集》。有論文〈直立起來的《科爾沁旗草原》〉。頁154–174。

施本華，1975，〈論端木蕻良的小說〉。《明報月刊》，第10卷第6–8期，頁69–75，69–74，78–84。

彥華水，1979，〈端木蕻良暢談生平與創作〉。《開卷》(書評月刊)，第2卷第1期，第26–31頁。

殘存的女性主義

中國共產主義小說中的女性形象

萬芷均　譯

　　中國共產主義文學中，女性與男性首先同為工人，其次才有男女在性別、情感上的差異。女性跟男性一樣，會因其社會主義熱情以及工作事業上的壯舉而獲得褒揚，也會因為遊手好閒、怠於生產而受到譴責。雖然共產主義文學講求實事求是，視「人情味」為資本主義、修正主義的頹廢餘孽，[1]但人物的個人問題不僅是一種無可避免的生理本能，也是人類文明難以磨滅的習性，即便是共產主義文學也無法避而不談；在去人性化的文學手法成熟以前，男性女性仍然會陷於感性的激情中，戀愛、結婚、生子，甚至以其他不那麼光明的方式找尋樂趣、追求幸福。因此，雖然在社會主義下，中國女性存在的首要目的是為了促進勞動生產，但本文在追溯她們的命運走向時，卻將側重探索她們在社會主義建設的大環境中懸而未決的個人問題。本文以短篇小說中的女性人物為主要討論對象，從中可以看到一個可悲的現實：女性的天性與權益必須配合黨國的要求；即使偶有例外的女性人物，也都是共產主義官僚下的受害者與反抗者，都是飽受媒體抨擊的修正主義文學女主角。

　　我原本打算嚴格地以歷史調查的形式，研究自 1949 年共產黨執政以來十二年間，女性處境隨社會經濟狀況變化而逐年發生的改變，但無奈篇幅有限，研究便也只能大打折扣。雖然中國共產主義文學的重點自 1942 年毛澤東路線確立以來，基本上沒有任何改變，

但這些年間的各種運動、熱潮必定在作家筆下有所反映，我們便可以從他們的作品中探知不斷流變的社會新面貌。簡單來說，隨着集體主義呼聲的日益高漲，整個文學都逐漸朝着去人性化的方向發展，於是我們看到，1949年後的文學風格完全異於延安時期的村野質樸，而五十年代初中期的文學又與大躍進以來的文學風格有所不同。自延安末期以來，生產始終都是「重中之重」，[2]但近來的一些文學作品中，人們不再需要夜以繼日地勞動，而辛苦的付出也終於能夠獲得公道實質的回報了。

這些變化通通可以在小說女性角色的言行舉止中找到線索。1943年，趙樹理在代表作〈小二黑結婚〉中以田園風的淳樸筆法這樣描寫村裏的俊俏姑娘：「青年小夥子們，有事沒事，總想跟小芹說句話。小芹去洗衣服，馬上青年們也都去洗；小芹上樹採野菜，馬上青年們也都去採。」[3]雖然他對中國農村生活的描寫有些不合實際，但現在回過頭來看，這段話裏的鄉野氣息倒很有些刺痛人心，畢竟，1949年後，大家過上了集體生活，這樣詩意的文字若出現在刻畫集體生活的作品中，不僅格格不入，而且全無可能。就算洗衣摘菜都是勞動，但趙樹理故事裏的青年卻都是為了接近漂亮姑娘才去洗衣摘菜，而不是出於他們對社會主義建設的熱忱。不僅青年的行為應當受罰，姑娘日日引起這樣的騷動，惹人分心，也理當受到譴責。方紀的短篇小說〈讓生活變得更美好吧〉（《人民文學》1950年3月）正是因為描寫了類似的鄉村姑娘而首當其衝受到了《人民日報》的嚴厲批判。[4]與〈小二黑結婚〉的小芹一樣，這篇小說的女主人公小環雖一心鍾愛自己的男友，身邊卻也圍繞着許多仰慕她的青年，民兵青年夜夜聚集在她家中，惹得村民常常對她指手畫腳。後來，村支部書記號召青年參軍受挫，反倒是小環動員了自己的男友還有其他十個青年，最終加入解放軍。從始至終，作者都十分清楚像小環這樣廣受歡迎的人物設定或許會招來讀者的非議，但他顯然認為後來小環動員青年入伍的愛國情操一定會為她正名。然而他沒有想到的是，如果小環吸引青年民兵到她家聚會已經是錯，那她憑藉自己的魅力號召青年入伍報國，完成了黨幹部所不能完成的任務，豈

不更是錯？黨無敵手，共產主義中國的美麗姑娘們不得虛榮自負，以免在她的小圈子裏不知不覺地取代了黨，成為眾人崇拜的對象。

在另一篇短篇小說〈傳家寶〉（1949）中，趙樹理展現了中國人民在日益集體化的生活中無福消受的一種富足。故事巧妙幽默地描寫了一個普通家庭裏的婆媳矛盾，媳婦金桂是勞動英雄，是婦聯會主席，是新一代的青年婦女。婆婆則是封建守舊的老一輩婦女，窮了一輩子，不僅自己過得極其節儉，也看不慣媳婦大手大腳的生活方式：誰聽過洗棵白菜用半桶水，一個月就吃一斤油，衣裳鞋子還都去裁縫鋪裏買着穿？金桂最終好聲好氣地說服了婆婆，讓她明白極度節省在新社會裏並不實際也沒有必要。可是等到實行公社制度時，兩人的角色卻倒置過來，勤儉的婆婆開始主張吃好穿好，進步的兒子和媳婦卻要婆婆省錢來建設社會主義。最近西戎寫了一篇〈燈芯絨〉（《人民文學》，1961年七八月），講的是公社社長的老伴急於買幾匹燈芯絨，送給他們未來的兒媳婦做一套新衣裳。如果1949年的婦聯會主席都還可以去裁縫鋪裏買衣服穿，想必經過十幾年狂熱的國家建設，到了1961年，公社社長的妻子也應當有權利買幾匹布吧。但事實並非如此，〈燈芯絨〉裏，公社社長一家人去年勞動的配額，還有公社其他住戶的收入，都一併存進了信貸社裏搞投資，社長妻子沒有一分閒錢可用，想着向人借錢買布，但她的丈夫一心為公，堅決反對她借錢開銷這筆不必要的花費。後來，她好說歹說，總算說服馬會計，從他那裏借到了錢（這名會計其實也受到了苛責，雖然他工作勤懇，常常記帳到深夜，但他用的卻是玻璃罩的新油燈，比舊油燈要費上許多煤油），但借錢買布的醜聞最終曝光，她不得不還了錢也退了布，她的丈夫甚至還教唆未來的兒媳婦發動群眾大會批鬥她：「你大嬸的思想太落後了，如果對她再不進行批評，恐怕她的落後勁兒，越來越大。」[5]

1949年，克己的婆婆是落後的代表，到了1961年，無私的兒媳婦就成了進步的模範。中間那些年，中國大陸的狀況或許是變壞了，但「落後」與「進步」這一對詞語卻仍帶着濃濃的政治宣傳意味，給小說裏男女老幼的故事提供了充足的戲碼。對於女性來說，這段

時期內具有決定性意義的事件當屬1950年《婚姻法》的制定，正是這部《婚姻法》將女性從封建主義婚姻制度的奴役中解放出來。1950至1951年，文壇出現了不少小說歌頌女性婚姻自由的新風尚，這些作品幾乎都圍繞着一個五四以來講了又講的主題——進步與落後的衝突，故事也無非是落後的父母如何違背子女的意願亂點鴛鴦譜，而進步的子女們又如何戰勝了父母的強逼，贏得了婚姻的自由。[6]

不過，五四時期與社會主義時期的婚姻小說也有着根本的分別，前者對感情的處理不夠細緻，大抵都是以煽情的筆法歌頌封建壓迫下的愛情，巴金的《家》與《春》即屬於此類；而社會主義的婚姻小說在故事的現實性方面則顯得膚淺，年輕人的愛情總得輔以對勞動的熱愛。於是進步的少女往往傾心於當地的勞動模範，而母親卻因受了封建貧富觀念的影響，一心想把女兒嫁給家境富足的人家。因此，進步與落後的對抗其實成了兩種審慎的對比：一種是社會主義新青年對勞動的熱忱，另一種則是老一輩對財富的執着，而在這種抗衡之中，愛情勢必只是走個過場，其真正的作用微乎其微。

到了1950年，不必向大陸作家灌輸「浪漫愛情有礙於黨的紀律，有損對黨的忠誠」這類觀念，[7]他們就已經明白雖然勤勞快樂的戀人們或許能為社會主義增輝，但任何一種比單純的快樂更深層次的個人感情都有可能對社會主義建設產生破壞。共產主義制度下的戀人只要能從封建的阻礙中解脫出來便已足夠幸福，他們並不渴望如膠似漆地黏在一起，反而甘願為了眼前的緊要任務而推遲婚期。結婚當日，他們多半會做些格外英勇的壯舉，婚禮上也一定會宣誓要在未來更加努力地勞動——婚姻是兩個個體私密的結合，似乎與生俱來就有一點罪惡，那麼這些英勇事蹟、莊嚴誓詞便是贖罪必不可少的環節了。

馬烽在短篇小說〈結婚〉（1950）中奠定了以歡樂為基調的文學趨勢。故事主人公春生與小青準備成親，但小青卻以種種理由屢次推遲婚期，一天，小青從婦嬰衛生訓練班裏學習回來，春生找到小青，希望能定下日子，小青打趣道：

> 「看你急的！我剛學習回來，村裏婦嬰衛生工作還沒開
> 展，忙着就鬧個人問題，群眾影響多不好！我想過了舊年曆
> 再⋯⋯」春生沒等她說完就笑着說：「我同意你的意見。」[8]

幾次延遲之後，婚期終於定了下來，到了約好去區公所登記的那
天，春生在路上見着一輛裝着慰勞品的卡車陷在泥裏，便幫忙把貨
卸下來，拉出空車，再又把貨物裝上，忙過了這一回，春生又聽
人喊「抓特務」，便又追了五六里遠，還跟着特務跳進了河，一番打
鬥之後終於抓住了特務。他的耳朵被咬破了，左腳也割傷了，總算
表現出了足夠的社會主義熱情，夠資格結婚了；巧的是，小青當日
一早遇上一名婦女生小孩，就跑去幫人接生，之前學習的婦嬰知識
正好派上了用場；後來，小青得知了春生的事蹟，不禁對他刮目相
看，再沒有任何顧慮。「小青這時按捺不住她的熱情了，一下子就撲
過來拉住春生的手，半天說不出話來；可是她那雙大眼睛好像說：
『你真可愛啊！』」[9]

　　1956年下半年，正當作家們以為獲得了自由的時候，一篇評論
文章將筆頭對準馬烽的〈結婚〉，對「禁欲主義者才是社會主義新人
物」的觀念提出質疑。[10]另外一位評論家黃秋耘則認為，作家們畏於
「衛道者」批評家的指摘，怕被扣上「充滿小資產階級情調」、「宣揚
資產階級庸俗趣味」的帽子，因而都將愛情描繪成渺小、愚蠢，甚至
是機械的一種情感。[11]可無論如何，集體的利益都該排在首位，於
是，秋耘提出了這個右派及修正主義批評家在百花運動中反復問過
的問題：「那麼，集體的利益又是甚麼呢？不就是希望每個人都生活
得更好些嗎？而所謂生活得更好些，其中不也包括着愛情和家庭的
幸福嗎？」[12]

　　那些未經審查的小說作品中，倒有一些極其少見的故事反而能
在規規矩矩的既定模式之外表現愛的真情，劉真的〈春大姐〉就是一
例。春大姐是村裏的青年團團員，愛上了鄰村團支部書記、翻身戶
明華，可母親卻一心要她嫁給更加富裕的農民九喜。結果當然可想
而知，但作者在描繪男女主角你來我往的過程中，一些細膩之處也

非常動人心弦。春大姐愛上明華後，送給他兩雙親手縫製的布鞋，「他今年22歲了，除了娘，他這是第一次穿別人做的鞋，心裏有一種說不出來的味道。」[13] 後來，春大姐去明華的村子聽大梆子戲，「她站在一個高坡上，細細地看着臺下成千上萬的人臉。真的，她像在大海裏找一顆珍珠一樣，她看見了劉明華。她喜歡的臉都漲紅了。她想，這裏人山人海呀，每一個人長着一個樣子，可是，誰也沒有他好看，誰也沒有他順眼。」[14] 不過，這兩場簡短的描寫之後，作者不敢再寫得更加親密。後來，這對戀人離開了戲場，來到一片隱蔽的桃樹林，匆匆互訴衷腸，然後這場戲便不無失望地戛然而止了：

> 明華緊緊地握住了她的兩隻手。
>
> 他們一直談到天黑，才各回各的家去。[15]

（就我讀過的為數不多的共產主義小說來看，似乎戀人結婚前表達愛意最深情的方式便是握手；吻的話，只有嬰兒可以親吻。結婚的夫婦尚可以擁抱，但也只能是為了慶祝入黨升職一類的好事。）[16]

〈春大姐〉寫於1954年，故事卻很老舊，若不是文中提到了當時盛極一時的農業生產合作社，估計會被當做很久以前的作品。進步分子明華是南村合作社的社員，春大姐母親中意的九喜卻是個單幹戶；因為一直聽說明華家裏窮，母親在春大姐與明華結婚後，始終不與他們來往，幾個月後，當她第一次去到這對新婚夫婦的家中，卻驚喜地發現他們過得相當富足；明白了合作社的好處，母親自然也要發動自己村裏建立農業生產合作社。

圍繞農業合作社的小說大多寫於1954至1955年，故事裏的年輕人往往在進步與落後的鬥爭中發揮決定性的作用。[17] 按理說，一個土改之後靠勤勞肯幹、過上小康生活的農民，未必就一定要加入村裏的合作社，但他們的兒子或女兒總會因為愛上了合作社的社員，而最終說服自己的父母親入社。與婚姻小說一樣，愛情在這裏的作用也只是為了讓頑抗的父母跟上進步的潮流，從而提高集體的農業生產。〈前進曲〉（《人民文學》，1954年3月刊）中，作者

師陀[18]延續了解放前的文學風格，有大量的景物描寫與人物性格刻畫，並且深入探索了青年人在強壓之下向集體靠攏的心理狀態。23歲的大寶戀愛了，女方是個進步分子，全家都加入了農業合作社，可大寶的父親老朱克勤卻執意要單幹下去，大寶又羞又惱，漸漸便覺得自己低人一等。為了教育父親（或者氣一氣父親也不一定），大寶跟着勘探隊去了東北，老朱克勤痛苦不已，又碰巧連連天災，地裏的莊稼都壞死了，老朱克勤終於決定加入合作社，同時踏上一場徒勞的尋子之旅。第二年，作者回到村裏，再次見到老朱克勤，他對這位備受打擊的老人充滿了同情：「他的身體本來不算強壯，現在格外顯得衰老了。身上的皮膚又乾又皺，幾乎是貼到骨頭上的；臉上褶皺很深，原來只有幾根參白的鬍子，現在白了一大半。」[19]

〈前進曲〉裏，師陀一改文學界流行的歡樂基調，轉而探索一個更加複雜而苦澀的現實。他對大寶的觀察尤其表現出他在人物心理描寫上的敏銳：「我沒有瞭解鄉下的年輕人，他們外表異常老大，內心卻接近城市裏的小學生。」[20]的確如此，並不是年輕人有多進步、多明白，只是因為他們受了共產主義教育，條件性地就要融入群眾，互相競賽，力爭上游；而愛情也無可避免地成為了這種競爭的催化劑。

作家艾蕪的許多作品都以由愛而生的競賽為主題，〈夜歸〉（《人民文學》，1954年3月刊）無疑是其中最好的一篇。艾蕪在1949年以前就已經創作出多部膾炙人口的作品，可以説是當今中國最成功的短篇小説家。雖然他的主題也很老套，但手法完全是西式的，政治宣傳的筆觸較輕，也不像傳統寫法那樣一定要有頭有尾，他的風格在大多數共產主義作家中獨樹一幟，而他的〈夜歸〉也比大多數共產主義小説顯得卓爾不群。

故事的主人公康少明是個無憂無慮、快樂健談的工廠青年，唯一一件叫他煩心的事情恐怕就是他的入團申請仍未批下來。一晚，工廠散了會，康少明誤了最後一班火車，便只能在寒冷的冬夜裏走上十五六里回家。恰好一個姑娘趕着馬車經過，康少明便搭了一程，可這姑娘不大和氣，只顧舞動手裏的鞭子，把馬趕得飛快。康

少明原是最喜歡開玩笑的，但講了好幾句笑話，那姑娘也只是簡短地說她要趕回村子去上夜校：

> 康少明看見趕車的姑娘到底望他一眼了，便高興地解釋道：「同志，你不曉得，這向我們都忙去了。」接着還愉快地歎口氣，「像今天就連火車都搭脫了，真是忙得要命。」
>
> 「我們就不同了，再忙也得上夜校。」
>
> 趕車的姑娘驕傲地回答一句，便又響下鞭子，趕得馬飛跑起來。[21]

後來，姑娘要飲馬，便停了馬車，從一戶農家借來一桶水和一個玻璃燈。「康少明……趕忙跳下車去，幫她提燈照着。馬嘴上的長毛，結了一層白霜，伸進桶裏，就慢慢融化了。趕車姑娘那個鮮嫩的臉蛋，凍的通紅，像一隻蘋果，發出美麗的光采。一個少女會有這樣的漂亮，他好像從來還沒有見過，不禁看呆了。」[22]

而那姑娘借着燈光，見到康少明臉上的混凝土水漿和油煙漬，不禁笑了出來，也就變得和氣許多。她特別問到工廠裏的鞍鋼老英雄，還告訴康少明她在一個模範合作社裏工作。下車前，康少明問到那姑娘的名字，可姑娘卻沒有回問他的姓名，一鞭子頭也不回地跑了。他心裏不快，一路走回來，心裏老在想這姑娘的事。「這小東西，眼睛真生得高呵，她就只看得見特等勞動模範。」[23]最後到了家，他母親看他吃飯，也覺得他今晚不大快樂。

艾蕪對這兩人的刻畫以一場夜旅為背景，他遵循現代短篇小說的戲劇手法，並沒有告訴我們最後康少明與姑娘是否重遇，甚至也沒有說明他們的「浪漫故事」會否開花結果。這篇小說描寫少年對愛情的頓悟到了爐火純青的地步，但它畢竟是一部共產主義作品，所以愛情的頓悟勢必伴隨着工廠少年對責任的頓悟。他的健談與幽默其實對他並沒有甚麼實質性的幫助，但為博得姑娘的注意，就算他無心贏得特等勞動模範的美譽，也至少會像那姑娘一樣努力勤懇地勞動工作。

　　艾蕪後來寫的〈雨〉(《人民文學》，1957年4月刊)就遠不如〈夜歸〉了，他在這一篇故事裏反過來講述了女孩對一個勤勞工人的暗戀。徐桂青的父親因病住院兩年多，為了貼補家用，徐桂青高小一畢業便做了環市火車的查票員。徐桂青因為早早放棄了學業，常常羨慕那些去中學校上學的同學們，可後來她注意到一個年青工人，每晚回家一上車就坐進靠窗的位置，專心看書或者做算術，日日如此，差不多也有一年了。有時他遇上了難解的題目，便會錯過他那一站，到下一站才下車。他學得那麼認真，每次桂青查票，他不回答一個字，也不看她一眼。可桂青還是無可救藥地愛上了他，在他的影響下，桂青不顧疲勞，也開始每晚苦讀。一晚，下着雷雨，桂青回到家，十分地失魂落魄；母親以為她病了，但其實她只是擔心那錯過站的年青工人，不知他被淋成了甚麼樣，也不知扯着閃電他會不會有危險。

　　不獨未婚男女，結了婚的工人與他們的妻子之間也有同樣的「競賽」。夫妻中一方(通常是丈夫)獻身工作，另一方也不能落後，必須用新的社會主義熱忱重振他們已經倦怠的婚姻。艾蕪還有一篇佳作名為〈新的家〉(《人民文學》1953年10月刊)，女主角郝學英剛從鄉下來到城裏與丈夫重聚，結果丈夫魏振春在工廠裏太忙，沒能如約去火車站接車，郝學英心裏悶悶不樂，可到了家裏，丈夫廠裏的同志都在等着歡迎她，還告訴她老魏對工作如何盡心盡力，郝學英聽着丈夫的事蹟，心裏的怒氣逐漸消退，等他們全走了，她注視着自家的房子，心裏歡喜地出了神：「牆壁雪白，玻璃窗子發亮。新的鐵床，蓋上白帝紅花的被單。油漆的桌子，凳子，都在發光。壁上貼的毛主席像，也是新的。這使她格外感到喜悅。」[24]到了晚上，丈夫回來了，她已經煥然一新，充滿了學習的熱情。

　　在上面的故事裏，重點當然是學習。新傢俱或許能閃亮一時，但因為丈夫常常不在家，就算是毛主席的畫像，時間久了恐怕也會顯得乏味，那麼便只有學習，只有全力地參與到她身邊的生活中，她作為工人的妻子才能勉強過得幸福一點。但有些妻子做了家庭主婦，雖然幹活勤快，全心全意為家操勞，但她們適應新生活的過程

還是相當緩慢。在艾明之的小說〈妻子〉(《文藝月報》, 1957 年 2 月刊)中,月貞的丈夫升職後,責任更大,工作更忙,對月貞也就愈發冷淡,對此月貞十分擔心,甚至害怕丈夫會為了一個年輕的女統計員而離開她。她為了讓自己變美,來到一家美容院燙了頭,可丈夫見了她的新造型卻有點驚訝,還笑話她的髮型像隻鴨屁股。[25] 月貞心灰意冷,轉而投入每天下午的學習小組,不久,她的文化程度大大提高,還能幫丈夫做報表,使得丈夫對她刮目相看。從此之後,她又重新獲得了丈夫的愛,也成為了當地的模範妻子。

近來備受讚揚的短篇小說作家茹志鵑[26]寫過一篇題為〈春暖時節〉(《人民文學》, 1959 年 10 月刊) 的小說,文中的女主人公靜蘭為了重獲丈夫的欣賞,不得不日夜操勞,比丈夫還要辛苦。她雖然對婦代會沒有甚麼熱情,卻還是定期參加婦代會的例會;除此之外,在過去的一個月裏,她除了照顧丈夫和兩個孩子的飲食起居,還每天自願去婦代會的生產福利合作社工作八小時。有一天她買了蝦,做了一頓特別的午餐,希望以此勾起她與丈夫以前的回憶,可丈夫卻仍然無動於衷;心灰意冷之下,靜蘭轉而投身婦代會的工作中,決心要幫助合作社完成七天一萬隻訂貨的任務。這時候,她的丈夫卻突然對她變得熱情起來,有一晚甚至還專程去工廠間看她,請她去宵夜點心店吃麵。靜蘭在為社會主義建設事業的努力中,突然發覺「那一道摸不到、看不見的『牆』,已消失得乾乾淨淨」。[27]

除了得到丈夫的欣賞,靜蘭因為她對技術革新的貢獻登上了工廠間公告欄的光榮榜,如此獻身勞動,獲得群眾的讚揚自然也是理所應當。 其實,擔心失寵的工人妻子與落後農民的進步子女一樣,他們只是因為害怕被孤立,所以才像個小學生一樣想要融入集體,渴望得到集體的讚揚與賞識。一碗麵、愛人的一個笑容、乃至組織的一番肯定,或許都並沒有那麼重要,但對於那些害怕淪為落後分子、害怕不受集體歡迎的人來說,這些鼓勵卻是撫慰心靈的良藥。如果這些工人妻子的故事是對現實的真實寫照,那麼她們的社會主義熱情恐怕並不完全是對國家與黨的無私熱愛,反而更像是資產階級對和睦小家庭的追求。在社會主義社會,相比單純地完成為妻的傳統責任,女性在分擔丈夫的勞苦時,反而與丈夫更感親近。

　　共產主義的各類家庭小說其實與美國針對女性讀者的通俗小說有許多相通之處，它們都提出了同樣的問題，但解決辦法卻各有不同。面對丈夫的冷漠，美國《婦女家庭雜誌》(*Ladies' Home Journal*) 中的女主角通常會提升自己的外貌、加強社交或提升廚藝，並且減少在外的時間，儘量塑造一個溫順的女性形象。美國與中國一樣，丈夫對事業或抱負的過分專注往往是家庭矛盾的一個源頭。美國通俗小說的典型代表《穿灰色法蘭絨套裝的男人》(*The Man in the Gray Flannel Suit*) 中，丈夫為了維護家庭的穩定，毅然放棄了做執行總監的志向，甘願做個普普通通朝九晚五的職員。但在中國，男人們決不能有這種資產階級的「騎士精神」，要維持夫妻間的精神和睦，必須依靠妻子的耐心與熱情，早日趕上丈夫的進步。

　　在中華全國婦女聯合會第三次全國代表大會 (1957年9月) 上，勤儉持家與勤儉建國一樣，都被列為婦女的職責之一。[28] 但從短篇小說表現的現實來看，婦女們就算沒有明顯地輕視家務勞動，也不過是在吞聲忍受而已，以〈妻子〉、〈春暖時節〉為例，婦女對家務勞動並沒有所謂的社會主義熱情，不僅是進步的少女害怕被家務捆綁，年長的婦女也不甘於待在家裏，同樣也想出去做點實事。茹志鵑的另一篇小說〈如願〉(《文藝月報》1959年5月刊；重載於《人民文學》1959年8月刊) 就講述了當奶奶的何大媽如何從玩具工廠的工作中獲得新的滿足與自豪。何大媽的兒子、媳婦都在廠裏做工，收入不錯，何大媽本可以留在家裏料理家事、照顧孫女，但五一節大遊行，兒子、媳婦都在遊行的隊伍裏，只剩她一人落單在家，心裏感到無限空虛，連燒水煮飯也都恨了起來！「何大媽端下了飯鍋，就坐在廚房裏沉思起來。她想，她只有這麼一個討得到錯處、卻永遠討不到好處的責任。」[29]

　　到了1958、1959年，人民公社化運動在全國展開，小型的農業合作社合併為大型的人民公社，大量的婦女從洗衣做飯的家務勞動中解放出來。她們不僅擺脫了廚房的束縛，更因為軍事化的制度與托兒所的普及，將她們從為丈夫、為孩子的奴役狀態中解救出來。記錄公社化運動的作家們自然也充滿熱情地書寫女性的自由及其在社會主義建設中的重要作用。與先前工人妻子的故事不同，這

些作品雖然依舊以進步與落後的對比作為情節的戲劇衝突，但通常都以帶有偏見的男性角色為反面形象，突出新女性高漲的熱情與獻身精神，讚揚他們在各行各業中的聰慧機智，其中有生產隊隊長、食堂負責人、養豬專家，還有產科醫生和氣象專家。年輕作家李准就以此為主題進行創作，讚頌公社制度下的新女性，作品取得了顯著的成功。在他的代表作〈李雙雙小傳〉（《人民文學》1960年3月刊）[30]中，他完整地記錄了一個燒水做飯的農村婦女搖身一變當上食堂炊事員的可喜進步，而女主人公李雙雙也由此成為婦女解放的全國代表。與這一類型的其他作品相比，〈李雙雙小傳〉不無獨特之處，李准在這裏模仿了趙樹理的風格，卻又青出於藍，在許多喜劇場景中恰到好處地運用了田園牧歌式的寫法。不過這些場景的主角倒不是李雙雙，而是作為襯托的丈夫喜旺，他的落後可愛讓李准寫得栩栩如生。

但也正因為婦女的解放，公社小説的女主角們都忙於公共事務，幾乎沒有時間處理個人問題。以李准的〈兩代人〉為例，故事講述了女主角自願去當接生婆，未來的公公不同意，女主角便對他進行了一番教育工作。整個故事裏，女主角從來沒有與自己的未婚夫同時出現過，甚至文中從未提及男方的姓名，這難免讓人感覺，女性樂於自己的工作，任何一段浪漫的戀情都顯得多餘。可奇怪的是，如果公社的女性當真不再為家務瑣事煩惱，那為甚麼這些故事裏的女性又會頻頻地懷孕生子？其實，故事裏大量的生子情節無非是為了突出公社裏日益進步的分娩和產後服務，一個典型的例子便是茹志鵑的〈靜靜的產院裏〉（《人民文學》1960年6月刊）。故事講述了一位臨產的婦女，想到自己母親生產時簡陋的醫療條件，又看看自己享受的良好服務，心中不禁充滿了感激之情。雖然故事的主旨是為歌頌新時代的社會主義福利，但偶爾也可瞥見女性在產期及恢復期的心理活動。接下來的兩個例子就表現出婦女在產期截然不同的兩種態度，一位產婦渴望得到丈夫的溫情關懷，另一位則懷着更加高尚的品格，為了工作完全不顧自己的身體狀況。

在何飛的〈大家庭〉（《人民文學》1961年12月刊）中，年輕的

妻子剛生了孩子在家休息，還有兩天就是春節了，天上卻颳起了暴風雪，身為生產隊隊長的丈夫回到家，妻子又跟他提起兩個早就交代過的老問題：一是屋頂漏水，須得修補；二是好久沒見她母親，得抽空去看看。第一件事自然是當務之急，妻子坐着月子，孩子也小，屋裏沒有暖氣，屋頂漏風漏雨，母子都有危險，丈夫心裏當然明白，但他一出門卻又趕去了二十里外給公社食堂運糧食，他推着一輛小車在逐漸惡劣的天氣下沿着彎彎曲曲的山路趕路，終於在當晚馱着滿滿的物資趕回了村子。可一到食堂，丈夫又忙着佈置禮堂，為春節晚宴作準備，一連四十二個小時都在工作，中途只吃了兩頓飯，完全忘了修屋頂的事。等他回到家，已經是大年三十的早上，風雪依然，但他家的屋頂已經被好心的鄰居修好了，妻子孩子也都平安。公社制度下的妻子，也許不能時時指望自己的丈夫，但她總是「大家庭」的一份子，有事能有組織幫忙，也該知足了，不該對丈夫提過多要求，佔據丈夫寶貴的時間。

與〈大家庭〉裏的妻子不同，林斤瀾〈新生〉(《人民文學》1960年12月刊) 中的新媳婦就看不慣傳統女性要人照顧的軟弱，相反，她因為生產分娩耽誤工時而感到內疚不已，寧可冒着生命危險也不願停止工作。新媳婦是蔬菜組長，分配的蔬菜地在深山老林裏，公路不通，與其他公社小組完全隔離。正因為地方偏僻，碰巧她的骨盆又小，公社的老大夫早就讓她產前一個月一定要到公社住院。但她哪裏放得下那些好不容易紫上來的茄子？於是她便留了下來，肚子發作到第三天，她的生命已岌岌可危，幸好診所的年輕女大夫騎着騾在危機關頭趕到，保住了母子性命。

故事的後半段圍繞着年輕大夫展開來，正好也帶出了一個本文尚未論及的話題──職業女性。自從毛澤東於1942年提出工農兵的文藝路線，知識分子在小說中的分量便小得多了，但關於女教師、女醫生、女護士的小說卻還是屢見不鮮，畢竟她們在社會主義建設中的作用也都有目共睹。[31] 這部分小說中凡有意表現女性的故事，無一例外都會着重突出她們的無私奉獻與敬業精神，絕不以個人幸福為先。〈新生〉中的年輕女大夫就是一個典型。她見母子平

安，便告辭下山，回去的路上，她想着自己接生的成功，想着村民們歡喜地跟她道謝，她的心裏那樣快樂，忍不住停下來，拿出紙筆，給三百里外的一位青年醫生寫信，「我真的想呀想，這比個人的無論甚麼『幸福』，要高得多，大得多。或者根本是兩種東西⋯⋯」[32]

〈愛情〉（《人民文學》1956 年 9 月刊）中的女主人公鄉村醫生葉碧珍也得出了相同的結論，過程卻是幾經波折。這篇作品創作之時，文學界正廣泛批評作家對愛情的機械化描寫，於是作者李威侖便乾脆作了一個浪漫的實踐，雖然最終的作品格外多愁善感，但也明確強調社會主義愛情比個人愛情更加高尚，從而得以倖免於中央的審查。故事的主人公碧珍深深地愛着醫生周丁山，周丁山也對碧珍心生愛意，但四年前，因為一場誤會，周丁山愛上了護士小貞，並與她訂下了婚約。四年後，周丁山將被調走，正當碧珍痛苦不堪的時候，有個瀕危的病人求診，碧珍費盡氣力將病人從死亡的邊緣救了回來，看着病人一家的欣喜與幸福，她忘卻了自己的不幸，第二天一早，她也終於能平靜地與丁山告別：

> 「去吧，丁山！別為我擔憂，我一切都會好的⋯⋯」她打斷了他的話；「我應該克服的感情，我已經克服了。為了你的幸福，為了你們的幸福，我很高興⋯⋯」
>
> 是的，她克制住了一種幾乎不能克制的感情。這是為了甚麼呢？這正是為了愛情 —— 一個青年團員、一個真正的醫生，對人民，對自己的職業，那深厚的、真摯的愛情。還有甚麼樣的愛情，會比這更崇高、更美呢？[33]

本文對共產主義下中國女性的研究，從農民姑娘為提高生產與勞動模範結合開始，到這裏便以為大愛捨小愛的女醫生作結。表面上，這些故事好像並沒有甚麼相通之處，但根本上所有的例子都在強調調整個體以配合社會主義建設，而最偉大的英雄往往也都是那些為了共產主義做出最多犧牲的人。雖然完全的自我犧牲從生理上來說並不可能，但人人都應當對自己要求多一些，少指望別人，這

樣才有可能塑造一個理想的共產主義人格 —— 以勞動為唯一熱愛的機械人。一篇接一篇的故事反復傳達着這種帶着政治意味的訊息，大概是為了讓大陸讀者相信獻身社會主義才是人生唯一要務，同時也是鼓勵讀者為了集體更進一步地自我犧牲：就算我不是共產主義者，也讀過不少書，但我也還是發自內心地覺得有幾篇歌頌共產主義的作品寫得頗為感人，尤其是對男女主人公犧牲自我、克服難關的描寫的確讓人心生敬意。但這種英雄主義雖看似榮耀，卻沒有從基本的人性汲取甚麼養份，到頭來未免可悲。對於一個模範的社會主義者，所有的感情都可放棄，除了對勞動的熱情：為提高衝勁、提高效率，必得首先精簡自己的感情世界。

上文提過的〈愛情〉，並不是鼓勵女醫生們實行獨身主義，而是在複雜的感情面前，為免影響勞動的效率，必須提供一個美滿而簡單的解決辦法。這篇作品寫於 1956 年秋，重心過於偏向個人問題，且有悲劇的意識，實在不像典型的共產主義小說。此外，作者支持個人意志的自由，對內心彷徨、道德困惑的男主角也頗為同情，這樣傷感的態度幾乎與強調共產主義熱情的積極態度完全相悖。

上述作品中的女性角色，不論是無私奉獻的工人，還是積極進取的進步人士，或者謹小慎微的保守分子，她們的命運一點都不悲慘。說實在的，若跟潘金蓮、王熙鳳、林黛玉這類世故不深的中國古典小說中的女子相比，新時代的女性似乎早已把舊中國的封建黑暗與野蠻無知擺脫得一乾二淨，她們熱心公益，不為淫欲、貪念所惑，也不會自甘墮落，更不屑於追求不知羞恥的個人幸福。然而，儘管封建制度下的女子受着殘酷社會規範的奴役，深陷惡之激情而不可自拔，她們卻在我們心中留下了難忘的一面：任憑意志的挑撥，乖張的作出善或惡的選擇。相比之下，新時代的女性角色並沒有活在這麼一個形而上的世界。她們是可悲的，因為作為人的價值，她們只能以她們對社會主義建設的功用來衡量。

不過，即便在社會主義制度下的中國，也還是有人在為捍衛人性的尊嚴而努力着。1949 年前的人道主義理想傳統，經過了一次又一次共產主義政治運動的鎮壓，也還依然野火不盡。受到清洗的

作家們，尤其是胡風集團和1956至1957年的右派分子、修正主義者，之所以遭到抨擊，看似是因為他們不顧後果地要求解放文學官僚的控制、要求言論自由，根本上其實是因為他們相信人性不滅，相信人人都有追求愛、自由與幸福的權力。[34]這些作家鬥爭的主要武器是評論文和雜文，文學創作的數量不多。但在1956至1957年間，我們看到好些反對千篇一律的服從與過度的社會主義勞動的作品的出現。在這些作品中，不難想像的是女性角色往往是反對壓迫的戰士與殉道者。這一現象也並非偶然，因為在主流的中國現代小說中，女性雖然在追求豐富而有意義的生活中很容易便被擊潰，但她們依然象徵着一往向前的熱情理想主義者。即使她們受到挫折，那也是一種傲然堅持己見的勝利：茅盾、丁玲早期的作品中，女性角色表現出那種反抗而放恣的無政府主義態度，就與當今小說中迫切向集體靠攏、熱愛勞動建設的女性生活在截然不同的世界。丁玲是延安的著名作家，在1942年受到抨擊之前，她就創作了〈我在霞村的時候〉（1940）和〈在醫院中〉（1941）[35]等著名作品，文中的女性有情有義，與冰冷的共產主義制度形成鮮明對比。

丁玲的抗議雖被噤聲，但她反抗的態度卻由1956至1957年的修正主義作家延續下去。他們雖然對共產主義民胞物與的懷抱有信心，對未來的改革也存希望，但還禁不住在作品中表現出人性備受摧殘之後的疲乏與絕望，其中還講述着理想主義與人情淡薄的官僚主義的抗爭。

豐春在小說〈美麗〉（《人民文學》1957年7月刊）中哀悼了中國青年無人賞識的高貴品格與犧牲精神，正如文中的季佩珠大姐對「我」的傾訴：「現在的青年人，都有一顆美麗的心，那心呵，像寶石，像水晶，五光十色而透明……年青人都多麼可愛。但是，他們可又有着自己的憂慮和苦惱。有時，甚至於叫人擔心。」[36]最讓她擔心的就是她的姪女玉潔，她在政府的一個文化部門工作數年，最初是給一位秘書長作秘書，日夜協助他，不知不覺中便愛上了他，但玉潔這輩子克己復禮慣了，從未想到要追求個人幸福，更沒有勇氣去為之奮鬥，且不說機關裏的同事懷疑她賣命工作的動機完全是為

了往上爬，更不要說患了肺病的上司的妻子也對她流露了醋意和敵意。面對周圍冷漠的眼睛，玉潔畏縮了。上司在妻子去世後，終於向玉潔吐露了愛意，玉潔拒絕了。當然，秘書長對她的追求也並不顯得特別熱心。不多久，他便調職去了北京，娶了一位女演員。

與此同時，玉潔留在文化機關裏，日夜忙碌，根本無暇顧及私事，她的同事就曾這樣抱怨道：「你知道我們的工作，沒有星期天也沒有假日。就是有朋友，有時候兩月三月也很難見一次面，這不能不是個問題哩。」[37] 玉潔也有追求者，是個青年外科醫生，但兩人都忙着工作，尤其玉潔任務繁、會議多，連接他電話的時間都沒有，更別說見面約會了。後來，為了減少雙方的壓力，玉潔乾脆與那人分手。現在她已經 31 歲，不論心靈多麼美麗，她的生活已經完全讓那磨人的工作消磨殆盡了。故事最後借季大姐之口以一句反問作結尾，表達了無私奉獻的勞動者最終怎能不幸福呢的願景：「你看看，玉潔會是幸福的。她怎麼會不幸福呢？」[38]

在我看來，〈美麗〉算不上是一篇成功的作品，但玉潔悲苦命運所反映出的嚴峻生活現況一定感染了不少讀者，因為作品一經發表便引得各大批評家群起而攻之，認為故事感人的背後其實隱藏巨大的破壞性。本文接下來要介紹的是一篇修正主義小說：劉賓雁的〈本報內部消息〉（《人民文學》1956 年 6 月刊；1956 年 10 月刊），故事極佳，而且就我有限的閱讀經驗來說，這篇作品可與路翎的〈窪地上的「戰役」〉（《人民文學》1954 年 3 月刊）[39] 並列為中國大陸中長篇小說中的兩部傑出之作。但這兩篇作品及其作者路翎、劉賓雁後來卻分別於 1954 至 1955 年、1957 至 1958 年遭到猛烈抨擊。

不過，〈本報內部消息〉在備受攻擊之前確曾轟動一時；《人民日報》刊出作品的上篇時，主編還曾頗為得意地說過：「正當大家已經習慣於在文學作品裏反對右傾保守思想的時候，這篇特篇又提出了一個新的問題：在生活中還存在着別樣的、束縛着人們的積極性、創造性及勞動熱情、妨礙生活發展的情況。」[40] 故事中的女記者黃佳英正是想要掙脫枷鎖、衝破障礙的代表人物。在故事的上篇，她試圖將中央黨委的喉舌《新光日報》改革成為為人民發聲的媒介，

最終卻以深重的挫敗收場；可是到了續篇，她竟意外地得到了報社同仁的廣大支援。故事在黃佳英的入黨決議大會上達到高潮。她熱心改革、重視個人，組織對她的入黨申請存在很大爭議。出人意料的是，報社主編陳立棟感覺大家似乎都對中央的政治路線心存不滿，竟然同意她入黨；而報社其他正直的員工也受到黃佳英的影響，放下了他們先前的悲觀、倦怠與顧慮，也都挺身支持黃佳英入黨。

故事是這樣的：記者黃佳英原本在外地一個礦井進行採訪，卻提前二十三天突然被強制召回報社。文章的開頭，黃佳英正在一輛夜火車上，思考着礦井裏的礦工，思考着她在報社的艱難處境，以及她成功入黨的微小機率。她苦苦熬了七個鐘頭把礦井的境況寫成了一篇長篇報導，但以她入行多年苦澀的經歷來看，她明白報社一定不會發表這樣一篇直言不諱的報導，最後還是把文章撕掉了。她好幾次試着讀讀小說來放鬆心情，可一翻開就又合上了，心想：「為甚麼許多小説裏把生活和人物都寫得那麼平常、那麼清淡又那麼簡單呢，好像一解放，人們都失去了強烈的喜怒哀樂的感情，一下子都變成客客氣氣、嘻嘻哈哈、按時開會和上下班的人了。」[41]這一番話刺中了共產主義小説偽裝歡樂的假相，反映了人們生活的真面目。黃佳英堅信，機械地完成任務、恪守形式，最終就只知道盲目服從，完全扼殺了所有的積極性，也抹殺了所有誠意改革的努力。數年來，她所採訪的那些礦工每晚只睡四個鐘頭，凌晨兩點就起床，走去礦場開工，晚上到家往往都已經九點多了。工時長不算甚麼，最讓人身心交瘁的要數那些無窮無盡的會議。開會耽誤了時間，工人工作的效率自然會下降，可要是沒達到生產目標，就要開更多更長的會來動員他們工作學習的鬥志。正如黃佳英後來向她的上級反映時所説：「當工人們最大的願望是躺下來睡幾天大覺的時候，還怎麼可能學習？」[42]但礦場上卻沒有一個人願意也沒有人敢於向上級要求少開會、開短會。黃佳英發聲講出了自己的疑惑：不知這場無休無止的疲憊的鬧劇是否全因為黨？

　　不獨礦場，黃佳英所在的報社也是同樣的死氣沉沉，因為畏懼與怯懦，報社的社論、專題都必須等黨中央做了決議才能上報。而黃佳英的入黨申請遲遲不獲批准，也是因為同樣的畏懼與服從。一直愛慕佳英的張野雖從不曾懷疑過她的熱忱與勇氣，但也建議她權且在編委會上主動承認錯誤，好趕快解決她的入黨問題，黃佳英聽了他的意見，打了個冷戰，故事的上篇便在這裏告一段落：

> 　　原來他是這麼個主意！為了入黨，倒可以不來維護黨的利益！為了入黨，倒要隱藏自己的意見！
>
> 　　黃佳英猛然站住了。她想說幾句話，狠狠地駁斥張野一下。可是她終於甚麼也沒說，轉身就往回走。聽見張野在後面喊她，她的步子反而邁得更大了，好像從來，從來也沒有人這樣侮辱過她……[43]

　　在整個故事中，劉賓雁將黃佳英塑造成為一個為了黨的最終利益拼搏奮鬥的忠誠分子，所以她才堅決主張工人們應有足夠的休息時間，報社應當積極主動地針砭時弊、反映民情，入黨候選人不該因為集體施壓便低頭退縮，違背自己正直的品質。然而，在黨的眼中，黃佳英卻是一個放肆叛逆的個人主義者，黨對人民的要求是對黨絕對服從，這是不可動搖的原則，大概也是近年來社會主義建設遇冷受挫的主要原因。在得到中央首肯的短篇小說裏，女性角色無疑都是共產主義事業的堅定的支持者，她們努力地避毀就譽，儘量在情感壓抑與日夜操勞的無望生活中擠出一絲一毫的滿足。在很大程度上，她們的人生都付與了這種精神貧瘠的非人生活。在所有修正主義文學中，黃佳英是最具生機活力的一個，與當代中國小說中的典型女性角色形成鮮明對比，她代表了熱情悲憫的傳統品質，象徵着敢於抗爭的理想主義，也體現了對誠實正直的堅持與對冷漠腐敗的英勇抗爭。

注　釋

中國古典文學——作為傳統文化產物在當代的接受

* 本文的部分觀點最初以報告形式發表於 1984 年 10 月一場舉辦於田納西孟菲斯州立大學（Memphis State University）的中國文明專題研討會，後來又擴充成為一篇題為〈中國古典文學之命運〉的中文論文，上下兩部分別發表在紐約季刊《知識分子》（*Intellectual*）的 1985 年春季刊和 1986 年冬季刊。得益於 *CLEAR* 編輯的督促，我才以這個題目完成了文章的英文版。有興趣的讀者還可以讀一讀本文的中文版，以及其他相關文章，特別是《人的文學》（1977）以及本書收錄的〈中國小說與美國批評——關於結構、傳統與諷刺的反思〉。

1　這種所謂「新時期」文學在 1989 年 6 月的天安門事件後就戛然而止了。

2　例如，由康來新改寫的《紅樓夢》只有 286 頁。作為中國歷代經典寶庫叢書的其中一部，這一版《紅樓夢》有 16 頁插圖，卻只有 22 頁是真正的原文。1984 年，叢書主編高上秦又為叢書新增 15 部，臺灣流行作家、社會評論人柏楊也已花費多年時間翻譯《資治通鑑》白話本。雖然一些史學家頗有微詞，但這一系列叢書至今銷量甚佳。

3　不過，依照慣例，他應該不會為美國以外地區的出版物作書評，例如沙博理（Sidney Shapiro）翻譯的《水滸傳》（*Outlaws of the Marsh*），詹納爾（W. J. F. Jenner）翻譯的《西遊記》（*Journey to the West*），楊憲益、戴乃迭合譯的《紅樓夢》（*A Dream of Red Mansions*），以及雷威安（André Lévy）翻譯的《金瓶梅》（*Fleur en Fiole dole*）。

4　《紐約客》（*The New Yorker*，1979 年 7 月 23 日）曾刊登過一篇蕭紅的書評，雖然沒有署名，但是評價極高，想必不是厄普代克所寫。

5　參見本書〈中國小說與美國批評〉。

6　參見Charles A. Moser, "The Achievement of Constance Garnett," *The American Scholar* (summer 1988).

7　在此推薦閱讀 Ellen M. Chen, *The Tao Te Ching: A New Translation with Commentary* (New York: Paragon House, 1989).

8　參見Jacques Barzun, *Classic, Romantic, and Modern* (New York: Anchor, 1961), xxi.

9　參見 *Chinese Lyricism* (New York: Columbia University Press, 1971), 133.

10　在這一方面尤其值得一提的是張應昌彙編的《國朝詩鐸》(1870)，現名為《清詩鐸》(北京：中華書局，1960)，書中收錄大量有關社會、政治、經濟的詩歌作品。Paul S. Ropp 教授曾在他的論文 "The Status of Women in Mid-Qing China: Evidence from Letters, Laws and Literature" 中引用多首《清詩鐸》收錄的作品，並在美國歷史學會1987年12月的年會上首次發表。

11　引自part I, "The Depreciated Legacy of Cervantes," of Milan Kundera, *The Art of the Novel* (translated from the French by Linda Asher; New York: Grove, 1986), 5–6. 我第一次讀到時，這一部分名為 "The Novel and Europe"(David Bellos, tr.) in *The New York Review of Books* (July 18, 1984).

12　參見〈中國古典文學之命運〉，《知識分子》第2卷第2期，頁81。

13　譯注：魯迅，〈論睜了眼看〉，《魯迅全集》第1卷(人民文學出版社，2005)，頁254–255。

14　在文章中，魯迅取笑了《紅樓夢》的結尾，尤其是寶玉成了個「披大紅猩猩氈斗篷的和尚」，與父親及整個世界告別。但是，另一方面，他又認為「作者比較的敢於實寫」，不同於其他作者，「自欺欺人的癮太大，所以看了小小騙局，還不甘心，定須閉眼胡說一通而後快」。(〈論睜了眼看〉) 鑒於魯迅認為後四十回很大可能為高鶚所作，他的這篇文章大概是在戲弄高鶚而非曹雪芹。關於魯迅對《紅樓夢》的見解，詳見魯迅：《中國小說史略》之23、24章。

15　在《古名家雜劇》(1588)收錄的《竇娥冤》中，蔡婆婆和竇天章在楔子裏都表示竇欠蔡本利共十兩銀子，但到了臧晉叔的《元劇選》(1616)，十兩增加到了四十兩，這一改變可能是為了讓竇天章博得更多同情。

16　參見〈中國古典文學之命運〉，《知識分子》第2卷第2期，頁79。

17　譯注：竇天章兩段話引自關漢卿，《竇娥冤》(香港上海書局，1979)，頁30。

18　Anne Birrell 博士對〈玉台新詠序〉的翻譯附在書中，詳見 *New Songs from a Jade Terrace: An Anthology of Early Chinese Love Poetry* (Harmondsworth, England: Penguin, 1986), 337–345.

19　李白描寫江南女子的詩中 (四首《越女詞》以及另外一首絕句《浣紗石上女》) 常見誇讚她們的腳的句子。

中國小説與美國批評——關於結構、傳統與諷刺的反思

1　本文正文內還有許多沒來得及討論的重要論文，其中，浦安迪（Andrew H. Plaks）有兩篇值得特別注意："Towards a Critical Theory of Chinese Narrative," in Plaks, ed., *Chinese Narrative: Critical and Theoretical Essays* (Princeton: Princeton University Press, 1977); "Full-length *Hsiao-shuo* and the Western Novel: A Generic Reappraisal," in *New Asia Academic Bulletin I* (Hong Kong, 1978). 以上一期《新亞學報》為中西比較文學特刊。

2　參見 Y. W. Ma, "The Chinese Historical Novel: An Outline of Themes and Contexts," *Journal of Asian Studies*, 34 (1975), 277–293.

3　*The Chinese Vernacular Story* 由哈佛大學出版，這本書不像韓南的另一本專著 *The Chinese Short Story* (Cambridge: Harvard University Press, 1973) 那麼專業，普通讀者讀來也很有趣。

4　參見 Plaks, "Allegory in *Hsi-yu chi* and *Hung-lou meng*"; Shuen-fu Lin, "Ritual and Narrative Structure in *Ju-lin Wai-shih*," in Plaks, ed., *Chinese Narrative*, 163–202, 244–265.

5　浦安迪的這本書由普林斯頓大學出版社出版，我的書評首次發表於 *Harvard Journal of Asiatic Studies*, XXXIX (I) (1979), 190–210，這本合集亦有收錄。

6　參見注釋 1 中所列的浦安迪兩篇文章。此外，請參看 David T. Roy, "Chang Chu-p'o's Commentary on the *Chin P'ing Mei*"; Shuen-fu Lin, "Ritual and Narrative Structure in *Ju-lin Wai-shih*," in Plaks, ed., *Chinese Narrative*, 115–123, 244–265.

7　參見注釋 6。

8　Plaks, ed., *Chinese Narrative*, 122.

9　Plaks, ed., *Chinese Narrative*, 120.

10　參見 *Proceedings of the International Conference on Sinology: Section on Literature* (Taipei: Academia Sinica, 1981).

11　參見 *The Great Tradition* (New York: Doubleday Anchor, 1954), 12. 利維斯（F. R. Leavis）接着又說：「人們常説《湯姆‧瓊斯》結構完美，簡直荒謬。菲爾丁（Henry Fielding）所用的素材不夠豐富，情趣也不夠細緻，他的結構怎麼可能嚴密？」

12　英文版由楊憲益、戴乃迭合譯，於 1959 年由外文出版社出版。

13　尤見胡適，《胡適文存》，四卷（臺北：1953 年）；鄭振鐸，《中國文學研究》，卷 1（北京，1957）；以及阿英，《晚清小説史》（北京，1955）。

14　《萬曆十五年》於 1981 年由耶魯大學出版社出版，英文副題為：「明朝的隕落」(The Ming Dynasty in Decline)。《王氏之死》於 1978 年由維京出版社 (Viking Press) 出版。

15 Barzun, "Biography and Criticism—A Misalliance Disputed," *Critical Inquiry*, I (3) (1975).

16 參見 *Chinese Literature: Essays, Articles, Reviews*, 2 (I) (1980), 3–53. 縮節版為 "A New Interpretation of the Shui-hu Chuan," 見於 *Proceedings of the International Conference on Sinology: Section on Literature.*

17 浦安迪在 "Toward a Critical Theory of Chinese Narrative" 中曾認為吳承恩是《西遊記》的作者，但在他的這篇文章中，他並沒有說吳承恩是《西遊記》的作者，因此我們無法確定他是否對此有不同的看法。

18 參見 "Shui-hu Chuan and the Sixteenth-century Novel Form," 49–50 有關《水滸傳》的接受問題的部分。浦安迪坦承：「最令人不解的是，十六、十七世紀的書評人對李逵幾乎一致讚許，認為他誠實厚道、不虛偽、不欺詐，是無拘無束、自由自在的『活佛爺』。」

19 俄國小說自然不同於西歐小說；在陀思妥耶夫斯基看來，歐洲的自由主義本身就是一種黑暗。

20 見 *The Classic Chinese Novel*，第三章：《水滸傳》。

21 *Proceedings of the International Conference on Sinology: Section on Literature*, 39.

22 Shuen-fu Lin 與 Larry Schultz 曾將這部短篇小說譯作英文，題為 *The Tower of Myriad Mirrors: A Supplement to* Journey to the West *by Tung Yueh (1620–1686)* (Berkeley: Lancaster-Miller, 1978). 這部書很難讀，因為董說的方法是「創造夢境，而凡做過夢的人對這些夢境的特色都再熟悉不過了：歪曲、矛盾、顛倒、無關，以及充滿感情張力的異想天開。」以上語句摘自夏濟安論《西遊補》的文章，見 Chow Tse-tsung, ed., *Wen-lin: Studies in the Chinese Humanities* (Madison: University of Wisconsin Press, 1968), 241.

23 參見 *Chinese Literature: Essays, Articles, Reviews*, 2 (I) , 5.

24 引自我對 *Archetype and Allegory in the* Dream of the Red Chamber 的書評。

25 李漁的作品還有《肉蒲團》、《無聲戲》(共兩部) 和《十二樓》。這三部作品中，三十年代廣泛傳閱的只有《十二樓》和他的戲曲而已。《無聲戲》失傳已久，直到德國學者 Helmut Martin 提供出兩部《無聲戲》的稀有影印本，交予臺北古亭書屋，《無聲戲》才終於 1969 年正式出版問世。近代學者大多同意李漁是《肉蒲團》的作者。參見 Robert E. Hegel, *The Novel in Seventeenth-Century China* (New York: Columbia University Press), 181–183.

26 全名為〈男孟母教合三遷〉。

27 參見 *The Chinese Vernacular Story*, 175.

28 參見《無聲戲》(臺北，1969)，頁 384。

29　這位孀婦的故事詳見第48章。吳敬梓難以釋懷的是，孀婦的父親秉守新儒家思想，竟然鼓動女兒尋死。

30　如欲淺嘗李寶嘉的諷刺藝術，請參見Lancashire所譯的《文明小史》, *Modern Times*, chapters 1–5, *Renditions*, 2 (Hong Kong, 1974)。此後，Lancashire譯完全書，以同名小説的形式由香港中文大學出版社於1996年出版。Lancashire還寫過一部關於李寶嘉的專著，*Li Po-yuan* (Boston: G. K. Hall, 1981)。Donald Holoch 有關《官場現形記》的評論文章收於 Milena Doleželová-Velingerová, *The Chinese Novel at the Turn of the Century* (Toronto: University of Toronto Press, 1980)，但文章風格矯揉造作，易將讀者引入歧途，還請多加留意。

31　*The Chinese Novel at the Turn of the Century* 亦收錄兩篇編者自己有關情節組織和敘述模式的文章，讀者對文中涉及《怪現狀》的部分不可輕信。

32　吳趼人，《二十年目睹之怪現狀》，張友鶴校注 (北京：人民文學出版社，1981)，卷2，頁831–832。王醫生這一席話參見第101回。

33　參見 "A New Interpretation of the *Shui-hu Chuan*," *Proceedings of the International Conference on Sinology: Section on Literature*, 46.

34　關於「士大夫小説」的涵義，詳見本書收錄的〈文人小説家和中國文化——《鏡花緣》新論〉（"The Scholar-Novelist and Chinese Culture: A Reappraisal of *Ching-hua yuan*"）。

35　參見 Harold Bloom, *Anxiety of Influence: A Theory of Poetry* (New York: Oxford University Press, 1973).

36　有關文康《兒女英雄傳》的淺談，參見 James J. Y. Liu, *The Chinese Knight-Errant* (Chicago: University of Chicago Press, 1967), 124–129. 關於《海上花列傳》，參見 Stephen H. L. Cheng 的博士論文，*Flowers of Shanghai and the Late-Ching Courtesan Novel* (Harvard University, 1979).

37　引自上注提到的 Stephen H. L. Cheng 博士論文，頁171–172：「據 Lubbock 所説，唯有 Henry James 的小説 *The Awkward Age* 算得上『純戲劇小説』。*The Awkward Age* 出版於1899年，比《海上花列傳》晚了整整五年，這一點實在令人訝異，因為中國傳統小説中的敘述都還挺好管閒事、閒言閒語的。」

論對中國現代文學的「科學」研究——答普實克教授

1　普實克，〈中國現代文學史的根本問題——評夏志清的《中國現代小説史》〉（"Basic Problems of the History of Modern Chinese Literatrure and C. T. Hsia, *A History of Modern Chinese Fiction*"），發表於《通報》（*T'oung Pao*）（荷蘭萊登，1961），頁357–404。

　　在這裏介紹一點我們的私人交往，或許也並非不恰當。在1963年春天普實克訪問美國之際，我有幸與他會面，並與他就有關中國傳統文學和中國現代文學的許多問題做了交流。不必說，普實克教授的誠懇及他那值得驕傲的博學多識，給我留下了極其深刻的印象。不過，因為在與普實克教授相識之前他就已經發表了那篇文章，我也只好違願地與他在公眾面前進行辯論。我相信，普實克教授將會發現，在文章中我只是針對實際的觀點進行討論，竭力避免了不必要的題外爭辯。

2　見普實克，"Lu Hsün the Revolutionary and the Artist," *Orientalistische Literaturzeitung* (5–6) (1960): 229–236.

3　普實克武斷地將「無個人目的的道德探索」的文學與那種在台灣地區流行一時的「逃避文學」等同起來，對於「逃避文學」，我哥哥夏濟安在我的《小說史》台北版的附錄中曾表示痛惜。而普實克同樣武斷地認為我哥哥對魯迅的評價比我對魯迅的評價要高。為此，他引用了我哥哥的話：「我覺得（魯迅）早期的短篇小說和雜文最好地道出了中國在那痛苦轉折時期的良心。」然而，我在《小說史》關於魯迅的那一章中，沒有一句話與這裏的判斷相矛盾。

4　哈利‧利文（Harry Levin），"Apogee and Aftermath of the Novel," *Daedalus* (Spring, 1963), 216。

5　韋勒克（René Wellek），*Concepts of Criticism* (New Haven, 1963), 15。

6　衛姆塞特（W. K. Wimsatt, Jr.），*The Verbal Icon* (New York, Noonday Paperbound Edition, 1960), 21。

7　同上書，頁3。

8　我已經在最近的文章中表明自己對丁玲的重要性的看法有所轉變，見〈殘留女性：中共小說中的婦女形象〉（"Residual Femininity: Women in Chinese Communist Fiction"），《中國季刊》（*The China Quarterly*）（1–3月，1963年），頁175–176。

9　《魯迅著作選》（*Selected Works of Lu Hsün*），（北京，外語出版社，1956），卷1，頁72。

10　根據小說我們可知，魯迅第一次認識閏土時「離現在將有三十年了」，那時閏土正是「一個十一二歲的少年」（見《魯迅著作選》，卷1，頁65）。直到作者離開故鄉「二十餘年」（同上，頁63）再回到故鄉時，他們「沒有再見面」（同上，頁68）。因而當讀者後來讀到閏土的第五個孩子讓魯迅感到「這正是一個二十年前的閏土，只是黃瘦些」（同上，頁71）時，可能會感到奇怪，因為這裏的「二十年前」應該是「三十年前」才沒錯。儘管大陸學者們對魯迅有聖徒般的態度，我卻沒見到有一位學者指出或更正這一明顯的錯誤，即使大量近年出版的魯迅作品集也未能如此。

11　《魯迅著作選》，卷1，頁72。

12　我在《小說史》中討論了魯迅對年輕一代所抱的充滿希望的態度，在那裏我引用了《孤獨者》中的一段話以及收入《三閒集》中的一封日期為 1928 年 4 月 10 日的書信。

13　《魯迅著作選》，卷 1，頁 6。

14　同上。

15　《魯迅著作選》，卷 3，頁 230。

16　魯迅，《南腔北調集》(香港，1958)，頁 83。

17　周遐壽，《魯迅小說裏的人物》(上海，1954)，頁 64–65。

18　同上書，頁 14–15。

19　《魯迅著作選》，卷 3，頁 165。

20　同上，頁 169。

21　同上，頁 158–159。

22　同上，頁 156。

23　見魯迅編《小說二集》，收入趙家璧編《中國新文學大系》第 4 卷 (上海，1935–1936)。

24　大多數老舍的短篇小說讓我感到失望。在《老牛破車》(上海，1937) 的第八章，老舍談到自己在寫作短篇小說時所遇的困難與挫折。老舍本人感到較滿意的短篇，都是那些稍長一點，並且本來打算寫成長篇而後因時間關係沒有寫成的作品。那些作品中，如《月牙兒》，由於其普羅主題，已經獲得中共批評家的高度讚揚。然而，同樣風格的關於一位富有的姑娘的短篇《陽光》──最先被收入《櫻海集》(上海，1935)，顯然要優秀得多。既然這兩部作品都應該看作是中篇而非短篇，結論就應該是：老舍在短篇小說方面才能不足。

25　比如因為我提到茅盾的「華麗的文學詞藻」，普實克就指責我沒有能力辨識茅盾作品的不同風格。事實上，我用這個說法指的是茅盾所用的詞語而非他的風格：由於大量運用從古典文學作品中借來的詞滙和用語，確實使得茅盾的小說給人一種「華麗」的感覺。同樣，因為我在轉折部分對比了「個人主義」的老舍與「浪漫主義」的茅盾，普實克就認為我沒有看到老舍小說中的大量「浪漫」因素。事實上，我在第七章中提到了他的帶有浪漫傾向的主人公──「沒有浪漫氣息的馬威」，以及「浪漫地夢想着一個有詩情有意義的世界」的老李。我還恰當地強調了老舍作品中的很濃的個人英雄主義和騎士精神。不幸的是，「浪漫的」一詞在英語中的意義極不精確，我將之用於茅盾，主要是想說明他小說中的色情特徵，因此，這裏「浪漫的」一詞與其他兩個詞「感官的」、「憂鬱的」合起來的意義相當。而如果我們用「浪漫的」一詞來表示一種個人主義、英雄主義和騎士精神，老舍當然當得起「浪漫的」這一修飾詞。

26 見葉子銘,《論茅盾四十年的文學道路》(1959),及邵伯周,《茅盾的文學道路》(1959)。

27 《茅盾文集》(北京,1958年),第7卷,頁27。

28 同上,頁29。

29 同上書,頁34。

30 茅盾,《短篇小說集‧春蠶》(北京,1956),頁13。

31 郁達夫,《寒灰集》(上海,1931),《薄奠》,頁6。該卷中每篇作品單獨分頁。

32 同上書,《薄奠》,頁17。

33 同上書,《薄奠》,頁8。

熊譯《西廂記》新序

1 參看張心滄所著短論〈以西廂記為題閒談中國人之愛情〉,見新加坡中國學會年刊 (1957) 頁9–19。Cf. Chang Hsin-chang, "The West Chamber. The Theme of Love in Chinese Drama," *Annual of the China Society of Singapore* (1957), 9–19。

2 熊譯《西廂記》(Shih-I Hsiung tr., *The Romance of the Western Chamber*) 1935年英國初版,1968年由哥倫比亞大學出版社重印。本文譯自新版本序文。

3 見柳無忌 (Wu-chi Liu) 著,《中國文學概論》,(*An Introduction to Chinese Literature* [Bloomington: Indiana University Press, 1966]),頁173。

湯顯祖筆下的時間與人生

1 侯外廬,《論湯顯祖劇作四種》(北京:中國戲劇,1962)。與多數處理明代歷史與思想的大陸重要學者一樣,在文化大革命期間,侯氏也遭到極嚴厲的批判。在〈侯外廬借古諷今被清算〉一文中(《明報月刊》卷1,12 〔1966〕),吳文彬提到分別出現在《光明日報》(1966年8月10日)與《紅旗》10期(1966年8月)的兩篇文章,這兩篇文章都特別根據侯氏論湯顯祖的文字對他大加撻伐。根據第一篇文章,一開始對纂集四大冊《湯顯祖集》產生興趣的是周揚,他並且要求侯氏寫一篇介紹文字。因此,這兩人便成為共謀,他們之所以提升湯顯祖思想的聲望,乃是為了間接批判共產政權的非人性。《湯顯祖集》於1962年由中華書局出版。第一及第二冊是「詩文集」,由徐朔方編輯;第三及第四冊是「戲曲集」,由錢南揚編輯。

2 1591年,湯顯祖上書為御史辯護,並批判當時的宰相申時行。神宗因此極為不悅,將湯顯祖流放到廣東的徐聞縣去當典史 (參《湯顯祖集》,第2冊,

頁 1215）。這篇奏文題為〈論輔臣科臣疏〉，收入《湯顯祖集》，第 2 冊，頁 1211–1214。湯顯祖上書也成為蔣士銓（1725–1785）傳記式的《臨川夢》一劇中重要的場景。

3　羅汝芳的言論收入黃宗羲的《明儒學案》卷 34（萬有文庫薈要〔臺北：臺灣商務，1965〕），第 7 冊，頁 1–30。好學者亦應參考較不易得的《羅近溪先生全集》。黃宗羲在《明儒學案》中對顏鈞的思想有簡要的說明，參《明儒學案》卷 32（第 6 冊，頁 62–63）。馮友蘭在《中國哲學史》中主張：「由上觀之，則龍溪誠為更近禪矣。但謂心齋更近禪，則梨洲所說似與事實不合。心齋後學，如梨洲所舉顏山農等，誠為近禪。」

4　在《太平山房集選》一書的序中（《湯顯祖集》，第 2 冊，頁 1037），湯顯祖曾提及他就學於羅汝芳時期的心境。《太平山房集選》的作者是東林黨早期的領導者鄒元標。

5　參唐君毅，〈羅近溪之理學〉，《民主評論》5 卷 5 期（1954），以及 Mo Chung-Kuei，〈羅近溪之思想〉，本文為香港中文大學新亞研究院研究助理第二十次月會中發表的報告（日期不可考）。

6　《明儒學案》卷 7，34\20。

7　同前注，頁 26。

8　除戲曲與尺牘之外，《湯顯祖集》收有 2,274 首詩，145 篇文章，其中有的是散文，有的是非詩體的韻文，包括三十篇賦。這些文字與尺牘極少被視為文學作品來處理，通常學者只是將之作為研究作者生平與思想的材料。徐朔方在寫《湯顯祖年譜》（北京：中華，1958）時，就大量運用了這些文字以及其他的相關資料。黃芝岡在其〈湯顯祖年譜〉（《戲曲研究》2–4 期〔1957〕）一文中，則結合了湯顯祖的生平與當時的政治環境。本文以連載形式發表，但至 1591 年時戛然而止，當時湯顯祖才 42 歲。這份年譜其實早已完成，不過據我所知，至今仍未成書出版。（譯按：黃芝岡已於 1992 年出版《湯顯祖編年評傳》〔北京：中國戲劇〕。）八木澤元所著《明代劇作家研究》（東京：講談社，1959）一書有專章論湯顯祖，也包括了一份年譜。本書由羅錦堂譯為中文，書名是《明代劇作家研究》（香港：龍門，1966）。

9　〈貴生書院說〉，《湯顯祖集》，第 2 冊，頁 1163。

10　《明儒學案》卷 6，32\63。

11　參〈年譜〉，《湯顯祖集》，第 2 冊，頁 1577–1578。根據徐朔方的說法（〈前言〉，《湯顯祖集》，第 1 冊，頁 4），達觀在與湯顯祖相遇前二十年，就起了改變湯氏思想的念頭。達觀死後，湯顯祖寫了三首絕句來表達哀痛之情（《湯顯祖集》，第 1 冊，頁 6）。

12　參侯外廬，〈湯顯祖著作中的人民性和思想性〉，《湯顯祖集》，第 1 冊，頁 6。

13　同前注，頁7。同頁，侯外廬引用了一段達觀將理與情對立起來的話。在
　　《湯顯祖年譜》的「附錄甲」中，徐朔方收入了三封達觀給湯顯祖的信，這項
　　資料非常有助於我們瞭解兩人之間的知性友誼。

14　參見〈前言〉，《湯顯祖集》，第1冊，頁8；《中國文學史》卷3（北京：人民
　　文學，1959），頁375。《中國文學史》一書乃由北京大學中文系1955級共
　　同完成。

15　參侯外廬，《論湯顯祖劇作四種》，頁28–40。

16　例如王季思，〈怎樣探索湯顯祖的曲藝〉，《文學評論》三期（1963）。

17　湯顯祖與莎士比亞卒年相同，這自然引得許多中國學者將我們這位明代戲
　　曲家與英國同時代那位劇作家相提並論，認為他們在藝術成就上旗鼓相
　　當。青木正兒的《支那近世戲曲史》1936年由王古魯翻譯（《中國近世戲曲
　　史》〔上海：商務〕），此書影響深遠，而且可能是最早將湯顯祖與莎士比亞
　　做比較的著作。Josephine Huang Hung 在其 *Ming Drama*（Taipei: Heritage
　　Press, 1966）一書中（頁163），也成功地將《牡丹亭》與莎氏早期的《仲夏
　　夜之夢》（*Midsummer Night's Dream*）與《羅蜜歐與茱麗葉》（*Romeo and
　　Juliet*）比較。也有人將湯顯祖比作年輕的歌德；可參見李長之的〈湯顯祖與
　　中國之狂飆運動〉一文，此文深具啟發性，見李長之，《夢雨集》（重慶：商
　　務，1945）。

18　最近為湯顯祖作傳的學者當中，徐朔方對這三部劇作的時間的考證最稱嚴
　　密。根據他的說法，《紫簫記》作於1577年秋至1579年之間，也就是湯顯
　　祖28到30歲之間。《紫釵記》則於1586年開始寫作，大約完成於1587年。
　　這部劇作在1595年付梓，湯顯祖也在這一年為其作序。《牡丹亭》的序寫於
　　1598年秋，時湯顯祖41歲；雖然許多學者都主張《牡丹亭》完成的時間要
　　早個幾年，但徐朔方則力排眾議，他認為此劇也是在這一年寫成的。參徐
　　朔方，「附錄丙」〈玉茗堂傳奇創作年代考〉，《湯顯祖年譜》，頁217–226。
　　根據八木澤元的說法（《明代劇作家研究》，頁426），《紫釵記》與《牡丹亭》
　　的初稿分別於1589至1590年以及1588年完成，而完稿則分別是1595年
　　與1598年。但是《牡丹亭》絕不可能早於《紫釵記》，因為後者在風格與意
　　象上都與《紫簫記》接近，而前者則在各方面都展現作者作為一名劇作家的
　　成熟度。徐朔方就指出，《牡丹亭》中不少地方指涉廣東地區，可能是湯顯
　　祖將自己1591至1592年的流放經驗融入了作品。所以，初稿不可能是在
　　1588年之前完成的，除非初稿與完稿之間有極大的差異。

19　參徐朔方，《湯顯祖年譜》，頁147–148；八木澤元，《明代劇作家研究》，
　　頁412。

20　正如蔣防的故事，《紫釵記》的「俠」就是黃衫客。

21　在《紫釵記》的題詞裏（《湯顯祖集》，第2冊，頁1097），湯顯祖指出，當

他寫《紫簫記》時，頗受惡言中傷之苦，所以不得不在未完成時逕行發表，以免遭影射時政的批評。序裏還引述朋友的話，指出《紫簫記》是「案頭之書，非臺上之曲也」。我以為湯顯祖之所以寫《紫釵記》，就是要將霍小玉的故事寫得更符合傳奇劇的結構，以便當時的舞臺搬演。根據一些早期評論者的看法，引起中傷謠言的並非《紫簫記》，因為這部作品的政治意涵極低，問題應該是出在一部譏刺「酒色財氣」的劇作，這部作品湯顯祖根本未曾出版。黃芝岡即持此說，因此他認為《紫簫記》不過是匆促成文，用以平息流言的東西（參〈湯顯祖年譜〉，《戲曲研究》4期〔1957〕，頁106-107）。徐朔方則在其《湯顯祖年譜》的「附錄丁」〈紫簫記放證〉中駁斥這個理論以及其他與《紫簫記》之創作相關的神祕說法。據清初的傳者所言，湯顯祖最後其實完成了《紫簫記》，但文稿卻在他死後被仲子開遠所焚燬了。徐朔方（頁231）持相反意見，他認為如果這份文稿的確存在，也是在1613年那場燒掉湯顯祖書畫收藏的大火中遭到焚燬的命運的。

22　不過我們必須記住，《紫釵記》也是以駢七體寫成的，意象藻麗，對句工整。在〈湯顯祖和他的傳奇〉一文中（《元明清戲曲研究論文集》〔北京：作家，1957〕，頁349），徐朔方特別揀出一段有關眼淚的極為誇張的段落來批評（《紫簫記》，第二四齣，見《湯顯祖集》，第4冊，頁2543），渾然不知同樣的文字原封不動出現在《紫釵記》第二五齣（《湯顯祖集》，第3冊，頁1674），只有最後兩句稍作改動，而且是改得更為對仗。如果《紫簫記》因此段而獲罪，那麼《紫釵記》又何能豁免？事實上，把這段文字當作詩來讀，倒也不算壞，而且在兩部劇作中，像這樣刻意經營的詞藻都並不常見。

23　杜秋娘在第二九齣就如此稱讚小玉（《湯顯祖集》，第4冊，頁2561）。第一○齣中，李益透過媒人表達求婚之意後，小玉便向母親表達心意，不願結婚，寧願奉母修道。當然這個誓願是當不得真的。雖然也有修道之心，但是她終究是個愛情女英雄。現存的版本寫到團圓就結束了，但如果湯顯祖按著他在第一齣所提出的情節大綱寫完這部劇作的話，小玉應該是在歷經百般試煉後，才終與丈夫團聚。但在此概述中，並未提到小玉會轉向宗教追求。

24　在〈琵琶行〉一詩中，賈人婦如此回憶她在長安的光輝往事：

曲罷常教善才服　　妝成每被秋娘妒

在此詩的序中，白居易提到賈人婦「嘗學琵琶於穆曹二善才」，因此穆與曹二人自然都稱「善才」。在《元白詩箋證考》（廣州：嶺南大學中國文化研究室，1950）中，陳寅恪進一步由元稹與白居易的詩作中查考秋娘，並認為她必是當時的名伎。《紫簫記》中，湯顯祖讓秋娘姓了杜；在〈杜秋娘詩〉中，杜牧寫的是一位同名的美人，為唐憲宗所愛慕。《紫簫記》第二九

齣，秋娘自承少年頗有妒忌之心，而善才在此是個比秋娘年輕十歲的女性，她們兩人共同回憶年輕往事，與白居易詩的情調類似。

25　第九齣（《湯顯祖集》，第4冊，頁2473）。

26　第一〇齣，同前注，頁2531。

27　第三一齣，同前注，頁2570。

28　同前注，頁2571。杜黃裳是個歷史人物，傳記見《舊唐書》卷147；《新唐書》卷169。年70或71歲卒，死前並未信佛。

29　見隋樹森，《古詩十九首集釋》（香港：中華，1958），頁20–21。

30　陶潛，〈形影神並序〉，見《陶淵明詩》（上海：商務，1931），頁54–56。

31　蘇軾，〈赤壁賦〉，見《東坡集》卷19。

32　〈南柯太守傳〉，汪辟疆校錄，《唐人小説》（香港：中華，1958），頁40。

33　參第四駒。

34　第八駒。

35　第四二齣（《湯顯祖集》，第4冊，頁2260）。

36　第四四齣（《湯顯祖集》，第4冊，頁2271）。

37　同前注，頁2273。

38　同前注，頁2273–2274。

39　第四四齣（同前注，頁2273）中，瑤芳告訴淳于棼有一重天叫作「忉利天」，夫妻在這重天仍有枕席之歡，只是不能「雲雨」。她還説在更高的一重天，夫妻已無房帷之事，但情至之處，仍可聲息相通。但在這幾重天以外，就是「離恨天」，人間情愛絕跡矣。

40　同前注，頁2274。

41　〈枕中記〉，汪辟疆校錄，《唐人小説》，頁37。

42　《邯鄲記》，第六齣（《湯顯祖集》，第4冊，頁2307–2308）。

43　宇文融傳見《舊唐書》卷105；《新唐書》卷134。湯顯祖拒絕張居正的贊助之意，並因此在張居正當權期間無法取得進士一事，記錄於湯氏友人鄒迪光為他寫的傳記中（《湯顯祖集》，第4冊，頁1511–1514），後來的傳者都對此事大加着墨，包括清代劇作家蔣士銓。（張居正死於1582年，次年湯顯祖即登進士，時年34）。湯氏劇作中還有一些專與主角作對的惡人，可能也是照着張居正寫的，包括《南柯記》中的禮部尚書，以及《紫釵記》中的盧太尉。後者軟禁李益，強迫他娶自己的女兒；在這一點上，他有點像高明《琵琶記》中逼迫蔡伯喈娶自家女兒的牛尚書。湯顯祖劇作中的惡人或許有若干自傳的痕跡，不過我們也必須將之放在《琵琶記》等較早的傳奇劇作傳統裏來考慮。

44　第二七齣（《湯顯祖集》，第4冊，頁2412）。

45　第二九齣（同前注，頁2420）。

46 奇幻之氣在第二二齣特別明顯，此齣描寫盧生放逐到廣東以及海南的過程。

47 第一一齣（《湯顯祖集》，第4冊，頁2329）。

48 Louis MacNeice, tr., *Faust* (Oxford University Press, 1951), 引自 Maynard Mack, general editor, *World Masterpieces*, II (New York: Norton, 1956), 1448.

49 D. J. Enright, *A Comentary on Goethe's Faust* (New York: New Directions, 1949), 150.

50 第二九齣（《湯顯祖集》，第4冊，頁2423）。

51 Thornton Wilder, *Three Plays* (New York: Harper, 1957; Bantam Books, 1958), 62. 引注頁數為 Bantam 版。

52 晁瑮的《寶文堂分類書目》列有一百種以上的小說，〈杜麗娘記〉乃其中之一。孫楷第在1931年東京之旅時發現了這部目錄，並將其中的書目收入他的《中國通俗小說書目》（北平：國立北平圖書館，1933）。同時，孫楷第也在內閣文庫中發現了晚明版的《燕居筆記》，題為《重刻增補燕居筆記》，另外，又在日本宮內廳書陵部圖書寮中發現了一個清初的版本，題為《增補批點圖像燕居筆記》。我檢視了上述兩種版本的影本，發現對研究湯顯祖《牡丹亭》之杜麗娘的人而言，後者關係不大，因為這只是前一版本的濃縮版。不過，較短的故事的標題只是〈杜麗娘記〉（孫楷第的標題較長，一定是抄自書裏的目錄），目前我不排除它的時代較早，而〈杜麗娘慕色還魂〉是由其發展出來的。

　　雖然孫揩第早已列舉這些與杜麗娘有關的書名，但首次探索其與湯顯祖劇作之關係的，當推譚正璧發表於《文學遺產》206期（《光明日報》，1958年4月27日）的短文〈傳奇《牡丹亭》和話本《杜麗娘記》〉。雖然譚正璧並未見到孫楷第提到的兩種話本版本，但他認為〈杜麗娘記〉就是《牡丹亭》主要的源頭。在前面已經提過的〈怎樣探索湯顯祖的曲藝〉（1963）一文中，王季思報告他在北大圖書館發現的一部《重刻增補燕居筆記》，並確認《牡丹亭》的來源就是這個杜麗娘的故事。我自己看過內閣文庫的影本，結論也是如此。不過，湯顯祖必然是在早於《燕居筆記》的其他筆記中看到杜麗娘故事的，而我們目前並無法得知兩種故事版本是否一致。

53 只要談到《牡丹亭》的故事來源問題，討論明代戲劇的文學史家大多過度強調湯顯祖本人在此劇的序中提到的三種唐代以前的故事。青木正兒在他對中國戲曲的概論中首開其例（參《中國近世戲曲史》，頁240–241）。最近，陳萬鼐在《元明清劇曲史》（臺北：中國學術著作獎助委員會，1966，頁475–476）中又重蹈了這個錯誤。

54 〈牡丹亭記題詞〉，《湯顯祖集》，第2冊，頁1093。

55 此劇共55齣，在《湯顯祖集》中佔247頁。湯顯祖次長的劇是《紫釵記》，少了兩齣，短了12頁。

56 塾師綽號「絕糧」，與他的名字「最良」是雙關語。《論語》有孔子「在陳絕糧」的記載，陳最良的綽號便是這麼來的。

57 這一齣中，一名金國使者垂涎叛降李全的妻子，透過通事（翻譯），一步步要求李全成全好事。使者的番言番語及通事的翻譯都引人發噱。

58 包括第一〇、一二、一四、二〇、二三至二八、三〇、三二、三五等齣。

59 《湯顯祖集》，第2冊，頁1093。

60 例如，第一七齣中，石道姑便有一大段自我貶抑的獨白，嘲笑自己是個石女。

61 例如〈前言〉，《湯顯祖集》，第1冊，頁8–10；劉大杰，《中國文學發展史》（北京：中華，1963），第3冊，頁1002–1003。

62 《湯顯祖集》，第3冊，頁1973。在這段對話中，杜麗娘與柳夢梅都引了《孟子·滕文公》的典故：「不待父母之命、媒妁之言，鑽穴隙相窺，踰牆相從，則父母國人皆賤之。」

63 《湯顯祖集》，第3冊，頁1976。

64 同前注，頁1977。

65 同前注，頁2075。

† 本文注釋由胡曉真博士重新翻譯，謹此致謝。

戰爭小說初論

1 《說唐前傳》和《說唐後傳》又合稱《說唐全傳》。

2 魯迅在《中國小說史略》中將《水滸》列為「講史」小說，而《封神演義》則列為「神魔小說」。孫楷第與魯迅意見相同，將《封神演義》列為「靈怪小說」，不過，他將《水滸》列為「說公案」中的「俠勇小說」。

3 參孔另境，《中國小說史料》（臺北：中華，1957）所蒐集的有關演義小說的評論。

4 當然，許多歷史演義小說是無法斷定是否為作者根據某傳說而創作，或只是抄襲一個遺佚或罕見的舊文本。因此，單就作品而論，《隋唐演義》是部優秀的作品，而我也在《中國古典小說》（*The Classic Chinese Novel* [New York: Columbia University Press, 1968]）一書中大力稱許此書對秦叔寶傳說的處理（頁342）。1970年夏，當時正在我的指導下寫關於《隋唐演義》的博士論文的何谷理（Robert E. Hegel）卻提醒我，這部書的前五十回幾乎全部抄自《隋史遺文》或《隋煬帝豔史》（參孫楷第，《中國通俗小說數目》〔香港：實用書局，1967〕，頁43；Liu Ts'un-yan〔柳存仁〕, *Chinese Popular Fiction in Two London Libraries*〔倫敦所見中國小說書目提要〕〔Hong Kong: Lung Men Bookstore, 1967〕, 259–260）。《隋史遺文》本身也是由一個更早且已亡佚的來源改編而來的。我讀過後，確定褚人穫小說中有關秦

叔寶的部分的確是大篇幅抄來的。既然有如此確切的抄襲證據，《隋唐演義》的內在優點似已不能成立，不過，這仍是中國最好看的小說之一。當然，褚人穫改編的功力無可置疑非常高強，天衣無縫，全無痕跡。參〈一則故事，兩種寫法〉，《夏濟安選集》（臺北：志文，1971）。

5　有關早期歷史演繹劇，可參見 James I. Crump（柯迂儒），"The Elements of Yuan Opera," *Journal of Asian Studies*, XVII, 3 (May 1958): 431–433。明代的小說蒐集家自己也很清楚戲劇對歷史小說的影響。因此，在《平妖傳》的序裏，張無咎便將有關戰國七雄、漢代，以及唐宋的小說都貶為弋陽派的劣戲（孫楷第，《日本東京所見中國小說書目》〔香港：實用書局，1967〕，頁93）。弋陽腔與精緻的崑曲不同，多用鑼鼓、雜耍，並喜玩弄戰爭場面。

6　《楊家將》故事與《封神演義》出版先後問題，尚待研究。一說熊大木的《北宋志傳》出版較先。

7　《北宋金鎗全傳》第三十三回有這個複雜陣法的描述。《楊家府》所述雖文字有異，但細節則相同。此陣乃呂洞賓根據一個陣圖所製，有七十二座將臺，五座壇，不過真正誘引攻擊的陣形只有七到八個左右。《楊六郎調兵破天陣》一劇（見《孤本元明雜劇》卷三〔北京：中國戲劇，1957〕）中的天陣則有一四二個陣。

8　楊家將故事中對楊業傳說的描寫，在大輪廓上還算符合史實。講到他的兒子楊延昭，說書人才開始編織幻想，而這種幻想也是後來薛仁貴、薛丁山、岳飛、狄青這些小說英雄人物的特色。無庸置疑，原本的《楊家府》以及其他幾部關於楊家將的元明雜劇，都是按着說書傳統來描寫楊延昭的。

9　現存有關隋唐英雄的元雜劇中，尉遲恭是其中四部的主角，包括《小尉遲》、《敬德不服老》、《單鞭奪槊》，以及《尉遲公三奪槊》。秦叔寶是最後兩部戲的主角。《徐懋功智降秦叔寶》（《孤本元明雜劇》卷三）並未收在《元曲選外編》中，故極可能是明代作品。

10　《舊唐書》卷六七講李靖與李勣事，而尉遲恭與秦叔寶的傳則與其他三名武將一起收在卷六八。李勣的傳特別描寫他對友情的重視。李密與單雄信死後，李勣悲痛逾恆，十分感人。秦叔寶傳說中，他與單雄信的友誼也很特殊；秦叔寶在正史中乃以勇猛見長，很明顯的，說書人是把李勣重視友誼的特色轉移到秦叔寶身上了。唐代時，李靖已經在傳奇中成為傳奇式英雄人物了；有關其他李靖與李勣的故事，可參見《隋唐嘉話》，收入《唐代叢書》。在元明時期的喜劇《十樣錦諸葛論功》（《孤本元明雜劇》卷三）中，李靖與李勣都列名於古今十三大軍事天才之中，與姜子牙、諸葛亮並稱。不過，姜子牙與諸葛亮都有屬於自己的演義，而造化弄人，李靖與李勣卻只能在講秦叔寶與薛仁貴的小說中扮演配角。

11 楊業是個特例，在《南宋志傳》與《楊家府》中，他的出生與少年時代都被輕描淡寫地帶過。如果晚明以後楊家將的故事得以進一步擴展的話，則楊業的少年時代一定也會被加油添醋，大加演義一番。

12 岳飛字鵬舉。

13 熊大木在《大宋中興演義》中以正史傳記為本（《宋史》卷二六五），忠實處理岳飛的出生與童年生活。於是我們發現岳飛的父親並未死於洪水，而岳飛雖然對老師周同（而非周「侗」）抱着近似孝子的態度，但周並未收養他。岳飛的童年被大幅渲染（例如《說岳》），這在任何英雄傳說的形成過程中都是一定會發生的。更有趣的是，這部小說出版後，周同本人也變成了英雄老師的典型。王少堂講的《武松》（南京：江蘇文藝，1959）第一卷第二回第七節，武松在回家發現武大死於非命以前，有一個月的時間跟周同學劍法。因此，根據當代最權威的揚州評話說書人的說法，武松跟岳飛、林沖、盧俊義都是周同的門生。王少堂把周同描寫為五十許人，是魯智深的結拜兄弟。

14 羅成的故事極為有趣。根據《秦王詞話》，羅士信名成，不過《舊唐書》卷187上與《新唐書》卷191的傳都不曾提到這一點。這位青年勇將生於齊州歷城，早年與同鄉秦叔寶同在隋朝將軍張須陀麾下，表現傑出。羅成後為唐將，20歲時為劉黑闥所俘，遂死。不過，《秦王詞話》卻說他雖然是力戰劉軍而死，其實背後卻是李世民邪惡的兄弟建成與元吉的陰謀，當時他們兩人就是負責對抗劉黑闥的統帥。《說唐》的作者將羅成標舉為隋唐時代第七號英雄，也是如此處理他的悲劇命運。《唐書志傳》與《隋唐兩朝志傳》這兩部更早期的作品也記錄了羅士信的事蹟與死亡，但並未說他就是羅成。《隋史遺文》中，小說人物的羅成與歷史人物的羅士信根本是兩個人。羅成在這裏是羅藝之子，羅藝是著名的隋朝大將，降唐後又叛變。羅藝之妻是秦叔寶的姑姑，因此秦叔寶前往探望，並結識了當時還是童子的羅成。褚人穫改編《隋史遺文》時，將羅成寫成浪漫英雄，而羅士信則仍是一個不太重要的歷史人物。對一般人來說，《說唐》與京劇中的羅成才最為熟悉——他是一個英俊的少年將軍，不幸早死。

15 楊再興是岳飛麾下最勇猛的將軍之一。根據《說岳》，他是楊業的後代，不過《宋史》卷三六八的傳中，並未提到他的先祖。正史上確有楊再興其人，但未載他是楊業之後。

16 李道宗曾在晚宴中引起尉遲恭大怒，可能因此便在通俗文學中變成了惡棍。這個事件在《舊唐書》（《二十五史》〔臺北：開明，1934〕，頁3313）的尉遲恭傳中提到，在元雜劇《敬德不服老》中描述得更為詳盡。李道宗雖然戰功彪炳，但曾因收受賄賂而入獄，這可能也是他名譽不佳的原因。李道宗傳見《舊唐書》卷六〇。

17 《羅通掃北》，第一二回，頁53，收入《征東·征西·掃北》（臺北：文化圖書，出版年份不詳）。這個四部曲並未出現在《説唐小英雄傳》中對應的第一三回裏。臺北的這個版本應是一個由一個更完整的本子重印的；無論如何，韻文描述這類情緒在戰爭演義小説中相當普遍。

18 盧西弗即魔王撒旦（Satan），因嫉上帝而率天使造反。參看米爾頓（John Milton）的《失樂園》（Paradise Lost）。伊牙苟（Iago）為莎士比亞著名悲劇《奧塞羅》（Othello）中的反角，為人極為奸險。狄司狄莫娜與奧塞羅之死皆由他一手造成（譯者加注）。

19 參看《秦併六國平話》。

20 這兩部戲是《薛仁貴榮歸故里》與《摩利支飛刀對箭》。後一部戲中，張士貴有一段喜劇獨白，柯迂儒曾把它譯為英文（參注5）。在《十樣錦諸葛論功》中，張士貴也是勇將夏侯惇身邊一個大言不慚的小丑。《舊唐書》卷八三有張士貴的傳，稱讚他的軍功，但可能因為征高麗之役是他招募了薛仁貴，所以促使説書人把他寫成小丑或惡棍，以與薛家小將的純潔英勇形成對照。在《唐書志傳》中，張士貴則是個稱職的將軍。不過，在高麗之役結束時，他勸太宗不要頒與薛仁貴太多獎賞或授與過高的官職，而皇帝也同意了。（薛仁貴於是被封武衞將軍之職）。在《隋唐兩朝志傳》第八六回中，尉遲恭揭發張士貴把薛仁貴的功勞佔為己有。此處他的角色就是惡棍，而非喜劇小丑了。

21 龐洪令人聯想到龐籍（《宋史》卷三一一），他在仁宗朝極為顯赫，而楊家將故事中的王欽若則毫無疑問指的是王欽若（《宋史》卷二八三），也就是真宗朝的奸相。他跟其他四個同黨被時人稱為「五鬼」。王欽若雖不是賣國賊，他卻專與忠臣寇準作對，在小説中寇準正是楊家的頭子。在《楊六郎調兵破天門》一劇的第一齣（參注7）中，楊延昭自報家門，稱王欽若為「奸臣」，曾假詔欲致他於死。在雜劇《謝金吾》（收入《元曲選》）的「楔子」中，王欽若洩漏他自己是遼國蕭太后派到宋朝的奸細。他的真名是賀驢兒，原是契丹人。他企圖處決楊延昭與焦贊，後來他的奸細身分被拆穿，凌遲處死。關於《謝金吾》的情節以及其來源的討論，參見羅錦堂，《現存元人雜劇本事考》（臺北：中國文化事業，1960），頁363–366。

　　王欽若在《北宋志傳》與《楊家府》都作王欽。後者與《謝金吾》一樣，都説他其實是契丹人賀驢兒，前者則説他是漢人，曾事遼國。因此我們認為《謝金吾》與《楊家府》的王欽故事屬於較早的傳統，而熊大木在《北宋志傳》中必然將他改寫回漢人，以使他的惡行更為顯著。

22 「女土蝠」代表水瓶座。許多小説人物，不一定是女性，都説是水瓶座的轉世化身。所以《大唐秦王詞話》中就説李淵的長孫皇后是女土蝠。

23 《征西》的作者一定把她叫作樊梨花，因為薛丁山的父親有個妾叫作樊繡

花。《説唐後傳》中，在征高麗以前，薛仁貴從三名盜匪手中救了繡花，並且答應要娶她。等到班師回朝，他根本忘了這件事；不過，當繡花的父親把她送到薛仁貴的絳州任上，他還是依約娶了她。樊繡花是個蒼白的人物，不過《説唐後傳》的作者在續集中總算為薛丁山寫了一個活色生香的精彩老婆。

24 《説岳全傳》卷四，第一三回，頁2b–3a。

25 同前注，卷二六，第六三回，頁35b。

26 同前注，第六三回，頁36a–b。這一段與上兩段引文也可以在《説岳全傳》（香港：廣志，出版年份不詳）卷上，頁54與卷下，頁107–108中找到。

27 《説唐全傳》第四八回，頁122–123。這部書便是《大唐演義》（臺南：亞東，1963）的第一部。光緒本《説唐前傳》卷八，第四九回，頁2a–3b，也有相同的內容。被殺的將軍叫作王龍。

28 就這個關聯來講，不妨也讀讀雜劇《壽亭侯怒斬關平》（《孤本元明雜劇》卷三），關羽欲斬其子關平，因其他將軍求情，才赦了他。《三國演義》中關平則是關羽的養子。

29 在第九〇回，孟獲的妻子祝融夫人是例外。

30 阿芙羅黛蒂（Aphrodite）是希臘神話中司愛與美的女神，相當於羅馬的維納斯。她嫁給黑肥思特司（Hephaestus），一位矮醜瘸腿，司火和鍛冶的男神。羅馬神話稱他為伏爾坑（Vulcan）（譯者加注）。

31 《封神演義》第一冊（北京：作家，1955），第五三回，頁505。

32 因為京劇裏稱她佘太君，所以大家都這麼稱呼她。她在《謝金吾》劇中扮演重要角色，並自稱佘太君。在狄青小説中，她也是這個稱呼。但是在《北宋志傳》與《楊家府》中，她則姓余，不姓佘，一般稱為「楊令婆」（她的丈夫則是「楊令公」）。《北宋楊家將》（臺北：大通，1966），第一〇回，頁19，她突然被稱為「呂氏」而非「余氏」，《北宋金鎗全傳》對應的章節裏也有同樣的情況。

33 楊延昭的正室是柴郡主，乃後周皇室之後。在初次征遼時，楊延昭娶了次室黃瓊女。他的第三位妻子是重陽女，娶於第二次征遼時。這兩位妻子都説是自幼許自延昭。

34 《楊家府》卷六中，魏化是狄青征儂智高的先鋒。狄青被圍時，魏化殺出重圍，回京求救兵，於是楊宗保與楊文廣便帶兵來救。卷七，楊文廣被困，楊宗保腳傷，魏化又再度上京搬取楊門女將，這才終於平定亂事。魏化也是陪伴楊文廣的神祕之旅的人。我認為就是在這一連串的聯繫之後，魏化才在《平南》中被矮化為楊府的家將。

在《北宋金鎗全傳》的總評中，道光年間的駕湖廢閒主人指出「令婆尚未受封俟文廣征南班師才得授封一品也」。可見評點者知道有一部講文廣

平南的小說。我並未見到光緒本的《平閩全傳》（孫楷第，《中國通俗小說書目》，頁53），此書講的是楊文廣平閩的故事，不過我知道《平南》還有另一個書名，叫作《楊文廣掛帥》。我在下面會提到，《平南》一定是取材自一部講楊文廣征儂氏的小說。而且在這部小說中，一定也有魏化這個角色。

35　看了《穆柯寨》、《槍挑穆天王》、《轅門斬子》、《大破天門陣》這些京劇以後，大多數人都認為穆桂英是個充滿浪漫情懷的女將軍。大陸在文革前常上演新戲碼《穆桂英掛帥》與《楊門女將》，更使她大受歡迎。不過她與樊梨花不同，她在小說中一開始並不出色。《楊家府》卷五中，穆桂英的家是木閣寨，而不是京劇裏充滿異國風味的穆柯寨。她的父親名叫沐羽，號稱定天王。雖然小說從頭到尾都稱她為木桂英，但一開始就說她「名木金花，又名木桂英」。《北宋金鎗全傳》卷三五，頁283b也如此描述她，不過金花是「小名」，桂英則是「別名」，《北宋志傳》的情況應該也一樣。道光本的《金鎗全傳》則在第三五回的回目中把她的名字印作「穆」桂英。臺灣版的《北宋楊家將》則將她的姓一律改作「穆」。

36　《掃北》第一一回，羅通向公主發誓，如違誓願，將死於七、八十歲老人的槍下。《征西》第二〇回，他在陣前遇上了98歲的老將王不超。王不超的矛刺穿了對手的腹部，把腸子都挑了出來。羅通大怒之下，用布把傷口纏起來，重新再戰，終於砍下王不超的頭。羅通直忍到回到自己的帳中才死。這段著名的情節稱作「盤腸大戰」，在《說唐三傳》第二〇回中有更詳盡的描述。雖然細節上略有出入，但羅通之死應了他當年發的誓，幾乎可以完全證明《說唐》的《後傳》與《三傳》作者是同一人。羅通是羅成之子。

37　《掃北》，第一四回，頁66，見《征東・征西・掃北》。《說唐小英雄傳》，第一五回，頁26b對應的段落中，除了三個字以外，完全相同。

38　薛丁山的前兩位妻子是竇仙童與陳金定。第一個美，第二個醜，兩人都是仙女的弟子。

39　單單國當然是虛構的。古有「鄯善國」（《漢書，卷九六A》）。

40　參注4。孫楷第堅信《說唐》是粗略地由《隋唐演義》改編而成的（孫楷第，《中國通俗小說書目》，頁44–45），但柳存仁與鄭振鐸的意見相同，認為《說唐》出現於「《隋唐演義》流通以後，褚人穫改編《隋唐演義》之前」（Liu Ts'un-yan, *Chinese Popular Fiction in Two London Libraries*, 261）。鄭振鐸與柳存仁引述了兩個文本證據，其中一個是《說唐》第八回的一段話：「那叔寶的箭，是王伯當所傳，原有百步穿楊之功，若據小說上說，羅成暗助一箭，非也。」兩位學者都認為此處提到的「小說」是《隋唐兩朝志傳》。不過，這個說法其實是錯誤的，我已在注14說明，羅成在這部小說中根本不存在。《說唐》作者所指的一定是《隋史遺文》或《隋唐演義》，或者是更早的已失傳的《隋史遺文》據之改編的小說。在《隋史遺文》（卷三，第一五回）

與《隋唐演義》(第一四回)中，羅成暗中射下一隻鷹，以助箭術不精的秦叔寶一臂之力。《隋史遺文》第一五回的開場詩就說道：「勇秦瓊舞簡服三軍，小羅成射鷹助一弩」。雖然我看到的《隋史遺文》微卷本沒有這一回，但我非常確定褚人穫一定從早期作品中照抄了這段情節。《隋史遺文》第一四回開場詩也說：「勇秦瓊舞鐧服三軍，賢柳氏收金獲一報。」第二句與《隋史遺文》不同，是因為要與較早作品的第一六回照應：「羅元帥作書貽蔡守，秦叔寶贈金報柳氏。」無庸置疑，在對秦叔寶與其身邊的英雄的處理上，《隋史遺文》顯然是《隋唐演義》與《說唐》共同的重要來源。而《隋唐兩朝志傳》在這方面則不太重要。

41 見〈伍子胥與伍雲召〉，收入鄭振鐸，《中國文學研究》上冊 (北京：作家，1957)，頁 313–320。

42 《說唐前傳》卷三，第一四回，頁 2a，這面鐧的重量本來是兩百斤；後來又說是三百二十斤。在《大唐演義》(參注 24) 與陳汝衡編的《說唐》(北京：作家，1959) 中，這項出入也仍舊存在。

43 《說唐前傳》卷五，第三一回，頁 15b，裴元慶是 10 歲。在後來的通俗重印本 (注 42) 中，則說他是 12 歲。但因為陳汝衡治學嚴謹，又曾參考過乾隆本，所以就裴元慶年齡來說，我認為應採取他的版本。裴仁基的確有個勇武的兒子，但名字是行儼。參《隋書》卷七〇·裴仁基傳。

44 《說唐前傳》卷七，第四二回。在臺南與北京的現代重印本中，這個事件則出現在第四一回。

45 在《唐書志傳》、《唐傳演義》以及《隋唐兩朝志傳》中，李淵的第三子李玄霸這個名字都出現在小說正文前的歷史人名表中。之所以要作這些表，乃是追隨嘉靖本《三國志通俗演義》所立下的規矩，參《中國古典小說史論》，頁 38。這些人名表都說李玄霸死於 16 歲。《隋唐志傳》更指出他字「大德」。這些資訊都是根據《新唐書》卷七九有關李玄霸的紀錄，史書還稱讚他「幼辯慧」。不過，這個模糊的人物當然與《說唐》裏的李元霸一點也不像。《說唐》的作者可能是根據《殘唐五代全傳》的主角李存孝來寫李元霸的。李存孝也是個文弱少年，卻不用法術，也能在戰場上屢建奇功。

46 標點符號根據臺北文化圖書公司本 (譯者加注)。《征東》，第三回，頁 5，見《征東·征西·掃北》。《說唐後傳》冊三的《說唐薛家府傳》卷一，第三回，頁 7b–8b 中，相應的段落則略有不同。作者的靈感一定是直接來自《說唐前傳》(可能也是該作者自己的作品) 第三四回 (在臺南與北京版中是第三三回) 的舉重場面。李元霸與宇文成都在隋煬帝駕前比武，宇文成都舉起了午門前三千斤的金獅，直奔殿上，然後原物歸位。李元霸呢，把兩隻同樣重量的獅子同時舉到殿上，還將它們上下拋接了十幾次，才歸還原位。不過，就整段情節來講，《說唐後傳》的作者一定是改編了《隋唐兩朝志傳》第八二回：「秦瓊含血喋敬德」。在這一回裏，尉遲恭為爭取征高麗的兵符，舉起

了三千斤重的金獅子，並來回走了三圈。然而太宗心裏想的卻是當時臥病在床的秦叔寶，於是與尉遲恭一起去探訪他。秦叔寶非常憂心因為自己不能出征，高麗之役可能無法速戰速決。尉遲恭因此痛罵秦叔寶，而叔寶想起自己的病根原是舊日受過尉遲恭三鞭之故，怒而將一口血直噴尉遲恭的臉上。《舊唐書》卷六八・秦叔寶傳引述他自己的話，說他多年鏖戰沙場，身經百役，屢受重傷，出血共達數斛，當然晚年會纏綿病榻。後世的說書人一定是根據這些話，認為秦叔寶失血過多，因此他就算吐血或吞血，也無傷其英雄形象。一般的解釋是秦叔寶的病乃是天意，因為若不如此，他的力量就太大了。在他與尉遲恭大戰美良河時，他也吞了三大口血（《大唐秦王詞話》卷四，第三〇回，頁646）。不過《征東》的作者則故意取笑秦叔寶，讓他在自吹自擂後輸給了尉遲恭。

47　例如吳沃堯的歷史小說，如《痛史》與《兩晉演義》。民初時期，積極以通俗小說的語言忠實呈現歷史的，首推蔡東帆的《歷朝通俗演義》（44冊，香港：文廣，1956年重印），由秦統天下一路寫到民國肇建。作者自序的年代是1925年。

48　胡適在〈三俠五義序〉一文中追溯了小說戲曲中「狸貓換太子」故事的演進，見《胡適文存》第3冊（臺北：遠東圖書，1953）。不過，他並未討論李雨堂在《萬花樓》中如何處理這個故事。

†　本文注釋由胡曉真博士重新翻譯，謹此致謝。

書評：《紅樓夢的原型與寓言》

1　當然，在該書第二章，牟復禮教授反覆致謝李約瑟（Joseph Needham）與王鈴，尤其是他們合著的《中國科學技術史》（*Science and Civilization in China*, Cambridge: Cambridge University Press, 1954）的第二章。浦安迪引用牟復禮書中的「有機體系」（organismic）一詞，其實來源於李約翰。參見第三章注2，頁227。

2　浦安迪也承認，書中唯一一段詳細討論陰陽的段落在第三十一回，史湘雲向丫鬟翠縷解釋陰陽二氣，可在我看來，這段話其實只是説笑，並沒有格外的深意。湘雲對翠縷的疑問一一作答，翠縷最後得出的結論卻是「主子是陽，奴才是陰」；湘雲不禁一笑，雖然翠縷的道理沒錯，可這種説法到底有些滑稽。總而言之，若要從這段小插曲引申去概括所有的關係，似乎也只能説明陰陽二極論的荒謬。

3　浦安迪自己在第58頁表示，「這種對立的人生體驗相互交替，並不是《紅樓夢》獨有的特徵，而是各個文學傳統長篇敍事的基礎」。

4　這段書評的結論部分詳見 *Harvard Journal of Asiatic Studies*, XXXIX (I) (June 1979), 208–210.

新小説的提倡者：嚴復與梁啓超

1　夏曾佑，字穗卿（1865–1924），名散文家夏元瑜的父親，年輕時為梁啓超
摯友。氏當年以佛學造詣聞名；曾與任公參加1890年代的新詩運動。夏氏
去世時，任公曾為文哀悼〈亡友夏穗卿先生〉（《乙丑重編飲冰室文集》，上
海：中華書局，1962，卷76，以下簡稱《乙丑》），對其才學推崇備至。
　　〈本館附印説部緣起〉從1897年11月10日起，開始在《國聞報》16期
連載，作者未署名。（連載第一期影印在阿英編《晚清文學叢鈔：小説戲
曲研究卷〔中華書局，1960〕，以下簡稱阿英。）數年後，梁啓超在其創辦
的雜誌《新小説》專欄〈小説叢話〉中，透露了該文為夏氏與嚴復合撰。由
於夏氏不諳西方語文，該文引證西方知識與歷史處又頗多，因此，該文的
重要觀念想係嚴復所撰述。據《民國名人圖鑑》（南京，1937）所載夏氏傳
略，嚴復經常請夏氏為其潤飾翻譯文筆；該文極可能為此類合作的另一例
證。1903年，夏氏在《繡像小説》第三期撰〈小説原理〉一文（見阿英，頁
21–27），其中觀點與上文頗多不同。譬如，他認為吾人對小説之熱愛乃出
自本能，一如食色之慾；小説目前之功用乃教化婦女及粗人。基於上述理
由，筆者引述嚴、夏時僅提嚴復之名。

2　阿英，頁14。「羣治」一詞可能係梁氏自創，今日已不用，字面的意義是治
理眾人，但在本文與同年較早發表的〈論佛教與羣治之關係〉一文中，「羣
治」、「社會」二詞同時出現，可能涵義不完全相同。眾所周知嚴復以「羣學」
一詞翻譯英文之 sociology。史賓塞（Herbert Spencer）《社會學研究》（*The
Study of Sociology*），嚴氏於1898–1902年間翻譯，1903年出版，中譯名
為《羣學肄言》。
　　在上面所引的一段文字中，梁啓超主張革新小説，以便革新中國人的
道德與宗教。由於傳統中國小説反映佛家道德思想，梁氏似乎應該蔑視佛
教的迷信與普及。但在上述〈論佛教與羣治之關係〉文中，他並未提到佛教
對中國社會的不良影響。相反地，他宏揚大乘佛學，認為它超乎儒家思想
與基督教之上，是人類應該接受的普遍信仰。此類矛盾在梁啓超思想中屢
見不鮮。

3　這些評論差不多已全部集在阿英的書裏。關於主要的小説雜誌，請參看阿
英《晚清小説史》。

4　朱眉叔〈梁啓超與小説革命〉，收集在《明清小説研究論文集續編》（香港：
中國語文學社，1970），原刊《文學遺產增刊第九輯》。朱氏文中未曾討論
梁任公長文〈變法過議〉（1896）中的一段重要論小説的文字。這段文字本
文末節會討論。

5　《古今小説》卷1，敍，頁3乙（臺北：世界書局，楊家駱序，1958）。為最
早之明刻本之影印本。

6 《足本今古奇觀》，卷1，〈原序〉（臺北：世界書局，1956）。本文所引為1906年（光緒年間）月湖鈞徒序，並非本書較早的一篇序文，為了證明這種批評的陳腔濫調一直為人襲用。下面會引述嚴復與梁啓超的類似句子。

7 阿英，頁6。

8 同上，頁9。

9 同上，頁10。

10 同上。

11 同上，頁12。

12 同上。

13 許多晚清小説（雖然不少是翻譯或改編的作品）都持這種看法，認為虛無主義者或無政府主義者決心推翻沙皇政府。最有名的例子便是《孽海花》，見注55。此類小説的流行頗值吾人深究。

14 阿英，頁14。

15 這兩本書的研究見賴恩（Marleigh Grayer Ryan）所著《日本第一本現代小説：二葉亭四迷的浮雲》（*Japan's First Modern Novel: Ukigumo of Futabatei Shimei*）（哥倫比亞大學出版社，1967）。

16 喬治·山森爵士，《西方世界與日本》（*The Western World and Japan*）（紐約，1950），頁398。

17 李維斯，《小説與讀者大眾》（倫敦，1932），頁163–164。

18 這三位作家的著名作品皆收集在《政治小説集》內，並附有三位作家的生平傳略。該書為伊藤整等人所編《日本現代文學全集》（東京：講談社，1965）卷3。英文資料可參看上述山森爵士之書，或費爾德曼（Horace Z. Feldman）〈明治政治小説概論〉（“The Meiji Political Novel: A Brief Survey”）《遠東季刊》（*Far Eastern Quarterly*）第9期（1950年5月號），與費氏博士論文〈明治小説發展史〉（“The Growth of the Meiji Novel”）（哥倫比亞大學，1952）。

19 《飲冰室合集》，包括《文集》與《專集》，林志鈞編，1936年初版。《佳人奇遇》見《專集》，冊19，卷88。編者在220頁附一短注，説明梁任公曾從事翻譯工作。梁氏旅日時開始翻譯小説的詳細經過，記載於丁文江《梁任公先生年譜長編初稿》，卷1（臺北：世界書局，1958），頁80–81。丁氏引述〈梁任公先生大事記〉，未署原作者名。梁氏自稱翻譯者的唯一例證是一首詩，第一行「矗譯佳人奇遇成」。該詩錄於編者注。值得吾人注意的是，梁氏更改了〈譯印政治小説序〉最後的一個句子，作為後來《佳人奇遇》序。

20 阿英，頁15。

21 該文引用佛教與佛經之處頗多。這四個字眼中，「熏」出自《楞伽經》。紀元443年的中譯本卷4已有此字出現。見《楞伽經》（上海：大中書局，出版日

期不詳），頁126。「浸」指作品之長度與閱讀之時間。除了《紅樓夢》與《水滸傳》外，梁氏認為《華嚴經》特別有「浸」讀者的效果。梁氏把「刺」比作禪宗的頓悟經驗；認為「提」為自化其身之佛法之最上乘。

22　《乙丑》，冊17，頁18甲－乙。

23　馬克・修勒等（Mark Schorer, Josephine Miles, Gordon Mckenzie）編《批評：現代文學判斷之基礎》（*Criticism: The Foundations of Modern Literary Judgment*）（紐約，1948），頁458–459。

24　阿英，頁17。

25　《新小説》出版以前（1902年10月15日）梁啓超已在其雙週刊《新民叢報》發表了（*Louis Kossuth*）（4–7期）與羅蘭夫人（17–18期）的傳記，其所連載的《意大利建國三傑傳》（9–22期）也將近尾聲。

26　修勒等編《批評》，頁470。

27　阿英，頁15。「境界」一詞是梵文Visaya（世界）的標準中譯。參見劉若愚《中國詩的藝術》（*The Art of Chinese Poetry*，芝加哥大學出版社，1962），頁84。就該文的許多佛教名詞看來，梁氏的「境界」顯係佛家所謂「精神領域」一義。

28　阿英，頁15。

29　柯立基（Coleridge）《文學傳記》（*Biographia Literaria*），14章，引自修瑞等編《批評》，頁250。雪萊（Shelley）在〈詩辯〉（"A Defence of Poetry"）一文中也有類似的觀念，他説：「詩揭露了世界含蓄美的面紗，使吾人熟念之事物看似陌生。」見上書，頁459。

30　李又寧博士《社會主義之傳入中國》（*The Introduction of Socialism into China*，哥倫比亞大學出版社，1971）一書，指出「主義」、「理想」、「現實主義」等名詞原為日本字眼。雖然李氏書中未提到「寫實主義」，但頗可能為上述詞彙之一。坪內消遙在《小説神髓》中推崇寫實主義，把小説人物分為「現實派」與「理想派」兩類。我們殊難判斷梁任公是否讀過坪內的論著，雖然兩者所用名詞類似，梁氏的説教立場與坪內的美學立場卻大相逕庭。

31　嚴復為文時，正值美、法、英的批評家應用達爾文的進化論來研究文學。參見威立克（René Wellek）〈文學史的進化現念〉（"The Concept of Evolution in Literary History"）一文，收集在威氏《批評之概念》（*Concepts of Criticism*，耶魯大學出版社，1963）一書。麥克杜果（Bonnie S. McDougall）《西方文學理論之傳入中國——1919–1925》（*The Introduction of Western Literary Theories into Modern China, 1919–1925*，東京：東亞文化研究中心，1971）一書探討五四運動時期，文學進化論在中國學者與批評家之間流行的情形。

32　然而，梁任公在〈小説叢話〉（見注1）中表示他對這篇還在連載中的論文「狂愛之」。

33 我檢查當時的小說雜誌，發現上面刊登的小說廣告都被分門別類加上標籤，有些雜誌在目錄上把所有的小說都上標籤。例如1906年開始出版之《月月小說》（英文名 *The All-Story Monthly*）便採用這種作法。讀者如無法看到這些雜誌，可參看張朋園《梁啟超與清季革命》（南港：中央研究院，1964）頁308–309所記《新小說》中的重要作品。這些標籤包括歷史小說、政治小說、哲理小說、冒險小說、寫情小說、傳奇小說、科學小說等。

34 林紓，當時翻譯的開先河者，把哈葛德25篇作品譯為文言。見李歐梵〈林紓及其翻譯：中國人眼中的西方小說〉（"Lin Shu and His Translations: Western Fiction in Chinese Perspectives"）載《中國論叢》（*Papers on China*），卷19（哈佛大學，東亞研究中心，1965），頁176。這篇論文討論林紓對哈葛德、史谷特、狄更斯，與《茶花女》的觀點。林氏在其譯《莎翁故事》（《吟邊燕語》，1904）序中，以從前所譯之哈葛德作出發點介紹莎翁，他說：「英文家之哈葛德，詩家之莎士比，非文明大國英特之士耶？」（阿英，頁208）林氏繼續說，兩位作家皆精於神怪，雖然無人能否認英國非文明之國。這些令人困惑的句子顯受梁任公之影響，蓋後者認為只有像中國這麼落後的國家才會歡迎神怪小說。

35 林譯的全部序跋都收集在阿英書的第三部分。我們必須注意，1907年林紓接觸狄更斯之後，林紓深感其小說家才華，因此得以實際地品鑑哈葛氏，雖然他仍然繼續翻譯哈氏。林氏在《三千年豔屍記》（1910）簡短例行的後記裏，承認哈葛德遠不如狄更斯（阿英，頁268）。

36 阿英，頁33《迦茵小傳》是哈葛德的二流小說之一，西方讀者早已遺忘，在中國卻受到歡迎，想必作者本人也會不勝訝異。在晚清讀者在能看到外國言情小說中，《迦茵小傳》之受歡迎僅次於《巴黎茶花女遺事》——那部1899年奠定林紓翻譯生涯的小說。兩本小說都描寫一位心地高貴的女主角捨身成全愛人在世的名利地位。瑪格麗特是個妓女，而迦茵卻是一個誤蹈人性弱點的貞潔少女，正如書中末章她悲嘆道：「啊！為了片刻的愛情，忍把生命、靈魂拋卻！」本書第一個中譯本未交待女主角懷孕一事，頗受讀者歡迎；林氏譯本提到女角的罪孽情境，使「迦茵」變成了在當時中國家諭戶曉的名字。林氏譯本並附了譯者填的一闋詩和夏曾佑的一首律詩，證實了該書的悲劇力（阿英，頁597–598）。梁任公在〈詩話〉中（《乙丑》，冊79，頁81乙），引用了一位朋友為這本小說寫的一首詩，反映出一般人的觀感，認為本書的文藝價值與《茶花女》不相上下。據說郭沫若年輕時讀了林譯《迦茵小傳》曾感動流淚（見李歐梵，前書，頁187）。此外尚有其他著名文人與此書的因緣。據林譯序所載，本書初譯本為蟠溪子所譯，附有包天笑序（阿英，頁210）。據阿英《晚清戲曲小說目》頁129記載，蟠溪子為楊紫驎筆名，本書為楊、包二人合譯。

37 阿英，頁324。

38 同上，頁327。

39 同上，頁125–126。編者阿英只見到這本計劃出版的《新評水滸傳》的第一冊。餘冊可能未付印。

40 陳天華是一位革命運動宣傳家，1905年12月8日為了宣揚愛國心在東京自溺。氏早年留學日本，返國後加入其湖南同鄉黃興領導的華興會。後來加入同盟會。見薛君度《黃興與中國革命》(*Huang Hsing and the Chinese Revolution*，史坦福大學出版社，1961) 中對陳氏之零星記載。《獅子吼》五章連載於《民報》2–9期 (東京，1905–1906)，複印在阿英《晚清文學叢鈔：小說三卷》。阿英的敍例誤記連載日期為1903–1904年。

41 阿英，頁132。

42 《中國三大家小說論贊》，阿英，頁100–101。另外兩本受推崇的小說是《紅樓夢》與「金瓶梅」。天繆生是王旡生的筆名，為《月月小說》的批評家。

43 阿英，頁329。此外，俠人牽強地認為《蕩寇志》與《西遊記》也有「科學小說」的特色。認為《鏡花緣》是科學小說的另一論點，收集在晚清或民初的《負暄絮語》內，見孔另境，《中國小說史料》，頁215。

44 參見《胡適文存》卷1 (臺北：遠東圖書公司，1953)，頁5–54。胡適〈文學改良芻議〉一文，指出當代中國作家僅有李伯元、吳趼人、劉鶚三人可以算是世界上第一流作家，胡適認為他們都受到《儒林外史》、《水滸》和《紅樓夢》的影響。錢玄同1917年2月25日致陳獨秀信中，認為中國有價值的小說只有六本，除了上述三本外，還有《官場現形記》和《二十年目睹之怪現狀》。此外，他把劉鶚《老殘遊記》換為曾樸《孽海花》。胡適在5月10日致陳獨秀信中駁斥錢玄同的說法，認為《孽海花》不大重要，同時說錢氏信中所舉的晚清小說，都是「儒林外史之產兒。」末了他說，第一流的四本傳統小說是《水滸》、《西遊記》、《儒林》和《紅樓》，當代最偉大的小說家是李伯元和吳趼人。胡適似乎是第一個把《儒林》捧得最高的批評家。

　　晚清批評家黃摩西 (見下文) 在「小說小話」中已有胡適的先見，他有一段文字稱讚《儒林》和《水滸》、《金瓶梅》、《紅樓》一樣能反映現實，雖然他並未明言這四本書確實是中國最偉大的小說 (阿英，頁351–352)。批評家邱煒蓘在〈客雲廬小說話〉(阿英，頁399) 中稱讚《儒林》絲毫不沾儒家「腐氣」的冷靜諷刺，但是他只用了兩句話談這本小說，卻花了不少篇幅討論《品花寶鑑》和《花月痕》——阿英書中最常提到的清代後期小說。觚菴的《觚菴漫筆》輕描淡寫地肯定《儒林》、《水滸》同樣是無可非議的「良」小說，但是亦未加申論 (阿英，頁430)。夏曾佑舉出《儒林》中的虞育德為例，認為作者人物刻畫失敗。

　　筆者閱讀了阿英650頁左右，固然可能遺漏某些有關《儒林》的文字，

但令人詫異的是，談論這本書的文字少得出奇，而談論其他次要清代小說的篇幅卻相當多。論者喜歡談《水滸》與《紅樓》，但是沒有一個批評家花費較多的筆墨討論《儒林》。

胡適〈五十年來中國之文學〉（1923 年）一文重申所有著名的晚清小說皆出自《儒林》，這個觀點已成批評界老生常談。但胡適首先承認，在所有的中國古典小說中，《儒林》一書迄近代為止流傳最不廣泛（《胡適文存》，卷 1，頁 223），這似乎可以解釋為何阿英書中談論《儒林》的筆墨最少。即使我們認為李伯元寫故事堆積式的諷刺小說，直接受到《儒林》的影響，我們仍然很難斷言李伯元的後繼者是否僅受他的或受吳敬梓的直接影響。

45　賴恩，《日本第一本現代小説》，頁 60。

46　阿英，頁 15；賴恩，前書，頁 52。坪內的句子見其李頓小説 Rienzi 譯序。

47　此句與下引〈發刊詞〉句子，見阿英，頁 159–160。

48　參閱夏志清〈戰爭小説：中國小説的一個類型〉（"The Military Romance: A Genre of Chinese Fiction"）收集在伯區（Cyril Birch）編《中國文類研究》（*Studies in Chinese Literary Genres*，加大出版社，1974）。「小説小話」（見注 43）複印在阿英，頁 351–377。此外，黃摩西還談到一些比較不普遍的小説：《西遊補》、《野叟曝言》與《蜃史》。魯迅很可能受到他的啟示，所以後來在《中國小説史略》裏申論這三部作品。

49　阿英，頁 103–125。原來發表在同年的「教育叢書」。

50　《乙丑》，冊 80，頁 1 乙。

51　參看弗萊（Northrop Frye）《批評的剖析》（*Anatomy of Criticism*，普林斯頓大學出版社，1957），頁 308–312。

52　山森《西方世界與日本》詳述此楔子；我的引文見頁 416。貝拉米（Edward Bellamy）的烏托邦小説《百年一覺》（*Looking Backward*, 2000–1887），1888 年才出版，不可能影響未廣鐵腸，但可能啟發梁氏撰《新中國未來記》。迄至 1900 年，該書已聞名國際。提摩太·李察（Timothy Richard）翻譯的《百年一覺》1894 年由廣學會出版。見阿英《晚清戲曲小説目》，頁 120。由於梁啓超 1895–1896 年間曾任李察的秘書（張朋園，《梁啓超與清季革命》，頁 35–36），在學問上頗受李察啓發，他很可能讀過該書的中譯本。

53　研究中國近代史的學者都知道黃興（1874–1916）字克強。但黃氏原名軫，1904 年始改名興，字克強。1902 年 5 月至翌年 6 月，他在日本攻讀教育。由於梁任公的作品廣為中國留日學生閱讀，黃氏必定看過《新小説》上的《新中國未來記》，也可能根據該小説主角救國英雄黃克強，而取字。雖然，梁啓超 1911 年演説時對這個巧合感到詫異。見張朋園，頁 306。

54　見《乙丑》，冊 80，頁 33 甲–乙，第三章總批。這段評論說《鹽鐵論》的辯論者往往離題太遠，咬文嚼字，而未根據確實的學問論辯。

55 關於《老殘遊記》中預言性的插曲，參看我的論文〈老殘遊記新論〉。《孽海花》中關於夏雅麗與其同志的虛無黨插曲，出現在15至17章。夏雅麗為謀刺沙皇而捐軀，其勇敢與革命熱忱和傅彩雲正好相反。

56 《乙丑》，冊2，頁27乙–28甲。

57 近來文學史家大致認為這兩派作家統治着清末到1917年文學革命的文壇。參看魏紹昌（阿英）編《鴛鴦蝴蝶派研究資料》，頁86–119。然而，迄今為止，尚未有正式的歷史家對此時期從事系統性的研究。「鴛鴦蝴蝶派」後來成為文類名詞；魏紹昌認為黑幕派屬於這個範疇。

58 阿英，頁21。

《老殘遊記》新論

參考書名簡稱

《初二集》：《老殘遊記初二集及其研究》（臺北：世界書局，1958）

《事變》：阿英編《庚子事變文學集》（北京：中華書局，1959）

《彈詞》：李寶嘉著《庚子國變彈詞》，載《事變》

《資料》：魏紹昌編《老殘遊記資料》（北京：中華書局，1962）

1 在《中國小說：中文及英文書籍與論文目錄》（耶魯大學，遠東出版部，1968年）(*Chinese Fiction: A Bibliography of Books and Articles in Chinese and English*, Yale University, Far Eastern publications.) 中，李田意列出17種對《老殘遊記》的批評及研究文獻，流行僅次於《老殘遊記》的晚清小說《孽海花》則有16種。然而，《老殘遊記》有三種英文全譯或節譯本，續篇的首六章有一英譯本；《孽海花》則無英譯本。《老殘遊記》又被譯為俄文、捷克文及日文。見《資料》，〈前言〉，頁1。

2 胡適在〈老殘遊記序〉中開此類批評方法的先河。此序重印於《初二集》及《胡適文存》卷3（臺北：遠東圖書公司，1953年）。謝迪克在其〈譯者序〉中從之。

3 當然，從某種意義上說，幾乎所有中國歷史小說都具有政治意義，因它們內裏贊同以穩定的儒家政治秩序作為理想。稱《老殘遊記》為政治小說時，我心中主要存有歐文・豪 (Irving Howe) 在《政治與小說》(*Politics and the Novel*, New York: Horizon Press, 1957) 中所討論的那類現代小說。特別參看第一章：〈政治小說的意義〉("The Idea of the Political Novel")。

4 引錄的兩行詩句及片語皆出自濟慈的詩，〈亥伯龍神的衰敗〉("The Fall of Hyperion")。

5 在《中國小說史略》中，魯迅把這三部作品與《孽海花》相提並論，以為它們是代表清末十年的譴責小說精神的四部主要作品。不幸的是，由於魯迅

名重一世，加上許多中國小說研究循他所闢的途徑，以致「譴責小說」一詞成了通用語；特別是魯迅認為譴責小說弱於以《儒林外史》為代表的諷刺小說。《官場現形記》和《二十年目睹之怪現狀》的譴責的用心，雖然明顯；魯迅和其他文學史家所給它們的關注，事實上對這兩位作家的一生成就卻少有公道可言。倘若魯迅探討李寶嘉的真正傑作《文明小史》，而非那藝術成就較差的《官場現形記》，又注意吳沃堯《二十年目睹之怪現狀》以外的重要作品，特別那部叫人怵目驚心，一輩子忘不了的《九命奇冤》，他就會把那清末十年的日新又新的創造活力更完滿地寫出來了。不過，那時，他就要再界定或放棄「譴責小說」一辭了。

6　第六章之末，老殘承認了玉賢的才幹；第15、16兩章，黃人瑞亦述及剛弼的清廉。參看剛弼和白子壽在第十八章裏的談話。

7　劉鶚在第十六回末附寫對「清官」的批評，胡適和魯迅在各別的研究中皆引錄之：「臟官可恨，人人知之；清官尤可恨，人多不知。蓋臟官自知有病，不敢公然為非；清官則自以為不要錢，何所不可，剛愎自用，小則殺人，大則誤國。吾人親目所見，不知凡幾矣。試觀徐桐、李秉衡，其顯然者也。……」為人忽視的是徐桐和李秉衡，他們都是狂熱的拳民運動支持者，一如毓賢與剛毅。劉鶚自然不是隨便選取這些名字的。參看本文第二節拳民的崛興與本小說的討論。

　　魏紹昌在《資料》第6至12頁中收羅了劉鶚對首17章的評語。與《繡像小說》中的評語校閱下，我發覺有一錯誤。《繡像小說》第十一期中，對第四章的評語的下半部如下：

　　「毓賢撫山西。其虐待教士。並令兵丁。強姦女教士。種種惡狀。人多知之。至其守曹州。大得賢聲。當時所為。人多不知。幸賴此書傳出。將來可資正史採用小說云乎哉。」

　　《資料》第8頁中，最末「哉」字作「者」字。此外，《資料》所重印的評語中，所有的「毓賢」皆作「玉賢」。

8　「友聯」版中（趙聰校點《老殘遊記》，香港友聯出版社1963年初版）夜銥一場佔了37頁（頁95–132）。陳翔鶴與戴鴻森所編訂的版本中（《老殘遊記》、香港商務印書館1958年重印），則佔41頁。

9　參看《初二集》，頁36。中共批評家維護老殘的文章中，最好一篇當推許振揚所寫的〈向盤與紅頂子（讀《老殘遊記》）〉，收於《中國古典小說評論集》中（北京：北京出版社，1957年。）作者以為救那中國之舟的向盤和官員以老百姓的血染紅的紅頂子是小說中兩個主要的政治象徵。

10　《老殘遊記》序中，胡適對兩景都有引錄。

11　「想到此處，不覺怒髮衝冠，恨不得立刻將玉賢殺掉，方出心頭之恨。」——《初二集》，頁37。

12 老殘在第16章中，向黃人瑞說：「天下事冤枉的多着呢，但是碰在我輩眼中，盡心力替他做一下子就罷了。」

13 參看謝迪克英譯本《老殘遊記》(*The Travels of Lao Ts'an*, Cornell University Press, 1952) 中的作者生平，頁9–15。

14 《繡像小説》由第6期(1903年，農曆六月十五日)起開始連載《鄰女語》，《老殘遊記》則於第9期中首次出現。該雜誌連載《鄰女語》，時續時報，直至第20期、該小説第12章止。阿英把此未完成的小説收於〈事變〉卷1中，又在《晚清小説史》(頁44–48) 中予以好評。

　　劉大紳認為其父之所以為《繡像小説》撰稿，乃為了在經濟上支援連夢青。然而，劉氏亦謂該小説的稿費，每千字只得五元。由此看來，假如連夢青真的潦倒，則他大可向其友求助大筆款項，而不必要他寫小説賺錢。也許劉鶚真的把撰寫《老殘遊記》所得送給其友，然而，我以為更足置信的是他見其友寫稿在先，便也寫將起來，湊湊熱鬧。《鄰女語》的主角金堅，字不磨，在第一至六章中取道北上，其姓顯然影射劉鶚的字「鐵雲」中的「鐵」字。同樣情形，劉鶚的主角叫鐵英，一面固為了教人想起他自己的名字，一面亦為了影射與鐵英相對的金堅。

15 〈《老殘遊記》考證〉(《初二集》，頁251–261) 所列的作者早期年表，以及《資料》所引錄的詳盡得多的「年譜」中，蔣逸雪認為張曜於1891年請劉鶚作魯河下游提調；而於1890年中，除說明劉鶚時年三十四外，別無其他資料。謝迪克說：「山東巡撫張曜邀劉鶚入其衙門，作治水顧問。1890至1893年他一直留在山東任此職。」(謝氏譯本第11頁)我相信他一定說對了。房兆楹亦同意劉鶚由1890年開始為張曜僚幕(見英文本《清代名人傳略》第一冊，頁517)。張曜既聘用一治水專家，而於翌年才授予正式官職，此說極為可疑。我們確知張曜於1891年農曆 七月二十三日(公曆8月27日)去世，見郭廷以《近代中國史事日誌》(臺北：學術書店，1963年)卷2，頁845。

　　在小説中，劉鶚大量利用他在山東的親身經歷，特別1889至1891幾年間的；然而，他聰明地不指示老殘遊歷的年份。小説中道出一事，卻是時日確鑿的。翠環述說水災的故事時，黃人瑞插口道：「我是庚寅年(1890年)來的，這是己丑年(1889年)的事。」在劉鶚對第14章的評語中，他證實了翠環的故事的真確性；他說那年在山東，身為黃河測量官，目睹了洪水淹沒了許多村落(見《資料》，頁11)。然而，由於黃人瑞沒有指出抵達山東後光陰溜走了多少，我們就不能憑以上所說而確定小説中那些事件的日期了。書中那段預言性插曲，似乎不受這裏所說的時間限制；插曲中把1894年的中日戰爭當作過去的舊事。

16 老殘的年齡，見《初二集》，頁1。《清史稿》、《列傳》卷252和《清史列傳》(上海：中華書局，1928年)62冊，頁5a–6a，都有毓賢的傳記。

17　劉大紳的〈關於《老殘遊記》〉一文，初見於《宇宙風乙刊》，出版年月可參閱李田意著《中國小說》*Chinese Fiction* 頁221。可是，李教授把劉氏的名誤寫為劉大坤。幾乎所有關於庚子事變的通俗小說和歷史中，剛毅被寫成一個狂熱的保守派分子，曲意逢迎端王，盲目信仰拳民的法術。在《庚子國變記》(中國史學會編《義和團》，上海：上海人民出版社，1957年；卷1，頁30) 中，李希聖謂剛毅比榮祿剛愎，但沒他那樣詭詐和狡猾。李寶嘉以「剛愎」和「奸險」形容剛毅。(見《彈詞》，《事變》卷二，頁751。)

18　拳亂前後數年的剛毅，其所作所為通俗歷史和小說記載得非常詳盡：雖然如此，他的早期面貌卻少有人探究過。剛毅的官職，羅列於《清史列傳》62冊頁10b–14a中。在他1894年回任軍機大臣之前，他從1880年起，在廣東、江西、直隸、雲南、山西(任巡撫，1885至1888年)、江蘇、廣東(任巡撫，1892至1894年)做官，而不曾在山東。劉大紳斷言其父與剛毅於同一時期內曾在山東，是不可能確實的。有幾種通俗的關於拳民事件的記載，提及毓賢是剛毅的門生。(參見諸如《彈詞》、《事變》卷2，頁711。)研究拳民運動的兩大煽動者，應該是引人入勝的題材。

19　劉鶚真的把毓賢這酷吏恨之入骨；見注7他對第四章的評語。他們一定曾於山東相遇，然而，劉鶚痛恨毓賢，會否出於個人因素，則很難說。

　　1897年，一英國公司試圖築鐵路入山西，並在那裏開煤鑛，劉鶚參與其間，剛毅以叛國控劉鶚。剛毅是排外的保守分子，又是山西的前任巡撫，他的震怒是大有理由的；謝迪克謂他對劉鶚所作的，乃出於個人仇怨，我以為不足取信。然而，劉鶚一定對他帶有宿怨，而拳民起事期間，他有更進一步的理由痛恨他。二人也許有私交，但我們對此無直接的證據。

　　剛弼這名字影射剛毅，我以為是毫無疑問的；同時剛弼在小說中的作為劉鶚可能影射了他認識的一位山東幕僚。第15章中，黃人瑞謂剛弼「是呂諫堂的門生，專學他老師，清廉得格登登的。」陳翔鶴的版本中，有一附注：「呂諫堂——疑即指呂賢基。呂係咸豐時人，因曾任給諫(給事中)的官職，故人稱『諫堂』；後死於太平軍起義，被清廷認為『忠正剛直』的好官——」見《老殘遊記》，香港，商務印書館，第149頁)。但呂賢基於1853年被害(見《清代名人傳略》卷2，頁949)，他的門生活到1890年的都已垂垂老矣。可是，剛弼予人的印象是正在盛年。

20　據《清史稿·列傳》卷252毓賢傳所載，外國傳教士及其家屬在太原被殺害者，在七十人以上；稗史所稱人數更多。

21　1900年6月，聶士成在涿州所統率軍隊與拳民互相仇視，剛毅被派往當地，排難解紛，然後上書述職。Chester Tan 的 *The Boxer Catastrophe* (紐約，1955) 第69至70頁載稱：「所謂清廷於剛毅回京並提上報告後便決定利用拳民，並引之入京，此說並不正確。剛毅約於6月14日午夜離涿州。

16 日前不可能返北京……。（6 月 13 日）拳民入京，一時滿城無法無天；顯
然地，剛毅返京前，清廷已決定利用拳民，雖然從涿州呈送上京的報告，
可能促成了這決策。」

22 在《彈詞》第廿八回中，李寶嘉把剛毅的死繪聲繪影寫出來。程道一的《消
閒演義》則寫得扼要而更真實。見《事變》卷 1，頁 497–498。

23 據《消閒演義》（《事變》卷 1，頁 513）所載，清廷下令處毓賢以死刑時，
蘭州有五千人發出抗議。即使在李寶嘉（《彈詞》第三十二回）不寄予同情
的敍述中，毓賢的尊嚴也並沒有被抹殺去。看來他的清廉是真的，不像剛
毅；而他的排外政策也並非沒有羣眾支持，雖然小說家和通俗家指責他。

24 見《事變》卷 2 及 3。管見以為描寫普通老百姓受拳民的蹂躪最為動人的小
說，是吳沃堯的《恨海》。

25 胡適在其序（見《初二集》，頁 223）中說：「老殘遊記裏最可笑的是『北拳南
革』的預言。」這說法代表了當時很多知識分子的意見。

26 見《彈詞》。

27 參看〈現代中國文學感時憂國的精神〉（已收入拙著《愛情、社會、小說》）一
文中我對劉鶚和魯迅的批評。在那篇論文中，我以傳統的說法，稱《老殘遊
記》為一本「重要的諷刺作品」；討論的，乃以第一章的夢境為主。現在我相
信稱《老殘遊記》為一本政治小說應較恰當。

28 見劉大紳〈關於《老殘遊記》〉第三節。最近學人研究「太谷學派」的有馬幼
垣的〈清季太谷學派史事述要〉，見《大陸雜誌》第 28 卷第 10 期，1964 年 5
月。

29 參看第七章。

30 續篇第三及第四章中，逸雲對德慧生夫人的長篇自白，述及她對任三爺的
愛及她最後的醒覺，最能使人對劉鶚的才華嘖嘖稱奇。他把一顆少女的蕙
質蘭心，赤裸裸呈露出來，又以如此伶俐動聽的口齒賦予她。中國的小說
家，傳統的好，現代的也好，少能與其功力相比。

31 參看 Frank Kermode, *The Sense of an Ending: Studies in the Theory of
Fictions* (New York: Oxford University Press, 1967) 第一章。

32 Cleanth Brooks, *Modern Poetry and the Tradition* (Chapel Hill: University
of North Carolina Press, 1939), 200.

33 第六章著名的沉思段落中，老殘言及那隻又冷又餓的烏鴉所享有的「言論自
由」。「言論自由」在 1903 年一定是個很新的名詞了。

34 璵姑馬上向摸不着頭腦的申子平指明：乳虎意指玉賢。所有的批評家都同
意立豕指剛毅，因為「立」「豕」成「豪」，是「毅」字的邊旁。

《玉梨魂》新論

參考書名簡稱

《蝴蝶》：PerryLink, *Mandarin Ducks and Butterflies: Popular Fiction in Early Twentieth-Century Chinese Cities.* Berkeley and London, University of California Press, 1981.

《舊派文藝》：《民國舊派文藝研究資料第一輯》（香港：實用書局，1978）。

《浪墨》：《枕亞浪墨初集》（上海，1915； 上海清華書局， 第十三版， 1928）。

《淚史》：《雪鴻淚史》（臺北：文光圖書公司，重印本，1978，李鳳椿校訂）。

《研究卷》：阿英編，《晚清文學叢鈔：小說戲曲研究卷》（北京：中華書局，1960）。

《鴛鴦》：魏紹昌編，《鴛鴦蝴蝶派研究資料（史料部分）》（上海：上海文藝出版社，1962）。

1　因之最重要的一本舊派小說資料彙編即稱《鴛鴦》（詳名見「參考書名簡稱」）。此書集了范煙橋《民國舊派小說史略》、鄭逸梅《民國舊派文藝期刊叢話》等文獻。范、鄭這兩位老作家都覺得「民國舊派小說」這個名稱更為妥當。

2　林氏《蝴蝶》出版之前，本文正文已寫就了。但我曾參閱過林教授贈我的該書打字稿影印本以及他的論文 "Traditional-Style Popular Urban Fiction in the Teens and Twenties"（載 Merle Goldman, ed., *Modern Chinese Literature in the May Fourth Era*）（哈佛大學出版社，1977）。

3　林教授討論李涵秋《廣陵潮》同向愷然（平江不肖生）《江湖奇俠傳》就比較簡略。《玉梨魂》他倒緒譯了不少片段，並詳加討論。

4　三人之評文見《鴛鴦》第一輯。

5　范煙橋、嚴芙蓀都說《玉梨魂》銷了「數十萬冊」、「數十萬以上」，香港、新加坡等地所出的版本還不算在內。見《鴛鴦》，頁174、462。林氏認為《玉梨魂》、《淚史》各銷百萬冊以上，假如把二○年代及以後的版本都算進去（《蝴蝶》頁53）。

　　《玉梨魂》電影在1924年發行，鄭正秋編劇，張石川、徐琥導演。主要演員為王漢倫、王獻齋、楊耐梅。參閱程季華等的《中國電影發展史》上冊（北京，中國電影出版社，1963），頁64-65。這部電影之外，尚有兩部電影是根據《玉梨魂》改編的（《蝴蝶》頁54）。

6　支持文學革命以前，劉半農原任上海中華書局編譯，同舊派作家為友。有一次在宴會上，他開玩笑地稱《玉梨魂》這類作品為「鴛鴦蝴蝶小說」。此事發生於1920年，從此這個名稱就傳開了。《鴛鴦》，頁127–129。

7　最早一本第一人稱的諷刺長篇小說當然是吳沃堯的《二十年目睹之怪現狀》。

8　參閱錢基博《現代中國文學史》(1936年增訂本；香港：龍門書店重印本，1965)。

9　參閱《胡適文存》第三、四集(臺北：遠東圖書公司，1953)，鄭緒雷(Stephen H. L. Cheng) 1979的哈佛博士論文為〈《海上花》與晚清狹邪小說〉("*Flowers of Shanghai* and the Late-Ch'ing Courtesan Novel")。

10　林譯小說的序跋差不多全已收入「研究卷」。參閱狄更斯諸小說、史各德《撒克遜劫後英雄略》(*Ivanhoe*)、哈葛德(Rider Haggard)《斐洲煙水愁城錄》(*Allan Quatermain*)等譯本的序跋。

11　陳敬之〈鴛鴦蝴蝶派大師〉、傑克(黃天石筆名)〈狀元女婿徐枕亞〉二文已集於《舊派文藝》。陳文原刊《掌故月刊》第1期(香港，1971，10月)；黃文原刊《萬象》第1期(香港，1975，7月)。

12　樊增祥號樊山，詩宗中晚唐，也是駢文大家。徐枕亞同樊樊山通信，可能自稱學生，但想來並未拜他為師，也稱不上是他的門生。二人關係究竟如何，尚待研究。樊氏評傳見錢基博《現代中國文學史》，頁179–191。

13　〈吟臙自序〉，見《浪墨》卷2，頁5。

14　《淚史》敍述男主角家庭背景比《玉梨魂》自傳味道更濃。《淚史》正文前面有枕亞自撰〈《雪鴻淚史》評〉，說明《玉梨魂》把作者生平多少加以小說化了。《淚史》頁2寫男主角父親「晚年督子綦嚴，……顧屬望方殷，而名場已畢，余兄猶博得一第以慰親心，余乃一無成就」。看來天嘯曾考上秀才，而枕亞尚未赴考，科舉制度已於1905年廢除了。《玉梨魂》頁9謂主角「夢霞雖薄視功名，亦曾兩應童試，皆不售」。枕亞自己想來也曾考過兩次「童試」的。我用的《玉梨魂》版本很早，未注明出版年月和地點。舊式標點，正文(169頁)前面有雙熱的〈序〉、不少文友的「題詞」、陳惜誓和枕亞的〈藝苑〉。

　　　　枕亞〈讀書臺記〉(《浪墨》卷2，頁4)謂，他1904年春就讀虞南師範學校。《玉梨魂》裏，此校改稱兩江師範學校。

15　范煙橋在《民國舊派小說史略》裏，很確當地把蘇曼殊(1884–1918)與此三人並列為哀情小說作家，雖然蘇氏是用古文寫小說的。蘇曼殊至今文名頗高，其實他的小說寫得並不好。《斷鴻零雁記》寫得很鬆散，自傳式的主角，一無真實感。已有英譯的《斷簪記》，故事非常不通。

16　《舊派文藝》，黃天石文，頁44。

17　枕亞為《蘭娘哀史》寫的序言，見《浪墨》卷2，頁9–11。《哀史》與《玉梨魂》孰先連載，我們無法知道。吳雙熱既比枕亞年紀大，在民權報社資格也

老，我認為他先寫《哀史》的可能性更高。枕亞讀了《蘭娘哀史》，才觸發靈機，去寫一篇更長的駢文體哀情小說。這個假設比較合情合理。

18　《玉梨魂》提到不少詩、小說、戲曲裏現成的愛情故事。枕亞藉此表示自己的小說屬於同一感傷、言情傳統。《聊齋志異》諸多故事裏面，他特別提到卷2〈阿寶〉裏的癡情男子孫子楚，加以讚揚。枕亞小說裏未提到《燕山外史》，可能表示他並未讀過該書，或對之未加重視。

19　參閱錢基博《現代中國文學史》，頁94–126。

20　《鴛鴦》，頁321。

21　此二篇為〈讓婿記〉、〈蝶花夢〉。參閱《鴛鴦》，頁320–321；《舊派文藝》黃天石文，頁45。

22　《浪墨》十三版載有枕亞1928年以前已出版之作品廣告，《浪墨續集》、《三集》、《四集》皆在其內。《浪墨初集》供應了好多傳記資料，也讓我們看到了枕亞作為舊式文人、鑑賞家多才多藝的各方面。《初集》之後的三本續集一定也載有很多傳記資料，我未能看到，至以為憾。

　　枕亞寫小說的靈感，一下子就沒有了。可是運用各種傳統詩文體裁寫作，他毫不費力；做些研究和編纂工作，也很得心應手。《冰壺寒韻》（《浪墨》卷3）是一卷小型的清代女詩人選集，入選的有七十多位，每人都有簡歷。枕亞一定熟讀清代詩文集，才能編選此集。

23　《舊派文藝》黃文，頁45。

24　〈余歸也晚〉，《浪墨》卷1，頁1–5。此篇雖稱為「慘情小說」，顯然是一段自傳。我們從此篇裏得知枕亞的女兒明生於1912年5月，天囑的女兒英生於同年10月。

25　參閱《舊派文藝》陳敬之文，頁66–67；《鴛鴦》嚴芙蓀撰《徐枕亞》小傳，頁462。看標題，《鼓盆遺恨》說不定是本悼亡詩集，而《燕雁離魂記》是篇懺悔錄或自傳體小說。陳敬之特別提一筆，《鼓盆遺恨》載有悼念亡妻的七言絕句十三首。

26　敍述徐、劉二人之事，我緊隨黃天石。他那篇〈狀元女婿〉寫於1960年，回憶1925–1927年間他在上海和枕亞的幾次談話。黃、徐初會於1925年冬。天石第二次抵滬（想在1926年），二人見面次數較多。有一次枕亞透露消息，劉小姐在追他，同時也給天石看了她的照片和幾封信。照片上她看來二十三、四歲，「眉目清善，姿韻嫵媚」。

　　天石在上海停留不久，即返昆明。數月之後，他要去日本，先在上海小住，當然也同枕亞相敍。枕亞謂他已去過北京同沅穎訂了婚，不久再北上成親，把新娘帶回來。天石留居日本一年多。

　　1927年2月雲南政變，天石不想從東京再去昆明。他要去香港，先在上海停留了一段時間。他同枕亞重會，想已在1927年春天或夏天。到那時

沅穎已返北京，重執教鞭了，枕亞一人留滬獨居。沅穎生長在北京，不喜歡上海；枕亞可不能老去北京陪她，清華書局少不了他。枕亞對天石説，他自己戒不掉鴉片，實沅穎對他失望之主因。我們因之可以推斷，他們二人名義上雖是夫妻，住在一起的時期極短暫。

　　陳敬之言（《舊派文藝》陳文，頁67），枕亞曾寫過一篇〈懼內小史〉（單憑題目，很難肯定是短篇抑長篇）。假如確有此作，我想枕亞並未寫他和沅穎二人之事。〈懼內小史〉應是篇情節輕鬆的作品。

27　嚴芙蓀謂（《鴛鴦》，頁462），枕亞前妻名叫蔡蕊珠，林培瑞也就相信他真聽了寡婦勸告而同她的小姑（也姓蔡）結婚了。這樣，枕亞本身的處境就更同夢霞相似了。雖然我們對枕亞的生平尚待探究，我認為林氏的假設是站不住的。假如枕亞真同蔡小姐結褵，寡婦就是他的近親，而且在她再醮以前，可以日常見面。他也絕不會在黃天石面前説她閒話了。枕亞舊禮教，臥室裏絕對不會掛着舅嫂的肖像的，頭任太太去世後也不會。但假如枕亞同那寡婦一無親戚關係，他要掛舊情人的照片，太太心裏再不高興也就只好讓他了。

28　日本名作家永井荷風曾把王次回的《疑雨集》同波德萊爾的《惡之華》相提並稱。鄭清茂〈王次回研究〉（臺北：臺灣大學，《文史哲學報》第14期，1965）對其作品評介頗詳。

29　有關此書及其作者，請參閱孔另境《中國小説史料》（上海：古典文學出版社，1957），頁227–233。晚清文人評論小説，總要提到《花月痕》，表示此書暢銷而極受重視。請參閱阿英《研究卷》。

30　《玉梨魂》，頁9。《蝴蝶》第二章第三節對理想情人的特徵討論頗詳。

31　《玉梨魂》，頁57–58。

32　可是古代傳聞，連司馬相如也曾有意納妾，把卓文君氣壞了。韓壽與賈充女私通事，《世説新語》卷六〈惑溺〉篇，記述最早。此段軼事情節極簡單（賈充女連名字都沒有），可是後世文人經常借用為典故，可見中國古代不隨世俗而值得豔羨的情侶實在不多。根據史書記載，賈充女名午。

33　參閱〈熊譯《西廂記》新序〉、〈湯顯祖筆下的時間與人生〉二文。

34　我不同意一般人的見解，在《中國古典小説》（The Classic Chinese Novel，紐約：哥倫比亞大學出版社，1968）裏否定黛玉為「十足悲劇性的人物」。可是余國藩教授在一篇近文裏又強調了她悲劇角色的身分。請參閱 Anthony C. Yu, "Self and Family in the *Hung-Lou Meng*: A New Look at Lin Tai-yü as a Tragic Character," *Chinese Literature: Essays, Articles, Reviews* 卷2，第2期，1980。

35　Milena Dolezelova-Velingerova, ed., *The Chinese Novel at the Turn of the Century*（多倫多：多倫多大學出版社，1980），此論文集裏有 Michael Egan 一文，討論《恨海》裏的人物描寫。

36 此對情侶為韓荷生和杜采秋。

37 見本文第八節。

38 參閱 Leo Ou-fan Lee, *The Romantic Generation of Modern Chinese Writers*（哈佛大學出版社，1973）第三章。

39 《少年維特之煩惱》1921年才有中譯本問世，譯者為自稱浪漫派的郭沫若。晚清時期（1875–1911）即有六百多種外國小說的中譯本（包括短篇集子在內），但其中只有三種原著者是德、奧作家，可見當時德國文學未受國人重視。阿英《晚清戲曲小說目》（上海：古典文學出版社，1957）詳列翻譯小說書目，可惜書名、原作者姓名皆未附原文。

　　即使歌德小說早有譯本，我想晚清、民初大多數讀者應為此書所困惑，且對維特不表同情。公子哥兒，甚至已有家室的中年人，同妓女有戀情，中國人很能諒解；但有教養的年輕人窮追一個早已配了人家的女郎，甚至婚後也時常去麻煩她，此人豈不可笑可鄙？連他的自殺也會引起反感，不像多情妓女（秋痕、茶花女）為愛犧牲，讀來讓人深為感動。

40 1907年，一夥留學東京的男學生把《茶花女》搬上舞臺。

41 《警世通言》卷35。此篇已有夏志清同 Susan Arnold Zonana 的合譯本，載馬幼垣、劉紹銘合編的 *Traditional Chinese Stories: Themes and Variations*（哥大出版社，1978）。

42 Northrop Frye, *Anatomy of Criticism*（普林斯頓大學出版社，1957），頁211。

43 此事發生於第19章。《淚史》裏他叫李杞生。

44 參閱 Allen Tate, *The Man of Letters in the Modern World*（紐約，1955）裏兩篇愛倫坡的評論。

45 首二章標題為〈葬花〉、〈夜哭〉；末二章為〈日記〉、〈憑弔〉。

46 《浪墨》卷3錄有〈紅樓夢餘詞〉六十首，每首詞詠讀小說裏一段情節。枕亞寫此組詞於1908年，才20歲。

47 許思湄，清代紹興人，一生當塾師和衙門佐吏，到處跑，毫無名氣。退休前刻印了自己的信札，題名《秋水軒尺牘》，倒流傳頗久。我看到的是由婁世瑞「詳校補注」的一種版本（上海，會文堂書局，1912年印行）。

48 Ian Watt, *The Rise of the Novel*（加州大學出版社，1959），頁176。

49 《花月尺牘》（訂正本，上海，小說報社，1920）。枕亞小說《蘭閨恨》（上海，小說叢報社，1917年2月初版）上載有《花月尺牘》廣告，想該書初版日期更早。《花月尺牘》的確可算是本駢儷文的課本，每封信都附有注釋。

　　我看到的那冊《花月尺牘》，上面也有李定夷編「新豔情書牘」的廣告。此書集了李定夷等五十位文人虛構的情書。

50 章衣萍（1902–1946）的小說裏就有很多情書、日記。《情書一束》（1926）為其代表。章氏生平見李立明《中國現代六百作家小傳》（香港：波文書局，1977）。

51　見浦起龍《讀杜心解》（北京：中華書局，1961）第1冊，頁262–265。

52　《玉梨魂》第24章〈揮血〉，頁133–134。

53　秋痕汗衫前襟上寫的血書是：「釵斷今世，琴焚此夕。身雖北去，魂實南歸；裂襟作紙，囑指成書。萬里長途，伏維自愛！」——《花月痕》下冊（香港：廣智書局重印），頁362。

54　引自Leslie A. Fiedler, *Love and Death in the American Novel*（紐約Criterion Books，1960），頁84。費德勒心目中主要有理查生、歌德、盧騷三人。

55　《玉梨魂》第18章（頁101）寫梨娘「乃低唱泰西《羅米亞》名劇中『天呀，天呀，放亮光進來，放情人出去』數語，促夢霞行」。朱麗葉對羅密歐説的這句話：

　　　　"O, now be gone, more light and light it grows"
　　　　意境措詞同梨娘那句最相似。

　　　　梨娘「低唱」的那句話，不見林紓、魏易1904年合譯的《吟邊燕語》（*Tales from Shakespeare*）。早一年另一種簡譯本（《澥外奇譚》），根本未譯《羅密歐與朱麗葉》本事。看樣子「天呀，天呀……」諸語是枕亞杜撰的。請參閱戈寶權〈莎士比亞的作品在中國〉，刊於《世界文學》（北京，1964年5月）。

56　烏興的詩篇其實都是蘇格蘭詩人James Macpherson（1736–1796）偽造的。

57　重譯自Victor Lange英譯歌德小説三篇（*The Sorrows of Young Werther, The New Melusina, Novelle*，紐約：Rinehart，1949），頁129。

58　《淚史》裏的那幾首詩有三個字與《玉梨魂》裏的不同。第二首律詩裏的「我是」二字（《淚史》，頁139）應作「是我」（《玉梨魂》，頁100）。

59　因此《淚史》共有14章。首13章按月敍述己酉十二個月份之事，第14章交代庚戌上半年之事。梨娘死於是年四月二十五日。

60　譯自Edmund Gosse, tr., *Camille: La Dameaux camèlias*（紐約，Heritage Press，1955）頁211。

61　林琴南譯述《茶花女遺事》（上海，春明書局，1937年5月，九版），頁112–113。此段日記翻譯小仲馬原文頗忠實。

62　在他的革命同志看來，夢霞面如冠玉而「其力殆足縛雞」。可是此人謂，夢霞身中鎗彈之後，用毛瑟鎗連殺敵人三名後才身亡。他的英雄氣概不免帶點滑稽。《淚史》寫到夢霞赴日留學之前即結束，可是書裏暗示他有為國犠牲的決心。

63　《玉梨魂》，頁164。

64　Gosse譯*Camille*，頁231。小仲馬把亞猛訪墓之行一筆帶過，主要因為早在第六章，亞猛即偕第一人稱的小説家同訪馬克的舊墳，再把她的屍骨搬移新墓。

65　Susan Sontag, *Illness as Metaphor*（紐約，Vintage Books，1979），頁38。

66　同書，頁13。

67　《玉梨魂》頁169：「室中空氣惡濁，余不能耐，呼石癡曰：『去休，是間不可以少駐矣！』」

68　「寬闊光明的地方」引自魯迅1919年一篇名文〈我們現在怎樣做父親〉，原刊《新青年》第6卷第6號。

《中國現代中短篇小説選》導言

1　大小説家托爾斯泰無詩名，可能從未寫過詩。同時代Count Aleksey Konstantinovich Tolstoy（1817–1875）才是名詩人，不知蕭軍是否指他。

2　見耿氏之 *Unwelcome Muse: Chinese Literature in Shanghai and Peking, 1937–1945*（紐約，1980）。

3　Theodore H. White 所寫 *In Search of History: A Personal Adventure*（紐約，1978），頁86.

端木蕻良的《科爾沁旗草原》

由於我另外準備一篇論端木蕻良的文學生涯的論文，目前這篇論文未加詳注。以下的注主要提供作者原著各章節出處的頁數。

1　〈初吻〉，《文學創作》，第1卷第1期（桂林，1942年9月）；〈早春〉，同上，第1卷第2–3期（1942年，10月–11月）。

2　《憎恨》（上海：新文藝出版社，1955），頁185。

3　《科爾沁前史》，《時代評論》，第3卷，第64期（香港：1941年2月），頁35。

4　同上，頁34。

5　〈我的創作經驗〉，《萬象》，第4卷第5期（上海，1944年11月），頁35。

6　同上，頁36。

7　同上，頁36。

8　〈後記〉，《大地的海》（上海，新文藝出版社，1957），頁260。

9　〈後記〉，《科爾沁旗草原》（上海，開明書店，1939年；第三版，1948年），頁513–514。

10　同上，頁444–445。

11　同上，頁212。

12　同上，頁255。

13　同上，頁256。

14　同上，頁509–510。

15 同上，頁469。Vita nova（新生），拉丁語。

16 D. J. Sloss與J. P. R. Wallis編 *The Prophetic Writings of William Blake* (Oxford, Clarendon Press, 1926)上冊，頁51。

17 《科爾沁旗草原》，頁193–194。

18 同上，頁198–199。

19 同上，頁206–207。

20 參照端木蕻良，〈有人問起我的家〉，《中流》，第2卷第5期（上海，1937）。

21 引自D. H. Lawrence的 "The Novel" 一文，收入 Roger Sale編的 *Discussions of the Novel* (Boston, Heath, 1960)，頁94–95。

22 《科爾沁旗草原》，頁447。

23 同上，頁483。

24 這幾章連載於《文藝雜誌》，第2卷第3期–第3卷第1期（桂林，1943年3月–12月）。

殘存的女性主義——中國共產主義小說中的女性形象

1 從廣義上說，正統的中國共產主義評論家當然並不反對「人情味」，畢竟任何人物的所作所為都因人情而起。他們與修正主義評論家的分歧主要在於那種更為戲劇化的「人情味」：當一個人受到強烈的感情衝擊或身處特殊情形之下，若不能保持他慣有的「階級」性格，則有可能暴露出他最深層的「人性」。譬如，一個共產主義英雄面對死亡是否會退縮懦弱，修正主義認為不無可能，正統共產主義則堅決否認——將懦弱強加於共產主義英雄本身就是歪曲污蔑共產主義品格的行為。在1960年召開的中國文學藝術工作者第三次代表大會上，茅盾特別提出以下情形的「人情味」作出批評：「英雄人物在從容就義的霎那間必有留戀生命的軟弱的表現，在大義滅親時必有徘徊不決的矛盾心理，而且為了『人道』放走了階級敵人等等。」接着他又說：「修正主義者就喜歡如此這般的『人情味』，我們則反對這樣的『人情味』。我們認為這些都是資產階級、小資產階級的『人情味』，不是無產階級的人情味，特別例如英雄人物就義時軟弱的表現等等，是不能容許的對於英雄人物的歪曲，根本不是人情味的問題。」以上文段引自〈反映社會主義躍進的時代，推動社會主義時代的躍進！〉，《人民文學》（1960年8月刊）。「人情」的問題離不開正統共產主義與修正共產主義對「人性」的爭論，詳見本章注34。

2 Cyril Birch在他的重要文章 "Fiction of the Yenan Period" (*The China Quarterly*, 4 [Oct–Dec 1960], 3) 中引用了這一措辭。

3 《趙樹理選集》（北京：人民文學出版社，1952），頁59。

4 《人民文學》1950年5月刊中刊登了兩封讀者來信，都是批判方紀的這篇小說，其中一封來信首載於《人民日報》；方紀的自我批判則刊登於《人民文學》1950年6月刊。

5 《人民文學》1961年七八月刊，頁61。

6 這些故事顯然並沒有反映更加嚴峻的現實，根據 Chang-tu Hu et al., *China: Its People, Its Society, Its Culture* (New Haven: HRAF Press, 1960)頁176，《婚姻法》頒佈後，「自殺、謀殺的數量增加，其中大多數都是女性，到1951年9月，國務院直接發文至各地方部門，要求在各自管轄地區開展廣泛調查。」1953年2月中央貫徹婚姻法運動委員會表示「這一年內有七至八萬人因婚姻問題自殺或遭到謀殺。」(同上，177頁)

7 Cyril Birch, "Fiction of the Yenan Period," 頁5，引述了周揚早期的一段話：「愛情在生活中已經微不足道，新作品中的主題比愛要重要一千倍。」周揚當然只是在附和毛澤東於1942年《在延安文藝座談會上的講話》中對愛情的貶低。

8 馬烽等，《結婚》(北京：人民文學出版社，1953)，頁2。薄薄的一冊收錄了1950–1951年間以婚姻為主題的六篇故事。

9 馬烽等，《結婚》，頁7。

10 李鳳：〈從《結婚》談起〉，《人民文學》(1956，8月刊)，頁111–112。

11 引文摘自秋耘：〈談「愛情」〉，《人民文學》(1956，7月刊)，頁61。

12 秋耘：〈談「愛情」〉，《人民文學》(1956，7月刊)，頁60。

13 《人民文學》(1954，8月刊)，頁40。不過，女孩為心上人縫鞋在婚姻小說中還很常見。王安友的作品〈李二嫂改嫁〉(馬烽等，《結婚》)中，寡婦李二嫂同樣也給她的愛人縫過鞋子。

14 《人民文學》(1954，8月刊)，頁41。

15 同上，頁42。

16 例如，在艾明之的〈妻子〉(本文稍後將會詳加討論)中，月貞與丈夫躺在床上，聽說丈夫很快就能入黨，激動地緊緊抱住了丈夫。參見《短篇小說選，1949–1959》(上海：上海文藝出版社，1960)，第2卷，頁466。這部選集共有兩卷，是《上海十年文學選集》系列的一部分。

17 講述進步青年引領合作社運動的故事中，最出名的要數趙樹理的〈三里灣〉，詳細討論請參見拙作 *History of Modern Chinese Fiction* (New Haven: Yale University Press, 1961)頁491–495。

18 有關師陀在解放前的文學生涯，請參見 *History of Modern Chinese Fiction* 中的師陀一章。

19 《人民文學》，1954年3月刊，頁51。

20 同上，頁51。

21　同上，頁40。

22　同上，頁41。

23　同上，頁43。

24　《人民文學》，1957年4月刊，頁6。

25　《短篇小説選，1949–1959》（上海：上海文藝出版社，1960），第2卷，頁462。

26　茅盾是首位對她表示高度讚揚的評論家，詳見〈談最近的短篇小説〉，《人民日報》，1958年6月刊。《短篇小説選，1949–1959》的前言也附和了茅盾的這一評價。

27　《人民文學》，1959年10月刊，頁71。

28　參見當時的婦聯領導人在會上的發言，收錄於《中國婦女第三次全國代表大會重要文獻》（北京：中國婦女雜誌社，1950），頁12–46。

29　《人民文學》1959年8月刊，頁55。

30　李准還寫過兩篇關於新女性的重要作品：〈兩代人〉（《人民文學》1959年10月刊）、〈耕雲記〉（《人民文學》1960年9月刊），這兩篇作品受到了中央的高度讚揚，文章一經發表，便譯為英文分別刊登在 Chinese Literature 的1959年12月刊和1961年1月刊；此外，這兩篇作品在文學評論界也廣受好評，參見為群的〈新中國婦女的頌歌 —— 談李准同志的三篇小説〉（《人民文學》1960年6月刊）與任文的〈《耕雲記》的成就〉（《人民文學》1960年11月刊）。

31　公社小説中，許多女主人公都積極參與職業工作，但這些護士、產科大夫、氣象家，大多都是少女年紀，出身農民，識字不多，只受了最初步的訓練便開始工作，嚴格來説並不能算作「職業女性」。不過〈新生〉中的年輕醫生是個特例，她是個貨真價實的專業醫生。

32　《人民文學》1960年12月刊，頁41。

33　《人民文學》1956年9月刊，頁53。

34　關於中共對胡風集團及右派、修正主義作家的抨擊，詳見 History of Modern Chinese Fiction 中的 "Conformity, Defiance, and Achievement" 一章。在《在延安文藝座談會上的講話》中，毛澤東對抽象人性、人性不改的觀念大加奚落。所有遭到清洗的評論家、理論家，尤其是胡風、馮雪峰、秦兆陽、劉紹棠等人，都被指控擁護資產階級、修正主義的人性。在1960年7月22日舉行的中國文學藝術工作者第三次代表大會上，周揚就1957–1958年清洗運動之後的修正主義趨勢發言：「目前修正主義者正在拼命鼓吹資產階級人性論、資產階級虛偽的人道主義、『人類之愛』和資產階級和平主義等等謬論，來調和階級對立，否定階級鬥爭和革命，散佈對

帝國主義的幻想，以達到他們保護資本主義舊世界和破壞社會主義新世界的不可告人的目的。」（*Chinese Literature*, 1960, Oct, 47）

35　我在 *History of Modern Chinese Fiction*（275–279頁）中簡單討論過丁玲在延安的文學歲月。1957–1958年，正統的共產主義評論家曾以這兩篇延安時期的作品為例，抨擊丁玲反黨右傾。這兩篇作品在情緒與文風上與丁玲早期的資產階級小說十分相似，評論家也抓住這一點，批判丁玲屢教不改的個人主義和無政府主義立場。

36　《人民文學》1957年7月刊，頁26。

37　同上，頁35。

38　同上，頁36。李威侖的〈愛情〉同樣以反問結尾，周醫生向碧珍告別時說道：「再見，碧珍，祝你有最大的幸福！誰能相信，像你這樣的姑娘，會不幸福呢？」（《人民文學》1956年9月刊，頁53）

39　我本想將這篇也納入討論的範圍，但可惜這篇故事的女主角是愛上中國志願軍的朝鮮少女，而不是中國女子。

40　《人民文學》1956年6月刊，頁125。雜誌的副編輯秦兆陽後來也遭到迫害，不僅因為他自己的那些修正主義文章，還因為他對〈本報內部消息〉的熱烈讚揚，甚至有人污蔑他與〈本報內部消息〉的作者劉賓雁同流合污。

41　《人民文學》1956年6月刊，頁7。

42　同上，頁7。

43　同上，頁21。